BESTSELLER

Charlotte Link (Frankfurt, 1963) es una de las escritoras más sobresalientes de la literatura contemporánea alemana, cuyos libros han vendido más de quince millones en todo el mundo. Hija de escritora, Link escribió su primera novela a los dieciséis años y desde entonces se ha consolidado como una de las autoras más reputadas de la literatura de entretenimiento. El secreto de su éxito radica en la rigurosa documentación de sus obras, así como en la depurada técnica de su prosa. A través de sus personajes complejos y contradictorios, crea tanto grandes novelas de historia contemporánea como absorbentes tramas psicodramáticas de trasfondo criminal. Sus obras han alcanzado los primeros puestos en las listas de los más vendidos de varios países, han sido nominadas en la categoría de ficción de los Deutsche Bücherpreis y, además, se han adaptado para la televisión con gran éxito.

CHARLOTTE LINK

Dame la mano

Traducción de
Albert Vitó i Godina

Título original: *Das andere Kind*

Primera edición: julio, 2012

© 2009, Blanvalet Verlag, una división de Random House GmbH,
Munich, Alemania www.randomhouse.de
© 2012, Random House Mondadori, S. A.
Travessera de Gràcia, 47-49. 08021 Barcelona
© 2012, Albert Vitó i Godina, por la traducción

Printed in Spain – Impreso en España

ISBN: 978-84-9989-713-4
Depósito legal: B-16254-2012

Compuesto en La Nueva Edimac, S. L.

Impreso en Liberdúplex, S. L. U
Sant Llorenç d'Hortons (Barcelona)

P 997134

DICIEMBRE DE 1970

Sábado, 19 de diciembre

Sabía que tenía que largarse tan rápido como fuera posible.

Era consciente de que estaba en peligro, de que estaba perdida si los habitantes de aquella granja aislada llegaban a percatarse de su presencia.

El tipo apareció ante ella de repente, como si hubiera surgido del suelo, cuando ella ya estaba a punto de llegar a la puerta de la granja para salir corriendo hacia el coche. Era un hombre alto y su aspecto no era tan desaliñado como cabía pensar por lo descuidada que estaba la granja. Iba vestido con unos vaqueros y un jersey, tenía el pelo canoso y muy corto, y sus ojos eran claros y completamente inexpresivos.

Semira tan solo esperaba que no la hubiera visto tras el edificio del establo. Tal vez había descubierto su coche y había acudido a ver quién rondaba por allí. Su única esperanza era actuar de forma convincente, que la viera como inofensiva e ingenua. Y todo eso con el corazón acelerado y con las rodillas temblándole. Tenía el rostro empapado de sudor a pesar del frío intenso que hacía a última hora de esa tarde de diciembre.

—¿Qué está haciendo aquí? —La voz del tipo era tan gélida como su mirada.

Ella probó a sonreírle y tuvo la impresión de que funcionaba.

—Gracias a Dios. Pensaba que no había nadie...

Él la miró de arriba abajo. Semira intentó imaginar lo que él debía de ver en ella. A una mujer menuda y delgada, de menos de treinta años, enfundada en unos pantalones largos, con botas forradas y un grueso anorak. Pelo negro, ojos negros. Piel morena oscura. Esperaba que aquel tipo no tuviera nada contra las paquistaníes. Esperaba que no se diera cuenta de que tenía delante a una paquistaní a punto de vomitar de miedo en cualquier momento. Esperaba que no llegara a percibir el temor que sentía. Semira tenía la sofocante impresión de que aquel hombre era capaz de olerlo.

Él movió la cabeza en dirección al bosquecillo que había al pie de la colina.

—¿Ese coche es suyo?

Había sido un error aparcar allí abajo. Los árboles estaban demasiado dispersos y pelados, por lo que no ocultaban nada de nada. El tipo había visto el coche desde una de las ventanas de la planta superior de su casa y se había preocupado.

Era una idiota. Por haber ido hasta allí sin decírselo a nadie. Y también por aparcar el coche en un lugar visible desde aquella granja perdida, dejada de la mano de Dios.

—Me... me he extraviado con el coche —tartamudeó ella—. No tengo ni idea de cómo he llegado hasta aquí. Entonces he visto su casa y he pensado que podría acercarme a preguntar si...

—¿Sí?

—No conozco bien la zona. —Tenía la impresión de que su voz sonaba absolutamente impostada, demasiado aguda y algo estridente, pero al fin y al cabo él tampoco sabía cuál era su tono de voz habitual—. Lo que quería, de hecho, quería...

—¿Adónde quería ir?

No conseguía pensar en nada.

—A... a... ¿cómo se llama ese sitio...?

Semira se humedeció los labios, los tenía completamente secos. Tenía delante a un psicópata. Aquel hombre debería estar en la cárcel; es más, tendría que estar en una de máxima seguridad; estaba convencida de ello. Jamás debería haber ido hasta allí sola, no había nadie que pudiera ayudarla. Era consciente de lo aislado y solitario que era el lugar en el que se encontraba. No había más granjas por los alrededores, no había ni un alma.

No podía cometer ningún error.

—Quería ir a... —Al fin le vino a la mente un nombre—. A Whitby. Quería ir a Whitby.

—Pues se ha desviado mucho de la carretera principal.

—Sí, eso me parecía.

Semira volvió a forzar una sonrisa que tampoco fue correspondida. El hombre se limitó a seguir escrutándola y, a pesar de la frialdad de aquella mirada, ella percibió cierta desconfianza. El recelo con el que él le hablaba parecía aumentar por momentos.

¡Tenía que largarse de allí!

Se obligó a quedarse quieta a pesar de las ganas que tenía de echar a correr.

—Tal vez podría indicarme cómo se vuelve a la carretera principal.

El tipo no respondió. Sus gélidos ojos azules parecían capaces de atravesarla. De hecho, Semira no había visto en su vida unos ojos tan fríos como aquellos. Fríos como si estuvieran exentos de vida. Se alegró de llevar puesta una bufanda alrededor del cuello porque notaba cómo le temblaba un nervio justo debajo de la mandíbula.

El silencio duró demasiado. El hombre intentaba descubrir algo. No confiaba en ella. Estaba ponderando el riesgo que supondría para él aquella persona tan menuda. Por el repaso que le estaba dando, parecía como si quisiera introducirse en el cerebro de ella.

Entonces, de repente, una expresión de desprecio apareció en el rostro del tipo, que escupió al suelo frente a Semira.

—Negros —dijo él—. ¿Ya habéis llegado hasta Yorkshire?

Ella dio otro respingo. Se preguntaba si era racista o si solo estaba provocándola para despojarla de tantas reservas. Pretendía ponerla en evidencia.

Compórtate como si esta situación fuera de lo más normal, se dijo.

Sin embargo notó cómo crecía un sollozo en el fondo de su garganta y no pudo evitar soltar un sonido ronco. La situación no era normal en absoluto. No tenía ni idea de cuánto más lograría controlar el pánico que estaba a punto de desatarse en ella.

—Mi... mi marido es inglés —dijo.

No tenía por costumbre recurrir a aquello. Jamás se escondía detrás de John cuando se topaba con prejuicios que tuvieran que ver con el color de su piel. Pero el instinto le aconsejó recurrir a esa respuesta. Su interlocutor ya sabía que estaba casada y que, en caso de que le sucediera algo, alguien la echaría de menos. Alguien que no era extranjero, alguien que sabría enseguida lo que había que hacer si una persona desaparecía. Alguien a quien la policía tomaría en serio.

No habría sabido decir si el comentario había llegado a impresionarlo de algún modo.

—Lárgate —dijo él.

No era el momento de reprocharle su falta de cortesía. Ni de preguntarle cuál era su opinión acerca de la igualdad de derechos entre personas de diferentes etnias. Se trataba solo de escapar de allí y de acudir a la policía cuanto antes.

Semira se volvió para marcharse. Procuró caminar con naturalidad en vez de salir corriendo, que es lo que le habría gustado hacer. Prefería que pensara que se había ofendido, pero por nada del mundo quería que supiera que el miedo estaba a punto de superarla.

Ya había dado cuatro o cinco pasos cuando la voz del hombre la detuvo.

—¡Eh! ¡Espera!

Se quedó clavada donde estaba.

—¿Sí?

El tipo se le acercó. Tanto que pudo incluso olerle el aliento. Cigarrillos y leche agria.

—Estabas detrás del cobertizo, ¿verdad?

Semira tragó saliva. Empezó a sudar por todos los poros de su cuerpo.

—¿Qué... qué cobertizo?

Él la miró fijamente. En aquellos ojos tan inexpresivos Semira vio lo que él había visto en los de ella: que lo sabía. Que conocía su secreto.

Ya no tenía ninguna duda.

Semira echó a correr.

JULIO DE 2008

Miércoles, 16 de julio

1

Vio a la mujer por primera vez cuando se disponía a abandonar la Friarage School para volver a casa. Estaba frente a la puerta abierta, dudaba a ojos vistas si era una buena idea salir con el aguacero que estaba cayendo. Faltaban poco para las seis, y fuera ya había oscurecido bastante para tratarse de una tarde de verano. El día había sido caluroso, sofocante, estaba descargando una tormenta sobre Scarborough y parecía que el mundo entero iba a inundarse. El patio de la escuela estaba desierto. En los baches del pavimento se habían formado ya unos charcos enormes. El cielo estaba lleno de nubes terriblemente cargadas, de un color azulado oscuro.

La mujer llevaba puesto un vestido de verano floreado que le cubría las piernas hasta las pantorrillas, algo pasado de moda pero adecuado para el tiempo que había hecho antes de que empezara el temporal. Tenía el pelo largo y de color rubio oscuro, recogido en una trenza, y llevaba una especie de bolsa de la compra en la mano. No tenía aspecto de profesora. Pensó que tal vez sería nueva. O puede que fuera una alumna.

Hubo algo en ella que lo atrajo lo suficiente como para acercársele y dirigirle la palabra. Quizá fue aquella apariencia tan anticuada. Al principio pensó que debía de rondar los veinte años, pero su aspecto era absolutamente distinto del que tenían las chicas de esa edad. No es que se hubiera sentido electrizado como hombre al verla, pero se había quedado prendado de algún modo. Quería saber cómo era su cara, su voz. Si de verdad representaba un contraste respecto a su época y su generación.

En cualquier caso, quería saberlo. Las mujeres lo fascinaban, y después de haber conocido prácticamente a todo tipo de féminas, lo fascinaban en particular las más inusuales. Se acercó a ella.

—¿No tiene paraguas? —le preguntó.

En ese momento no tuvo la impresión de haber sido precisamente muy original. Pero visto el diluvio que estaba cayendo, la pregunta había surgido de forma natural.

La mujer no se había dado cuenta de que se le había acercado y se sobresaltó. Se volvió para mirarlo, y enseguida constató que se había equivocado: no solo superaba la veintena, sino que debía de estar en la mitad de la treintena, tal vez era incluso mayor. Le pareció simpática, si bien muy discreta. La tez pálida, sin maquillar. No era ni guapa ni fea, pero era de ese tipo de mujeres en las que difícilmente te fijas más de dos minutos seguidos. Llevaba el cabello bastante descuidado, peinado hacia atrás y sin flequillo. No tenía ningún rasgo característico que la diferenciara del montón; de hecho, parecía no tener ni idea de cómo resultar más atractiva.

Una criatura simpática y tímida, pensó. Absolutamente anodina.

—Debería haber previsto que habría tormenta —dijo ella—. Pero cuando he salido de casa este mediodía hacía tanto calor que me ha parecido ridículo coger un paraguas.

—¿Hacia dónde va? —preguntó él.

—Pues iba a la parada de autobús de Queen Street, pero llegaré allí calada hasta los huesos.

—¿Cuándo llega su autobús?

—Dentro de cinco minutos —dijo ella con gesto abatido—, y además es el último que pasa hoy.

Al parecer vivía en una de las aldeas rurales que había en los alrededores de Scarborough. Era asombroso lo rápido que se llegaba al campo en cuanto salías de la ciudad. De repente te encontrabas allí. Sin tener que cubrir ningún trayecto inhóspito, te hallabas en pueblos formados por unas cuantas granjas dispersas, unidas entre ellas por unas carreteras lamentables. ¡El último autobús pasaba poco antes de las seis! En esa zona la gente joven debía de sentirse como en la edad de Piedra.

De haber sido joven y guapa, él no habría dudado ni un momento en ofrecerle su ayuda y llevarla a casa en coche. Antes le habría preguntado si le apetecía tomar algo con él en algún lugar cerca del puerto, en uno de los numerosos pubs de la zona. A última hora de la tarde tenía una cita, pero de todos modos no le apetecía mucho acudir y aún le apetecía menos esperar hasta entonces, aburrido en la habitación que tenía alquilada en una casa al final de la calle.

La idea de pasar la tarde sentado frente a aquella chica anticuada —porque ese era su atractivo, el ser una chica algo anticuada— en un bar mientras tomaban una copa de vino, la idea de contemplar su cara pálida durante toda la tarde, no es que lo volviera loco.

A buen seguro incluso resultaría más entretenido ver algún programa de televisión. Sin embargo, algo le hizo dudar. No podía dejarla allí y salir corriendo hacia la calle cruzando el patio de la escuela. Parecía tan... desvalida.

—¿Dónde vive?

—En Staintondale —respondió ella.

Él entornó la mirada. Conocía Staintondale, ¡por Dios! Una carretera, una iglesia, una oficina de Correos en la que también podían comprarse los alimentos básicos, además de un par de periódicos. Unas cuantas casas. Una cabina de teléfonos roja que además hacía las veces de parada de autobús. Y granjas que salpicaban el paisaje aquí y allí.

—Desde la parada de Staintondale seguro que aún tiene un buen trecho hasta casa —supuso él.

—Sí —asintió ella, apesadumbrada—. Casi media hora.

Ya había cometido el error de abordarla. Tenía la impresión de que ella había notado su decepción y algo le decía que estaba dolorosamente familiarizada con la situación. Debía de pasarle a menudo eso de despertar el interés de los hombres y luego ver que esa atracción se extinguía en cuanto se acercaban a ella. Posiblemente sospechaba que de haber sido tan solo un poco más interesante él se habría ofrecido a ayudarla, y seguramente ya tenía asumido que por ese mismo motivo no lo haría.

—¿Sabe qué? —dijo él enseguida, antes de que el egoísmo y

la pereza se impusieran a aquel impulso de amabilidad—. Tengo el coche aparcado bastante cerca, un poco más arriba, en esta misma calle. Si quiere, la llevo a casa en un momento.

Lo miró con incredulidad.

—Pero... es que no está cerca. Staintondale...

—Conozco el lugar —la interrumpió—, pero no tengo nada que hacer en las próximas horas y salir de excursión al campo tampoco es una mala idea.

—Con este tiempo... —dijo ella, titubeante.

—Le aconsejo que acepte mi invitación —respondió él con una sonrisa—. Primero, porque lo más probable es que ya no alcance a coger el autobús. Y segundo, porque aun con suerte, mañana o pasado se levantaría con un buen resfriado. Bueno, ¿qué me dice?

Ella dudó un poco y él notó que recelaba. Se preguntaba cuáles debían de ser los motivos que lo impulsaban a ofrecerse de ese modo. Él era consciente de que resultaba atractivo, de que tenía éxito con las mujeres, y ella seguramente era lo bastante realista para reconocer que un hombre como él no podía sentirse atraído de verdad por una mujer como ella. Debía de estar pensando que era un violador que intentaba atraerla hasta su coche porque no ponía reparos a la hora de elegir a sus víctimas, o puede que tan solo fuera un hombre a quien movía la compasión. En cualquier caso, ninguna de las dos opciones debían de gustarle.

—Dave Tanner.

Le tendió la mano y, tras un breve titubeo, ella le ofreció la suya, cálida y suave.

—Gwendolyn Beckett.

—Muy bien. —Él sonrió—. Señora Beckett, yo...

—Señorita —lo corrigió ella enseguida—. Señorita Beckett.

—De acuerdo, señorita Beckett. —Consultó su reloj—. Su autobús sale dentro de un minuto. Creo que con eso está todo dicho. ¿Está preparada para atravesar el patio corriendo y subir por la calle un par de metros?

Ella asintió tras darse cuenta, sorprendida, de que no tenía otra elección que agarrarse a ese clavo ardiendo que aquel hombre le ofrecía.

—Cúbrase la cabeza el bolso —le aconsejó él—, al menos la protegerá un poco.

Uno detrás del otro, cruzaron a la carrera el patio lleno de charcos. Los altos árboles que rodeaban la finca junto a la verja de hierro forjado soportaban cabizbajos aquella lluvia torrencial. A mano izquierda se alzaba el enorme edificio del mercado, con sus pasillos de piedra subterráneos, que parecían catacumbas, en cuyas galerías había expuestas a la venta todo tipo de horteradas junto a alguna que otra obra de arte. A mano derecha, una callejuela repleta de casas adosadas de ladrillo rojo y con molduras lacadas de color blanco.

—Por aquí —dijo él, y pasaron corriendo frente a las casas hasta llegar al pequeño Fiat que, bastante oxidado, los esperaba nada más doblar la esquina hacia la izquierda.

Abrió el coche y ocuparon rápidamente los asientos delanteros con un suspiro de alivio.

Gwendolyn tenía el pelo chorreando y el vestido pegado al cuerpo como una sábana mojada. Unos pocos metros habían bastado para dejarla empapada. Mientras tanto, Dave intentaba ignorar el agua que le había calado los pies.

—Mira que llego a ser tonto —dijo—. Debería haber venido yo solo a buscar el coche y recogerla luego frente a la puerta de la escuela. De esa forma no se habría mojado ni la mitad.

—Vamos, hombre... —Finalmente sonrió, lo que le permitió a él comprobar que tenía los dientes bonitos—. No voy a encoger por un poco de agua. Y de todos modos siempre será mejor que me lleve hasta la puerta a tener que soportar primero el balanceo del autobús y luego la caminata hasta casa. Muchas gracias.

—Es un placer —dijo él.

Ya iba por el tercer intento cuando por fin consiguió arrancar el coche. El motor rugió con dificultad y tras un par de sacudidas bruscas comenzó a avanzar a trompicones por la calle.

—Enseguida empezará a ir mejor —dijo él—, el coche necesita su tiempo para calentarse. Si este montón de chatarra aguanta hasta el próximo invierno, podré decir que he tenido suerte.

El ruido del motor no tardó en volverse más regular. Por esa vez, lo había conseguido: el coche sobreviviría al trayecto de ida y vuelta a Staintondale.

—¿Qué habría hecho si no hubiera podido coger el autobús y no se hubiera tropezado conmigo? —preguntó él. No es que la señorita Beckett le interesara especialmente, pero si tenían por delante todavía media hora en coche, uno al lado del otro, tampoco quería verse sumido en un silencio incómodo.

—Habría llamado a mi padre —dijo Gwendolyn.

Él la miró de soslayo fugazmente. El timbre de la voz de Gwendolyn había cambiado en cuanto mencionó a su padre. Se había vuelto más cálido, menos distanciado.

—¿Vive con su padre?

—Sí.

—¿Y su madre...?

—Mi madre murió hace tiempo —dijo Gwendolyn en un tono de voz que reveló las pocas ganas que tenía de hablar del tema.

Una hija apegada que no puede desprenderse de su padre, pensó él. Como mínimo tiene unos treinta y cinco años, y papá sigue siendo el único hombre para ella. El más grande. El mejor. Ningún otro hombre puede hacerle sombra.

Supuso que, de forma consciente o inconsciente, ella debía de hacerlo todo para ser la hija soñada por su papaíto. Con aquella gruesa trenza rubia y el vestido floreado pasado de moda, encarnaba el ideal femenino de los tiempos de juventud de su padre, que debieron de ser a finales de los años cincuenta o a principios de los sesenta del siglo pasado. Ella quería gustar a su padre, a quien probablemente no volvían loco las minifaldas, los maquillajes vistosos o el cabello demasiado corto. Su atractivo carecía por completo de un cariz sexual.

En la cama no creo que lo prefiera a él, pensó.

Dave tenía las antenas puestas y notó que la mujer se esforzaba por buscar otro tema de conversación, por lo que decidió complacerla.

—Por cierto, doy clases en la Friarage School —dijo—, pero no a los niños. Por la tarde las instalaciones de la escuela se utilizan para la formación de adultos. Doy clases de francés y de español, lo que me permite ir tirando.

—Entonces debe de hablar muy bien esos dos idiomas.

—Cuando era niño viví bastante tiempo en España y en Francia. Mi padre era diplomático. —Sabía que a él no se le tornaba la voz cálida cuando hablaba de su padre. Al contrario, más bien tenía que esforzarse para que las palabras no le salieran demasiado cargadas de odio—. Aunque debo admitir que no es un placer enseñar idiomas cuando uno ama el timbre y la expresividad que tienen y ve cómo esas zafias amas de casa los desfiguran por completo tres o cuatro tardes por semana.

Se rió algo turbado cuando se dio cuenta de que era muy probable que acabara de meter la pata hasta el fondo.

—Perdóneme. ¿Tal vez asiste a alguno de los cursos de idiomas y se ha sentido ofendida por mi comentario? Hay tres colegas más que también dan clases.

Ella negó con la cabeza. Aunque no había mucha luz en el coche debido a la cortina de agua que estaba cayendo fuera, él se dio cuenta de que se había sonrojado.

—No —dijo—, no voy a clases de lengua. Yo...

No lo miraba, sino que tenía los ojos fijos en la ventanilla. Acababan de llegar a la carretera que salía de Scarborough en sentido norte. Una sucesión de casitas adosadas y de supermercados pasaba frente a sus ojos, talleres de coches, pubs de aspecto triste y un aparcamiento de caravanas que parecía a punto de sumergirse bajo el agua.

—Leí en el periódico —dijo en voz baja— que en la Friarage School... Bueno, que los miércoles por la tarde daban un curso que... duraba tres meses... —titubeó.

De repente él comprendió lo que intentaba contarle. Lo que no comprendía era cómo no se había dado cuenta antes. Al fin y al cabo formaba parte del personal docente del centro. Sabía qué cursos se impartían allí. Los miércoles. De tres y media a cinco y media. Aquel era el primer día. Y el curso le iba como anillo al dedo a Gwendolyn Beckett, que encajaba a la perfección en el perfil de los alumnos potenciales.

—Ah, ya sé —dijo, esforzándose en sonar indiferente.

Como si fuera lo más normal del mundo asistir a un curso para... Eso, ¿para quién? ¿Para fracasados? ¿Inútiles? ¿Perdedores?

—¿No es de... algo así como entrenamiento asertivo personal?

Ella tenía la cabeza vuelta hacia un lado, por lo que él no podía verla, pero supuso que se habría puesto roja como un tomate.

—Sí —respondió ella en voz baja—. Algo así. Es para aprender a superar la timidez. Cuando se habla con gente. Para... vencer los miedos. —Dicho eso, se volvió hacia él—. Seguro que a usted todo eso le parece una idiotez.

—En absoluto —le aseguró—. Si alguien cree tener un déficit en alguna área, debería afrontarlo. Tiene más sentido eso que quedarse de brazos cruzados y lamentarse. No le dé más vueltas. Intente simplemente sacar el máximo partido al curso.

—Sí —dijo ella, aunque sonó bastante desanimada—. Lo haré. ¿Sabe?, no es que haya tenido mucha suerte en la vida.

Se volvió hacia la ventanilla de nuevo y él no se atrevió a preguntar más detalles.

Se quedaron en silencio.

La lluvia amainó un poco.

Llegaron al centro de Cloughton, y cuando giraban en dirección a Staintondale el cielo se despejó en pocos segundos y el sol de la tarde asomó entre las nubes.

De repente, Dave se puso en guardia. Tenso. Alerta. Tenía el presentimiento de que empezaba algo nuevo en su vida. Y podía tener que ver con la mujer que iba sentada a su lado.

Aunque también podía ser algo completamente distinto.

Intentó por todos los medios mantener la calma. Y andarse con cuidado.

No podía permitirse muchos errores más en su vida.

2

Amy Mills necesitaba el dinero que le proporcionaban aquellos trabajos como canguro, de lo contrario no los habría aceptado, pero tenía que seguir pagándose los estudios y no podía mostrarse demasiado exigente. No es que la molestara enormemente tener que pasar la tarde en un salón que no era el suyo leyendo un libro, mirando programas de televisión o vigilando a una criatura dormida mientras sus padres estaban ausentes. Pero a causa de ello se acostaba tarde, y además odiaba tener que volver a casa a oscuras, al menos durante el otoño y el invierno. Durante el verano había más horas de sol y a menudo las calles de Scarborough seguían estando animadas gracias a los numerosos estudiantes que vivían en esa población de la costa este de Yorkshire.

Sin embargo, ese día lo veía de otro modo. La tormenta y la lluvia intensa que habían empezado a caer a primera hora de la tarde habían mantenido a todo el mundo encerrado en casa, con lo que las calles estaban desiertas. Además, a pesar de lo caluroso que había sido el día, había refrescado considerablemente y el viento soplaba de forma desapacible.

No encontraría a nadie camino de casa, pensó con disgusto Amy.

Los miércoles siempre le tocaba ir a casa de la señora Gardner para cuidar a Liliana, su hija de cuatro años. La señora Gardner era madre soltera y tenía varios empleos que a duras penas le permitían salir adelante, uno de ellos los miércoles por la tarde, cuando daba clases de francés en la Friarage School. Terminaba a las nueve, pero luego iba a tomar algo con sus alumnos.

—De lo contrario nunca tengo ocasión de salir —le había contado a Amy—. Y al menos una vez a la semana me apetece divertirme un poco. ¿Te parece bien si vuelvo a casa alrededor de las diez?

El problema era que nunca eran las diez cuando finalmente llegaba. Con suerte eran las diez y media, pero lo habitual es que fueran las once menos cuarto. La señora Gardner siempre recurría a su verborrea para disculparse.

—¡Es increíble lo rápido que pasa el tiempo! Dios mío, cuando una se pone a charlar...

En realidad, Amy habría dejado aquel trabajo de buena gana, pero era su único empleo, por así decirlo, fijo. También se encargaba de cuidar a niños de otras familias, pero la llamaban en ocasiones puntuales. En cambio, podía contar con el dinero de los miércoles y en su situación eso valía su peso en oro. Lástima del camino de vuelta a casa...

Mira que soy cobarde, se decía a sí misma a menudo, aunque eso no le servía para quitarse el miedo de encima.

La señora Gardner no tenía coche, de manera que para envalentonarse para el trayecto de vuelta siempre iba algo borracha. Ese miércoles también había empinado el codo de lo lindo y se había retrasado más que nunca. ¡Ya eran las once y veinte!

—Habíamos quedado a las diez —le dijo Amy, furiosa, mientras recogía sus libros, pues había dedicado las horas de espera a estudiar.

La señora Gardner adoptó un gesto compungido.

—Lo sé, a mí también me parece terrible. Pero tenemos a una alumna nueva en el curso y ha insistido en invitar a un par de rondas. Tenía un montón de cosas que contar y cuando me di cuenta... ¡ya era tardísimo!

Le dio a Amy el dinero; incluso tuvo la decencia de darle cinco libras más.

—Aquí tienes, por lo mucho que te he hecho esperar... ¿Todo bien con Liliana?

—Está durmiendo. No se ha despertado ni una sola vez.

Amy se despidió con cierta frialdad de la sensiblera señora Gardner y se marchó a casa. Nada más llegar a la calle, se encogió de hombros, tiritando.

El tiempo es casi otoñal, pensó, a pesar de que estamos a mediados de julio.

Por lo menos había dejado de llover hacía horas. Al principio bajó un tramo por Saint Nicholas Cliff, pasó por delante del cada vez más decrépito Grand Hotel, a continuación cruzó el largo puente de hierro forjado que unía el casco urbano con South Cliff y también una intersección en la que durante el día solía haber un tráfico intenso. A esas horas de la noche no pasaba ni un alma, pero el lugar estaba bien iluminado por las farolas. A Amy le pareció que la calma de aquella ciudad dormida era inquietante, aunque seguía manteniendo el miedo a raya. Lo pasaría aún peor cuando tuviera que atravesar el parque. Por debajo de ella, a la izquierda, estaban la playa y el mar, mientras que por encima, a lo lejos, se hallaban las primeras casas de South Cliff. Entre ambos se extendían los Esplanade Gardens, dispuestos sobre la cuesta en forma de terrazas, densamente pobladas de arbustos y de árboles, con un sinfín de estrechos senderos para ir de una parte a otra. La subida más corta transcurría por una escalera empinada que daba directamente a la Esplanade, la amplia calle que se encontraba arriba del todo y cuyo lado oeste estaba repleto de hoteles, uno junto a otro. Ese era el recorrido que solía hacer Amy para atravesar aquel inhóspito lugar, por aquella oscura escalera. Cuando llegaba a Esplanade se sentía mejor. Todavía tenía que recorrer un trecho y doblar la esquina justo antes del Highlander Hotel, por Albion Road, donde se encontraba la casa adosada de fachada estrecha que pertenecía a una de sus tías. Residía allí desde que había empezado a estudiar en la universidad. Su tía era muy mayor y vivía sola, de modo que se alegraba de tener compañía. Los padres de Amy tenían poco dinero, por lo que agradecieron que la tía pudiera facilitar un alojamiento gratuito a su hija. Además, desde allí podía llegar a pie al campus universitario. Estaba agradecida de que algo en la vida fuera mejor de lo que había esperado. En el pueblo donde había nacido, una colonia obrera de Leeds, nadie habría creído que Amy conseguiría llegar a la universidad. Pero era una chica trabajadora y aplicada, y a pesar de ser extremadamente tímida y miedosa, sabía lo que quería. Hasta entonces había superado todos los exámenes con buena nota.

Se encontraba en medio del puente cuando se detuvo un momento y miró hacia atrás. No había oído nada, pero siempre que llegaba a ese punto, casi como un acto reflejo, sentía la necesidad de comprobar que todo iba bien antes de sumergirse en la inquietante oscuridad de los Esplanade Gardens. Eso sin tener muy claro lo que significaba exactamente «ir bien».

Un hombre bajaba por Saint Nicholas Cliff. Alto y delgado, caminaba muy deprisa. No alcanzó a ver cómo iba vestido. Le faltaban pocos metros para llegar al puente, porque indudablemente se dirigía hacia allí.

Aparte de ese tipo, no había nadie más por los alrededores.

Amy se aferró con una mano a la cartera llena de libros mientras en la otra llevaba las llaves de casa que había sacado nada más cerrar la puerta del apartamento de la señora Gardner. Se había acostumbrado a salir ya preparada para cuando llegara a casa. Naturalmente, esa actitud tenía mucho que ver con sus miedos. Su tía a menudo olvidaba encender la luz de la entrada, y Amy odiaba llegar y tener que revolver el bolso a ciegas para encontrar las llaves. A ambos lados de la entrada había unos arbustos de lilas de casi dos metros de altura que habían crecido tanto que casi obstaculizaban el paso por el sendero de losas. Sin embargo, la anciana se negaba a podarlas en un alarde de testarudez irracional típico de la gente de su edad. Amy quería llegar a casa cuanto antes. Quería sentirse segura enseguida.

¿Segura ante qué?

Era demasiado miedosa, lo sabía. No era normal ver fantasmas por todas partes, pensar que en cada esquina la esperaba un ladrón, un asesino o un violador. Suponía que tenía que ver con el entorno en el que había crecido, sobreprotegida, puesto que era la preciada hija única de unos padres de condición sencilla. «No hagas esto, no hagas aquello, podría pasarte esto, podría pasarte aquello...» Había tenido que oír frases como esas continuamente. De pequeña no la dejaban participar en la mayoría de las actividades que emprendían sus compañeros de clase porque su madre temía que pudiera pasarle algo malo. Amy tampoco se había rebelado contra tanta prohibición. No tardó en adoptar como propios los temores de su madre y además estaba contenta de tener un argumento en el que escudarse ante sus amigos de la escuela: «Es que no me dejan...».

A la larga, lo único que consiguió con esa actitud fue perder amigos.

Se dio la vuelta de nuevo. El extraño había llegado ya al puente. Amy prosiguió su camino, con paso más rápido que antes. No por miedo a aquel tipo, sino por miedo a sus propias cavilaciones.

Soledad.

El resto de los estudiantes del campus de Scarborough, que pertenecía a la Universidad de Hull, se alojaban durante el primer año en residencias. Más adelante formaban grupos y compartían viviendas que la universidad ponía a su disposición por un alquiler reducido. Amy procuraba hacer creer a todos que si seguía viviendo en casa de su tía era solo porque allí no tenía que pagar alquiler, y afirmaba que en su caso considerar otra opción habría sido una tontería. Sin embargo, la amarga verdad era otra: Amy no tenía amigos con los que compartir piso. Nadie se lo había propuesto. De no ser por su anciana tía y por la habitación de invitados vacía que había puesto a su disposición, el panorama habría sido más tenebroso y la cuestión del alojamiento habría pasado a ser un verdadero problema más allá del que habría constituido ya el coste económico. Pero Amy prefería no dar vueltas a ese tema.

Al final del puente solo la separaban del parque un par de pasos. Por lo general solía girar a la derecha hacia la escalera. En la desviación del camino, sin embargo, había un edificio que justamente estaban terminando de construir aquella semana. Era difícil saber si acabaría siendo una casa particular o si el consistorio de Scarborough planeaba darle otro uso.

Amy pasó por delante de la edificación a toda prisa, pero enseguida retrocedió asustada: dos de las grandes vallas de alambre que rodeaban la casa impedían el paso por la escalera, así como por una parte del sendero que serpenteaba por detrás y que suponía una vía alternativa. El camino que solía tomar estaba bloqueado. Podía intentar pasar por uno de los lados, pero Amy dudó antes de decidirse. Por la tarde, cuando bajo el calor asfixiante había ido por la zona peatonal para resolver unos asuntos antes de dirigirse a casa de la señora Gardner para cuidar de su hija, aún había podido pasar por ahí. Sin embargo, entretanto se había desatado una fuerte tormenta y había llovido a mares. Posiblemente tanto la escalera como el sendero estarían intransitables. Se habría hundido algún escalón, o habría habido un corrimiento de tierra en alguna parte, se habría soltado alguna fijación y se habrían desprendido piedras. Sin duda era peligroso tomar aquel camino.

Además, era evidente que habían prohibido el paso.

Amy no era de ese tipo de personas que se saltaban las prohibiciones a la ligera. Desde siempre le habían enseñado a obedecer a las autoridades, comprendiera o no los motivos de las órdenes. Había motivos para ello y eso ya era suficiente. Y en la situación en la que se encontraba no le costaba adivinar cuáles eran los motivos.

Finalmente, dio media vuelta.

Había otros caminos por los que podía cruzar los Esplanade Gardens, ese laberinto para paseantes, pero ninguno de ellos permitía llegar de forma tan rápida y directa a la calle que estaba en lo más alto, donde se encontraban de nuevo las casas. Si tomaba el camino inferior iría en sentido contrario, hacia la playa que había abajo y el balneario, un grupo de extraños edificios victorianos situados frente al mar y destinados a la organización de eventos culturales de todo tipo. Sin embargo, de noche permanecían cerrados a cal y canto, por lo que no había ningún vigilante nocturno dentro. Del balneario partía un funicular que salvaba el desnivel y que sobre todo transportaba a personas mayores que ya no podían trepar la escarpada peña por la que se extendían aquellos jardines. Pero alrededor de media hora antes de la medianoche las cabinas del funicular dejaban de funcionar y las casetas en las que se vendían los billetes también estaban cerradas. Naturalmente, también era posible hacer el ascenso a pie, pero la caminata desde abajo del todo era larga y fatigosa. La ventaja de ese camino inferior era que estaba iluminado: había grandes farolas curvadas, inspiradas asimismo en la época victoriana, que arrojaban una luz cálida y anaranjada.

Y había un tercer camino, el más estrecho de todos. A media altura del despeñadero, transcurría durante un buen trecho sin mucha inclinación, pero luego esta se acentuaba ligeramente a medida que serpenteaba hacia arriba. Suponía una alternativa aceptable para los peatones que no estaban en plena forma física. Amy sabía que comunicaba el Crown Spa Hotel con los Esplanade. Llegaría antes a su destino por ese camino intermedio que si bajaba hasta la playa, pero la contrapartida era que no había farolas que iluminaran el trayecto. El sendero se perdía entre arbustos y árboles en la más absoluta oscuridad.

Retrocedió un par de pasos y miró hacia el puente. El tipo casi había llegado al final. ¿Eran imaginaciones suyas o realmente se movía más despacio que antes? ¿Algo más vacilante, quizá? ¿Qué estaría haciendo allí a esas horas?

Cálmate, Mills, tú también estás aquí a estas horas, se dijo a sí misma, aunque con ello no consiguió que su corazón dejara de latir a toda velocidad.

Puede que esté volviendo a casa, ¡igual que tú!

Pero ¿quién podía estar regresando a casa tan tarde? Faltaban veinte minutos para la medianoche, las únicas personas que volvían del trabajo a esas horas solían ser canguros de madres desconsideradas, básicamente porque estas solían regresar a casa demasiado tarde.

Ya está, lo dejo. No volveré a trabajar para ella. Ni por todo el dinero del mundo.

Consideró las opciones que tenía, ninguna de las cuales le parecía especialmente prometedora. Podía volver a cruzar el puente hacia Saint Nicholas Cliff, atravesar el centro y subir por la interminable Filey Road, pero por allí tardaría una eternidad. Sin duda había una línea de autobús que cubría el trayecto, pero no tenía ni idea de si el servicio seguía activo a esas horas. Además, pocas semanas antes había recurrido al autobús debido al mal tiempo y vio que la parada estaba repleta de jóvenes borrachos con la cabeza rapada y piercings por todas partes. Una vez superada la angustia que le había provocado aquello, se había jurado no volver a pasar por esa situación; prefería correr el riesgo de empaparse bajo la lluvia y coger un buen resfriado. El miedo, una vez más. Miedo a caminar por el parque a oscuras. Miedo a esperar en la parada del autobús. Miedo, miedo, miedo.

Condicionaba absolutamente su vida y aquello no debía continuar de ese modo. No podía permitirse sufrir una crisis nerviosa cada vez que la asaltaba un temor al que no tenía más remedio que enfrentarse, como esa noche de julio, fría y lluviosa, en la que estaba paralizada frente a un cruce, oyendo los jadeos de su propia respiración, notando cómo el corazón le latía con fuerza mientras se preguntaba cuál de sus temores era el menos grave. Era como elegir entre la peste y el cólera; le parecía algo terrible tener que elegir.

Cuando el tipo llegó donde ella estaba se detuvo y la miró.

Parecía como si esperara algo, como si ella tuviera que hacer o decir algo. A Amy le habían enseñado a corresponder a las expectativas, así que se decidió a hablar.

—El... el camino está cortado —dijo. La voz le salió algo ronca, y se aclaró la garganta—. Hay dos verjas, no... no se puede pasar.

El tipo asintió levemente, se dio la vuelta y desapareció por el camino que llevaba a la playa. El que estaba iluminado.

Amy respiró, aliviada. Nada, no había pasado nada. Aquel tipo se dirigía a su casa y por lo visto también solía utilizar la escalera. Ahora lo más probable era que tuviera que bajar hasta el balneario y luego subir la cuesta. Debía de haber maldecido el tener que recorrer un camino más largo de lo habitual para regresar. En casa le esperaría su esposa. Le echaría la bronca por llegar tarde. Se había quedado con sus amigotes en el bar más rato de lo previsto, y encima tenía que tomar un camino más largo. No era su día. A veces, todo se complica de golpe.

Amy rió para sus adentros, pero fue consciente también de que esa actitud reflejaba nerviosismo. Tenía tendencia a fantasear acerca de las circunstancias vitales de gente desconocida. Probablemente se debía a lo sola que se sentía. Puesto que se comunicaba tan poco con personas de carne y hueso, se veía obligada a compensarlo moviéndose en el terreno de la imaginación.

Se volvió una vez más hacia el puente, pero no vio a nadie.

El desconocido había desaparecido por el camino que llevaba a la playa. La escalera estaba bloqueada. Amy finalmente desterró las dudas. Decidió tomar el camino intermedio, el que no estaba iluminado. La débil luz de la luna, atenuada por el velo de nubes que la cubrían, bastaría para vislumbrar el sendero bajo sus pies. Subiría hasta Esplanade sin romperse un tobillo.

Al cabo de unos pocos segundos, se adentraba entre los tupidos y húmedos arbustos, que lucían el esplendoroso follaje propio del verano.

Amy desapareció entre la oscuridad.

OCTUBRE DE 2008

Jueves, 9 de octubre

1

Cuando el teléfono sonó en el salón de Fiona Barnes, la anciana se estremeció y se apartó de la ventana por la que había estado contemplando la bahía de Scarborough. Se acercó a la mesita sobre la que tenía el teléfono y vaciló un momento antes de descolgar. Por la mañana ya había recibido una llamada anónima y otra el día anterior, a mediodía. Durante la última semana habían sido dos las veces que se había repetido esa situación tan agobiante. De hecho, no estaba segura de si podía calificar aquellas llamadas de anónimas, puesto que al otro lado de la línea nunca decían nada. Sin embargo, podía escuchar claramente el sonido de una respiración. Incluso si no le daba por colgar de inmediato, como había hecho esa misma mañana presa de los nervios, acababa siendo el desconocido o la desconocida quien colgaba tras un minuto de silencio.

Fiona no se asustaba con facilidad, se jactaba de tener unos nervios de acero y la cabeza fría, pero aquel asunto la inquietaba y la desconcertaba. Le gustaría simplemente hacer caso omiso a aquellas llamadas y no molestarse siquiera en descolgar el teléfono, pero naturalmente corría el riesgo de perder también otras llamadas que sí consideraba importantes. Las de su nieta Leslie Cramer, por ejemplo, que vivía en Londres y estaba intentando superar el trauma de un divorcio. Leslie no tenía más parientes aparte de su anciana abuela de Scarborough, y Fiona quería poder hablar con Leslie si ella la necesitaba.

Dejó sonar el teléfono cinco veces antes de descolgar.

—Fiona Barnes —dijo. Tenía la voz áspera y tosca, como consecuencia de toda una vida fumando de forma empedernida.

Silencio al otro lado de la línea.

Fiona suspiró. Lo que tenía que hacer era comprarse otro teléfono, uno de esos con pantalla, en los que puede verse de antemano el número de la persona que llama. Al menos de ese modo podría distinguir las llamadas de Leslie y obviar las restantes.

—¿Quién es? —preguntó.

Silencio. Tan solo se oía respirar.

—Empieza a sacarme de quicio —dijo Fiona—. Al parecer tiene usted algún problema conmigo. Quizá deberíamos hablar de ello, ¿no? Me temo que esa extraña táctica suya no lleva a ninguna parte.

La respiración ganó en intensidad. De haber sido más joven, Fiona habría llegado a pensar que se trataba de alguien obsesionado con ella, alguien que tan solo con oír su voz por teléfono ya tuviera suficiente para librarse a actividades lúbricas. Sin embargo, puesto que en el mes de julio había cumplido los setenta y nueve años, aquella hipótesis se le antojaba altamente improbable. Además, no parecía que aquella respiración fuera debida a ningún tipo de estimulación sexual. Quien llamaba estaba excitado, pero en otro sentido. Parecía nervioso. Agresivo. Muy emocionado.

No tenía nada que ver con el sexo. Entonces ¿con qué?

—Voy a colgar —amenazó Fiona, pero antes de poder cumplir con su aviso, su interlocutor interrumpió la comunicación. Lo único que pudo oír Fiona fue el tono rítmico que salía del auricular—. ¡Debería denunciarlo a la policía! —dijo, airada.

Colgó con brusquedad y de inmediato encendió un cigarrillo. Por supuesto, temía que si acudía a la policía no le hicieran ni caso. No la habían insultado ni una sola vez, como tampoco la habían molestado con obscenidades ni la habían amenazado. Naturalmente, era comprensible que interpretara esos silencios constantes al teléfono como una amenaza, pero no bastaban para tratar de averiguar quién era el autor de las llamadas. En un caso tan impreciso como ese, la policía no habría emprendido una investigación para descubrir la identidad de quien telefoneaba, eso sin tener en cuenta que, fuera quien fuese, seguro que era lo suficientemente listo para llamar solo desde un teléfono público y no siempre desde el mismo. Gracias a la televisión, pensó Fiona, hoy en día la gente sabe cómo deben cometerse los delitos y qué errores es mejor evitar.

Además...

Se acercó de nuevo a la ventana. Fuera el día era maravilloso, un día de octubre radiante, soleado, ventoso y claro. La bahía de Scarborough parecía bañada por la luz dorada del sol. El mar estaba revuelto, presentaba un intenso color azul oscuro interrumpido por las crestas blancas de las olas. Cualquiera que hubiera podido gozar de esa vista habría quedado fascinado. Menos Fiona. En ese momento ni siquiera reparó en el paisaje que tenía frente a su ventana.

Sabía cuál era el motivo por el que no acudía a la policía. Sabía cuál era el motivo por el que hasta entonces no le había contado a nadie, ni siquiera a Leslie, que recibía aquellas extrañas llamadas. Sabía el motivo por el que, a pesar de la inquietud, se mostraba tan reservada con aquel asunto.

La pregunta lógica que le habría hecho cualquier persona a quien se lo contara sería: «¿Hay alguien que tenga algo contra ti? ¿Se te ocurre que alguna persona pueda guardar alguna relación con el asunto?».

Para ser sincera, tendría que responder afirmativamente a esa pregunta, lo que traería consigo más preguntas y explicaciones por su parte. Y todo volvería a aflorar. Todas aquellas horribles historias. Todas las cosas que deseaba olvidar. Cosas que Leslie jamás debía llegar a saber.

Por otra parte, si fingía estar desconcertada y aseguraba no conocer a ninguna persona que pudiera tener algo contra ella como para atormentarla de ese modo, entonces tampoco tendría sentido contárselo a nadie.

Dio una larga calada al cigarrillo. El único con quien podía sincerarse era Chad. Al fin y al cabo, él estaba al corriente de todo. Tal vez debería hablar con Chad. También podía ser útil que él borrara los correos electrónicos que ella le había mandado. Sobre todo los archivos adjuntos. Había sido una imprudencia por su parte enviar todo aquello por internet. Había creído que podía arriesgarse porque el asunto llevaba mucho tiempo enterrado. Porque todo aquello formaba parte de un pasado lejano, tanto para ella como para él.

Posiblemente se había equivocado al respecto.

Tal vez debería eliminar también todo aquel extenso material de su propio ordenador. Le costaría mucho, pero probablemente sería lo mejor. De todos modos había sido una idea descabellada ponerlo todo negro sobre blanco. A fin de cuentas, ¿qué esperaba sacar de ello? ¿Alivio? ¿Quería limpiar su conciencia? Le parecía más bien que lo había hecho para aclararse, tanto ella como Chad. Tal vez lo había hecho con la esperanza de comprenderse mejor a sí misma. El caso es que no lo había conseguido. No se comprendía mejor que antes, de ninguna manera. Nada había cambiado. La vida ya vivida no puede cambiarse, no pueden analizarse las cosas con la intención de relativizarlas, se dijo. Los errores seguían siendo errores y los pecados seguían siendo pecados. Había que aprender a vivir con ellos, porque te acompañaban hasta la muerte.

Apagó el cigarrillo en una maceta y entró en su estudio para conectar el ordenador.

2

El último interesado había sido el peor de todos. No había parado ni un momento de criticarlo todo. El suelo de parquet estaba desgastado, los pomos de las puertas parecían de mala calidad, las ventanas no estaban lo suficientemente aisladas, las habitaciones no eran acogedoras y la distribución tampoco era la ideal, la cocina estaba anticuada y las vistas al pequeño parque de atrás carecían de atractivo.

—No es precisamente una ganga —le había dicho, furioso, antes de marcharse.

Leslie tuvo que contenerse para no despedirse de él con un portazo. Se sintió aliviada de no haberlo hecho porque, como tantas otras cosas en aquel piso, la cerradura no funcionaba muy bien y una sacudida como esa podría haber supuesto su golpe de gracia.

—Canalla —se limitó a decir.

Luego se dirigió a la cocina, se encendió un cigarrillo y preparó café. Un *espresso* le sentaría bien. Miró por la ventana para contemplar aquel día lluvioso. El parque, claro estaba, no tenía un aspecto seductor bajo esa llovizna que lo teñía todo de gris, a pesar de que diez años antes Stephen y ella se habían enamorado de aquella arboleda situada en medio de Londres y se habían decidido por aquel apartamento. Sí, la cocina era anticuada, los suelos crujían, muchas cosas estaban en mal estado y eran poco prácticas, pero la casa tenía encanto, tenía alma, y Leslie se preguntaba cómo era posible que la gente no se diera cuenta de ello. Menudo fanfarrón. Eran todos unos quejicas. La segunda en ver la casa, una anciana, quizá había sido la que menos se había quejado. Tal vez acabaría siendo su inquilina... Pero se le acababa el tiempo. Leslie se mudaba a finales de octubre. Si para entonces no había conseguido que alguien aceptara las condiciones de su contrato de alquiler, tendría que pagar dos y eso era algo que no podía permitirse.

No pierdas los nervios, se ordenó a sí misma.

Cuando sonó el teléfono estuvo a punto de ignorarlo, pero cayó en la cuenta de que podría ser alguien interesado en el alquiler, por lo que cruzó el pasillo y descolgó.

—Cramer —dijo. Cada vez le costaba más responder con su apellido de casada. Pensó que debería volver a utilizar su apellido de soltera.

—¿Leslie? —La voz sonó débil y tímida al otro lado de la línea—. Soy Gwen. Gwen, de Staintondale.

—¡Gwen!

No esperaba recibir una llamada de Gwen, una amiga de su infancia y juventud, pero se alegró de oírla de todos modos. Debía de haber pasado ya un año desde la última vez que se habían visto, y por Navidad se habían llamado por teléfono, solo para felicitarse el Año Nuevo.

—¿Cómo te va? —preguntó Gwen—. ¿Todo bien? Primero he llamado al hospital, pero me han dicho que te habías tomado unas vacaciones.

—Sí, es verdad. Tres semanas. Tengo que encontrar a un inquilino y preparar la mudanza, y... Bueno, y aún tenía que divorciarme. ¡Desde el lunes vuelvo a estar libre!

Se escuchó a sí misma pronunciar esas palabras. Lo había contado con toda soltura, pero la procesión iba por dentro. Era tremendamente doloroso. Todavía lo era.

—Dios... —exclamó Gwen, algo confusa—. Quiero decir que ya se notaba que no, pero de algún modo... siempre esperaba que... ¿Cómo estás?

—Bueno, ya hace dos años que estamos separados. En ese sentido no es que hayan cambiado mucho las cosas. Pero a pesar de todo esto supone un paréntesis en mi vida, por eso he alquilado otro apartamento. A la larga este será demasiado grande para mí y además... todavía lo relaciono demasiado con Stephen.

—Lo comprendo —dijo Gwen. Por la voz, parecía abatida—. Yo... puede que te parezca indiscreta, pero... es que realmente ignoraba que ya te hubieras decidido, de lo contrario... Quiero decir que no había...

—Estoy bien, de verdad. No le des más vueltas. ¿Para qué me has llamado?

—Para... bueno, espero que no te traiga recuerdos tristes, pero... Quiero que seas la primera en saberlo: ¡me caso!

Efectivamente, Leslie se quedó sin habla por unos instantes.

—¿Que te casas? —repitió. Enseguida pensó que el tono de sorpresa con el que lo había dicho podría ofender a Gwen, pero lo cierto era que simplemente no había podido ocultar su asombro.

Gwen, el prototipo de solterona, la chica anticuada que vivía aislada en el campo... Gwen, la que parecía no percibir el paso del tiempo, estancada en otra época, cuando las jóvenes esperaban en casa a que llegara un príncipe azul a pedir su mano... ¿Gwen se casaba? ¿Así de simple?

—Perdona —se apresuró a decir—. Es solo que... pensaba que tenías claro que no querías casarte.

Era mentira. Sabía que Gwen siempre había ansiado que se hicieran realidad en su propia vida las historias de las novelas románticas que devoraba con fruición.

—Soy tan feliz —dijo Gwen—, tan inmensamente feliz... Es

que ya casi había perdido la esperanza de encontrar a alguien ¡y resulta que me caso este mismo año! Hemos decidido que a principios de diciembre estaría bien. Ay, Leslie, de repente todo es tan... ¡tan distinto!

Finalmente Leslie había conseguido serenarse.

—¡Gwen, me alegro mucho por ti! —dijo con toda sinceridad—. ¡De verdad, no sabes cuánto me alegro! ¿Quién es el afortunado? ¿Dónde lo has conocido?

—Se llama Dave Tanner. Tiene cuarenta y tres años y... ¡y me quiere!

—¡Maravilloso! —exclamó Leslie, aunque por dentro notó que volvía a apoderarse de ella la misma sensación de asombro.

En primera instancia había pensado en un hombre considerablemente mayor, un viudo tal vez, de sesenta años cumplidos que estuviera buscando a alguien que se ocupara de él. Se avergonzó de ello, pero en realidad no se le ocurría ningún otro motivo que no fuera por interés por el que un hombre pudiera querer mantener una relación con Gwen. Era muy buena persona, era sincera y afectuosa, pero no le parecía que tuviera ningún encanto especial capaz de despertar el deseo de nadie... A menos que se tratara de alguien capaz de valorar a la gente por lo que era, pero por experiencia Leslie no creía que hubiera muchos hombres así.

Claro que tal vez se equivocaba pensando de ese modo, reflexionó.

—Bueno, ya te lo contaré con todo detalle cuando nos veamos —dijo Gwen, rebosante de alegría y excitación—, pero primero me gustaría invitarte a una fiesta. El sábado celebramos una especie de... compromiso ¡y el mejor regalo que podría recibir es tenerte allí conmigo!

Leslie pensó rápidamente. El viaje hacia el norte era demasiado largo y engorroso para pasar allí solo un fin de semana, pero al fin y al cabo estaba de vacaciones. Podría marcharse al día siguiente, viernes, y quedarse tres o cuatro más. Yorkshire era su tierra natal, se había criado en Scarborough y hacía mucho tiempo que no había estado allí. Podría quedarse en casa de su abuela, Fiona; seguro que la anciana se alegraría de verla. Naturalmente, no tenía mucho tiempo porque la cuestión del alquiler era urgente, pero tampoco era mala idea recorrer los escenarios de tiempos pasados. Y, para ser sincera, se moría de curiosidad por ver qué hombre quería casarse con Gwen, ¡su amiga Gwen!

—Creo que podré arreglarlo para ir, Gwen —le dijo—. Un divorcio como el mío es algo... En fin, de todos modos el viaje me ayudará a no pensar tanto en ello, lo que no me vendrá nada mal. ¿Te parece bien?

—¡Leslie, no sabes lo contenta que estoy de que puedas venir! —exclamó Gwen—. Su voz sonaba distinta. Alegre y optimista—. Además hace un tiempo espléndido. ¡Todo es tan perfecto...!

—Pues aquí en Londres está lloviendo —dijo Leslie—. Otra buena razón para salir de viaje. Me alegro mucho por ti, Gwen, ya tengo ganas de verte. ¡Y de volver a ver Yorkshire!

Apenas las dos mujeres terminaron su conversación, el teléfono de Leslie volvió a sonar. Esa vez era Stephen.

Como siempre que la llamaba, parecía triste. Él no había querido ni separarse ni divorciarse.

—Hola, Leslie, solo quería saber... Bueno, hoy tampoco te he visto y... En fin, que si todo va bien.

—Me he tomado tres semanas de vacaciones. Voy a mudarme y estoy buscando como loca un nuevo inquilino que se haga cargo del alquiler. ¿Por casualidad no conocerás a alguien?

—¿Te marchas de nuestro apartamento? —preguntó Stephen, sorprendido.

—Es que es demasiado grande para mí sola. Y además... necesito empezar de nuevo. Una nueva casa, una nueva vida.

—Las cosas no son tan simples como eso.

—Stephen...

Él debió de percibir la creciente impaciencia en la voz de Leslie, porque cedió enseguida.

—Perdona, naturalmente eso no es cosa mía.

—Exacto. Lo mejor será que cada cual haga su vida y que ambos nos mantengamos al margen de la del otro. Ya es bastante duro que tengamos que encontrarnos por el hospital tan a menudo. Debemos mantener cierta distancia.

Los dos eran médicos y trabajaban en el mismo hospital. Leslie hacía tiempo que pensaba en buscar otro, pero ninguno le ofrecía las condiciones ideales de las que gozaba en el Royal Marsden de Chelsea. Y finalmente se había despertado el despecho en ella: ¿tenía que sacrificar su carrera por el hombre que la había engañado?

—Perdona, Stephen, pero tengo prisa —dijo con frialdad—. Debo ocuparme de unos asuntos porque mañana me marcho a Yorkshire para pasar un par de días allí. Gwen se casa y quiere celebrar el compromiso el sábado.

—¿Gwen? ¿Tu amiga Gwen... se casa?

Stephen recibió la noticia con la misma perplejidad con la que lo había hecho Leslie. Esta pensó que debía de ser humillante para Gwen que le anunciara la noticia a alguien y ese alguien quedara atónito, incapaz de ocultar la sorpresa. Esperaba que no se lo tomara como una ofensa.

—Sí. Está como loca de contenta. Y no hay nada que desee más que tenerme allí en su fiesta de compromiso. Además, como es natural, tengo ganas de conocer a su futuro esposo.

—¿Cuántos años tiene Gwen? Unos treinta y cinco, ¿no? Realmente ya va siendo hora de que se aparte de su padre y empiece su propia vida.

—Sí, depende demasiado de su padre. Pero es que solo lo ha tenido a él, y supongo que es normal que los una ese vínculo tan estrecho.

—Pero es nocivo —añadió Stephen—. Leslie, no tengo nada en contra del viejo Chad Beckett, pero habría sido mejor que en algún momento hubiera puesto algo más de empeño en ayudar a su hija a avanzar sola en la vida, en lugar de dejar que se marchitara lentamente a su lado en aquella granja aislada. Está bien que tengan una buena relación, pero en la vida de una mujer joven tiene que haber más cosas. Con todo, parece que se ha puesto las pilas. Esperemos que el tipo que ha pescado sea buena persona. Pobrecita, es tan ingenua en este tema...

—A más tardar, el sábado por la noche sabré más cosas sobre él —dijo Leslie justo antes de cambiar radicalmente de tema. Ya no compartía tanta intimidad con Stephen para querer comentar con él los posibles déficits de atractivo físico de su amiga—. Por cierto, pronto viviré en un lugar bastante más pequeño que ahora —dijo—, por lo que no podré llevarme todos los muebles que tengo aquí. Si quieres venir y llevarte algo, me harás un favor.

Stephen no se había quedado con nada cuando se había mudado de la casa. No había querido.

—Ya tengo todo lo que necesito —dijo él—. ¿Qué quieres que vaya a buscar?

—La mesa de la cocina, por ejemplo —respondió Leslie en tono mordaz—. De lo contrario acabará en la basura.

Aquella vieja y bonita mesa de madera, que cojeaba un poco... era lo primero que habían comprado, cuando todavía estaban en la universidad. Ella le había tomado mucho cariño. Pero había sido sentados a esa mesa cuando él le había confesado su desliz, el idilio tan breve como estúpido que había mantenido con una mujer que se le había puesto a tiro en un bar.

Las cosas no volvieron a ser como antes. Leslie era incapaz de ver la mesa sin que se le hiciera un nudo en la garganta al recordar aquella escena que había sido el principio del final. La vela encendida. La botella de vino tinto. La oscuridad al otro lado de la ventana. Y Stephen, que necesitaba aliviar su conciencia a cualquier precio.

Durante los últimos dos años, en ocasiones Leslie había pensado que todo habría ido mejor si aquella mesa hubiera desaparecido. Pero de todos modos no había conseguido deshacerse de ella.

—No —dijo Stephen tras un breve silencio—. Yo tampoco quiero la mesa.

—Entonces...

—Da recuerdos de mi parte a Gwen —se limitó a decir Stephen. Y así dieron por concluida la conversación.

Leslie se miró en el espejo redondo que tenía colgado frente al perchero. Se vio flaca y bastante agotada.

La doctora Leslie Cramer, treinta y nueve años, radióloga. Divorciada.

El primer acontecimiento social al que asistiría tras su divorcio sería justamente un compromiso matrimonial.

Tal vez no es una mala señal, pensó.

Aunque tampoco creía en las señales. Qué idea tan absurda.

Encendió otro cigarrillo.

3

Él vio que ella se le acercaba gracias a la luz del farol de la casa. ¡Cielo santo!, exclamó para sí. A buen seguro había estado horas pensando cómo podía arreglarse para estar más guapa, pero, como de costumbre, el resultado era simplemente espantoso. La falda de algodón floreada que se había puesto parecía heredada de su madre, o al menos esa fue la impresión que él tuvo tanto por la tela como por el corte, más propios de tiempos pasados. Llevaba también unas botas marrones de lo más vulgar y un abrigo gris muy poco favorecedor que la hacía parecer gorda a pesar de lo delgada que era en realidad. La blusa que se le veía debajo era amarilla, justo el único color que no estaba presente en el estampado floreado de la falda. Más tarde, una vez se hubiera quitado el abrigo ya en el restaurante, esa combinación de colores tan peculiar le daría un aspecto parecido al de un huevo de Pascua.

Al momento desechó la posibilidad de ir con ella a Scarborough, tal como había planeado. Le daba vergüenza que algún conocido pudiera verlos juntos. Sería más adecuado ir a alguna fonda rural... Se estaba devanando los sesos para ver si se le ocurría algún lugar... Además tenía que ser barato. Como siempre, andaba muy justo de dinero.

—¡Dave! —exclamó ella con una sonrisa.

Él se acercó y, no sin esfuerzo, la abrazó y le dio un casto beso en la mejilla. Por suerte, vivía tan ajena al mundo que no parecía echar de menos ni los besos apasionados ni el sexo, puesto que hasta entonces tampoco le había exigido nada en ese sentido. Sabía que las lecturas preferidas de Gwen eran los folletines románticos, de manera que supuso que la actitud reservada que mantenía encajaría en esa imagen romántica que ella se habría formado de su prometido. Alguna vez ella había estado a punto de lanzarse, y en esas ocasiones Dave se planteaba, una y otra vez, si de verdad valía la pena todo aquello.

—¿Quieres aprovechar para saludar a papá? —preguntó ella.

—De hecho, mejor no —respondió Dave con una mueca—. Siempre me deja muy claro que no soy lo que se dice santo de su devoción.

Gwen ni siquiera intentó desmentirlo.

—Trata de comprenderlo, Dave. Es un hombre mayor y todo va demasiado rápido para él. Y cuando se ve sorprendido por las cosas se cierra en banda. Siempre ha sido así.

Los dos subieron al coche desvencijado que, como de costumbre, dio unas sacudidas antes de arrancar. Dave se preguntó por enésima vez si lo cogería desprevenido el momento en que por fin el motor dijera basta. Aunque de momento seguía funcionando.

—¿Adónde vamos? —preguntó Gwen nada más cruzar los portalones de madera marrón que daban acceso a la finca, que colgaban inclinados de los goznes. Ya llevaban varios años sin cerrar bien, pero a nadie parecía preocuparle demasiado. Y es que en la finca de los Beckett, propiedad de la familia Beckett desde hacía varias generaciones, al parecer no quedaba nadie que se ocupara de ese tipo de cosas, ya fuera por incapacidad o por falta de dinero.

—Es una sorpresa —replicó Dave con aire misterioso. Sin embargo, en realidad no tenía ni idea de adónde llevarla, y esperaba que se le ocurriera algo en el último momento.

Gwen se recostó en el asiento, aunque enseguida volvió a sentarse erguida.

—Hoy ha salido por la tele una agente de policía, la inspectora Nosequé, que se encarga del caso Amy Mills. ¿Sabes quién quiero decir? Aquella chica...

Habían pasado ya casi tres meses desde que habían encontrado el cadáver maltrecho de la estudiante de veintiún años en los Esplanade Gardens de Scarborough, pero la gente del lugar seguía hablando del suceso casi a diario. Hacía mucho tiempo que no sucedía algo parecido en la región. El autor del crimen había agarrado a su víctima por los hombros y le había golpeado la cabeza con fuerza varias veces contra un muro de piedra. Los detalles de los forenses que la prensa había filtrado inexplicablemente revelaron a un público escandalizado que, entre golpe y golpe, el criminal esperaba a que la víctima recuperara la conciencia antes de embestirla de nuevo con más fuerza. Amy Mills había tardado al menos veinte minutos en morir.

—Pues claro que sé quién es —dijo Dave—, pero hoy no he visto la televisión. ¿Se sabe algo nuevo?

—Ha habido una rueda de prensa. La presión sobre los agentes que se encargan del caso es tan fuerte que se han visto obligados a aparecer en público de nuevo para dar explicaciones. Pero al fin y al cabo lo único que han dicho es que siguen sin saber nada al respecto. Ni una pista, ni un indicio. Nada.

—El autor debe de haber sido un tipo realmente perturbado —dijo Dave.

Gwen se encogió de hombros con un estremecimiento.

—Al menos no la violó, la chica no tuvo que soportar esa tortura antes de morir. Pero precisamente por ese motivo la policía se está devanando los sesos acerca del posible móvil del crimen.

—En cualquier caso no fue muy inteligente por parte de esa muchacha atravesar un lugar tan oscuro y solitario por la noche —opinó Dave—. Los Esplanade Gardens, ¡menudo sitio para andar sola a esas horas!

—Y por dinero dicen que tampoco ha sido —relató Gwen—. Ni para quitarle las joyas. Encontraron el monedero de la chica dentro del bolso, y seguía llevando puestos el reloj y dos anillos. Parece como si... ¡como si hubiera muerto por nada!

—¿Crees que habría sido distinto para ella si le hubieran aplastado el cráneo a cambio de mil libras? —preguntó Dave con cierta brusquedad. Al percibir una mirada asustada a su lado, siguió hablando ya más calmado—. Perdona, no pretendía violentarte. En cualquier caso, no resulta agradable saber que hay un demente rondando por Scarborough que se dedica a asesinar a mujeres sin motivo aparente. Pero ¡quién sabe! Tal vez fue por motivos pasionales, por celos o algo parecido. Un novio despechado que no conseguía superar su frustración... Hay gente que se enfada mucho cuando se siente rechazada.

—Pero si hubiera algún ex novio capaz de haberlo hecho, la policía lo sabría desde hace tiempo —reflexionó Gwen.

Siguieron circulando en aquella oscura noche de octubre. Empezaron a divisar los Hochmoore de Yorkshire bajo la pálida luz de la luna, que les reveló las áridas colinas con su luz blanquecina. Los sauces y los muros de piedra se turnaban para flanquear la carretera y de vez en cuando surgía de la oscuridad de la noche la silueta de una vaca o de una oveja. Ya era tarde para cenar, pero Dave había tenido que dar una clase de español y no había podido salir de Scarborough hasta pasadas las ocho.

Al menos se le encendió la luz y se le ocurrió adónde podían ir: a un bar bastante modesto que estaba por los alrededores de Whitby. No es que fuera un lugar muy romántico, pero era barato y podría estar seguro de que no se encontraría allí con nadie ante quien quisiera guardar una apariencia impecable. Ya había comprobado que Gwen era más bien modesta en sus pretensiones y que nunca se quejaba por nada. Podría haberle prometido una cena romántica a la luz de las velas y luego llevarla al Kentucky Fried Chicken sin que ella pusiera reparos. Hasta el momento, el único hombre en la vida de aquella mujer había sido su padre y, a pesar de que los unía una mezcla de amor, lealtad y precaución, Dave se había dado cuenta de que ella se entregaba sin ilusión alguna, segura de que esa existencia monótona y exenta de esperanzas en una granja aislada y decadente de Staintondale no representaba una vida plena y saludable para ella. Gwen no podía sentirse más afortunada de que Dave se hubiera cruzado de manera inesperada en su insulsa rutina, y tanto de día como de noche se sentía atormentada por el miedo a perderlo. Por eso se esforzaba, y mucho, en no caer en lamentos, exigencias o disputas que pudieran disgustarlo.

Soy un canalla, se dijo él, un verdadero canalla, pero al menos de momento la hago feliz.

Y no pensaba hacerle daño. Seguiría adelante con aquello. Se lo había propuesto y tampoco había ninguna alternativa.

Gwen Beckett era su última oportunidad.

Y yo también soy la última oportunidad para ella, pensó. Tuvo que esforzarse para alejar la acometida de pánico que amenazaba con aflorar en su interior. Pasaría el resto de su vida junto a aquella mujer. Eso podían ser cuarenta o incluso cincuenta años más.

Pensaba mucho en ella. A veces imaginaba la vida que Gwen llevaba a partir de lo que esta le contaba, otras lo deducía él mismo. Al parecer, su padre se había mostrado siempre muy flexible y ella lo interpretaba como una demostración de amor, pero Dave a veces dudaba si en realidad no se trataba de indolencia. Gwen había dejado la escuela a los dieciséis años porque ya no le divertía, como ella misma había afirmado, y su padre no se había opuesto en ningún momento a esa decisión. No había aprendido ningún oficio, sino que se había limitado a encargarse de las tareas del hogar de su progenitor, que era viudo. A fin de contribuir a la economía familiar había transformado dos habitaciones de la granja para alojar a huéspedes y había abierto un *bed & breakfast*. Sin embargo, aquella pequeña empresa no tenía mucho éxito, lo que no sorprendía a Dave en absoluto. La vieja casa presentaba un estado lamentable y pedía a gritos unas reformas que la modernizaran y la hicieran más atractiva para la gente que acudía a pasar las vacaciones en la costa este del norte de Yorkshire. Tras unas décadas algo flojas, la región volvía a estar en boga, pero la gente quería un cuarto de baño en condiciones, con ducha y con un calentador que no se vaciara en pocos minutos, una bonita vajilla bien limpia para desayunar y un caluroso recibimiento que compensara el hecho de haber salido de su domicilio para pasar allí las semanas más preciadas del año. El jardín de la casa de los Beckett, colmado de malas hierbas y de socavones, no invitaba a quedarse allí. De hecho, al parecer solo tenían un par de huéspedes que solían pasar las vacaciones en la casa y, tal como Gwen había supuesto, se debía sobre todo a que viajaban acompañados de una pareja de enormes dogos alemanes a los que no aceptarían en ningún otro lugar.

¿Quién es Gwen Beckett?, se preguntaba Dave varias veces al día. A veces, demasiado a menudo.

Era muy tímida, pero él tenía la impresión de que era el resultado lógico de la vida aislada que llevaba, que le había hecho olvidar cómo debía relacionarse con las otras personas. Hablaba de su padre con cariño y admiración, y a veces daba la impresión de que no había nada tan bonito para ella como el hecho de haber pasado los mejores años de su vida junto a él en el entorno aislado de Staintondale. Era en esas ocasiones cuando Dave tenía que volver a pensar en las palabras que le había dicho aquella tarde de julio en la que se habían conocido: «No es que haya tenido mucha suerte en la vida».

Había buscado por su cuenta un curso destinado a que la gente como ella pudiera ganar confianza en sí misma y aprender a tener una actitud más abierta. Se había inscrito y, una semana tras otra durante tres meses, había acudido a Scarborough para aprovechar hasta la última hora lectiva. Había hecho justo lo que los artículos de autoayuda de las revistas femeninas aconsejan a sus lectoras: ¡Toma medidas para solucionar tu problema! ¡Asoma la nariz por la puerta! ¡Sé tú quien busque la compañía de las otras personas!

Dave estaba convencido de que Gwen debía de tener la sensación de haber conseguido realmente el éxito prometido en un santiamén. A veces parecía que incluso le costara creer que pudiera haberle ido tan bien. Había reunido todo su coraje para acudir a la Friarage School, y ya el primer día había conocido al hombre con el que pronto se casaría y con el que pasaría el resto de su vida.

Gwen era feliz. Aunque Dave sabía que también tenía miedo. Miedo a que todavía pudiera suceder algo que hiciera estallar su sueño como estalla una pompa de jabón, porque todo era demasiado bonito para ser verdad.

Y cuando pensaba en ello, Dave se sentía miserable. Porque sabía que ese miedo estaba justificado.

—Sigue en pie lo de la fiesta de compromiso del sábado, ¿no? —dijo con voz angustiada Gwen, como si hubiera sospechado que Dave estaba dando vueltas a su relación y que lo que pensaba no era en absoluto bueno.

Dave se las arregló para mirarla con una sonrisa tranquilizadora.

—Naturalmente. ¿Qué te hace pensar que no sea así? Es decir, a menos que tu padre lo boicotee todo de repente y decida no dejarnos entrar en la casa. Pero incluso entonces podemos salir a celebrarlo en un restaurante.

¡Dios mío, no! La amiga de Gwen de Londres estaría allí, y

había que contar con el matrimonio que pasaba las vacaciones en la granja de los Beckett con sus dos dogos, y también con Fiona Barnes, la vieja amiga de la familia cuyo papel en la historia de los Beckett él aún no acertaba a comprender. ¡Siete personas! Prácticamente ya no le quedaba dinero. Si al final tenían que ir al restaurante, no podría pagarlo. Si al viejo Beckett le daba por ponerle las cosas difíciles, tendría un verdadero problema.

Sin embargo, Dave intentó que Gwen no percibiera su preocupación.

—No habrá nada que pueda arruinar nuestro compromiso —le aseguró.

Gwen alargó la mano hacia él y Dave se la tomó. La tenía fría como el hielo. Se volvió hacia ella, se la acercó a los labios y le echó el aliento para calentársela un poco.

—Confía en mí —le pidió. Esas palabras siempre eran bien recibidas y lo sabía. Especialmente en el caso de las mujeres como Gwen, lo sabía incluso a pesar de no haber conocido antes a nadie tan extremo como ella—. No estoy jugando contigo.

No, un juego no era. Definitivamente, no.

—Lo sé, Dave, lo noto —replicó ella con una sonrisa.

No tienes ni idea, pensó él. Tienes miedo, pero sabes que no puedes sucumbir a él. Ahora es lo que toca. Los dos nos beneficiaremos de ello. Cada uno a su manera.

Ya había oscurecido del todo y siguieron circulando en la soledad de la noche. Dave tenía la sensación de estar entrando por un túnel y notó que se le estrechaba la garganta. Se sentiría mejor tras el primer whisky, lo sabía. Y todavía mejor tras el segundo. Le daba igual si después sería capaz de conducir o no.

Lo importante era que los pensamientos que lo atormentaban se disiparían un poco. Lo importante era que tendría la sensación de que el futuro sería más soportable.

Viernes, 10 de octubre

1

Jennifer Brankley se acordó de sus años en la escuela, no tanto de los años en los que vestía falda plisada y blazer azul y llevaba una gran cartera marrón colgada a la espalda, sino de los últimos años, cuando era ella quien impartía la clase y cada mañana acudía al centro escolar y se enfrentaba llena de esperanza y de energía al día que tenía por delante. A veces le parecía como si hubieran pasado varias décadas desde entonces, como si no fuera más que el recuerdo de otra vida. En realidad no habían pasado más que un par de años desde aquellos tiempos que ella recordaba como los más felices de su vida. Un par de años... y nada había vuelto a ser como antes.

Tenía las bolsas de plástico con la compra —que consistía básicamente en comida para Cal y Wotan, sus dos dogos— apoyadas entre sus pies y un árbol, justo detrás de la verja de hierro forjado pintada de negro que rodeaba la finca de la Friarage Community Primary School. Era un gran complejo de edificios, varias casas de una o dos plantas de ladrillo rojo, con persianas azules tras las ventanas. Por encima de la escuela, a la izquierda, se alzaba la colina del castillo frente al que estaba la iglesia de Saint Mary, conocida sobre todo por su cementerio puesto que en él había sido enterrada la escritora Anne Brönte. El castillo y la iglesia parecían proteger la ciudad, la escuela y a los niños.

Un lugar bonito, pensó Jennifer.

Eran los seis o siete días que solía pasar en la granja de los

Beckett, en Staintondale, junto a su marido, Colin, y especialmente Jennifer había tomado mucho cariño a la costa este de Yorkshire. Le encantaban los altiplanos azotados por el viento que se alternaban con amplios valles, los pastos interminables delimitados por muros bajos de piedra, las escarpadas peñas que se alzaban de repente sobre el mar y las pequeñas calas de arena fina flanqueadas por acantilados. Le encantaba también la ciudad de Scarborough, con sus dos grandes bahías semicirculares separadas por una lengua de tierra, con su puerto viejo, las lujosas casas en lo alto del South Cliff, los numerosos y anticuados hoteles cuyas fachadas tenían que soportar el viento y el salitre, cada vez más descascarilladas. A veces Colin se quejaba de ello, decía que estaría bien pasar las vacaciones en otro sitio por una vez, pero eso habría supuesto dejar a Cal y Wotan en una residencia canina, algo impensable en el caso de unos animales tan sensibles. Por fortuna, había sido Colin quien había tenido la idea de tener perros en casa, perros especialmente grandes, además. Jennifer recurría a ello cada vez que él se quejaba. Recaía sobre todo en Colin la responsabilidad de dar largos paseos de varias horas con los perros, a diario.

—Es un remedio milagroso contra la depresión —le había dicho él—. Y además es muy sano, lo mires como lo mires. Llegará un día en que no podrás pasar sin hacer un poco de ejercicio al aire libre.

Y tenía razón. Los perros y los paseos le habían cambiado la vida. La habían ayudado a salir del hoyo, y aunque tal vez tampoco la habían convertido en una mujer realmente feliz, sí habían devuelto algo de sentido a su existencia.

Había conseguido los perros en una asociación que operaba por internet para intentar encontrar nuevos dueños que se hicieran cargo de dogos abandonados. A Cal lo habían hallado atado en la cuneta de una carretera rural con un año de edad, mientras que el propietario de Wotan lo había llevado a una perrera en cuanto le hubo quedado claro, aunque un poco tarde, que no era fácil convivir con un perro tan grande en un octavo piso.

Lo peor de todo siempre es la estupidez humana, pensaba a menudo Jennifer; es peor todavía que la crueldad premeditada, porque la estupidez está mucho más extendida. La estupidez y la irreflexión. Esos eran los males que azotaban al mundo. Y por encima de todo, a los animales.

Ese día había dejado a los perros en la granja con Colin y había acompañado en coche a Gwen hasta la ciudad. Gwen había asistido durante tres meses a un curso para vencer su timidez, la última hora de clase había tenido lugar el miércoles anterior y esa tarde de viernes la profesora había convocado una pequeña fiesta de despedida. Jennifer se había abstenido de hacer comentarios acerca del curso. No creía en esa clase de historias. En tres meses, se suponía que varias personas que habían forjado su manera de ser a lo largo de varias décadas tenían que cambiar de golpe y volver a tomar las riendas de su vida. En su opinión, esos cursos estaban destinados a ganar dinero a costa de los problemas y las necesidades reales de personas a menudo desesperadas, personas dispuestas a agarrarse a un clavo ardiendo y a pagar una buena cantidad de dinero por ello. Gwen le había confesado que había gastado todos sus ahorros en el curso, pero Jennifer no tenía la impresión de que lo hubiera aprovechado mucho. Naturalmente, estaba cambiada, pero no había sido gracias a los sortilegios que habían practicado con ella los miércoles por la tarde. En todo caso, Jennifer estaba convencida de ello. Si había cambiado había sido sobre todo por el inesperado giro que había tomado su vida privada. Por un hombre, un hombre que se había enamorado de ella.

Al día siguiente celebrarían el compromiso matrimonial. A Jennifer le parecía increíble. Pero puesto que Gwen lo había conocido precisamente en esa escuela, tuvo que admitir, por lo menos, que ni el tiempo ni el dinero invertidos en el curso habían sido en vano.

¡Gwen se casaba! Jennifer, que solo era diez años mayor que ella pero siempre se había sentido como una especie de madre para Gwen, lo consideraba una maravillosa providencia del destino. Y sin embargo, al mismo tiempo había algo en todo aquello que la llenaba de inquietud: ¿quién era aquel hombre? ¿Por qué había elegido a Gwen si, por más encantadora y detallista que fuera, hasta entonces no había despertado el interés de ningún hombre? Era una chica demasiado anticuada. Era como si viviera ajena al mundo. Solo sabía hablar de su padre, que si papá esto, que si papá lo otro, ¿qué hombre podría aguantar algo así sin volverse loco?

Jennifer quería compartir la alegría de Gwen, lo deseaba de todo corazón, pero era incapaz. El día anterior había visto un momento a Dave Tanner cuando este llegó a la granja para recoger a Gwen, y desde entonces su inquietud al respecto no había hecho otra cosa que acrecentarse. A juzgar por el coche que conducía, Tanner debía de estar sin blanca. Y es que no podía ser de otra manera si sus únicos ingresos procedían de las clases de español y de francés que impartía y si vivía realquilado en una habitación amueblada. En caso de que ocultara una fortuna, no estaría viviendo de semejante modo. Sin embargo, era muy atractivo y desenvuelto, Jennifer lo había percibido a simple vista nada más verlo por la ventana de su habitación. Sin duda alguna podía elegir entre muchas otras mujeres aparte de Gwen, eso Jennifer también lo tenía claro. Mujeres más jóvenes, más guapas y más cosmopolitas. Incluso a pesar de sus apuros financieros.

Esa situación existencial tan evidentemente catastrófica era lo único que podía sustentar el romance entre Dave y Gwen, y por culpa de esa constatación Jennifer no había podido pegar ojo en toda la noche.

Sin embargo, no había dicho nada. En cualquier caso, no a Gwen. Había compartido sus temores con Colin y este había insistido en advertirle que no debía entrometerse.

—¡Es mayorcita! Tiene treinta y cinco años. Ya es hora de que decida por sí misma la vida que quiere llevar. ¡No puedes protegerla para siempre!

Sí, pensaba Jennifer mientras se deleitaba en la contemplación de la escuela bañada por el sol de la tarde de aquel plácido día de octubre, Colin tenía razón. Basta ya de proteger a Gwen Beckett de cualquier mal, se dijo. No es mi hija. Ni siquiera somos parientes. Y aunque lo fuéramos, ha alcanzado ya una edad en la que debe decidir por sí misma el camino que tomarán sus pasos.

La puerta del edificio principal se abrió. Los que salieron de ella debían de formar parte de la clase de Gwen. Jennifer decidió desterrar los prejuicios que pudieran aflorar en ella y también despojarse de aquella curiosidad que habría resultado del todo inadecuada. ¿Qué aspecto tenían las personas que se decidían a participar en un evento como aquel que tal vez sería incluso la última oportunidad que tendrían de cambiar? ¿Eran todas como Gwen, personas un poco anticuadas, reservadas, que se sonrojaban fácilmente pero que en el fondo eran encantadoras? ¿O eran reprimidas, desagradables, cascarrabias y absolutamente frustradas? ¿Agresivas? ¿Tan feas que te quitaban el hipo del susto?

Jennifer pudo comprobar que tenían un aspecto bastante normal. Había muchas más mujeres que hombres, que en total solo eran dos. Las mujeres vestían vaqueros, jerséis y chaquetas ligeras, puesto que no hacía demasiado frío. Algunas eran bastante guapas. Sin embargo, no había ninguna que fuera una belleza espectacular, del mismo modo que tampoco había ninguna con una presencia deslumbrante o provocadora. En resumen, una serie de personas más bien reservadas y poco acostumbradas a ser el centro de atención, pero que en ningún caso parecían perturbadas, extrañas o repugnantes.

Jennifer sonrió al ver a Gwen. Llevaba una falda floreada hasta las pantorrillas, como siempre. Y unas botas muy vulgares. ¿De dónde debía de haber sacado aquel abrigo tan horroroso? ¿Llegaría a disuadirla algún día su prometido de vestirse de esa forma?

Gwen se le acercó acompañada por un hombre y una mujer que debían de tener entre treinta y cuarenta años. A simple vista, la mujer parecía un tanto corriente, pero después de observarla mejor, Jennifer llegó a la conclusión de que era bastante atractiva. Gwen hizo las presentaciones.

—Esta es Jennifer Brankley. Jennifer, ellos son Ena Witty y Stan Gibson.

Ena Witty sonrió tímidamente y murmuró un saludo. Hablaba en voz muy baja. Stan Gibson, en cambio, miró con expresión radiante a Jennifer.

—Hola, Jennifer. Gwen nos ha contado muchas cosas sobre ti. Y sobre tus perros. ¿Realmente son tan gigantescos como dice?

—Todavía más —respondió Jennifer—, pero son obedientes como corderitos. No debería decirlo, pero creo que si entrara un ladrón en casa acudirían meneando el rabo para saludarlo y lamerle las manos.

—Tampoco me atrevería a probarlo. —Stan se echó a reír.

—Me gustan mucho los perros —susurró Ena.

Jennifer pensó que Ena era justo el tipo de persona que esperaba encontrar en un programa de formación como ese. Stan Gibson, en cambio, no encajaba en absoluto. No era un hombre especialmente guapo, pero era simpático y abierto y no parecía tener problemas de timidez y de angustia. ¿Qué debía de estar buscando en aquel curso durante los últimos meses?

Como si le hubiera leído la mente, Gwen se apresuró a aclararlo.

—Por cierto, Stan no estaba en nuestro curso. Durante los meses de agosto y de septiembre han tenido que reformar algunas aulas, y Stan trabaja para la empresa que se encarga de ello. Estaba aquí cada miércoles desde que empezó el curso, así es como lo conoció Ena.

Ena bajó la mirada hacia el suelo.

Toda una agencia de relaciones, esta Friarage School, pensó Jennifer. Gwen había encontrado allí al hombre de su vida. Ena Witty se había echado novio... ¡Si esto sigue así, la dirección podrá plantearse empezar a ganar dinero con ello!, se dijo.

—Puesto que ahora Ena y yo salimos juntos, me han dejado venir a la fiesta de despedida —dijo Stan—, y en las últimas semanas hemos charlado mucho también con Gwen. Bueno, Ena, podríamos invitar a Gwen y a Jennifer para que vengan algún día a nuestra casa, ¿no?

—¿A nuestra casa? —preguntó Ena, sorprendida.

—Cariño, ya puedes abrir los ojos cuanto quieras. Creo que está claro que algún día vivirás conmigo, y entonces, como es natural, podremos invitar a nuestras amistades a casa. ¡A nuestra casa! —Se rió en voz alta y con ganas antes de dirigirse a las otras dos mujeres—. Para Ena puede que todo esto esté yendo demasiado rápido. Mañana a primera hora nos marcharemos a Londres y pasaremos allí el fin de semana en casa de mis padres. Quiero que conozcan a Ena.

Gwen y Jennifer intercambiaron una mirada fugaz. Las dos compartían la impresión de que a Ena no acababa de gustarle el plan que proponía Stan si bien no se atrevía a manifestar su desacuerdo.

Sin embargo, se arrancó con una sonrisa.

—Está bien eso de ya no estar sola —dijo ella, y Jennifer vislumbró la soledad de aquella mujer y comprendió que era eso lo que habían estado tratando en las clases, mucho más que problemas de timidez, de indecisión o de algunas fobias.

En realidad las personas que se encontraban en cursos como aquel, pensó, estaban desesperadas principalmente a causa de la soledad. Eran mujeres solas como Ena, porque nadie reparaba en ellas y no habían aprendido a mostrarse ante el mundo con todos sus talentos, aptitudes y cualidades. Mujeres como Gwen, cuya vida había quedado varada y que esperaba que esta volviera a arrancar algún día. Ansiaban escapar de esos largos y melancólicos fines de semana y de las noches interminables que pasaban con el televisor como único compañero.

—Os llamaremos para invitaros —dijo Stan.

Después de despedirse, Jennifer y Gwen se dirigieron al puesto de libros. La comida para perros pesaba bastante, no obstante Gwen, que la ayudaba a llevar las bolsas, no se quejaba. Podrían haber cogido el coche de Chad o el de Colin, pero a pesar de que Gwen tenía carnet, no le gustaba conducir y solo se sentaba ante un volante en caso de extrema necesidad.

Y Jennifer...

—¿Por qué no vuelves a intentarlo? —le había preguntado Colin a mediodía—. ¡Quién sabe!, tal vez te va mejor de lo que crees.

—No —había respondido ella negando a la vez con la cabeza—. No puedo. No lo conseguiría. Es que... es que simplemente ya no confío en mí misma y son tantas cosas las que pueden llegar a ocurrir...

Colin no había insistido. Jennifer sabía que a su marido le gustaría que se esforzara en recuperar la confianza perdida, pero a veces tenía la sensación de que ya había dejado pasar demasiado tiempo y que no lograría reunir el valor para intentarlo de nuevo. Además, se había dado cuenta de que finalmente podía llevar una vida aceptable. Había perdido la confianza en sí misma cuando se trataba de ponerse frente al volante, y se mostraba algo huraña y desconfiada, pero no estaba sola. Tenía a Colin y a los perros. Las vacaciones en casa de Chad y de Gwen. Con eso ya estaba contenta. Tenía controlada la depresión. Y si alguna vez notaba que se avivaba de algún modo, se tomaba una pastilla, aunque eso no sucedía más de una vez por semana. Ya no era adicta a los medicamentos.

Pero no se permitía pensar en todo lo malo que había tenido que soportar. Eso ya había pasado. Hacía mucho tiempo, en otra vida.

Había encontrado un nuevo lugar para sí misma.

Lo único que tenía que conseguir era acabar de desprenderse del todo de la depresión. No intentar transfigurarla o pensar en aquellos tiempos con nostalgia. Esas cosas no funcionaban de la noche a la mañana, como había podido comprobar muy a su pesar. Aun así, algún día lo lograría.

Y entonces todo sería mejor.

2

—Tiene visita en su habitación —dijo la señora Willerton, la dueña de la casa en la que Dave vivía realquilado. Apenas había cerrado la puerta tras él y había cruzado el estrecho pasillo con las paredes repletas de cursis dibujos de animales—. Es la señorita Ward, su... bueno... ahora ya es su ex novia, ¿no?

—Le dije que no quería que dejara entrar a nadie en mi habitación en mi ausencia —replicó Dave, enfadado, y subió los empinados escalones de dos en dos antes de que la señora Willerton pudiera hacerle más preguntas.

Eso ya era lo último. Encima de vivir realquilado, tenía que pasar continuamente por delante de la cotilla de su casera. La señora Willerton sentía una enorme curiosidad por la vida amorosa de Dave, y este pensaba que probablemente era debido a que la de ella había quedado enterrada en el pasado, hacía varias décadas. Una vez le confesó, avergonzada, que el señor Willerton la había dejado por una novia que se había echado antes de los veinte en un club de fans de Harley-Davidson y no había vuelto a verlo.

A Dave no le había costado nada entender el porqué.

Estaba cansado. Acababa de dar una larga clase de francés de dos horas en la que había tenido que soportar la estremecedora pronunciación de una docena de amas de casa de mediana edad del norte de Yorkshire que se dedicaban a maltratar ese idioma cuya sonoridad y melodía tanto le gustaban. Anhelaba cada vez más que llegara el día en que pudiera dejar todo aquello. En ese momento su vida era demasiado agotadora, complicada y disparatada, lastrada además por las continuas cavilaciones acerca de si no sería un tremendo error lo que estaba a punto de hacer. Karen Ward, la estudiante de veintiún años con la que había tenido una relación de dieciocho meses, era la última persona a la que necesitaba ver esa noche.

Entró en su habitación. Como de costumbre, la había dejado bastante desordenada, con la cama por hacer y algo de ropa apilada descuidadamente sobre la silla. Sobre la mesa que estaba frente a la ventana habían quedado los restos de su almuerzo, una caja de cartón con las sobras de un plato de arroz del puesto de comida paquistaní para llevar y, al lado, una botella de vino blanco que había dejado descorchada, todavía medio llena. Karen siempre se enfadaba porque a veces bebía alcohol ya a mediodía. Al menos en el futuro se libraría de ese tipo de discusiones.

Encontró a Karen sentada en un taburete que estaba a los pies de la cama. Llevaba puesto un jersey de cuello vuelto de color verde oscuro y había enfundado sus largas y bonitas piernas en unos vaqueros muy ajustados. Los mechones de pelo rubio claro le caían desenfadadamente sueltos por encima de los hombros. Dave la conocía lo suficiente para saber que por la mañana necesitaba mucho tiempo para conseguir ese aspecto tan natural. No llevaba ni un pelo fuera de lugar, lo había querido exactamente de ese modo. También el maquillaje, aparentemente inexistente, era el resultado de un arduo trabajo.

Antes lo tenía fascinado por completo, había quedado prendado de su aspecto, pero ya no. Aunque era evidente que eso no había bastado para que su relación llegara a ser realmente larga.

Además, Karen era demasiado joven.

Dave cerró la puerta tras él. Habría apostado cualquier cosa a que la señora Willerton estaba justo debajo de ellos, aguzando el oído.

—Hola, Karen —dijo él, con la máxima soltura de la que fue capaz.

Ella se había levantado del taburete, claramente tenía la esperanza de que Dave se le acercara y la rodeara entre sus brazos, aunque solo fuera por un instante, pero él no hizo ademán alguno de complacerla. En lugar de eso, se quedó junto a la puerta y ni siquiera se quitó la chaqueta. No quería darle ningún indicio en absoluto de que la conversación fuera a ser larga.

—Hola, Dave —replicó ella finalmente—, perdona que haya venido así de... —Dejó la frase inacabada, suspendida en el aire.

Dave no le hizo el favor de aceptar las disculpas por haberse presentado sin avisar, sabía que aquello no era más que una fórmula de cortesía. Se quedó en silencio.

Con una expresión de desamparo en el rostro, la chica dejó que su mirada vagara por aquella habitación tan poco acogedora.

—Este lugar está peor que la última vez que lo vi —comentó.

Típico. Siempre tenía que criticarlo todo. Que si bebía demasiado vino, que si apenas ordenaba su cuarto, que si dormía en exceso o no era lo suficientemente ambicioso, que si, que si, que si...

—Ha pasado tiempo desde que viniste por última vez —replicó él—. Y desde entonces no ha habido nadie que me exigiera mantener un orden.

Y lo celebro, añadió para sí mentalmente.

Su respuesta había sido un error y se había dado cuenta de ello enseguida, nada más oír la réplica mordaz de Karen.

—Según como se mire, Dave. Si no recuerdo mal, estuve aquí la semana pasada.

Era un idiota, eso es lo que era. La semana anterior había vuelto a cometer una estupidez, a pesar de que se había propuesto no volver a hacerlo. Se había encontrado con Karen a altas horas de la noche en un pub del Newcastle Packet, en el puerto, donde ella trabajaba desde hacía poco como camarera. Había esperado hasta que acabara su turno, se había tomado un par de copas con ella y habían acabado la noche en aquella habitación. Recordaba vagamente haberse acostado con Karen de forma bastante salvaje y desinhibida. Desde que hubo cortado con ella a finales de julio, se habían visto un par de veces simplemente por eso, porque era alguien con quien le gustaba hablar, reír y acostarse, y porque a veces había necesitado distraerse para olvidar los tediosos encuentros con Gwen. Pero no había sido justo con Karen y no quería volver a caer en la misma debilidad. No le extrañaba nada que ella tuviera esperanzas de retomar la relación.

—Bueno, ¿por qué has venido aquí a esperarme? —preguntó Dave a pesar de saberlo perfectamente.

—¿No se te ocurre ningún motivo?

—Para ser sincero, no —Ella lo miró tan ofendida como si hubiera recibido un bofetón y Dave tuvo que hacer un esfuerzo por dominarse—. Karen... siento lo de la semana pasada. Si es que... bueno, si es por eso por lo que has venido. Llevaba un par de copas de más. Pero no ha cambiado nada. Nuestra relación ha terminado.

Ella se sobresaltó un poco al oír las palabras de Dave, pero consiguió controlar su reacción.

—Desde que me dejaste a finales de julio hasta hoy solo he querido saber una cosa. ¿Recuerdas? Quería saber si había otra mujer.

—Sí. ¿Y?

—Me has dado a entender que no había nadie. Que el hecho de que lo dejáramos solo tenía que ver con nosotros.

—Ya sé lo que te dije. ¿Por qué tienes que salir otra vez con eso?

—Porque... —Dudó un poco—. Porque últimamente me han llegado voces de que hay alguien más en tu vida. Te han visto varias veces con otra mujer durante las últimas semanas. Y por lo que me han dicho, no es ni joven ni guapa.

Dave odiaba ese tipo de conversaciones. Tenía la sensación de encontrarse ante un interrogatorio.

—Y si es así, ¿qué? —replicó él con agresividad—. ¿Dónde está escrito que después de que me enrollara contigo no pueda volver a estar con otra mujer?

—Un año y medio de relación es algo más que enrollarse.

—Llámalo como quieras. En cualquier caso...

—En cualquier caso no te creo, no creo que... que la hayas conocido hace tan poco. Me dejaste el veinticinco de julio y hoy es diez de octubre.

—Sí, han pasado casi tres meses.

Karen parecía expectante. Dave se sintió entre la espada y la pared y se dio cuenta de que cada vez estaba más furioso. Después de todo lo que tenía que aguantar, encima eso... como si su vida no fuera ya bastante fastidiosa.

—No tengo por qué darte explicaciones —dijo fríamente.

A ella empezaron a temblarle los labios.

No la hagas llorar, por Dios, pensó Dave cada vez más enervado.

—Después de lo de la semana pasada... —empezó a decir Karen con la voz cada vez más quebrada. Él la interrumpió de golpe.

—¡Olvídate de lo de la semana pasada! Estaba borracho. Ya te he dicho que lo siento. ¿Qué más quieres que te diga?

—¿Quién es? Me han comentado que es bastante mayor que yo.

—¿Quién lo dice?

—La gente que te ha visto con ella. Compañeros de clase.

—Ya, ¿y qué? Simplemente es mayor que tú.

—Pero ¡debe de rondar casi los cuarenta!

—¿Y qué? Encaja conmigo. Yo también estoy llegando a los cuarenta.

—O sea, que es cierto.

Él no dijo nada.

—Siempre habías tenido novias más jóvenes —dijo Karen, desesperada.

Juventud. Era lo único que Karen podía ofrecerle.

—Tal vez esté en pleno proceso de cambiar mi vida —replicó él.

—Pero...

Dave lanzó sobre la mesa de mala manera la cartera que había estado sosteniendo durante todo el rato.

—Déjalo, Karen. Deja de humillarte. Porque mañana lamentarás haberlo hecho. Lo nuestro ha terminado. Son incontables los hombres que se volverían locos por una chica guapa como tú. Simplemente olvídame y no le des más vueltas.

Las primeras lágrimas empezaron a rodar por las mejillas de Karen cuando volvió a dejarse caer sobre el taburete en el que había estado esperándolo.

—No puedo olvidarte, Dave. No puedo. Y creo... creo que tú tampoco puedes olvidarme a mí, a decir verdad. De lo contrario la semana pasada no me habrías...

—¿Qué? ¿Follado, quieres decir? ¡Al diablo, Karen, ya sabes cómo son estas cosas!

—Tu nueva novia no tiene ningún atractivo en absoluto. Tal vez no te guste tanto acostarte con ella como conmigo.

—En cualquier caso, eso es asunto mío —dijo él, cada vez más airado.

Había tocado el tema más espinoso de todos. El sexo con Gwen era algo inimaginable, y a Dave le horrorizaba pensar en el día, o la noche, en que no pudiera seguir eludiéndolo. Probablemente solo sería capaz de hacerlo si se emborrachaba e intentaba pensar en el bonito cuerpo de Karen.

Pero eso sería mejor que Karen no llegara a saberlo jamás.

Ella lloraba ya abiertamente.

—Hoy ha venido a verme de nuevo la inspectora Almond —sollozó—. Por lo de Amy Mills.

Resignado, Dave se quitó la chaqueta. Tenía para rato. Acababa de sacar un tema con el que siempre terminaba llorando a moco tendido. Al menos no lloraría por él, algo habían avanzado. Ojalá no estuviera tan cansado, tan harto de todo, tan cargado de problemas.

—¿Y qué quería esta vez? —preguntó él, rendido. Cuando Karen en lugar de responder empezó a sollozar aún más fuerte, Dave sacó una botella de aguardiente de su armario y dos vasos más o menos limpios—. ¡Vale ya! Tómate esto.

Karen bebía alcohol solo en contadas ocasiones y siempre se quejaba de que él lo hiciera, pero esa vez se llevó el vaso a los labios y lo vació de un solo trago. Dejó que le sirviera otro y lo vació del mismo modo. A continuación, las lágrimas al menos remitieron un poco.

—Bueno, básicamente me ha hecho las mismas preguntas una vez más —dijo. Igual que en julio, justo después de que el asesinato de Amy Mills hubiera conmocionado a Scarborough. Karen parecía agotada y conmovida—. Soy la única que tenía algo de contacto con Amy, por eso quería que le contara nuevamente lo que solía hacer, cómo pasaba los días y esas cosas. Pero ni siquiera yo sé demasiado acerca de ella. Quiero decir que... —Se mordió los labios—. Siempre me pareció que Amy era un poco... rara. Muy inhibida. Me daba lástima. Pero no puede decirse que fuéramos amigas.

—Precisamente por eso tampoco debes reprocharte nada —dijo Dave—. Has hecho más que los demás. Tú al menos fuiste a tomar un café con ella un par de veces para escuchar sus problemas. Dios mío, es evidente que tenía dificultades para conectar con la gente. Y eso no es culpa tuya.

—La policía no tiene ni idea de quién pudo haberlo hecho. No tienen ninguna pista, nada —dijo Karen—. En cualquier caso, esa es la impresión que me dieron. ¿Tú conoces bien a la señora Gardner?

—¿Quieres decir...?

—La señora Gardner. La madre de la niña a la que Amy estuvo cuidando ese día.

—Linda Gardner. Naturalmente que la conozco. También da cursos de idiomas y siempre hemos tenido que combinar nuestras clases. Pero aparte de eso no teníamos ninguna relación.

—Había dado una clase la noche en la que, más tarde, asesinaron a Amy.

La noche en la que él había conocido a Gwen y la había llevado a casa en coche. Recordaba bien esa noche, ¡demasiado bien!

—Claro. Por eso Amy había estado cuidando a su hija.

—La inspectora Almond busca a personas que lo supieran. Que supieran que Amy trabajaba como canguro en casa de la señora Gardner. Me ha preguntado si yo lo sabía. Le he dicho que sí.

—A ti no te consideran sospechosa.

—Querían saber si conocía a alguien que también lo supiera. —Karen lo miró llena de expectación.

Furioso, Dave solo quería que le dijera lo que pretendía. Odiaba esa costumbre que tenía Karen de andarse siempre con rodeos.

—Sí. ¿Y?

—No le he dicho que creía que tú debías de saberlo.

—¿Y por qué no?

Karen escondía algo, o al menos eso le pareció a él.

—No... no quería causarte problemas, Dave. Tenías la noche libre. Y recuerda que al día siguiente tuvimos una bronca descomunal porque me dejaste plantada y no quisiste decirme qué había sucedido realmente.

Claro que no. ¿Tendría que haberle contado que había ido en coche hasta Staintondale? Porque entonces habría sido inevitable explicarle también lo que sucedió a continuación.

Trató de calmarse a pesar de lo furioso que ella lo ponía.

—Siempre he tenido problemas para controlarme contigo. Tal vez ese fuera el motivo por el que nuestra relación fracasó.

—¿Lo sabías? ¿Sabías que una joven estudiante trabajaba para la señora Gardner?

—Es posible que me lo hubiera contado, sí. ¿Y qué? ¿Crees que aceché a Amy en el parque y la maté a golpes?

Karen negó con la cabeza.

—No.

Parecía triste y cansada. Seguramente no era por la suerte que había corrido una de sus compañeras de curso a la que solo había conocido de manera superficial, ni tampoco por las dificultades evidentes que tenía la policía para resolver el caso. Estaba así porque su relación con Dave había fracasado. Sintió que afloraba en él cierto sentimiento de culpa. Y eso lo enfurecía. No quería sentirse culpable.

—Bueno... —dijo.

Karen cogió su bolso. No había nada más que pudiera demorar más su despedida.

—Sí, bueno... —dijo también ella, con la voz quebrada.

—Siento que las cosas hayan sucedido de este modo —dijo Dave con una mueca en el rostro—. De verdad.

Los ojos de ella volvieron a llenarse de lágrimas.

—Pero ¿por qué, Dave? Es que no lo comprendo.

Porque estoy loco, pensó él, porque estoy cometiendo una absoluta locura. Porque finalmente me gustaría tener otra vida.

Porque veo un camino, porque solo veo un camino, este, que pueda seguir.

Dave sabía que ella odiaba que le respondiera con tópicos, pero de todos modos recurrió a uno.

—A veces es difícil comprender ciertas cosas. Y simplemente deben aceptarse.

Le abrió la puerta. Una tabla del entarimado crujió en el piso de abajo. La casera, que había estado todo el tiempo a los pies de la escalera, se alejó a toda prisa.

—Te acompaño abajo —dijo Dave.

Karen se echó a llorar de nuevo. Al menos la trataría con cortesía al final.

3

Estaban sentadas con una botella de agua mineral y un montón de paquetes de cigarrillos. Leslie constató una vez más que jamás llegaría a acostumbrarse a algunas contradicciones del carácter de su abuela y probablemente menos todavía a aquella: Fiona fumaba como un carretero, se fumaba hasta sesenta cigarrillos al día y al parecer ignoraba con absoluta impasibilidad las advertencias de las cajetillas que profetizaban, con palabras e imágenes bastante contundentes, una muerte dolorosa íntimamente relacionada con el placer que le proporcionaban los cigarrillos. En cambio, se negaba a probar el alcohol, ni siquiera guardaba una sola botella en casa.

—Es perjudicial —solía decir—, te atonta. ¿Cómo quieres que me guste algo que mata tantas neuronas?

Después del largo viaje en coche desde Londres, a Leslie le habría gustado relajarse con un par de copas de vino, por no mencionar que habría deseado terminar ebria una semana que había empezado el lunes con su divorcio. Estaba molesta porque de haber recordado esa particularidad de Fiona se habría llevado de casa una o dos botellas.

Las dos mujeres estaban sentadas en el salón ante una mesita de café que estaba justo frente a la ventana. Fuera reinaba la más absoluta oscuridad, pero entre las nubes que se extendían por el cielo nocturno sobre la bahía sur de Scarborough refulgía de vez en cuando alguna que otra estrella. En ocasiones incluso asomaba la luna. En esos momentos, el mar parecía una masa oscura, sombría, agitada.

—¿Y qué impresión te ha dado Gwen? —preguntó Leslie.

Fiona se encendió el quinto cigarrillo desde que su nieta se había presentado en su casa con todos los bártulos para instalarse en la habitación de invitados.

—Me ha parecido bastante abrumada por todo lo que le está ocurriendo. Pero supongo que me preguntas si también se siente feliz. No lo sé. Está tensa. En mi opinión no se fía mucho de su prometido.

—¿En qué sentido?

—Tal vez dude de que sus intenciones sean serias. Y no es la única. Su padre y yo sí dudamos de él, en todo caso.

—¿Conoces a Dave Tanner?

—Conocerlo sería decir demasiado. Durante los dos últimos meses hemos coincidido un par de veces en la granja de los Beckett. Y una vez los invité a los dos, a Gwen y a él, a venir aquí. Creo que eso lo incomodó muchísimo. No le gusta conocer a gente del entorno de Gwen... y eso que somos pocos. Probablemente teme que lo descubramos.

—¿Descubrirlo? Hablas como si fuera...

—¿Un impostor? Esa es justo la impresión que me llevé de él —dijo Fiona con vehemencia antes de dar una larga calada al cigarrillo, presa de los nervios—. Podemos hablar de esto abiertamente, Leslie, y que no salga de aquí. Aprecio mucho a Gwen. Es una persona encantadora. A veces pone demasiado empeño en contentar a la gente y puede llegar a sacarme de quicio, pero eso no significa que tenga mal carácter. Tiene treinta y cinco años, y que yo sepa en su vida no ha habido jamás un hombre que se haya interesado tanto por ella ¡y las dos sabemos por qué!

Leslie se revolvió un poco en su asiento.

—Bueno, es que...

—No creo que haya en el mundo alguien más soso que ella. Aburriría incluso a las ostras. A veces parece una cateta, no sabe vestirse. Es increíblemente anticuada, la ha marcado esa porquería de libros que lee continuamente. Vive en un mundo que no existe. Puedo comprender que los hombres la eviten cuando se encuentran con ella.

—Sí, pero tal vez haya alguno que mire en su interior y...

Fiona soltó una exclamación cargada de desdén.

—¿Qué encontraría? Gwen no es tonta, pero desde que salió de la escuela no ha seguido ningún tipo de formación y nunca se ha interesado de verdad por lo que ocurre más allá de su vida. ¡Espera a conocer a Dave Tanner mañana por la noche! Es que sencillamente no consigo imaginar que un hombre como ese consiga soportar durante mucho tiempo a una mujer con la que no puede hablar de nada.

—¿Quieres decir que...?

—Que es un tipo cultivado, inteligente e interesado por todo lo que sucede en el mundo. Y encima es un hombre atractivo, lo tiene todo a su favor. Sin embargo, ha desperdiciado bastante su vida. Y desde mi punto de vista, ese es el quid de la cuestión.

—¿Quieres decir que...? —dijo de nuevo Leslie.

—¿Sabes qué hace ese tipo para mantenerse a flote? Da clases de idiomas a amas de casa por las tardes. ¿Para eso tiene estudios superiores y la carrera de ciencias políticas? Bueno, la dejó justo antes del examen final de licenciatura, prefirió comprometerse con el movimiento pacifista y dedicarse a no sé cuántas idioteces más que no le habrán servido para nada. Ahora tiene cuarenta y tres años y vive realquilado en una habitación amueblada. Es lo único que se puede permitir. Y eso lo hace inmensamente infeliz.

—Veo que sabes mucho sobre él.

—Me gusta hacer preguntas directas. A partir de las respuestas que recibo me hago una idea de cómo es la gente. Y no suelo equivocarme mucho. Estudiante fracasado, pacifista, ecologista... todo parece muy adecuado para un joven. Sin duda más interesante y emocionante que una vida aburguesada. Pero llega un momento en el que ese equilibrio se rompe. Cuando uno se hace mayor. Cuando vivir en un piso compartido y las reuniones para organizar interminables marchas de protesta dejan de tener gracia. Supongo que Tanner debe de llevar mucho tiempo insatisfecho, a pesar de que ahora se vea inmerso de lleno en la típica crisis de madurez. Siente pánico al ver cómo se le cierran las puertas y se le escapa una vida estable, segura, solvente. Apostaría a que está desesperado. A pesar de la indiferencia que pueda demostrar al respecto.

—¿Te das cuenta de lo que estás diciendo, Fiona?

—Sí. Y creo que alguien debería decírselo también a Gwen.

Leslie se mordió los labios.

—No puede ser, Fiona. Si ella... ¡Es imposible!

—Pero ¿eres consciente de la vida que la espera? —exclamó Fiona—. Ese tipo se instalará en la granja y esperará con toda tranquilidad a que Chad entregue el alma, algo que no puede tardar mucho en suceder. No negaré que seguramente puede aportar muchas y buenas ideas para transformar la granja en un lugar atractivo para pasar las vacaciones, tal vez incluso aporte su energía para llevarlo a la práctica y sea capaz de hacerlo realmente. Es lamentable la manera como Chad y Gwen han llevado el *bed & breakfast* hasta ahora y seguro que él consigue animarlo, sin duda lo hará mejor que ellos. Pero un matrimonio es mucho más que eso, ¿no crees? Apuesto a que acabará engañando a Gwen. No tendrá reparos para resarcirse con las estudiantes del campus de Scarborough como hace ya ahora. ¡Y llegará un día en el que Gwen se enterará de ello y entonces se le caerá el mundo encima! ¿Debemos permitir que ocurra algo así?

—Tal vez ella ya haya asumido que eso pueda llegar a ocurrir.

—Porque cree que no tiene otra opción. Hace años que espera que un príncipe azul montado en un caballo blanco acuda a recogerla a su castillo. Ahora finalmente ha sucedido, con caballo blanco o sin él, o mejor dicho con el trasto de coche oxidado con el que lo vi llegar. Pero da igual. Él es la única oportunidad que se le ha presentado y eso ha deslumbrado a Gwen, hasta el punto de inhibir cualquier instinto de prudencia en ella, porque estoy segura de que en el fondo debe de haberse despertado con todo esto.

—Por teléfono me pareció oírla muy cambiada. Más libre. Más feliz. Realmente me he alegrado mucho por ella.

—Sin duda toda esta historia la ha rejuvenecido. Maldita sea, Leslie. —Fiona dio otra calada llena de agresividad a su cigarrillo—. ¿De verdad crees que tengo algún interés en pelearme con Gwen por todo esto? ¡Naturalmente que no! Nadie debe pelearse por esto. Es una situación complicada.

—Tal vez tampoco nos incumba a nosotras hacérselo ver, Fiona. Ni siquiera somos de su familia.

—Sin embargo, somos las únicas personas que tiene. A su padre no le gusta Tanner, pero no creo que él quiera entrometerse. Siempre se ha mostrado débil con Gwen y a estas alturas sería incapaz de terminar con este asunto. Pero yo... yo siempre he sido una especie de madre para ella. Siempre ha confiado mucho en mí. Ojalá... —Interrumpió la frase de repente, sin llegar a explicar lo que deseaba, tal vez era consciente de lo infructuoso que sería cualquier deseo que pudiera enunciar. En lugar de eso, se quedó mirando enfáticamente a su nieta—. ¿Y a ti cómo te van las cosas? ¿Cómo se siente una... recién divorciada?

Leslie se encogió de hombros.

—Ya me he acostumbrado a vivir sola. El divorcio solo ha sido una formalización.

—¡Pues tampoco es que parezcas muy feliz!

—¿Y qué esperabas? Quería pasar el resto de mi vida junto a Stephen. Queríamos tener hijos... No tenía previsto mudarme de casa a los treinta y nueve años para volver a vivir sola en un pequeño apartamento, hecho a medida para una persona soltera y activa profesionalmente y volver a empezar de nuevo.

—¡Yo tampoco he entendido que te separaras! Habéis pasado tantas cosas juntos... Dios mío, solo porque una vez bebiera demasiado y acabara acostándose con una jovenzuela cuyo nombre ni siquiera debía de recordar al día siguiente... ¿Solo por eso tenías que arrojarlo todo por la borda?

—Acabó con la confianza que nos teníamos. Yo tampoco creí que fuera algo tan grave. Pero ya no confiábamos el uno en el otro y eso hizo mella en el día a día. Lo cambió todo. Ya no lo soportaba más... Ya no le soportaba más.

—Cada cual debe tomar sus propias decisiones —dijo Fiona.

—Exacto —dijo Leslie—. Y Gwen también. Fiona, es su vida. Y ya es mayorcita. Dave Tanner es el hombre por el que se ha decidido. Debemos respetar su decisión.

Fiona murmuró algo para sí. Leslie se inclinó hacia delante.

—¿Y tú qué, Fiona? Tampoco es que tengas buen aspecto. Creo que pocas veces te había visto tan pálida. Y has perdido peso. ¿Va todo bien?

—Por supuesto que todo va bien. ¿Qué podría ir mal? Ya soy vieja, no esperes verme cada día más fresca y más risueña. Finalmente he entrado en esa etapa de la vida en la que solo hay lugar para el declive. Desgraciadamente.

—Ese pesimismo no es propio de ti.

—No soy pesimista, me limito a ser realista. Ha empezado el otoño, los días a menudo son húmedos y fríos. Lo noto en los huesos. Es normal, Leslie. Es del todo normal que ya no sea la Fiona que conocías.

—¿Estás segura de que no hay nada que te inquiete?

—Completamente segura. Mira, Leslie, no te preocupes por mí. Ya tienes bastante con tu vida. Y ahora —dijo Fiona al tiempo que se levantaba del asiento— me voy a acostar. Ya es tarde. Debo reservar fuerzas si quiero sobrevivir a la celebración por todo lo alto de ese compromiso en el marco idílico de la granja de los Beckett. ¡Especialmente porque estoy convencida de que no será más que el inicio de una tragedia!

—Sí que estás demasiado pesimista —le dijo Leslie con una sonrisa antes de contemplar cómo su abuela abandonaba el salón.

Conocía a Fiona. Más que a cualquier otra persona del mundo. Estaba segura de que algo no iba bien.

Sábado, 11 de octubre

1

—Pero si todo eso ya me lo ha preguntado —se quejó Linda Gardner.

Sus quejas no eran fruto de la exasperación, sino más bien del agotamiento. Estaba a punto de salir con su hija para hacer la compra cuando había recibido la llamada de la inspectora Almond, que quería pasar a verla un momento. La menuda y vigorosa agente de policía con la que había estado hablando durante horas en el mes de julio. Había vuelto a despertar dentro de la misma pesadilla una vez más. Jamás conseguiría librarse de ella.

—Lo sé —dijo Valerie Almond. Estaba sentada frente a Linda, en el salón de esta. Sabía perfectamente lo mucho que le molestaba a aquella mujer que se hubiera presentado de nuevo en su casa—. Debo decirle, señora Gardner, que seguimos sin tener pistas acerca del horrible crimen que acabó con la vida de Amy Mills. Por eso intentamos trabajar en lo que tenemos, que lamentablemente no es mucho. Con la esperanza de que hayamos pasado algo por alto. O de que alguno de los interrogados se dejara algo por mencionar. Algo que hubiera olvidado. Ya me ha pasado otras veces.

Linda miró por la ventana, como si hubiera algo allí a lo que pudiera aferrarse. Un cielo azul radiante, un dorado día de octubre.

—Es que... no hago más que reprocharme cosas horribles —dijo en voz muy baja—. Si no me hubiera dejado llevar tanto por las ganas de pasarlo bien, si no me hubiera olvidado por completo de la hora que era... Quizá Amy todavía estaría viva. ¿Sabe? Desde que mi marido nos dejó, mi rutina se ha vuelto muy dura. Criar sola a una hija tan pequeña limita mucho mis posibilidades. A menudo me siento encadenada a este lugar. A mi hija. Salir de noche con mis alumnos de francés era algo especial para mí. Mujeres y hombres de mi edad con los que podía ir a tomar algo en un pub después de clase. Beber un poco de vino, reír, contar historias... y saber que la pequeña está segura porque Amy está cuidando de ella. Solo podía permitirme una canguro una vez por semana. Las noches del miércoles eran... Me pasaba la semana entera esperando que llegara ese momento.

—Habla todo el rato en pasado —dijo Valerie—. ¿No sigue dando clases?

—Sí. Pero ya no salgo al acabar con mis alumnos. Después de lo ocurrido no pude volver a hacerlo. —Los ojos se le llenaron de lágrimas. Frunció los labios para intentar contenerlas.

—No se haga demasiados reproches —respondió Valerie, que parecía sentir compasión por ella—. No podemos saber qué habría ocurrido de haber sido distintas las circunstancias, si hubiera vuelto usted a la hora acordada.

—Pero ese... ese criminal tal vez acababa de llegar a los Esplanade Gardens cuando Amy apareció por allí. Si hubiera salido antes...

—Esa es solo una de las variantes posibles —la interrumpió Valerie—. Un criminal que holgazanea por un parque y se topa accidentalmente con alguien que acaba convirtiéndose en su víctima. Otra posibilidad es que alguien hubiera puesto a Amy en su punto de mira. Y aún más, no entendemos por qué la subida directa que transcurría entre las dos vallas estaba cerrada. Ya hemos hablado con los trabajadores de la obra, pero nos han jurado que ninguno de ellos colocó las vallas de ese modo. Y la dirección del parque tampoco tuvo nada que ver. No había ningún motivo para bloquear ese camino, todo estaba correcto. Naturalmente, puede que no fuera más que una gamberrada de unos chavales. Pero también es posible que alguien hubiera cortado a propósito el camino más corto y más rápido que solía tomar Amy. No le quedó más remedio que dar un largo rodeo por el parque. Allí es donde el asesino la estaba esperando, probablemente después de haberla visto cruzar el puente. Eso podría haber ocurrido dos horas antes del suceso. Quizá la única consecuencia de que usted se retrasara fuera que el tipo hubiera tenido que esperar más de lo que había planeado.

—Si fue algo planeado...

—En cualquier caso, no podemos excluir esa posibilidad. Por eso he vuelto a preguntarle quién estaba al corriente de que Amy trabajaba para usted como canguro.

Linda Gardner parecía desconcertada.

—Pero... ¿por qué esa persona tendría que haberse fijado en eso? Quiero decir, que no fue un delito sexual, ¿no? Y tampoco le quitó el dinero. Por no decir que Amy casi no tenía nada.

—Cuando alguien está lo suficientemente loco, puede encontrar muchos motivos para matar a alguien —replicó Valerie.

Al ver la expresión atormentada de su interlocutora, no quiso siquiera mencionar que después de contemplar el cadáver terriblemente maltratado de Amy Mills estaba convencida de que lo único que había motivado el crimen había sido el odio. Puede que fuera un odio personal y concreto contra la persona de Amy Mills, pero también podría tratarse de una agresión más genérica, aunque no por ello menos violenta, contra todas las mujeres.

Decidió volver a hacerle la misma pregunta.

—¿Quién estaba al corriente de que Amy Mills trabajaba para usted? —Echó una ojeada a sus anotaciones—. Cuando la interrogamos en julio mencionó a los alumnos de su grupo de francés. En ese momento dijo que los miércoles daba clase a ocho personas. Seis mujeres y dos hombres. Aquel miércoles fueron todos a clase.

—Sí, pero...

—Hemos hablado con ellos. Realmente no parece que ninguno pueda estar implicado en el caso, aunque tal como están las cosas tampoco podemos descartar ninguna posibilidad. ¿Había alguien más?

Linda se tomó un momento para pensarlo.

—La anciana que vive en el piso de abajo quizá lo supiera. Aunque no puedo estar segura de ello. Quiero decir que no es que yo se lo haya contado, pero a lo mejor se enteró al ver que Amy entraba y salía. Amy tenía que pasar por delante de su puerta.

—¿Cómo se llama la anciana?

—Copper. Jane Copper. Pero sería absurdo sospechar de ella. Es una persona menuda y con muchos achaques, tiene casi ochenta años.

—¿Y se las arregla sola? ¿Van a verla parientes o conocidos a menudo? ¿Algún hijo? ¿Algún nieto? ¿Alguien?

—Que yo sepa, nadie. Siempre parece muy sola.

Valerie anotó el nombre de Jane Copper, aunque sin muchas esperanzas al respecto.

—Mi ex marido lo sabe —dijo Linda de repente—. Sí, a él se lo dije.

—¿Dónde vive su ex marido?

—En Bradford. O sea, que no es que viva aquí al lado precisamente. Aunque no conocía a Amy, ni siquiera sabe cómo se llamaba. En algún momento se lo dije por teléfono, le conté que daba clases de francés para ganar algo de dinero y me preguntó qué hacía con la pequeña mientras tanto. Le dije que había encontrado a una estudiante que cuidaba de ella. En todo caso creo que ni siquiera está al corriente de que las clases son siempre los miércoles. No tenemos mucho contacto, ¿sabe?

—De todos modos me gustaría que me diera el nombre y la dirección de su ex marido —dijo Valerie.

Linda le dio los dos datos.

—¿Por qué se separaron?

Linda hizo una mueca que acabó siendo una sonrisa amarga.

—Las jovencitas. Chicas muy jóvenes. Simplemente era incapaz de controlarse delante de una.

—¿Menores de edad?

—Tan jóvenes, no.

Valerie garabateó algo en su bloc de notas.

—En cualquier caso, hablaremos con su ex marido. ¿No se le ocurre nadie más?

—No sé...

—¿Alguien más de la Friarage School? —insistió Valerie.

Linda se devanó los sesos. ¿Con quién tenía contacto allí? No tenía amigos en la escuela, por motivos de tiempo y de flexibilidad le era imposible mantener cualquier clase de relación.

Pero había alguna idea, algún recuerdo vago... Tras el asesinato de Amy Mills había hablado con algunos colegas acerca de la tragedia, se había revelado como la persona para la que había trabajado Amy, la persona que había jugado frívolamente con el tiempo de la joven. Pero antes... Es decir, que quizá lo hubiera mencionado en cualquier contexto anterior. En la escuela...

De repente, cayó en la cuenta. Un hombre guapo que también daba clases de francés. Acordaba los horarios de clase con él a principios de cada curso. Durante el primer interrogatorio no había reparado en él.

—Dave —dijo—. Dave Tanner creo que lo sabía.

Valerie se inclinó hacia delante.

—¿Quién es Dave Tanner? —preguntó.

2

Desde el primer momento, la tarde había estado destinada al desastre en el que acabó al final. En eso estarían todos de acuerdo posteriormente y hubo quien confirmó que la atmósfera que había respirado allí habría podido cortarse con un cuchillo.

Como de costumbre, había sido Fiona quien había acabado hablando sin tapujos. Había mirado a Gwen con las cejas arqueadas. Gwen llevaba un vestido excepcionalmente bonito de terciopelo color melocotón, ceñido con un cinturón de charol negro que reveló a los presentes algo que nadie había sabido hasta entonces.

Gwen tenía la cintura estrecha y una silueta mucho más delicada de lo que podría haber sugerido la ropa holgada como un saco que solía llevar.

—Bonito vestido —dijo Fiona finalmente—. ¿Es nuevo? ¡Te queda muy bien!

Gwen sonrió ante el cumplido.

—Dave lo eligió por mí. Dijo que podía destacar algo más mi figura sin problemas.

—Pues tiene razón —confirmó Fiona en tono afable justo antes de sacar las uñas—. Además de escogerlo, ¿lo ha pagado él?

Gwen se quedó de piedra.

—Por favor, Fiona, eso no es asunto tuyo —murmuró Leslie, avergonzada.

Dave Tanner apretó los labios.

—No —respondió Gwen—, pero tampoco habría querido que lo pagara.

—No pasa nada porque un hombre le regale a su futura esposa algo especial de vez en cuando —dijo Fiona—. Aunque, naturalmente, esa solo es mi opinión.

Un silencio incómodo siguió a esas palabras. Jennifer Brankley fue la que rescató a Gwen de la situación. Había estado ayudándola a cocinar y a poner la mesa, y con ello se había ganado el estatus de coanfitriona.

—Ya podemos comer —dijo, esforzándose para que sus palabras sonaran alegres—. Cuando queráis podemos pasar al salón.

El salón servía también de comedor. Se sentaron alrededor de la mesa grande y charlaron de forma forzada. Colin Brankley, que apenas intervenía en aquella laboriosa conversación, contemplaba a los presentes y pensaba que en realidad todos deseaban algo muy distinto. En especial, Dave Tanner.

Colin Brankley trabajaba como director de una sucursal bancaria en Leeds y sabía que la gente no veía en él a un tipo fantasioso y conocedor de la naturaleza humana, sino a un aburrido chupatintas que vivía por y para sus aburridos expedientes y balances. Sin embargo, en realidad su pasión eran los libros, aprovechaba hasta el último minuto que tenía libre para leer y se sumergía en su mundo de ensueño mucho más que la mayoría de la gente. Reflexionaba acerca de los personajes de las novelas con los que se veía confrontado y los comprendía mejor de lo que podía sugerir su rostro redondo, con pelo escaso y gruesas gafas.

Mientras daba buena cuenta del cordero asado con salsa de menta sin saber exactamente lo que comía, iba analizando en silencio al resto de los presentes.

Chad Beckett, el padre de Gwen. Retraído en sí mismo, como siempre, no dejaba entrever cuál era realmente su opinión respecto al compromiso matrimonial de su hija con aquel misterioso Dave Tanner que parecía haber surgido de la nada. Tal vez estaba preocupado, pero en cualquier caso no era una persona que demostrara ese tipo de sentimientos a solas y mucho menos iba a hacerlo con tanta gente delante. Y jamás habría intentado frustrar los proyectos de su hija, ni siquiera si eso hubiera sido lo mejor para ella.

Fiona Barnes. Tan combativa como siempre y tan preocupada por la familia Beckett, tanto por la hija como por el padre. Estaba sentada al lado de Chad y antes de empezar a comer se había dedicado a cortarle la carne, algo dura, en trozos que le cupieran en la boca. Colin la conocía bastante bien de sus estancias veraniegas, puesto que a menudo estaba en la granja de los Beckett, sentada en el porche al sol con Chad, o bien llamaba para ir a dar un paseo con él por los prados. Discutían a menudo, pero como suelen hacerlo las parejas mayores para las que las riñas se han convertido ya en un ritual y una forma especial de conversación. A Fiona Barnes se la trataba siempre como la vieja amiga de la familia, aunque nadie había explicado a Colin jamás cómo había surgido esa amistad y cuánto tiempo hacía que duraba.

Colin habría jurado que Fiona y Chad habían sido pareja en otros tiempos. Puesto que Chad se había casado ya muy mayor, Colin suponía que la relación que lo unía a Fiona habría tenido lugar con anterioridad. Lo que no sabía era por qué no había cuajado en una relación más formal. Gwen no había tardado en convertirse en su confidente y a Colin siempre le dio la impresión de que la mujer dependía mucho de Fiona y de sus opiniones. Respecto a su matrimonio, no obstante, difícilmente se dejaría convencer de que debía abandonar el camino que había elegido tomar, por mucho que la anciana intentara persuadirla.

Leslie Cramer, la nieta de Fiona Barnes que vivía en Londres. Colin la había conocido esa misma noche, pero había oído a Gwen hablando de ella alguna vez. Así había sido cómo se había enterado de que su matrimonio se había ido a pique recientemente. Trabajaba como médico. Tras la prematura muerte de su madre, se crió con su abuela, a la que había acompañado a menudo en sus visitas a la granja de los Beckett. De este modo, Gwen y ella habían trabado cierta amistad, a pesar de que difícilmente sería posible imaginar a dos mujeres más dispares. Leslie tenía el clásico aspecto de mujer trepa: moderna, algo fría, disciplinada, orientada al éxito. En el ajado interior pasado de moda de la granja de los Beckett parecía sentirse absolutamente fuera de lugar. Empezando ya por su elegante traje pantalón de color gris claro, no encajaba ni lo más mínimo en el paisaje rural de Yorkshire. Aunque Colin tenía la sensación de que Gwen no la había invitado por compromiso a la celebración, Leslie apretaba los dientes mientras esperaba que los minutos pasaran lo más rápido posible. El vínculo que la unía a Gwen era sólido, forjado a lo largo de muchos años, y se extendía también al lacónico Chad y a su decadente granja. Tras la elegancia de su forma de vestir y de maquillarse parecía ocultar cierto abandono e incluso tristeza.

Gwen, la novia feliz. Dave Tanner tenía razón, aquel vestido de color melocotón le sentaba bien, confería un tono rosado a sus pálidas mejillas. Estaba más guapa que de costumbre, aunque parecía muy tensa. Gwen no era tonta. Sabía que examinarían con lupa a su prometido y naturalmente notaba la aversión que despertaba en Fiona, las reservas de Leslie y la incomodidad que escondía el silencio de su padre. No cabía duda de que esa celebración no era la que ella habría querido. Se esforzaba en intentar avivar las lánguidas conversaciones, pero por encima de todo parecía preocupada por rellenar las largas pausas que se producían, por si a Fiona le daba por romper el silencio con un comentario mordaz o una pregunta inoportuna. A Colin le daba pena ver lo agotada que parecía. La obsequió con una sonrisa de ánimo, pero Gwen estaba demasiado nerviosa para captarla.

Justo a su lado estaba sentado Dave Tanner, su futuro marido. Colin lo había visto una sola vez con anterioridad, un día que acudió a la granja a recoger a Gwen en un coche inaceptablemente destartalado. Era un hombre guapo que no conseguía disimular la pobreza material en la que vivía. Hacía tiempo que debería haber pasado por una peluquería para que le arreglaran el cabello, y llevaba una chaqueta que, por el corte y la tela, sin duda había comprado en unos grandes almacenes baratos. Colin pensaba que ese aspecto algo andrajoso y deslucido le daba cierto aire de artista, de bohemio, aunque le pareció que vestido de ese modo Tanner se sentía especialmente incómodo. A Colin, que tenía la facultad de analizar a fondo a las personas, le pareció también atisbar algo de duda y de precipitación en el aspecto de Dave Tanner. El tipo estaba sometido a una enorme presión. ¿Estaba enamorado de Gwen? Colin lo ponía en duda. La boda que pretendían celebrar debía de motivarla alguna otra cosa y, no obstante, Tanner parecía absolutamente decidido a llegar hasta el final. Y no parecía un mal tipo, pensó Colin para sí.

Fiona Barnes sin duda lo veía de otro modo.

La mirada de Colin se desvió hacia Jennifer, su esposa. Estaba sentada a uno de los extremos de la mesa para poder controlar con la mirada a sus dos perros, tendidos en el suelo junto a la puerta de la habitación, durmiendo. Cal roncaba ligeramente mientras Wotan, en sueños, movía impetuosamente las patas traseras. De vez en cuando arañaba con las patas el suelo de piedra. Jennifer parecía... feliz, una circunstancia que Colin consideró digna de destacar, puesto que no había muchas ocasiones en las que pudiera describirse así su estado. Sufría de la acentuada manía de querer ayudar siempre, luchaba contra sus depresiones, en el ámbito profesional se había quedado absolutamente desfasada y no conseguía superar lo que insistía en llamar su fracaso. Aparte de eso era una mujer de buen corazón y participativa que parecía ignorar por completo la envidia y la hostilidad.

Desde el primer día en la granja se había hecho responsable del bienestar de Gwen. Desconfiaba de las intenciones de Dave Tanner, pero parecía decidida a pasar por encima de cualquier arrebato de temor. Por lo visto, Jennifer había llegado a la conclusión de que en ese punto ya nadie debía hacer daño a Gwen o desanimarla, sin que importara lo que pudiera suceder con posterioridad. Probablemente por dentro tenía ganas de mandar a Fiona Barnes al diablo.

Después de que Jennifer sirviera los postres, helado de limón con galletas caseras de jengibre, Fiona se volvió de repente hacia Dave Tanner, y por la manera con la que arremetió contra él, dio la impresión de que había estado esperando ese momento durante toda la velada.

—¿Tiene previsto empezar a dedicarse pronto a algún trabajo de verdad? —preguntó—. Quiero decir, aparte de esas pocas clases nocturnas que imparte en Scarborough durante la semana a amas de casa que intentan aprender español y francés.

Gwen primero empalideció y luego se sonrojó. Buscando desesperadamente ayuda, miró a Jennifer, quien en ese momento se disponía a llevarse una cucharada de helado a la boca y detuvo el movimiento súbitamente. Colin vio cómo Leslie Cramer cerraba los ojos por un instante.

A veces esa abuela puede llegar a ser desagradable, pensó él, casi divertido.

—De momento —dijo Dave—, me dedico únicamente a los cursos.

Fiona fingió sorprenderse, a pesar de que, naturalmente, conocía ya la respuesta de antemano.

—¿Y así es como un hombre llena sus mejores años? Tiene usted cuarenta y tres años, ¿no? Y quiere casarse, quiere formar una familia. Tal vez tenga hijos con Gwen. ¿Qué dirán esos niños cuando les pregunten a qué se dedica su padre? ¿Que da cursos de idiomas una vez cada...? ¿Cuántas tardes por semana?

—Solo tres tardes por semana, en la actualidad —respondió Dave. Mantenía las formas, aunque parecía tenso—. Me gustaría poder impartir clase con más frecuencia —prosiguió—, pero lamentablemente no hay la demanda suficiente para que se organicen más cursos. En especial porque hay otra profesora, Linda Gardner, que ya imparte francés.

Gwen vio que había llegado el momento de intentar cambiar de tema.

—Linda Gardner es bastante conocida en Scarborough —dijo, interrumpiendo de repente a su prometido—, aunque por desgracia se la conoce a causa de un desgraciado incidente. Es la madre de la niña a la que había estado cuidando Amy Mills la noche en la que la asesinaron.

Leslie salió enseguida en ayuda de su amiga.

—¿Tenéis un caso de asesinato aquí, en Scarborough?

Antes de que Gwen pudiera añadir algo, Fiona volvió a entrometerse.

—De momento —dijo con un tono de voz cristalinamente mordaz— me interesa muchísimo más el señor Tanner que la pobre Amy Mills. Chad... —Se volvió hacia el anciano, que observaba su helado de limón con desconfianza, como si oliera algún tipo de amenaza en él—. Chad, me limito a hacer preguntas que de hecho te correspondería hacer a ti. ¿Has tenido ya una conversación exhaustiva con tu futuro yerno?

—¿Sobre qué? —dijo Chad tras alzar la mirada.

—Bueno, pues sobre sus intenciones. Al fin y al cabo pretende casarse con tu hija, tu única hija.

—No creo que eso sea algo que yo pueda evitar —dijo con aire cansado Chad—. Y además, ¿por qué tendría que quererlo? Gwen ya es mayorcita. Ya debe saber lo que le conviene.

—No tiene dinero, ni un empleo como Dios manda. ¡Eso como mínimo debería interesarte!

—¡Fiona, ya has ido demasiado lejos! —gritó su nieta.

Leslie elevó tanto la voz que Cal y Wotan se despertaron de repente y levantaron la cabeza. Cal gruñó levemente.

—Tiene toda la razón —dijo Dave. Miró a Fiona. Tanto sus ojos como la expresión de su rostro revelaban lo que estaba pasando por su interior—. Tiene razón, señora Barnes. No tengo un empleo como Dios manda. Desgraciadamente desaproveché la oportunidad que tuve de terminar la carrera o de seguir formándome. Y los cursos de idiomas apenas me permiten ir tirando. Pero tampoco le he ocultado nada de todo esto a Gwen. No la he engañado. No he engañado a ninguno de los presentes.

—Pues yo creo que sí nos engaña, señor Tanner —replicó con calma Fiona.

Gwen soltó una leve exclamación de horror.

Jennifer hundió la cara entre las manos.

Leslie parecía tener ganas de matar a palos a su abuela.

En ese momento, incluso Chad se sintió obligado a decir algo.

—Fiona, tal vez deberíamos quedarnos al margen de todo esto. Al fin y al cabo, justamente nosotros...

—¿Qué quieres decir con justamente nosotros? —le espetó Fiona.

La expresión siempre algo ausente del anciano se transformó de repente. Su mirada se volvió clara y directa.

—Ya sabes a qué me refiero —dijo con mucha calma.

—Creo que... —empezó a decir Leslie antes de que Tanner la interrumpiera apartando de golpe su silla de la mesa y poniéndose de pie.

—Mire, no se qué piensa exactamente de mí, señora Barnes —dijo Dave—. Pero que quede claro que no estoy dispuesto a que siga tratándome de ese modo, y menos mientras festejamos mi compromiso. Creo que por hoy ya ha sido suficiente para todos.

—¡Por favor, no te vayas, Dave! —le suplicó Gwen. Su rostro se había puesto pálido como una sábana.

—Pienso decirle todo lo que opino sobre usted, señor Tanner —replicó Fiona. Colin tuvo la impresión de que la anciana realmente no tenía ni idea de cuándo llega ese momento en el que es mejor callarse—. Me parece que no ama a Gwen en absoluto, que ni siquiera la aprecia ni le importa lo más mínimo. En mi opinión, lo que pretende es casarse con ella para hacerse con la granja de los Beckett. Pienso que usted, señor Tanner, se encuentra en una situación desesperada y sin perspectivas de ningún tipo y que solo ve una salida posible: casarse con una mujer acomodada. Usted sabe exactamente lo que podría hacer con esta granja, con esta finca junto al mar. Se toma el enlace con Gwen como un acierto en un juego de azar que quiere ganar a toda costa. Los sentimientos de Gwen, el futuro que la espera, no le importan en absoluto.

Un silencio desconcertante siguió a esas palabras.

Entonces Dave Tanner abandonó rápidamente la estancia.

Gwen comenzó a sollozar.

Con el calor de la chimenea, los helados empezaron a derretirse lentamente en sus recipientes. Nadie volvió a tocarlos.

Domingo, 12 de octubre

1

Cuando volvió a casa de su abuela, después de medianoche, todavía estaba furiosa. Y algo borracha. Temía que incluso bastante, porque le había costado mucho abrir la puerta después de haberse equivocado de apartamento, aunque afortunadamente se había dado cuenta de que se hallaba en un piso equivocado antes de llegar a despertar al vecino. En ese momento estaba ya en el piso de Fiona y sabía que necesitaría al menos dos aspirinas para no encontrarse fatal al día siguiente.

La puerta del dormitorio de Fiona estaba cerrada. La anciana debía de dormir profunda y plácidamente. Leslie consideró la posibilidad de comprobarlo sin hacer ruido para asegurarse de que todo estaba bien, pero al cabo prefirió no correr ese riesgo. Acabaría despertándola, y Leslie no sabía lo que podría pasar si eso llegaba a ocurrir. Supuso que se pelearían tan desenfrenadamente que no sería posible ningún tipo de contacto normal entre ellas durante meses.

A la mañana siguiente incluso las olas más furiosas se habrían calmado.

Leslie se metió en el baño, rebuscó en el botiquín y encontró una caja de aspirinas en la que aún quedaban un par de tabletas. Llenó el vaso en el que tenía el cepillo de dientes con agua del grifo, echó las tabletas dentro y contempló cómo se disolvían lentamente.

Volvieron a aparecer frente a sus ojos las imágenes de aquella horrorosa velada.

Después de que Dave hubiera abandonado la casa, todos habían oído cómo había intentado infructuosamente arrancar el coche cuatro o cinco veces.

Quizá no lo consiga y se vea obligado a volver sobre sus pasos, había pensado Leslie, si bien por otro lado tenía clarísimo que después de la humillación que había sufrido, simplemente no podía volver a entrar, ni siquiera si la única alternativa posible para él era regresar a Scarborough a pie.

Al final había conseguido arrancar el coche, que había soltado un rugido enfermizo antes de permitirle alejarse de la granja. Gwen no había dicho nada, ni una sola palabra. Se había levantado y había abandonado el salón. Habían oído sus pasos mientras subía la escalera, unos pasos lentos, cansados.

Leslie finalmente se había levantado, pero Jennifer ya estaba junto a la puerta.

—Déjela, yo me ocuparé de ella —había dicho tras lanzarle una fría mirada a Fiona—. Tal vez sería una buena idea que se llevara a su abuela a casa.

Dicho esto, desapareció. Cal y Wotan se levantaron entre suspiros y la siguieron.

—Fiona, ¿cómo has podido...? —dijo Leslie, pero Fiona la interrumpió enseguida.

—No quiero irme a casa. Todavía tengo pendiente una conversación importante con Chad. Vete sola. Ya tomaré un taxi.

—Hasta que consigas un taxi...

—Ya te he dicho que debo hablar con Chad. Y puede que tarde un buen rato. Así que o decides esperarme o dejas que vuelva a casa en taxi.

Dicho esto, Fiona se había levantado y le había hecho un gesto a Chad para que la siguiera. Desorientada y enfurecida, Leslie se había limitado a observar cómo su abuela, después del considerable daño que había causado deliberadamente con sus palabras, se ocupaba de sus asuntos sin ni siquiera dar explicaciones ni mostrar la más mínima consternación. Como si nada hubiera ocurrido. Eso era muy típico de ella.

—No, no creo que te espere —había replicado Leslie con voz airada—. No creo que pueda quedarme ni un momento más aquí.

Fiona se había encogido de hombros. Leslie quería a su abuela, pero también sabía que cuando esta se refugiaba tras esa fachada de increíble frialdad y altanería era porque no deseaba mezclarse con una determinada persona o en una situación concreta, y entonces fue cuando recordó de repente todas las veces en las que siendo una adolescente difícil en plena pubertad había tenido que enfrentarse a esa conducta y lo mucho que había sufrido por ello. Las viejas heridas empezaron a abrirse de nuevo y entonces pensó que ese había sido el motivo por el que había decidido no pasar ni un segundo más en la granja.

No habría soportado quedarse ni un momento más cerca de su abuela. Por eso mismo tuvo muy claro que no podía volver directamente a casa de la anciana, donde le sería imposible encontrar la cantidad de aguardiente o de brandy que necesitaba para mitigar la rabia y la tristeza que sentía.

Se había despedido de Colin, al que había encontrado extraño e impenetrable, y este le había asegurado que se encargaría de conseguir un taxi para Fiona. Sabía que Gwen estaba en buenas manos porque Jennifer se había encargado de ella. Leslie subió a su coche y salió a toda prisa de allí. Al llegar a Burniston, pasó por delante de un pub bien iluminado y decidió entrar en el aparcamiento y detenerse. Esa noche, en el Three Jolly Sailors prácticamente solo había hombres, buena parte de los cuales quedaron sorprendidos mientras que otros se dedicaron a seguir con la mirada a la desconocida que se había dirigido como una flecha a la barra para tomar asiento en uno de los taburetes tapizados de piel. En el Yorkshire rural las mujeres no solían ir solas a los bares, pero eso a Leslie le daba absolutamente igual. Pidió un whisky doble, luego otro, luego otro más y a continuación sopesó la posibilidad de seguir bebiendo. Se acordó del intenso olor a desinfectante que le había llegado del servicio y pensó en el anciano y amable camarero que en algún momento le había servido un plato con patatas fritas gratinadas con queso.

—Debería comer algo entre copa y copa —le había dicho, pero la mera visión de aquellas patatas aceitosas y del queso fundido estuvo a punto de revolverle el estómago.

Un tipo intentó abordarla, pero Leslie lo recibió con tan mal humor que enseguida desapareció, asustado. Ella sabía que cuando a medianoche volviera tambaleándose ligeramente hacia el aparcamiento, ya no podría coger el coche, pero eso también le daba igual. De todos modos se las arreglaría para llegar a casa sin encontrar ningún control policial ni sufrir percances de ningún tipo.

A casa... En ese momento su casa era el enorme y ostentoso bloque de apartamentos blanco en el que vivía su abuela, en Prince of Wales Terrace, en South Cliff, una de las primeras direcciones de Scarborough. Con vistas a la bahía sur. Y sin embargo, Leslie jamás se había sentido bien allí. Como tampoco se sentía bien esa noche.

Las aspirinas ya se habían disuelto. Leslie bebió el contenido del vaso en pequeños sorbos. No le apetecía levantarse con una resaca que solo conseguiría empeorarlo todo todavía más.

Aunque ¿qué podría empeorar? Miró fijamente la imagen que veía reflejada en el espejo que estaba sobre el lavamanos. Era terrible lo mal que le había ido la velada a Gwen, solo le quedaba la esperanza de que Dave Tanner no se hubiera marchado para siempre. Sin embargo ¿era por eso y solo por eso por lo que se sentía tan miserable en ese momento?

No, también era por lo fría que era, asquerosamente fría, y se refería a Fiona. Y porque se habría largado de allí esa misma noche si hubiera podido, ya que el mero hecho de volver a su apartamento le producía angustia.

Aquel apartamento que había quedado vacío desde que Stephen se había marchado. Aquel apartamento en el que todo le recordaba a él. El apartamento en el que desde hacía dos años todo había quedado hecho añicos: el amor, la felicidad, la solidaridad, la seguridad, los planes de futuro.

Era como si estuviera viendo el rostro levemente sonrojado de Stephen delante de ella, como si lo oyera hablar en voz baja.

—Tengo algo que decirte, Leslie...

Y ella en ese momento había pensado: No, no lo digas, ¡mejor no me lo digas! Porque por una fracción de segundo había tenido el presentimiento de que estaba a punto de caerle encima algo que cambiaría su vida entera. Lo había notado y había querido detenerlo, pero no lo consiguió y desde entonces seguía sumergiéndose una y otra vez en la miseria de esa noche y no acababa de creerlo.

Vació el vaso en el que había disuelto las aspirinas. Estás borracha, Leslie, se dijo a sí misma, por eso estás tan sentimental. Stephen no se ha largado, eres tú quien lo ha echado de casa e hiciste bien. Cualquier otra cosa habría acabado siendo una lenta agonía. Llevas dos años viviendo sola en esa casa y te las arreglas bien; o sea, que mañana volverás y no habrá ningún problema. Pero hoy por la noche, no. En tu estado serías capaz de acabar aplastada contra el pilar de algún puente.

Salió del baño y pasó de puntillas por delante de la habitación de Fiona. Una vez hubo cerrado tras ella la puerta de su propia habitación, respiró con alivio. La cabeza le daba vueltas todavía y le costaba mantener la mirada fija en cualquier cosa.

El último whisky sin duda había sido demasiado, pensó medio adormilada, y también se dijo que tal vez debería haberse comido aquellas patatas.

De algún modo consiguió quitarse la ropa, que quedó tirada de cualquier manera por el suelo, se puso el pijama y se metió en la cama. Las sábanas y las mantas estaban frías. Se acurrucó, tiritando. Como un embrión.

La doctora Leslie Cramer, radióloga, treinta y nueve años, divorciada. Borracha como una cuba, tendida en una cama helada en Scarborough, sin nadie que le ofreciera su calor. Nadie.

Empezó a llorar. Volvió a pensar en su casa vacía de Londres y lloró aún con más ganas. Se tapó la cara con la manta, como hacen los niños. Para que nadie pudiera oírla llorar.

2

Odiaba las escenas como la que había tenido lugar aquella noche. Odiaba cuando los sentimientos acababan aflorando de ese modo, cuando las emociones se volvían incontrolables, cuando las mujeres lloraban, cuando su hija se encerraba en su habitación, cuando las personas se enzarzaban en una discusión y cuando tenía la impresión de que le reprochaban con la mirada que no hubiera hecho alguna cosa para evitar el caos tal como se esperaba de él. Eso era algo que él no podía hacer, pero es que tal vez fuera incapaz de hacer jamás lo que se esperaba de él y quizá fuera ese su gran problema en la vida.

Chad Beckett tenía ochenta y tres años.

Difícilmente iba a cambiar su manera de ser en lo que le quedaba de existencia.

Eran las cinco de la mañana del domingo, pero para Chad no era algo fuera de lo común estar despierto a esas horas. Cuando la granja todavía funcionaba, su padre solía sacar de la cama a toda la familia a las cuatro de la madrugada y Chad se limitaba a seguir el ritmo que había marcado toda su vida y que no tenía porque cambiar a esas alturas. Porque tampoco le apetecía cambiarlo. Le gustaban las horas previas a la salida del sol, cuando el mundo estaba callado, adormilado y parecía que era solamente para él. Solía aprovechar el alba para pasear por la playa, a veces entre una espesa niebla que llegaba desde el mar e impedía ver nada en tierra firme. En esas ocasiones tenía que lidiar con el despeñadero a ciegas, pero eso nunca supuso ningún problema. Conocía cada una de las piedras, cada una de las ramas. Siempre se había sentido seguro allí.

Pero ya no podía seguir arriesgándose de ese modo. Hacía tres años que le dolían las caderas y le costaba mucho andar, y sin embargo no quería ir al médico. No tenía nada contra ellos, aunque tampoco creía que hubiera nada que hacer con sus caderas. En cualquier caso, no sin pasar por el quirófano, y la idea de tener que ir al hospital lo aterrorizaba. Tenía la impresión de que una vez dentro no volvería a su granja jamás, y puesto que tenía previsto morir en su propia cama, prefería resignarse a no poder alejarse de su terruño.

Prefería apretar los dientes y aguantar.

El día se presentaba de nuevo soleado y claro, lo que significaba que no le iría demasiado mal. Los días malos eran los húmedos, cuando el frío se le metía en los huesos. La casa no se calentaba fácilmente y sobre todo en invierno las habitaciones siempre tenían humedad. Su madre solía ponerles ladrillos dentro de las camas por la noche, justo antes de acostarse, después de haberlos calentado durante horas en el horno de hierro colado de la cocina. Ni siquiera entonces las sábanas acababan de secarse del todo, pero al menos estaban algo cálidas. Pero hacía ya mucho tiempo que su madre se había ido para siempre, Gwen no había aprendido esa buena costumbre y él, como le ocurría con muchas otras cosas, pensaba que no valía la pena recuperarla. Le incomodaba encontrar la ropa de cama húmeda cuando se acostaba, pero de todos modos acababa durmiéndose y entonces dejaba de notarla.

Levantó la cabeza y aguzó el oído. Todos parecían estar aún durmiendo. No se oía ningún ruido procedente de la habitación de Gwen y tampoco había movimiento todavía en la que dormían los Brankley y sus dos perros. Mejor. Después de una velada como la que había tenido que soportar, solo conseguirían crisparle los nervios.

Arrastró los pies hasta la cocina para prepararse un café, pero al ver el desorden que reinaba en ella se detuvo antes de cruzar la puerta. Jennifer había tenido que ocuparse primero de Gwen y luego de sacar a pasear a los perros, por lo que le había tocado a Colin recoger la mesa. Este, tras retirar los platos, los vasos y la comida y dejarlo todo en la cocina, era evidente que había dado por cumplida su tarea. Los platos estaban apilados sobre la mesa y el aparador y llenaban también el fregadero. Había restos de sopa, de asado y de verduras pegados en las cacerolas. El olor era desagradable.

Chad decidió renunciar al café por el momento.

Lentamente dirigió sus pasos hacia la pequeña habitación que había junto al salón, la que Gwen y él utilizaban a modo de despacho. No es que hiciera falta realmente seguir llevando la contabilidad de la granja, pero allí es donde tenían el ordenador. A pesar de que Chad se negaba a beneficiarse de los adelantos de la época, Gwen había logrado convencerlo para que accediera a tener uno en casa. Las paredes estaban cubiertas por estanterías de madera que, en otros tiempos, en los que la granja de los Beckett todavía producía unos modestos beneficios, habían servido de archivador. Había un par de catálogos sobre el escritorio. De moda, como pudo comprobar Chad, con vestidos de los que Gwen se compraba de vez en cuando. Se dejó caer con un gemido sobre la silla del escritorio y conectó el ordenador.

¡Mira por dónde, a esas alturas había aprendido a manejar aquel trasto! Ya se había resistido el tiempo suficiente, hasta que Fiona había acabado por convencerlo para que obtuviera una dirección de correo electrónico. Para ser más exactos, había sido ella quien se la había conseguido. Incluso le había configurado la contraseña.

—Gwen se sienta a menudo frente al ordenador. No tiene porque leer tu correo —le había dicho Fiona.

—¿Qué correo? Si ya no recibo ni correo normal, ¿quién quieres que me mande noticias por el ordenador?

—Yo —le había respondido Fiona.

A continuación le había explicado, lentamente y con mucha paciencia, cómo funcionaba: cómo podía acceder a su correo, dónde debía introducir la contraseña —que era la palabra Fiona, naturalmente— y cómo se abrían los mensajes. Y cómo podía responderlos, por supuesto. Desde entonces mantenían correspondencia a través de ese extraño medio del que, sin embargo, Chad seguía recelando, a pesar de que tampoco había conseguido resistirse a su atractivo: le gustaba eso de recibir una carta de Fiona de vez en cuando. Y lo de poder contestarle con un par de parcas palabras. No obstante, no había osado aventurarse más en el mundo de esos trastos modernos, que es como él llamaba a los ordenadores. No se le había pasado por la cabeza la idea de navegar por internet, porque de todos modos no tenía ni idea de cómo funcionaba. Ni ganas.

El día anterior, había visto a Fiona bastante nerviosa. Probablemente necesitaba provocar un escándalo para calmarse. El ataque contra Dave Tanner había sido una válvula de escape para ella, si bien Chad estaba convencido de que la aversión que había demostrado contra el prometido de Gwen era genuina, como lo eran las reservas al respecto de su compromiso. Es posible que Fiona tuviera razón en sus insinuaciones acerca de los propósitos de Tanner, pero con la mejor de las intenciones él no podía enfadarse por eso. Era la vida de Gwen. Iba a casarse con más de treinta años, desde luego no era demasiado pronto, y tal vez llegaría a ser feliz con Tanner. Chad no creía que el amor fuera el único motivo por el que dos personas podían casarse. Era posible, desde luego, que lo que Tanner pretendiese fuera mejorar su nivel de vida. ¿Y qué? Al fin y al cabo eso sería bueno para la granja de los Beckett. Quizá llegaran a tener hijos y Gwen florecería como madre. Era una persona muy solitaria. Chad lo veía de un modo pragmático: mejor Tanner que nadie. No entendía por qué a Fiona le enfurecía tanto ese tema.

Después de haber aguado la celebración, se había sentado allí y había encadenado incontables cigarrillos, uno detrás del otro. La conocía desde que era muy joven, mejor que a cualquier otra persona en el mundo, se había dado cuenta de que algo la preocupaba y la importunaba y, efectivamente, después de lamentarse un rato sobre las previsiones de boda de Gwen, al final había abordado el tema.

—Chad, últimamente estoy recibiendo unas llamadas extrañas —le había dicho en voz baja—. Ya sabes, llamadas anónimas —se había apresurado a añadir.

Él no sabía de qué le hablaba, no había recibido jamás llamadas de esas.

—¿Llamadas anónimas? ¿De qué tipo? ¿Te han amenazado?

—No, nada de eso. Quiero decir, que quien llama no dice nunca nada. Se limita a respirar.

—¿Es...?

Fiona había negado con la cabeza.

—No. Ese tipo de respiración, no. Yo diría que no es sexual. Es una respiración silenciosa. Creo que quien está al otro lado se limita a escuchar cómo me enfado y luego, al cabo de un rato, cuelga.

—¿Y qué haces cuando te enfadas?

—Pregunto quién es. Qué quiere. Le digo que ese silencio no lleva a ninguna parte. Que me gustaría saber qué sucede. Pero nunca responde.

—Tal vez deberías limitarte a hacer lo mismo. No digas nada. Cuelga en cuanto oigas la respiración.

Fiona había asentido.

—Ha sido un error acceder a hablarle. Probablemente he reaccionado exactamente como él esperaba que hiciera. Y aun así...

Había encendido otro cigarrillo. No era la primera vez que Chad se preguntaba cómo alguien podía fumar tan compulsivamente durante décadas y décadas y seguir gozando de una salud de hierro.

—Me pregunto quién me llama —había dicho tras dar un par de caladas nerviosas al cigarrillo—. Si alguien se comporta así es porque se propone algo, sea lo que sea. Pero ¿por qué tengo que ser justamente yo su objetivo?

Él se había encogido de hombros.

—Tal vez sea solo casualidad. Ha encontrado tu nombre en la guía telefónica y te ha llamado. Es probable que tenga más de una víctima. Quién sabe si no pasa el día entero haciéndolo, cambiando de uno a otro. Tal vez insista contigo porque eres la que reacciona de forma más airada.

—¡Hay que ser un enfermo para eso!

—Sí, algo así. Sin embargo puede que sea inofensivo por completo. Quizá quien está al otro lado sea alguien desesperadamente reprimido, alguien que jamás se atreve a salir de su casa, ni osa dirigir la palabra a los desconocidos. Alguien que se siente poderoso mientras hace esas llamadas. Pero que no oculta más intención que esa.

Fiona se había mordido el labio inferior.

—¿Y no crees que puede tener algo que ver... con aquella historia?

Chad había entendido enseguida a qué se refería.

—No. ¿Con qué sales tú ahora? Eso sucedió hace una eternidad.

—Sí, pero... tampoco debe de haber terminado, ¿no?

—¿Y quién crees que es el autor de las llamadas?

Ella no contestó, pero él sabía que tenía a alguien concreto en mente. Y también sospechaba de quién se trataba.

—No lo creo —dijo—. ¿Por qué precisamente ahora? Tantos años después... Sí, ¿por qué ahora, Fiona?

—No creo que durante este tiempo haya dejado de odiarme.

—Entonces ¿aún está viva?

—Creo que sí. Allí arriba, sobre Robin Hood's Bay...

—No te dejes llevar por la ira —le había advertido él.

—Tonterías —había replicado ella, con la máxima aspereza de la que fue capaz. Sin embargo, la mano en la que sostenía el cigarrillo le temblaba ligeramente.

Entonces fue cuando le soltó lo que quería pedirle en realidad.

—Me gustaría que borraras todos los correos electrónicos. Todos los que te he escrito. Es decir, todos los correos que te he escrito sobre... «aquello».

—¿Borrarlos? ¿Por qué?

—Me parece más seguro.

—Nadie puede leerlos.

—Gwen sigue utilizando ese mismo ordenador.

—Pero creo que es por eso por lo que tengo que ponerle una contraseña al trasto. O sea, ¿que no sirve para nada o qué? Menuda bobada, todo esto de los ordenadores... En todo caso, no creo que Gwen intentara fisgar en mis asuntos. No se interesa tanto por mí.

Por primera vez desde que había empezado la conversación, ella había sonreído. Más como una alusión que por diversión.

—En eso creo que te equivocas. Solo adora a Dios más que a ti. Pero tus antenas no están hechas para las relaciones interpersonales. Sin embargo... —Fiona se puso seria de nuevo—. Te pido que borres mis correos. Así me sentiría más segura.

El ordenador ya estaba listo y Chad abrió la bandeja de entrada de su correo. En el transcurso del último medio año, Fiona le había mandado cinco correos a Chad, cinco correos que en todos los casos llevaban datos adjuntos. Entre ellos había los correos de ella, típicos mensajes de saludo.

Alentadores cuando el tiempo había sido malo y Fiona había supuesto que a Chad le dolerían los huesos. Mordaces cuando se había enfadado porque él no le había escrito en mucho tiempo. Irónicos cuando había encontrado a algún viejo conocido común que no había tenido reparos en hablarle mal de él. A veces le comentaba una película que había visto. Otras se quejaba de que se estaba haciendo vieja. Pero jamás había dedicado ni una sola palabra a los viejos tiempos. Al pasado que habían compartido juntos.

Hasta el mes de marzo de ese año. Entonces le había llegado a Chad el primer correo con un fichero adjunto, junto con las instrucciones para abrirlo.

«¿Por qué?», le había preguntado en su correo de respuesta,

nada más, solo ese ¿por qué? en letras gruesas e inclinadas, seguido de al menos diez signos de interrogación.

«Porque debo sincerarme», había sido la respuesta de Fiona. «Porque debo contárselo a alguien. Y como no puedo contárselo a nadie más, ¡te lo cuento a ti!»

«¡Pero si ya lo sé todo!», había respondido él.

«Por eso mismo eres inofensivo», había replicado ella.

No le servirá de nada, había pensado él entonces.

Chad recordó que la noche anterior había preguntado a Fiona cuál había sido el desencadenante. Lo que había motivado que hubiera empezado a escribirle todo aquello que nadie debía saber salvo él, que ya lo sabía todo y desde luego no disfrutaba recordándolo.

—Tal vez —le había respondido ella después de reflexionar mientras fumaba—, tal vez lo motivó la conciencia de que no me queda mucho tiempo de vida.

—¿Estás enferma?

—No. Pero soy vieja. No nos engañemos, esto no puede durar mucho más.

Él había leído algo de lo que le había enviado, pero no todo. A menudo se había sentido abrumado por el contenido. Le había enfurecido ver cómo todo aquello volvía a reavivarse, cómo se reabrían viejas heridas. Cómo salían a la luz cosas que habían quedado enterradas mucho tiempo atrás.

Chad hizo clic sobre el primer correo electrónico, con fecha del 28 de marzo. El estilo del contenido era típico de Fiona.

Hola, Chad, ¿cómo estás hoy? ¿Bien? El tiempo es seco y cálido, ¡tienes que estar bien! He estado escribiendo algo que deberías leer. Solo va dirigido a ti. Tú conoces la historia, pero tal vez no sepas todos los detalles. Eres la única persona en la que confío.

FIONA

PD: Haz doble clic sobre el fichero. Luego, simplemente haz clic en «Abrir».

Chad abrió el fichero.

El otro niño.doc

1

Por aquel entonces, a finales de ese verano de 1940 que nos cambió la vida, por lo menos no nos preocupaba ningún pariente. Los padres de muchas de mis amigas estaban en el frente y las familias temían recibir malas noticias en cualquier momento. Mi padre, en cambio, ya había muerto antes de la guerra, a principios de 1939. En una de sus célebres incursiones por las tabernas de la zona en las que se gastaba el poco dinero que ganaba barriendo las calles, se había enzarzado completamente borracho en una pelea con otros beodos. No llegó a saberse quién empezó ni por qué discutían, pero a buen seguro no fue por nada en especial. En cualquier caso, mi padre acabó gravemente herido y tuvieron que llevarlo al hospital, donde contrajo el tétanos. Era una época en la que no había tantos medios para combatirlo como hoy en día, por lo que acabó muriendo en poco tiempo. Mi madre y yo nos quedamos solas y nos vimos obligadas a ir tirando con la pensión familiar que recibíamos del gobierno. De todas maneras, así teníamos menos problemas económicos que antes, porque por lo menos no había nadie que se bebiera el poco dinero que conseguíamos. Además, mi madre encontró un par de empleos como asistenta que redondeaban lo justo nuestros ingresos. De un modo u otro, nos las arreglamos para salir adelante.

En el verano de 1940 cumplí once años. Vivíamos en East End, en Londres, en un pequeño ático. Recuerdo algunos veranos terriblemente calurosos en los que nuestro piso se convertía en un verdadero horno. Alemania estaba a punto de meterse en una guerra mundial. Francia había sido ocupada y los nazis se habían instalado también en las islas anglonormandas, que pertenecían a Inglaterra. Aquí la gente estaba nerviosa, y aunque el gobierno emitía consignas de resistencia, pesó mucho la voluntad popular de entrar en la guerra y vencer rápidamente a la Alemania nazi.

—¿Qué haremos si llegan hasta aquí? —le preguntaba a mi madre.

Ella negaba con la cabeza.

—No llegarán, Fiona. No se puede ocupar una isla tan fácilmente.

—Pero ¡ya han ocupado las islas del canal de la Mancha!

—Son pequeñas, no tenían medios de defensa y además están muy cerca de Francia. No te preocupes.

No obstante, en lugar de venir, los alemanes empezaron a mandarnos bombas a principios de septiembre. Empezó lo que se conoció por el Blitz, los continuos bombardeos sobre el Reino Unido. Noche tras noche, Londres era atacada. Noche tras noche, sonaban las sirenas y la gente se reunía en los refugios antiaéreos mientras los edificios se derrumbaban y calles enteras quedaban reducidas a escombros y a ceniza. A la mañana siguiente el lugar tenía un aspecto completamente distinto, porque de repente faltaba una casa o no había más que ruinas humeantes bajo el cielo. De camino a la escuela veía cómo la gente buscaba entre los escombros los efectos personales que pudieran haber sobrevivido a ese infierno. Una vez vi a una joven sucia y delgada que rebuscaba como una loca entre los cascotes a los que había quedado reducida una casa que se había desplomado. Tenía las manos y los brazos cubiertos de sangre y las lágrimas rodaban por sus mejillas sucias de polvo dejando atrás un rastro brillante.

—¡Mi hijo está ahí debajo! —gritaba—. ¡Mi hijo está ahí debajo!

A nadie parecía preocuparle, y eso a mí me chocó profundamente. Cuando por la noche se lo conté a mi madre, esta palideció y me abrazó enseguida.

—Yo me volvería loca si te pasara algo —dijo.

Creo que debió de ser ese día cuando se le ocurrió por primera vez la idea de que yo tenía que marcharme de Londres.

Las evacuaciones habían tenido lugar anteriormente. Habían comenzado el 1 de septiembre de 1939, cuando Hitler invadió Polonia. Dos días antes de que Inglaterra declarara la guerra a Alemania, cientos de miles de británicos procedentes de las grandes ciudades habían emigrado ya a las zonas rurales. Había un temor generalizado a los ataques aéreos, pero sobre todo a la posibilidad de que los alemanes pudieran atacarnos con gases. Los ciudadanos debíamos llevar en todo momento una máscara antigás encima y por todas partes había carteles de advertencia que nos recordaban la realidad del peligro al que nos enfrentábamos. «Hitler will send no warning», rezaban unas gigantescas letras de color negro sobre un fondo amarillo chillón, lo que significaba que en cualquier momento podía cogernos desprevenidos.

En primer lugar fueron evacuados los niños, junto con las mujeres embarazadas, los ciegos y otros discapacitados. Alguna vez mi madre llegó a preguntarme si yo también quería marcharme, pero en esas ocasiones yo me había negado en redondo y ella había tenido que aceptarlo. Cuando eso ocurría me sentía muy aliviada, porque toda esa historia me producía un miedo atroz, casi verdadero terror. Se había tomado la decisión de llamar a esa primera operación de evacuación Pied Piper, en alusión al personaje del flautista de Hamelín, un cuento que la mayoría de los niños conocíamos a la perfección: el flautista se lleva a los niños muy lejos y nadie vuelve a verlos jamás. No es que eso fuera muy alentador. De algún modo se había instalado en nosotros la idea de que se nos llevarían y no regresaríamos nunca.

Además, habían llegado rumores de que la operación había resultado ser bastante caótica. Inglaterra estaba dividida en tres zonas: zonas de evacuación, zonas neutrales y zonas destinadas a recibir a los evacuados. Se hablaba de trenes abarrotados, de niños pequeños traumatizados, incapaces de soportar que los hubieran separado de sus padres. Se hablaba también de una mala organización en lo referente a la recepción en otras ciudades por parte de otras familias. La región de Anglia Oriental se declaró completamente atestada, mientras que un montón de padres de acogida de otras regiones esperaban sentados a que les mandaran a alguien. La gente echaba pestes del gobierno porque había destinado una suma de dinero insuficiente para la operación y, por si fuera poco, seguían cayendo bombas. A finales de año la mayoría de los evacuados volvieron con sus familias a sus lugares de origen.

—¿Lo ves? —le dije a mi madre—. Qué bien que no me desplazaran a mí.

Pero entonces llegó el verano de 1940, cuando todo el mundo se dio cuenta de que la guerra duraría más de lo previsto, de que los nazis avanzaban y de que ya estaban peligrosamente cerca. Desde el mes de junio se llevaron a cabo de nuevo grandes operaciones de evacuación. El gobierno requería a los progenitores, en especial a los que vivían en Londres, que mandaran a sus hijos a las zonas evacuadas.

Una vez más, el centro de Londres quedó plagado de carteles. En esa ocasión mostraban la imagen de un niño con unas grandes letras encima: «Mothers! Send them out of London!».

Sin embargo tampoco fue una medida obligatoria, cada cual debía decidir lo que prefería hacer. Durante un tiempo conseguí rebatir los argumentos de mi madre respecto a la posibilidad de mandarme a una zona segura.

Pero llegó el otoño y comprobé con aflicción que me costaba cada vez más convencerla.

A principios de octubre una bomba dio de lleno en nuestra casa. Estábamos sentadas juntas en el refugio antiaéreo con otros vecinos del bloque, cuando de repente oímos un ruido ensordecedor por encima de nuestras cabezas que debió de reventarnos los tímpanos. Simultáneamente, la tierra empezó a temblar y del techo cayeron polvo y fragmentos de mortero.

—¡Fuera! —gritó un hombre—. ¡Rápido, todos fuera!

Hubo quien se vio superado por le pánico al salir. Otros llamaban a la prudencia.

—¡Ahí fuera es un infierno! ¡Quedaos aquí! ¡El techo resistirá!

Mi madre creyó que sería mejor quedarse dentro, puesto que fuera seguían oyéndose impactos de bombas que caían en rápida sucesión por las cercanías, lo que significaba que había más probabilidades de morir en la calle que de acabar enterrados allí dentro. Yo habría preferido salir, porque el mero miedo a morir lentamente víctima de la asfixia ya me dificultaba la respiración, pero al final no hice nada. Me limité a quedarme allí dentro, temblando y tapándome la cara con las manos.

A primera hora de la mañana cesó la alarma y salimos arrastrándonos del refugio, temerosos de ver lo que nos esperaba arriba. Nuestra casa había quedado reducida a un montón de escombros. Y la de al lado también. Y la otra. De hecho se habían derrumbado varias casas, casi la calle entera. Nos restregamos los ojos y observamos con desconcierto aquella imagen de absoluta devastación.

—Al final ha ocurrido —dijo mi madre tras un rato. Igual que todos los demás, había tragado mucho polvo, por lo que su voz sonó como si estuviera muy acatarrada—. Nos hemos quedado sin casa.

Estuvimos hurgando un poco entre los escombros, pero no conseguimos encontrar nada que realmente pudiera resultarnos útil. Yo descubrí un trozo de ropa del que había sido mi vestido preferido, una tela de lino rojo con florecillas amarillas. Me quedé con aquel jirón de ropa; del resto no encontré ni rastro.

—Todavía podrás utilizarlo como pañuelo —me dijo mi madre.

A continuación fuimos en busca de un nuevo lugar en el que alojarnos. A pocas calles de allí vivían nuestros únicos parientes, la hermana de mi padre y su familia, y mamá pensó que podrían acogernos durante un tiempo. De hecho, la casa de la tía Edith seguía en pie, pero sus habitantes no se entusiasmaron al vernos. La familia de seis miembros vivía en un piso de tres habitaciones en una planta baja y ya había tenido que acoger a una amiga que también se había quedado sin vivienda.

Además, el marido de mi tía acababa de salir del hospital y, tal como Edith había confiado a mi madre, estaba mal de la cabeza. Se pasaba el día sentado, mirando por la ventana, y de vez en cuando rompía a llorar. Quedaba claro que allí solo faltábamos mamá y yo para acabar de rematar aquel caos.

Luego fue cuando mi madre empezó a hablar de separarnos una vez más y entonces, al parecer, la cosa iba muy en serio. Oí cómo se lo contaba a tía Edith.

—Estoy pensando en mandar a Fiona al campo. Cada vez evacuan a más niños de Londres. Este no es un lugar seguro para ella.

—Es una buena idea —le dijo Edith.

Mi tía estaba contenta porque eso significaba que habría una persona menos en aquel piso tan atestado. Sin embargo, por buena que fuera la idea, ella no estaba dispuesta a evacuar a sus hijos, con el pretexto de que no podría soportar separarse de ellos.

Por desgracia, mi madre no era tan sentimental. A pesar de mis lloros, mis chillidos y de mi reacción absolutamente desesperada, no hubo manera de conmoverla y acabó haciendo todos los trámites necesarios.

Poco después mi nombre apareció ya en la lista de un transporte infantil que partiría hacia Yorkshire a principios de noviembre.

El tren salía a las nueve de la mañana de Paddington Station. Era el 4 de noviembre, un día de espesa niebla, aunque el sol brillaba tras aquel manto gris por el que intentaba abrirse paso.

—Ya verás como hoy acabará siendo un bonito día de otoño —dijo mamá para animarme.

Yo no podía tener la voz más tomada y me daba completamente igual si el sol brillaba o no. Caminaba a paso ligero junto a mi madre, con la máscara de gas colgada del cuello como era de rigor y una pequeña maleta de cartón en una mano que me había prestado la tía Edith. El gobierno había elaborado unas listas que determinaban incluso el número de pañuelos necesarios que cada niño debía llevar, pero puesto que nuestra casa había sido bombardeada y además teníamos poco dinero, mamá no pudo más que cumplir parcialmente con aquellas indicaciones. Tía Edith me había metido en la maleta un vestido raído que sus hijas ya no se ponían y que me quedaba demasiado corto, un jersey que casi no me entraba y un par de zapatos abotinados que en realidad eran de chico. Mamá me había hecho un camisón y me había tejido unos calcetines. Para el viaje me puse el vestido de cuadros que llevaba la noche del bombardeo, mi vieja chaqueta de punto y mis sandalias rojas. Era lo único que me quedaba. Aunque ya hacía demasiado frío y mamá me había advertido que acabaría pillando un resfriado, yo me obstiné en marcharme vestida de ese modo. Había perdido cuanto tenía y mi propia madre me mandaba lejos de casa, necesitaba al menos mi vestido y mis zapatos para tener algo a lo que aferrarme. ¿Que me resfriaba? Me daba igual, como si pescaba una pulmonía y la palmaba. Mamá se merecía quedarse sola, ver cómo moría el resto de su familia.

Tuvimos que pasar por la calle en la que habíamos vivido hasta la noche de octubre en la que había tenido lugar el bombardeo. Me pareció que no había en todo Londres una sola calle que hubiera quedado más echa polvo que la nuestra. Hacia el final había habido una casa que fue la última en resistir, pero desde lejos ya vimos que finalmente había caído también víctima de los ataques aéreos.

—Parece como si se hubieran propuesto que no quede piedra sobre piedra en Londres —dijo mamá, desconcertada. Hablaba de los alemanes, por supuesto.

Al acercarnos un poco más nos dimos cuenta de que el aire estaba impregnado de un intenso olor a quemado en ese último bastión de nuestra calle. Entonces reparamos en que salía humo de entre los escombros. Aquella casa debía de haber perdido su batalla particular contra las bombas durante una de las últimas noches. Conocíamos un poco a las familias que habían vivido allí, de ese modo superficial en el que se conoce a los vecinos que viven en la misma calle, unos metros más allá. Nos conocíamos de vista, nos saludábamos, sabíamos algo acerca de lo que hacían, de cómo se ganaban la vida, pero desconocíamos los detalles concretos. En el primer piso había vivido la familia Somerville: padre, madre y seis hijos. Yo había jugado algunas veces con una de las hijas, la segunda de más edad, aunque solo cuando me aburría mucho y no encontraba a nadie más. A los Somerville se los consideraba unos asociales, y aunque nadie solía hablar de esas cosas en presencia de niños, yo había pillado al vuelo que el padre bebía, bastante más que el mío, incluso. Bebía de la mañana a la noche, al parecer era imposible encontrarlo sobrio en ningún momento del día, y además maltrataba a su mujer. Esta, que según decían también terminó dándose a la bebida, acabó con la nariz grotescamente torcida después de que su marido se la rompiera durante una riña y el hueso se le hubiera soldado mal. También maltrataba a sus hijos. Algunos de ellos habían quedado tarados por culpa de los golpes que su padre les había dado en la cabeza, aunque otros ya habían nacido así a causa de las ingentes cantidades de alcohol que su madre había llegado a consumir durante los embarazos. Como siempre ocurre en estos casos, la gente temía relacionarse con los Somerville y esa era la razón por la que también yo había intentado tener el mínimo contacto posible con los hijos de esa familia.

Nos detuvimos un momento frente a aquellos escombros humeantes mientras nos preguntábamos, acongojadas, qué habría sido de toda la gente que solía vivir allí. En ese momento, de la casa contigua, cuya planta baja había quedado parcialmente intacta, salió la joven señora Taylor. Procedía de un pueblo de Devon y había llegado a Londres para probar fortuna. Trabajaba en una lavandería. Llevaba a un chiquillo de la mano, Brian Somerville, uno de los hijos de la familia Somerville. Con siete u ocho años, ya se veía claramente que tenía pocas luces.

La señora Taylor estaba blanca como una sábana.

—Las últimas tres noches esto ha sido un infierno —se lamentó.

Me di cuenta de que le temblaban los labios al hablar.

—Ha sido... Pensaba que... —Con la mano que le quedaba libre se cubrió la frente que, a pesar del frío que reinaba esa mañana, tenía empapada en sudor. Mamá diría más tarde que estaba bajo los efectos de un shock—. Intentaré ir a ver a una amiga —explicó—, vive en las afueras, espero que las bombas no hayan hecho tantos estragos por allí. De todos modos, en esta casa en ruinas hace demasiado frío. Y además ya no lo soporto. ¡No lo soporto más! —Se echó a llorar.

Mi madre le señaló al pequeño Brian, que nos miraba fijamente con sus grandes y asustados ojos.

—Y él ¿qué? ¿Dónde están sus padres?

La señora Taylor tragó saliva.

—Muertos. Todos muertos. Sus hermanos también, todos.

—¿Todos? —gritó mamá, conmocionada.

—Ya los han enterrado —susurró la señora Taylor. Probablemente temía el efecto que pudieran tener aquellas palabras en el niño que llevaba de la mano—. Ayer, durante todo el día. Todos los que vivían en la casa... o al menos lo que... lo que ha quedado de ellos. Hace dos noches las bombas acertaron de lleno en el edificio. Dijeron que sería imposible encontrar supervivientes.

Mamá se llevó la mano a la boca.

—Y anoche, de repente, apareció él. —La señora Taylor señaló a Brian con un movimiento de cabeza—. Es Brian. No sé muy bien de dónde ha salido. No ha dicho ni una palabra. O bien también quedó sepultado pero ha conseguido sobrevivir y liberarse, o bien no estaba en casa durante el bombardeo. Ya saben que...

Lo sabíamos. A veces, cuando el señor Somerville estaba muy borracho, no dejaba entrar a sus hijos en casa. A menudo acudían a cobijarse en el hogar de un vecino, mientras que durante las noches de verano incluso dormían en la calle. De hecho, tiempo atrás, cuando era más pequeña y más tonta, yo misma los había envidiado por la libertad con la que veía que vivían.

—¿Adónde se supone que tengo que ir ahora con este chico? —gritó la señora Taylor.

—¿No puede llevárselo a casa de su amiga? —preguntó mi madre.

—De ninguna manera. Trabaja durante todo el día. Ninguno de nosotros podrá ocuparse de él.

—¿Tiene algún pariente?

La señora Taylor negó con la cabeza.

—Solo hablaba con la señora Somerville de vez en cuando. Le habría gustado poder abandonar a su marido, pero decía que no tenía a nadie más, que no había nadie a quien pudiera acudir. Temo que Brian... tenga que quedarse solo en el mundo.

—Entonces debe llevarlo a la Cruz Roja —le aconsejó mamá mientras contemplaba la pálida tez del chiquillo con gesto compasivo—. ¡Pobre chico!

—¡Dios mío, Díos mío! —se lamentaba la señora Taylor. Parecía absolutamente superada por la situación.

Y fue entonces cuando mi madre hizo algo que acabó teniendo unas consecuencias fatales. Algo que, de hecho, no encajaba con ella, puesto que no era una persona lo que se dice muy dispuesta a ayudar al prójimo y siempre decía que ya tenía suficiente con lo suyo como para preocuparse por los problemas de los demás.

—¡Tráigalo, yo me encargaré de él! —dijo—. Ahora mismo me disponía a llevar a Fiona a la estación, se marcha evacuada al campo. Seguro que en la estación encontraré a alguien que pueda ayudarme, alguna enfermera de la Cruz Roja a la que pueda dejarle a Brian.

La señora Taylor estuvo a punto de lanzarse sobre mi madre para abrazarla. Y antes de que pudiera darse cuenta, mamá tenía a dos niños a su lado: a su propia hija, de once años, ataviada con un vestido de verano y una maleta de cartón en una mano, y a un niño de unos ocho años que llevaba unos pantalones andrajosos y un jersey de lana que parecía más bien un saco y que, a juzgar por su estado, ya había servido a varias generaciones de niños. El chiquillo se movía como sumido en un trance. No parecía percibir nada de lo que sucedía a su alrededor.

En esa formación, nos dirigimos finalmente hacia la estación y llegamos justo antes de que el tren partiera. O bien mamá se había equivocado con el horario de la salida, o bien nos habíamos entretenido demasiado, aunque posiblemente lo que había sucedido era que nos hubiera retrasado el paso interminablemente lento al que avanzaba Brian. En cualquier caso, cuando llegamos la mayoría de los niños estaban ya en el tren, colgando a puñados de las ventanillas, saludando a sus padres, que los observaban desde el andén. Muchos de ellos lloraban. Algunas madres parecían a punto de subir también ellas mientras sus hijos gritaban que querían bajar y quedarse en casa. Todos llevaban unos cartelitos colgados con sus respectivos nombres. Las enfermeras de la Cruz Roja y otros ayudantes iban arriba y abajo, tablilla en mano, controlando las listas e intentando poner orden de algún modo en aquel caos generalizado.

Mamá abordó a una de las ayudantes, una enfermera de la Cruz Roja, sin vacilar ni un instante.

—Perdone, mi hija también está inscrita en este viaje.

La enfermera era alta y corpulenta. Parecía tan antipática que el miedo se apoderó de mí al instante.

—¡Veo que han llegado temprano! —nos espetó con sarcasmo—. ¿Nombre?

—Swales. Fiona Swales.

La enfermera me buscó en la lista e hizo una marca sobre el papel, presumiblemente detrás de mi nombre. Nos tendió una hoja que sacó de la tablilla que llevaba en la mano.

—Escriba ahí el nombre de su hija. Y la fecha de nacimiento. Y la dirección en la que vive aquí, en Londres.

Mamá rebuscó en su bolso, sacó un lápiz y se puso en cuclillas para escribir en el papel apoyada sobre su rodilla. La enfermera se quedó mirando a Brian.

—¿Y qué pasa con él? ¿También viene?

Asustado, Brian se aferró a mi mano. Me dio lástima, por lo que no lo aparté de mí, aunque me habría gustado hacerlo.

—No —dijo mi madre—, es huérfano. ¿Adónde puedo llevarlo?

—¿Y cómo quiere que yo lo sepa?

Mamá se puso nuevamente de pie y me pegó el papel en la solapa de la chaqueta.

—¡Usted es de la Cruz Roja!

—¡Pero no me encargo de atender a los huérfanos! ¿Es que no ve todo lo que tengo que hacer? —Dicho esto, se marchó apresuradamente para abroncar a una niña que intentaba volver a bajar del tren mientras lloraba y llamaba a su madre a gritos.

—Tienes que subir al tren, Fiona —me apremió mamá, nerviosa.

Brian se aferró todavía más fuerte a mí, con las dos manos.

—No me suelta, mamá —le dije, sorprendida por la fuerza con la que me tenían agarrada las manitas de Brian.

Mi madre intentó apartar a Brian de mí. El revisor tocó el silbato y, antes de que pudiera darme cuenta, quedamos apiñados entre un torrente de gente que ocupó el andén de repente para subir al tren. Eran niños a los que hasta entonces no habían conseguido apartar de sus padres. Estos seguían agarrándolos de las manos o les acariciaban las mejillas. A mi alrededor, las despedidas eran verdaderamente desgarradoras. Sin embargo, yo me había propuesto no actuar de ese modo. Estaba enfadada con mamá por enviarme lejos de ella, estaba segura de que no podría perdonárselo jamás. Fui a parar justo frente a la escalera que subía al tren. Brian seguía aferrado a mi mano a pesar de que, entretanto, yo ya había intentado en vano zafarme de él de forma enérgica e incluso violenta. Detrás de mí había un verdadero muro de gente.

Me di la vuelta y grité.

—¡Mamá!

La había perdido de vista entre el gentío. Desde algún lugar me llegó su voz, pero no pude llegar a verla.

—¡Sube, Fiona! ¡Sube!

—¡Brian no me suelta! —chillé.

Un padre que estaba justo detrás de nosotros subió a su hija al vagón. A continuación, me agarró a mí con un brazo y a Brian con el otro y un segundo después ya estábamos dentro del tren.

—¡Cerramos las puertas! —gritó el revisor.

Recorrí rápidamente el pasillo tirando de Brian, que no me soltaba ni por un instante.

¡Bien hecho, mamá! ¡A ver cómo lo hago yo ahora para deshacerme de él!

—¡Eres lo peor! —lo abronqué—. ¡Tú no deberías estar aquí! ¡Te van a mandar de vuelta enseguida!

Él me miró fijamente con sus grandes ojos. Me llamó la atención lo blanca que era su piel y la claridad con la que se le vislumbraban las venas azuladas en las sienes.

No llevaba cartelito, ni maleta, ni máscara de gas. No estaba en ninguna lista. Lo mandarían a Londres de nuevo en un santiamén. Pero no era culpa mía. No había podido evitar que aquel desconocido nos hubiera subido al tren a los dos.

Encontré un asiento libre en uno de los bancos de madera y me agolpé entre el resto de los niños. Brian intentó subirse a mi regazo pero se lo impedí de un empujón. Finalmente se quedó de pie junto a mí.

—No seas tan desagradable con tu hermano pequeño —me reprendió una chica de unos doce años que estaba sentada frente a mí mientras se zampaba un delicioso bocadillo de embutido.

—No es mi hermano —repliqué yo—. ¡De hecho no lo conozco de nada!

El tren se puso en marcha. Tuve que esforzarme en tragar saliva para no romper a llorar. Había muchos chiquillos llorando, pero yo no quería ser como ellos. El sol todavía no había conseguido abrirse paso entre la niebla. Era un día gris y oscuro. Y mi futuro no prometía ser mucho mejor. Gris, oscuro y tan incierto como si estuviera cubierto también por aquella niebla espesa e impenetrable.

Supuse que había llegado el momento de despedirme de mi infancia. Sin derramar una sola lágrima, pero con una gran pena en el corazón, le dije adiós.

3

Llegamos a Yorkshire por la tarde. El trayecto fue muy confuso, porque nuestro tren se detuvo inesperadamente a casi tres kilómetros de Londres y tuvimos que aguardar unas tres horas antes de emprender la marcha de nuevo. Las bombas de la noche anterior habían derribado un par de árboles grandes y tal como habían caído bloqueaban las vías, pero cuando llegamos al lugar ya habían empezado los trabajos para retirarlos y para reparar los desperfectos. Las enfermeras y las maestras que nos acompañaban pusieron bastante empeño en tranquilizarnos y en mantener a raya nuestro mal humor: algunas de ellas organizaron juegos en pequeños grupos mientras otras repartían hojas de papel y lápices para que pudiéramos dibujar. Finalmente, el sol consiguió romper la barrera de niebla y bañar el paisaje otoñal con su tenue luz. Nos hicieron bajar para estirar las piernas. Algunos niños se pusieron enseguida a jugar a corre que te pillo, otros se acurrucaron bajo los árboles y empezaron a escribir las primeras cartas que mandarían a sus padres. También hubo los que seguían llorando. Yo me aparté un poco del grupo y desenvolví el pan que me había dado mi madre para comer un poco.

Brian iba pegado a mí como si fuera mi propia sombra. No me quitaba los ojos de encima, aquellos ojos grandes y horrorizados. Su presencia me resultaba inquietante y molesta, y si bien al principio estaba contenta de que no hablara, aquel mutismo absoluto acabó por irritarme.

—¿Es que no sabes decir nada de nada? —le pregunté.

Él se limitaba a mirarme fijamente. De algún modo terminó por despertar mi compasión. Al fin y al cabo acababa de perder a toda su familia y lo habían metido en un tren con destino a Yorkshire, y además por error. Daba la impresión de que era una especie de animalito perdido. Pero yo tenía once años, estaba desconcertada y sentía demasiado miedo y demasiado dolor por el hecho de haberme separado de mi madre. ¿De dónde iba a sacar la energía necesaria para ocuparme de aquel ser desvalido? Si a duras penas tenía alguna idea de cómo me las arreglaría yo sola.

Le di un pedazo de pan que se dedicó a masticar lentamente, pero todavía sin quitarme los ojos de encima.

—¿No podrías dejar de mirarme de ese modo? —le espeté, enervada.

Como era de esperar, Brian no respondió nada. Y naturalmente, tampoco dejó de mirarme. Le saqué la lengua, pero eso no pareció afectarle lo más mínimo.

Cuando llegamos a Yorkshire, empezaba a oscurecer. No tardaría en caer la noche y aquel paisaje campestre desaparecería entre las sombras. Ya hacía un buen rato que el sol se había despedido de nosotros cuando entramos en la estación de Scarborough. Bajamos del vagón con los huesos entumecidos y empezamos a tiritar a causa del frío que hacía aquel atardecer de otoño. La animada conversación que habían mantenido durante todo el rato los más resistentes quedó acallada de repente y fue sustituida por la tremenda añoranza que se apoderó de todos por igual. Creo que, si les hubieran dado a elegir, absolutamente todos los niños habrían preferido pasar las noches siguientes en los refugios antiaéreos, siempre que hubieran estado acompañados por sus respectivas familias. Más adelante, ya mayor, leí muchas disertaciones sobre las evacuaciones de niños. Hay estudios científicos y tesis doctorales acerca de ese tema, y casi todos coinciden en afirmar que el trauma por el que pasaron muchos niños debido a la súbita separación de sus padres, o por los malos tratos inflingidos por las familias de acogida, fue mucho peor y repercutió más en sus vidas que la experiencia, sin duda muy traumática también, de los bombardeos nocturnos.

Por mi parte, puedo decir que jamás en mi vida me he sentido más miserable, triste y desvalida que cuando llegué a aquel lugar desconocido en el que me aguardaba un destino todavía incierto.

Un hombre estaba esperando en el andén, hablando con aquella antipática enfermera que ya se había mostrado desagradable conmigo en Londres y que, al parecer, era la máxima responsable de nuestro grupo. Nos hicieron formar una fila, de dos en dos. Brian eliminaba cualquier posibilidad de que pudiera darle la mano otro niño, puesto que nada más bajar del tren volvió a pegarse a mí. Parecía como si fuera mi hermanito pequeño. Pero bueno, pensé, por poco tiempo. Como máximo a la mañana siguiente lo mandarían de vuelta a Londres.

Casi lo envidiaba por ello, aunque luego caí en la cuenta de que no habría ninguna madre esperándolo en Londres, igual que me ocurría a mí. Si lo que la señora Taylor había dicho era cierto y ya no tenía parientes vivos, Brian iría a parar a un orfanato.

Pobre diablo, pensé.

Seguimos a aquel hombre y atravesamos el edificio de la estación hasta llegar a un aparcamiento de autobuses, donde ya nos esperaban varios vehículos. Nos hicieron subir y no me pareció que fuera muy importante si acababas en un autobús o en otro. Fueron muy pocos los niños que, puesto que aparecían en una lista especial, fueron mandados a sus autobuses correspondientes. Como se demostraría más tarde, se trataba de los afortunados que serían alojados en casa de parientes, por lo que ya sabían de antemano cuál sería su paradero, mientras que para el resto de nosotros era toda una incógnita. Nos pusimos rumbo a varios pueblos, la mayoría de ellos de interior. El autobús al que fui a parar yo, con Brian aferrado a mi mano, era el único que se acercó a la costa para distribuir a sus ocupantes por los alrededores de Scarborough. La población de Scarborough en ese momento ya no se consideraba una *reception zone*, una zona de acogida, pero los pueblos de los alrededores habían sido autorizados para ello por una mera cuestión de necesidad urgente.

Del mismo modo que nadie había controlado quién subía a cada autobús, a nadie le extrañó que me acompañara un niño que no llevaba el cartelito con el nombre ni equipaje de ningún tipo. Simplemente nos metieron prisa, por lo que ni siquiera pensé en la posibilidad de hablar con un adulto. Puede parecer extraño que yo no estuviera en condiciones de actuar como es debido, pero hay que tener en cuenta lo asustada e insegura que me sentía en esos momentos.

Cuando salimos de la ciudad y empezamos a circular por el campo en el autobús se hizo un silencio absoluto, a excepción del débil llanto de dos niñas pequeñas que intentaban, en vano, contener los sollozos. Pero nadie decía nada. Todos tenían miedo. Estaban cansados y hambrientos. Creo que a la mayoría de ellos les pasaba lo mismo que a mí: teníamos tanto miedo de romper a llorar que ni siquiera abríamos la boca.

Yo iba con la cara pegada al cristal. Aún podía distinguir algo en aquel paisaje fantasmal. No había casas. Había colinas, pocos árboles. En algún lugar debía de estar el mar. Me hallaba muy lejos de Londres.

El autobús se detuvo de repente al borde de la carretera y quedé desconcertada al oír que nos hacían bajar. ¿Aquí? ¿En medio de la nada? ¿Entre los pastos? ¿Íbamos a pasar la noche en mitad del campo?

Tras haber bajado y habernos colocado de nuevo en fila de dos en dos, a cierta distancia vi el reflejo de una luz. A medida que nos acercamos a ella empezó a vislumbrarse con más claridad el contorno de unos edificios sumidos en la oscuridad. Dos o tres casas de una planta que parecían haber sido construidas al azar en medio de la nada. Al menos prometían la posibilidad de ofrecernos luz y sobre todo calor, puesto que hacía bastante frío y yo me estaba congelando con el vestido de verano, la chaqueta de punto y aquellos calcetines que me caían continuamente.

Nos mandaron que nos detuviéramos justo frente a los edificios. Lo que conseguí vislumbrar me pareció algo así como un minúsculo colmado con una casa de dos plantas al lado. Una de las enfermeras nos dijo que esperáramos fuera y nos quedamos en un prado que había frente al almacén. Aunque tampoco habíamos caminado mucho, la mayoría de los niños se sentaron en el suelo cubierto de rastrojos, que ya estaba empapado por la humedad de la noche. Estábamos todos agotados. Agotados de tener miedo.

El frío que sentía era casi insoportable, por lo que abrí la pequeña maleta y saqué aquel jersey cuyas mangas me quedaban tan cortas y me lo puse. Saqué también un par de calcetines que mamá había tejido para mí para ponérmelos por encima de los otros con la esperanza de poder calentarme un poco los pies, los tenía helados. Entonces me di cuenta de que Brian ni siquiera llevaba calcetines, por lo que me sacrifiqué de mala gana y le ofrecí mi nuevo par. Le quedaban demasiado grandes, pero puesto que tampoco llenaba los zapatos conseguimos meter en ellos toda la lana sobrante. Supuse que había heredado esos zapatos de alguno de sus hermanos mayores, porque ni siquiera se aproximaban a una talla adecuada para su tamaño. Por primera vez desde que habíamos abandonado Londres, desvió los ojos de mí y se quedó mirando los calcetines con una expresión casi devota.

—¡No son un regalo! ¿Me oyes? ¡Quiero que me los devuelvas! —le advertí.

Brian no hacía más que acariciar la lana tejida.

La puerta del pequeño almacén se abrió, así como las puertas del edificio contiguo, y de ellas salieron unos cuantos adultos. Todos parecían nerviosos e irritados y se dirigieron a nuestros acompañantes con cierta agitación. Por lo que pude captar, estaban enfadados por el retraso con el que habíamos llegado, puesto que habían calculado que nuestro tren llegaría mucho antes a Scarborough y con él nosotros, y les había molestado tener que esperar medio día en ese lugar tan aislado.

Una niña que estaba sentada junto a mí me dio un codazo.

—Son las familias que han venido a recogernos —siseó—. ¡Las familias de acogida!

—Ya me lo imaginaba –respondí con tono arrogante.

Ella me examinó con una fugaz mirada de soslayo.

—A mí me acogerá mi tía. ¿Y a ti?

—No lo sé.

Su mirada pasó a ser compasiva.

—¡Pobre!

—¿Por qué? —quise saber. Me esforcé en que mi voz siguiera sonando algo altiva, pero la verdad es que la procesión iba por dentro.

—Bueno, se cuentan historias tremendas —dijo la niña con cierto tono sensacionalista—, puedes ir a parar a familias terribles. Igual te toca trabajar duro todo el día y apenas te dan de comer. Además, te maltratan. Horroroso, vaya. He oído hablar de un caso en el que...

—¡Menuda bobada! —la interrumpí.

Sin embargo, por dentro debo admitir que estaba horrorizada. ¿Y si tenía razón? ¿Y si me esperaba un verdadero infierno? Pues si es así, me escaparé, empecé a planear. ¡Y aunque tenga que llegar a Londres a pie, no pienso quedarme en un sitio en el que me traten mal!

Los adultos se habían colocado frente a nosotros y una de las enfermeras empezó a leer la lista con nuestros nombres. Cuando llamaban a un niño, este tenía que dar un paso adelante y se le asignaba su nueva familia. Era evidente que la máxima prioridad eran los parientes, pero en algunos casos parecía como si se hubieran efectuado acuerdos y asignaciones de antemano, sin que hubiera relaciones de parentesco de por medio. Yo esperaba desde lo más hondo de mi corazón que fueran motivos realmente honrados, la voluntad de ayudar y la compasión, los que empujaban a aquella gente a acogernos, pero también tenía serias dudas al respecto. Tía Edith me había contado que las familias que acogían a los niños evacuados lo hacían a cambio de un dinero que les ofrecía el gobierno. Recuerdo que mi madre se había enfadado al oírlo y le había reprochado a tía Edith que hubiera hablado más de la cuenta. No había querido que me enterara de lo del dinero, porque eso ponía en duda las intenciones aparentemente sinceras de las familias de acogida.

Llamaron a la niña que estaba sentada a mi lado y esta se levantó a toda prisa para lanzarse dando gritos de alegría a los brazos de una joven que la recibió con un abrazo y los ojos colmados de lágrimas. Era su tía. Envidié profundamente a esa niña. Antes jamás me había planteado por qué no tenía más parientes, aparte de la tía Edith y su prole en Londres, pero en ese momento percibí esa circunstancia como una dolorosa carencia en mi vida. ¡Qué bonito habría sido poder dar un abrazo a alguien que me conociera y me quisiera!

En lugar de eso, ahí estaba yo, sentada en medio de la oscuridad, en una tarde de noviembre, alumbrada solo por la débil luz de unas cuantas lámparas de aceite, en un campo en alguna parte de Yorkshire, lejos de todo lo que conocía, sin la más mínima idea de lo que me deparaba el futuro. Y a mi lado, un niño pequeño traumatizado que no paraba de acariciar los calcetines que le había puesto y que parecía decidido a no apartarse de mi lado nunca más. Entonces fue cuando la gente que aún no había recibido a ningún niño se acercó a nosotros, a los que todavía no nos habían llamado, y recorrió las filas lentamente, iluminándonos con linternas o con lámparas de mano, antes de decidir a quién querían acoger. Nos examinaban, nos valoraban y al cabo nos rechazaban o nos elegían. Todavía hoy, mientras escribo esto, me doy cuenta de lo pequeña, humillada, expuesta y desprotegida que me sentí. En la actualidad, algo así sería impensable. En la

Inglaterra del siglo XXI es imposible imaginar a unos niños expuestos en fila en medio de un campo casi como si se tratara de un mercadillo. Pero sucedió en la excepcionalidad de aquellos años. La fuerza con la que los bombardeos alemanes caían sobre Londres había sorprendido a todo el mundo y el número de víctimas superaba incluso los pronósticos más temidos. La defensa aérea de la capital británica era bastante precaria y se había mostrado ineficaz. La idea de tener que mandar a los niños al campo para protegerlos, daba igual cuales fueran las circunstancias, tenía prioridad absoluta. No había tiempo para organizarlo todo a la perfección. No había tiempo para pensar en los efectos que eso tendría sobre la mente de los chiquillos. Debrían aguantarlo como pudieran.

Una mujer se plantó delante de mí y se inclinó para verme mejor. No parecía mucho mayor que mi madre, tenía un rostro afable y unos rasgos especialmente agraciados. Me sonrió.

—¿Cómo te llamas? —me preguntó, aunque se respondió a la pregunta ella misma nada más ver el cartelito que llevaba en la solapa—. Fiona Swales. Y naciste el veintinueve de julio de mil novecientos veintinueve. O sea, que tienes once años.

Yo me limité a asentir. Por algún motivo, fui incapaz de emitir ni el más leve sonido. La mujer tendió una mano hacia mí.

—Me llamo Emma Beckett. Vivo en una granja no muy lejos de aquí. He oído lo de la evacuación de los niños de Londres por la radio y he pensado que podría ayudar. ¿Te gustaría venir a vivir una temporada con nosotros?

Volví a asentir. Debió de empezar a pensar que era muda. Era una persona realmente agradable y de inmediato me quedó claro que las cosas podrían haber ido mucho peor.

Una granja... Aún no sabía lo que significaba vivir en una granja.

A continuación miró a Brian.

—¿Y este es tu hermano pequeño?

Brian, que seguía mirándose fijamente los calcetines, se dio cuenta de que se referían a él. Enseguida se aferró a mi brazo en busca de amparo. Intenté librarme de él, pero no había manera de hacer que se soltara.

—No. —Al fin logré recuperar el habla—. No tengo hermanos. Él es un vecino que... bueno, no debería estar aquí conmigo...

—¿No? —preguntó Emma Beckett, sorprendida—. Entonces ¿sus padres no saben que está aquí?

—Sus padres murieron —le expliqué— y sus hermanos también. Toda la familia excepto él. Hace dos noches cayó una bomba sobre su casa.

Emma Beckett pareció profundamente conmovida.

—¡Es horrible! ¿Y qué vamos a hacer con él?

Se dio la vuelta e hizo señas para que se acercara a una joven con la que intercambió unas palabras para explicarle la situación. La mujer empezó a respirar agitadamente al instante, parecía sobrepasada por las circunstancias. Se puso a hojear como una loca las listas que llevaba en la mano.

—¿No está en la lista? —preguntó—. ¿Cómo se llama?

—Brian Somerville —dije yo.

Volvió a hojear las listas y sacudió la cabeza.

—¡Aquí no aparece en ninguna parte!

Se lo acababa de decir. Le expliqué entonces cómo nos lo habíamos llevado a la estación y cómo de repente acabó en el tren conmigo. La joven hizo señas a una enfermera de la Cruz Roja. Yo me puse de pie para no seguir sintiéndome tan pequeña allí acurrucada frente a los adultos, que ya eran tres y compartían los nervios y las prisas por tomar una decisión. Brian también se puso de pie enseguida sin soltarme el brazo ni un instante.

Como era de esperar, la enfermera no conseguía encontrar su nombre en su lista.

—No debería haber subido al tren —dijo, aunque era ya demasiado tarde para darse cuenta de ello.

—¿Qué será de él ahora? —preguntó Emma Beckett una vez más.

Brian se puso a temblar. Sus manitas se agarraron a mi brazo con tanta fuerza que casi me hacía daño.

—Pues debería volver con nosotros a Londres —dijo la enfermera.

—¡Pero si allí ya no tiene a nadie! —gritó Emma.

—No, pero hay orfanatos.

—¡Y también bombas! ¡Aquí estará mucho más seguro!

La enfermera dudó un momento.

—No puedo llevarme de Londres a un niño no registrado así, por las buenas. Al final eso acabaría trayendo problemas y...

—Podríamos llevarlo al hogar para niños de Whitby —propuso la joven—, allí es adonde irán a parar los niños que no encuentren ninguna familia.

Emma Beckett se puso en cuclillas y observó a Brian detenidamente.

—Está muy asustado —dijo—, no creo que sea buena idea separarlo de Fiona. ¡Al parecer ella es su único apoyo!

Ya... ¡Perfecto! No sé porque pero durante todo el viaje estuve sospechando que ocurriría algo así. Que Brian Somerville seguiría pegado a mí y yo a él. Los adultos deliberaron un rato, pero al final nuestras acompañantes consintieron en permitir que Emma Beckett se nos llevara a los dos a su granja.

—Ya aclararemos la situación en Londres —dijo la enfermera antes de garabatear el nombre y la dirección de Emma y un par de cosas más en su cuaderno—. Recibirán noticias nuestras.

—De acuerdo —replicó Emma, aliviada. Acto seguido, cogió mi maleta—. Venid, niños. Nos vamos a casa.

En parte me molestó tanta amabilidad. Y lo mucho que se esforzó por simplificar la situación. «¡Nos vamos a casa!» ¿De verdad creía que consideraría que esa granja remota como mi hogar solo porque ella así lo quisiera? Mi hogar estaba en Londres, con mi madre. Y en ninguna parte más.

La seguí a paso ligero, igual que Brian, que todavía seguía aferrado a mi brazo. Después de casi doce horas arrastrándolo, ya casi me había acostumbrado a soportar su peso. Bajamos por el camino, torcimos a la izquierda y seguimos la calle hasta que divisamos una iglesia a la izquierda. Al otro lado de la calle había aparcado un vehículo todo terreno, una especie de jeep con dos grandes bancos en la parte trasera. Una gran linterna que estaba encima de uno de los bancos alumbraba apenas el entorno. Cuando nos acercamos, una sombra se separó de la puerta del conductor. Alguien nos había esperado allí, apoyado en el coche. Era un joven alto, de unos quince o dieciséis años que enseguida se interpuso entre nosotros y la luz de la linterna. Llevaba pantalones largos y un jersey grueso, y tenía algo en la boca, una brizna de hierba, como pude comprobar nada más plantarme frente a él. Tenía cara de pocos amigos. Al contrario que Emma, él no parecía en absoluto encantado de vernos allí.

—Este es Chad, mi hijo —dijo Emma mientras dejaba mi maleta en la plataforma de carga al pasar—. Chad, esta es Fiona Swales. Y este de aquí es Brian Somerville.

Chad se nos quedó mirando fijamente.

—Creí que querías acoger a un niño. Pero ¡aquí hay dos!

—Te lo explicaré más tarde —se limitó a decir Emma.

Tendí mi mano hacia Chad. Después de dudar un poco, la aceptó. Nos examinamos mutuamente. Noté cierto rechazo en su mirada, pero también cierto interés.

—Chad no tiene hermanos ni hermanas —explicó Emma—, por lo que he pensado que podría estar bien que pasara un tiempo conviviendo con otros niños bajo un mismo techo.

Era evidente que Chad tenía una opinión muy distinta, pero sin duda ya habían discutido ese tema con su madre demasiadas veces y de forma acalorada, porque ni siquiera se atrevió a manifestar abiertamente su opinión. Murmuró algo y luego se sentó en el banco.

—Pon a los dos pequeños en el asiento delantero, mamá —dijo él.

Me molestó que se refiriera a mí como pequeña y más aún que me hubiera metido en el mismo saco que a Brian, al que veía casi como un bebé.

—Tengo once años —aclaré con actitud provocadora mientras levantaba la barbilla para parecer un poco más alta.

Chad sonrió con sorna. Me miró desde lo alto del coche.

—¿De verdad ya tienes once años? ¡Mira tú por donde! —dijo, y enseguida me di cuenta de que se estaba burlando de mí—. Tengo quince años y no me apetece nada tener que ocuparme de ti o de este otro crío. ¿Entendido? Dejadme en paz y yo os dejaré en paz a vosotros. Por lo demás, ¡esperemos que los alemanes pierdan la guerra de una vez y todo vuelva a la normalidad!

—¡Chad! —lo reprendió Emma.

Subimos al coche. A pesar de que Chad me había tratado con manifiesta antipatía, era la primera persona en todo el día que había conseguido levantarme el ánimo. Lo que no supe fue explicarme por qué. Pero cuando empezamos a alejarnos de aquella iglesia y nos sumergimos en la oscuridad y la incertidumbre, sentí que me había liberado ya del peso que había estado atenazando mi corazón. Tuve la impresión de que comenzaba a sentir algo de curiosidad por lo que me esperaba a partir de entonces.

Domingo, 12 de octubre

3

Leslie se despertó con un dolor de cabeza horrible y después de recordar lo que había sucedido la noche anterior se preguntó cómo se habría sentido si ni siquiera se hubiera tomado aquellas dos aspirinas.

Se levantó como pudo de la cama y salió tambaleándose de su habitación. Tenía una sed horrorosa, la boca y la garganta completamente secas, incluso irritadas. Entró en la cocina, abrió el grifo, se inclinó hacia delante y dejó que el agua helada fluyera por su boca. Luego se mojó la cara para despabilarse un poco.

Cuando se enderezó de nuevo, ya se sentía algo mejor.

Echó un vistazo al reloj de la cocina y se dio cuenta de que era casi mediodía. Había dormido como un tronco, algo extraño en ella, puesto que tenía por costumbre levantarse siempre muy temprano, incluso cuando la noche anterior se había acostado muy tarde. Igual que su abuela. Fiona siempre se levantaba a primera hora de la mañana. Leslie recordó que durante la adolescencia a menudo se había sentido superada por la energía de aquella anciana.

De momento, no obstante, todavía no la había visto ni oído. El piso parecía desierto.

Tal vez hubiera salido a dar un paseo. Leslie miró por una de las ventanas. Una vez más, el día era radiante. El sol, desde el sur, proyectaba sus cálidos rayos sobre la bahía y relucía sobre las crestas de espuma que coronaban las olas de color azul oscuro.

El cielo estaba despejado, cristalino. Había unos cuantos veleros navegando. Seguro que volvería a hacer calor.

Lo raro era que en la cocina no había nada, ni el más mínimo rastro que pudiera indicar que Fiona hubiera desayunado en algún momento, ni tampoco de que hubiera preparado algo para su nieta como solía hacer. Ni siquiera le había dejado café en la placa térmica de la cafetera. Cuando Leslie se acercó a la máquina para echar un vistazo, descubrió que la jarra de cristal aún contenía los restos del café del día anterior: la marca de color marrón que dejó el líquido revelaba que nadie había vuelto a utilizarla desde hacía veinticuatro horas.

Leslie arrugó la frente, desconcertada. Había dos cosas a las que su abuela nunca renunciaría al levantarse: a un mínimo de dos tazas de café solo, muy cargado, y a un cigarrillo. El hecho de que hubiera podido salir a pasear sin haber realizado ese ritual era algo casi inimaginable.

Leslie fue hacia el salón. Vacío. Silencio absoluto. Ni una pizca de ceniza en el cenicero. ¿Era posible que Fiona siguiera durmiendo a las once y media?

Entonces a Leslie se le ocurrió mirar en el dormitorio de Fiona. Abrió con cuidado la puerta, sin hacer ruido, y vio la cama hecha, con la colcha azul intacta. Las cortinas de la ventana estaban abiertas. Las zapatillas de andar por casa de Fiona, frente al ropero. La habitación ofrecía el mismo aspecto que solía tener durante el día. No había indicios de que alguien hubiera dormido en ella aquella noche.

Tal vez Fiona se había pasado media noche hablando con Chad Beckett y finalmente había decidido quedarse a dormir en la granja. A lo mejor tenía menos ganas aún de hablar con su nieta que las que esta tenía de hablar con ella. Leslie seguía enfadada, pero a pesar de lo ocurrido la resaca la llevó a pensar que sería mejor no preocuparse demasiado por ello. Fiona se había comportado de un modo inaceptable y no estaría nada mal que se diera cuenta de lo mucho que podía llegar a molestar a sus seres más queridos, de que a veces no es tan fácil hacer borrón y cuenta nueva. Colin o Jennifer quizá la habían llevado de vuelta a Scarborough, o puede que hubiera tomado un taxi al final. Lo mejor sería preparar un poco de café, un bocadillo para el camino y regresar a Londres. Ya tenía suficientes cosas de las que preocuparse con la mudanza que la aguardaba. No había razón para que desperdiciase su tiempo riñendo con su abuela.

A pesar de la resolución que había tomado, fue de nuevo al salón y cogió el teléfono. Lo mejor sería cerciorarse en un momento de que todo iba bien. Así podría volver a casa con la conciencia tranquila.

En la granja de los Beckett tardaron un poco en coger el teléfono. Leslie oyó entonces la voz de Gwen. Sonaba como si se hubiera pasado varias horas llorando, y de hecho no habría sido nada extraño que hubiera sido así.

—Hola, Leslie —dijo, y ese simple saludo sonó ya tan desolado que a Leslie se le rompió el corazón—. ¿Llegaste bien a casa ayer?

—Sí, todo bien. De camino me detuve a tomar algo en un pub y ahora tengo la cabeza como si me la hubieran metido en un torno, pero pronto estaré mejor. Gwen, ayer Fiona se comportó de un modo inaceptable. Quiero que sepas que estoy de tu lado al cien por cien.

—Gracias —dijo Gwen en voz baja—. Sé que no querías que sucediera todo aquello.

—¿Has...? ¿Sabes algo de Dave desde entonces?

—No. —Gwen empezó a llorar de nuevo—. No responde al teléfono. Y al móvil tampoco. He intentado contactar con él una docena de veces. Le he mandado cuatro mensajes de texto, pero tampoco me ha respondido. Leslie, se ha hartado de mí. Ya no quiere verme más. ¡Y lo entiendo!

—Espera —intentó consolarla Leslie—, es normal que se sienta ofendido. Fiona lo atacó sin piedad y además delante de todos. No me extraña que se haya esfumado. Pero estoy segura de que tarde o temprano volverá a aparecer.

Gwen se sonó la nariz ruidosamente.

—¿Crees que tiene razón? —preguntó Gwen.

—¿Quién? ¿Fiona?

—Con lo que dijo, que a Dave solo... ¿Crees que solo le interesa la granja? ¿Que yo no le intereso en absoluto?

Leslie titubeó un poco. La conversación empezaba a virar peligrosamente hacia un terreno minado que su dolor de cabeza no agradecería.

—Creo que Fiona no tiene por qué juzgarlo —dijo, y de ese modo acalló la voz interior que le decía que su abuela siempre se había caracterizado por tener bastante buen ojo con las personas—. Apenas conoce a Dave y, lamentablemente, yo tampoco. La cena de ayer fue demasiado corta para haberme formado una opinión acerca de él.

Ya volvía a mentir. Claro que no había llegado a conocer de verdad a Dave Tanner, pero desde el primer momento había compartido las sospechas de su abuela. Tanner era demasiado guapo y mundano para haberse enamorado precisamente de Gwen. Eran demasiado distintos, y sus diferencias no eran de las que se atraen entre sí, sino de las que se repelen. Además, por su aspecto era evidente que Tanner estaba pasando dificultades económicas. Leslie comprendía a la perfección que Fiona hubiera llegado a aquellas conclusiones acerca de él.

—Ojalá pudieras ver a Dave y hablar con él —dijo Gwen—, y así entendería que no toda la familia está contra él. Y tal vez podrías incluso descubrir cuáles... son sus intenciones respecto a mí.

—De hecho, estaba a punto de marcharme a Londres —replicó Leslie, algo incómoda. La idea de enredarse aún más en esa nefasta historia no la atraía en absoluto.

—¡Pero si dijiste que pensabas quedarte un par de días en Scarborough! —exclamó Gwen, sorprendida.

Leslie le explicó que se había enfadado bastante con su abuela y que por consiguiente no le apetecía quedarse más tiempo allí.

—Ha sido un alivio no tener que verla esta mañana. ¿Has tenido el dudoso placer de desayunar con ella o es que no has podido quitártela de encima hasta ahora?

Al otro lado de la línea reinó durante unos momentos un silencio de desconcierto.

—¿Por qué? —preguntó Gwen—. No, no está aquí. ¿Quería venir a vernos?

Leslie empezó a sentir un hormigueo en las puntas de los dedos.

—¿No ha dormido en la granja?

—No. Que yo sepa, pidió un taxi para volver a casa.

—Pero por lo que he visto, parece como si... como si no hubiera dormido en casa.

—Qué raro —dijo Gwen—, pues aquí tampoco.

El hormigueo que Leslie había empezado a sentir en los dedos se hizo más intenso.

—Oye, Gwen, te llamo luego. Averiguaré qué ha ocurrido exactamente.

Colgó el auricular, entró en la habitación de Fiona y abrió el ropero. Con sumo cuidado, inspeccionó sus vestidos, faldas y blusas hasta cerciorarse de que el vestido que había llevado Fiona la noche anterior no estaba entre sus cosas. Tampoco lo encontró en el baño ni en el cesto de la ropa sucia, mientras que los zapatos y el bolso también faltaban. Estaba segura de que Fiona no habría salido a pasear con un vestido de seda, unos zapatos de tacón y un bolso, la única posibilidad era que no se hubiera cambiado de ropa desde la noche anterior. En cualquier caso, no lo había hecho en su casa.

Definitivamente, no había pasado por allí.

Leslie fue corriendo a su habitación y se vistió a toda prisa. A pesar de que lo único que deseaba era una buena y larga ducha y un café bien cargado, pensó que sería mejor no entretenerse ni un solo momento más allí. Se cepilló un poco el pelo, cogió las llaves del coche y las de la casa y salió a toda prisa después de cerrar la puerta tras ella.

Tres minutos más tarde ya estaba camino de la granja de los Beckett. El sol, que resplandecía aún algo bajo, le daba en la cara y agravaba su dolor de cabeza.

Leslie ni siquiera reparó en ello.

4

—Yo mismo llamé para pedirle un taxi —dijo Colin—. Estuvo sentada mucho rato con Chad, al menos dos horas. Luego salieron juntos del despacho y dijo que quería marcharse a casa.

Yo había estado viendo la televisión y ya tenía ganas de subir para ir a dormir. Le pregunté si quería que le pidiera un taxi. Dijo que iba a caminar un poco, que la noche era bastante clara, y me pidió que llamara a un taxi para que la recogiera en la granja de los Whitestone. O sea, que eso fue lo que hice.

—¿En la granja de los Whitestone? —preguntó Leslie, desconcertada—. Para llegar hasta allí tuvo que pasar por el bosque, cruzar el puente, subir la colina... ¡Debió de tardar al menos quince minutos en llegar a esa granja!

Leslie, Colin y Gwen estaban en la cocina. Gwen, muy pálida y con los ojos llorosos, lavaba los platos mientras Colin, que había estado comiendo en la mesa y estudiando un montón de impresos con la frente fruncida, entretanto se había levantado y los iba secando.

—Pero eso era exactamente lo que ella quería —dijo Colin—, caminar. —Reflexionó un momento—. Me dio la impresión de que estaba bastante irritada. O bien lo de Dave Tanner le había afectado realmente o bien hubo alguna otra cosa, algo de lo que había estado discutiendo con Chad, que la incomodaba. En cualquier caso, no hay duda de que salió echando chispas. Por eso, al ver cómo estaba, no me extrañó que necesitara caminar un poco.

—Me pregunto adónde pudo ir —reflexionó Leslie—. Tal vez no quiso ir a casa para no tener que verme. Aunque no es que eso sea muy propio de ella. No es ese tipo de personas que evitan las confrontaciones.

Se dio la vuelta al oír pasos a su espalda.

Chad apareció por el salón. Como siempre, se le veía muy ensimismado.

—Hola, Leslie —dijo—. ¿Ha venido Fiona también?

—Por lo visto Fiona ha desaparecido —explicó Colin.

Chad los miró sin entender.

—¿Desaparecido?

—Anoche Colin pidió un taxi para ella —dijo Leslie—, para que la recogiera en la granja de los Whitestone, porque quería caminar un poco. Pero no ha pasado por casa. ¿Tú viste cómo se marchaba, Chad?

—La última vez que la vi fue en la puerta —respondió Chad—,

cuando me disponía a acostarme. Se puso el abrigo y dijo que quería salir al encuentro del taxi. Incluso oí cómo cerraba la puerta tras ella.

—Voy a llamar a la central de taxis —dijo Colin antes de dejar el paño sobre la mesa—. Deben de tener un registro de la carrera. Seguro que eso nos aclara las cosas.

Se metió en el despacho, que es donde tenían el teléfono.

Gwen terminó de lavar los platos y se secó las manos.

—No te preocupes, Leslie. Seguro que eso lo aclarará todo.

Leslie intentó sonreír.

—Claro. Mala hierba nunca muere —dijo mientras se tocaba la frente—. Tengo un dolor de cabeza horrible. ¿Podría tomarme un café? Y ya puestos, ¿tan cargado como sea posible?

—Por supuesto —dijo Gwen enseguida—. Ahora mismo echo el agua y te lo preparo

Procedentes del pasillo se oyeron trotes y jadeos, y al instante aparecieron los dos dogos en la cocina. Tras ellos entró Jennifer, con las mejillas enrojecidas y el cabello despeinado.

—Fuera hace un día espléndido —dijo—. Hay sol, viento y un aire cristalino. Deberías haber venido, Gwen. Ah, ¡hola, Leslie! ¿Cómo estás?

—Fiona ha desaparecido —dijo Gwen.

Jennifer quedó tan desconcertada como Chad un par de minutos antes.

—¿Qué quieres decir?

—Quiero decir que al parecer anoche se marchó de aquí pero que no llegó a casa —aclaró Leslie—. Me he dado cuenta de ello casi a mediodía. Colin está llamando ahora a la central de taxis.

Colin apareció tras su esposa.

—Lo investigan y vuelven a llamarnos.

—Qué raro —comentó Chad.

—Podemos descartar que la llevara Dave Tanner en su coche.

—Ya hacía más de dos horas que Dave se había marchado cuando Fiona decidió volver a casa —dijo Colin—. Tendría que haber esperado en algún lugar cercano... ¿Por qué tendría que haberlo hecho?

—Para intentar ponerse en contacto con su prometida otra

vez, quizá —dijo Jennifer—, cuando todos se hubieran marchado o estuvieran durmiendo.

Un atisbo de esperanza brilló en los ojos de Gwen.

—¿Lo dices de verdad? —preguntó.

—Pero ¿por qué tendría que haber llevado a Fiona en su coche? ¡Justamente a ella! —dijo Leslie.

Jennifer se encogió de hombros.

—Tenía motivos de sobra para querer hablar con ella. Para convencerla de cuáles son sus verdaderos propósitos, para poder explicarle cuál es su visión de las cosas. No es que le correspondiera a él aclarar el incidente de la velada, pero tal vez quería intentarlo de todos modos.

—¿Y por qué no la llevó a su casa, entonces? —preguntó Chad.

—Tal vez la llevó a casa de él y se han pasado la noche entera hablando. ¡Incluso puede que después hayan continuado hablando mientras desayunaban en algún sitio! —Jennifer los miró a todos, uno detrás del otro—. Los veo capaces de eso a los dos. Tanto a Tanner como a Fiona.

—No lo sé. Yo... —empezó a decir Leslie, pero entonces sonó el teléfono. En lugar de terminar la frase, esperó en silencio igual que los demás a que Colin volviera del despacho.

—Mira que es misterioso —dijo este—. Acaban de hablar con el conductor. Tal como habían acordado, estuvo esperando frente a la granja de los Whitestone sin llamar a la puerta. Sin embargo, no vio aparecer a nadie. Esperó un buen rato, estuvo recorriendo la carretera arriba y abajo, despacio, pero no la vio. Por eso al final volvió sin haber podido prestar el servicio y bastante enfadado, además. En la central dijo que debió de ser un error.

Todos intercambiaron miradas. De repente creció la tensión en el ambiente. Y el miedo.

—Así pues, antes que nada lo que deberíamos hacer es recorrer el camino hasta la granja de los Whitestone —concluyó Leslie—. Tal vez sufrió una caída o un mareo... ¡Que ya tiene una edad! —Miró a los dos hombres—. ¿A ninguno de vosotros os pasó por la cabeza la posibilidad de acompañar a una anciana en plena noche? ¿O de disuadirla de recorrer una parte del camino a pie?

—A Fiona no se la convence fácilmente de algo que se haya propuesto hacer —gruñó Chad. Y tenía toda la razón del mundo.

Colin se pasó la mano por el pelo. Parecía consciente de la parte de culpa que tenía en todo aquello.

—Tienes razón —dijo—, lo más normal habría sido acompañarla. Era... tarde y creo que... pensé que no era mi responsabilidad. Estaba muy molesto con ella... Todos lo estábamos, por un motivo u otro... —Finalmente se calló, desamparado.

Leslie prefirió no insistir. Colin tenía razón. Todos se habían enfadado con Fiona. De hecho, ella era la que se había enfadado más. Se había enojado tanto que se había marchado sola, sin esperar a su abuela.

—Gwen, intenta contactar con Dave de nuevo, por favor. Tal vez él sepa algo. Si sigue sin responder a tu llamada, iré a verlo yo. —Leslie se volvió para marcharse—. ¿Alguien quiere venir y ayudarme a buscarla por el camino?

La acompañaron Colin y Jennifer, y esta última decidió llevarse también a los perros. En la estrecha carretera reinaba la tranquilidad bajo la luz del sol. Estaba bordeada a ambos lados por setos de casi dos metros que lucían todos los colores propios del otoño. Esporádicamente colgaba algún que otro grueso racimo de zarzamoras negras de las ramas. Ese apacible domingo de octubre parecía más bien un día de finales de verano... A lo lejos brillaba el azul del mar.

Un trecho por delante de ellos estaba la gran verja que delimitaba la finca respecto a la de la granja vecina. Un sendero transcurría paralelo a los pastos de la zona. La carretera describía en ese punto una acusada curva a la derecha para serpentear suavemente cuesta abajo a continuación y zambullirse en un bosque de altos y frondosos árboles de hoja perenne, arbustos y helechos. El sol penetraba en esa zona solo en algunos puntos, por lo que la luz era entreclara y todo quedaba teñido de una suave tonalidad verde. Un estrecho puente con la baranda de piedra permitía salvar un barranco arbolado por cuyo fondo, en un otoño tan seco como el que estaban pasando, fluía tan solo un arroyuelo poco profundo. Tras el puente, la carretera volvía a serpentear cuesta arriba.

Por la noche no debía de verse ni gota por aquellos parajes. Sin embargo, era prácticamente imposible perderse por allí, porque en ningún momento era necesario apartarse del camino. Y el barranco estaba delimitado por los muros. Una persona que estuviera como una cuba tal vez podría llegar a despeñarse, pero Fiona con toda seguridad había pasado por allí sobria por completo, como siempre.

El temor que se había apoderado de Leslie era cada vez más profundo. Había algo que no encajaba para nada.

Caminaron hasta la granja de los Whitestone e incluso un poco más allá, buscaron entre los arbustos que flanqueaban el camino y recorrieron con la mirada los pastos que se extendían hacia la lejanía. Wotan y Cal iban saltando alegremente de un lado a otro, al parecer no husmeaban nada fuera de lo normal.

—¿Estos dos sabrían seguir un rastro? —preguntó Leslie—. Si les diéramos a olfatear una prenda de Fiona, por ejemplo.

Jennifer negó con la cabeza.

—Es necesario adiestrarlos para que aprendan. Estos dos no sabrían qué hacer.

Frustrados, emprendieron el camino de vuelta a casa. Respecto a lo que le había sucedido a Fiona, lo único que sabían era que no había ni rastro de ella en el camino que había decidido tomar.

Frente a la puerta de la granja los estaba esperando Gwen, que entretanto había intentado ponerse en contacto con Dave Tanner.

—Sigue sin responder al móvil —dijo—. ¡Es como si se lo hubiera tragado la tierra!

—Igual que a mi abuela —replicó Leslie mientras sacaba las llaves del coche del bolsillo de los pantalones—. O sea, que voy a buscarlo a su casa. ¿Quieres venir conmigo, Gwen?

Gwen dudó un momento y al final decidió no acompañarla. Leslie pensó que aquella actitud era típica de su amiga: nunca daba un paso adelante, siempre actuaba a la defensiva. A consecuencia de eso, su vida había experimentado muy pocos cambios, incluso ninguno en absoluto durante largos períodos de tiempo.

Leslie le pidió la dirección de Dave y poco después ya estaba sentada frente al volante de su coche. Aun con dolor de cabeza,

mientras conducía un poco demasiado rápido por aquella soleada carretera rural, sintió la necesidad imperiosa de llamar a Stephen. Quería contarle que había sucedido algo terrible, quería
que la consolara y la aconsejara, oír esa cálida voz que siempre la
había tranquilizado tanto. Sin embargo, no se permitió esa muestra de debilidad. Stephen ya no era su marido. Y además, tampoco había ocurrido algo terrible.

Al menos de momento no tenía ningún indicio para pensarlo.

5

Dave Tanner vivía en un lugar muy céntrico del casco antiguo, a
pocos pasos de la zona peatonal, llena de grandes almacenes y
pequeños comercios, y del mercado, así como también de la Friarage School, la escuela donde impartía sus clases. Friargate Road
estaba bordeada a ambos lados por casas adosadas de ladrillo rojo
y molduras blancas. La mayoría de ellas quedaban algo por debajo del nivel de la calle, por lo que había que descender unos
escalones para acceder a las casas y eso les confería un aspecto
subterráneo algo sombrío.

Cuando Leslie aparcó el coche justo detrás del cacharro oxidado de Dave Tanner, nada más salir notó que el olor a mar que
impregnaba la suave brisa se llevaba parte de la congoja que la
atenazaba. Desde allí no se veía el agua y sin embargo le llegaba
una frescura y una pureza capaces de transformar incluso ese mo-
nótono asentamiento urbano en algo especial.

Leslie contempló las casas. Le llamó la atención que en casi
todos los jardines y en la mayoría de los muros hubiera carteles
que prohibieran jugar a pelota por la calle. Al parecer, se habían
roto ya un buen número de ventanas, lo que sin duda tenía algo
que ver con la proximidad de la escuela, y los vecinos habían
intentado erradicar ese peligro constante.

En la planta baja de la casa en la que vivía Dave Tanner, una
cortina amarillenta se movió de forma casi imperceptible y Leslie dedujo que alguien se había percatado ya de su presencia. Casi
enfrente, al otro lado de la calle, una joven salió rápidamente de

su casa con un niño en brazos y miró a su alrededor con nerviosismo antes de tomar la calle peatonal que conducía a Saint Helen's Square. Lanzó a Leslie una mirada de recelo.

O bien por esta calle se ven pocos extranjeros, pensó Leslie, o bien mi coche relativamente nuevo me da una imagen de lo más exótica.

Cuando se disponía a llamar al timbre, de reojo vio que se le acercaba alguien lentamente. Leslie se volvió en esa dirección.

Dave Tanner caminaba con parsimonia por la calle. Bastante relajado, o al menos esa era la impresión que daba. Nada más ver a Leslie, aceleró el paso.

—Mira por dónde —dijo al llegar a la altura de Leslie—. ¡Una visita tan importante en domingo! ¿Ha venido en representación de la familia Beckett? ¿Para comprobar las condiciones en las que vivo y mi entorno social?

Puesto que ni siquiera la había saludado, Leslie decidió imitarlo y abstenerse de desearle los buenos días.

—¿Por qué no responde a las llamadas de Gwen? —preguntó ella con bastante brusquedad.

Dave reaccionó con perplejidad y luego, de repente, sonrió.

—O sea ¿que ha venido por eso? ¿Para preguntarme eso?

—No. En realidad estoy buscando a mi abuela. Fiona Barnes.

Eso no lo dejó menos sorprendido.

—¿Aquí? ¿En mi casa?

—¿Ayer vino usted aquí directamente? —preguntó Leslie.

—¿Qué es esto? ¿Un interrogatorio? —respondió Dave en tono divertido.

—No, solo una pregunta.

—Vine directamente aquí, sí. Y no tengo ni idea de dónde está su abuela. Y para serle sincero, tampoco es que esté muy interesado en encontrarme con ella de nuevo. —Señaló la puerta del edificio en el que vivía—. Tal vez podríamos encontrar un lugar mejor para hablar que en medio de la calle. ¿Le apetece tomar un café?

Leslie había pedido un café en casa de Gwen, pero hasta entonces no cayó en la cuenta de que al final no había tenido tiempo de tomárselo. Ya casi eran las dos de la tarde y todavía no había ingerido nada en todo el día. Sentía debilidad en las piernas y tenía el estómago ligeramente revuelto.

—Un café me sentaría fenomenal —dijo, agradecida.

Dave bajó delante de ella los escalones que llevaban a la casa. Tras las cortinas de la ventana, Leslie pudo ver entonces con claridad la silueta de una persona. Dave también había reparado en aquella presencia.

—Es la casera —explicó—. Está tremendamente interesada en la vida de las otras personas, por decirlo del modo más positivo posible. —Abrió la puerta y cedió el paso a Leslie—. Por favor, entre.

Leslie entró en el estrecho y oscuro pasillo, y a punto estuvo de chocar con una anciana que justo en ese momento salía del salón. Debía de ser la casera. Examinó a Leslie de arriba abajo.

—¿Y bien? —preguntó—. ¿Visita?

Leslie le tendió la mano.

—Soy la doctora Leslie Cramer. Tengo que discutir brevemente unos asuntos con el señor Tanner.

—Willerton —dijo la casera—. Soy la dueña de la casa. Alquilo la habitación de arriba desde la muerte de mi marido.

Dave pasó como una exhalación junto a las dos mujeres en dirección a la escalera.

—Tenga cuidado con los escalones, doctora Cramer —dijo él—. Son empinados, están desgastados y la luz a duras penas ilumina nada.

—¡Pues búsquese una habitación en otra parte si esta le parece demasiado precaria! —gritó la señora Willerton, ofendida.

Leslie subió la escalera, que, en efecto, hacía honor a las advertencias de Dave, quien al llegar arriba abrió la puerta.

—Siento tener que pedirle que entre directamente en mi dormitorio —dijo—, pero no dispongo de más habitaciones aparte de esta.

La habitación era un verdadero caos. Había un armario, aunque si Tanner lo utilizaba, no debía de ser para guardar la ropa. Había pantalones y jerséis puestos de cualquier manera sobre los respaldos de las sillas y los sillones, o amontonados directamente en el suelo. Tenía la cama por hacer y muy revuelta. Al lado había una botella de agua mineral. Periódicos leídos y releídos, muy arrugados, cubrían la totalidad de la superficie de una pequeña mesa que estaba colocada en un rincón. Leslie descubrió una barra de labios sobre el alféizar de la ventana y unas medias negras enrolladas bajo la silla que había frente al escritorio. Le sorprendió ver signos tan inequívocos de que Gwen pasaba la noche allí a menudo, pero pensó también que su amiga, a pesar de su apariencia, al fin y al cabo tampoco podía ser una santa beata, que naturalmente tenía derecho a divertirse con su prometido. Cualquier otra cosa no podría haberse considerado normal. Sin embargo, lo que no habría imaginado era que Gwen utilizara barra de labios; de hecho nunca la había visto con los labios pintados. Aquellas medias tan finas de seda negra tampoco encajaban con su amiga. Pero Leslie pensó que tal vez Gwen se convertía en una mujer fatal durante sus encuentros con Dave y se dijo que al fin y al cabo esa era la solución al misterio que unía a dos personas tan distintas como ellos dos: el sexo. A lo mejor sus relaciones sexuales eran simplemente locas, fantásticas, sobrenaturales.

Pero aunque así fuera, Leslie tenía que confesar que, conociendo a Gwen como la conocía, le costaba imaginar algo así.

Dave quitó un par de camisetas que ocupaban una silla.

—Por favor, siéntese. Ahora le preparo un café.

En un lavamanos que estaba en una especie de cuarto húmedo junto a la puerta, vertió algo de agua en un hervidor, lo encendió y cogió un vaso del armario. Café soluble, pensó Leslie con resignación; me lo temía. Dave echó unas cucharadas del polvo marrón en dos tazas. Apartó los periódicos y dejó sobre la mesa un recipiente con leche en polvo y terrones de azúcar.

—*Voilà!* —dijo—. ¡Ya está listo!

—¿Volvía de pasear cuando nos hemos encontrado? —preguntó Leslie.

Dave asintió.

—Hace demasiado buen tiempo para pasarse el día encerrado en esta habitación, ¿no cree?

—¿Anoche se acostó enseguida? Quiero decir, que después de todo lo sucedido, supongo que debió de quedar bastante tocado, ¿no?

—No. No me dejó tocado en absoluto. Y sí, me acosté enseguida. —Cogió la jarra y vertió agua hirviendo en las tazas—. Doctora Cramer, ¿qué es esto? No hace más que preguntarme cosas acerca de lo que hice ayer. ¿Por qué? ¿Qué le ha ocurrido a su abuela? ¿Y qué tengo que ver yo con ello?

—Anoche volví a casa sola. Me hizo enfurecer y no tenía ganas de hablar con ella. Mi abuela se quedó todavía un buen rato en la granja de los Beckett y pidió a Colin Brankley que llamara un taxi para que la recogiera en una granja que queda a unos quince minutos largos de la de los Beckett. Según Colin, estaba bastante alterada y quería caminar. Sin embargo, el taxista no encontró a nadie en el lugar acordado, estuvo dando vueltas por la zona durante un rato y al cabo volvió a Scarborough sin ella. Fiona aún no ha pasado por su casa y tampoco volvió a la granja de los Beckett. Simplemente ha desaparecido. Y ya empiezo a preocuparme.

—Comprendo. Pero ¿por qué piensa que yo tendría que saber dónde está?

Leslie tomó un sorbo de café y se quemó la lengua. El brebaje tenía un sabor horrible. Decidió añadirle azúcar, a pesar de que no solía hacerlo.

—Es solo que tenía la esperanza de que supiera algo. Cabía la posibilidad de que Fiona hubiera pasado a verle, después de haber metido la pata de manera tan flagrante. Tan solo era... un intento.

—Por desgracia, se lo digo de verdad, no tengo ni idea de dónde puede estar —dijo Dave.

¿Y por qué tendría que mentirme?, pensó Leslie. Estaba cansada y angustiada. Con todo, algo en su interior se negaba a considerar la posibilidad de que le hubiera ocurrido algo realmente serio a su abuela. Fiona no era de ese tipo de personas a las que les sucedían cosas. No obstante, enseguida se preguntó si había alguien así, gente a la que no le pasaba nunca nada. ¿Acaso no nos esperaba a todos el mismo destino fatal e inevitable, en algún momento y en algún lugar?

Su mirada vagó por la habitación mientras pensaba cómo un hombre adulto podía vivir de ese modo. Un estudiante sí, pero ¿un hombre de cuarenta años? ¿Qué había salido tan mal en la vida de Dave Tanner? Le pareció percibir cierto desasosiego en la mirada de él, tal vez incluso un asomo de desesperación. Dave odiaba aquella habitación, por lo que no había ninguna contradicción en el hecho de que no hiciera nada por arreglarla un poco y que la tuviera hecha un verdadero desastre. La habitación personificaba la rabia que sentía por la vida que llevaba, por aquella miserable y decrépita casa, por aquella casera impertinente, por ese coche que continuamente se negaba a funcionar, quizá también por su trabajo, que no podía satisfacerlo ni siquiera un poco. A Leslie le pareció un tipo inteligente y culto, ¿por qué no había aprovechado esas cualidades y había acabado en aquel agujero inmundo, compartiendo techo con una anciana insoportable como la señora Willerton?

—Creo que eran las ocho y media cuando salí de la granja de los Beckett —dijo Dave—, y debí de llegar aquí más o menos a las nueve. Estuve bebiendo un poco de vino y luego me metí en la cama. A Fiona Barnes ni la vi ni hablé con ella. Eso es todo.

—Debía de estar usted muy enfadado.

—Estaba enfadado, sí, más que nada porque me atacó en público. Porque arruinó la velada. Sus opiniones acerca de mí, no obstante, no son ninguna novedad, a pesar de que hasta entonces no las había manifestado de forma tan directa. Siempre he despertado recelos en ella.

—Se preocupa por Gwen.

—¿Con qué derecho?

—¿Qué quiere decir? —preguntó Leslie, sorprendida.

Dave removió el contenido de su taza con tanto brío que el café rebasó el borde y se derramó sobre la mesa.

—Lo que le digo. ¿Con qué derecho? No es ni la madre ni la abuela de Gwen. No son parientes. ¿A qué viene esa necesidad de entrometerse tanto en la vida de Gwen?

—Hace una eternidad que es amiga del padre de Gwen, y esta depende mucho de Fiona. Siempre ha visto a mi abuela como a una madre. Por eso es inevitable que Fiona demuestre ese sentimiento de responsabilidad. Por eso y porque recela de usted.

—¿Por qué?

Leslie intentó elegir las palabras con cuidado.

—Probablemente ya sabe que es usted un hombre bastante atractivo, Dave. Sin duda no debe de tener muchos problemas para relacionarse con mujeres jóvenes, guapas e interesantes. Entonces ¿por qué Gwen? Ella es...

Él la miró, expectante.

—¿Sí?

—No es que sea una belleza —dijo Leslie—, lo que no tendría por qué ser un problema siempre y cuando fuera una persona vital, divertida e ingeniosa. O si fuera tremendamente inteligente o tuviera una fascinante seguridad en sí misma, mucha ambición, sagacidad... algo. Pero en lugar de eso, es tímida, vive ajena al mundo que la rodea y no es que sea... no es que sea muy interesante. Mi abuela no comprende qué es lo que le atrae de ella.

—Su abuela lo comprende a la perfección. La granja. Todas esas hectáreas de magnífico terreno que en un futuro no muy lejano pasarán a ser de Gwen. Ya dijo bien claro que lo único que me interesa es eso. La propiedad.

—¿Y tiene razón? —preguntó Leslie provocadoramente.

—¿Usted qué cree? —replicó Dave.

—No me gustaría pecar de descortesía...

—Adelante, por favor.

—Muy bien. No puedo concebir que esté satisfecho con el tipo de vida que lleva. Creo que busca usted una oportunidad de escapar a todo esto —dijo Leslie mientras señalaba con un gesto de la mano la caótica habitación—. Usted es un hombre que tiene éxito con las mujeres pero que no cuenta con nada que ofrecerles, y eso limita considerablemente sus posibilidades de salir de su situación gracias al matrimonio. Cualquier mujer de su edad retrocedería asustada al ver esta habitación. Las jóvenes son menos asustadizas, pero por lo general no suelen tener patrimonio y, por consiguiente, no le sirven para salir del pozo. Visto así, Gwen es un golpe de suerte excepcional que no puede permitirse dejar escapar, ya que no será fácil que se le presente otra oportunidad como esa.

Dave la escuchó en silencio. Si las palabras de Leslie lo irritaron en algún momento, supo disimularlo de maravilla. Parecía absolutamente impasible.

—Le escucho —dijo él, al ver que Leslie se detenía—. Continúe, por favor, ahora que ya ha empezado.

—Gwen está sola —prosiguió Leslie, cada vez más segura—. A pesar del amor que siente por su padre, se siente sola. Nota que su vida, tal como ha ido hasta ahora, no tiene ninguna perspectiva. Sueña con la llegada de un príncipe azul, y sería capaz de renunciar a muchas cosas a cambio de encontrar a un hombre que la subiera a su caballo para cabalgar juntos hacia un futuro en común. Sería capaz de pasar por alto cosas que otras mujeres encontrarían extrañas y ante las que se mostrarían reticentes.

—¿Como por ejemplo?

—Su estilo de vida. Esta habitación realquilada. Su trabajo, que debería considerarse un trabajillo más que un verdadero empleo. El coche, que se avería a cada momento. Ya no es un estudiante. ¿Por qué sigue viviendo de esta manera?

—Tal vez me guste vivir así.

—No creo que eso sea cierto.

—En cualquier caso, no puede saberlo.

—Entonces se lo preguntaré de otro modo —dijo Leslie—. Pongamos que todo va bien en su vida, que Fiona se equivoca y que sus intenciones no tienen nada que ver con la granja de los Beckett. ¿Qué es lo que le atrae de Gwen? ¿Qué le gusta de ella? ¿Por qué la ama?

—¿Por qué ama usted a su marido?

Leslie se sobresaltó. Le molestó notar que se sonrojaba.

—Estoy divorciada —dijo.

—¿Por qué? ¿Qué es lo que no salió bien?

Con un gesto airado, volvió a dejar la taza de café que estaba a punto de llevarse a los labios. Ahora también ella tenía un charco marrón alrededor de su taza.

—Creo que no es asunto suyo —dijo Leslie en tono cortante.

—Exacto —respondió Dave sin perder la calma—. Del mismo modo que no es asunto suyo, ni de nadie más incluida Fiona Barnes, cualquier cosa que pueda haber entre Gwen y yo. ¿Cómo se ha sentido usted cuando le he hecho la pregunta? Pues así es como me siento yo cuando alguien se mete en mis asuntos. No le concierne a nadie. Y una cosa más... —Su voz se tornó más grave—. Deberían permitir que Gwen hiciera su vida. Todos. Dejen que se haga mayor de una vez por todas. Dejen que tome finalmente sus propias decisiones. Incluso si es para equivocarse. Para casarse con el hombre equivocado. Da igual. Pero paren ya de sobreprotegerla. Lo único que consiguen con ello es que viva cada vez más ajena al mundo y que sea cada vez más incapaz de llevar su propia vida. ¡Tal vez deberían detenerse a pensarlo!

Leslie tragó saliva.

—Es usted quien me ha pedido que pasara por alto la cortesía, señor Tanner.

—Sí. Para que de ese modo pudiera comprenderme mejor.

Leslie estaba furiosa, aunque no sabía exactamente por qué. Se sentía como si Tanner la hubiera reprendido, como si la hubiera tratado igual que a una colegiala, pero al mismo tiempo era consciente de que tenía razón. Tanto Fiona como ella misma se estaban entrometiendo en algo que no les incumbía. Trataban a Gwen como si fuera una chiquilla y a Dave como a un estafador matrimonial. Y con ello, hasta el momento solo habían conseguido crear confusión y desdicha: Dave se había marchado antes de que acabara la celebración de su compromiso, Gwen se había quedado en casa llorando a moco tendido y a Fiona se la había tragado la tierra. El balance global de ese fin de semana era bastante desolador.

Al pensar en Fiona, Leslie se dio cuenta de que debía volver al problema realmente urgente. Vació enseguida su taza de café, en cuyo fondo había quedado un montoncito de azúcar mezclado con leche en polvo que no se había disuelto, y se levantó.

—No pretendía ofenderle —dijo—. Y le agradezco el café. Pero será mejor que me ponga a buscar a mi abuela de nuevo. Me temo que si esta noche no ha vuelto a casa tendré que ir a la policía a denunciar su desaparición.

Dave también se levantó.

—No es mala idea —dijo—, aunque tal vez ya la esté esperando allí.

Leslie lo ponía en duda. Bajó a tientas aquella oscura y empinada escalera y vio que la casera estaba en el pasillo, limpiando el marco de un espejo con un paño. Era evidente que había hecho cuanto había podido por cazar cada una de sus palabras.

¿Cómo puede soportar Dave todo esto?, pensó Leslie. Enseguida obtuvo la respuesta: es que no lo soporta más. Es un hombre profundamente infeliz.

Dave la acompañó hasta el coche.

—Hágame el favor de llamar a Gwen, se lo ruego —le dijo Leslie mientras entraba en el coche—. Ella no tiene nada que ver con lo que ocurrió ayer, pero no intento entrometerme más. Solo se lo pido porque soy amiga de Gwen.

—Ya veremos —dijo él con vaguedad.

Al marcharse, Leslie miró por el retrovisor y constató que él no la seguía con la mirada. Se había dado la vuelta y había entrado en la casa enseguida. Con un leve estremecimiento, Leslie pensó que dentro de esa triste habitación los domingos debían de hacerse muy largos y aburridos. No le gustaría estar en el lugar de Tanner.

El piso de Fiona estaba tan vacío como por la mañana. Tampoco había ni rastro de que entretanto hubiera pasado nadie por allí. Leslie tenía un hambre atroz. Sacó una hamburguesa del congelador y la metió en el microondas. Luego llamó a la granja de los Beckett para ver si había novedades, pero Chad solo pudo decirle que no sabían nada nuevo.

—Esperaré hasta las cinco —dijo Leslie— y luego llamaré a la policía.

—De acuerdo —dijo Chad.

Se sentó frente a la ventana del salón para comerse la hamburguesa y contempló la bahía bañada por el sol, la playa repleta de paseantes y de perros jugando frenéticamente, el puerto y la ciudad que quedaba por encima. Unos bocados después sintió un nudo en el estómago, a pesar de que pocos minutos antes había pensado que en cualquier momento podía desmayarse de hambre. El asomo de un presentimiento nefasto ganaba fuerza dentro de ella, tan solo esperaba que fuera fruto de los nervios y que cualquier temor demostrara ser infundado.

Tal vez Fiona, terca y enfurecida, había pagado por una habitación de hotel con la intención de tenerlos a todos en ascuas durante unas cuantas horas.

¿Sería capaz de hacerme algo así?, se preguntó Leslie.

Sabía cuál era la respuesta, porque conocía muy bien a la mujer que la había criado. A Fiona no le preocupaba en exceso el resto de la gente, incluida su nieta.

Si le hubiera dado por desaparecer, no se habría molestado en valorar el efecto que eso tendría en sus parientes y amigos.

6

El barranco situado al borde de un prado a las afueras de Staintondale estaba bañado por una luz resplandeciente. Los focos instalados a toda prisa iluminaban la escena con una claridad brutal, atroz. Precinto policial, coches, personas. No muy lejos, en la oscuridad, se oía el balido de unas ovejas.

A la inspectora Valerie Almond la habían sacado de una celebración familiar y en ese momento odiaba profundamente su profesión. De la cálida y agradable atmósfera de un salón lleno de gente a la que amaba y veía con poca frecuencia, había ido a parar de golpe al fondo de aquel oscuro barranco. Un agente había pasado a recogerla porque ni siquiera había ido en coche. Llevaba traje chaqueta y zapatos de tacón, por lo que su indumentaria no era la más adecuada para caminar sobre la hierba de un despeñadero. Además, estaba oscuro y procedente del mar soplaba hacia el interior un viento desagradablemente frío.

—¿Dónde está la mujer que la ha encontrado? —preguntó.

El sargento Reek, que la acompañaba, enfocó con las luces una figura que se encontraba oculta entre la sombra de uno de los coches aparcados. Era una joven, Valerie no le echaba más de veinticinco años. Llevaba unos vaqueros, botas de agua y un jersey grueso. Estaba terriblemente pálida y parecía en estado de shock.

—¿Usted es... ? —preguntó Valerie.

—Paula Foster, inspectora. Vivo allí atrás, en la granja de los Trevor. —Acompañó las palabras con un vago gesto que señalaba algún lugar indeterminado en mitad de la noche—. Estoy realizando unas prácticas allí durante tres meses. Estudio en la escuela de agricultura.

—¿A qué hora ha venido hasta aquí? —preguntó Valerie—. ¿Y por qué?

—Hacia las nueve. He venido a examinar a una de las ovejas —respondió Paula.

—¿Qué le pasa a la oveja?

—Tiene una herida purulenta en una pata. Desde hace dos días. Le rocío la herida por la mañana y por la noche con un spray desinfectante. Normalmente bajo hacia las seis.

—¿Y por qué ha bajado hoy a las nueve?

Paula agachó la cabeza.

—Ha venido a verme mi novio —dijo en voz baja—, y hemos... bueno, nos hemos olvidado de mirar la hora.

Valerie no creyó que eso fuera algo de lo que tuviera que sentirse tan avergonzada.

—Comprendo. ¿Y cómo sabía que la oveja estaría aquí? Los animales suelen dispersarse por los pastos.

—Sí. Pero allí arriba hay un cobertizo —dijo mientras señalaba de nuevo la impenetrable oscuridad que se extendía más allá del precinto policial—. No muy lejos, aunque desde aquí no se ve. De momento no dejamos salir a la oveja herida. Pero hoy...

—¿Sí?

Paula Foster era la personificación de la mala conciencia.

—Cuando he llegado, la puerta estaba abierta. Me temo que esta mañana no debo de haberla cerrado bien. Estaba tan nerviosa y he hecho las cosas tan aprisa sabiendo que mi novio estaba al llegar... Total, que la oveja se había escapado.

—¿Y entonces ha salido a buscarla?

—Sí. Llevaba una linterna y he ido recorriendo círculos cada vez mayores alrededor del cobertizo. Entonces la he oído en el fondo del barranco.

Se detuvo. Los labios le temblaban un poco.

—La he oído balar muy levemente —prosiguió—, por lo que he deducido que ha bajado por la pendiente y luego no ha conseguido subir sola.

—Y ha decidido ir a buscarla —prosiguió Valerie.

—Sí. La cuesta es muy escarpada, pero no hay más que tierra y hojas. No ha sido tan difícil bajar.

—Entonces ha visto el cadáver, ¿no?

La palidez de Paula se acentuó todavía más. Tuvo que esforzarse para poder seguir hablando.

—He estado a punto de tropezar con ella. Me... me he asustado al ver el cuerpo, inspectora. Una mujer muerta. Justo a mis pies... Me he quedado de piedra. —Se llevó las dos manos a la cabeza. Era evidente que no había salido aún de ese estado de estupefacción.

Valerie la miró con lástima. La situación era terrible: una oscura noche de otoño, un lugar desamparado y un cadáver espantosamente maltrecho en el fondo de un barranco. Y una joven que no esperaba encontrar más que una oveja que se le había escapado. Intentó continuar con el interrogatorio de la manera más objetiva posible para que su interlocutora se calmara un poco.

—¿Ha llamado a la policía enseguida?

—He vuelto a trepar hasta aquí tan rápido como he podido —dijo Paula—. Puede ser que... que haya chillado, pero no sabría decírselo con seguridad. Una vez arriba he querido llamar, pero no había cobertura. Los móviles funcionan muy mal en esta zona. He ido en dirección a la carretera y luego es cuando he conseguido algo de cobertura.

—¿Y se ha limitado a esperarnos? ¿O ha vuelto a bajar para seguir buscando al animal?

—He vuelto a bajar —dijo Paula—. Pero no he podido encontrar a la oveja. Temía que se adentrara más en el barranco. De hecho, es probable que haya gritado y la haya asustado. Y ahora con tantas luces y tanta gente... es natural que no vuelva. Tengo que encontrarla como sea.

—Comprendo —dijo Valerie antes de volverse hacia el sargento Reek—. Reek, vaya allí abajo con la señorita Foster y ayúdela a encontrar la oveja. No quiero que se meta por ahí usted sola.

A Reek no le entusiasmó la idea, pero tampoco objetó nada. Ya estaba a punto de empezar a descender cuando a Valerie se le ocurrió una cosa más.

—Señorita Foster, dice usted que viene cada mañana y cada tarde para ver al animal. Eso significa que esta mañana también ha estado en el cobertizo en cuestión, ¿no?

Paula se quedó quieta.

—Sí. Hacia las seis.

—¿Y no ha habido nada que le llamara la atención en especial? ¿Algo, que pareciera distinto...? ¿Tal vez ha visto al animal inquieto o algo por el estilo?

—No. Todo estaba como siempre. Aunque todavía no había amanecido y estaba muy oscuro. Si hubiera habido alguien rondando por aquí... —Tuvo que tragar saliva al imaginar esa idea inquietante—. No habría podido verlo.

—De acuerdo. El sargento Reek le tomará los datos. Seguramente tendremos que volver a hablar con usted.

Dicho esto, Valerie dio por terminado el interrogatorio y se dispuso a bajar también ella a aquel boscoso barranco, una empresa especialmente arriesgada con un calzado tan inadecuado como el que llevaba, por lo que mientras descendía soltó algún que otro taco. Una vez abajo se encontró con el forense, que estaba agachado junto al cadáver de la mujer, hundido entre el follaje. Al verla, se puso de pie.

—¿Ha descubierto algo concluyente, doctor? —preguntó Valerie.

—Todavía nada que pueda servir de ayuda —dijo el forense—. Un cadáver, una mujer entre los setenta y cinco y los ochenta y cinco años. La mataron a golpes. Imagino que con una piedra, del tamaño de un puño, al menos. Fueron un mínimo de doce golpes en las sienes y en el occipucio. Debió de quedar inconsciente enseguida, pero el autor no se detuvo. Supongo que una hemorragia cerebral le ha causado la muerte.

—¿Cuándo?

—Aproximadamente hace unas catorce horas. Es decir, hoy más o menos a las ocho de la mañana. Antes debió de pasar al menos ocho horas aquí tendida, inconsciente. La primera conclusión a la que he llegado es que no estaba muerta cuando el asesino se marchó. La autopsia lo revelará con más exactitud, pero me parece que el momento de los hechos fue entre las veintidós horas y la medianoche.

—¿Ha sido posible deducir algo a partir de las pruebas recogidas? ¿El crimen se cometió en el mismo lugar en el que la encontraron?

—Por lo que he visto, la atacaron cuando caminaba por arriba, al borde del barranco. Luego cayó rodando hasta aquí abajo. El autor del crimen aparentemente no la siguió.

Valerie se mordió el labio inferior.

—A primera vista parece que guarda cierto parecido con el crimen de Amy Mills —dijo ella.

El forense ya había pensado en ello.

—Las víctimas murieron a golpes en los dos casos, si bien de maneras distintas. A Amy Mills le golpearon la cabeza una y otra vez contra un muro, mientras que con esta mujer utilizaron una piedra para golpearle el cráneo. En los dos asesinatos el autor procedió con gran brutalidad. Sin embargo, no podemos obviar las considerables diferencias entre los dos casos...

Valerie sabía a qué se refería.

—La gran diferencia de edad de las dos víctimas. Y, por descontado, el lugar de los hechos.

—Que un criminal merodee por un lugar especialmente solitario de la ciudad y espere a que se le acerque una posible víctima no es extraordinario —dijo el forense—. Pero ¿quién espera una oportunidad así en un prado donde pastan las ovejas, dejado de la mano de Dios?

Valerie reflexionó durante unos momentos. Cabía la posibilidad de que alguien le hubiera echado el ojo a Paula Foster. No parecía mucho mayor que Amy Mills y pasaba con regularidad por aquel lugar. Si el asesino hubiera tenido la intención de atacarla a ella, el homicidio de la anciana habría sido un accidente. Estaba en el lugar erróneo a la hora errónea y se topó literalmente con el asesino mientras este aguardaba a su víctima. La duda que me queda al respecto, se dijo la inspectora, es por qué el autor de los hechos estaba esperando a Paula a altas horas de la noche. ¿Y qué hacía una anciana que, por lo que Valerie veía, iba tan bien vestida que parecía regresar de una celebración especial? ¿Qué hacía de noche, tan arreglada y caminando por un sendero sin iluminación que atravesaba los terrenos de una granja que se hallaba a más de un kilómetro de la carretera y que transcurría entre unos prados y un barranco? ¿Qué se le había perdido por allí?

¿O es que el ataque había empezado mucho antes?

¿Y si el autor del delito la había secuestrado y luego la había llevado hasta allí?

Se les acercó un joven policía. En las manos, protegidas con guantes de plástico, llevaba un bolso.

—Estaba en el despeñadero, lo hemos encontrado colgado de un árbol —dijo—. Lo más probable es que sea el bolso de la víctima. Contiene un pasaporte, el de Fiona Barnes, apellido de soltera: Swales. Nacida el veintinueve de julio de mil novecientos veintinueve en Londres. Con domicilio en Scarborough. La foto guarda un parecido razonable con la víctima.

—Fiona Barnes —repitió Valerie—, setenta y nueve años.

Pensó en la joven Amy Mills. ¿Habría alguna conexión entre ellas?

—Y eso no es todo —dijo el joven agente con diligencia. Era nuevo, se esforzaba al máximo para destacar—. He llamado a la comisaría de Scarborough. Esta tarde, alrededor de las cinco y veinte han denunciado la desaparición de Fiona Barnes. Su nieta.

—Bien hecho —lo elogió Valerie. Con los brazos intentaba protegerse del frío, tenía el cuerpo helado. El viento soplaba cada vez más gélido, barría la meseta sin árboles y silbaba a su paso por el barranco.

Justo después de haberlo hallado, el cadáver ya tenía nombre y apellidos. Había sido más rápido y sencillo que de costumbre. A menudo pasaban semanas hasta que conseguían averiguar la identidad de un cadáver. Pero Valerie no cometió el desliz de dejarse llevar por el optimismo. Tampoco habían tardado mucho en identificar a Amy Mills y, sin embargo, hasta ese día no habían hecho ni el más mínimo progreso en el caso.

—Entonces me gustaría ver cuanto antes a la nieta de esta mujer —dijo Valerie.

El joven agente de policía se alegró al caer en la cuenta de que sería él quien tendría que llevar a su jefa en coche. Porque el sargento Reek seguía inmerso en la ardua búsqueda de una oveja herida en medio de la oscuridad.

A veces se trataba solo de tener un poco de suerte.

Lunes, 13 de octubre

1

—¿Estás despierta? —susurró Jennifer mientras asomaba la cabeza por la puerta de la habitación de Gwen—. He visto luz...

Gwen no estaba tendida en la cama. Ni siquiera se había quitado la ropa. Estaba sentada en un sillón junto a la ventana, con la mirada perdida hacia la oscuridad que reinaba aún sobre los campos. Eran las cuatro y media de la madrugada. Todavía no se anunciaba siquiera el inicio de un nuevo día.

Cal y Wotan pasaron junto a Jennifer, se acercaron a Gwen y le lamieron las manos. Ensimismada, Gwen acarició aquellas dos grandes cabezas.

—Entra, tranquila —dijo—. No he podido dormir ni un momento esta noche.

—Yo tampoco —afirmó Jennifer antes de entrar en la habitación y cerrar la puerta sin hacer ruido.

Estaban conmocionados. Todos los que se alojaban en la granja. Desde que Leslie había llamado a última hora de la tarde del día anterior. Después de que hubiera ido a verla una agente de policía.

Chad se había encerrado en su dormitorio sin mediar palabra y había echado el cerrojo.

Colin no había hecho más que ir y venir del salón a la cocina y de la cocina al salón.

—No es posible —no había dejado de repetir, una y otra vez—. ¡No puede ser verdad!

Gwen y Jennifer se habían quedado sentadas en el sofá, petrificadas, desconcertadas, mudas.

Fiona estaba muerta. La habían asesinado cruelmente. Al borde de un barranco, no muy lejos de la granja de los Beckett, pero en un lugar apartado del camino que Fiona había querido tomar aquel sábado por la noche. Nadie tenía ni idea de cómo había ido a parar allí.

Allí estaban, mucho después de medianoche, en la habitación de Gwen. Pero aparentemente nadie había podido pegar ojo.

—Quería hablar de algo contigo —dijo Jennifer.

Parecía tensa, pero a Gwen eso no le sorprendió en absoluto. Ella también tenía la sensación de tener el cuerpo sometido a tensión, de los pies a la cabeza. Los párpados le pesaban debido al cansancio, pero de todos modos estaba absolutamente desvelada. Sudaba y tiritaba por igual. Era como tener la gripe. Aunque peor, mucho peor.

—¿Sí?

Jennifer se sentó en la cama.

—He estado pensando... —empezó a decir, con prudencia—. Puede que te extrañe que haya pensado en esto, y más ahora, pero... sé lo desgraciada que te sientes...

Gwen tenía un nudo en la garganta. Le costaba mucho hablar.

—Es que no puedo creerlo —dijo, no sin dificultad—. Es como si... como una pesadilla. Fiona siempre había sido... imparable. Fuerte. Era... —Buscó las palabras apropiadas para describir lo que Fiona había sido para ella, pero no se le ocurría una manera fiel de expresarlo—. Siempre ha estado ahí —dijo finalmente—, siempre ha estado ahí y tenías la sensación de que siempre lo estaría. Eso infundía tanta... seguridad.

—Lo sé —dijo Jennifer con ternura mientras le acariciaba suavemente un brazo—. Sé lo que significaba para ti. Y también sé que preferirías que te dejara en paz, pero tenemos que hablar de algo. Es importante.

—¿Sí? —preguntó Gwen con indolencia.

—Hoy vendrá por aquí la policía y nos interrogará a todos para saber lo que ocurrió durante la velada del sábado —dijo

Jennifer—. Querrán saber qué sucedió con exactitud. Y nosotros deberíamos pensar bien lo que les decimos.

A pesar del letargo en el que estaba sumida, Gwen se irritó.

—¿Por qué? Simplemente podemos contar lo que sucedió.

Jennifer siguió hablando con calma, eligiendo con sumo cuidado las palabras.

—El problema es la riña entre Fiona y Dave. Al fin y al cabo fue bastante intensa.

—Sí, pero...

—La policía se aferrará a eso. Mira: Fiona atacó a Dave tan ferozmente que él abandonó la casa hecho una furia a pesar de que la cena había tenido lugar para celebrar su compromiso matrimonial. Pocas horas más tarde ella apareció muerta. Asesinada. Eso les dará que pensar.

Gwen se incorporó.

—¿Quieres decir...?

—Puedes estar segura de que el principal sospechoso acabará siendo Dave. ¿Y acaso sabemos si se fue a casa enseguida? Bien podría haberse quedado merodeando por ahí fuera. Podría haber salido al paso a Fiona cuando esta se marchó en dirección a la granja de los Whitestone.

—Pero ¡eso es absurdo! ¡Jennifer, conozco a Dave! Sería incapaz de hacer algo así. ¡Jamás!

—Lo único que digo es lo que la policía pensará —subrayó Jennifer—. Dave tenía motivos para hacerlo, ¿comprendes? Podría haber cometido, por así decirlo, un crimen pasional y haberla matado tras dejarse llevar por la ira. Puede que no lo hubiera planeado en absoluto. Tal vez tuvo miedo de que Fiona pudiera estropearle los planes. De que siguiera sembrando la duda en ti. Se había entrometido en el camino que él se había propuesto seguir. ¡Tenía motivos más que suficientes para querer cerrarle el pico para siempre!

—Hablas como si... como si ya le hubieras colgado la etiqueta de asesino.

—Nada de eso. Pero tanto él como tú debéis preparraros para oír esos razonamientos por parte de la policía.

—¿Nosotros?

—También puede ser que sospechen de ti —dijo Jennifer lentamente.

Gwen la miró, escandalizada.

—¿De mí?

—Bueno, pues sí. Naturalmente, también tú estabas furiosa con Fiona. Y también tú tenías miedo de que pudiera destrozar tus sueños de futuro. ¡Hasta ahora no tienes ni idea de si Dave se enfadó tanto que no volverá a aparecer por aquí!

—Pero, Jennifer, por eso mismo no he ido a verlo y... ¡Todo esto no tiene sentido!

—¿Qué hiciste después de que Dave se marchara? —preguntó Jennifer.

Gwen la miró, un tanto perpleja. Parecía como si los razonamientos de su amiga hubieran tenido un efecto paralizante en ella.

—Ya lo sabes. Estuvimos sentadas las dos juntas en esta habitación. Yo estuve llorando mientras tú me consolabas.

—Pero luego, más tarde, yo salí a pasear con los perros y tú no quisiste venir conmigo.

—No, pero...

—Oye, Gwen, solo es un consejo. Por supuesto, no tienes por qué hacerme caso, pero... ¿por qué no decimos simplemente que me acompañaste? Decimos que fuimos a dar un paseo juntas, con los perros. De ese modo dispondrás de una coartada para esos momentos decisivos y no tendrás que defenderte ante ninguna insinuación.

—¡Pero yo no necesito ninguna coartada! —dijo Gwen, airada.

—No, pero tampoco te vendrá nada mal tener una. —Jennifer se levantó y fue hacia la puerta—. Puedes pensarlo un rato. Voy dar un paseo con Cal y Wotan. Cuando vuelva, dime qué has decidido. Si decides seguir mi consejo, tendremos que ponernos de acuerdo acerca de dónde estuvimos paseando durante ese tiempo en cuestión.

Abrió la puerta y salió al pasillo.

—¿Todo claro?

Gwen no daba la impresión de tenerlo muy claro.

—Sí —respondió de todas formas—, lo he comprendido. Voy a pensarlo, Jennifer.

Se quedó mirando la puerta mientras su amiga la cerraba; de repente pensó que, de ese modo, Jennifer tampoco tendría de qué preocuparse.

2

—¿Conoce a esta mujer? —preguntó la inspectora Valerie Almond mientras mostraba una fotografía a Dave Tanner.

Todavía sin haberse desperezado del todo, él asintió.

—Sí.

—¿Quién es?

—Fiona Barnes. Aunque no la conozco muy bien.

—Y ¿conoce también a esta mujer? —dijo la inspectora mientras le mostraba otra foto.

—No la conozco personalmente, pero sé quién es por los periódicos: Amy Mills. La chica a la que asesinaron en julio.

—Ayer encontraron el cadáver de Fiona Barnes en Staintondale —dijo Valerie—. La asesinaron.

Dave se quedó tan atónito que pudo notar con claridad la palidez que lo había invadido de repente.

—¿Qué?

—La golpearon con una piedra. En algunos aspectos el caso recuerda al asesinato de Amy Mills.

Dave se había sentado en una silla, pero en ese momento ya volvía a estar de pie. Se pasó lentamente la mano por la cara.

—Dios mío —exclamó.

A Valerie le pareció que la noticia lo había impactado de verdad.

A lo largo de los años que llevaba en la profesión, había visto y vivido suficientes cosas como para tomarse en serio cualquier reacción. En realidad, a Dave Tanner le interesaba mostrarse absolutamente sorprendido y conmovido, por lo que su reacción podría no ser más que una actuación convincente. Valerie decidió que de momento no se dejaría impresionar.

Había ido a ver a la casera de Dave con el sargento Reek —bastante cansado después de haber pasado media noche buscando a la oveja herida, hasta que al final la habían encontrado y la habían sacado del barranco— para hablar con el señor Tanner. Cuando la noche anterior había visitado a Leslie Cramer para comunicarle la triste noticia del fallecimiento de su abuela, durante la conversación había salido el nombre de Tanner y Valerie se había quedado helada. Tanner, que impartía clases de idiomas en la Friarage School, igual que la señora Gardner, para la que Amy Mills había trabajado como canguro la noche de su muerte. Su nombre volvía a salir por segunda vez en relación con un caso de asesinato. Él podía ser el nexo de unión. Al menos en apariencia, Tanner era la única relación existente entre esas dos mujeres tan distintas.

Dave Tanner todavía estaba en la cama cuando la casera había llamado a su puerta para anunciarle la visita de la policía entre jadeos de nerviosismo. Tanner se había extrañado, pero enseguida se había mostrado dispuesto a la conversación. Se había vestido con unos vaqueros y un jersey y había recibido a los agentes en su habitación. Les había ofrecido café, pero ambos lo habían rechazado. Valerie se había fijado en especial en el aspecto que ofrecía. Los ojos hinchados revelaban que bebía demasiado, aunque eso tampoco lo convertía en sospechoso, naturalmente. A Valerie le había molestado no haber podido hablar con él justo después de conversar con la señora Gardner, pero primero había tenido que ocuparse del ex marido de esta. Había resultado ser un tipo extraño aunque sin ninguna importancia para el caso. Además, el día en que había tenido lugar el asesinato de Amy Mills él estaba de vacaciones en Tenerife. El hotel que había mencionado había confirmado su estancia.

—Hemos hablado con la doctora Leslie Cramer —dijo entonces Valerie—, la nieta de Fiona Barnes. Según ha declarado, la noche del sábado usted mantuvo una airada disputa con la señora Barnes.

—En realidad no fue una disputa. La señora Barnes se encarnizó conmigo, seguramente ya está usted al corriente del motivo de ese ataque verbal. Llegó a un punto en el que yo ya estaba hasta las narices y me largué. Eso es todo.

—La doctora Cramer ha dicho que usted volvió a casa directamente y se metió en la cama.

—Así es.

—¿Testigos?

—No.

—¿Ni su casera?

—Estaba viendo la televisión. Ni siquiera se dio cuenta de mi llegada.

—¿Cómo lo sabe?

—Porque siempre que se da cuenta de que llegó sale disparada a mi encuentro.

—¿Dónde estaba el dieciséis de julio por la tarde?

—Tenía... una cita.

—¿Es capaz de afirmarlo con tanta facilidad? Yo no podría responder tan espontáneamente si alguien me preguntara qué hice en una fecha en concreto casi tres meses después.

Dave la miró con hostilidad.

Acaba de entender cuán precaria es su situación, se dijo Valerie.

—El dieciséis de julio fue el día en que conocí a mi prometida. Por eso le he dicho que tuve una cita. Y por eso tengo tan presente la fecha.

Valerie consultó sus notas.

—Su prometida es... la señorita Beckett, ¿correcto?

—Exacto.

—¿Dónde conoció usted a su prometida?

—En la Friarage School. Ese día no tenía clase, pero pasé por la escuela de todos modos para recoger unos papeles que había olvidado allí. Gwen Beckett había asistido a un curso. Llovía a cántaros en el momento en que ella se disponía a regresar a casa. Me ofrecí para llevarla. Y eso es lo que hice.

—Comprendo. ¿A qué hora sucedió todo eso?

—Subimos al coche más o menos a las seis. Alrededor de las ocho y media llegué de nuevo a casa.

—Eso es pronto...

—A las seis y media ya estábamos en la granja. Pero estuvimos sentados dentro del coche durante algo más de una hora. Hablando. Ella me contó su vida y yo le conté a ella la mía. Luego volví.

—Entonces ¿estuvo aquí, en esta casa? ¿Solo?

—Sí.

—¿Su casera puede corroborarlo?

Dave se pasó una mano por el pelo, parecía desamparado.

—Ni idea, la verdad. Del mismo modo que para usted el dieciséis de julio no representa ninguna fecha especial, creo que es difícil que ella recuerde si esa noche estuve en casa o no. Pero tal vez podría explicarme qué...

—¿Vio por primera vez a la señora Fiona Barnes el pasado sábado? —Valerie cambió bruscamente de tema—. ¿O se habían conocido antes?

—Ya la conocía. Nos habíamos encontrado en un par de ocasiones en la granja, cuando yo iba a recoger a Gwen. Una vez también nos invitó a Gwen y a mí a su casa. Era muy amiga del padre de Gwen.

—¿Hubo ya algún enfrentamiento entre ustedes en esas ocasiones?

—No.

—¿Ella nunca dejó entrever que sospechaba de usted?

—Me había dado a entender que yo no le gustaba. Se comportaba conmigo con frialdad y me miraba siempre de un modo hostil. Pero a mí eso me daba igual.

—¿Y la noche del sábado ya no le dio igual?

—Me atacó sin ningún tipo de consideración. No, eso no me dio igual, fue por eso por lo que me largué de allí. Pero yo no la he matado. ¡Dios mío! Esa anciana no era tan importante para mí, como tampoco lo era la opinión que yo le merecía.

Valerie recorrió la habitación con la mirada. Como a todo aquel que visitaba la estancia en la que se alojaba Dave Tanner, le sorprendió el desorden, la suciedad y los claros indicios de la miseria material en la que vivía inmerso. Su manera de hablar, su comportamiento y su actitud daban fe de la buena educación que había recibido, de su alto nivel cultural y de su origen de clase media-alta, cuando menos. Tanner no encajaba en aquella casa, en aquella habitación. De forma casi inevitable, Valerie llegó a la misma conclusión a la que habían llegado tanto Fiona Barnes como Leslie Cramer. ¿La granja que en un futuro no muy lejano heredaría Gwen Beckett era la última esperanza para Dave Tanner? ¿Hasta qué punto se había asustado al ver que Fiona Barnes, con esos mordaces comentarios, con esos dardos envenenados que tal vez había lanzado al tuntún, podía llegar a disuadir a Gwen de su propósito de casarse con Tanner? De algún modo debió de haber sentido la necesidad existencial de acallar a la anciana.

Valerie volvió a cambiar de tema.

—¿Estaba usted al corriente de que su colega, la señora Gardner, tenía empleada a una joven para que cuidara de su hija durante las horas en las que impartía clases?

—Sí. Alguna vez me lo había dicho. —Tanner hablaba entonces muy concentrado, era obvio que tenía que esforzarse para mantener la calma. Valerie tuvo claro que él se había dado cuenta de que estaba intentando cambiar repentinamente de un tema a otro—. Pero no sabía cómo se llamaba. No conocía a la chica.

—¿Sabía dónde vive la señora Gardner?

—No. Apenas teníamos contacto.

—Pero en la secretaría de la escuela podría haber conseguido su dirección sin problemas en cualquier momento, ¿me equivoco?

—Podría. Pero no lo he hecho. No tengo ningún motivo para hacerlo.

Valerie volvió a mirar a su alrededor, esa vez examinando la habitación sin disimulo, para que Tanner se diera cuenta de ello.

—Señor Tanner, creo que no me equivoco si deduzco que su situación económica no es lo que se dice holgada. ¿No tiene más ingresos que los que le proporcionan los cursos de idiomas?

—No.

—Entiendo que con ese dinero tiene suficiente, pues.

—Sí.

Valerie decidió dejarlo ahí. Se puso de pie.

—Eso es todo de momento, señor Tanner. Es probable que tengamos que hacerle más preguntas. ¿Tiene previsto salir de viaje próximamente?

—No.

—Bien. Nos pondremos en contacto con usted.

Valerie y el sargento Reek salieron de la habitación. En el pasillo se toparon con la casera.

—¿Y bien? —preguntó esta casi sin aliento—. ¿Ha cometido algún delito?

—No era más que un interrogatorio rutinario —respondió Valerie—. Oiga, ¿sabría decirnos por casualidad a qué hora llegó el señor Tanner a casa el sábado por la noche?

La señora Willerton admitió, muy a su pesar, que no lo sabía con exactitud.

—Me quedé dormida frente al televisor —explicó—. Cuando me desperté era casi medianoche. No sé es si el señor Tanner ya estaba en casa a esas horas.

A Valerie también le fastidió que no pudiera responderles. Para un agente de policía que está haciendo indagaciones, toparse con una casera tan sumamente chismosa y cargante como la señora Willerton era un golpe de suerte, pues conocía hasta el último detalle acerca de las personas y el entorno con el que se relacionaba. Que la señora Willerton se hubiera quedado dormida justo la noche del sábado, cuando tuvieron lugar los hechos, solo podía interpretarse como una broma de mal gusto del destino.

—¿Recuerda usted el dieciséis de julio de este año? —preguntó Valerie.

La casera se estrujó la memoria.

—¿El dieciséis de julio, dice? ¿El dieciséis de julio...?

—El día en que asesinaron a Amy Mills. Sin duda habrá oído hablar del tema.

La casera puso los ojos como platos de repente.

—¿Es que el señor Tanner tiene algo que ver al respecto? —susurró, horrorizada.

—De momento no tenemos nada que nos lo indique —la tranquilizó Valerie.

—Sin duda quieren saber si esa noche estuvo en casa —dijo la señora Willerton a continuación. Su rostro era de absoluto desconcierto—. No tengo ni idea. ¡Oh, Dios mío, no lo sé!

—No se preocupe. —Valerie le sonrió amablemente—. Hace tres meses de eso. Sería usted un portento si fuera capaz de recordarlo al detalle.

—La llamaré si me viene algo a la memoria —prometió la señora Willerton, y Reek le dio una tarjeta que la mujer aceptó con manos temblorosas.

Valerie no tenía muchas esperanzas al respecto. La señora Willerton era una anciana, llevaba una vida solitaria y aburrida. Probablemente los llamaría para darles más información, pero harían bien en aceptarla con mucho escepticismo. Tal vez no recordara nada, pero acabaría por relatarles sucesos e incidentes adornados en exceso más allá de la verdad. Se le notaban ciertas ansias por despertar la atención, por ganar importancia y conseguir reconocimiento. Desde ese momento, Tanner pasaba a ser su víctima.

Valerie y Reek salieron a la calle. Volvían a disfrutar de un día especialmente radiante. Seguro que haría calor de nuevo.

—¿Y ahora? —preguntó Reek.

Valerie consultó su reloj.

—A la granja de los Beckett —dijo.

3

Ella miraba el teléfono esperando que sonara a pesar de que sabía que eso de estar aguardando una llamada era lo peor que podía hacer. Aguzó el oído para percibir los sonidos de la casa: el leve murmullo del frigorífico en la cocina, el tictac de un reloj, el goteo de un grifo que no acababa de cerrar bien. Alguien andaba por el piso de arriba y de vez en cuando crujía alguna tabla del suelo. Fuera, sobre la bahía, el veranillo de San Martín seguía presente en todo su esplendor, arrojaba su luz sobre las olas y teñía de todos los colores el follaje de los árboles de los Esplanade Gardens. El cielo era más que claro, de un celeste frío. En la radio habían dicho que era una mañana para disfrutar. Que pronto llegarían las lluvias y la niebla.

Leslie intentaba asimilar que su abuela había muerto.

Que jamás volvería a aquel piso.

Que todo lo que la rodeaba, aquellos muebles tan familiares, los cuadros de las paredes, las cortinas, un jersey que Fiona había dejado descuidadamente sobre un sillón no eran más que reliquias, objetos que habían quedado abandonados, bienes terrenales que ya no tenían ningún sentido para la que había sido su propietaria. Resultaba increíble porque todos y cada uno de ellos revelaba la vida de Fiona. Su queso preferido en el frigorífico; las abundantes provisiones de paquetes de cigarrillos; las rosas sobre la mesa, a las que ella misma les había cambiado el agua por última vez. Las botas de agua bajo el perchero, en el que todavía estaba colgado el impermeable. En el baño seguía su cepillo de dientes, su peine, su secador de pelo. Los pocos cosméticos que solía utilizar.

Ninguna de esas cosas la verían regresar.

Tampoco yo la veré regresar, pensó Leslie. Fiona había sido como una madre para ella. Y así la había considerado. Acababa de perder, pues, a su madre.

Cuando el domingo anterior por la noche se había metido en la cama llorando de frío y de soledad, su madre ya estaba muerta o se estaba muriendo.

Y no había muerto en la cama, no había muerto en paz, no había podido despedirse de nadie. La había asesinado un perturbado. La había acechado, le había golpeado el cráneo y la había dejado tirada en el fondo de un barranco.

Era inconcebible. Superaba cualquier cosa que jamás hubiera imaginado. Sabía que se encontraba en estado de shock porque, a pesar de que comprendía con una claridad cristalina lo que había ocurrido, a pesar de haber entendido todas y cada una de las palabras que la inspectora Almond le había dicho la noche anterior, parecía como si no fuera capaz de asumir el horror en toda su dimensión. Todavía había un muro entre ella y el terrible hecho de aceptar que había ocurrido algo que marcaría el resto de sus días. Su abuela había muerto, había perdido a la persona que había sido su única referencia durante la infancia y la juventud. Su muerte estaría para siempre asociada a un crimen brutal, sucio e infame. Nunca podría visitar la tumba de Fiona sin pensar en los últimos minutos de la vida de la anciana. Nunca habría frases de consuelo del tipo: «No ha sufrido», o: «La muerte ha sido un alivio para ella», o: «Al menos ha sucedido rápidamente». Serían más bien todo lo contrario: Fiona había sufrido. La muerte había resultado un alivio solo en la medida de que había acabado con el martirio violento al que la había sometido un criminal. Y no había sucedido rápidamente. La habían arrastrado hasta la soledad de los prados y la habían matado. Debió de darse cuenta de lo que se le venía encima. ¿Había gritado el nombre de su nieta cuando más había temido por su vida?

De todos modos, a causa del shock Leslie había podido mantener una conversación sorprendentemente objetiva con Valerie. La agente le había contado la terrible muerte de su abuela eligiendo bien las palabras, con sumo cuidado.

—Lo lamento, pero tengo que hacerle unas preguntas —había añadido al cabo—. Aunque podemos esperar a mañana.

Leslie se había sentado en el sofá con aire ausente y había negado con la cabeza.

—No, no. Hágamelas ahora. Estoy bien.

Hablar le había sido beneficioso durante las primeras horas posteriores al suceso. Se concentró y, de forma racional y detallada, describió la velada del sábado. Fue bueno para ella ejercitar el cerebro, cansarlo intentando recordar hasta la menor de las nimiedades.

—¿Tendré que identificar a mi abuela? —había preguntado finalmente.

Valerie había asentido.

—Sería muy útil. Por desgracia, apenas tenemos dudas acerca de la identidad del cadáver, pero de este modo estaríamos seguros por completo. De momento la tienen los forenses, pero... estaría bien que alguien pudiera acompañarla. ¿Tiene algún pariente más aquí, en Scarborough?

Leslie había sacudido la cabeza.

—No. Aparte de Fiona no tengo más parientes.

Valerie la había mirado con aire compasivo.

—Entonces ¿no puede acudir a casa de nadie, ahora? Tal vez sería mejor para usted no quedarse aquí sola esta noche.

—Preferiría quedarme aquí. Se me pasará. Soy médico —añadió, y aunque su profesión no tenía nada que ver con lo que estaba pasando en aquel momento, al parecer a Valerie Almond el comentario le pareció convincente.

La inspectora había dicho que al día siguiente iría a la granja de los Beckett para hablar con los que vivían o se alojaban allí.

—Será a eso de las diez. Estaría bien que pudiera venir también. ¿Quiere que mande un coche para que la recoja?

—Allí estaré. Iré en mi propio coche, gracias.

Valerie se había despedido y había entregado a Leslie una tarjeta, antes de pedirle que se pusiera en contacto con ella en caso de que se le ocurriera cualquier cosa que pudiera guardar alguna relación con el asesinato de su abuela.

—Por banal que le parezca —había agregado la inspectora—, para nosotros podría ser absolutamente crucial.

Leslie había llamado a la granja y había contado lo que había sucedido a Gwen. Esta, desconcertada, había hecho un sinfín de preguntas, había manifestado su horror, su espanto, había hecho más preguntas, hasta que Leslie empezó a creer que en cualquier momento podría perder los nervios y ponerse a gritar.

—Mira, Gwen —la interrumpió—, seguro que comprenderás que necesito un poco de tranquilidad. Nos vemos mañana, ¿de acuerdo?

—Pero ¿no quieres venir enseguida aquí? ¡No puedes quedarte sola! Quiero decir, que no está bien que...

—¡Hasta mañana, Gwen! —Y dicho esto, Leslie había colgado el auricular.

¿Cómo había pasado la noche? No habría sabido decirlo. ¿Había estado deambulando de una habitación a otra? ¿La había pasado en el sofá, con la mirada perdida en la pared? ¿Se había tendido en la cama de Fiona, insomne, con los ojos abiertos? ¿Había estado ojeando un viejo álbum de fotografías? A la mañana siguiente solo le pasaban por la cabeza imágenes vagas de lo que había estado haciendo en esa noche horrible, mientras las horas transcurrían lenta y penosamente, como si no quisiera volver a amanecer jamás. Recordaba haber cogido el coche en algún momento para ir a una gasolinera. Había vuelto con una botella de vodka y había bebido bastante. Se avergonzaba de ello, pero ¿por qué diablos no tenía Fiona ni una sola gota de alcohol en casa?

No consiguió desayunar nada. Desde la cena en la granja, dos días atrás, no había comido más que un par de bocados de hamburguesa. En cambio, se había puesto las botas de alcohol. Y qué.

A las ocho y media ya no había podido más y había llamado

a Stephen al hospital. Le dijeron que debía de estar en mitad de una operación, que le pasarían el recado. Por eso no se apartaba del teléfono. A regañadientes, porque dos años antes había jurado que no volvería a pedir a Stephen que la ayudara, que estuviera allí para consolarla. Había mantenido su propósito incluso en las horas más crudas y tristes que siguieron a su separación. También durante aquellos fines de semana en apariencia interminables que se había pasado llorando, aferrada a una botella de vino frente al televisor, cuando se había sentido la persona más sola del mundo. En esos momentos había sido consciente de que él habría acudido a abrazarla ante la más mínima señal. Pero Leslie había aguantado con los dientes apretados.

Hasta ese día. Hasta que había sucedido aquello que se veía incapaz de superar sola en cuanto consiguiera salir de la inmovilidad en la que estaba sumida.

El teléfono sonó.

Olvidó su orgullo y respondió al instante.

—¿Sí? ¿Stephen?

Al otro lado, solo silencio.

—¿Stephen? Soy Leslie.

Oyó una respiración.

—¿Quién es? —preguntó.

Alguien respiraba. Y luego colgó.

Leslie negó con la cabeza antes de colgar ella también. Unos segundos más tarde volvió a sonar el teléfono. Esa vez oyó la voz de Stephen.

—¿Leslie? He llamado hace un momento pero comunicabas. Soy yo, Stephen.

—Sí, Stephen, hola. Acabo de recibir una llamada extraña.

Descartó esa idea de su mente. Alguien debía de haberse equivocado de número o había querido gastarle una broma.

—Acabo de salir del quirófano. Si no, te habría llamado antes. ¿Ocurre algo?

—Fiona ha muerto.

—¿Qué?

—La asesinaron. El sábado por la noche.

—No puede ser —exclamó Stephen, horrorizado.

—La encontraron ayer. Es tan... tan increíble, Stephen.

—¿Y se sabe quién lo hizo?

—No. Por lo que parece, no tienen ni idea.

—¿Fue un robo?

—Su bolso estaba allí. Y la cartera también. No, no fue una cuestión de... de dinero —La voz de Leslie sonaba monótona.

Stephen necesitó un par de segundos para asimilarlo y ordenar su mente.

—Ten cuidado —le dijo entonces—. Voy a ver si consigo que me sustituyan e iré tan pronto como pueda a Scarborough. A verte.

Leslie negó de inmediato con la cabeza, a pesar de que Stephen no podía verla.

—No. No te he llamado para eso. Solo quería... —Se detuvo para tomar aire. De hecho, ¿por qué lo había llamado?

—Pensaba que tal vez necesitarías que alguien te abrazara —dijo Stephen.

Sonó tierno. Compasivo. Comprensivo. Cálido. Básicamente era justo lo que Leslie deseaba en aquel momento. Alguien que la abrazara. Un hombro en el que apoyar la cabeza. Alguien sensible al dolor que estaba sufriendo, con quien pudiera hablar del sentimiento de culpa que la atenazaba.

Alguien firme como una roca. Eso es lo que Stephen había sido en otro tiempo para Leslie. Y ella había creído que así sería para siempre. Hasta el fin de los tiempos.

A pesar de sus preocupaciones y de su impotencia, la rabia por el hecho de que la hubiera traicionado volvió a surgir en su interior. Recordó de nuevo la conmoción, el dolor que había sentido en aquellos momentos. ¿Él quería abrazarla? Leslie se negaba a aceptar ese gesto precisamente viniendo de él.

—Guárdate esos abrazos para tu amiguita del bar —se limitó a espetarle antes de colgar el teléfono y dar con ello por terminada la conversación.

Tal vez no había sido justa con Stephen. Al fin y al cabo había sido ella quien le había pedido que la llamara, la conversación no había sido idea de él.

Pero eso era lo que Leslie sentía.

—¿Llamadas anónimas? —lo interrumpió de golpe Valerie Almond—. ¿De qué tipo?

Chad Beckett pensó unos instantes.

—Eso es todo lo que me dijo. Que sonaba el teléfono, oía a alguien respirar pero nadie respondía a sus preguntas, hasta que al final terminaban colgando.

—¿Y desde cuándo recibía esas llamadas?

—No me contó desde cuándo con exactitud. Últimamente, eso es lo único que me dijo, creo.

—¿Fiona Barnes se lo contó el mismo sábado por la noche?

—Sí. Después de que Dave Tanner se marchara y mi hija se hubiera encerrado a llorar en su habitación. Me dijo que quería hablar conmigo y luego me contó lo de las llamadas.

—Supongo que eso la atormentaba.

—La inquietaba un poco, sí.

—¿Y tenía Fiona alguna idea de quién podía ser el autor de esas llamadas?

Chad se encogió de hombros de nuevo.

—No.

—¿Ni la más mínima idea? ¿Nadie que la aborreciera? ¿No hay alguien con quien hubiera tenido alguna vez una disputa seria de verdad? Una desavenencia, ¡qué sé yo! A todo el mundo le pasas cosas como esa en la vida.

—Pero raramente acaban haciendo llamadas anónimas. En cualquier caso, Fiona no tenía a nadie en mente.

—¿Y usted? —Valerie observaba al anciano con atención—. ¿Se le ocurre quién podría ser el autor de las llamadas?

—No. Ya le dije a Fiona lo que pensaba acerca del tema. Que sería algún perturbado, alguien que debía de elegir arbitrariamente a sus víctimas en la guía telefónica. Un chiflado sin importancia que disfrutaría con esa dudosa forma de poder. Detrás de ese tipo de llamadas suele haber gente así.

—Seguro. Pero las personas que eligen como objetivo no suelen aparecer asesinadas poco después en el fondo de un barranco. Tenemos que tomarnos muy seriamente esa pista, señor Beckett.

Si se le ocurre algo relacionado con el posible autor de las llamadas, debería decírmelo.

—Por supuesto —dijo Beckett.

El rostro del anciano tenía un aspecto lúgubre, como apagado. Parecía como si tuviera problemas de circulación. Durante la conversación, Valerie se había enterado del tiempo que hacía que conocía a Fiona Barnes: desde que él tenía quince años. Ella había llegado a la granja de los Beckett en uno de los trenes que evacuaban a los niños durante la guerra, y entre los dos se empezó a forjar una amistad que duraría toda la vida. La manera como había muerto su vieja amiga tenía que ser para Beckett una verdadera pesadilla, pero era ese tipo de personas a las que no les gusta desperdiciar las palabras hablando de esas cosas. Digeriría esa historia sin la ayuda de nadie y, tanto si las imágenes horribles le impedían dormir por la noche como si lo acechaban durante el día, no abriría su corazón ante nadie.

Valerie se despidió y salió del despacho de la granja. En la entrada se encontró con Leslie y con Jennifer, que mantenían una conversación en voz baja. Valerie decidió abordar el tema de las llamadas enseguida.

—Doctora Cramer, me alegro de volver a verla. ¿Su abuela le mencionó algo acerca de unas llamadas anónimas que había estado recibiendo últimamente?

—No —dijo Leslie—, no me había dicho nada. Pero... —De repente le vino algo a la memoria—. Esta misma mañana he recibido una llamada extraña. He oído que alguien respiraba ante el auricular y luego ha colgado. Sin embargo, no le he dado más importancia.

—Eso coincide en buena medida con las llamadas que Fiona Barnes describió al señor Beckett en la noche de su muerte —dijo Valerie—. Ni una palabra, solo alguien respirando. ¿Recibió la llamada en casa de su abuela?

—Sí —dijo Leslie.

Valerie reflexionó unos momentos. Había reunido a todos los habitantes de la granja en el salón, había hablado con ellos acerca de la fatal noche del sábado y luego los había interrogado individualmente. Les había preguntado por los posibles enemigos de

Fiona Barnes. Nadie supo mencionarle ni siquiera uno. De hecho, parecía como si el único aspirante a ese título fuera Dave Tanner. A juzgar por las declaraciones de los testigos, Fiona lo había tratado de forma despiadada. Y sin embargo, todos coincidieron en que no imaginaban que hubiera sido él quien la hubiera asesinado.

—Simplemente no es ese tipo de personas —le había dicho Jennifer Brankley, y Valerie había decidido omitir que a los criminales rara vez se les nota que lo son. Había conocido a asesinos brutales que se habían servido de su apariencia y de su atractivo para ganarse la confianza ciega de la gente.

—Si el sospechoso autor de las llamadas que recibía Fiona fuera también su asesino, no habría llamado esta mañana temprano a su casa —dijo Jennifer—, puesto que sabría perfectamente que ya está muerta.

Valerie la escuchó con aire distraído. El problema era que en ese momento no podía permitirse el lujo de descartar ninguna posibilidad y, al mismo tiempo, no tenía nada de nada que le pareciera realmente plausible. ¿Alguien que realizaba llamadas anónimas y que tenía fijación por Fiona? ¿Cómo podría haberse enterado de que se disponía a volver hasta su casa desde la granja de los Beckett por un sendero solitario a altas horas de la noche del sábado? Esa era una circunstancia que nadie habría podido prever. Tan solo las personas que estuvieron presentes durante aquella desdichada velada lo sabían. Pero ¿quien de ellos tendría algún motivo para seguir a la anciana hasta allí y asesinarla de forma tan cruel?

Se despidió de Jennifer y de Leslie y salió de la granja, que a pesar de su estado decrépito tenía una apariencia casi idílica bajo aquella espléndida luz. El viento que llegaba desde el mar traía consigo el aroma de las algas y el sabor de la sal.

Valerie reflexionó.

La nieta, Leslie Cramer, había reconocido durante la declaración que había salido de la granja mucho antes que su abuela y que había estado en un pub, el Jolly Sailors de Burniston, para consolarse con unos cuantos whiskys. No resultaría muy complicado verificarlo. Valerie sabía que, en esa región, el hecho de que una mujer entrara sola en un bar para empinar el codo llamaba la atención, que aquello era más raro que un perro verde.

Chad Beckett había estado hablando con Fiona en el despacho de la granja. Durante esa conversación le había contado lo de las llamadas anónimas, puesto que al parecer la inquietaban. Chad la había tranquilizado. Luego habían hablado de otros temas y finalmente ella había querido marcharse a casa para irse a dormir. Por descontado, cabía la posibilidad de que él la hubiera seguido, aunque Valerie lo ponía en duda. Por un lado, no parecía que hubiera motivo alguno para ello. Por el otro, la inspectora se había dado cuenta de lo mucho que le costaba moverse al anciano. Ese paseo le habría supuesto un sufrimiento considerable, era un hombre ya mayor que cada vez se sentía peor dentro de su cuerpo. A Fiona Barnes, en cambio, se la habían descrito como una persona ágil, que gozaba de una forma física extraordinariamente buena para su edad. Era difícil imaginar que ese hombre hubiera podido llegar hasta el barranco, y menos aún golpear a una mujer que habría podido escapar de él sin problema.

Colin Brankley. El huésped que estaba de vacaciones, que había llamado para pedir un taxi para Fiona. Se había despedido de ella y se había metido en la cama. La esposa de Colin no había podido atestiguarlo, porque había salido con los perros y aún no había vuelto. Valerie puso mentalmente un signo de interrogación tras el nombre de Colin. Un intelectual, una rata de biblioteca que desde hacía años pasaba las vacaciones en aquella triste granja.

—Mi esposa está muy apegada a los perros —le había explicado—, por lo que tampoco tenemos la oportunidad de elegir entre muchos lugares para ir de vacaciones. Además, Jennifer y Gwen se han hecho amigas.

De acuerdo. No suena descabellado. Sin embargo, había dos hechos a tener en cuenta: Colin rondaba los cuarenta y cinco años, era fuerte y ágil. En lo que a forma física se refería, no habría tenido problemas para asesinar a una anciana. Y carecía de coartada. Valerie decidió verificar lo que había estado haciendo y dónde había estado durante el asesinato de Amy Mills, a pesar de que ya sospechaba que eso no resultaría muy fructífero. El señor Brankley diría que estuvo en casa, en la cama, durmiendo, y su esposa lo corroboraría.

Su esposa. Jennifer. Valerie no habría sabido decir el motivo, pero tenía la sensación de que era impenetrable. Tenía una mirada errante, parecía como una caldera de vapor, sometida a una gran presión que solo conseguía mantener bajo control con grandes esfuerzos. Había algo que no encajaba en ella. Además, a Valerie le sonaba su nombre: Jennifer Brankley. Ya lo había oído antes en alguna otra parte, pero por más que se esforzaba no conseguía recordar dónde.

Ya lo descubriría.

Jennifer Brankley había pasado la primera hora y media después del abrupto final de la cena en la habitación de Gwen, para consolar a aquella joven confusa.

A continuación la había convencido para salir a dar un paseo con ella y los perros. Estuvieron fuera más de una hora y media, según Jennifer.

Desgraciadamente, habían ido a pasear en la dirección opuesta, primero habían subido a la colina por la carretera, luego habían pasado por un barranco para, al cabo, llegar al mar.

—¿No estaba demasiado oscuro? —le había preguntado Valerie con las cejas arqueadas.

—La luna brillaba bastante —había replicado Jennifer—; conozco bien el camino y los perros también. Durante nuestras estancias aquí, recorremos ese camino dos o tres veces al día. Y por si acaso me llevé una linterna.

Gwen Beckett había confirmado su declaración. Al principio no había querido acompañarla, pero Jennifer la había convencido de que un poco de movimiento le vendría bien. De todos modos no había sabido concretar cuánto tiempo habían pasado fuera.

—Yo estaba... como aturdida —había dicho Gwen en voz baja—. Esperaba que la velada fuera muy bien y en cambio acabó siendo un fracaso total. Estaba confundida. Pensé que había terminado todo.

Valerie paseó un poco por el patio, se sentó sobre un montón de leña y se quedó con la mirada prendida en el horizonte que se extendía hacia el este. La granja estaba a los pies de una suave colina recorrida por una vieja muralla de piedra. Había algún que otro árbol cuyo follaje adoptaba coloraciones rojizas y amarillentas bajo la luz del sol. Según Jennifer, una parte de la colina podía recorrerse por un camino, o más bien por un sendero trillado, que transcurría en línea recta hacia el sur y terminaba en un barranco que podía cruzarse por un puente colgante de madera. Más allá del puente había unos escalones que permitían bajar al barranco siguiendo un trayecto serpenteante. Abajo del todo había un sendero, aunque estaba bastante poblado de vegetación. Finalmente el barranco se abría a la playa y desembocaba en la pequeña cala que estaba dentro de la propiedad de los Beckett.

—¿Es posible bañarse allí? —había preguntado Valerie.

Gwen había respondido afirmativamente.

—Sin embargo, es una cala muy rocosa. Hace muchos años, mi padre quería traer un cargamento de arena para que los huéspedes pudieran disponer de una pequeña playa más apta para el baño, pero nunca llegó a hacerlo.

La granja sería una joya si alguien supiera aprovechar las posibilidades que ofrece, pensó Valerie sin sospechar que aquella reflexión coincidía exactamente con la de Fiona. Tanner sin duda había pensado lo mismo cuando había empezado a salir con Gwen Beckett. ¿Hasta dónde sería capaz de llegar para que los ataques de una anciana no lo apartaran de su prometida y del patrimonio que a esta le correspondía?

Y Gwen también se había sentido amenazada. Una mujer anodina, que había dejado atrás la juventud, en cuya vida aparece de repente un hombre interesante con el que desea casarse. Valerie había notado enseguida que Gwen veía en Dave su única oportunidad, y era posible que tuviera razón al pensar de ese modo. Fiona representaba, pues, un peligro para ella. ¿La anciana habría continuado aprovechando cualquier oportunidad de difamar contra el inminente enlace hasta que Tanner se hubiera hartado y decidiera arrojar la toalla? Pero ¿realmente habría sido capaz Gwen Beckett de matar a golpes por ello a una mujer a la que conocía de toda la vida, a la que quería y de la que tanto dependía? Gwen parecía conmocionada y apesadumbrada. A no ser que fuera una excelente actriz, la noticia de la muerte de Fiona la había dejado sorprendida y desarmada por completo.

No hago más que dar vueltas, pensó Valerie. Tenía el presentimiento de no conocer aún el verdadero móvil del asesinato de Fiona Barnes. Lo único que sabía era que esta había mantenido una disputa con Tanner durante la celebración del compromiso matrimonial, pero aquello no era suficiente. El asesinato había sido tan violento, tan brutal, que los ataques verbales envenenados de Fiona parecían insignificantes en proporción. Les había arruinado la velada a todos, pero no dejaba de ser una anciana que al año siguiente celebraría su octogésimo cumpleaños. ¿Quién seguía reconociéndole el poder de influir seriamente en la vida de otras personas e incluso de arruinarlas?

¿Y qué relación guardaba todo aquello con el crimen de Amy Mills?

Lo siguiente, pensó Valerie, es el informe de los forenses. Tengo que saber si fue la misma persona la que cometió los dos crímenes. En tal caso, la disputa de Fiona probablemente no tendría nada que ver con el desenlace.

Y tendría que volver a poner a Tanner en el punto de mira. Porque hasta entonces no conocía a nadie más que tuviera relación con los dos asesinatos, si bien Valerie debía admitir que el vínculo que lo relacionaba con el homicidio de Amy Mills era muy intrincado y bastante rebuscado.

Sería interesante saber si Amy Mills también había recibido llamadas anónimas. Y luego estaba Paula Foster. La que tal vez tenía que ser la verdadera víctima. Alguien podría haber sabido que acudía al establo cada noche. Del mismo modo que alguien sabía que cada miércoles, avanzada la noche, Amy Mills pasaba sola por el parque. Dos mujeres jóvenes no muy distintas la una de la otra. Visto así, la muerte de Fiona habría sido un accidente. ¿Porque había interferido en los planes de alguien? ¿Porque había tomado el camino del barranco en lugar de ir a la granja de los Whitestone? ¿O acaso se había topado con su asesino en la calle? Tal vez ella lo había reconocido y él había decidido que no podía dejarla escapar con vida. Sigue siendo una verdadera incógnita, penso Valerie, porque alguien, aparte de Paula Foster, tendría que haber estado merodeando por allí a las diez y media de la noche. La rutina de Paula era completamente distinta.

Valerie se puso de pie y se dirigió hacia su coche. Tenía que hablar con los periodistas. Si encontraba el tiempo para ello, buscaría el nombre de Jennifer Brankley en la base de datos de la policía. Para el caso que la ocupaba quizá fuera del todo irrelevante, pero quería aclarar el contexto en el que había oído su nombre con anterioridad.

Abrió la puerta del coche. Estaba agotada. El rompecabezas parecía tener muchas piezas, todas apiladas hasta formar una montaña desordenada que temía no poder llegar a derribar jamás.

Se vio obligada a recordar la vieja regla básica que había aprendido tantos años atrás: no debía pensar en la montaña, sino en el paso más inmediato que debía dar a continuación. Y luego en el siguiente. Y el siguiente. Tenía tendencia a dejarse llevar por el pánico cuando se sentía superada por las circunstancias, cuando estas eran demasiado confusas, demasiado intrincadas.

Lo que más temía era fallar.

No era lo suficientemente buena para ese trabajo, tan solo esperaba que ninguno de sus colegas se diera cuenta de ello.

Valerie arrancó el coche y abandonó la granja.

5

—¿Doctora Cramer? ¿Puedo hablar un momento con usted? —Colin Brankley apareció por la puerta de la cocina. Llevaba un montón de papeles en la mano y miraba inquieto a su alrededor, como si quisiera asegurarse de que no había nadie cerca.

Leslie estaba frente al fregadero, llenando un vaso de agua. Tenía sed, estaba cansada y aturdida y, al mismo tiempo, agitada por completo. Tenía los nervios a flor de piel. Se preguntaba cuándo se echaría a llorar, a gritar o simplemente cuándo se derrumbaría. A los demás su aparente serenidad debía de parecerles muy extraña, tal vez incluso la consideraban impasible. Sin embargo sabía que todos los sentimientos relacionados con su abuela, con su violenta muerte, pero también con su vida, estaban haciendo mella en ella. No dejaba de rememorar imágenes, escenas, episodios, momentos, en los que no había pensado desde hacía una eternidad, que había olvidado y que ya ni siquiera eran verdad. Era como un delirio febril.

A buen seguro de ahí procedían sus ansias de beber agua, lo más fría posible.

—Leslie —respondió ella—, llámeme simplemente Leslie.

—De acuerdo. —Colin entró en la cocina—. Leslie. ¿Tiene un momento? —dijo mientras cerraba la puerta tras él.

—Sí, claro. —Se llevó el vaso a los labios y al hacerlo comprobó que le temblaba la mano, por lo que volvió a dejarlo sobre la encimera. No quería derramársela por encima delante de Colin Brankley, aunque no fuera más que agua—. Sin duda habrá mucho que hacer, pero no lo sé... —Se detuvo, vacilante—. Ahora mismo no sé qué es lo que toca hacer —dijo en voz baja.

Colin la observó lleno de compasión.

—Lo entiendo perfectamente. Ha sido una conmoción terrible. Para todos nosotros, pero en especial para usted. A todos nos... nos cuesta asumirlo.

La amabilidad de Colin le hizo bien. Se dio cuenta de que algo le atenazaba la garganta y se forzó a tragar saliva. Lo que mejor le habría sentado sería un buen berrinche, pero no era el momento. No quería ponerse a llorar en aquella cocina, ni delante de Colin. Apenas conocía a aquel hombre. No quería derrumbarse en su presencia.

—¿Tiene algo para mí? —preguntó Leslie con el tono más neutro del que fue capaz mientras señalaba los papeles que Colin llevaba en la mano.

—Sí —respondió él. Tras un leve titubeo, Colin dejó el montón de papeles sobre la mesa de la cocina. Volvió a mirar a su alrededor como si esperara que pudiera entrar alguien en cualquier momento—. Es algo que... Bueno, de hecho esto debería estar en manos de la policía, pero...

—¿Pero?

—Pero creo que no me corresponde a mí decidirlo. Fiona era su abuela, usted sabrá lo que hay que hacer con esto.

—¿De qué se trata?

—Archivos de texto —dijo Colin en voz baja—. Documentos adjuntos a correos electrónicos que Fiona mandó en su momento a Chad Beckett.

Leslie lo miró sorprendida.

—¿Chad Beckett sabe manejar un ordenador? ¿Tiene dirección de correo electrónico?

—Manejarlo quizá no sería la palabra más apropiada. Pero sí, tiene una dirección. Según Gwen, fue Fiona quien insistió en que se creara una. La utilizaban para comunicarse con cierta frecuencia.

—¿Y?

Colin parecía no saber exactamente cómo formular lo que quería decir.

—Fiona y Chad se conocían desde que eran niños. Y llevada por la necesidad de explicarse a sí misma una vez más ciertos acontecimientos, Fiona escribió la historia de los dos. Al menos lo que para ella fueron los puntos más esenciales. Con un título curioso, cuyo enigma se resuelve durante la lectura. «El otro niño doc.» Se sumerge de nuevo en el pasado, describe el primer encuentro que tuvieron, ya sabe usted que fue evacuada de Londres, que vino a parar aquí a la granja de los Beckett...

Leslie lo escuchaba muy atenta, pero cada vez más desconcertada.

—Conozco la historia. Fiona me la contaba a menudo. Es conmovedor que volvieran a escribirse con Chad. Lo que no entiendo es... ¿cómo ha llegado esto a sus manos? ¿No son documentos que en principio estaban destinados solo a Chad?

—Sin duda, así es. Queda absolutamente claro cuando uno los lee. Es la historia de ellos dos. Cuando los lees, ves con claridad cómo era ella en realidad.

—¿Cómo era en realidad?

—Estoy bastante seguro —dijo Colin despacio— de que su abuela debió de contarle una versión censurada de los hechos. Del mismo modo que Gwen también los conocía solo de forma parcial. Igual que todos nosotros.

A Leslie se le ocurrió una cosa que, a pesar de todas sus preocupaciones, la hizo sonreír.

—¿Está intentando contarme que Fiona y Chad tenían una relación? ¿Describe mi abuela orgías salvajes en algún granero? Como es natural, nunca me lo había contado, pero debo decirle que yo siempre he estado convencida de que algo había entre ella y Chad. Eso no me sorprende en absoluto. Y no creo que saberlo pueda servir de ayuda a la policía.

Colin la miró extrañado.

—Léalo. Y luego decida lo que debe hacerse con ello.

Leslie clavó los ojos en él con frialdad.

—¿Cómo lo ha conseguido? ¿Cómo ha accedido al correo electrónico de Chad?

—Gwen —dijo él.

—¿Gwen?

—Ella utiliza el mismo ordenador que su padre. Y le dio por... espiar un poco. En cualquier caso, tampoco le costó mucho averiguar la contraseña con la que protege el correo electrónico. «Fiona.» Así de simple.

Leslie tragó saliva.

Chad la había amado. Leslie siempre lo había sospechado.

—Entonces ¿Gwen se dedicó a husmear en sus correos?

—Abrió los archivos adjuntos y leyó las historias. Cuando terminó estaba tan escandalizada que decidió imprimirlo todo. Se lo dio a leer a Jennifer poco después de que llegáramos a la granja la semana pasada. Ayer Jennifer me las dio a leer a mí con el consentimiento de Gwen. Sin embargo, en ese punto ninguno de nosotros sospechaba aún nada acerca del crimen. Yo lo leí ayer y durante la noche.

—Comprendo. Tres personas saben ahora que entre Fiona y Chad había algo, ¿no es así?

—Léalo —insistió Colin.

Leslie notaba cómo crecía en su interior la ira, pero también el desconcierto. Qué manera de traicionar a dos personas mayores mientras se asoman con nostalgia a su pasado. Que Gwen no hubiera podido contenerse y hubiera leído la historia de la vida de su padre tras haberla descubierto podía entenderlo. Pero ¿por qué había tenido que compartirlo con dos extraños? La amistad de Gwen con los Brankley podía remontarse muchos años atrás y haber sido muy intensa, pero al fin y al cabo ninguno de los dos pertenecía a la familia. Le habría gustado poder proteger a su abuela frente a aquello, si bien sabía que era demasiado tarde.

—No estoy segura de querer leerlo —dijo—. Siempre he respetado mucho la vida privada de Fiona, ¿sabe?

—Fiona ha sido víctima de un terrible crimen. Esta historia podría arrojar algo de luz sobre las circunstancias de su muerte.

—¿Por qué no se la dio a la inspectora Almond cuando vino?

—Porque la historia también arroja algo de luz sobre Fiona. Si lo que aquí se describe —dijo mientras señalaba el montón de papeles— se hiciera público, algo que debe tenerse en cuenta si llega a manos de la policía y se demuestra que tiene una relación directa con el asesinato de Fiona, entonces podría ser que en Scarborough acabaran recordando a Fiona de un modo no precisamente honroso.

Leslie decidió dejar de contener la ira y darle rienda suelta.

—¿Qué es lo que hizo? ¿Atracar un banco? ¿Era cleptómana? ¿Ninfómana? ¿Tenía tendencias perversas? ¿Había engañado a su marido? ¿Le puso los cuernos a la mujer de Chad? ¿Apoyaba al IRA? ¿Formaba parte de una organización terrorista? ¿Qué es, Colin? ¿Qué es lo que hizo?

—Léalo —repitió él por tercera vez—. Llévese estos papeles a casa. Gwen y Jennifer de momento no deben saber que los tiene usted.

—¿Y por qué no?

—Gwen no quiere que la policía conozca su contenido. Sobre todo por su padre. Jennifer se mantiene fiel a él, como siempre. Las dos se enfadaron mucho cuando les dije que quería mostrárselos a usted. Pero creo que...

—¿Qué cree? —preguntó Leslie, al ver que Colin no continuaba hablando.

—Creo que tiene derecho a saber la verdad —dijo Colin—. Y que usted y nadie más que usted tiene el derecho a decidir si debe hacerse pública esa verdad. Comprendería perfectamente que no quisiera. Pero quizá la resolución del crimen dependa de ello. Y eso también tiene que decidirlo usted: si el asesinato de su abuela finalmente debe quedar impune. Tal vez lo prefiera usted así.

A Leslie de repente le sobrevino el miedo. Sabía que no obtendría ninguna respuesta, aun así lo preguntó.

—Pero ¿qué, Colin? ¿Qué demonios cuentan esas páginas?

Él se abstuvo de volver a repetirle que lo leyera por cuarta vez. Se limitó a observarla.

A Leslie le pareció que la miraba casi con compasión.

El otro niño.doc

4

La vida en la granja de los Beckett al final no resultó ser tan mala. Más bien al contrario, poco tiempo después me acostumbré de un modo sorprendente.

Emma Beckett siguió siendo tan amable y afectuosa como lo había sido al principio, cuando llegamos a la granja. Era más afable que mi madre, y también más permisiva. Siempre podías sonsacarle algo bueno: un bocadillo de embutido de vez en cuando, un vaso de zumo de manzana casero, a veces incluso un poco de chocolate. Vivía convencida de que yo debía de estar muriéndome de añoranza, y yo dejaba que así lo creyera porque de este modo obtenía aún más cosas.

Pero Chad, su hijo, acabó por descubrirme.

—Estás hecha una buena pieza, tú —me dijo una vez—. Delante de mi madre te comportas como una mosquita muerta, pero en realidad no te apetece ni lo más mínimo volver a Londres.

No era del todo cierto que no me apeteciera ni lo más mínimo. Echaba de menos mi casa, la calle, a los niños con los que había jugado allí. A veces también echaba de menos a mamá, aunque siempre estuviera criticándome por todo. Pero después de la noche del bombardeo que nos dejó sin casa, mi hogar había quedado destruido de todos modos. Y tampoco tenía buenos recuerdos de la vida en casa de tía Edith, donde estuvimos conviviendo tanta gente. Sin embargo, recuerdo haber llorado desconsoladamente una noche porque me puse a pensar en mi padre. A pesar de que siempre iba borracho y de que no le daba dinero a mamá, a fin de cuentas había sido mi padre. A mamá volvería a verla, como también volvería a ver Londres, de eso estaba segura, pero a mi padre lo había perdido para siempre.

En el marido de Emma, Arvid, no encontré a un sustituto. No se mostraba directamente antipático conmigo, pero en esencia me trató siempre como si no existiera. Desde el principio tuve la impresión de que no compartía la idea de su esposa acerca de acoger a un niño evacuado, y cabía pensar que se había dejado convencer solo después de muchos esfuerzos. Tal vez lo hubiera persuadido al final el dinero que el gobierno le daría a cambio. El caso es que se encontró con un segundo niño, «el otro niño», que es como él solía llamar a Brian, que había ido a parar allí por error, y por el que no le pagaban nada. Eso no mejoró su opinión acerca del tema.

—La Cruz Roja pronto se encargará de Brian —le decía Emma a menudo cuando Arvid empezaba a quejarse porque todavía había un cubierto de más en la mesa.

Sin embargo en realidad ni la Cruz Roja ni nadie se interesó por él, lo que supongo que fue un alivio para Emma. No quería ver a Brian en un orfanato. Por propia iniciativa, ella no pensaba hacer al respecto nada que pudiera alejarlo de la granja de los Beckett.

A mí me gustaba vivir en aquella granja. Era imposible imaginar un contraste más espectacular respecto a cómo había vivido en Londres. Aquella soledad aparentemente interminable. La extensión de los prados, separados por muros de piedra, salpicados por cientos de ovejas paciendo. El olor del mar. Me encantaba bajar a la cala que estaba dentro de la propiedad de la granja, aquel camino lleno de aventuras y secretos que transcurría a través de un profundo barranco, por un sendero casi invisible que parecía una selva virgen a los pies de aquellas escarpadas paredes de roca. Me abría paso a través de la hierba y de los helechos, sumida en la oscuridad en invierno, bañada en una extraña luz verdosa cuando el sol brillaba en verano. Solía imaginar que era uno de aquellos grandes descubridores de los que había oído hablar en la escuela: Cristóbal Colón o Vasco da Gama. A mi alrededor, acechaban por todas partes los indígenas antropófagos, en cuyas manos no podía caer bajo ningún concepto. Agarraba un trozo de madera y lo llevaba entre los dientes; ese era mi cuchillo, mi única arma. Cada vez que oía un crujido en algún matorral, cada vez que llegaba hasta mis oídos el grito estridente de un pájaro, me sobresaltaba y se me ponía la piel de gallina. Lo único que me faltaba en aquellos momentos era la compañía de otros niños. En la calle en la que había vivido en Londres, en el entramado de patios traseros, siempre éramos una verdadera horda de diez niños, en ocasiones incluso quince o veinte. En la granja estaba completamente sola. Sin embargo, acudía a la escuela en Burniston y tenía buena relación con mis compañeros de clase, que me veían bastante exótica. Aunque por desgracia todos ellos vivían demasiado lejos como para poder encontrarnos fuera de la escuela. Durante varios kilómetros no había más que prados para ovejas y, de vez en cuando, alguna que otra granja aislada. Podías tardar varias horas en recorrer la distancia entre unos y otros.

Yo era una niña a la que le gustaba jugar, disfrutar de la libertad y de las incontables posibilidades que ofrecía la vida en el campo, pero también una chiquilla que empezaba a dar los primeros pasos hacia la pubertad. Mamá siempre me había dicho que era muy precoz. Tal vez fuera cierto, al menos respecto al tiempo que me había tocado vivir, los años cuarenta.

En el armario ropero de mi habitación encontré un par de novelas sobre el tema que devoré llena de entusiasmo. Eran libros viejos y estaban muy ajados; me preguntaba si Emma se habría enzarzado a leerlos con la misma pasión con la que lo hice yo. Era precisamente «pasión» la palabra que mejor describía el contenido de aquellas lecturas. No trataban de otra cosa. Mujeres hermosas, hombres fuertes. Y lo que hacían juntos conseguía que me sonrojara. No había nada que deseara con más ganas que hacerme mayor con rapidez y vivir todas aquellas cosas que acababa de descubrir en esos libros. Fue inevitable que acabara viendo al hombre que tenía a mi lado, Chad Beckett, como el fuerte y atractivo héroe de mi propia historia.

Lo admiraba profundamente. Creo que incluso me enamoré de él. Por desgracia, él no veía en mí más que a una mocosa poco interesante de la que su madre se había librado y que él esperaba que se esfumara pronto. Me trataba casi del mismo modo que solía hacerlo su padre.

La única persona masculina a la que siempre tenía cerca, dondequiera que fuera, era Brian. «Dondequiera que fuera» significa «siempre que no conseguía librarme de él». Con el tiempo llegué a desarrollar métodos bastante refinados para conseguir poner los pies en polvorosa. Entonces él erraba como una oveja perdida, según me contaba luego Emma en un tono de ligero reproche.

Yo, para defenderme, le confesaba que Brian me sacaba de quicio.

—Es mucho más pequeño que yo —le decía—. ¡Y no sabe leer! ¿Qué quieres que haga con él?

Era cierto, ni siquiera hablaba. Emma siempre me preguntaba si había hablado alguna vez antes de que llegáramos a la granja. Pensaba que yo tenía que saberlo solo porque habíamos vivido en el mismo barrio.

En realidad, por más que me esforzaba no conseguía recordarlo. ¿Quién se había fijado en el pequeño Brian? Lo único que podía decir a Emma era que siempre lo había visto por la calle y que todos los niños de los Somerville se caracterizaban por tener pocas luces, una expresión que hacía enfurecer a Emma. De hecho, la primera vez que la vi montar en cólera fue por eso.

—¿Cómo puedes decir algo así? —gritó—. ¿Cómo criticas a unos niños que ya no pueden defenderse? ¿Cómo puede juzgarse a alguien de ese modo, tan a la ligera?

Yo no quería excitarla más, pero me habría gustado hacerle ver que, al menos en el caso de Brian, la expresión era adecuada. ¿Un niño de ocho años, tal vez incluso nueve, porque al fin y al cabo nadie sabía cuándo había nacido, que no hablaba? No era normal. Los niños de mi escuela también lo habían dicho cuando Emma vino un día en bicicleta para traerme el desayuno que me había olvidado. Brian iba sentado en el portabultos. Ya era la hora del recreo cuando él, emitiendo unos ruidos indefinibles, saltó de la bicicleta y acudió hacia mí corriendo, radiante de alegría. Balbuceó algo que nadie acertó a comprender.

—A tu hermano le falta un hervor —me dijo la delegada de clase más tarde.

—¡No es mi hermano! —chillé, y a juzgar por la manera como retrocedió, debí de lanzarle una mirada realmente airada.

—Vale, de acuerdo —replicó ella para suavizar las cosas como si se dirigiera a un perro rabioso.

Para mí lo más importante era que nadie creyera que aquel imbécil y yo éramos parientes. Así es como solía llamarlo en la intimidad, cuando nadie me oía: «pequeño imbécil». En cualquier caso, por nada del mundo se me habría ocurrido decirlo en voz alta en presencia de Emma.

Todo esto suena muy frío, muy duro. Y tal vez pueda atribuírseme eso: lo cierto es que no fui jamás especialmente amable con aquel chiquillo trastornado. Pero hay que tener en cuenta la situación en la que me encontraba durante los dos primeros años de la década de 1940: era una niña ávida de aventuras y, a la vez, era una chiquilla que leía novelas románticas y se había enamorado de un joven de quince años. De la noche a la mañana había perdido el entorno en el que tanto confiaba, Londres, y había ido a parar a una granja de ganado lanar de Yorkshire. Mi padre estaba muerto y mi madre demasiado lejos. Había estado refugiada en el sótano de mi casa cuando una bomba alemana había acertado de lleno en ella y la había derribado sobre nuestras cabezas. Hoy en día me doy cuenta de lo mucho que tuve que aguantar.

Aunque por aquel entonces no lo tenía tan claro. Solo me daba cuenta de lo mucho que me agobiaba el apego y el afecto que Brian me demostraba continuamente. De lo harta hasta la saciedad que estaba de él. De lo mucho que pesaba en mí la presencia constante de aquel mocoso mudo y traumatizado. Yo me rebelaba contra aquella situación con bastante ira. Tal vez no fuera una reacción tan anormal, si tenemos en cuenta mi edad por aquel entonces.

Sin embargo, seguro que habría sido normal si Emma hubiera llevado a Brian a la consulta de un médico. Era evidente que el pequeño necesitaba ayuda, ya fuera médica o psicológica. Y probablemente también Emma era consciente de ello. Nunca tuve la oportunidad de hablarlo con ella, pero creo que lo que Emma temía era abrir la caja de los truenos si en algún momento llegaba a presentarse en unas dependencias oficiales con el chico. No había vuelto a recibir noticias de Londres. Sin duda Brian se había perdido en algún lugar de la cadena, entre la enfermera que había anotado su nombre en aquella oscura tarde de noviembre tras nuestra llegada a Staintondale y las autoridades que tenían que hacerse cargo de él en Londres. Emma estaba convencida de que si lo trasladaban a un orfanato acabaría muriendo, por lo que la alegraba que, al parecer, nadie se acordara de él. Por eso hacía todo lo posible para que siguiera siendo invisible. No lo llevaba nunca al médico y no le pesaba en la conciencia en absoluto el hecho de no haberlo mandado a la escuela. Porque al ver a Brian te dabas cuenta enseguida de que habría sido incapaz de seguir el ritmo de los niños de su misma edad. Ni siquiera el ritmo de otros niños más pequeños.

Puesto que toda esa historia sacaba de quicio a Arvid, el marido de

Emma, y que a este le tenía sin cuidado el bienestar de Brian, dejó que su esposa hiciera lo que quisiera con él, sin entrometerse. Chad decidió quedarse al margen del asunto. A su edad, tenía un montón de cosas más de las que preocuparse. Por otra parte, yo solo tenía ojos para Chad, y Brian solo me interesaba en la medida de que me pasaba el día tramando lo que fuera necesario para deshacerme de él.

Con la única excepción de Emma, para el resto del mundo se había convertido en una especie de «nadie». Así es como pasó a llamarlo Chad poco después: *Nobody*.

Nadie.

5

En febrero de 1941 mamá vino a visitarme a Staintondale. Ya había pretendido venir anteriormente, en Navidad de hecho, pero la familia para la que trabajaba limpiando y haciendo todo tipo de tareas domésticas la requirió y ella no quiso renunciar a aquel dinero extra. A mí no me había parecido mal del todo. La fiesta de Navidad en la granja de los Beckett estuvo muy bien, incluso nevó un poco. Durante las semanas anteriores me había aplicado con diligencia a ayudar en las tareas de la granja o de la casa siempre que había podido, con lo que había reunido algo de dinero. Con él le compré a Chad un cuchillo de excursionista porque sabía que soñaba con tenerlo desde hacía tiempo. Cuando lo desenvolvió se le iluminaron los ojos, y cuando me dio las gracias, noté algo distinto en la expresión de su rostro mientras me miraba. Fue como si ya no me viera como a esa chiquilla tonta de Londres que lo ponía de los nervios, sino como a esa persona cada vez más seria en la que estaba en camino de convertirme. Esa mirada y su sonrisa fueron para mí lo más bonito de aquellas Navidades. Y también lo fue el libro que él me regaló: *Mujercitas*, de Louisa May Alcott.

—Ya que te gusta tanto leer —me dijo, algo cortado.

Me habría encantado abrazarlo, pero por aquel entonces no nos teníamos tanta confianza. Me limité a agarrar el libro muy fuerte contra mi pecho.

—Gracias —le dije en voz baja, y me juré a mí misma que jamás me desprendería de aquel libro. Y así ha sido. Todavía lo conservo.

Durante la Navidad fuimos a la iglesia, cantamos y comimos bien. Recibí también la larga carta en la que mi madre, consciente de su culpabilidad, me explicaba que no podría acudir y se justificaba aludiendo que la requerían en la casa en la que trabajaba. Puede parecer una paradoja, pero lo que consiguió con ello fue pasarme a mí su sentimiento de culpa. Al parecer, mamá creía que la echaba muchísimo de menos y sin duda eso habría sido lo más normal. Por mi parte, yo me preguntaba por qué prácticamente no sentía ningún tipo de añoranza y en cambio me había acostumbrado tan bien a vivir en la granja de los Beckett al cabo de pocas semanas. Hoy en día creo saber la respuesta a esa pregunta. No se trataba de que me hubiera enamorado de Chad Beckett. Ni tampoco de que con anterioridad hubiéramos reñido a menudo con mi madre y me pareciera más fácil entenderme con Emma, que tenía un carácter más amable. Creo que lo que sucedió en realidad es que allí, en la costa este de Yorkshire, encontré mi verdadero hogar. No soy una urbanita. A pesar de haber nacido en Londres y de haber pasado en la capital mis primeros once años de vida, no consideraba que mi patria fueran aquellas calles tan llenas de gente, con aquellos edificios tan altos. En cambio, rodeada de las praderas de Yorkshire, que se extendían interminablemente por las colinas, rodeada de esos pueblecitos idílicos, del encuentro entre el cielo y la tierra en un horizonte lejano, de la proximidad del mar, de los animales y del aire puro, me sentía como en casa. Estaba en el lugar al que pertenecía. A pesar de que entonces ni siquiera era consciente de ello.

En cualquier caso, mi madre pudo constatar que yo estaba bien cuando por fin vino a visitarme durante un fin de semana a mediados de febrero. Yorkshire no ofrecía entonces su mejor cara, pero ¿qué paisaje luce en febrero? El tiempo era frío, gris, sumido en una llovizna constante. El patio estaba embarrado y la cima de la loma que había detrás de la granja quedaba oculta tras las densas nubes bajas. A mí me habría gustado poder enseñarle a mamá el puente, el barranco, la arena, pero ella se negó a seguirme porque no quería salir a pasear.

—Hace demasiado frío —dijo mientras se frotaba los brazos, tiritando a pesar de que estaba sentada muy cerca de la chimenea, en el salón—. Y hay demasiada humedad. No me hagas trepar por las rocas. Lo siento, cariño. Al final, seguro que me acabaría rompiendo un tobillo.

Tuve la impresión de que la granja de los Beckett no le gustaba especialmente, que ella no habría aguantado allí ni media semana, pero era evidente que eso seguía siendo mejor que las bombas de Londres.

—Los alemanes continúan lanzando ataques aéreos —explicó—, aunque tampoco es tan terrible como al principio. De todos modos, estoy contenta de que te encuentres aquí. Segura. Desde que viniste, mucha más gente ha mandado a sus hijos al campo.

Ella seguía viviendo en casa de tía Edith y, según me contó, era horrible.

—Es que hay demasiada gente y muy poco espacio. Y ya conoces a Edith. Lo demuestra enseguida, cuando alguien la pone de los nervios. A mí me trata como a una mendiga. Pero ¡sigo siendo la esposa de su difunto hermano! ¡No soy una cualquiera!

Su mirada recayó en Brian que, como siempre, iba pegado a mí. Estaba sentado a nuestros pies y empujaba adelante y atrás un pequeño coche de madera que había sido de Chad. Como de costumbre, no jugaba a nada que tuviera un sentido reconocible.

—¿Nos entiende? —preguntó mi madre.

—Creo que no —respondí mientras negaba con la cabeza—, apenas sabe hablar.

Y efectivamente así era. Desde que Brian estaba allí, a principios de enero había intentado por primera vez proferir algo parecido a una palabra. Emma había reaccionado con verdadera euforia, pero a mí me pareció que en realidad había sido un éxito más que limitado. La única palabra que muy a mi pesar conseguía articular con bastante claridad era «Fiona». Además, sabía pronunciar algo que sonaba parecido a «¡ven!» y «bebé». Emma especulaba sobre lo que quería decir con esta última. Chad y yo estábamos seguros de que en realidad intentaba decir Nobody, el nombre con el que nos dirigíamos a él cuando estábamos a solas. Sin embargo, nos cuidamos mucho de decirlo, porque teníamos muy claro que Emma se habría enfurecido bastante.

Después de asegurarse de que Brian no chismorrearía sobre lo que pudiera decir, mamá por fin nos contó el que seguramente era el verdadero motivo por el que había emprendido aquel viaje hacia el norte.

—Es posible que no siga viviendo más tiempo en casa de tía Edith —dijo.

—¿Van a reconstruir nuestra casa? —pregunté.

—No. Eso todavía tardará un tiempo. Quitan los escombros de las calles, pero no vale la pena empezar con las reconstrucciones mientras los alemanes sigan atacándonos.

—Entonces ¿dónde vas a vivir?

Se anduvo con bastantes rodeos, hasta que al cabo desembuchó, en voz baja y con precipitación.

—He conocido a alguien...

Tardé todavía un poco en entenderlo.

—¿Sí?

—Se llama Harold Kane. Trabaja... en el astillero de Londres. ¡Como capataz!

—¿Un hombre? —pregunté, incrédula.

—Sí, naturalmente que es un hombre —replicó mamá algo molesta—. ¿Qué quieres que sea, si no?

Fue como si me hubieran dado un golpe en la cabeza. No hacía ni cuatro meses que me había separado de ella y mi madre ya había salido a cazar hombres. Al fin y al cabo, yo ya era lo suficientemente mayor para poder sumar dos más dos. Si me contaba que había conocido a un hombre justo después de decirme que no seguiría viviendo en casa de tía Edith, eso significaba que se había enamorado de ese tal Harold Kane y que en breve se trasladaría a vivir con él. ¿Cómo podían ir tan rápidas las cosas? Papá había muerto, Inglaterra estaba en guerra, Hitler se preparaba para conquistar el mundo, a mí habían tenido que evacuarme, y entre todo eso mi madre no tenía nada mejor que hacer que buscarse otro hombre. Me pareció penoso, casi diría que incluso un poco indigno.

Además, me di cuenta de que también le tenía algo de envidia. Todavía no había confesado a Chad que estaba enamorada de él, por lo que nuestra relación no había avanzado. Mamá, en cambio, en un santiamén había atrapado a un tipo que probablemente estaba dispuesto a casarse con ella. Me tocaba a mí. Era yo, la joven. Mamá, que con treinta y dos años me parecía en ese tiempo más vieja que Matusalén, ya había vivido la parte más importante de su vida.

—¿Cómo es que sigue trabajando en el astillero? —pregunté con un retintín mordaz en la voz—. ¿Por qué no está luchando en el frente?

Mamá suspiró. Había captado la provocación y presentía ya las dificultades a las que tendría que enfrentarse.

—Está exento —explicó— porque desempeña un trabajo importante para la guerra.

Me habría gustado murmurar algo como «cobardica», pero ni siquiera consideré la posibilidad de hacerlo. Tuve el presentimiento de que mamá había reaccionado airadamente. Además, con toda probabilidad no era justo. Arvid Beckett también estaba exento porque tenía que encargarse de la granja, y jamás se me habría ocurrido la posibilidad de condenarlo por ello. No habría tenido nada en contra de la posibilidad de que ningún hombre fuera obligado a ir al frente. Con Emma compartía mi honda preocupación de que Chad tuviera que alistarse si la guerra no acababa pronto. Sin duda mamá habría tenido el mismo temor respecto a su Harold y estaría contenta de que él siguiera en Londres.

—Bueno, entonces supongo que ahora ya no cuento para nada en tu vida, ¿no? —le espeté con voz sombría.

Mamá, como es lógico, reaccionó protestando enérgicamente.

—¡Eres mi hija! —gritó mientras me abrazaba—. ¡No ha cambiado nada entre nosotras!

Estoy segura de que lo pensaba de veras. Pero a pesar de mi manifiesta falta de experiencia, mi instinto me decía que algo cambiaría, seguro. Siempre que llegaba un nuevo miembro a una familia cambiaba algo. Y ¿quién sabía cómo se comportaría ese tal Harold conmigo? No podía imaginar que le entusiasmara en absoluto la idea de que su novia aportara una hija de doce años a la relación.

A la mañana siguiente, cuando acompañé a mamá por el largo camino que llevaba hasta la carretera principal, por donde pasaba una vez al día el autobús hacia Scarborough, deseé fervientemente que mi estancia en la granja de los Beckett se dilatara tanto como fuera posible, quería quedarme mucho más tiempo. No sentía ninguna necesidad en absoluto de volver a Londres. La paradoja estaba en que la duración de mi estancia en Yorkshire dependía de lo que durara la guerra, y nadie en su sano juicio podía esperar que la guerra durara mucho más. Más todavía si tenemos en cuenta que Chad cumplía dieciséis años en abril y la situación empezaría a ser algo crítica para él.

Al borde de la carretera, mientras decía adiós a mi madre, que se marchaba hacia la estación, llegaron las lágrimas. Tuve la sensación de que mi vida era confusa y difícil. De repente parecía mucho más tenebrosa e inquietante. Sentía que no tenía a nadie en el mundo en quien pudiera confiar realmente. Como mínimo, sabía que en mi madre seguro que no.

Y durante el verano siguiente llegó el momento. Pocos días después de mi duodécimo cumpleaños, a principios de agosto, recibí un telegrama de mamá en el que me contaba que Harold y ella se habían casado.

6

Fue un día caluroso, seco, con un cielo azul cristalino, uno de esos típicos días de agosto. Las manzanas maduraban en los árboles. En el viento se mezclaba el aroma del mar con el de la hierba recién segada. El día lo tenía todo. Vacaciones. Libertad. Podría habérmelo pasado entero tendida bajo un árbol leyendo, soñando, siguiendo con la mirada las nubes que pasaban lentamente por encima de mí.

En lugar de eso, me senté en una roca de la playa, ensimismada. En una mano tenía el telegrama que me comunicaba con escasas palabras que desde hacía un día ya tenía padrastro. ¡Padrastro! Yo sabía lo que era una madrastra por los cuentos. Un padrastro no podía ser mucho mejor.

Me desahogué llorando desconsoladamente.

De algún modo sabía que acabaría sucediendo, pero para mi sorpresa mi reacción fue la de una impresión fortísima. Me sentía traicionada, arrollada. Mamá tendría que haber hablado conmigo primero, en lugar de contarme los hechos consumados por telegrama. Tendría que haberme presentado a Harold, para saber si también se llevaba bien conmigo, si era amable o si nos entendíamos. ¿Qué pasaría, si me odiaba a primera vista, o yo a él? ¿Y si le daba por incordiarme, por hacerme la vida imposible, por chillarme? Entonces ¿qué? ¿Se divorciaría? Tal vez a mi madre le daba igual. Tal vez se le caía tanto la baba con su nueva conquista que ya no se preocupaba por si su hija estaba bien o no.

Y con el término «hija» me sobrevino otra idea terrible: ¿qué sucedería si mamá y Harold tenían hijos en común? Probablemente mamá aún no era demasiado vieja para ello, de lo contrario lo más probable era que Harold no hubiera querido casarse con ella. Entonces sí que me dejarían completamente al margen. Mamá solo se preocuparía por los berreos de su bebé, Harold adoraría a su retoño y yo no sería más que un estorbo para ellos. Al final me meterían en un orfanato junto con Brian. No tenía ninguna duda de que Harold intentaría persuadir a mamá hasta conseguirlo.

Estaba tan absorta en mis sombrías cavilaciones y tan ocupada llorando y lamentándome por mi destino que tardé en darme cuenta de que alguien se me acercaba. De repente vi por el rabillo del ojo que algo se movía a mi lado y me volví a mirarlo, sobresaltada.

Era Chad. Estaba a un par de pasos de mí y no parecía en absoluto contento de verme.

—¿Qué haces aquí? —dijo algo estirado—. Creí que aquí podría estar solo.

—Vengo a menudo —repliqué.

Afortunadamente, no parecía enfadado.

—Ya veo. Es un buen lugar para venir a llorar, ¿verdad?

Busqué mi pañuelo y me soné la nariz, aunque sabía mejor que él que tenía los ojos hinchados y enrojecidos, la cara congestionada y que probablemente estaba más fea que nunca.

—Mi madre se casa de nuevo —le dije mientras le mostraba el telegrama que acababa de recibir.

—Ya veo —volvió a decir Chad. Entonces miró receloso a su alrededor—. ¿No hay nadie más por aquí?

¡Se había dado cuenta de que me faltaba algo!

—Me he librado de él. No te preocupes, no se atreverá a venir solo hasta aquí.

Chad dio un par de pasos titubeantes hacia mí. Sin duda habría preferido estar solo, pero por algún motivo se abstuvo de echarme de allí como si fuera una mosca inoportuna. Porque eso es lo que habría hecho al principio. Pero entonces yo ya tenía doce años. A una chica de doce años ya no la podía tratar con tanta descortesía y condescendencia. Al darme cuenta de ello empecé a sentirme algo mejor.

—¿Es muy asqueroso el tipo ese? —preguntó Chad mientras señalaba el telegrama.

Trague saliva para no echarme a llorar de nuevo.

—No lo conozco de nada —tuve que admitir—, mamá lo conoció

cuando yo ya estaba aquí con vosotros. Y desde entonces no he vuelto a Londres.

—Debería haber venido con él cuando te visitó, si ya lo sabía entonces.

—No tenía tiempo. Su trabajo es importante para la guerra —expliqué, pensando que, al menos, había algo de lo que podía sentirme un poco orgullosa respecto a Harold.

Al parecer, Chad no consideraba que trabajar en algo importante para la guerra fuera ningún mérito, porque hinchó las mejillas y soltó un resoplido de desdén.

—¡Igual que mi padre! ¡Con la maldita granja! ¡Un trabajo importante para la guerra! ¡En una guerra solo hay un lugar para un hombre, y es el frente!

Un escalofrío me recorrió la espalda al oír esas palabras, pero al mismo tiempo quedé bastante impresionada. ¡Lo dijo con tanta valentía, con tanta decisión...! Chad había terminado la escuela ese verano y tenía que empezar a ayudar todavía más a su padre con el trabajo de la granja, una actividad que no le gustaba en especial y por la que siempre estaba discutiendo con Arvid. Cuatro semanas antes, yo había escuchado a escondidas una conversación entre Arvid y Emma. A Emma le habría gustado que Chad hubiera ido a la escuela superior y, más adelante, incluso a la universidad.

—¡Puede conseguirlo! —había repetido encarecidamente—. Su profesor opina lo mismo. Saca buenas notas.

Arvid, no obstante, no estaba dispuesto a aceptar.

—¡La escuela superior! ¡La universidad! Pero ¿para qué? El chico heredará la granja, y para llevarla no necesita estudiar el bachillerato. Lo que tiene que hacer es acostumbrarse al trabajo, y algún día será él quien se encargue de todo esto. Puede sentirse afortunado. ¿Quién puede decir que ha conseguido una propiedad como esta prácticamente como si le hubiera caído del cielo?

En efecto, en ese momento tuve la impresión de que Chad no tenía muchos números de ir a la escuela secundaria. Su destino era otro, por lo que la situación me pareció inquietante.

—Ya he hablado con mis padres —dijo Chad. Tenía las mejillas rojas y lo más probable era que no fuera a causa del trecho que había tenido que recorrer por el barranco—. ¡Tengo dieciséis años, podría alistarme si papá me lo permitiera! ¡No entiendo por qué se niega! —Dicho esto se sentó en la roca junto a mí, cogió un par de guijarros del suelo y los arrojó rabioso al mar.

—¿Alistarte? ¿Quieres decir...?

—Para luchar en el frente, por supuesto. Me gustaría combatir. ¡Igual que los otros!

—No es que haya muchos chicos de dieciséis años movilizados —le dije.

—Pero algunos sí —insistió él, y se puso a lanzar piedras de nuevo. Creo que jamás lo había visto tan furioso.

—Tu padre te necesita aquí, en la granja.

—Mi país me necesita todavía más, en el frente. ¡Hay gente muriendo por Inglaterra! Y mientras tanto yo me quedaré aquí esquilando ovejas. ¿Te imaginas lo que eso significa para mí?

Se volvió para mirarme. En sus ojos me pareció ver que no solo estaba furioso. También estaba triste. Casi desesperado.

A buen seguro en ese momento no sentía algo tan distinto de lo que sentía yo.

—¿Sabes realmente qué tipo de persona es Hitler? —preguntó.

Yo no tenía más que una idea aproximada.

—No muy bueno...

—Es un loco —afirmó Chad—, un demente. Quiere conquistar el mundo entero. Es capaz de atacar cualquier país. Ahora incluso la ha tomado con Rusia. ¡Eso solo se le puede ocurrir a un enajenado!

—Pero seguro que no conseguirá conquistar Rusia —dije yo, tímidamente.

Yo sabía que Hitler había atacado Rusia ese verano, pero apenas había pensado en ello. Tan solo esperaba que Chad no me considerara una estúpida.

—Imagina que los alemanes invadieran Inglaterra —dijo Chad—, no que se limitaran a lanzarnos un par de bombas, que ya es en sí algo terrible. Imagina que de repente los tuviéramos aquí. ¡Que de repente tuviéramos a los alemanes aquí!

A pesar de que yo no creía que una ocupación alemana pudiera empeorar mi situación en ese momento y de que ni siquiera Hitler me parecía una figura tan terrorífica como el fantasma de Harold Kane, no podía admitirlo, claro.

—Eso sería malo —me limité a decir dócilmente.

—Sería una catástrofe —dijo Chad con énfasis antes de sumirse en un silencio sombrío—. Principalmente es mamá quien lo impide —dijo él un rato después—, creo que a papá podría hacerle cambiar de opinión. ¡Pero ella se pondría histérica si le sugiriera que me gustaría ir a la guerra!

—Se preocupa por ti.

—¡Que se preocupa por mí! Soy casi un adulto. Ya va siendo hora de que deje de preocuparse tanto por mí. Puede guardarse todos los abrazos, los besos y las atenciones para Nobody. Yo ya no los necesito. Debo seguir mi propio camino. ¡Debo seguir mis propias convicciones!

A mí me pareció que lo que decía sonaba muy bien. Como siempre, me impresionó enormemente. Sin embargo, yo tampoco quería que fuera a la guerra. Por supuesto que no, de ninguna manera, aunque me guardé muy mucho de decirlo. Quería que viera en mí a una aliada, no a una versión más joven de su preocupada madre.

—A veces —dije yo— la vida no va como más nos gustaría.

No es que pretendiera decir nada especialmente profundo con ello, tan solo me pareció que era la pura verdad.

Chad me miró.

—Pero uno no puede resignarse ante eso —replicó él.

—A veces sí —dije mientras agitaba el telegrama que tenía en la mano.

—A veces uno está completamente desamparado.

Chad no apartaba la vista de mí. De algún modo había cambiado. Me miraba de una manera distinta... Me... sí, me contemplaba como si me estuviera viendo por primera vez.

—Tienes unos ojos muy bonitos —dijo él, y con ese comentario sonó casi sorprendido—. De verdad, son especiales. Tienen motitas doradas.

Tengo los ojos verdes con un toque de marrón en la parte de dentro. Marrón, no dorado.

Tal vez la luz había variado la tonalidad, o tal vez Chad vio lo que quería ver, no lo sé. En cualquier caso, para mí fue como si el mundo entero se hubiera parado de golpe, como si las olas se hubieran detenido, como si las gaviotas se hubieran callado de repente, como si hubiera desaparecido súbitamente la suave brisa veraniega.Noté que tenía la boca seca y tuve que tragar saliva. En un momento, el telegrama y la noticia tan impactante que me comunicaba me traían sin cuidado.

—Yo... —balbuceé finalmente, aunque en realidad no tenía ni la más mínima idea de cómo continuar—. Gracias —conseguí decir, y pensé que en el fondo no tenía ni idea de la vida. ¿Qué se decía en momentos como esos? «Gracias», esa respuesta era de colegiala, pero es que por más que lo deseara no se me ocurrió nada mejor.

Creerá que soy idiota, pensé con abatimiento, y ese momento especial en el que el mundo entero había contenido el aliento desapareció tan rápido como había llegado. Solo era una chica que había perdido el habla porque un muchacho le había dicho algo bonito.

Pero él siguió mirándome con aquella expresión nueva. Había algo en su mirada que me transmitió esperanzas de que quizá Chad había dejado de verme como una simple colegiala.

Alargó la mano hacia el telegrama.

—Déjamelo —dijo.

Con un par de dobleces rápidos, convirtió el papel en un avión y se puso de pie.

—Ven —me dijo—. ¡Vamos a mandarlo bien lejos!

Yo también me puse de pie. Chad se fijó en la dirección del viento y lanzó el avión hacia arriba, de manera que las térmicas lo atraparan y se lo llevaran. Voló un buen trecho antes de caer en el mar. Durante un rato estuvimos observando cómo se balanceaba sobre las suaves olas hasta que al final desapareció de nuestra vista.

—Ya está —dijo Chad—, no pienses más en ello.

No pude evitar sonreír. Así de simple. Mi madre de repente estaba muy lejos. Y Harold Kane, lo mismo. Mi futuro y las preguntas acerca de cómo sería dejaron de interesarme súbitamente. En realidad solo existía el presente, la playa, el mar, el cielo. Y Chad, que en ese momento me tomó de la mano con toda naturalidad.

—Ven —volvió a decir—. Regresemos a casa.

Recuerdo que durante el camino de vuelta pensé que aquella sería la hora más feliz de mi vida. Que nunca volvería a ser más feliz, que la vida jamás sería tan perfecta otra vez. Incluso hoy en día, más de medio siglo después, me doy cuenta de lo especial que fue esa tarde. Quizá existan en todas las vidas esos momentos en los que nos sentimos hechizados, momentos a los que siempre queremos regresar con el recuerdo, sin importarnos lo lejanos que se encuentren en el tiempo, sin importarnos cómo ha acabado siendo nuestra vida. Creo que lo más importante de esa tarde fue el hecho de que aquello había sido prácticamente una declaración de amor. Así fue como interpreté yo el comentario de Chad acerca de mis ojos y, de hecho, en lo sucesivo quedaría demostrado que al final se correspondía con los sentimientos que durante tanto tiempo yo había albergado en silencio. Mucho después, sin embargo, sé que fue más que eso, mucho más que un encuentro romántico entre un joven y una chiquilla en la playa. Aunque por aquel entonces yo no podía saberlo, fue uno de los pocos momentos intensos que compartiríamos Chad Beckett y yo de un modo inocente. Literalmente. Aún no sabíamos lo que era el sentimiento de culpa.

Aquello cambiaría, acabaríamos sabiendo lo que era y, en la actualidad, estoy segura de que nuestra historia de amor terminó por fracasar precisamente por ese motivo.

Por nuestra culpa.

Martes, 14 de octubre

1

Leslie se despertó porque oyó sonar el despertador, y aún necesitó un par de segundos para darse cuenta de que no podía ser, de que no estaba en su piso de Londres sino en Scarborough y de que allí no tenía despertador. Debía de haber soñado algo, o se lo había imaginado. Especialmente porque todo estaba en silencio.

Se incorporó en la cama para ver que fuera el día ya despuntaba y que tras la ventana había una espesa niebla. Los profetas del tiempo no se habían equivocado: había empezado el otoño.

Le habría gustado volver a hundir la cabeza en la almohada, pero entonces aquel timbre sonó de nuevo y concluyó que en realidad alguien debía de estar llamando a la puerta de abajo. Buscó a tientas el reloj. Eran casi las nueve. No solía dormir hasta tan tarde. Con un leve sentimiento de culpa pensó en el whisky que había comprado el día anterior y que había estado bebiendo por la noche en el salón de Fiona. Probablemente había sido porque se había ido a la cama borracha por completo por lo que había dormido tanto.

Se hizo el propósito de no beber más que té a la noche siguiente, aunque un segundo después tuvo el amargo presentimiento de que no conseguiría cumplirlo.

Se levantó y anduvo a tientas por el piso. Al pasar junto al salón, por la puerta abierta vio sobre la mesa el montón de papeles que Colin le había dado y que se había pasado buena parte de la noche leyendo. *El otro chico.doc.* Junto a los papeles vio el vaso y la botella de whisky. La lámpara de pie seguía encendida, había olvidado apagarla.

Presionó el botón para abrir la puerta de la calle y un minuto más tarde subía Stephen por la escalera. Se lo veía trasnochado, llevaba una bolsa de viaje en la mano y vestía zapatillas de deporte.

—¿Te he despertado? —preguntó.

Leslie se quedó absolutamente perpleja.

—Sí. No. Bueno, en realidad sí, pero no importa. —Dio un paso atrás—. ¿Quieres entrar?

Stephen cruzó el umbral y se sacudió un poco como un perro mojado.

Llevaba puesto un anorak que brillaba debido a la humedad.

—Hacía mucho tiempo que no venía por aquí y he aparcado demasiado lejos —dijo a modo de disculpa—. Abajo, en el balneario. He tenido que subir por el parque... ¡Dios, menudas cuestas hay por aquí! ¡Y encima no se ve tres en un burro!

Leslie seguía intentando despertarse del todo.

—¿De dónde vienes?

—De Londres. He salido pronto, a eso de las cuatro.

—Y eso ¿por qué?

—Tenía vacaciones pendientes —dijo mientras se quitaba el anorak mojado—. Y he pensado...

—¿Qué?

—He pensado que tal vez me necesitarías. Bueno, me imagino que debes de sentirte fatal...

Leslie cruzó los brazos frente al pecho en un gesto de rechazo.

—Ya te dije que no quería que vinieras.

—Y no obstante —replicó Stephen—, me llamaste por teléfono.

—Lo siento. Fue un error.

Parecía dolido.

—Leslie, tal vez podrías...

—¡No podría nada! —gruñó ella.

No quería mostrarse débil. No quería que se le notara que estaba sensible. Piensa en lo que te hizo, se dijo. El daño que te hizo cuando te contó su desliz. Cómo te sentiste después. El miedo que tenías a que lo hiciera de nuevo. La desconfianza de si todo había quedado en una noche. Miedo y desconfianza. Leslie se había liberado, había sido como si finalmente hubiera encontrado las fuerzas necesarias para poner el punto final a su relación.

Stephen continuó sin hacer caso a la objeción.

—¿Podrías pensar al menos que hemos estado quince años juntos, diez de ellos casados? ¿Que tu abuela también ha sido parte de mi familia? Para mí también supone una pérdida. Tengo derecho a llorar su muerte. Y a saber qué ha sucedido.

—De acuerdo. Respecto a este último punto: lo que ha pasado aún no lo sabe nadie. Si has venido por eso, siento decirte que te vas a llevar una decepción. No se sabe nada nuevo. Y respecto al primer punto: sí, tienes derecho a llorar su muerte. Pero hazlo solo, por favor. Sin mí.

Se quedaron uno frente al otro. Leslie reparó en que estaba respirando de forma rápida y agitada. Intentó tranquilizarse.

¡No dejes que te haga enfadar!, se dijo.

Stephen la miró, pensativo. Luego cogió el anorak, que había dejado sobre el respaldo de una silla.

—Ha quedado claro. Veré si encuentro algún lugar para desayunar y...

Avergonzada de repente, Leslie se apartó el pelo de la cara con un gesto turbado.

—Puedes desayunar aquí, de acuerdo. Lo siento si te he...

Stephen sonrió con alivio. Leslie se encerró en el baño y pudo oír como él entraba en la cocina. Tiempo atrás habían pasado las vacaciones en casa de Fiona varias veces, por lo que Stephen conocía bien el piso. Mientras contemplaba el reflejo de su rostro hinchado en el espejo, pensó que casi era un alivio no estar sola. Tal vez la muerte de Fiona sería el inicio de otra fase: una nueva en la que Leslie podría dejar de sentirse herida y de mostrarse hostil. Al final, sería posible mantener una relación amistosa con Stephen.

Se duchó, se secó el pelo y finalmente entró en el salón vestida con unos vaqueros y una sudadera. Olía a café. Stephen había puesto la mesa que estaba junto a la ventana, pero el resultado era más bien desolador. Un trozo grande de queso cheddar en un plato en el centro de la mesa y un cuenco al lado, repleto de galletas saladas. Stephen, que estaba contemplando la densa niebla a través de la ventana, se volvió hacia ella.

—¿De qué vives? —preguntó—. La nevera está vacía. ¡Lo único abundante que he encontrado en esta cocina han sido café y cigarrillos!

—Exacto. Ya tienes la respuesta a tu pregunta —dijo Leslie—. Café y cigarrillos. A base de eso vivo.

—No es que sea muy sano.

—Yo también soy médico. —Se sentó, se sirvió una taza de café y tomó el primer sorbo con fruición—. ¡Esto sí que sienta bien! Poco a poco voy volviendo a la vida.

Durante el desayuno, si es que aquello tan lamentable podía llamarse de ese modo, Leslie puso al día a Stephen. Le contó que, según le había comunicado la policía, las indagaciones habían llegado a un punto muerto. Le habló también acerca de la funesta noche de la fiesta de compromiso, acerca de Colin y de Jennifer Brankley, los huéspedes que pasaban las vacaciones en la granja, de la discusión que mantuvieron Dave Tanner y Fiona. Y acerca de la fatal decisión de Fiona de volver a pie de noche.

—En algún lugar de esa carretera solitaria —dijo ella—, debió de toparse con su asesino.

—Ese Dave Tanner probablemente es el principal sospechoso —dijo Stephen—. Pudo quedarse cerca de la granja. Tal como lo explicas, ese tipo debió de salir con ganas de matar a alguien.

El uso de aquella expresión había sido casual, pero Leslie no lo pasó por alto.

—Matar a alguien. Por algún motivo, no me encaja en absoluto. Estaba furioso, sí. Pero tanto como para asesinarla... No consigo imaginarlo.

—¿Qué clase de persona es?

—Impenetrable. Pero no tanto para considerarlo capaz de cometer un crimen. Creo que es más bien como Fiona había supuesto. Parece probable que esté jugando de forma desleal con Gwen. Es atractivo, de ese tipo de hombres que tienen jovencitas a puñados. Y vive con lo mínimo, se limita a ir tirando como puede. Gwen, o mejor dicho, la granja de los Beckett, supone una verdadera oportunidad para él.

—Un hombre que quiera casarse y tener hijos con ella también es una verdadera oportunidad para Gwen —dijo Stephen, pensativo—. Quiero decir, que tal vez no sea la clásica historia de amor, pero de todos modos el enlace podría beneficiarlos a los dos.

—Eso en caso de que él renunciara a la tentación que suponen las jovencitas —dijo Leslie, y se apresuró a rematar el argumento con agudeza—: Y tanto tú como yo sabemos bien lo mucho que os cuesta eso a los hombres a veces.

Stephen parecía dispuesto a replicar algo, pero al final prefirió no hacerlo.

Un rato después, él señaló hacia la mesilla sobre la que estaban las hojas impresas, el vaso y la botella de whisky, una imagen que revelaba con claridad a qué había dedicado Leslie la noche anterior.

—¿Es interesante lo que estás leyendo? —preguntó.

—Es la autobiografía de Fiona. O al menos una parte, al parecer. La escribió para Chad y se la mandó por correo electrónico. En principio solo estaba destinada a él, pero Gwen descifró la contraseña y lo imprimió todo. Me lo ha pasado Colin Brankley y se mostró muy misterioso al respecto, pero hasta el momento no comprendo el motivo. Fiona describe su evacuación de Londres durante la guerra, su vida en la granja de los Beckett. Todo eso ya me lo había contado varias veces. La única novedad es que realmente estuvo enamorada de Chad, pero de todos modos era algo que ya suponía. Eso y que entre ellos hubo algún tipo de relación. Todavía no he pasado de ahí.

Leslie se encogió de hombros.

—Sin duda ya debes de haberte dado cuenta de que anoche ahogué las penas en alcohol. Llegó un momento en que ya no me estaba enterando de lo que leía.

Se detuvo a reflexionar un momento. De repente surgió algo que se había perdido en la espesura de los recuerdos enturbiados por el alcohol, una idea...

—Un sentimiento de culpa —dijo ella—. En algún momento

se insinúa que Chad y ella acarreaban cierto sentimiento de culpa. Pero todavía no he leído nada sobre eso.

—¿Qué tipo de culpa podría ser? ¿Tienes alguna sospecha?

—De hecho, no. Lo único que podía imaginar era que Fiona y Chad hubieran mantenido una relación al margen de sus respectivos matrimonios. Sin embargo... escribe que el amor entre Chad y ella se vio obstaculizado por un sentimiento de culpa. Eso significa que no debía de tener nada que ver con las parejas que tanto mi abuela como Chad tendrían más adelante en sus vidas. —Leslie frunció la frente—. ¿Te he contado alguna vez que Fiona recibía llamadas anónimas desde hace un tiempo?

—No. ¿De qué tipo?

—Silencio. Una respiración. Y nada más. No se lo dijo a nadie, solo a Chad. En la noche de su muerte. Esas llamadas debieron de atormentarla bastante.

—¿Y no le dijo a Chad si sospechaba de alguien?

—No. Al parecer no tenía ni la más remota idea.

Stephen dejó la taza de café sobre la mesa, inclinó la cabeza y miró a Leslie muy serio.

—Leslie, creo que esa historia —dijo mientras señalaba con la barbilla la mesilla con los folios impresos— debería leerla la policía. Podría esconder un indicio decisivo, una información clave.

—Hasta ahora no es más que una biografía. Una autobiografía.

—Escrita motivada por un sentimiento de culpa.

—Pero...

—No le quites importancia. Lo escribió motivada por un sentimiento de culpa, recibía llamadas anónimas y acabó muriendo víctima de un asesinato. Todo lo que de algún modo pueda arrojar algo de luz sobre la vida de Fiona debería poder leerlo la policía, sin reservas.

—Lo que explica es muy personal, Stephen. Incluso yo, que soy su nieta, no me siento cómoda leyéndolo. Hay recuerdos que solo quiso compartir con Chad. Ahora ya los conocen Gwen, Jennifer y Colin, y también yo me enteraré de ellos. Para ser sincera, estoy algo enfadada con Gwen por haber divulgado todo esto. En especial porque se lo pasó a Jennifer y a Colin, que ni siquiera son de la familia; ellos no deberían haber tenido acceso al texto. ¿Qué derecho tenían a saber qué pensaba y qué sentía Fiona cuando era niña, cuando no era más que una chiquilla?

—Probablemente haya cosas con las que Gwen no fue capaz de lidiar sola. Leslie...

Impaciente, ella cogió su cajetilla de cigarrillos y se encendió uno.

—Vale. Muy bien. Yo lo leeré. Y si hay algo ahí que puede ser relevante, informaré a la policía, por supuesto.

—Espero que seas capaz de valorar lo que es relevante —dijo Stephen—. Y, Leslie, ya sabes que no puedes ocultarles nada. Incluso si lees algo que...

—¿Sí?

—Si lees algo que tal vez no deje en buen lugar a tu abuela. Lo importante es que encuentren al asesino. Eso es lo importante en realidad.

—Stephen, lo que aún no sabes es que aquí, en Scarborough, en el mes de julio asesinaron a una joven. De un modo parecido a como asesinaron a Fiona. Aunque también es posible que los dos crímenes no guarden relación y que, simplemente, mi abuela tuviera la mala suerte de toparse con un psicópata que estuviera rondando por aquí para matar a golpes.

—Es posible. Todo es posible.

Leslie se puso de pie. De repente notó que Stephen estaba demasiado cerca. La habitación era demasiado pequeña. Y encima, el café estaba frío.

—¿Sabes? —dijo ella—. Creo que tengo hambre y este desayuno no me apetece en absoluto. ¿Por qué no vamos a la ciudad y vemos si podemos almorzar como es debido? Luego podemos hacer la compra. Podríamos hacer... ¡algo normal!

Leslie miró a Stephen y pudo ver con claridad lo que estaba pensando: que su vida tardaría mucho en recuperar algo parecido a la normalidad.

Que la idea de salir con aquella niebla solo le permitiría guardar las distancias un momento, pero no más.

2

La mañana había tenido cosas buenas y cosas menos buenas para Valerie Almond, pero decidió sentirse optimista y valorarla positivamente.

Con Jennifer Brankley había acertado de lleno. Valerie se sintió orgullosa de su buena memoria. Si bien no había conseguido recordar los detalles exactos, al oír el nombre de Jennifer como mínimo había tenido claro que le sonaba. Lo había consultado en el ordenador y sus sospechas se confirmaron. Brankley se había visto envuelta en un escándalo siete años atrás.

Profesora en una escuela de Leeds. Sumamente popular entre los alumnos, respetada por sus colegas y apreciada por los padres. Jennifer era conocida por su relación directa y continua con los jóvenes a los que daba clase. Su definición de la profesión de maestra no se había limitado a proporcionar conocimientos y a conseguir que los alumnos obtuvieran buenas notas. Se había propuesto ser para ellos una compañera, una confidente, una figura de referencia. Realmente había querido ser todo eso para ellos y, según parecía, lo había conseguido. Jennifer Brankley había sido elegida varias veces como la maestra más querida del curso y en toda la escuela no había nadie que no tuviera una opinión positiva acerca de ella. En cualquier caso, antes de aquella historia.

—Es evidente que ha ido demasiado lejos —opinó un colega que no quiso revelar su nombre en la edición electrónica de un periódico—. Por muy solícita que fuera con los estudiantes, ¡eso no tendría que haberlo hecho!

«Eso» fue la administración de fuertes sedantes a una alumna de diecisiete años y no de forma puntual, sino durante varios meses. La chica había sufrido siempre un miedo atroz a los exámenes y ante la inminencia de los exámenes finales parecía que la cosa iba de mal en peor. Sufría estados de ansiedad y ataques de pánico y, cada vez más desesperada, decidió confiárselo a su profesora, Jennifer Brankley. Jennifer la había ayudado con tranquilizantes justo antes de un examen ante el que la situación se había vuelto especialmente crítica para la alumna, y de esta manera la chica afrontó la prueba sin presión ni agobios. Puesto que los exámenes se prolongaban a lo largo de casi cuatro meses, la entusiasmada jovencita, que bajo el efecto de las pastillas se vio capaz de conseguir unos resultados extraordinarios, ya no quiso renunciar a esa ayuda farmacológica. Según relataban los periódicos, Jennifer Brankley más adelante había declarado que era absolutamente consciente de que eso la situaba en la cuerda floja y de que iba en contra de la ley. Sin embargo, había sido incapaz de negarse ante las insistentes súplicas de su alumna.

La catástrofe se había desatado después de que la chica hubiera contado lo de las pastillas a una amiga y la información acabara llegando a los padres de esta, quienes lo contaron todo de inmediato a los progenitores de la alumna en cuestión. El director de la escuela y la policía acabaron interviniendo, y la prensa se enteró del asunto. De la noche a la mañana, Jennifer Brankley se encontró en el ojo del huracán y, desconcertada, se vio envuelta en una espiral de malicia, desprecio y rabia que le llegaba de todos lados. En particular de los periódicos, incapaces de contenerse ante la posibilidad de sacar jugo a la historia por todos los medios.

Valerie había encontrado los titulares en el archivo, entre ellos: «Una maestra arrastra conscientemente a una de sus alumnas a la drogadicción». Y también: «Dependencia: ¿era ese el objetivo del pérfido juego de la profesora Jennifer B.?». Y no fueron ni mucho menos los peores titulares.

En algún momento también había trascendido que Jennifer Brankley en ocasiones recurría ella misma a las pastillas para superar el día a día, una circunstancia que en condiciones normales no habría interesado a nadie, puesto que el rendimiento en el desempeño de su profesión era excelente, nunca había mostrado signos de desfallecimiento y de ningún modo se había vuelto adicta a fármaco alguno. Sin embargo, una vez envuelta en aquel torbellino de sospechas, de hostilidad y de ansias de sensacionalismo, todo pareció volverse en su contra. Naturalmente, en primer lugar estaba el consumo de fármacos, que había aumentado con rapidez hasta convertirse en una peligrosa adicción a las pastillas, pero sin duda los periodistas no habrían dudado en diseccionar su matrimonio o sus antecedentes en busca de un titular espectacular. Por lo menos en la región de Leeds y en Bradford, los medios de comunicación se habían cebado con Jennifer.

Al final Jennifer Brankley se había visto obligada a apartarse del ejercicio de la profesión y a abandonar la docencia.

Valerie se levantó de su mesa y cogió la chaqueta.

El sargento Reek, que estaba sentado frente a ella en otra mesa, alzó la mirada.

—¿Inspectora?

—Voy a ver a Paula Foster —dijo Valerie—. Aunque no creo que tenga ninguna relación con el asesinato de Fiona Barnes, me gustaría salir de dudas. Y tal vez me acerque también un momento a la granja de los Beckett.

Mientras bajaba hacia el aparcamiento, pensó en las pocas noticias positivas de aquella mañana. Habían llegado los informes con las conclusiones de los forenses y la evaluación de las pruebas encontradas, pero no habían aportado nada que pudiera contribuir al avance de la investigación. Parecía como si Fiona Barnes se hubiera topado con su asesino en la carretera de noche y, huyendo de este u obligada por él, hubiera emprendido el estrecho camino que pasaba por la propiedad de los Trevor. El autor del crimen le había golpeado la cabeza varias veces desde atrás con una piedra grande. Y de un modo especialmente enérgico y brutal. Como ya había supuesto el forense en el lugar de los hechos, Fiona Barnes todavía no había muerto cuando el asesino había abandonado la escena del crimen. En realidad la anciana había muerto a primera hora de la mañana del domingo víctima de una hemorragia, como consecuencia de un traumatismo craneal. El ataque debió de haber tenido lugar entre las once y las once y media de la noche.

Con toda probabilidad, ya con el primer golpe Fiona había perdido el conocimiento, o al menos la capacidad de moverse, porque no había nada que indicara ni la más mínima resistencia ante la agresión. Tampoco se habían encontrado partículas de piel ni cabellos de otra persona bajo las uñas de la víctima.

Sin embargo, el arma del crimen, a pesar de la meticulosa búsqueda que se llevó a cabo por los alrededores del lugar en el que estaba el cadáver, no ha sido encontrada. Había un montón de piedras por esa zona. Eso, reflexionó Valerie, nos lleva a la conclusión de que el autor del crimen no iba armado cuando encontró a su víctima. Seleccionó el arma sobre la marcha. Y luego fue lo suficientemente listo para llevarse la piedra o bien para dejarla lejos del lugar de los hechos. Hay muchos arroyuelos por esa zona, se recordó la inspectora. Si la echó dentro de uno de ellos, sería de lo más improbable que pudiéramos llegar a encontrarla.

Por otra parte, esa circunstancia guarda una clara similitud con el caso de Amy Mills, pensó Valerie mientras subía al coche; el autor de su homicidio tampoco iba armado. Lo que hizo fue utilizar el muro para matar a su víctima. O bien conocía muy bien el lugar o bien simplemente había pensado que en el momento adecuado ya se le ocurriría algo. Tanto en un caso como en el otro, por lo menos a ese respecto parecía que no había existido mucha planificación. Sin embargo, pensó Valerie, es posible que eligiera cuidadosamente el lugar en el que interceptar a la víctima, que ese detalle hubiera sido deliberado. En el caso de Mills, además, el autor del crimen llevaba guantes. Mills pasaba habitualmente los miércoles por la noche por los Esplanade Gardens. El hecho de que la verja de la obra bloqueara el lugar por el que la chica solía pasar aún está por explicarse, por lo que es posible que formara parte del plan que el asesino había urdido.

En cambio, que Fiona Barnes emprendiera a pie el solitario camino de vuelta a su casa a pie tan tarde por la noche era algo difícilmente predecible. Hasta el momento en que decidió a bote pronto ir a buscar el taxi a pie ni siquiera ella sabía que iba a hacerlo. Lo más normal habría sido que hubiera vuelto a casa con su nieta en el coche de esta.

Lo más normal...

Valerie salió lentamente del aparcamiento de la comisaría de policía.

La niebla era ya tan espesa que la vista no le alcanzaba más de un par de pasos por delante. Encendió los faros antiniebla y recordó lo soleado que había sido el día anterior, cuando se había levantado con ganas de ir a trabajar. Esa mañana de niebla, en cambio, el mundo entero parecía moverse de forma pesada y plomiza, como si estuviera atrapado dentro de una crisálida que se tragaba los ruidos y desdibujaba las formas.

Un día de mierda, pensó Valerie mientras avanzaba despacio por la calle.

Todas las circunstancias que rodeaban el asesinato de Fiona Barnes sugerían como conclusión que el asesino debía de ser una persona de su entorno, alguno de los asistentes a aquella fiesta de compromiso que tan mal había acabado. El problema de Valerie era que no tenía claro cuál era el móvil. Pensándolo bien, solo Tanner, y tal vez también Gwen, habrían tenido motivos para hacerlo, pero no le parecía que estos fueran suficientes para cometer un asesinato tan brutal.

Se había pasado el día anterior hablando con el forense.

—¿Ha sido un hombre o una mujer? ¿Qué cree?

El médico había dudado.

—Es difícil precisarlo. Lo que sí me parece seguro es que el autor del crimen estaba realmente furioso. O furiosa. Cayó en una espiral de violencia. Para asestar el golpe del que con posterioridad moriría Fiona Barnes, hizo falta aplicar cierta fuerza.

—¿Más fuerza de la que por lo general se le supondría a una mujer?

—No necesariamente. Lo más importante es la presencia del odio. El odio multiplica las fuerzas. No, yo no excluiría la posibilidad de que fuera una mujer. De lo que no hay duda es que el asesino era diestro.

Genial, pensó Valerie con sarcasmo; por supuesto eso restringe increíblemente el abanico de posibilidades. Diestro. Como, digamos, por lo menos tres cuartas partes de la gente, se dijo. Y además podría ser tanto un hombre como una mujer. Hemos avanzado una barbaridad.

Notó una presión en el pecho que le resultaba familiar. Sabía que tenía que presentar pronto una pista, o mejor aún la resolución del caso. De lo contrario el asunto pasaría a instancias superiores. Si eso llegaba a ocurrir, saldría por la ventana, la apartarían de la investigación y fracasaría de manera estrepitosa en el intento de resolver el crimen. Si se confirmaba la sospecha de que había implicado un asesino en serie al que una agente relativamente joven no lograba descubrir, le mandarían a alguien del Scotland Yard. Necesitaba urgentemente encontrar una pista.

Jennifer Brankley. Esa mujer había despertado su curiosidad desde el primer momento. Y no solo porque pasara las vacaciones en aquella granja desoladora y anduviera siempre acompañada de sus dos gigantescos perros. Valerie había notado algo más y, después de haber leído aquellos viejos informes de prensa, la inspectora sabía también lo que era: Jennifer Brankley era una mujer profundamente amargada que tenía la sensación de que la vida, el destino, la gente la trataban mal y de manera injusta. No había llegado a superar que la apartaran de la docencia. Aquella historia la corroía por dentro, incluso tantos años después.

¿Qué diría su estudio psicológico?

Tiene la manía obsesiva de querer ayudar siempre, pensó Valerie, y mientras tanto se mueve a tientas envuelta en una espesa niebla que apenas le permite vislumbrar la encrucijada en la que se encuentra, puesto que el disparate que había cometido con la alumna no era normal. Podría haber hecho cualquier cosa por aquella chica: hablar con los padres, con un médico, buscar la ayuda de un psicólogo, lo que fuera. Pero había querido ayudarla por sus propios medios, de forma espontánea y directa, y había decidido arriesgarlo todo. Su trabajo, su carrera. Aquel asunto podría haberle costado incluso el matrimonio. Por culpa de las miserias que airean los periódicos se rompía más de una relación. Colin Brankley trabajaba en un banco. Sus superiores no debían de estar precisamente entusiasmados con el tema. Con toda seguridad el señor Brankley se habría enfadado por el asunto. Eso Jennifer también debió tenerlo en cuenta. Parecía, en cambio, como si no hubiera visto nada más que el mal trago de su alumna. Como si el resto le diera igual.

Incluso ahora cree que la han tratado mal, pensó Valerie.

Injustamente. Que se ha producido una lamentable injusticia. Se le nota. Solo quería lo mejor y se lo habían echado en cara.

¿Qué significa Gwen para ella?, se cuestionó la inspectora

Se nota que tienen una relación muy próxima. Jennifer es en cierto modo su madre, su hermana mayor, su confidente. ¿Hasta dónde sería capaz de llegar para ayudar a Gwen?

¿Consideró esa noche que la suerte que había tenido Gwen de compartir su futuro con Tanner estaba amenazada hasta el punto de decidir acabar con el origen de ese peligro, esto es, con Fiona Barnes?

¿O nada de eso había sido planeado? ¿Es que alguien, tal vez Jennifer, quizá Dave, había ido a buscar a Fiona para hablar con ella y pedirle una explicación por su intervención? ¿Acaso las cosas se habían salido de madre y habían empezado a discutir de manera acalorada hasta llegar a límites violentos?

Valerie golpeó el volante con la mano plana.

Estaba dando palos de ciego, eso es lo que estaba haciendo. Estaba especulando sin rumbo, andando a tientas, reflexionando, desestimando hipótesis. Sin ninguna pista sobre la que apoyarse, nada.

No pierdas la concentración, se exhortó a sí misma, reconstruye los hechos. Intenta no pasar nada por alto. ¿Por qué habían puesto el punto de mira especialmente sobre Tanner?

No solo porque tuviera un motivo, a pesar de que ni siquiera este resultaba convincente, para llegar a las manos con Fiona Barnes, sino también porque era el único que permitía establecer alguna relación con Amy Mills, por rebuscada que pudiera llegar a ser. ¿Había alguien más? ¿Alguien a quien Mills hubiera podido conocer?, se preguntó la inspectora Almond.

Acababa de tomar la carretera hacia Staintondale. Los bancos de niebla reposaban sobre la tierra como almohadas gigantescas. La hierba alta y húmeda de la cuneta quedaba doblegada sobre el asfalto reluciente a causa de la humedad. Valerie tenía que utilizarla como guía para seguir la trayectoria de la carretera.

Gwen Beckett. Había asistido a aquel curso en la Friarage School. Linda Gardner también daba clases allí. Amy Mills trabajaba para Gardner.

Por lo menos era una conexión. Por mucho que aquella lógica demostrara ser bastante absurda. La idea de que Gwen Beckett hubiera cometido dos asesinatos a sangre fría era prácticamente inimaginable. En el caso de Mills no se apreciaba ningún motivo aparente. Respecto al de Fiona, el motivo habría sido que esta le había estropeado la fiesta de compromiso. ¿Era suficiente?

A Valerie el instinto le decía que no.

Amy Mills. Estaba repasando mentalmente los detalles de la vida de la chica asesinada cuando de repente la inspectora enderezó la espalda con un respingo. Había algo que le había pasado por alto... Amy Mills era de Leeds. Había ido a la escuela allí. Jennifer Brankley había dado clases en Leeds... La posibilidad era muy remota, pero ya era algo.

Valerie llamó enseguida al sargento Reek por el dispositivo de manos libres del coche.

—Reek, por favor, investigue a qué escuela había asistido Amy Mills en Leeds. Y en qué escuela, también en Leeds, había impartido clases Jennifer Brankley. Puede que en ambos casos descubra que hubo centros distintos y más de uno. Haga el favor de verificar por mí si, por alguna circunstancia, ambas mujeres pudieron conocerse.

—Enseguida. Sin embargo, en su declaración la señora Brankley afirmó no haber oído jamás el nombre de Amy Mills.

—Las declaraciones pueden ser verdaderas o falsas, Reek. Y nuestro trabajo consiste en aclarar si son una cosa o la otra.

—De acuerdo —dijo Reek.

Valerie dio por finalizada la conversación. El corazón le latía con más fuerza a medida que avanzaba. Por la agitación. Por la fiebre del cazador, lo que fuera. En cualquier caso era una sensación que había estado esperando amargamente. Por fin daba un paso adelante, al cabo había dado con una pista. Incluso podía llegar a ser una buena pista.

Justo a tiempo, descubrió la pequeña bifurcación que conducía hasta la granja en la que vivía Paula Foster. Dio un volantazo para tomar el desvío. Ahora debía concentrarse en la joven, tenía que ver si podía descartar que ella fuera en realidad la víctima potencial, puesto que eso significaría que Paula aún estaba en peligro.

Aunque, en el fondo, ya casi había descartado esa posibilidad.

3

—De verdad, Dave. Nada, absolutamente nada de lo que Fiona dijo el otro día podría haberme hecho cambiar mis sentimientos por ti. Sigo... Sigo queriéndote igual. Todavía confío en compartir mi futuro contigo.

Gwen lo miraba con ansiedad. Estaba sentada en una silla en la habitación de él, vestida como de costumbre con una larga falda de lana y un jersey que había tejido ella misma, de un color indefinido. Llevaba también un bolso enorme. El trayecto había sido largo, primero a pie, luego en autobús y al final, desde la parada hasta la casa de Dave, otra vez a pie. La humedad que había fuera le había transformado levemente el pelo, que parecía algodón de azúcar de tan encrespado como estaba. Sus ojos oscuros parecían dos trozos de carbón en aquel rostro tan pálido. Un toque de colorete quizá habría ayudado a mejorar en cierta medida su aspecto general, igual que un toque de barra de labios.

Nunca aprenderá a arreglarse para estar un poco más atractiva, pensó Dave mientras la observaba. Estaba sentado en la cama, y con los pies acababa de esconder discretamente debajo de esta las medias arrugadas que Karen había dejado tiradas. Gracias a Dios, Gwen no se había dado cuenta de nada. Estaba tan concentrada hablando, intentando convencerlo, que Dave, mientras paseaba por la habitación y preparaba el agua del te, incluso había podido hacer desaparecer la barra de labios de Karen sin que Gwen lo notara. Esta se había presentado sin avisar. De repente había aparecido frente a la puerta una delicada figura que había surgido de entre la niebla. La casera había salido, por lo que había sido el mismo Dave quien había abierto la puerta. Al menos ya iba vestido, cosa extraña, ya que aquella mañana al levantarse un simple vistazo por la ventana le había convencido de que lo mejor era quedarse en la cama todo el día hasta que tuviera que acudir a la escuela a dar clase. Aun así, una extraña inquietud interior lo había obligado a levantarse. Había tardado un poco en darse cuenta de que en su situación no era raro en absoluto que se sintiera trastornado. No tenía ni idea de cómo irían las cosas. Por encima de todo, no sabía hasta qué punto podían llegar a ser críticas para él las investigaciones acerca de la muerte de Fiona Barnes.

Por supuesto, él era el sospechoso número uno y comprendía que la conversación comparativamente corta que había mantenido con la inspectora Almond el día anterior no cambiaría nada. No podían demostrar nada, pero sospechaban de él de todos modos. Si no encontraban otras pistas, lo pondrían en el punto de mira y estrecharían el lazo cada vez más. Era un hombre sin reputación, un hombre que llevaba un tipo de vida fuera de lo común, y eso no mejoraba la situación en absoluto. Las cosas podían ponerse difíciles para él, no tenía sentido engañarse al respecto.

A la mierda con la Barnes, esa maldita vieja, pensó mientras se tomaba un café cargado para entrar en calor. El día era frío, pero como de costumbre la casera tacañeaba con la calefacción.

A la mierda todo. A la mierda Gwen y toda su camarilla. No le había traído buena suerte, ni mucho menos, la granja de los Beckett y todo lo relacionado con ella. Tenía que buscar un camino alternativo.

Decirlo era fácil, pero no veía ningún otro camino. Hacía años que no veía ninguno. Era poco probable que de repente se le abriera otra posibilidad.

Al oír que llamaban a la puerta, primero había creído que sería la inspectora de policía, que acudía con nuevas preguntas. Por un momento Dave Tanner había considerado la posibilidad de no abrir la puerta, de fingir que no había nadie en casa. Pero finalmente se había animado a abrir. Era mejor afrontar las cosas de cara. Era mejor saber qué tenían contra él en vez de cerrar los ojos.

Pero luego resultó que no era Almond, sino Gwen. Un cuarto de hora después, la tenía sentada en su habitación intentando persuadirlo. Iba tan mojada y tenía tanto frío que, después de todo, Dave le había preparado una taza de té. Al menos ella no se había puesto a criticar el caos que reinaba en su habitación como siempre hacía Karen. Era la segunda vez que Gwen lo visitaba, y jamás había dicho ni una sola palabra acerca de su catastrófico desorden. Sin embargo, nunca le había gustado tenerla allí. Su habitación era una especie de guarida en la que se refugiaba de Gwen, era su lugar de retirada. Necesitaba un espacio en el que librarse de ella, un lugar que representara una especie de zona tabú para Gwen.

De repente pensó que tal vez habría sido mejor tener que recibir de nuevo a la inspectora Almond.

Y no a su prometida.

Si es que seguían prometidos, porque la fiesta había terminado de un modo brusco. Tal vez solo seguían medio prometidos. Incluso así le pareció que la situación era un tanto amenazadora.

—Todo va bien —dijo Dave para tranquilizarla en cuanto se dio cuenta de que Gwen había dejado de hablar y lo miraba con impaciencia—. En serio, Gwen, no te guardo rencor. Sé que no tienes nada que ver con las palabras de Fiona.

—Te lo digo de verdad, no me entristece demasiado que haya muerto —dijo Gwen mientras se ponía de pie de repente con una vehemencia poco habitual en ella—. Sé que eso es pecado y que no está bien pensar de ese modo, pero esta vez había ido demasiado lejos. Siempre ha querido lo mejor para mí, pero en ocasiones... Quiero decir, que no puedes entrometerte en todo, ¿no? Solo porque mi padre y ella en otro tiempo... —Dejó la frase inacabada.

Dave supuso lo que había estado a punto de decir. De todos modos él ya había pensado algo por el estilo.

—Había algo entre ellos dos, ¿verdad? —preguntó—. Creo que no le extrañaría a nadie. De algún modo, se notaba.

—Si solo fuera eso —dijo Gwen. A él no se le escapó la turbación que vio en su mirada—. Mi padre y Fiona... hace tiempo...

—¿Qué? —preguntó Dave al ver que ella se detenía.

—Pasó hace mucho tiempo —dijo Gwen en voz baja—. Tal vez estas cosas ya no tengan más importancia.

En condiciones normales, a Dave no le habría interesado lo más mínimo lo que había sucedido en las vidas de Chad Beckett y Fiona Barnes, puesto que la antipatía que ambos sentían por él era recíproca, pero en vista de cómo estaban las cosas, y sobre todo en vista de su situación, no podía dejar pasar ni el menor indicio.

Por eso lo que hizo fue inclinar un poco la cabeza.

—Bueno, tal vez sea importante, ¡quién sabe! Al fin y al cabo Fiona fue brutalmente asesinada a golpes.

Gwen parecía conmocionada, como si estuviera asumiendo un verdadero escándalo recién descubierto y no una circunstancia de la que se hablaba por toda la ciudad de Scarborough y sus alrededores.

—Pero... eso no tiene nada que ver con ella y con mi padre —dijo Gwen— o con su historia en común. El asesino probablemente sea el mismo que mató a Amy Mills, y no hay ninguna relación entre los dos casos.

—¿Cómo lo sabes? Cómo sabes que fue el mismo asesino, quiero decir.

—Es lo que me dio a entender la inspectora Almond —respondió Gwen, desconcertada.

A él también le había mostrado una fotografía de Amy Mills. Sabía que había razonamientos que relacionaban los dos homicidios, pero Dave tenía la impresión de que si bien la inspectora buscaba allí algún punto de referencia, no tenía ni el más mínimo atisbo de prueba al respecto.

—Quizá —dijo—, pero del mismo modo podría haber sido alguien completamente distinto. Gwen, si en algún momento te enteras de algo que tal vez sea importante para la policía, deberías...

—Dave, yo... Me parece que no deberíamos hablar más del tema —dijo con los ojos llenos de lágrimas.

Entonces ¿por qué empiezas, si no quieres hablar de ello?, pensó él con agresividad.

—Ya sabes que soy uno de los principales sospechosos para la policía, ¿no? —dijo, en cambio.

Gwen debía de saberlo, pero no obstante pareció asustarse al oír cómo el propio Dave lo expresaba de una forma tan cruda.

—Pero... —empezó a decir ella.

—Naturalmente, yo no he sido —la interrumpió Dave—. No tengo nada que ver con la muerte de Amy Mills ni con la de la vieja Barnes. A Amy Mills ni siquiera la conocía, y a Fiona Barnes... Dios, solo porque se hubiera metido conmigo un par de veces no tenía por qué reventarle la cabeza con una piedra. Me enfadé mucho el sábado por la noche, pero al fin y al cabo no querrás que me tome tan en serio las insinuaciones fuera de lugar de una anciana de casi ochenta años como para llegar a asesinarla.

—No sospecharán de ti si tú no has hecho nada, de manera que no tienes nada que temer —dijo Gwen en un tono de voz piadoso que puso en evidencia la confianza ciega que tenía en las investigaciones policiales.

Dave, que hasta hacía relativamente pocos años solo se había referido a la policía como «la bofia», no compartía en absoluto esa confianza. Él veía las cosas muy claras: la inspectora Valerie Almond buscaba un ascenso en su carrera, por supuesto, como todo el mundo. Para ello necesitaba una solución para los «asesinatos de los pantanos», que era el amplio rodeo eufemístico con el que los periódicos se referían a los dos crímenes. Por otra parte, se había extendido la convicción de que el autor había sido el mismo en los dos casos. Cuanto más tiempo siguieran buscando a ciegas, con más tenacidad se agarraría la inspectora a cualquier punto de referencia que pudiera tener y que, por desgracia, en ese caso era él mismo, Dave Tanner. Gracias al hecho de que Fiona Barnes lo hubiera puesto de vuelta y media ante un buen puñado de testigos, Dave se encontraba justo en el punto de mira. Por supuesto, aún tenía un as en la manga que podía sacar en caso de necesidad, pero solo pensaba recurrir a ello cuando no le quedara ninguna otra opción.

—Gwen, ¿sabes...? —empezó a decir, aunque se detuvo al verle la cara, ese rostro que reflejaba tanto candor y una lealtad ciega.

Dave había querido explicarle que a algunas personas se las acusaba injustamente y acababan entre rejas por culpa de policías ambiciosos y de jueces corruptos, por culpa de la presión mediática, que azuzaba a los agentes y los movilizaba en direcciones equivocadas, por culpa de los enchufados de las altas esferas políticas, que no dudarían en sacrificar a un ciudadano insignificante si las camarillas de ambiciosos arribistas así lo querían. Nunca había creído que fuera suficiente con no cometer injusticias para que no te condenaran por ello. Jamás había confiado en el sistema judicial, más bien lo consideraba cínico y corruptible. Al fin y al cabo, ese convencimiento es el que veinte años atrás lo había enemistado definitivamente con su padre, ese archifuncionario del gran sistema, y había provocado que desde entonces no hubiera vuelto a tener ni el menor contacto con su familia.

Le habría gustado poder explicar a Gwen que ese era el motivo por el que llevaba una vida que algunos consideraban fracasada, por el que incluso él mismo —y ese era el gran problema, el gran factor depresivo de su existencia— a menudo también la consideraba un fracaso: por su incapacidad para poder hacer las paces en algún ámbito con su país, con el Estado, con toda la estructura política y social. Sería incapaz de formar parte de la sociedad británica mientras siguiera rechazando y despreciando a esa misma sociedad. Le habría gustado poder hablar con su prometida acerca de ese dilema que con el paso de los años había ido cristalizando en su interior cada vez más. Era un dilema que surgía de la constatación de que, a pesar de todo, formaba parte del sistema y debía asumirlo, ya que al fin y al cabo no tenía la fuerza necesaria para seguir negándolo durante más tiempo ni para afrontar todas las consecuencias derivadas de ello, viéndose al mismo tiempo como un traidor a sus propias convicciones, a sí mismo, a su propia personalidad.

Le habría gustado ver en la mujer con la que se iba a casar a una persona ante la que pudiera mostrarse abiertamente, ante la que pudiera expresar sus contradicciones, pero sabía que Gwen no podría seguirlo. Para ella, la vida era la granja. Su maravilloso papá. Las novelas románticas, los telefilmes cursis, y la espera y la esperanza de que llegara la felicidad. Dave no creía que fuera tonta. Pero la vida de Gwen había transcurrido en una dimensión propia y estaba, a diferencia de la suya y la de la mayoría de las personas de su tiempo, demasiado marcada por la soledad, el aislamiento del mundo, la timidez y la ignorancia. Le había hablado acerca de las protestas que había llevado a cabo durante su juventud contra el despliegue de misiles de crucero, y Gwen lo había mirado boquiabierta, como si le relatara historias marcianas. Dave le había soltado un largo monólogo en el que había expresado lo mucho que le habían disgustado los años del gobierno de Thatcher y hasta qué punto eso había determinado su vida, marcada por el rechazo. Ella lo había escuchado, pero Dave supo que la cara de desesperación que vio en su prometida no tenía nada que ver con una posible opinión política enfrentada. En tal caso, él habría podido encontrar interesante la posible fricción intelectual resultante de la discrepancia. El problema era que ella no tenía ninguna opinión política. A ella le daba completamente igual si gobernaban los laboristas o los conservadores y, de hecho, tanto si mandaban unos como los otros eso no afectaría en lo más mínimo a las dificultades de su situación personal. Como le sucedía a mucha otra gente, no atendía a nada que no tuviera alguna incidencia en su entorno más cercano. Era extraño hacerlo. Y había sido un duro golpe constatar que Gwen no podía ver las cosas de otro modo.

—Ah, nada —se limitó a decir Dave, con lo que renunciaba al intento condenado desde el principio al fracaso de explicar de nuevo a su futura mujer cuál era su visión de las cosas y de hacerla partícipe de las cavilaciones, los miedos y las complicaciones a las que él se entregaba—. Solo prométeme que si te enteras de algo importante relacionado con Fiona, se lo comunicarás a la policía —añadió.

Al fin y al cabo ese había sido el punto de partida de la conversación. Que Fiona y Chad en algún momento habían cometido algún desliz que a Gwen ahora le estaba costando digerir. Algo que podía ser relevante.

Aunque lo más probable es que no lo sea, pensó él.

Gwen lo miró. Ella ya estaba en otra parte. En su propio punto de partida.

—¿Sigues...? ¿Seguimos...? Quiero decir... ¿Ha cambiado algo entre nosotros? —preguntó Gwen.

Este es el momento, decía a Dave su voz interior, ahora podrías echarte atrás. Con un motivo bastante bueno. Se desesperaría, pero no tendría que atribuirse a sí misma el fracaso de nuestra relación. Toda la culpa recaería sobre Fiona, la vieja arpía de lengua viperina, y Gwen podría odiarla para siempre y no tendría que torturarse por su insuficiencia. Hazle ese favor, se dijo Dave. Aprovecha este momento de indulgencia.

No podía hacerlo. Sabía que era lo correcto y sin embargo no podía hacerlo. Ella era la única salida que le quedaba para escapar de aquella fría habitación. De su vida al borde de la suficiencia vital. De dormir por el día, de pasarse las noches bebiendo. De la sensación de fracaso que nunca más quería volver a tener.

—No, Gwen —dijo él con la voz ronca, producto de la lucha interior que mantenía consigo mismo para superar ese momento—. No ha cambiado nada.

Gwen se levantó con una sonrisa.

—Me gustaría acostarme contigo, Dave —dijo—. Ahora. Aquí. Lo deseo tanto...

Dios mío, se exclamó Dave, horrorizado.

4

El teléfono sonó cuando Colin empezaba a pensar en el almuerzo. Ya eran las dos y media y tenía hambre de verdad. En la granja de los Beckett no había nadie que pareciera dispuesto a ocuparse de la cocina. Gwen había salido por la mañana y nadie sabía adónde había ido, mientras que Chad se había encerrado en su dormitorio, literalmente, porque la puerta estaba cerrada con llave y cuando Colin había acudido a preguntar no había obtenido más que un gruñido malhumorado como respuesta.

La inspectora Almond estaba allí. Se había presentado por sorpresa y enseguida había aclarado que quería hablar a solas con Jennifer. Hacía media hora que estaban sentadas en el salón mientras Colin esperaba en el piso de arriba, cada vez más inquieto. Y más hambriento.

Bajó corriendo para responder a la llamada. Tal vez aquello le daría la oportunidad de tantear la situación que se desarrollaba en el salón con un buen motivo.

—¿Sí? —respondió mientras consultaba el reloj, para ver si captaba algo de la conversación que estaba teniendo lugar justo al lado, si bien el esfuerzo fue en vano.

—Hola. —La que se oyó al otro lado de la línea fue una voz de mujer, pero casi era un susurro y muy difícil de comprender—. ¿Con quién hablo, si me hace el favor?

—Brankley. Colin Brankley. Está llamando a la granja de los Beckett.

—¡Ah, Colin! Usted es el marido de Jennifer, ¿verdad? Soy Ena. Ena Witty.

Colin no tenía ni la menor idea de lo que tenía que ver con ella.

—¿Sí? —preguntó él.

—Soy... soy una amiga de Gwen Beckett. ¿Podría hablar con ella, por favor?

—Lo siento, pero no es posible—dijo Colin—, Gwen no está en casa. ¿Quiere que le deje algún recado?

Ena Witty pareció desconcertada ante aquella información.

—¿Dice que no está? —preguntó casi con incredulidad.

—Exacto. ¿Quiere que la llame cuando llegue?

—Sí, por favor. Es... Tendría que hablar con ella acerca de un asunto importante. En cualquier caso, a mí me parece que lo es. Pero tampoco estoy segura, por eso... tal vez... Bueno, ya llamaré más tarde...

A Colin le pareció que su interlocutora estaba bastante confusa. Estaba a punto de dar por finalizada la conversación cuando de repente oyó que se abría la puerta de la calle y que poco después arrancaba un motor en el patio. Gracias a Dios, parece que Almond ya se marcha, pensó. Tenía que ocuparse de su esposa enseguida.

—De acuerdo, señorita Witty —dijo Colin, algo impaciente—. No se preocupe, le diré a Gwen que ha llamado. ¿Ella tiene su número?

Ena no lo sabía. Dictó el número a Colin y después de dudar unos instantes en los que al parecer estuvo considerando hasta qué punto era un extraño el que se hallaba al otro lado de la línea, añadió:

—Tengo... verá, tengo un problema muy grande... Estoy bastante desconcertada y necesito hablar con alguien. Es urgente. Pero naturalmente sé que... Bueno, que ahora mismo Gwen tiene otros asuntos de los que preocuparse. He leído en los periódicos el terrible crimen que ha sacudido la granja. Según se dice, la víctima era una buena amiga de los Beckett, ¿verdad? ¡Qué terrible debe de haber sido para Gwen!

—Todos estamos a su lado —dijo Colin. No quería ahondar más en el tema. No conocía a esa amiga de Gwen y desconocía el grado de confianza que se tenían ambas mujeres—. Bueno, señorita Witty... —dijo, y ella comprendió al fin que le estaba metiendo prisa.

—Perdone que le haya molestado —dijo Ena—. Y, por favor,

diga a Gwen que me llame enseguida. De verdad, es muy importante.

Colin volvió a prometerle que le pasaría el recado, se despidió y colgó el teléfono de golpe. Se dirigió en dos zancadas al salón y vio que Jennifer estaba sentada en el sofá, muy pálida. Le pareció que su esposa estaba bastante agotada.

—Cariño, por fin. Ya se ha ido. ¿Quieres que prepare un poco de té? ¿O preferirías comer algo?

Jennifer negó con la cabeza.

—No tengo hambre. Pero si tú...

—No me apetece comer solo —dijo Colin. Se encogió de hombros, tiritando—. ¡Dios, cuanta humedad y que frío que hace aquí! Y encima fuera hay niebla. Hace un día horrible, ¿no crees?

Ella no respondió. Sin vacilar ni un momento, Colin se arrodilló frente a la chimenea.

—Ayúdame —pidió a Jennifer—. Si nadie más se preocupa por esto, tendremos que hacerlo nosotros.

Mientras se esforzaban en encender el fuego le preguntó con marcada indiferencia:

—¿Que quería esa? La inspectora Almond, quiero decir.

Jennifer, que le tendía la leña, se detuvo un momento.

—Lo sabe —murmuró.

—¿Qué sabe?

—Aquella historia. Que yo era profesora y... bueno, todo aquello. Me lo ha dicho.

—¿Y qué relación tiene todo eso con este caso?

—Quería saber si conocía a Amy Mills. La chica a la que asesinaron en julio, ¿sabes?

—¿Por qué tendrías que conocerla?

—Era de Leeds. Estudió allí. La policía cree que yo podría haberle dado clases.

Colin también se detuvo y la miró.

—Pero no es así, ¿verdad? Le has dicho que no habías oído jamás su nombre y...

—No. No la conocía.

Colin dejó la chimenea tal como estaba, a pesar de que todavía no ardía ningún fuego capaz de mitigar el frío que reinaba en la sala y la desolación de ese día de niebla. Jennifer se sentó en la pequeña alfombra dispuesta frente a la leña con la mirada perdida. Él estaba en cuclillas ante ella y le tomó las manos entre las suyas. Las tenía heladas.

—¿Seguro que no la conocías?

—Seguro.

—Esto es realmente... —Respiró hondo para dominar su enfado, aunque la rabia crecía ya en su interior—. No tienen nada —dijo con amargura—, nada de nada. Ni el menor indicio, por eso se han puesto a hurgar en el pasado de la gente. ¿Quieres saber lo que pienso? Que esa policía está desesperada. Y presionada. Por eso se dedica a revolver en historias pasadas e intenta construir algo a partir de ellas. ¡Tendremos que estar atentos, a ver qué más descubre sobre nosotros!

—Sabe que por aquel entonces de vez en cuando tomaba pastillas.

—¿Y? ¿Acaso está prohibido?

—Quería saber si sigo tomándolas.

—¿Y tú qué le has respondido?

—Le he dicho la verdad. Que ocasionalmente me tomo algún tranquilizante antes de ir a la ciudad, por ejemplo, o si tengo algún plan en especial. Pero que ocurre muy de vez en cuando.

—Correcto. Como hace mucha gente. Oye, no tiene derecho a preguntar esas cosas. Y tú no tienes por qué contestarle. No es asunto suyo.

—No se lo ha creído —susurró Jennifer.

—¿Qué es lo que no se ha creído?

—Que yo... que realmente lleve una vida normal. Me ha mirado de una manera tan rara... Creo que quería endosarme a toda costa un problema de adicción, porque de ese modo podría sostenerse que tengo un comportamiento impredecible y que tal vez también sea peligrosa. Y su colaborador ya está comprobando mi declaración acerca del caso de Amy Mills. Está buscando información en las escuelas a las que esa chica asistió en Leeds y preguntando a sus padres.

—No encontrará nada que pueda utilizar contra ti.

—Probablemente no —dijo Jennifer, pero su voz sonó monótona y desesperada.

Colin le apretó las manos con más fuerza.

—Cariño, ¿qué te pasa? ¿Qué es lo que te atormenta tanto? No tienen nada contra ti y no encontrarán nada. No te dejes amedrentar por eso.

Jennifer lo miró. Colin podía sentir el miedo de su esposa. Maldita fuera, estaba furioso. Furioso por esa Almond, por esa persona tan desconsiderada. Porque sabía que alteraba tanto a Jennifer.

—Te saca de quicio tener que hablar de todo eso de nuevo, ¿verdad? —preguntó él con cautela—. Que vuelva a salir todo a la luz. Que vuelva a levantar polvareda. Es el lastre de todos esos sentimientos, ¿no es cierto?

Ella asintió. Era prisionera de la depresión, se veía claramente que la tenía paralizada. Durante los primeros tres años después del asunto las cosas habían sido de ese modo todo el tiempo, y desde entonces Jennifer la había tenido controlada. Pero él tampoco se engañaba a sí mismo: el precario estado de ánimo de su esposa flaqueaba a la primera de cambio, sobre todo cuando alguien se proponía que así sucediera.

Le habría encantado estrangular a aquella inspectora.

—Nunca lo superaré —susurró Jennifer.

—No es cierto. Es agua pasada. Es agua pasada, diga lo que diga esa imbécil.

—Era mi vida. La escuela. La chica. Lo era todo.

—Lo sé. Así es como lo viviste. Pero hay muchas cosas más que merecen la pena en la vida. No solo cuenta el trabajo.

—Yo...

—Nos tenemos el uno al otro. Nuestro matrimonio se mantiene intacto, feliz. ¿Te das cuenta de la cantidad de personas que desearían que les fuera como a nosotros en ese sentido? Tenemos un bonito hogar. Tenemos buenos amigos. Tenemos a nuestros encantadores perros... —Colin sonrió irónicamente con la esperanza de arrancarle una sonrisa a ella. De hecho, su esposa intentó sonreír, pero fue en vano—. Vamos, mujer —dijo él. Alargó un brazo y le apartó un mechón de pelo de la frente—. Mira, no creo que la inspectora Almond vuelva a molestarte. Anda buscando a tientas... ¡Literalmente, además! ¡Debes mirar más allá! No sacará nada de Leeds, de la escuela, de Amy Mills. Al final tirará la toalla y tendrá que ponerse a buscar en otra parte. Pero es que, además, en el momento del crimen de Fiona estabas paseando con los perros. Y Gwen iba contigo, puede dar fe de ello. ¿Se lo has dicho a Valerie Almond, eso?

En lugar de responder, Jennifer prefirió preguntar.

—¿Quién acaba de llamar?

Colin hizo un gesto de desdén con la mano.

—Una conocida de Gwen. Ena Witty, o algo parecido. Una persona bastante confusa. Tenía algún tipo de problema y quería hablar urgentemente de ello con Gwen. Parecía muy nerviosa y desconcertada. Tenemos que decir a Gwen cuando llegue que la llame.

Los ojos de Jennifer adoptaron una expresión extraña, como si escrutaran un tiempo remoto.

—Ah, sí. Ena Witty. La que tiene ese amigo tan comunicativo. Participó con Gwen en el curso. La conocí el viernes pasado —dijo Jennifer mientras negaba con la cabeza—. Han pasado tantas cosas que es como si hubiera sucedido en otra vida —murmuró.

—Nuestras vidas volverán a la normalidad —afirmó Colin—. De forma tranquila, poco a poco, sin que nos demos cuenta. Seguro.

—Sí —dijo Jennifer, y en ese momento su voz sonó como la de una colegiala asintiendo ante algo en lo que no creía ni siquiera remotamente.

Hacia demasiado tiempo que su vida había dejado de ser normal.

5

Por supuesto, Stephen se había ofrecido para acompañarla, casi la había obligado a aceptar, y a ella le había parecido notar lo mucho que le dolería si rechazaba su ayuda. Como siempre que veía la oportunidad de causarle algún daño, Leslie experimentó cierta satisfacción y, a pesar de cuánto disfrutaba con ello, sabía que las cosas no tardarían en caer por su propio peso y que volvería a verse sumida en un vacío insondable. Al fin y al cabo, la posibilidad de hacerle daño tampoco parecía aliviar el dolor que ella misma había experimentado, la confianza que había visto traicionada, la decepción que había sentido. Tan solo le procuraba un leve efecto mitigante, nada más.

Había vuelto a Hull sola para identificar el cadáver en el depósito local. Ni por un segundo había albergado la esperanza de que todo acabara siendo un error, de que le mostraran el cadáver de una extraña y de que Fiona acabara volviendo días después de un corto viaje para extrañarse del impacto que habría tenido su ausencia.

Habían preparado bien a su abuela. Apenas quedaban rastros visibles de las heridas que había sufrido en la cabeza. No tenía aspecto de descansar en paz, como suele esperarse de los muertos, pero tampoco parecía atormentada. Más bien un poco indolente. Incluso ante su propia muerte, pensó Leslie, se mostraba fría y distante.

Leslie había asentido para confirmar que se trataba de su abuela y luego había salido con rapidez. En el vestíbulo había encendido un cigarrillo que había fumado compulsivamente con manos temblorosas. Valerie Almond, que la había acompañado, le ofreció un vaso de agua, pero Leslie lo rechazó.

—Gracias, un aguardiente me sentaría mejor.

Valerie sonrió, comprensiva.

—Aún tiene que conducir.

—Claro. Lo decía en broma.

La inspectora Almond le había ofrecido la posibilidad de que un agente pasara a recogerla y la llevara luego a casa de nuevo, pero Leslie no había querido. Se sentía mejor cuando actuaba de forma independiente, cuando tenía que concentrarse para encontrar un camino, para buscar aparcamiento. En el asiento de atrás de un coche patrulla le habrían venido a la cabeza demasiados recuerdos de su abuela, y se había propuesto evitar a toda costa que eso sucediera.

—¿Podrá regresar a casa sola? —preguntó Valerie, preocupada.

Leslie odiaba ofrecer una imagen de debilidad.

—Soy médico, inspectora. La visión de un cadáver no me afecta tanto —aclaró.

—Estaba muy apegada a su abuela, ¿no?

—Fue ella quien me crió. Mi madre murió cuando yo tenía cinco años. Desde entonces Fiona lo fue todo para mí.

—¿De qué murió su madre?

Leslie dio una calada a su cigarrillo antes de responder.

—Mi madre era una hippy, de las del Flower Power. Siempre iba de un festival a otro. Y siempre drogada. Se llevaba mucho, por aquel entonces. Hachís, marihuana, LSD... Y además alcohol. En algún momento se metió un cóctel de todas esas cosas y su cuerpo dijo basta. Murió de insuficiencia cardíaca y renal.

—Lo siento mucho —dijo Valerie.

—Sí... —respondió Leslie de forma vaga.

Después de unos momentos de silencio, una especie de espera discreta tras lo que había contado Leslie acerca de la temprana pérdida de su madre, Valerie se atrevió a preguntar de nuevo.

—¿Conoce bien a Jennifer Brankley?

—¿A Jennifer? De hecho no la conozco de nada. La vi por primera vez el pasado sábado, durante la... fiesta de compromiso.

—Pero ¿había oído hablar acerca de ella con anterioridad?

—Sí. Gwen la mencionaba en sus cartas y durante sus llamadas. Al parecer se han hecho buenas amigas. Al menos dos veces, en ocasiones incluso tres veces por año, los Brankley pasan las vacaciones en la granja de los Beckett, y me alegraba que Gwen pudiera ganar algo de dinero con ello. Además, necesitaba urgentemente encontrar una amiga. Gwen estaba... está... muy sola.

—¿Tenía usted la impresión de que Jennifer Brankley se sentía en cierto modo como la protectora de Gwen?

—Jennifer tiene diez años más que Gwen. Es posible que haya intentado cuidarla un poco de un modo maternal. ¿Por qué quiere saberlo?

—Intento comprender y ordenar las cosas —respondió Valerie sin querer precisar demasiado.

Leslie reflexionó unos instantes y soltó una carcajada.

—Pero no estará sugiriendo que Jennifer Brankley matara

a mi abuela, ¿no? ¿Para salvar la relación entre Gwen y Dave Tanner? ¿En cierto modo como si fuera la figura materna para Gwen?

—No estoy sugiriendo nada, doctora Cramer. Por encima de todo me he propuesto no llegar a ninguna conclusión precipitada. Tengo dos variantes posibles. Una es que Fiona Barnes fue asesinada por un desconocido que se topó con ella de forma fortuita, pero teniendo en cuenta la hora en la que sucedieron los hechos, así como el lugar tan alejado de la granja en el que se produjeron, no suena particularmente probable. Parece más lógica la segunda hipótesis: fue alguno de los asistentes a la fiesta en la que celebraron el compromiso de Gwen y Dave, o como mínimo en la que intentaron celebrarlo.

—Eso significa que sospecha de mí, de Colin y Jennifer Brankley, de Dave Tanner, y de Gwen y Chad Beckett.

—No he llegado tan lejos. Como ya le he dicho, me limito a ordenar las cosas. Intento mirar entre bastidores.

—Es absurdo, inspectora. Me parece absolutamente inimaginable que lo haya hecho alguno de nosotros.

—¿Puede afirmarlo con tanta seguridad? En realidad solo conoce bien a Gwen y a Chad Beckett. El resto de los asistentes a la fiesta eran y siguen siendo desconocidos para usted.

Leslie reflexionó acerca de esa frase durante el trayecto de vuelta a casa de Fiona. Tomó la carretera de la costa para llegar a Scarborough. Ofrecía unas sensacionales vistas al mar, pero ese día la niebla no dejaba disfrutar de ellas. Además, empezaba a caer la noche. Niebla, oscuridad, frío.

En perfecta concordancia con un día en el que había tenido que salir para identificar el cadáver de la única familiar que le quedaba viva.

Ahora sí que estoy realmente sola, pensó Leslie.

Se estaba congelando a pesar de haber subido la calefacción y de lo caliente que estaba el aire dentro del coche. Cuando me separé de Stephen, aún me quedaba Fiona. Ahora ya no me queda nadie, se dijo.

Se aferró a las palabras de Valerie Almond para no perderse de nuevo en cavilaciones acerca de su soledad. Había aguantado todo el día sin derramar ni una sola lágrima, no era el momento de echarse a llorar.

Pero era cierto, allí no conocía a nadie aparte de a Gwen y a Chad. Si se paraba a pensarlo, desde el primer momento había opinado que Jennifer era impenetrable. Colin todavía lo era más. Parecía un simple empleado de banca aburguesado, aunque algo le decía que no era solamente eso. Escondía más cosas, pero sin duda no había sido capaz de disfrutar de ellas. Tal vez era una persona desaprovechada, a la que siempre habían infravalorado.

Pero todos cojeamos de un pie o del otro, pensó Leslie, y eso tampoco nos convierte en asesinos. ¿Qué debe de pensar de mí la inspectora Almond? Frustrada, sola, con éxito profesional, pero fracasada en el ámbito sentimental. Desengañada de los hombres, tal vez incluso de la vida en general. Una infancia difícil con una madre drogadicta. Luego criada por su abuela, que nunca puede ser más que un sucedáneo de una verdadera familia completa.

Lo cierto es que quizá tengo todo el potencial para haberme vuelto loca y matar a golpes a una anciana. Valerie Almond tal vez se esté preguntando qué cuentas pendientes debíamos de tener Fiona y yo.

Al fin llegó de nuevo a casa de su abuela. Tenía que procurar por todos los medios no ponerse sentimental.

A ver, cuentas pendientes: has sido fría de cojones, se dijo. Y llego a esa conclusión porque recuerdo perfectamente a mi madre y era muy afectuosa. Era muy alegre. Tal vez algo sobreexcitada, dopada hasta las cejas con un tipo de droga u otra, colocada siempre, pero eso yo no podía comprenderlo en aquel momento. Tan solo me acuerdo de que teníamos mucho contacto físico. Siempre me llevaba en brazos, me abrazaba. Por las noches dormía acurrucada junto a ella...

Cuidado, Leslie. No la idealices. Sus historias con hombres eran incontables. Eso lo sabes por Fiona, pero tú misma recuerdas vagamente haber visto a varios melenudos distintos por las mañanas durante el desayuno. Debían de darte la noche porque entonces tu madre te apartaba de su cama sin piedad, y te tocaba dormir en alguna otra parte ya que prefería follar a sus anchas que acurrucarse con su niña. Eso es malo para una criatura que está acostumbrada a todo lo contrario.

Fiona encarnaba la estabilidad, reconoció Leslie. Todo estaba en su sitio. Nunca me permitió dormir en su cama, pero tampoco me habría echado de ella porque veía las cosas de otro modo. Con ella tuve mi propia habitación, mi propia cama. Todo era mensurable. Todo era frío.

Buscó un acceso a la bahía cuya entrada pudiera reconocer mínimamente a pesar de la niebla. Detuvo el coche y sacó un cigarrillo. Tenía que dejarlo. Tenía que dejar de pensar en Fiona, en su infancia. Cuando lo hacía se metía en terreno pantanoso. Pasaba de una cosa a otra con demasiada facilidad llevada por un peligroso magnetismo. Tenía unos buenos mecanismos de protección y no podía dejar que la muerte de Fiona los derrumbara.

Se sintió casi aliviada al oír que su móvil empezaba a sonar, a pesar de que supuso que era Stephen quien la llamaba porque estaba preocupado por ella. Algo que ya no le incumbía.

Sin embargo, no era Stephen, sino Colin Brankley.

—Perdone que la moleste, Leslie... He llamado a casa de su abuela y me ha respondido un hombre que me ha dado su número de móvil.

Leslie no sintió ninguna necesidad de aclararle que ese hombre era, de hecho, su ex marido. En realidad no quería que Colin Brankley supiera nada acerca de ella en ese momento. Era un tipo impenetrable. Puede que incluso no fuera sincero.

—¿Sí? —se limitó a decir ella.

—Es por... Bueno, mi esposa está preocupada. Gwen se ha marchado de casa esta mañana y todavía no ha vuelto.

—¿Y eso es tan raro?

—De hecho, sí. Como mínimo, siempre nos dice adónde va. Las pocas veces que sale, porque también es raro que lo haga.

—Puede que esté en casa de su novio. Es posible, ¿no cree?

—Sí... —respondió Colin, si bien no parecía muy convencido.

—Debe de estar reconciliándose con Dave. Eso espero, al menos. Tras el fracaso de la fiesta de compromiso, tendrán muchas cosas de las que hablar.

—No tengo el número de teléfono de Dave Tanner.

Leslie sabía que a Colin debía de estar presionándolo su esposa y que esta, por su parte, debía de estar preocupada por Gwen, pero de todos modos no quiso molestarse en disimular su enfado. Gwen tenía treinta y cinco años. Podía ausentarse de casa siempre que quisiera sin tener que ir dando explicaciones. Y mucho menos a unos huéspedes que estaban de vacaciones. Era inaceptable que Colin Brankley la estuviera llamando para encontrar a Gwen.

—Yo tampoco tengo el número de teléfono de Tanner. —La voz de Leslie sonó más cortante y el cambio fue intencionado—. Y creo que no nos corresponde controlar a Gwen. Ya es mayorcita para saber por sí misma lo que hace.

—Por supuesto. Es solo que después de todo lo que...

— Sigo sin ver un buen motivo para andar espiándola.

—No considero que Jennifer y yo estemos actuando como espías —replicó Colin fríamente antes de colgar el teléfono sin siquiera despedirse.

Se había enfadado. Bueno, ¿y qué? Al fin y al cabo, ¿qué le importaban a ella los Brankley?

Siguió conduciendo, le gustara o no, algo más inquieta por la conversación que había mantenido con Colin. Gwen ya era adulta, tenía un novio fijo con el que quería casarse y Leslie no veía nada de extraño en el hecho de que su amiga pasara fuera de casa un día y una noche. En condiciones normales... Pero ¿qué era lo normal en el caso de Gwen? ¿Podían aplicársele los criterios que se utilizarían con cualquier otra persona?

Y, de hecho, ¿qué tenía de normal toda aquella situación?

Una joven había sido asesinada brutalmente en un lugar solitario de Scarborough. A una anciana la habían matado a golpes al borde de un barranco. Entre los sospechosos en los que la policía se está fijando más, se dijo, se encuentra el prometido de Gwen...

Leslie podría acercarse a la casa en la que Dave Tanner vivía. Solo pasaría por allí un momento para asegurarse de que todo iba bien. Pero ¿cómo iba a justificar la visita?

Hola, Gwen, solo quería saber si todo va bien, le diría. Estábamos preocupados porque...

El gran problema de la vida de Gwen era el hecho de que jamás hubiera acabado de crecer del todo. Tal vez con Dave acabaría de dar ese paso. ¿No sería mejor fomentar que así fuera en lugar de seguir tratándola como a una niña pequeña?

Al final Leslie desestimó la idea de visitar a Tanner y se dirigió directamente a casa de su abuela.

Le gustó ver que la ventana del piso estaba iluminada, tenía que admitirlo. Acababa de despedirse de su abuela muerta y era una tarde de otoño nebulosa. Encontrarse con una vivienda fría y oscura podría haber sido definitivamente desesperante. Cuando abrió la puerta del piso, supo por el olor que Stephen había estado cocinando. Curry, cilantro... El aroma era cálido y tentador. A través de la puerta abierta del salón vio que había velas encendidas en la mesa del comedor. Stephen salió de la cocina con un paño atado a la cintura y con una copa de vino blanco en una mano.

—¡Ya estás aquí! —Por un momento, pareció que fuera a dejar la copa en cualquier parte para abrazarla, pero por algún motivo se contuvo y se quedó vacilante, frente a Leslie—. ¿Qué tal? ¿Cómo estás?

—Bueno, no es que haya sido muy agradable —dijo ella mientras se quitaba el abrigo—. Y tampoco es que me vayan de maravilla las cosas. Pero dentro de lo que cabe, estoy bien.

—¿Seguro?

—¡Que sí! —Leslie le quitó la copa de vino de la mano a Stephen y bebió un buen trago—. Qué bien que hayas ido de compras.

—Te he preparado tu plato favorito.

—Eres muy amable. Gracias.

Stephen sonrió.

Leslie pensó de repente: qué bueno es, cuántas molestias. Qué... pelota. Pero de todos modos hemos fracasado como pareja. Él no es el hombre que necesito. El que encaja conmigo. El que quiero tener.

Esa conclusión era absolutamente nueva, le había venido a la cabeza de repente frente a la puerta de la cocina y la dejó muy sorprendida. Stephen y Leslie, la pareja ideal, para toda la vida, que solo había fracasado porque él había tenido un momento de debilidad y había sucumbido a las zalamerías de otra mujer. Stephen había destruido lo indestructible, y Leslie estaba furiosa, no tenía más que ansias de venganza, de marcharse para siempre.

Tal vez se había equivocado. Quizá aquello simplemente había acelerado lo que habría acabado pasando de todos modos, de una manera u otra.

Él se limitó a observar los gestos de ella y reparó en lo agitada que estaba por dentro.

—¿Qué ocurre?

—Nada.

Leslie negó con la cabeza como haría un perro tras salir del agua y vació la copa de un trago. No era el momento de pensar en ello. En sí misma y en Stephen.

—¿Ha pasado algo por aquí? —se limitó a preguntar.

—Ha llamado un tal Brankley. Desde la granja de los Beckett. Están preocupados por Gwen. Le he dado tu número de móvil.

—Lo sé. Ya me ha llamado —dijo Leslie—. Creo que se preocupan en exceso. Gwen seguramente está en la cama con Dave, debe de estar bien.

—Eso sería estupendo, sí. —Stephen dudo un momento, y Leslie notó que había algo más.

—¿Sí?

—Ha habido otra llamada —dijo Stephen, algo incómodo.

Leslie se alarmó enseguida.

—¿No habrá sido...?

—Una llamada anónima —dijo Stephen—. Como la que tú me describiste. Silencio, una respiración y luego han colgado.

Ella lo miró fijamente.

—Pero ¡Fiona está muerta!

—Tal vez quien llama no lo sepa. No puede ser el asesino.

—O bien —dijo Leslie poco a poco— no le basta con haberla matado. Tal vez haya puesto la vista en todos nosotros. En toda la familia.

—Eso es absurdo —replicó Stephen.

Pero no lo dijo muy convencido.

El otro niño.doc

¿Cuándo empezó a enfermar Emma? ¿O cuándo nos dimos cuenta de ello? No sabría decirlo. Yo no hacía más que pensar en Chad. Hubo momentos entre el otoño de 1941 y la primavera de 1942 en los que si una bomba alemana hubiera estallado en la granja de los Beckett, yo ni me habría enterado. Estaba enamorada, loca y apasionadamente enamorada, y aparte de eso no había nada que pudiera interesarme. Aún no había cumplido trece años, pero creo que algunos acontecimientos y ciertas particularidades de mi biografía me habían convertido en una chica muy precoz, tal como mi madre ya había manifestado. El hecho de que mi padre bebiera, nuestras constantes necesidades económicas y luego la muerte prematura de mi padre, la guerra, las bombas, aquella noche en el refugio antiaéreo cuando la casa se derrumbó sobre nosotros... La repentina separación de mi madre y por último la sensación de que esta me traicionaba por un hombre al que yo desconocía por completo, todo eso me había robado parte de la infancia, me había robado la inocencia de la infancia. Me sentía adulta. En eso me equivocaba, naturalmente, pero lo cierto es que era más madura de lo que podía esperarse de una chica de doce años. Tanto desde el punto de vista mental como del físico, ya hacía tiempo que me encontraba en plena pubertad.

Chad y yo aprovechábamos cualquier oportunidad para pasar un rato juntos. No era fácil porque yo iba a la escuela y perdía mucho tiempo yendo y viniendo, puesto que el camino era largo. Chad, por su parte, trabajaba de la mañana a la noche para su padre, en la granja.

Sin embargo siempre nos las arreglábamos para ausentarnos un rato. Nuestro punto de encuentro era el pequeño rincón de playa rocosa que había abajo, en la bahía, incluso en invierno, expuestos sin ningún tipo de protección al viento del este que soplaba con furia desde el mar y nos congelaba la nariz. Pero a mí me gustaba ese frío penetrante, tal vez porque entonces sentía aún más cálidos los abrazos que Chad me daba y tenía la sensación de encontrarme en un buen puerto.

En esa época no tuvimos relaciones sexuales, creo. No nos atrevimos a tanto. De todos modos, mis sentimientos eran más bien de tipo romántico; todavía no tenía un verdadero deseo carnal o apenas empezaba a notarlo, ya fuera por miedo o por inseguridad o porque se solapaban con unos sentimientos igualmente novedosos para mí. En el caso de Chad, estoy segura de que fue completamente distinto, pero supo conservar la cabeza clara; además, yo le parecía demasiado joven. Cuando llegó la primavera con sus días cálidos y las tardes se alargaron y se hicieron más luminosas, habríamos podido hacer el amor cada vez que teníamos la oportunidad de bajar a nuestra playa «secreta», y más de una vez él sintió la tentación de intentarlo, aunque siempre acababa apartándose de mí y alejándose tanto como podía.

Por lo tanto, la mayoría de las veces nos limitábamos a charlar y, de hecho, siempre sobre los mismos temas. Hoy en día me pregunto cómo no llegamos a hartarnos de ello, pero por aquel entonces todo era muy excitante, incluso aquellas historias tan manidas. A saber: Chad siempre se lamentaba acerca de la guerra y de la circunstancia de que no pudiera participar en ella. Eso le daba una rabia tremenda; a veces llegaba a ponerse furioso, y luego volvía a un estado casi depresivo. Aún recuerdo lo que le dije una vez, tímidamente:

—Pero ¡si te marcharas al frente, ya no podríamos seguir estando juntos!

—Una cosa no tiene nada que ver con la otra —replicó Chad.

—Yo creo que sí. Si estás en la guerra, no puedes estar aquí conmigo. ¡Me moriría de añoranza si te marcharas!

—Tal vez aún no lo comprendas. Aquí lo que está en juego es algo más que tus sentimientos o los míos. Se trata de Inglaterra. Se trata de un dictador terrible que se dedica a atacar a los demás países. ¡Alguien tiene que oponerse a él!

En secreto, yo no creía que el final de Hitler dependiera de si Chad iba al frente o no, pero comprendí en sentido de sus palabras y me limité a no decir nada. Sin embargo, eso me entristeció. Me di cuenta de la diferencia. En la vida de Chad, aparte de mí, había una segunda pasión, algo mayor, tal vez incluso mayor que sus sentimientos por mí.

En mi vida, en cambio, solo estaba él.

En cualquier caso, creo recordar que Emma enfermó a menudo durante el invierno y ya entrada la primavera y, si bien nos dábamos cuenta, no acabábamos de comprender que la frecuencia con la que ocurría era preocupante. Con frecuencia tenía la garganta inflamada; apenas salía de un fuerte resfriado, caía en una bronquitis. El invierno fue especialmente frío y duro, por lo que sin duda contaba con mejorar tan pronto como volviera el tiempo cálido. Pero durante el mes de mayo de 1942, que fue más cálido y seco de lo habitual, lo pasó aquejada de una tos que parecía asfixiarla. Sin embargo, a pesar de la tos y de lo que le costaba respirar, día tras día se levantaba de la cama para trabajar, hasta que le sobrevino una fiebre tan alta que Arvid, que hasta entonces apenas se había preocupado por su esposa, al fin llamó a un médico. Este le diagnosticó una incipiente infección pulmonar y le prescribió un estricto reposo.

—De hecho, debería acudir al hospital, Emma —le aconsejó—, pero no me atrevo a proponérselo porque ya me imagino lo que me responderá.

—No quiero irme de casa —dijo Emma enseguida con la voz ronca.

El médico se volvió hacia mí. Yo le había abierto la puerta de casa, lo había acompañado hasta el piso de arriba y había esperado algo angustiada en el umbral de la puerta de la habitación. Respecto a la pregunta que me planteaba al principio acerca de cuándo habíamos empezado a notar que Emma enfermaba con demasiada frecuencia, ahora que lo pienso, creo saber la respuesta: demasiado tarde, y me daba vergüenza admitirlo.

—Tendrás que ocuparte de Emma —me dijo el médico—. Tendrás que prepararle unos buenos caldos de carne y también procurar que se los tome. Tiene que beber mucha agua. Y que no se mueva de la cama, ¿entendido? No quiero enterarme de que ha ido al piso de abajo a preparar la comida para la familia o a limpiar la casa. Necesita tranquilidad absoluta.

Le prometí que haría todo lo que había dicho. Tenía miedo. Quería cuidar a Emma tanto como fuera posible.

Cuando el médico se hubo marchado, Emma me hizo saber cuál era su mayor preocupación: Nobody, por supuesto.

—Tienes que ocuparte de Brian mientras estoy enferma —susurró—. Por favor, Fiona, no tiene a nadie más. Arvid no lo soporta y para Chad es como si no existiera. Pobrecito, es tan pequeño... —Se puso a toser e intentó respirar desesperadamente, con el rostro deformado por la angustia que le provocaba la asfixia.

Me habría gustado poder decirle que a mí me pasaba lo mismo, que en realidad yo tampoco soportaba a Nobody, y dejarle claro que yo también lo consideraba un cero a la izquierda, pero no podía enfadar a Emma en ese momento.

—Pero ¡si me paso la mitad del día en la escuela! —me limité a exclamar.

—Ya me ocuparé de que Arvid lo vigile mientras tú no estás —dijo Emma con la voz ronca—, pero por las tardes podrías...

—¿Por qué no lo llevamos al orfanato de una vez? De todas formas no puede quedarse aquí para siempre —argüí de mala gana.

Emma cerró los ojos, agotada.

—Si entra en un orfanato, está perdido —murmuró—. Por favor, Fiona...

¿Qué podía hacer? A partir de entonces tendría que llevar a Nobody pegado a mí como una lapa. Arvid lo vigilaba por la mañana y se pasaba el día jurando como un carretero por ello, como si tuviera que paralizarse la actividad en la granja solo porque «el otro niño», que es como lo había bautizado, dependiera de él. Tan pronto como volvía de la escuela, tenía la impresión de que me endosaba a Nobody antes incluso de que pudiera dejar la cartera y lavarme las manos. Nobody irradiaba felicidad nada más verme y se aferraba a mí. Lo tenía a mi lado en todo momento y, aun así, tenía un montón de obligaciones por atender. Debía hacer los deberes de la escuela, preparar la comida, limpiar la casa, dar de comer a las gallinas, recoger los huevos y ocuparme del huerto. Y en todo el tiempo no había manera de librarse de Nobody. Cuando terminaba de arrancar las malas hierbas, me levantaba y me daba la vuelta, chocaba con él porque había estado pegado a mi espalda, devorándome con la mirada. Cuando daba de comer a las gallinas, se me ponía por en medio. Y en la cocina era una auténtica locura, porque yo odiaba cocinar con aquella extraña mirada atenta que parecía luchar por comprender algo, clavada en mis más que inseguros movimientos . Eso me ponía todavía más nerviosa de lo que ya estaba.

Como es de suponer, yo acababa de muy mal humor porque apenas podía ver a Chad. De hecho no podía verlo más que durante las comidas. Incluso cuando en algún momento de la noche terminaba con mis obligaciones, ¿cómo iba a poder reunirme con Chad en la bahía, si seguía llevando a Nobody pegado a mí como una sombra? Una vez lo encerré en su habitación para salir a mis anchas, pero luego me arrepentí nada más regresar a casa: Nobody se había estresado tanto que había acabado mojando los pantalones y vomitando. Tanto él como la habitación desprendían un olor atroz, y el chico tenía la cara completamente hinchada de tanto llorar. Tuve suerte de que Emma no se diera cuenta de ello. Disimuladamente, tuve que quitarle la ropa, meterlo en la bañera y fregar el suelo. Estaba furiosa, y me pregunté por qué Emma no se decidía de una vez a buscar un lugar adecuado para dejar a Brian. A esas alturas ya había quedado claro que sufría un retraso mental, que no podíamos hacer nada más por él y que cada vez supondría una carga mayor.

Para vengarme del trabajo adicional que me supuso todo aquello lo lavé con agua helada, pero no me hizo el favor de quejarse o de echarse a llorar. En cambio, casi me dio la impresión de que de alguna manera agradecía que lo tratara de ese modo, que lo hubiera metido en agua helada y le hubiera sumergido la cabeza durante un buen rato. A pesar de lo que tiritaba debido al frío y de lo azules que tenía los labios, me miraba con los ojos brillantes y en ellos pude leer la devoción y la adoración que sentía por mí.

—Fiona —balbuceó con una sonrisa—. Boby.

—Tú no te llamas Boby —lo abronqué—. ¡Tú te llamas Nobody! ¿Sabes lo que es un Nobody? ¡Un cero a la izquierda! ¡Nada!

Al parecer no comprendía lo que le decía, porque siguió mirándome con esa expresión de júbilo talmente como si le hubiera estado declarando mi amor.

—Boby —repitió él, y luego una y otra vez—: ¡Fiona!

Alargó la mano e intentó agarrarme por el pelo. Yo aparté enseguida la cabeza.

—¡Deja eso! Y ahora sal de la bañera, tengo que secarte.

Obediente, trepó hasta salir y se quedó tiritando y castañeteando los dientes sobre la alfombrilla. Contemplé su delgado cuerpo congelado y tuve algo así como un cargo de conciencia. Había sido una crueldad y una canallada por mi parte haberlo estado mojando con agua helada durante tantos minutos. Al fin y al cabo tampoco se había ensuciado a propósito, sino que todo había sido fruto de la desesperación que le había causado el verse encerrado y solo, como lo había dejado yo durante al menos dos horas. Probablemente había sido víctima de miedos que no puedo siquiera imaginar, pero ¡diablos!, yo estaba a punto de cumplir trece años, estaba enamorada, quería disfrutar un poco de mi vida, al menos. El hecho de tener que cuidar a un chico de nueve o diez años con un claro retraso mental me superaba por completo.

Visto en retrospectiva y sin querer disculparme ni justificar mi conducta, debo decir que mi comportamiento fue bastante normal. De haber sido mi hermano pequeño y, por lo tanto, de haber sido mi obligación cuidar de él, lo habría intentado todo para zafarme de esas obligaciones y a él probablemente lo habría tratado de cualquier manera menos de forma amable. Es lo que habrían hecho la mayoría de las chicas de mi edad. El problema era que Brian no podía defenderse contra todo aquello como un niño normal. Cualquier otro chico se habría desgañitado berreando si lo hubiera encerrado como hice con él. Habría golpeado la puerta, la habría pateado y, al final, en unos minutos habría conseguido que algún adulto lo liberara. Un niño normal tampoco habría soportado que lo bañaran en agua helada. Incluso siendo yo la mayor, habría encontrado sus propios medios y estrategias para rebelarse contra mí.

Pero Brian era distinto. Y yo era demasiado joven para comprender lo desamparado que estaba. Me limitaba a dejarme llevar por mis impulsos, de la compasión a la profunda irritación, y esa irritación era con diferencia el impulso más habitual que Brian provocaba en mí. De no haber sido tan afectuoso, de no haber tenido esa fijación conmigo, a pesar de su falta de raciocinio y de ser incapaz de hablar, tal vez me habría comportado de una forma algo más amistosa con él. De ese modo quizá me resultaba indiferente su raciocinio encapsulado y no había tenido la paciencia, la calma para enfrentarme a él durante más tiempo.

En cualquier caso, el comportamiento que tuve ese día me sorprendió tanto a mí misma que durante las semanas siguientes me esforcé algo más con él. La consecuencia de ello fue que Nobody se apegó aún más a mí, y yo a partir de entonces apenas encontré un solo momento para estar a solas con Chad, lo que no contribuyó precisamente a endulzar mis sentimientos por el chico.

En el mes de junio, Emma pudo abandonar la cama, delgada en grado sumo y con un aspecto que no era más que una sombra de lo que había sido. Aunque durante las primeras semanas necesitó mi ayuda muy a menudo, fue capaz de ocuparse de Nobody otra vez y yo pude escaparme a la cala casi a diario para estar a solas con Chad. A un mayo caluroso lo siguió un junio también caluroso y un julio que lo fue todavía más. Días despejados que olían a hierba y a flores, un mar azul zafiro a nuestros pies, largos atardeceres en los que el sol de poniente se convertía en un grandioso fuego que inflamaba el horizonte entero. La guerra quedaba muy lejos, yo vivía absolutamente ajena a ella. Si Chad no hubiera seguido insistiendo en su deseo de ir al frente, creo que incluso podría haberme olvidado de que en alguna parte había un campo de batalla, bombas, desgracias y lágrimas. Me sentía segura porque Emma no dejaba que Chad fuera a la guerra. Disfruté del verano más bonito de mi vida. Y eso no solo me lo pareció entonces. Hoy en día sigo pensando que fueron las mejores semanas de mi vida.

El 29 de julio de 1942 cumplí trece años. La carta que me llegó de mi madre acabó con todo: con aquellas despreocupadas semanas de verano, con ese amor de juventud, con la interminable libertad que tenía en la granja de los Beckett que, desde hacía ya tiempo, se había convertido en mi hogar.

Mamá me contaba en su carta que los bombardeos sobre Londres habían disminuido mucho y que no veía razón alguna para que yo siguiera viviendo a costa de los Beckett (así es como lo expresó, a pesar de que el gobierno pagaba un dinero por mi estancia en Yorkshire). Me decía también que a finales de agosto acudiría a recogerme y que me llevaría de vuelta a Londres. Que ya iba siendo hora de que conociera finalmente a mi padrastro.

Me vi sumergida en un abismo sin fondo. Lo que acabo de escribir, acerca de que el verano de 1942 fue el mejor de mi vida, cuenta solo hasta ese soleado último miércoles de julio. A partir de entonces se apoderó de mí la más absoluta desesperación.

El mes de agosto siguiente fue el peor de mi vida.

8

El 1 de septiembre llegué de nuevo a Londres. Durante el trayecto del tren no le dirigí la palabra a mi madre, y ella estaba tan furiosa por mi actitud que se mordió todas las uñas y al final ni siquiera me miraba. Fue un día soleado de finales de verano, pero incluso así Londres me pareció una ciudad fea, triste y absolutamente insoportable. En ese lugar la guerra era patente, por lo que me di cuenta de lo alejada que había estado de ella en Yorkshire. Casas destrozadas, escombros, calles arrasadas por incendios. La gente caminaba a toda prisa y con la cabeza gacha por las aceras, muchos de ellos vestían con harapos y parecían hambrientos. Desde la estación tuvimos que ir andando hasta nuestra casa, o mejor dicho, hasta la casa de Harold Kanes. Me había jurado a mí misma que jamás la llegaría a considerar mi hogar. En lugar del aroma del viento, de la sal y del heno, pasé a verme rodeada por el olor a gasolina y por el polvo. Mamá llevaba mi maleta, y yo cargaba con la bolsa en la que Emma me había empaquetado pan, carne y queso en grandes cantidades porque, según ella, en Londres escaseaban todas esas cosas; de hecho, no tardé en comprobar que tenía razón. Mi madre se había ofrecido, sin demasiado entusiasmo, para llevarse también a Nobody y «dejarlo en manos de las autoridades competentes», pero, como era de prever, Emma había rechazado la propuesta, horrorizada. Nunca había envidiado tanto a Nobody como el día en que se decidió que permanecería en ese entorno paradisíaco mientras a mí me tocaba despedirme del lugar con el corazón hecho pedazos. Él había llorado cuando mamá y yo lo dejamos en el patio, y cuando me volví para mirarlo pude ver que Emma le metía caramelos en la boca para consolarlo.

Chad estaba con las ovejas y no había vuelto a dejarse ver. En la víspera habíamos acordado que sería mejor de ese modo. Yo no quería llorar y habría sido incapaz de evitarlo si él hubiese estado allí, junto a su madre, mientras Nobody me decía adiós con la mano. Podía superarlo todo siempre y cuando la rabia me ayudara a mantener la cabeza fría. Su mirada solo habría contribuido a abrir una brecha en el dique.

Al ver el estado deplorable en el que se encontraba la ciudad, le dirigí la palabra a mi madre por primera vez ese día.

—¿Aquí no caen más bombas? ¡Pues parece como si no hubieran dejado de caer cada noche!

—¡Vaya —dijo mamá—. ¡Creí que se te había comido la lengua el gato!

Yo la miré, furiosa.

—Esos son los destrozos de los ataques de finales de mil novecientos cuarenta y de la primera mitad de mil novecientos cuarenta y uno —me explicó mamá—. Por el momento todo está tranquilo. Hace semanas que no tenemos ninguna alarma nocturna.

—Ajá —repliqué yo, malhumorada.

Fue inmaduro por mi parte, pero en ese momento deseé que durante la noche siguiente nos sobrevolaran pilotos alemanes a docenas para dejar caer sobre Londres varias toneladas de bombas. Entonces mamá habría tenido que reconocer su error y, absolutamente aterrorizada, mandarme de nuevo a Yorkshire.

Mi madre se detuvo para limpiarse la nariz, la tenía empapada en sudor. Mi maleta pesaba y esa tarde hacía bastante calor.

—Fiona, somos una familia. Harold, tú y yo. No está bien que nos comportemos como si no nos conociéramos.

—A tu Harold sí que puedo tratarlo como a un desconocido. Al fin y al cabo ni siquiera me ha visto todavía.

—Con más motivo, pues. Hace un año que es tu padre, y...

—Padrastro.

—Bueno, padrastro. Es importante que os llevéis bien, que encontremos la forma de vivir bien los tres juntos.

—¿Y si no la encontramos?

—La encontraremos. ¡Fiona, deberías estar contenta de tener una familia! Hay niños que lo han perdido todo por culpa de la guerra. ¡Piensa en el pobre Brian Somerville, a quien ya no le queda nadie en el mundo!

—Mejor no me hagas pensar en él —respondí yo, furiosa—, porque me moriré de envidia. A él le habéis permitido quedarse y a mí no.

Mamá pareció bastante herida al oír eso, pero en mi opinión era culpa suya. Recorrimos el resto del camino otra vez en silencio. Ese día hablando no habríamos conseguido entendernos.

El piso de Harold Kanes estaba en Stepney, en uno de los edificios más feos que había visto en mi vida. Un bloque de viviendas triste, gris, que quedaba hundido respecto de la calle y se encontraba entre otros dos que lo superaban en altura, puesto que tenían varios pisos más e impedían que la luz del sol llegara a la parte trasera. En la calle solo había una casa que hubiera quedado completamente derrumbada por las bombas; sin embargo, la onda expansiva había afectado a unos cuantos edificios cercanos, de los que había destrozado las ventanas, ya que por todas partes se veían horribles construcciones improvisadas con planchas de plástico y tablones de madera. La calle era muy estrecha y oscura, incluso en un día soleado como aquel. En invierno debía de ser un lugar desolador. Yo me había acostumbrado a la amplitud y a la libertad del Yorkshire rural. Tuve ganas de echarme a llorar.

Harold Kane ya estaba en casa cuando llegamos. Yo había tenido la esperanza de que estuviera en el trabajo para poder ver primero el piso y empezar a aclimatarme antes de conocerlo, pero no fue posible. En lugar de eso, nos abrió la puerta del cuarto piso, después de que mamá y yo subiéramos jadeando los empinados y oscuros escalones de las cuatro plantas cargadas con la maleta y la bolsa. Harold era gordo y tenía la cara rojiza, con un aspecto enfermizo que en ese momento yo ignoraba que era a causa del alcohol. Me pareció feo y desagradable. Fue odio a primera vista.

—Así que tú eres Fiona —dijo mientras me tendía la mano para saludarme—. ¡Bienvenida a Londres, Fiona!

Se esforzó por ser amable, pero yo no me fié de él. Mi olfato me decía que la idea de llevarme allí no podía haber sido suya, sino de mi madre. ¿Qué iba a hacer él con esa chica de trece años que acababa de aterrizar de repente en su intimidad conyugal? Hacía tan solo un año que mi madre y él habían empezado una nueva vida juntos. No creo que pudiera verme más que como a una entrometida.

El piso era muy pequeño y lo había amueblado de forma bastante miserable. Incluso nosotras, que jamás habíamos tenido mucho dinero, habíamos vivido en pisos mejores. Tenía dos habitaciones y un pequeño cuarto, y todos daban a la parte de atrás donde se erigía el edificio colindante, tan cerca que tenías la impresión de poder sacar la mano por la ventana y tocar las paredes. Respecto al sol del atardecer que seguía brillando fuera, no estaba presente en absoluto; habría dado igual que hubiera sido un nuboso día de noviembre en lugar de aquel soleado inicio de septiembre.

La primera habitación la utilizaban como cocina; la segunda, como dormitorio para mamá y Harold. El cuarto pequeño, tal como supuse nada más verlo, me lo reservaban a mí. Cabían una cama y un armario estrecho, con lo que la estancia se veía llena a rebosar. Apenas podía darme la vuelta allí dentro.

—¿Y dónde se supone que haré los deberes de la escuela? —pregunté, furiosa.

—En la mesa de la cocina —respondió mi madre mientras se esforzaba por fingir despreocupación y buen humor—. ¡Allí tienes espacio suficiente y nadie te molestará!

En ese momento tuve que controlarme para no echarme a llorar. Todo era mucho peor de lo que había imaginado. Y no es que yo fuera una niña mimada. En la granja de los Beckett las habitaciones también eran pequeñas y oscuras, la casa no era nada del otro mundo y el dormitorio que yo había tenido allí, para ser sinceros, solo era un poco más grande que ese pequeño cuarto. Pero en los días soleados el sol entraba radiante por todas las ventanas y se veían los campos casi infinitos que se extendían hasta el horizonte, donde se fundían con el cielo. Desde una de las habitaciones del piso de arriba que daba a una hondonada de la colina, incluso se divisaba el mar. En Yorkshire había tenido una sensación de libertad desmesurada. En ese piso, sin embargo, me sentía como enterrada en vida, como encerrada tras los muros de una prisión.

—Yo me paso el día entero en el astillero —dijo Harold en lo que pareció un intento de consolarme— y tu madre tampoco está en casa, siempre está limpiando en un sitio u otro a pesar de no estar obligada a hacerlo. Tendrás todo el piso para ti sola.

—Ese dinero puede venirnos bien —dijo mamá.

—Pero también podríamos salir adelante sin él —replicó Harold.

Tuve la sensación de estar presenciando una riña habitual. Al parecer, el hecho de que mamá trabajara limpiando era una cuestión espinosa.

—Siempre estaríamos pasando apuros —dijo ella.

Empecé a preguntarme seriamente por qué se había casado con

aquel hombre. No era atractivo y era evidente que tampoco le sobraba el dinero. ¿Qué demonios había visto mi madre en él? A mí me parecía que ella era una mujer bastante atractiva, que podría haber encontrado algo mejor que aquel saco de grasa. Mi difunto padre quizá fuera un borracho y un irresponsable, pero había sido un hombre guapo. Recuerdo que cuando era niña a menudo me sentía orgullosa cuando paseaba con él por la ciudad y veía las miradas que le lanzaban las demás mujeres. No había duda de que a Harold esas cosas no le ocurrían.

¿Mi madre estaba con él por necesidad?

Ahora que ha pasado tanto tiempo, naturalmente, me resulta más fácil comprenderlo.

Tal como son las cosas hoy en día, con unos treinta y cinco años mi madre aún se consideraría joven, pero por aquel entonces el criterio era distinto y se asumía que ya tenía una edad. Era viuda, tenía una hija y carecía de dinero. No quería quedarse sola para el resto de su vida, pero en su situación tampoco es que tuviera a los hombres haciendo cola para llamar a su puerta. En especial porque la mayoría de los hombres de su edad estaban luchando en el frente y no tenían ocasión de salir a pescar esposa. Mamá siempre había sido una persona muy pragmática. Había visto en Harold Kane una oportunidad, quién sabe si la última que se le presentaría, y se había aferrado a ella. En ese punto estaba decidida a hacer cuanto pudiera por sacar el máximo partido a la situación. El problema era que yo también tenía que participar en el juego y no sentía más que la necesidad de rebelarme ante ello.

Para cenar, comimos patatas y carne. La carne era tan fibrosa que te pasabas el rato quitándote los hilillos que te quedaban entre los dientes, mientras que las patatas las encontré absolutamente pasadas. Mamá se dio cuenta de que no me gustaba.

—Seguro que en el campo comías mejor —dijo y, por primera vez desde que me había ido a buscar a Staintondale en contra de mi voluntad, su tono de voz había perdido algo de aquel tinte de disculpa que había tenido al principio—. Aquí, en la ciudad, estamos pasando dificultades económicas por culpa de la guerra.

Yo no respondí nada. ¿Qué podría haberle dicho de todos modos? No era solo la comida, es que todo había sido mejor en el campo, simplemente. Estaba oscureciendo. A esas horas habría bajado a la cala para encontrarme con Chad. Nos habríamos abrazado, habría notado los latidos de su corazón acompasados con los del mío. Nos habríamos contado cómo nos había ido el día y luego habría tenido que escuchar una rabiosa perorata acerca de lo mucho que él ansiaba participar en la guerra...

Empujé mi plato para apartarlo. Pensar en Chad era demasiado para mí, y me vi incapaz de tragar ni un solo bocado más.

Por lo demás, pude comprobar que Harold no comía mucho aunque sí bebía cerveza en grandes cantidades. Más de lo que podía ser bueno. Su cuerpo abotargado a buen seguro era producto del alcohol y no de las más que mediocres dotes culinarias de mi madre. ¡Otro alcohólico! Por aquel entonces todavía no era capaz de realizar determinadas consideraciones psicológicas; de lo contrario, es muy probable que hubiera tenido claro que había una constante fatal en la vida de mi madre que se repetía continuamente: su padre había sido alcohólico, igual que su primer marido y, ahora, su segundo marido. Tenía propensión a los borrachos y al parecer no conseguía salir de esa espiral. Yo era capaz de comprender que, respecto a eso, ella no fuera más que prisionera de sí misma. Incrédula, no hacía más que preguntarme: ¿por qué? ¿Por qué? ¿Por qué Harold Kane?

Después de cenar me fui a la cama sin perder un segundo, ni siquiera ayudé a mi madre a recoger la mesa y a lavar los platos. Puesto que asumieron que estaría muy cansada tras un día tan duro como aquel, nadie puso pegas al respecto. Pero mientras me disponía a desnudarme en aquel cuarto tan estrecho, pude oír las quejas de Harold:

—¡No me soporta! ¡Me he dado cuenta enseguida!

—Ha sido un día con demasiados cambios para ella —replicó mamá—. Se ha encariñado mucho con la familia Beckett en Yorkshire y ahora se siente desarraigada. Todo le parece mal, aquí. No te lo tomes como algo personal.

—Creo que ha sido un error traerla en contra de su voluntad —dijo Harold.

Yo me quedé de piedra, llena de esperanza; tal vez acabaran llegando a la conclusión de que... Sin embargo, mamá no tardó en destrozar mi sueño.

—No —replicó con firmeza—, no ha sido un error. Al contrario, ya iba siendo hora de que volviera. Estaba a punto de integrarse completamente en esa otra familia, tenía que tomar medidas para que eso no ocurriera.

—¡Al fin y al cabo fue idea tuya mandarla al campo!

—Ya sabes cómo eran las cosas. Llovían bombas, noche tras noche. No quería perder a mi única hija. Y en este momento tampoco deseaba perderla de otro modo, ¿comprendes? ¡No quería que acabara considerando a otra mujer como a su madre!

—Bueno, ya hacemos lo que podemos para que no siga siendo hija única —dijo Harold, y a pesar de mi juventud y de mi falta de experiencia, mientras aguzaba el oído desde mi cuarto no me pasó inadvertido que su tono de voz había cambiado—. Tal vez deberíamos intentarlo de nuevo ahora mismo, ¿no crees?

—Tengo que arreglar la cocina. Además, Fiona aún no está dormida. Puede aparecer en cualquier momento.

—Tonterías. Estaba agotada por completo. Ya no se moverá de su cuarto.

—Harold, déjalo... de verdad, tengo miedo de que Fiona... ¡Para!

Oí cómo se volcaba un taburete. Y las risitas de mamá. Horrorizada, contuve el aliento. Aquellos dos no estarían...

Los ruidos que poco después llegaron a mis oídos no dejaban lugar a dudas. Mi madre y Harold Kane se pusieron a hacerlo poco después de cenar, en la cocina, sin importarles un pimiento que yo pudiera oírlo todo, absolutamente todo.

Fue insoportable. Sí, insoportable.

Ni siquiera seguí desnudándome. En lugar de eso, me metí en la cama tal como estaba, con la falda de verano floreada que Emma había cosido para mí y los calcetines cortos puestos. La ropa de cama olía a moho. Hundí la cara en la almohada y me tapé las orejas con las dos manos para no tener que oír nada de aquella actividad repugnante. Durante todo ese día tan horrible había conseguido controlarme, pero en esos momentos no pude más.

Lloré, y creo que fueron las lágrimas más amargas de toda mi vida.

9

Debo reconocer que en las semanas y los meses siguientes no se lo puse fácil a mi madre y a Harold. La rabia que había provocado el hecho de que me hubieran llevado a Londres en contra de mi voluntad no se disipó; al contrario, en todo caso se intensificó. Llegó el otoño, la niebla, las tardes oscuras. Mi estado de ánimo tocó fondo.

Harold me evitaba y yo lo evitaba a él, en la medida que nos lo permitía aquel piso tan diminuto. Pero era cierto que él pasaba la mayor parte del día en el astillero, donde tenía un puesto de capataz, y cuando volvía a casa se emborrachaba con bastante facilidad hasta que se quedaba dormido en el pequeño sofá que teníamos en la cocina. Roncaba y apestaba a alcohol; me estremecía cada vez que tenía que pasar por su lado.

—Es un borracho, mamá —le dije una vez a mi madre—. ¿Cómo has podido casarte con un borracho?

—Todos los hombres beben —respondió mi madre, lo que, desde su punto de vista y teniendo en cuenta su experiencia, seguramente le sonaba cierto.

Yo negué con la cabeza.

¡No! Arvid Beckett, por ejemplo...

Ese comentario, claro está, le tocó la fibra.

—¡No vuelvas a salirme con los Beckett! —me espetó—. Para ti es como si hubieran bajado del mismísimo cielo. Pero son personas normales, ¡como tú, como yo y como Harold!

—Pero no beben —insistí.

—Entonces seguro que tienen otros vicios. Todos tenemos nuestros vicios. ¡Créeme!

Puede que mamá tuviera razón o puede que no, yo no era nadie para juzgarlo. En cualquier caso, el alcoholismo de Harold y la visión de su rostro abotargado me provocaban tanta aversión que durante toda mi vida he sentido un rechazo tan profundo por el alcohol que me ha impedido siquiera probarlo. Lo odiaba. Aun hoy en día ni siquiera soporto tener una botella de aguardiente digestivo en casa.

Iba a la escuela, terminaba escrupulosamente mis deberes y dedicaba el tiempo libre a escribir interminables cartas a Chad. En ellas le describía mi desoladora rutina, la triste atmósfera del Londres bombardeado, aquel piso tan sombrío, la escasez de alimentos. Siempre acababa dedicándole la mayor parte de las cartas a Harold. Se lo describía como un verdadero monstruo, para que a Chad le quedara la impresión de que mi madre se había casado con un engendro gordo, estúpido y borracho. Le escribía con la esperanza de recibir algo de consuelo, si bien él apenas me respondió alguna vez. Me hizo saber que no le gustaba escribir cartas y que tenía mucho trabajo en la granja, pero que me echaba de menos y pensaba en mí a menudo. Tuve que contentarme con eso. Al fin y al cabo era un hombre. En general les resulta más difícil expresar sus sentimientos por escrito.

A finales de noviembre recibí una carta de Chad en la que, como de costumbre, se lamentaba de vivir ligado a esa granja ovina en lugar de poder ir a la guerra a luchar por Inglaterra.

«La suerte está dando la espalda a los alemanes en la guerra —me escribió—, acabarán derrotados ¡y a mí me gustaría contribuir a ello!»

Al final de la carta, mencionaba que su madre volvía a estar gravemente enferma.

«Tiene mucha tos y fiebre. Y un aspecto muy enfermizo. Este tiempo frío y húmedo no es para ella, pero no tenemos dinero para costearle una estancia en el sur y tampoco son buenos tiempos para ello. Las islas Anglo-Normandas serían un buen sitio para mi madre, pero Hitler las ha invadido. Además, ¿cómo nos las arreglaríamos sin ella?»

Fue inevitable pensar en Nobody. ¿Quién se ocuparía de él si Emma tenía que guardar cama durante unas semanas? Tal vez acabarían llevándolo a un orfanato. Sería lo mejor para él.

La Navidad me reservaba una sorpresa muy especial. Tras el reparto de regalos por la mañana, en el que en esencia me regalaron cosas prácticas como una bufanda, una gorra y unos guantes, mamá me comunicó que en el mes de julio dejaría de ser hija única.

—Un hermanito —dijo Harold desde el sofá, y para celebrarlo se tomó el primer vaso de aguardiente del día, a las nueve de la mañana.

—Eso todavía no lo sabemos —agregó mamá.

—Yo sí lo sé —insistió Harold—. Será un chico. ¡Ya lo verás!

—Bueno ¿qué? ¿No te alegras? —me preguntó mamá.

—En julio... —dije yo—. Entonces es probable que nazca el mismo día de mi cumpleaños.

Solo me faltaba eso. Que el hijo de Harold, que con toda probabilidad saldría a su padre, me disputara el día de mi cumpleaños.

—Seguro que no —dijo mamá—. El médico dice que nacerá a principios de julio. Tal vez a finales de junio. Seguro que no coincidiréis en el día. —Le brillaban los ojos y se le habían suavizado los rasgos. ¡Realmente se alegraba de traer al mundo al hijo de un alcohólico de rostro colorado!

Entonces me vino de repente otra duda a la cabeza.

—Pero ¡si aquí no hay sitio para otra persona! ¡Viviremos demasiado estrechos!

Tal vez, o así lo esperaba yo, al final verían necesario volver a mandarme a Staintondale.

Al parecer, mamá no había pensado en eso.

—El primer año dormirá con Harold y conmigo en la habitación. Y luego ya veremos. Tal vez encontremos un piso un poco más grande.

—Claro que lo encontraremos —fanfarroneó Harold.

A mí me habría gustado preguntarle cómo pensaba pagar un alquiler más elevado, teniendo en cuenta que la mayor parte de su sueldo debía de destinarlo a comprar alcohol, pero me mordí la lengua. Era Navidad. No quería estropearle el día a todo el mundo.

Al final no tendríamos que preocuparnos ni por la cuestión de la fecha del nacimiento ni por lo de la habitación, puesto que todo acabó en un drama.

A finales de febrero, mamá sufrió una desgraciada caída a causa del hielo que había en la calle, frente a la casa. Subió arrastrándose con una mueca de dolor en el rostro, se dejó caer sobre el sofá y empezó a quejarse levemente. Le preparé un té, pero no tomó más que un par de sorbitos.

—Me duele mucho, Fiona —susurró—. ¡Me duele mucho!

—¡Mamá, debería verte a un médico!

Ella negó con la cabeza.

—No. Solo conseguiría meterme el miedo en el cuerpo. Lo único que tengo que hacer es tranquilizarme y todo irá bien.

Sin embargo, al parecer los dolores se volvieron más intensos porque empezó a quejarse cada vez con más vehemencia mientras se llevaba las dos manos al vientre. Yo estaba muy preocupada. Aparte de algún que otro resfriado ocasional, jamás había visto a mi madre enferma, solo la conocía sana y en plena forma, y en ese momento tenía la cara pálida y amarillenta, los labios exangües y se retorcía desesperadamente a causa del dolor. Cuando en algún momento, no sin dificultades, se puso de pie para dar un par de pasos con la esperanza de relajarse un poco, vi que había dejado una gran mancha roja en la tapicería de color claro del sofá.

—Mamá, estás sangrando —dije, horrorizada.

Ella se quedó mirando la mancha.

—Lo sé. Pero... eso es de... No debe de querer decir nada...

—¡Deja que vaya a buscar a un médico de una vez! —le supliqué.

A pesar de que apenas podía tenerse de pie, me espetó:

—¡No! ¡De ninguna manera! ¡Ni te atrevas!

—¿Por qué no, mamá? Yo...

—¡No! —repitió antes de volver a apretar los labios y dejarse caer de nuevo en el sofá. Yo no sabía qué hacer.

No comprendía por qué se resistía tanto a que la viera un médico. Sentía dolores, perdía mucha sangre... ¿En serio creía que volvería a sentirse bien tan fácilmente? Yo era demasiado joven para comprender que mi madre se encontraba en estado de shock, que estaba a punto de perder al bebé y que se daba cuenta de ello de forma subconsciente, pero a la vez se resistía a aceptarlo con todas sus fuerzas. Quería poder traer al mundo, fuera como fuese, a ese hijo que Harold tanto deseaba, ya había tardado demasiado en quedarse embarazada. Su instinto maternal también contribuyó a que se aferrara a ese hijo nonato, a que intentara protegerse a sí misma y al pequeño del diagnóstico imparcial, y a todas luces funesto, de un médico. Se negó en redondo a aceptar la realidad y decidió jugarse la vida. Y yo a su lado, desesperada, amedrentada por el dolor que transmitía su voz, esa voz que me prohibía acudir en busca de ayuda.

Por la tarde fue incapaz de seguir aguantando los dolores y al cabo reconoció que iba a pasar algo.

—Ve corriendo a los astilleros —me susurró con voz ronca—. ¡Tan rápido como puedas! Ve a buscar a Harold. ¡Que venga enseguida!

No hay duda de que habría sido más sensato acudir directamente a un médico, pero para mí supuso un alivio el hecho de pasar aquella responsabilidad a un adulto. Nuestro piso no estaba muy lejos del astillero en el que trabajaba Harold, tal vez a un cuarto de hora a pie. Creo que esa gélida tarde de febrero de 1943 conseguí cubrir el trayecto en apenas diez minutos. A pesar de que las calles estaban cubiertas por peligrosas capas de hielo, las recorrí a toda prisa con el corazón acelerado, un doloroso flato, la boca seca y apenas sin aliento. El pánico me dio fuerzas. Hacía ya mucho rato que el instinto me decía que mamá podía acabar muriendo si no la ayudaba. Ya habíamos perdido demasiado tiempo. Tan solo rezaba por encontrar a Harold enseguida, que no se hubiera marchado ya y estuviera en uno de los sórdidos pubs del muelle, donde se tomaba las primeras copas de la noche. En ese caso, sabía que tenía pocas posibilidades de encontrarlo. Por suerte lo atrapé justo a tiempo, cuando ya se despedía de sus compañeros. Se quedó perplejo al verme aparecer de repente, jadeando y encorvada a causa del flato.

—Mamá —dije—. Tienes que venir ahora mismo. Está... ¡Se encuentra muy mal!

Me sorprendió ver que Harold, sin preguntarme ni dudar un solo instante, emprendió el camino de vuelta a casa corriendo. No habría creído que alguien de su generoso tamaño fuera capaz de moverse tan deprisa. Al llegar a casa, tenía la cara de color rojo oscuro y brillante debido al sudor, pero no se había detenido ni un solo instante. Supongo que tuvimos suerte de que todavía no le hubiera dado un ataque al corazón.

Encontramos a mamá tendida en el sofá, acurrucada, con los brazos entrelazados sobre el vientre. La nariz le destacaba mucho en ese rostro demacrado y amarillento. No me explicaba cómo había podido suceder en tan pocas horas, pero parecía como si hubiera envejecido varios años y hubiera perdido varios kilos a lo largo de esa tarde. Miró fijamente a su marido con los ojos muy abiertos.

—Harold —dijo con algo parecido a un sollozo—, creo que... nuestro hijo... ha...

—Tonterías —dijo él—, tendremos el hijo más guapo del mundo, ¡ya lo verás!

Harold la acompañó al hospital. Por un instante me pareció ver en su rostro que no sentía ni el más mínimo amor por mi madre. No era un buen presagio.

Solo tengo recuerdos vagos acerca de lo que sucedió esa noche. Creo que intenté distraerme arreglando el piso y tratando de limpiar la mancha de sangre del sofá, aunque a pesar de todo no conseguí eliminarla por completo: quedó un tono más oscuro que el resto y, más adelante, cuando mamá ya no soportaba seguir viéndola, Harold se vio obligado a llevarse el sofá de casa. Nunca llegué a saber qué hizo con él.

Finalmente, cuando ya no había nada más que hacer, me limité a esperar. Me preparé un té, me senté a la mesa y simplemente fijé la mirada en la pared. Tenía un terrible sentimiento de culpa. Por dentro me había resistido a aceptar la llegada de aquel niño, había deseado tantas veces que no llegara a ver la luz que me parecía como si hubieran sido mis deseos secretos los que se habían cumplido. Y temía perder también a mi madre. Había visto el aspecto horrible que presentaba y sabía que había perdido mucha sangre. ¿Qué pasaría si no volvía? ¿Por qué no había ignorado sus prohibiciones y había ido a buscar a un médico enseguida? Seguí debatiéndome conmigo misma, llorando, y por primera vez en mi vida me di cuenta de que esperar puede convertirse en el peor de los tormentos posibles.

Ya era pasada la medianoche cuando oí cómo Harold subía la escalera, lenta, pesadamente. Al parecer ya había llegado al rellano. Salí disparada hacia la puerta. Se quedó delante de mí, mirándome con los ojos inyectados en sangre y apestando a aguardiente. Durante el camino de vuelta desde el hospital debió de haber hecho más de una parada en algún que otro bar.

—Fiona —dijo, arrastrando la voz.

—¿Cómo está? Harold, ¿cómo está mi madre?

Entró tambaleándose en el piso y fue directo hacia la cocina, para sacar la botella de aguardiente. Me habría gustado poder azotarlo.

—¡Harold! ¡Por favor! ¿Cómo está mamá?

—Sobrevivirá. La... la han operado.

Cerré los ojos y sentí que se apoderaba de mí el vértigo, un vértigo de alivio. Mamá no estaba muerta. Mamá volvería conmigo.

—El niño —susurró Harold. Se le trababa la lengua. Tomó un buen trago de la botella antes de volverse hacia mí—. Era... era realmente un niño. Mi hijo... ha muerto.

Para ser sincera, debo admitir que esa información no me conmovió demasiado. Yo no tenía nada que ver con el hijo de Harold Kane; por muy hermanastros que fuéramos, no podía dejar de pensar: Mamá está viva, mamá está viva, ¡mamá está viva!

De repente me había quitado un peso enorme de encima.

Sin embargo, Harold se encontraba inmerso en una crisis terrible. Estaba sumido en la desesperación. No paraba de beber aguardiente, de quejarse y de lamentarse, con la voz cada vez más pastosa, acerca del hijo que había perdido. El hijo que tanto había estado esperando, que lo significaba todo para él, que tenía que cambiarle la vida.

Cuando finalmente ya hube tenido bastante, me dirigí a él de forma impertinente:

—Dios mío, Harold. ¡Ya tendrá otro niño! ¡Todo irá bien!

Él bajó la botella que, justo en ese momento, estaba a punto de llevarse a la boca.

—Nunca... más —dijo—. Nunca más. El... el médico ha dicho que... que nunca... más.

—Lo siento —dije, con bastante torpeza.

¿Qué más podía decir? Harold me miró a los ojos y luego, para mi horror, rompió a llorar.

—Oh, Dios —se lamentaba—. ¡Oh, Dios! —Se levantó y se acercó tambaleándose hasta donde yo estaba—. F...Fiona, F... Fiona, abrázame... abrázame fuerte...

Yo retrocedí enseguida hasta dar con la espalda contra un armario.

—¡Harold! —dije en un tono de rechazo.

Lo tenía muy cerca. Apestaba horriblemente a alcohol, tanto que a punto estuve de marearme. Además, me infundió miedo. ¿Qué quería? Nunca nos habíamos dado un abrazo a pesar de lo mucho que a mamá le habría gustado. Yo no había querido y él lo había respetado. En ese momento, sin embargo, en la cocina, en plena noche, bajo un fuerte estrés emocional, borracho y desesperado, parecía que estuvieran a punto de cruzársele los cables.

—Ni un paso más —le advertí con voz ronca.

—Fiona —casi me suplicó él mientras intentaba agarrarme.

Me zafé de su mano y me planté frente a la puerta. Era más ágil y más hábil que él, por no decir que estaba sobria. Pero, claro, él era mucho más fuerte, y en el peor de los casos yo no tendría nada que hacer. Nada que hacer si pasaba... ¿exactamente qué?

Más tarde llegué a la conclusión de que Harold Kane no había tenido intención alguna de abusar de mí. Ni esa noche ni ninguna otra, no hizo nada que indicara que se hubiera encaprichado conmigo. Al contrario, llegó un momento en que me quedó claro que tenía una especie de fijación con mi madre. Al parecer, ni siquiera miraba a las otras mujeres.

Lo único que buscaba esa noche era un poco de consuelo. Estaba desesperado. Se le caía el mundo encima. Le hubiera dado igual que fuera un hombre o una mujer quien lo abrazara; se habría lanzado a los brazos de cualquiera con tal de encontrar algo de apoyo, un poco de seguridad. Pero yo era muy joven. Y muy susceptible. Lo único que sentía al verlo era antipatía y desconfianza. Estaba agotada tras aquella horrible tarde en la que mi madre no había parado de gimotear y de retorcerse de dolor. Supongo que yo tenía los nervios a flor de piel.

—Gritaré —le advertí—, si te acercas un paso más, ¡gritaré hasta que se entere todo el edificio!

Él se quedó perplejo.

—¿No... no creerás que...?

No esperé a que terminara de formular la pregunta. Rápida como una centella, me di la vuelta y salí corriendo por el estrecho vestíbulo hasta llegar a mi cuarto, me encerré en él con un portazo y apoyé la espalda contra la puerta. No había cerrojo y era algo que había lamentado a menudo, aunque nunca tanto como aquella noche. Me sentía desprotegida y vulnerable. Quizá Harold tratara de entrar en cualquier momento si yo no lo impedía. Lo único que podía hacer era mantenerme despierta a toda costa y dificultarle tanto como fuera posible cualquier intento de atacarme. Si se atrevía a entrar en mi territorio, me resistiría y gritaría. De ninguna manera podría sorprenderme durmiendo.

Así que me mantuve despierta toda la noche, hasta la mañana. Me senté en el suelo con la espalda apoyada en la puerta y agucé la vista en la oscuridad. Estaba muerta de cansancio y, sin embargo, absolutamente desvelada. El corazón me latía a toda prisa mientras los pensamientos se apelotonaban en mi cabeza. No podía quedarme allí, lo tenía muy claro. Harold había dicho que debían operar a mamá y eso significaba que habría de quedarse un tiempo en el hospital. Diez días, al menos, tal vez incluso dos semanas. No estaba dispuesta a pasar todo ese tiempo sola con un borracho en aquel piso. No lo soportaba. Me daba miedo.

Solo había un lugar en el mundo en el que me sentía segura. Mi única esperanza era que el dinero que había estado ahorrando me alcanzara para comprarme un billete de tren a Scarborough. Una vez allí, ya vería qué hacía. No contaba con que mi madre y Harold aceptasen tan fácilmente mi huida, pero al menos mamá estaría unos días fuera de combate y Harold no tenía nada que decirme. Y lo más importante para mí era sentirme segura.

Eso era lo más importante.

De manera que me senté y esperé, cavilando, hasta el amanecer. A Harold no volví a oírlo y tampoco intentó entrar en mi habitación. En algún momento debí de dar alguna cabezada, porque di un respingo al oír cómo se cerraba la puerta de casa, el primer ruido que oía en varias horas. Justo después, unos pasos que bajaban por la escalera. Gracias a Dios, Harold se marchaba a trabajar como cada día.

Me levanté absolutamente anquilosada. Los ojos me escocían debido al cansancio. Y sin embargo estaba decidida a no permitirme ni siquiera media hora de sueño. Me lavé, me cambié de ropa y recogí lo más necesario. Y tan rápido como pude me marché hacia la estación.

La siguiente noche la pasaría en la granja de los Beckett.

10

El trayecto se me hizo interminable. El dinero me había alcanzado para pagar el billete, y llegué a Scarborough por la tarde. Sin embargo, me costó descubrir qué autobús tenía que coger a partir de allí, y luego el tiempo que tuve que esperar hasta que por fin llegó el vehículo me pareció una eternidad. Según el horario, el autobús debería haber llegado mucho antes, y cuando me quejé al conductor por el retraso, este se limitó a encogerse de hombros.

—Estamos en guerra, señorita —dijo, y el hecho de que me hubiera llamado «señorita» me levantó el ánimo tremendamente—. La mayoría de los conductores están en el frente. Y los que quedamos no nos podemos partir en trozos.

No tardamos en llegar a Staintondale. Con la nariz pegada al cristal, aproveché la última luz del día para embeberme con toda solemnidad de aquel encantador paisaje, en el que tanto confiaba. A pesar de que ese día de febrero era frío y gris, de que los campos y el cielo se fundían en aquel horizonte neblinoso tan típicamente invernal y de que los árboles estaban pelados, me habría gustado abrazar cada hectárea de terreno, cada prado, cada muro de piedra y cada una de las cercas que envolvían los pastos para sentirlos cerca de mi corazón. Sabía qué aspecto tendría el lugar cuando, pocas semanas después, los narcisos empezaran a cubrir el suelo, cuando el cielo se volviera en marzo de un azul claro extraordinario, cuando poco a poco los árboles empezaran a echar hojas.

Dios mío, permíteme seguir aquí cuando eso ocurra, suplicaba yo en silencio; por favor, Señor, ¡deja que me quede!

Había un buen trecho desde el punto de la carretera en el que el autobús me había dejado hasta la granja y, aunque no llevaba mucho equipaje, la bolsa pesaba. Pero ya tenía mi destino al alcance de la mano y el mero hecho de saberlo me dio fuerzas renovadas. Llevaba treinta y seis horas sin dormir y, a pesar de todo, estaba desvelada. Enseguida volvería a ver a Chad. Emma me acogería entre sus brazos.

Pronto llegaría a mi hogar.

La granja estaba a oscuras y eso me sorprendió. Ya había caído la noche y solo hacia el oeste el cielo seguía siendo de color gris claro cerca del horizonte, donde los árboles pelados parecían extrañas siluetas. El viento empezó a soplar más fuerte, del mar al interior, más frío y cargado de salitre. Pero yo sentía calor debido al esfuerzo. Vi la puerta de frente y contemplé la casa. Emma solía encargarse de mantener encendidas muchas luces porque quería que su hogar tuviera un aspecto acogedor y cálido, y a menudo había sido testigo de las riñas que eso provocaba con Arvid. Naturalmente, este consideraba que esa costumbre no era más que un derroche. Sin embargo, Emma siempre se salía con la suya al respecto, a pesar de lo sumisa que se mostraba ante su marido por lo general.

A lo mejor es que no había nadie en casa. Pero ¿adónde habrían ido en una noche tan fría entre semana?

Poco a poco, me fui acercando a la granja, me detuve un momento frente a la puerta y no sin cierto titubeo accioné el picaporte. La puerta se abrió. Un gato que estaba sentado en el suelo pasó como una exhalación por mi lado y desapareció entre la oscuridad.

La casa no olía bien, reparé en ello de inmediato. Olía a cerrado, a comida pasada, a polvo. La casa de Emma, pese a su humildad, siempre había estado limpia y ventilada; antes olía a flores, a velas o al fuego de la chimenea. Había sido una casa que parecía recibir a los que la visitaban con los brazos abiertos. Sin embargo, en ese momento... ¿Cómo podía haber cambiado tanto la granja desde mi partida, solo medio año antes? ¿O había sido yo quien había cambiado? ¿Tal vez me tomaba las cosas de otro modo? ¿Estaba demasiado agotada?

—¿Hola? —dije, tímidamente. Nunca se dejaban la puerta abierta si no había nadie en casa.

Atravesé el vestíbulo y asomé la cabeza en el salón. Oscuro. Frío. No había fuego en la chimenea, ni velas en la ventana.

Volví a intentarlo.

—¿Hola? —grité otra vez—. ¿No hay nadie en casa?

Cuando llegué a la cocina reparé en que salía un poco de luz por debajo de la puerta. Tomé aire. Allí había alguien. Con todo, no conseguí alejar la angustia que sentía.

Algo no marchaba bien.

Abrí la puerta de la cocina.

La luz del techo estaba apagada, solo vi encendida una lamparita sobre el fregadero que apenas si alcanzaba a iluminar la estancia. Hacía bastante frío, aunque al parecer había un tímido fuego en la cocina. Arvid estaba sentado a la mesa, grande, oscuro, en silencio. Frente a él, un vaso y una jarra. Olía ligeramente a la tila que Emma solía preparar por la noche, justo antes de irse a dormir.

—¡Arvid! —Cuando entré temí asustarlo, pero ni siquiera se sobresaltó un poco. Me había oído llegar y había oído mi saludo, pero no había reaccionado—. Arvid, soy yo. Fiona.

Levantó la mirada hacia mí. Sabía que era un hombre parco en palabras, pero en ese momento tuve la sensación de que su reacción no se debía solo a que fuera un tipo callado o a que no estuviera de humor. Parecía... petrificado.

—Arvid, ¿dónde está Emma? ¿Dónde está Chad?

Se limitó a mirarme. La angustia creció en mi interior, fría y pesadamente.

—¿Dónde están? —repetí yo, apremiante.

Fue justo entonces cuando oí pasos en la escalera. Alguien corría por el pasillo. Me di la vuelta y Nobody se echó a mis brazos. Estaba radiante de felicidad y no hacía más que emitir exclamaciones inconexas. Una única palabra acabó concretándose de todo aquel galimatías.

—¡Fiona! ¡Fiona! —Y mientras tanto no dejaba de acariciarme la cara mientras babeaba de felicidad.

Yo le tenía tan poca simpatía como antes, pero en ese momento me sentí tan aliviada de que se hubiera roto el silencio de Arvid que acabé abrazando al chico con ganas.

—¡Brian! ¡Has crecido mucho durante el invierno!

Él barboteó y se echó a reír. Como antes, su desarrollo intelectual no parecía guardar ni la más mínima relación con su desarrollo físico.

Me volví de nuevo hacia Arvid.

—¡Arvid! ¿Dónde está Chad? ¡Por favor!

Hubo algo en su rostro que cambió levemente. La mirada hasta entonces perdida de sus ojos por fin reparó en mí. Movió los labios de forma casi imperceptible, aunque fueron necesarios dos intentos para que pudiera articular algo al cabo. Durante un par de segundos parecía como si se le hubiera pegado la manera de hablar balbuceante de Nobody.

—Chad se presentó a filas el pasado viernes.

—¿Qué? —exclamé después de tragar saliva.

—No pude detenerle —dijo Arvid—. Y tampoco quería. Ya es un hombre. Ya sabe lo que hace.

—Pero... pero... ¿Qué ha dicho Emma sobre eso?

Ella no le habría dejado ir, no lo habría permitido jamás. No había nada que temiera más que...

De nuevo, silencio. Incluso Nobody paró de balbucear. El silencio se concentró a mi alrededor y en él retumbaba la verdad, retumbaba tan alta y tan clara que, aterrorizada, no pude más que reconocerla y aceptarla antes incluso de que Arvid volviera a hablar.

—Emma murió hace dos semanas —dijo.

Yo había tomado un camino que no había conducido a nada. Me di cuenta esa misma noche, mientras estaba tendida en la cama de mi antigua habitación en la granja de los Beckett, todavía insomne a pesar de lo absolutamente agotada que estaba. Me dediqué a escuchar con atención aquellos sonidos de la casa que tan familiares me resultaban, los crujidos de las tablas del suelo, el leve tintineo de los cristales cuando el viento daba contra las ventanas y el susurro de los árboles cuando mecía sus ramas. No había nada que hubiera añorado y anhelado más durante los últimos meses como el momento en que volviera a encontrarme en aquella casa, en aquella habitación. Pero, por supuesto, me lo había imaginado de un modo completamente distinto, porque había creído que Emma estaría allí para abrazarme, y también Chad, por descontado, con el que habría bajado hasta la cala jadeando, con el corazón acelerado, para entregarme a sus palabras, a su voz, a sus tiernas caricias... No obstante, en lugar de eso...

¡Emma estaba muerta! No me lo podía creer. Que Chad estuviera en el frente al menos era lógico porque siempre había tenido claro que eso sería lo primero que haría en cuanto consiguiera vencer la oposición de su madre, fuera como fuese. Al parecer Chad había aprovechado la oportunidad enseguida que se le había presentado. ¡Sin antes decirme a mí ni una sola palabra! No me había contado ni que se marchaba al frente ni que su madre había muerto. ¿Qué pintaba yo en su vida, pues? Por lo visto no pensaba en mí ni la mitad de lo que yo pensaba en él. Me sentí herida, triste. Y perpleja.

Pasé todavía un buen rato sentada con Arvid en la cocina y, de hecho, debió de ser la primera vez desde que lo conocía que charlábamos el uno con el otro. De repente se había convertido en un hombre muy solo que pronto sería incapaz de ocuparse de todo el trabajo que conllevaba aquella granja tan grande, con tantas ovejas, y menos aún sin la ayuda de su hijo. La granja de los Beckett quedaría desatendida a partir de entonces. Ya se notaba en la casa. Emma todavía había sido capaz de disimular más o menos su dejadez. A Arvid, sin embargo, le faltaban el tiempo, las fuerzas y probablemente las aptitudes para conseguirlo.

Me dijo que Emma había pasado todo el invierno aquejada de una fuerte bronquitis que en enero había vuelto a derivar en una infección pulmonar.

—Se negó a ingresar en un hospital. Me preocupaba mucho. Tenía muchísima fiebre, durante varios días... Pero no quise llevármela de aquí en contra de su voluntad. Al final todo fue muy rápido. Ya no le quedaban fuerzas para resistir.

Tenía que pensar en aquella Emma a la que había conocido en una oscura noche de noviembre, en un prado no muy lejos de Staintondale. Una mujer sana, delicada y sin embargo nada frágil. Su decaimiento había empezado de repente y sin ningún desencadenante aparente para ello. Los eternos resfriados. La tos pertinaz. La fuerte infección pulmonar que había sufrido un año antes, que tanto le había costado superar y de la que nunca llegó a recuperarse del todo, en realidad.

Me había sentado en la cocina, tiritando, puesto que los fogones no desprendían mucho calor, y por primera vez se me pasó por la cabeza la posibilidad de que aquel paraíso terrenal que había sido para mí la granja de los Beckett podría haber significado una fuente de penoso y arduo trabajo para Emma. Aquella casa tan húmeda y expuesta a las corrientes de aire. La cocina de leña que tenía que encender cada mañana. El agua que se obtenía accionando una bomba que exigía cierta fuerza física. En la granja se había detenido el tiempo, todo seguía siendo como cien años atrás aparte de la corriente eléctrica, pero Chad me había contado una vez que no habían tendido el cableado hasta el año 1936. Lavar, cocinar, planchar, todas aquellas cosas de las que se ocupaba Emma a diario suponían mucho tiempo y grandes esfuerzos. Trabajaba de la mañana a la noche sin quejarse y sin esperar ayuda de ninguno de nosotros. Debía de ser importante para ella que termináramos los deberes y aún nos quedara tiempo para jugar. De forma lenta y silenciosa, todo aquello había ido agotando sus fuerzas.

—Arvid —le dije finalmente, después de tomarme la tercera taza de té—. Arvid, por favor, ¿puedo quedarme aquí? No quiero volver a Londres.

Arvid se balanceó de un lado a otro, indeciso acerca de lo que debía responder.

—No es posible —dijo al cabo.

—Tiene que ser posible. No podría ser más infeliz, allí. Con mi... con mi padrastro no me llevo nada bien. Es un borracho y un asqueroso.

—¿Cuántos años tienes?

—Casi catorce —dije yo. Faltaba aun bastante para finales de julio, pero tampoco había que ser tan estrictos.

—Es decir, trece. ¡Lo que tienes que hacer es ir a la escuela!

—Si me quedara aquí podría encargarme del trabajo de la casa. Cocinar, limpiar, lavar la ropa... ¡Sé hacerlo todo!

—Tienes que ir a la escuela. Además, tus padres jamás accederían a ello. Si tuviera teléfono, ya los habría llamado. Puede caérseme el pelo... ¡Aquí solo, con una chica tan joven como tú! No, Fiona, lo siento. ¡Sería como meter un pie en la cárcel, si te permitiera quedarte!

—¿Y si mi madre lo consiente?

—No lo hará —profetizó Arvid—. A tu madre la granja le pareció bien mientras las bombas llovían sobre Londres y cuando todavía vivíamos como una familia. Ahora todo ha cambiado. Vendrá a buscarte muy pronto.

Intentaba asimilar las novedades de las últimas horas tendida en mi cama cuando, para mi desgracia, tuve el presentimiento de que Arvid tenía razón. Para empezar, mamá no quiso que me quedara allí cuando Emma aún vivía. Que me dejara vivir sola con Arvid y Nobody era algo más que improbable.

A la mañana siguiente, a pesar de la ventisca de nieve que caía, me pasé la mitad del día paseando por las tierras que pertenecían a la granja seguida por Nobody, al que llevaba pegado en todo momento con la mirada resplandeciente. Estuve visitando lugares bien conocidos mientras lloraba en silencio, porque sabía que de todos modos tendría que volver a despedirme de ellos muy pronto. Bajé hasta la cala, me senté durante un buen rato en una roca, mirando al mar, tan desoladoramente gris ese día, y pensé en Chad y en la última noche de verano que habíamos pasado allí juntos. Los graznidos de las gaviotas resonaban estridentes y desesperados en mis oídos y parecían el eco de mis cavilaciones sombrías. ¿Dónde estaba Chad? ¿Estaría en peligro, justo en ese momento cuando yo estaba en nuestro rincón, pensando en él? ¿Sobreviviría a la guerra? ¿Volvería a verlo alguna vez?

Di rienda suelta a mis lágrimas. Nobody, que estaba acurrucado junto a mí, no interfirió en mi llanto ni en mis cavilaciones. Como siempre, a él le bastaba con estar cerca de mí. En algún momento llegué a la conclusión de que tenía que cuidar de él y entonces reparé en que el chico estaba temblando de frío y tenía los labios morados. No creo que mi aspecto fuera muy distinto. No me había dado cuenta en absoluto de que, poco a poco, me estaba quedando helada como un carámbano. Entretanto la ventisca había arreciado a tal punto que costaba incluso ver el mar. Me puse de pie.

—Vamos, volvamos a casa enseguida —dije—. ¡Aquí nos moriremos de frío!

Nobody me siguió de inmediato. Me habría seguido incluso si hubiera decidido adentrarme en el mar, siempre y cuando yo se lo hubiera pedido.

Ya en casa, encendí el fuego de la chimenea, preparé té, ordené la cocina y cogí unas cuantas cosas de la despensa para preparar la cena. Quería que Arvid comprobara que yo era capaz de hacer más cosas que una simple colegiala de trece años, que podría beneficiarle tener a una mujer en la granja. Mientras barría el suelo y limpiaba la encimera, Nobody estuvo sentado a la mesa de la cocina, bebiendo té y comiendo un par de galletas bastante secas que yo había encontrado y mirándome con los ojos brillantes. Yo no podía sino seguir preguntándome acerca de lo que sería de él. Debía de rondar ya los diez años, pero continuaba teniendo la misma mentalidad que a los cinco como máximo, era incapaz de aprender a hablar y mucho me temía que continuaría así de por vida. Con la muerte de Emma había perdido a una madre por segunda vez en su corta vida. Por motivos que aún hoy desconozco, yo era su gran amor, capaz incluso de compensar emocionalmente la pérdida de Emma. Por desgracia, ya se intuía que aquello no podía continuar de ese modo. ¿Qué sería de él? Arvid nunca lo había querido tener en la casa, jamás se había preocupado por él. En su situación, ¿qué haría con un niño mentalmente retrasado?

Un orfanato, pensé; ahora sí que no queda otra opción que dejarlo en un orfanato.

Aquel pensamiento me inquietaba. Pero ¿qué más podía hacer?

Por la noche, yo ya había dejado la casa limpia y reluciente, el aire húmedo había quedado sustituido por otro seco y cálido, y olía a la leña que ardía en la chimenea y a la comida que había preparado. Encendí unas velas que dispuse en las ventanas. Además, había bañado a Nobody, le había puesto ropa limpia. Yo misma me arreglé también tanto como pude. Por lo menos quería que a Arvid le resultara difícil mandarme de vuelta a Londres. Fuera caían gruesos copos de nieve. Dentro había dos gatos ronroneando sobre el sofá del salón. Arvid tenía que notar el cambio a simple vista cuando volviera, cansado y helado, tras un largo y duro día de trabajo.

En cuanto oí sus pasos frente a la puerta me levanté de la silla, me alisé la falda y salí al vestíbulo con una sonrisa impaciente en los labios.

Oí cómo golpeaba el suelo con los pies para sacudirse la nieve de las botas.

La puerta se abrió y entraron dos hombres. Eran Arvid y Harold.

—Tenemos que hablar —dijo Harold. Parecía cansado y estaba sobrio. A eso último no estaba acostumbrada. Me pareció diferente.

Nos sentamos en la cocina. Arvid se instaló cómodamente en el salón. Nobody ya estaba en la cama, aunque en alguna ocasión me pareció oír ruidos en la escalera; quizá bajaría otra vez para intentar estar cerca de mí. Habíamos comido todos juntos, por lo que apenas pude probar bocado y ni siquiera me alegré de oír las palabras con las que Arvid elogió el trabajo que había hecho mientras él se ocupaba de la granja.

—La casa tiene buen aspecto. Y lo que has cocinado está muy rico —dijo.

Arvid se había encontrado con Harold en la puerta de la granja cuando volvía de uno de los prados, mientras que Harold había recorrido el camino desde la parada de autobús y había sentido un gran alivio al dar finalmente con una casa habitada. Me parece que Arvid supo desde el principio a quién tenía delante.

—Sé que no me soportas —dijo Harold. Tenía las manos sobre la mesa, entrelazadas con nerviosismo—. Aun así, no tengo la menor idea de por qué te fuiste. Al fin y al cabo no te hice nada... pero así son las cosas.

Yo no dije nada. ¿Qué podría haber respondido?

—Por lo que a mí respecta, que conste que yo permitiría que te quedaras. Claro está, siempre y cuando el señor Beckett estuviera de acuerdo. Aunque tampoco lo consideraría una buena solución y... Bueno, de todas formas da igual lo que yo piense. Fiona, no puede ser. Por tu mamá. No puedo dejarte aquí. No lo soportaría.

—Pues lo ha soportado durante casi dos años —dije yo.

—Entonces sí que tenía sentido que estuvieras aquí. En Londres corrías un gran peligro. Pero ahora ya no.

—La guerra todavía no ha terminado.

—No durará mucho más —profetizó Harold—. A los alemanes se les ha acabado la suerte. Están en las últimas.

Eso no me interesaba ni lo más mínimo.

Harold se sacó un pañuelo del bolsillo de los pantalones y se limpió el sudor de la frente.

—Me he ausentado del trabajo para venir hasta aquí —dijo— y he tenido que contarle una mentira a tu madre, porque naturalmente se dará cuenta de que no iré a visitarla al hospital durante dos días. No quiero que se entere de que te has largado sin más. No le conviene exaltarse.

—¿Cómo sabías que estaría aquí?

—No lo sabía. Pero lo supuse.

—No tendrías que haber venido.

—¿Y qué querías que le dijera a tu madre? A ella, que está en el hospital, aguantando el dolor y llorando todo el día por haber perdido a nuestro hijo. ¿Qué querías que le respondiera cuando me preguntara por qué no ibas a visitarla? ¿Qué querías que le dijera cuando llegara a casa y me preguntara dónde estaba su hija?

Me mordí los labios. No había pensado en que eso pudiera afectar a mi madre.

—Fiona, he venido hasta aquí por tu madre —dijo Harold, y me pareció reconocer en sus rasgos fofos algo que jamás había visto antes en él: determinación—. No se trata de ti ni de mí. Se trata de tu madre. Tienes que volver conmigo. Por favor. Se desesperará si no lo haces.

—Ya te tiene a ti —dije yo.

Harold hizo un gesto desdeñoso con la mano.

—No puedes compararlo. Eres su hija. Su única hija. Y, bueno, ya te lo dije, al parecer seguirás siendo la única.

Había verdadero dolor en su voz. La pérdida de su hijo lo había dejado tocado de verdad, había hecho tambalear sus fundamentos. Era un Harold distinto al que yo había conocido: herido, desesperado, pero al mismo tiempo lo suficientemente fuerte para no dejarse vencer por el tremendo dolor que sentía. Yo había supuesto que se habría desplomado en un rincón y se habría entregado con desenfreno a tragar alcohol. En lugar de eso, estaba tan preocupado por el bienestar de mi madre que había subido a un tren en dirección a Scarborough, me había localizado y en ese momento estaba intentando que lo acompañara de vuelta. Sin embargo, yo no cedí a la ilusión de creer que no volvería a beber como antes, como había hecho hasta hacía poco. Lo que sí estaba claro era que tenía otra cara, y pude vérsela aunque solo fuera por un breve período de tiempo. Por primera vez sentí algo de respeto por él.

—¿Cómo te imaginas que será la vida aquí? —preguntó. Durante la cena había visto los profundos cambios que habían tenido lugar en la granja de los Beckett—. Quiero decir, que estaríais completamente solos Arvid y tú, aquí... ¡No puede ser!

—¡Brian también está aquí!

—¡Un niño! ¡Dios mío, Fiona! ¿En serio crees que tu madre podría tolerarlo un solo día siquiera?

Me sentí hundida. Los tenía a todos en contra: a mamá, a Harold, a Arvid. No tenía ninguna posibilidad.

Arvid entró en la cocina.

—¿Puedo tomar una taza de té? —preguntó.

Me alegré de poder volverme y accionar la palanca de la bomba de agua para llenar la tetera. De este modo los dos hombres no vieron las lágrimas que se acumulaban en mis ojos.

—Mañana tiene que regresar conmigo a Londres —dijo Harold.

—Estoy de acuerdo —dijo Arvid.

Puse la tetera en el fuego de la cocina. La mano me temblaba ligeramente.

—Mi esposa... la madre de Fiona... no está muy bien —explicó Harold, que al parecer había conseguido de algún modo ganarse la confianza de Arvid—. Acaba de perder un hijo. Nuestro hijo. Tenía que nacer en verano.

—Lo siento —dijo Arvid, incómodo.

—Sí. Ha sido terrible, terrible.

Harold se secó la frente de nuevo con el pañuelo. Yo estaba sorprendida: había una buena temperatura en la cocina, pero ni mucho menos hacía demasiado calor. Más tarde comprendería por qué Harold sudó tanto esa noche: por la abstinencia. A esas horas solía ir ya bastante cargado de alcohol. Su cuerpo reaccionaba a aquella desacostumbrada abstinencia con una intensa sudoración.

—Ahí tiene a otro chico —dijo Arvid. Señaló hacia la puerta de la cocina, por la que apareció Nobody, enfundado en un pijama de rayas algo mugriento—. El otro niño. ¡No sé qué hacer con él!

—¿No es hijo suyo? —preguntó Harold.

Arvid negó con la cabeza.

—También vino de Londres. Cuando llegó Fiona. Pero no tiene a nadie más en el mundo.

—Perdió a toda su familia —dije yo—. Cayó una bomba encima de su casa.

—¿Y no tiene parientes?

—No.

—Pobre chico —dijo Harold—. Es un poco cortito, ¿verdad? —preguntó mientras se daba unos golpecitos con el dedo en la frente

—Es retrasado mental —confirmó Arvid.

Silencio. Quedó claro que Harold tampoco estaba demasiado interesado por Nobody.

—Debería ingresar en un orfanato —dijo Harold.

—Claro que sí. Y hace tiempo, además —convino Arvid.

—Mire, yo lo llevaría a Londres por usted, pero ahora mismo tengo demasiados problemas entre manos —dijo Harold. Su rostro volvía a brillar a causa de las gotas de sudor—. Mi jefe se enfadó bastante con estas vacaciones de dos días que me he tomado, mi esposa me hará un montón de preguntas y además no puede enterarse de que Fiona se ha marchado. Estoy... Es que no puedo...

—Lo comprendo —dijo Arvid. Parecía decepcionado. Le habría gustado poder librarse de Nobody de la forma más sencilla posible.

—Por aquí seguro que hay algún orfanato —dijo Harold.

Arvid reaccionó con bastante perplejidad. A pesar de mi juventud, comprendí instintivamente su dilema. Siempre se había mostrado dispuesto a librarse del otro niño, que es como siempre lo había llamado, y ahora que Emma había muerto, ya no habría nadie para impedir que lo hiciera. Pero por otra parte, era justo la muerte de Emma lo que lo frenaba. Emma había querido a ese niño como a su propio hijo, lo había cuidado y protegido como un ángel de la guarda. A pesar de su carácter austero y poco dado a las sensiblerías, poco después del entierro de su esposa se le había planteado el dilema de hacer algo que ella no habría consentido en ningún caso. De haber logrado que nos lo lleváramos, se habría quedado convencido de que habríamos hecho lo correcto. Tomar al niño de la mano y dejarlo en el orfanato más cercano era otra cosa. La situación que se derivaba de ello era la más desfavorable posible para el pequeño Nobody: Arvid no lo quería, pero tampoco conseguía desprenderse de él. Se veía venir que quedaría estancado en el descontento, la ira, la inactividad y la frustración. Nobody quedaría indefenso en manos de la frialdad y la amargura del solitario Arvid.

Cuando a la mañana siguiente, muy temprano, partí con Harold en dirección a la carretera para tomar allí el autobús que nos llevaría a Scarborough, el pequeño, triste y apesadumbrado, se aferró a mí. Las lágrimas fluían abundantemente por su pálido rostro.

—Fiona —gritaba—. ¡Fiona! ¡Boby!

Le acaricié el pelo. Ya que nos despedíamos, al menos intenté ser dulce con él.

—Fiona volverá —le prometí—. Fiona vendrá a buscar a Boby. Te lo prometo.

Sus ojos azules me miraron llenos de esperanza, de confianza y de un amor incondicional. Poco después tuve remordimientos de conciencia al respecto: era seguro que volvería. Pero que iría a recogerlo, no. Supuse que Arvid tardaría un par de semanas o de meses en romper la voluntad de su difunta esposa y que acabaría llevando al chico a un orfanato.

Estaba convencida de que no volvería a ver a Nobody, y ese convencimiento se hizo realidad. No lo vi de nuevo jamás. El último recuerdo que tengo de él es este: la puerta de la granja de los Beckett en una fría y nevada mañana de febrero del año 1943. Enormes y grises nubes en el cielo, perseguidas por el viento cortante. Desolación, soledad, la primavera eternamente lejos. Frente a la puerta, un chico mal abrigado y temblando de frío. Nos miraba fijamente. Lloraba. Intentaba sonreír a pesar de las lágrimas. Nos decía adiós con la mano.

Había conseguido infundirle la esperanza necesaria para superar aquel momento, para que creyera que al final acabaría reuniéndome con él.

Él lo creía de verdad.

Miércoles, 15 de octubre

1

Leslie paseaba por el puerto hecha una furia, alterada, cabizbaja, con los brazos cruzados para protegerse de la humedad que le estaba calando los huesos a través del fino impermeable que no alcanzaba a protegerla lo suficiente. Era temprano por la mañana y la niebla se extendía por la bahía, el tiempo no había mejorado desde el día anterior. Parecía como si las gaviotas surgieran de la nada y desaparecieran del mismo modo. De vez en cuando sonaban las sirenas de niebla de los barcos por un agua que era imposible divisar. A pesar de ser un día laborable cualquiera, todavía no había mucha gente por la calle. O por lo menos la niebla no le permitía ver más que a unas pocas personas.

Había salido a pasear con la intención de aclararse las ideas a primera hora de la mañana después de haber pasado la noche en vela dando vueltas en la cama. En la cama de Fiona, de hecho. Le había cedido la habitación de invitados a Stephen.

Stephen.

Habían comido juntos, habían bebido vino, sin mencionar de nuevo las llamadas anónimas en un acuerdo tácito. Después Stephen había recogido la cocina mientras Leslie se instalaba en el salón para leer los correos electrónicos que habían intercambiado su abuela y Chad. En una atmósfera tranquila e íntima. Estaba bien eso de no estar sola en casa. Ya ni siquiera recordaba aquella sensación.

Sin duda aquella lectura la acercaba más a Fiona. Se enteró de detalles que no conocía de antemano, empezó a comprender rasgos y peculiaridades de la difunta. Por encima de todo, sin embargo, había tenido una sensación de amenaza, de que la desgracia se había cernido sobre su abuela de forma lenta y previsible. Fiona había escrito acerca de un sentimiento de culpa. Leslie seguía sin tener muy claro adónde iba a parar todo aquello, pero había empezado a inquietarse y a preocuparse cada vez más, a alimentar un presentimiento nefasto sin saber de qué se trataba. A buen seguro se habría pasado la noche entera leyendo si Stephen no hubiera entrado en la habitación, nervioso, con las mejillas levemente enrojecidas.

—He de hablar contigo, Leslie. ¿Tienes un momento?

Ella levantó los ojos de la lectura.

—¿Qué ocurre?

—Quería decirte algo... hace ya tiempo... Pero hasta ahora no me has dado la oportunidad de explicarme con calma...

A Leslie se le erizó de repente el vello de los brazos. ¡No quiero saberlo!, pensó.

—¿Sí? ¿De qué se trata? —respondió a pesar de todo.

Stephen se sentó. Dudó un momento antes de decidir cuál era la mejor manera de empezar.

—Hace tiempo, justo después de que nos separáramos —dijo al cabo—, cuando decidiste que yo tenía que marcharme de casa... empecé una terapia. Duró aproximadamente un año.

—¿Una terapia?

—La terapeuta está especializada sobre todo en problemas conyugales. Quería... quería saber por qué ha sucedido todo esto.

Leslie se dio cuenta de que la boca se le había secado en cuestión de un segundo. Le pasaba siempre que recordaba aquella noche. ¿Por qué no lo superaba de una vez? ¿Por qué seguía sin saber cómo pasar página?

—¿Y bien? —preguntó ella.

—¿Sabes cuál fue la primera pregunta que me hizo? Me preguntó: «¿Qué le faltaba a su matrimonio, doctor Cramer?». Y yo le respondí al instante que no le faltaba nada.

Leslie pasó la mano por encima de los papeles que tenía sobre el regazo, un gesto que no sirvió tanto para alisarlos como para apaciguar sus nervios. De repente se sentía víctima de una emboscada. Se había sentado en el salón a leer, estaba inmersa en otro mundo, en otra época. Se había acercado a Fiona y con ello se había acercado a las raíces de su propia historia y de la de su madre. Durante una o dos horas no había existido la realidad. Y justo entonces había aparecido Stephen y la había enfrentado sin previo aviso a una de las situaciones más traumáticas de su vida hasta entonces.

Debería haberme limitado a echarlo de aquí, se dijo Leslie. Debería haberme negado a hablar con él. ¿Por qué tengo que tragarme la mierda que ha ido acumulando él a lo largo de centenares de horas de terapia?

De algún modo, Leslie había intuido de inmediato cómo terminaría la conversación. Lo había mirado con aparente frialdad, aunque temblando por dentro.

—Y entonces, después de mucho hablar, tu terapeuta y tú os disteis cuenta de que sí le faltaba algo, ¿no?

—Eso era lo que tú siempre decías. Incluso cuando había intentado dejarte claro que en realidad solo... solo había sido un error, un experimento, una combinación de imprudencia y exceso de alcohol, tú insistías en afirmar que tenía que haber algo más, que tenía que haber algo de insatisfacción por mi parte, que de lo contrario no habría ocurrido algo así de sopetón. Y todo eso.

—Mira, Stephen, yo...

—Y yo solo necesitaba que supieras que tenías razón —la interrumpió enseguida—. Era eso. Quiero decir, que hubo un motivo por el que pasó lo que pasó.

No deseo saber el motivo. No deseo saberlo.

¿Por qué se había limitado a pensarlo sin llegar a decirlo? ¿Por qué no había llegado a salir de sus labios? ¿Por qué no lo había articulado?

Porque todavía no había resuelto la conmoción que le había producido en su momento, pensó Leslie entonces mientras caminaba a través de la densa niebla, porque todavía no se había recompuesto.

—Creo que siempre te he notado muy fría y no he querido aceptarlo. Que me sentía inferior porque te quería más que tú a mí. Siempre tenía miedo de que me dejaras por un hombre mejor, más interesante, más excitante. Yo...

Finalmente, Leslie se vio capaz de decir algo.

—Y así pudiste adelantarte, ¿no? Así hiciste algo que provocara nuestra separación, una especie de huida hacia delante, ¿no?

El tono gélido de la voz de ella lo sobresaltó.

—Solo buscaba una especie de confirmación. Esa mujer... podría haber sido cualquier otra. Me aduló. Consiguió que me sintiera alguien especial, deseable. Fue una sensación... agradable.

—¿Follártela, quieres decir?

—Sentir que me deseaba.

Leslie se puso de pie y se sorprendió al comprobar que le fallaban un poco las piernas.

—¿Qué es esto, Stephen? ¿Qué quieres decirme ahora? ¿Que no he sabido idolatrarte lo suficiente? ¿Que no he sabido darme cuenta de que eres un semidiós? ¿Que no he sabido expresar cada día como el primero lo mucho que me impresionas siempre con tu masculinidad y tu saber estar?

—Claro que no. Solo quería...

—Me lo acabas de decir sin tapujos. Entraste en un bar, una jovenzuela quedó fascinada contigo y eso te hizo sentir tan bien después de tantos años soportando a tu esposa, que por otra parte te había sumido en ese sentimiento de inferioridad, que te viste de inmediato inmerso en un flirteo, te llevaste a la chica a casa y te la tiraste aprovechando que la parienta estaba de viaje. Luego tuviste remordimientos de conciencia, pero debiste de librarte de ellos después de que una terapeuta sabihonda te contara de forma convincente que, al fin y al cabo, tu esposa también tenía parte de culpa en el asunto. Fría. Inaccesible. ¡Una trepa! ¡Sí, no debería extrañarle que la hayan engañado!

—Lo estás malinterpretando todo —había dicho Stephen, y Leslie notó que él se había arrepentido enseguida de haber sacado el tema.

¿Por qué la había alterado tanto aquel asunto? Leslie no había podido seguir leyendo. Se había preparado un té para tranquilizarse un poco, pero no había conseguido sino un breve y ligero sueño hasta primera hora de la mañana, cuando ya no había podido dormir más. Y en ese momento se encontraba paseando entre la niebla porque ya no soportaba estar dentro de casa.

Pasó por delante de la caseta de ladrillo rojo con el tejado azul en la que se guardaba el bote salvavidas que se utilizaba cuando alguien se encontraba en situación de emergencia en el mar. Había varios pequeños comercios en los que se vendían bocadillos y bebidas, pero era demasiado temprano para que estuvieran abiertos. Vio los barcos pesqueros, los grandes rótulos en los que ofrecían salidas y excursiones destinadas a la pesca, el faro blanco a la salida del puerto. El Lunapark, un parque de atracciones con noria, columpios y casetas, seguía durmiendo en silencio entre la niebla, como si sus luces no hubieran centelleado nunca y no hubieran sonado jamás ni la música ni los gritos y las risas de la gente. Todo estaba en silencio, en un silencio desolador. Llegó al puerto y pasó por las altas pasarelas de madera que lo cruzaban formando una especie de red. Por debajo de ella, los barcos cabeceaban lentamente, no tardarían en reposar sobre el lodo en cuanto hubiera bajado del todo la marea.

Se detuvo. De no haber sido tan densa la niebla, desde ese lugar podría haber visto la casa en la que había vivido su abuela. De hecho, podía verse prácticamente desde cualquier punto de la bahía sur. El gran edificio, de un blanco resplandeciente, se alzaba en lo alto del South Cliff.

Stephen estaba en esa casa en ese preciso momento. Leslie supuso que seguiría durmiendo.

Lo imaginó frente a ella, se imaginó con él, pensó en los años que habían pasado juntos. Era cierto, ella era la ambiciosa, la que sabía lo que quería. Había sido ella quien había obtenido las mejores notas durante la carrera. La primera en doctorarse. Se había especializado antes que él. A menudo asistía a cursos de perfeccionamiento, mientras que Stephen se conformaba con lo que ya había conseguido y se había limitado a seguir con el ritmo diario.

Era significativo que hubiera sido precisamente uno de esos cursos de perfeccionamiento lo que le había dado la oportunidad a Stephen de echar una cana al aire.

¿Seguía siendo un problema, incluso en la actualidad, en el siglo veintiuno? ¿Todavía eran incapaces los hombres —hombres formados, inteligentes— de soportar a su lado a una mujer con más éxito que ellos?

Y lo que más la traía de cabeza: ¿de dónde había salido ese reproche de que ella fuera fría? ¿Había sido cosa de Stephen, se había convencido de ello para poder cerrar los ojos ante el hecho de que no hubiera podido estar a la altura del éxito profesional de ella, de todo lo que ella ambicionaba? ¿O lo era realmente? ¿Era fría?

Más que nunca durante la última noche se había dado cuenta de que había congelado la infancia y la adolescencia que había pasado junto a Fiona. Esta había tenido muchas y muy buenas cualidades, pero también era innegable que el cariño y la sensibilidad no se encontraban entre ellas. Respecto a eso, siempre había sentido a su lado una necesidad, un hambre constante que no había manera de calmar. La pequeña Leslie había tenido que soportar más de lo que había creído. Pero ¿hasta qué punto la había marcado aquello? ¿Hasta qué punto era incapaz de procurar afecto, cariño y ternura?

—No lo sé —dijo en voz alta—. ¡Es que no lo sé!

—¿Qué es lo que no sabe? —preguntó una voz detrás de ella, hacia la que Leslie se volvió de inmediato.

Dave Tanner apareció entre la niebla, como surgido de la nada, vestido con una chaqueta de lluvia negra con la capucha puesta. Parecía helado.

—Disculpe —dijo—, no pretendía asustarla. La he visto desde el otro lado del muelle y he pensado... —Dejó la frase inacabada, sin revelar lo que había pensado.

—Ah, es usted —dijo Leslie, e intentó librarse de aquellas cavilaciones que tanto la atormentaban—. No creía que hubiera nadie más aparte de mí paseando por aquí tan temprano y con este tiempo tan horrible.

—A veces uno simplemente siente la necesidad de salir —dijo él con una sonrisa—. Da igual el tiempo que haga.

Tal vez Dave huía de algo, tal vez de la desolación de su cuarto. ¿Qué debía de sentirse en una habitación como aquella cuando fuera reinaba una densa niebla y no había nada que hacer, cuando no se tenía la compañía de nadie, ni ningún tipo de perspectiva? En esos casos, Leslie solía derrumbarse.

—¿Por casualidad no habrá estado con Gwen? Colin y Jennifer no la encontraban ayer.

Dave asintió.

—Ha estado conmigo, sí. Durante todo el día de ayer. Y toda la noche, por primera vez.

—¿Todavía no se había quedado a dormir con usted? —preguntó Leslie, sorprendida.

Pensó en el par de medias negras que había visto en la habitación de Dave. Tal vez su amiga se las había dejado allí en una visita diurna tras la que Gwen, siempre tan escrupulosa, habría querido pasar la noche en la granja. Ya iba siendo hora de que cambiara su vida, realmente ya iba siendo hora.

—No —dijo Dave—. Hasta esta noche, no.

Parecía infeliz. Deprimido. Preocupado.

Leslie cayó en la cuenta de lo que ocurría. ¡Está huyendo de ella! Por esa razón, se dijo, está paseando por aquí tan temprano.

—¿Y usted? —le preguntó Dave, como si hubiera podido leerle la mente—. ¿Qué hace paseando por el puerto a estas horas?

—Mi ex marido. He vuelto a tener una discusión con él. —Al ver la mirada de desconcierto de Dave, Leslie añadió—: Se ha presentado de repente—. Quería ayudarme a sobrellevar la muerte de mi abuela. La intención era buena, pero nosotros dos debajo de un mismo techo... es que simplemente no funciona.

Dave no dijo nada, pero Leslie tuvo la impresión de que la comprendía.

—¿Ha desayunado ya? —preguntó él de pronto.

Al ver que Leslie negaba con la cabeza, la agarró por el brazo sin más ni más y tiró de ella para instalarla a acompañarlo.

—Vamos. No sé si le apetece, pero estoy empapado... Estoy helado. Necesito con urgencia un café bien cargado.

Ella lo siguió, agradecida y aliviada.

2

—¡Bingo! —dijo Valerie—. ¡Lo sabía!

Colgó el auricular El sargento Reek la había interrumpido

durante el desayuno, algo que a ella no solía gustarle en absoluto, puesto que en cierto modo era la única comida que conseguía tomar tranquilamente en todo el día: pan tostado, un huevo frito, café y las noticias de la radio. Durante el resto de la jornada pasaba con un simple bocadillo entre horas que, por lo general, sabía más a plástico que a jamón o a queso, mientras que por la noche llegaba tan cansada a casa que ya no le quedaban ganas ni fuerzas para prepararse nada.

Pero Reek le había comunicado algo importante que le había subido el ánimo de repente.

Después de contarle que había verificado las declaraciones de Leslie Cramer, quien, en efecto, en el momento de los hechos había estado en el Jolly Sailors, y de añadir que el dueño todavía estaba sorprendido de ver que una mujer que hubiera bebido tanto whisky pudiera seguir andando erguida, el sargento pasó a las verdaderas novedades.

—Amy Mills no se sacó el graduado en la escuela en la que impartía clases Jennifer Brankley —le había dicho—, pero de los doce a los catorce años pasó por otra escuela, ¡a ver si adivina cuál fue!

Valerie tragó apresuradamente el trozo de tostada antes de responder.

—¿La escuela de Jennifer Brankley?

—Exacto. Un colega ha estado investigando el lugar por mí y acaba de mandarme un correo electrónico.

Valerie se dio cuenta de que Reek se sentaba frente al ordenador desde muy temprano por la mañana.

—En cualquier caso —prosiguió Reek—, la señora Brankley nunca llegó a dar clases a Amy Mills. En este sentido puede que no nos haya mentido, ya que alegó no conocer el nombre de la chica. Es una escuela grande. No podía conocer a todos los alumnos.

—No obstante, cabe la posibilidad de que tuvieran algún tipo de contacto. Mediante una sustitución, por ejemplo. ¿Brankley era ya entonces una profesora de confianza? Amy Mills podría haber acudido a ella para solucionar algún problema.

—Eso no lo sé —tuvo que admitir Reek.

—Averígüelo. De todos modos, buen trabajo, Reek. Gracias.

Después de la conversación estaba demasiado agitada para seguir desayunando. Mientras metía los platos en el lavavajillas, intentó tranquilizarse un poco. Era consciente de que tenía tendencia a actuar demasiado atropelladamente cuando las cosas no marchaban con la agilidad deseada, y el caso Amy Mills llevaba demasiado tiempo en dique seco. Se sentía presionada porque sabía que sus superiores observaban su trabajo con ojo crítico, que esperaban algún tipo de progreso, en especial tras el asesinato de Fiona Barnes. Nadie se lo había dicho, pero notaba que se acercaba a un punto decisivo de su carrera profesional, uno que probablemente podría abrirle nuevas perspectivas. Tenía fama de ser una agente con talento, inteligente, pero también nerviosa. Eso era lo que provocaba que ella percibiese aquella situación como un estancamiento. Su ascenso quedaba en suspenso porque cabía la duda de si su sistema nervioso estaba en verdad preparado para asumir un nivel de estrés más elevado.

Tenía que solucionar los casos Mills y Barnes, que con toda probabilidad eran un mismo caso, tan rápido como fuera posible. Pero para ello tenía que conservar la calma y no precipitarse en ningún momento. No podía dar por sentado que los hechos de ambos homicidios pudieran imputarse al mismo autor, por muchos indicios que tuviera al respecto; pero tampoco podía perderse entre el resto de las posibilidades, entre las que estaba la implicación de Jennifer Brankley, solo porque esta hubiera perdido su empleo, estuviera psicológicamente tocada y pareciera amargada.

Y no solo era eso, pensaba Valerie; también estaba el hecho de que Jennifer Brankley conociera a ambas víctimas. A Fiona Barnes, desde luego. Y en el caso de Amy Mills, había muchas probabilidades de que también la hubiera conocido. Si acababa por confirmarse, tendría que preguntarse por qué la ex profesora había negado haber oído siquiera su nombre alguna vez antes de que estuviera en boca de todo el mundo, al menos en la zona de Scarborough.

Valerie decidió que a mediodía iría a la granja de los Beckett.

Quería confrontar a Jennifer Brankley con sus últimas averiguaciones para poder observar su reacción.

La conversación que había tenido el día anterior con Paula Foster no había revelado nada significativo, o mejor dicho solamente le había permitido llegar a la conclusión de que la joven no estaba en la lista de víctimas potenciales y que podía sentirse segura casi al cien por cien. No había nada que indicara que Foster pudiera estar en el punto de mira de un asesino, a menos que se tratara de alguien con una fijación por las mujeres jóvenes en general, pero en ese caso Foster tendría las mismas posibilidades de convertirse en una víctima que miles de chicas más. Paula Foster no conocía a Dave Tanner ni a Jennifer Brankley. No hacía mucho que trabajaba en la granja, y tenía tanto trabajo de la mañana a la noche que no le quedaba tiempo para conocer a gente de la zona. A finales de año volvería a Devon. Había encontrado el cadáver de una anciana en un barranco y parecía como si esa fuera la única vivencia destacable que podría llevarse en el futuro de su estancia en Yorkshire.

Valerie se lavó los dientes, se pintó un poco los labios, cogió el bolso y salió de casa. Fuera había niebla, nada más que niebla. Sin embargo, estaba de buen humor. Tenía la sensación de haber encontrado finalmente el cabo de un enorme ovillo enredado. Esa circunstancia no parecía resolver todavía el enredo del ovillo, pero la inspectora albergaba la esperanza de que en algún momento se produjera algún progreso.

3

—¿Gwen está aún en su habitación? —preguntó Jennifer.

Entró seguida de sus dos gigantescos perros, a los que había estado intentando secar un poco fuera, con una toalla. Colin salía en ese momento de la cocina.

—No. ¡Dios mío, estáis empapados!

—La niebla —dijo Jennifer mientras se quitaba la chaqueta—. No se ven tres en un burro. Es como atravesar un muro de agua.

Él la miró con afecto. El pelo húmedo y enmarañado, las mejillas enrojecidas. El viejo jersey lleno de pelos de perro, los vaqueros salpicados de lodo. Le pareció que nunca la veía tan natural como cuando volvía de pasear con Cal y Wotan. Esa era la verdadera Jennifer: tranquila, desenvuelta, relajada. Serena por medios espontáneos y naturales. Esa Jennifer era muy distinta a la que había sido expulsada de la escuela, siempre inmersa en sus depresiones, capaz de ver su propia vida solo como un fracaso.

—No eras feliz —solía decirle él—. También estabas tensa, nerviosa. A menudo superada por las circunstancias. Demasiado comprometida, demasiado implicada con todo lo que sucedía. Te has consumido. Te has...

En ese punto, Jennifer siempre lo interrumpía.

—Ajá, y ahora soy una persona completamente feliz, ¿no?

—Es posible que no haya nadie tan feliz como tú. Pero tienes idealizada la vida que llevabas antes. Y te niegas a apreciar la vida que llevas en la actualidad.

—Tampoco es que haya muchas cosas por apreciar en la vida de una fracasada.

—No eres una fracasada...

Así eran las típicas conversaciones que tenían en la intimidad. Jennifer siempre acababa hurgando hasta el fondo de la melancolía y de un desesperado sentimiento de insuficiencia. Era difícil, casi imposible, intentar sacarla de nuevo de ese pozo. Por eso ella se abstenía de hablar en momentos como aquel, en los que tenía tan buen aspecto y desprendía tanta armonía consigo misma. Lo habría desmentido. Como si fuera incapaz de aceptar, ni siquiera de vez en cuando, que las cosas le iban bien. Colin a menudo tenía la sensación de que su esposa se había tomado esas depresiones como una especie de castigo por su fracaso y que se aferraba a ellas, que las llevaba marcadas a fuego porque ella misma consideraba que las merecía. No se permitía a sí misma sentirse bien después de haber fracasado tan estrepitosamente.

—El desayuno está listo —se limitó a decir él.

—Me cambio en un minuto, me seco el pelo y enseguida estoy con vosotros.

Colin entró en el salón. Chad estaba sentado a la mesa, pero había apartado hacia un lado su plato y se limitaba a remover el café de su taza, ensimismado. En los pocos días que habían pasado desde la muerte de Fiona, parecía haber envejecido bastante. Colin se obligó a recordar lo que Fiona había escrito. Chad y Fiona nunca llegaron a ser pareja, pero desde muy jóvenes habían estado unidos por un estrecho vínculo que había sobrevivido a los años y a las décadas y que les había permitido acompañarse mutuamente hasta la edad madura. Los dos se habían casado con otras parejas y habían fundado sendas familias, pero jamás se había roto ese vínculo que los unía. Chad había perdido a la que tal vez era la persona más importante de su vida y además de un modo brutal e inesperado. Era muy propio de él que no quisiera hablar sobre ello con nadie, aunque a todas luces estaba sufriendo.

—Gwen todavía no ha vuelto —dijo Colin.

Chad levantó la mirada

—Debe de estar con su prometido.

—¿Pasa la noche fuera de casa muy a menudo? —preguntó Colin.

Jennifer le había asegurado que Gwen todavía no había pasado ni una sola noche con Dave y, puesto que Gwen confiaba mucho en ella, debía de ser cierto. Chad dijo que no lo sabía.

—Ni idea. Creo que no. Pero ya es mayorcita. Además, sin duda tienen muchas cosas de las que hablar después de lo que ocurrió el sábado.

—Sí —dijo Colin en voz muy baja.

Al parecer, aparte de Jennifer y de él, no había nadie más preocupado. Ni su propio padre, ni tampoco Leslie Cramer, que había reaccionado con una mezcla de despreocupación y de irritación. Colin pensó con disgusto en la llamada de la noche anterior. Desde el principio Leslie no le había parecido especialmente simpática; lo único que había conseguido era confirmar esa apreciación.

—Sé que no está bien que Gwen no esté aquí para preparar el desayuno —dijo Chad—. Si tiene huéspedes en casa, también debe ocuparse de ello. Pero no se preocupen, les haremos el descuento correspondiente antes de que se marchen, Colin.

—Por favor, no lo he mencionado por eso. Jennifer y yo nos consideramos más unos amigos que unos simples clientes que vienen aquí a hospedarse por vacaciones, no supone ningún problema en absoluto que hayamos tenido que prepararnos el desayuno alguna vez. No, es solo que me preocupa. No me parece propio de Gwen eso de pasar una noche entera fuera de casa sin haber dicho nada a nadie.

—Así son los jóvenes —dijo Chad.

Colin se preguntó una vez más si Chad debía de ver a Gwen como a su hija o como a un simple mueble más de su casa, no muy distinto del sofá del salón o de la mesa de la cocina, algo útil, algo a lo que estaba acostumbrado, pero a la vez algo en lo que raramente pensaba o a lo que miraba de cerca. Cuando había dicho «así son los jóvenes», parecía que estuviera hablando de una adolescente y no de una mujer de treinta y tantos. Y por encima de todo, no parecía que estuviera hablando de Gwen. Porque ella no era joven ni nunca había formado parte de esa generalidad que representaban «los jóvenes». En eso consistía su peculiaridad, pero también su tragedia. Y su padre al parecer no había comprendido nada de nada.

Colin se sentó y cogió la cafetera. Le habría gustado hablar con Chad sobre los escritos que había recibido de Fiona y que a esas alturas ya habían leído todos los habitantes de la casa, pero no se atrevió. Chad no tenía ni idea de que su hija había hurgado en su cuenta de correo electrónico, por no hablar de que había compartido el contenido con otras personas. Por otra parte, contenían un potencial que, visto lo sucedido... Pero era Leslie quien tenía que decidirlo. Cuando lo hubiera leído todo, tendría que ser ella quien diera el siguiente paso. Tanto él como Jennifer eran ajenos a ello. No podían entrometerse.

Jennifer entró en el salón con unos vaqueros y un jersey limpios y el pelo mínimamente arreglado. Una vez más, Colin pensó que sería una mujer muy atractiva solo con que hubiera algo más de alegría en sus rasgos. La infelicidad había hecho mella en su rostro. Solo Cal y Wotan eran capaces de relajarla. No había ninguna persona que pudiera conseguirlo, ni siquiera su propio esposo.

—Hoy iré a Scarborough —explicó—. Quiero pasear un poco por las calles, ir de compras y tal vez rebuscar por alguna librería. Me apetece pasarme un par de horas leyendo tranquilamente en el sofá.

Colin sonrió.

—¿Y por casualidad no te acercarás a ver a Dave Tanner para comprobar si Gwen está allí?

Jennifer no se cortó lo más mínimo.

—Puede ser, sí. Alguien tiene que preocuparse por ella, ¿no?

La indirecta iba dirigida a Chad, quien sin embargo no se inmutó en absoluto. Siguió tomándose el café en silencio. Había tensión en el ambiente, pero por fortuna nadie parecía dispuesto a que la sangre llegara al río.

—No sé si estaré de vuelta a la hora de comer —dijo Jennifer un rato después—. Me harías un favor si pudieras sacar a los perros un rato, Colin.

Él le prometió hacerlo. Estaba contento. Era buena señal que Jennifer demostrara tener ganas de hacer cosas, incluso si lo que en realidad la impulsaba era su preocupación por Gwen. Y tal vez conseguía pasar un día realmente agradable de tienda en tienda, paseando por la ciudad, comiendo una ración de pasta en algún restaurante italiano. Por algo se empezaba. Después de que la hubieran despedido de la escuela se había encerrado diez meses en casa, durante los que no llegó a cruzar el umbral de la puerta ni una sola vez. Colin se alegraba de haber tenido la idea de hacerse con esos dos perros. La obligación de salir a pasear con regularidad había acabado con aquel confinamiento.

—¿Vas a coger el coche? —preguntó Colin, a pesar de conocer de antemano la respuesta.

Jennifer reflexionó unos segundos y después negó con la cabeza.

—Tomaré el autobús. Ya sabes que...

—Lo sé —replicó Colin con resignación.

Jennifer había conducido sin problemas anteriormente. Pero después del asunto no había sido capaz de sentarse frente al volante de nuevo. Colin no sabía cuál era la relación entre una cosa y la otra, si bien al parecer era una cuestión de confianza en sí misma. Y a medida que pasaba el tiempo, menos probable era que volviera a intentarlo.

Colin miró hacia la ventana. Parecía como si la niebla fuera cada vez más densa. Era un día extraño, muy silencioso. No se oían ni siquiera las gaviotas.

Estaba inquieto. No sabía por qué. Debía de ser cosa de la niebla.

4

—La casera me ha dicho que me desahuciará el primero de noviembre —dijo Dave.

Eran los únicos clientes de King Richard III, una pequeña cafetería del puerto en la que se servían desayunos. Un joven esperaba aburrido detrás de la barra después de haberles servido café y bollos de bastante mala gana.

—No es que sea un lugar muy acogedor —había dicho Dave nada más entrar en el local, cuyas ventanas daban al paseo marítimo, desierto, y solo permitían ver de vez en cuando algún que otro mástil de velero descascarillado a causa de la niebla—. Pero sirven unos bollos con mermelada que no están nada mal.

A Leslie le pareció que también el café era sorprendentemente bueno. Cargado y caliente. Justo lo que necesitaba con el frío y la humedad que reinaban fuera.

—¿Y puede hacerlo? —preguntó ella—. ¿Puede echarlo en un plazo tan corto?

—Creo que sí —respondió Dave—. No nos une ningún contrato de alquiler ni nada parecido. Vivo de manera ilegal en su casa y no tengo ningún documento escrito que lo demuestre. ¿Cómo podría reclamarle nada? Además... bueno, no es que me sienta especialmente apegado a mi domicilio actual, como ya debe de haber imaginado.

—¿Y qué motivo le ha dado para echarlo?

—Según dice, la hija de una amiga tiene que venir a estudiar a Scarborough y quiere que viva en su casa. Pero apuesto a que esa amiga ni siquiera existe. En realidad lo que ocurre es que tiene miedo de mí. Teme que haya asesinado tanto a Amy Mills como a Fiona Barnes y que pueda convertirla a ella en mi próxima víctima. Ni siquiera duerme en casa últimamente, cada noche va a dormir a casa de una u otra vecina. Y al parecer va extendiendo las historias más horripilantes acerca de mí. Cuando salgo a la calle noto que me taladran centenares de ojos desde detrás de los cristales de las ventanas. Pero a mí eso me da igual. Que piensen lo que quieran.

—Bueno, de todos modos Gwen y usted quieren casarse en diciembre, por lo que tampoco es un problema tan grande. Podría mudarse a principios de noviembre a la granja.

—Sí —dijo él. No suspiró, pero ese «sí» ya sonó como un suspiro.

Leslie rodeó la taza con las dos manos. El calor le provocó un cosquilleo agradable en los dedos que parecía extenderse hasta los brazos. Era una sensación placentera que no solo contribuía a quitarle ese frío húmedo de los huesos, sino que también parecía apaciguar sus sentimientos revueltos. Se dijo que quizá estaba yendo demasiado lejos, pero la manera como la miraba Dave Tanner le hacía pensar que a él le apetecía hablar, que no se sentiría asediado por ella.

—No es que esté locamente enamorado de Gwen, ¿me equivoco? —preguntó en voz baja.

—Se me nota enseguida, ¿verdad?

—Sí.

Dave se inclinó hacia delante.

—No la amo en absoluto, Leslie, ese es el problema. Y no tiene nada que ver con el hecho de que me guste o no físicamente. Una mujer puede ser más fea que Picio y sin embargo fascinarme, y tampoco es que Gwen sea fea. Pero la fascinación... ese es el quid de la cuestión. No hay nada, pero absolutamente nada en ella que me fascine lo más mínimo.

—En la mayoría de las relaciones la fascinación disminuye bastante con el paso del tiempo.

—Pero es la chispa que prende el fuego al principio. Tiene que haber algo cautivador en el otro, algo que despierte la curiosidad, algo a lo que aferrarse. Sabe de qué le hablo, ¿no? ¿Por qué se casó con su marido?

Esa última pregunta la cogió por sorpresa y la hizo dudar unos segundos.

—Me enamoré de él —respondió ella.

—¿Qué fue exactamente lo que le enamoró?

—Todo él, en conjunto.

Dave no dio su brazo a torcer.

—¿No había nada en absoluto que le molestara de él?

—Sí, naturalmente que había cosas.

Su pasividad. Su necesidad de armonía. Que casi siempre me diera la razón, se dijo Leslie. Que me tolerara tantas cosas, tanto a mí como a los demás. Sus debilidades.

—Pero había otras características de él que compensaban aquellas que le molestaban, que hicieron posible que a pesar de todo se enamorara de él. Incluso que llegara a casarse con él. Que deseara pasar el resto de su vida con él.

—Sí. Lo que me gustaba de él pesaba más.

—¿Y qué era?

—Era muy atento —dijo ella—. Muy cariñoso. Me daba seguridad.

Dave la miró con aire pensativo.

—¿Me está diciendo que antes de encontrarlo le faltaba esa sensación de seguridad? Gwen me ha contado que a usted la crió su abuela. Por lo poco que traté a Fiona Barnes, me imagino que...

—No me apetece hablar de mi abuela —dijo Leslie de manera tajante.

—¡De acuerdo! —Dave se echó hacia atrás de repente—. Tiene razón, discúlpeme si me he excedido.

—Estábamos hablando sobre usted y sobre Gwen. No soy yo quien está a punto de tomar una decisión importante. Yo ya tomé mi propia decisión hace dos años. Me he separado de mi marido.

—Pero es evidente que las cosas no están resueltas del todo. En cualquier caso, me ha parecido que el monólogo que se traía consigo misma ahí fuera a primera hora de la mañana tenía algo que ver con él.

Leslie tomó un sorbo de café que le quemó la lengua, pero decidió ignorar el dolor.

—Me engañó —dijo—. Hace poco más de dos años. Con una mujer a la que conoció casualmente mientras yo estaba de viaje para asistir a unos cursos. No me habría enterado de ello, pero por desgracia él tenía tantos remordimientos de conciencia que acabó confesando. A partir de entonces me sentí incapaz de seguir conviviendo con él. Desde el lunes de la semana pasada estamos divorciados. Y ya está. No hay nada más que decir al respecto.

—Entonces ¿qué es lo que la tenía tan alterada esta mañana?

—Ayer por la noche vino a decirme que en realidad todo había sido culpa mía. Una terapeuta se lo ha metido en la cabeza. Que su desliz se debía a que tenía que soportar mi carácter frío, mis ganas de progresar profesionalmente y mi supuesta superioridad. Que no había confesado porque tuviera remordimientos de conciencia, sino que en realidad era un grito de ayuda. Que yo no fui capaz de entenderlo y que me excedí echándolo de casa. ¡Pobrecito! Ahora resulta que quien lo está pasando fatal es él.

Dave la miró con gesto pensativo, pero no dijo nada.

La puerta de la calle se abrió y junto a una ráfaga de aire húmedo entraron dos hombres en el local. Por un momento se les vio sorprendidos de encontrar a otros clientes, pero tampoco pareció preocuparles. Pidieron café y se quedaron en la barra, charlando en voz baja con el dueño.

Leslie apartó su plato, en el que había un bollo a medias.

—Creo que no puedo comer nada más —dijo.

—¿No le gusta cómo los hacen? —preguntó Dave.

—Sí, pero siempre que pienso demasiado en mi ex marido se me pasa el hambre —explicó Leslie. Miró a Dave con gesto provocador—. ¿A usted también le ocurre? ¿Que pierde el apetito cuando Gwen le viene a la cabeza?

—No, tan malo no es.

—¿Qué es lo que le compensa a usted, Dave? Le molesta no encontrar en Gwen algo que consiga fascinarlo, pero aun así quiere casarse con ella, pasar a su lado el resto de su vida. ¿Por qué? ¿Qué es lo que compensa en su caso las cosas que no le gustan de Gwen?

Dave la miró como si intentara descubrir si se lo preguntaba en serio o si no era más que una simple provocación.

—¿Realmente quiere saberlo?

—Sí.

—Ya lo sabe —dijo con una sonrisa agotada—. Y su abuela también lo sabía.

Leslie asintió.

—Entonces es cierto. La granja. La granja es lo único que le atrae de Gwen.

Por un momento, Dave pareció resignado, demasiado agotado para intentar disfrazar la verdad.

—Sí. Es eso.

—¿Y qué planes tiene para la granja de los Beckett si al final acaba viviendo allí?

En ese momento fue él quien retiró su plato. Las preguntas acerca de su futuro siempre le quitaban el apetito.

—Quiero abandonar la vida que llevo —explicó—. Tengo que abandonarla. No puedo seguir así. Pero necesito algo... algo a lo que aferrarme. No tengo nada, aparte de unos estudios interrumpidos y una larga retahíla de trabajos eventuales con los que apenas he podido ir tirando a lo largo de casi veinte años.

—¿Quiere volver a criar ovejas en la granja de los Beckett?

Dave negó con la cabeza.

—Creo que no serviría para eso. Me gustaría reformarla, algo que Gwen ya ha empezado a hacer tímidamente y con muy poco estilo: me gustaría transformar la granja en un alojamiento rural. Yorkshire se está convirtiendo en uno de los destinos turísticos más apreciados de Inglaterra. La granja ofrece miles de posibilidades sin que para ello se vea mermada de su encanto original. Las habitaciones tienen que ser espaciosas y limpias. Hay que abrir un camino seguro y fácil de seguir para bajar a la cala, la gente no puede ponerse a trepar por ese barranco lleno de maleza. Hay que facilitar que los huéspedes bajen a bañarse. En los establos podemos tener ponis y ofrecer la posibilidad de realizar excursiones a pie. Créame... —Había ido subiendo el tono de voz, pero volvió a bajarlo de repente en cuanto se percató de que la gente de la barra se volvía para mirarlo—. Tengo buenas ideas. Puedo hacer algo con esa finca.

—¿Y que me dice de la energía necesaria para llevarlo a cabo? —preguntó Leslie—. ¿También la tiene?

—¿Lo pone en duda?

—No le conozco lo suficiente. Pero a juzgar por lo que me ha contado acerca de su vida hasta ahora no creo que entre sus virtudes puedan contarse la energía y la determinación. Compréndalo, siempre he sospechado un poco de las personas que necesitan algo grande, en su caso una buena finca, para convertirse al fin en emprendedores serios. A menudo se trata de personas que se engañan a sí mismas. Que siempre creen que si no han podido levantar el vuelo ha sido porque las circunstancias han sido adversas. Los verdaderos éxitos funcionan de otra manera. Son historias de personas que han empezado con una mano delante y otra atrás y acaban dejando algo tras de sí.

Dave se mantuvo impasible. Leslie no sabía si se había enfadado al oírla hablar tan claro.

—Es usted muy sincera —dijo al cabo—, pero ¿ha pensado en algún momento en las alternativas que le quedan a Gwen? Vive exclusivamente de la pensión de su padre. En cuanto Chad Beckett muera, algo que por ley de vida no tardará en suceder, se encontrará sin recursos de la noche a la mañana. No tiene verdaderos ingresos. No puede vivir de lo que saca alojando a los Brankley durante las vacaciones que pasan allí dos o tres veces al año.

—Podría vender la granja.

—¿Su hogar? ¿El único lugar que ha conocido y en el que es feliz?

—¿Es feliz?

—¿Sería más feliz sin la granja? ¿En un piso cualquiera?

—Podría buscarse un empleo. Finalmente viviría rodeada de otras personas. Tal vez encontraría a un hombre que la amara de verdad.

—Ya —dijo Dave. Tras unos momentos de silencio añadió—: ¿Usted también intentará disuadirme de que me case con ella?

—¡No! —Leslie negó con la cabeza—. No pienso entrometerme. Eso debe decidirlo Gwen, ya es mayorcita.

Dave la miró a los ojos.

—Por cierto, no dormí con ella anoche —dijo Dave de repente—. Todavía no hemos dormido juntos ni una sola vez.

Leslie pensó de nuevo en el par de medias negras que había visto en la habitación de Dave. No empieces, se exhortó a sí misma.

—¿No? —se limitó a preguntar.

—No. Ella quería, pero yo... no podía hacerlo. Apenas consigo tocarla, no hablemos ya de... —Dejó la frase inacabada.

—Pero... entonces ¿cómo se imagina que será estar casado con ella? —preguntó Leslie.

Dave no respondió.

5

Jennifer había encontrado un papelito colgado en el tablón de notas con la dirección exacta de Dave Tanner. Naturalmente, sabía que no estaba bien entrar en la habitación de su anfitriona en ausencia de esta, pero se había justificado por lo preocupada que la tenía Gwen. No le parecía propio de ella que llevara tanto tiempo fuera de casa sin haber avisado a nadie.

El camino a pie hasta la carretera se le hizo más largo que de costumbre, pero sin duda fue debido a la humedad que había en el aire, que le dificultaba respirar. Había que esperar junto a la cabina de teléfono roja para que te recogiera el autobús, que por suerte solía ser bastante puntual. Apenas tres cuartos de hora después, Jennifer se apeaba en el centro de Scarborough, en la parada de Queen Street, no muy lejos de la Friargate Road, que es donde vivía Dave Tanner. Sin embargo, Jennifer llegó agotada a la pequeña casita adosada.

La casera abrió la puerta después de que hubiera llamado dos veces y la miró con desconfianza.

—¿Sí?

—Buenos días, me llamo Jennifer Brankley. ¿Dave Tanner está en casa?

Al oír mencionar el nombre de Tanner, el rostro de la anciana quedó petrificado.

—¿Quién es usted? —preguntó.

—Jennifer Brankley. Una amiga de Gwen Beckett. La prometida del señor Tanner.

—El señor Tanner no está en casa.

De forma inconsciente, Jennifer miró hacia el oscuro pasillo que había tras la anciana.

—¿No?

—Oiga, yo estaba arriba, le aseguro que no se encuentra aquí.

Tampoco veo su chaqueta en el colgador de la entrada. Ha salido.

—¿Sabe si estuvo en casa la pasada noche?

La casera la miró ya bastante furiosa.

—No lo sé, señora Brankley, ¡no tengo ni idea! ¿Y sabe por qué no lo sé? ¡Porque ni siquiera puedo dormir en mi propia casa! Mis vecinas ya están un poco hartas porque no hago más que pedirles que me dejen pasar la noche en casa de una o de otra por el pánico que me produce dormir bajo el mismo techo que ese individuo. ¡No consigo pegar ojo! Es que seguramente es el autor de dos asesinatos y... ¡maldita sea, no tengo ganas de convertirme en su tercera víctima!

—¿De dónde ha sacado que haya cometido dos asesinatos? —preguntó Jennifer, sorprendida por la seguridad que la anciana demostraba con sus afirmaciones.

—¡Bueno, es que no hay que ser una lumbrera para darse cuenta! Al fin y al cabo vino a verlo la policía. Lo interrogaron acerca de la noche en la que asesinaron a Fiona Barnes y acerca de la noche en la que se cargaron a aquella joven estudiante. ¡Está clarísimo! Y en los dos casos quisieron saber si el señor Tanner había estado en casa. No soy tonta. Creen que es un asesino, lo que pasa es que no pueden demostrarlo. Así van las cosas hoy en día: los peores delincuentes andan sueltos porque no es posible encerrar a la gente sin pruebas, pero lo que le suceda luego al resto de las personas que no hemos hecho nada... ¡eso a los políticos les da igual!

—Entonces tampoco debe de saber si la señorita Beckett pasó la noche aquí con el señor Tanner, ¿no? —prosiguió Jennifer, puesto que de momento le interesaba más la respuesta a esa pregunta que el intercambio de reflexiones ideológicas.

—¡Naturalmente que no lo sé! —le espetó la casera—. Y le diré algo más: ¡pronto dejaré de saber nada más sobre él! Ya he avisado al señor Tanner de que voy a desahuciarle. ¡El primero de noviembre estará de patitas en la calle y entonces podré vivir tranquila de nuevo!

Dicho esto, la señora Willerton cerró la puerta de un sonoro portazo y Jennifer se quedó perpleja entre la niebla, mirando la parte superior de la fachada de la casa como si albergara la esperanza de encontrar algún indicio. No sabía cuál era la ventana de la habitación de Dave, ni siquiera sabía si su ventana daba a la calle, de hecho. Deprimida, volvió atrás por los escalones que la habían llevado hasta la puerta. Esa visita no había servido para nada. Tanner no estaba en casa, porque supuso que la casera no habría mentido a ese respecto, y tampoco había ni rastro de Gwen.

Tenía un mal presentimiento y se preguntaba si estaba justificado de algún modo.

Habría preferido volver a la granja, pero por algún motivo creyó que eso equivaldría a una derrota. Decidió ir al centro, aunque enseguida le quedó claro que lo único que tenía en mente era encontrar a Gwen, por lo que decidió volver sobre sus pasos. Tal vez debería aprovechar la oportunidad y hacer algo realmente, algo que amenizara un poco esa vida de ermitaña que llevaba. Podía hacer lo que le había dicho a Colin: dar un buen paseo por el centro, tal vez incluso sentarse sola en una cafetería y tomar algo.

Para la mayoría de la gente eso no era nada del otro mundo, pero para Jennifer suponía un gran paso. Estuvo deambulando un buen rato por las galerías del mercado. La temperatura era más cálida y el aire más seco allí dentro. Estuvo contemplando obras de arte y horteradas varias en los diminutos comercios repletos a rebosar de artículos. Estuvo ojeando postales viejas en un anticuario y quedó maravillada con un juego de té que le llamó especialmente la atención entre la oferta general de productos de dudoso gusto. Sería un bonito regalo de bodas para Gwen... en caso de que llegue a casarse con Dave Tanner, pensó.

Más tarde pasó por la zona peatonal. Compró una bufanda de lana suave para Colin y una gorra de punto para ella. Las dos cosas las pagó con el dinero de él, algo de lo que era dolorosamente consciente. Tiempo atrás había tenido sus propios ingresos. Hasta el momento, a Colin no le había importado ser quien lo pagaba todo, incluida la hipoteca de la casa de Leeds, los gastos diarios, la comida de los perros, las facturas del veterinario y, por supuesto, también las vacaciones en la granja de los Beckett.

Por primera vez pensó que quizá le sería posible encontrar un empleo. No podría volver a la docencia, pero tal vez lograría hallar algo distinto. Entonces podría quitarle esa carga a Colin e incluso permitirse algún que otro capricho ocasional sin tener por ello remordimientos de conciencia.

Que la hubieran echado no significaba que todo hubiera acabado. A pesar incluso de que desde el primer momento se lo hubiera parecido. Y aunque no hubiera sabido cómo vencer aquella parálisis en la que se había sumido.

Tal vez lo consiga, pensó mientras contemplaba un escaparate en el que había expuestos candelabros y adornos antiguos en los que apenas se fijó. Si de algún modo consigo dar un primer paso, pensó, creo que entonces podría...

—Señora Brankley —dijo una voz a su espalda.

Jennifer se dio la vuelta con un respingo, porque se había quedado completamente ensimismada con sus atribulados planes de futuro. Con la frente fruncida, observó a la joven que tenía detrás. Estaba segura de conocerla, pero no consiguió ubicarla a la primera.

—¿Sí? —preguntó.

La joven se sonrojó.

—Ena —dijo—, Ena Witty

Al final recordó. El patio de la Friarage School, en aquella tarde tan plácida pocos días atrás. La gente que salía del edificio y que había participado en el curso que Gwen acababa de terminar. Ena Witty era una de ellas. Gwen las había presentado.

—¡Ah, señorita Witty, ya me acuerdo! —dijo—. La semana pasada, en la escuela...

—Gwen Beckett también estaba presente —dijo Ena—, y Stan, mi novio. Estuvimos hablando un rato...

—Sí, claro, lo recuerdo —dijo Jennifer. Se acordó de que Ena apenas había dicho nada, mientras que su novio había hablado mucho—. Me alegré de conocerlos. —En ese momento le vino a la memoria la llamada del día anterior—. Dios mío, mi marido me dijo ayer que llamó usted a la granja porque quería hablar con Gwen. Lo siento mucho, pero Gwen todavía no ha vuelto a casa, o en cualquier caso no había vuelto cuando yo he venido hacia aquí. Todavía no hemos podido...

—No importa —la interrumpió Ena—. De todos modos no he dejado de darle vueltas, creo que no debería molestar a Gwen.

Me he enterado por el periódico de que tenía relación con la mujer asesinada... Barnes se llamaba, ¿verdad? Naturalmente, Gwen debe de tener muchas otras cosas en la cabeza.

—Todos estamos bastante confusos —admitió Jennifer.

—Como le decía, me hago cargo de ello. No habría llamado si no fuera porque... Bueno, me enfrento a un problema bastante gordo y no tengo a nadie con quien poder hablar de ello. Tampoco es que haga mucho tiempo que soy amiga de Gwen, nos conocimos en ese curso, pero desde el primer momento me pareció muy agradable y pensé... bueno, que me gustaría poder hablar un poco con ella... Gwen ya conoce un poco a Stan, mi novio, porque siempre venía a recogerme a la escuela.

—Tranquila, lo arreglaremos —le aseguró Jennifer al tiempo que veía confirmadas sus sospechas: el problema del que tanto le apetecía hablar con alguien a Ena tenía nombre propio y se llamaba Stan. El tipo dominante, el que a buen seguro había llegado como un huracán a su pacífica existencia y que al parecer no solo había acarreado vivacidad sino también unas cuantas dificultades—. Cuando vea a Gwen le diré que la llame cuanto antes. También a ella le vendrá bien poder hablar de algo que no sea lo que ocurrió en la granja.

Ena pareció un poco aliviada, incluso algo animada.

—No me gustaría resultar pesada, pero en caso de que... bueno, en caso de que no tenga nada que hacer... ¿Le apetece tomar un café conmigo?

Jennifer supuso que Ena había tenido que reunir mucho coraje para proponérselo. Al fin y al cabo había participado en el curso de la Friarage School porque debían de costarle enormemente ese tipo de cosas: invitar a un café a alguien que le caía simpático pero a quien, no obstante, apenas conocía.

Hay muchas personas, pensó, que luchan a diario contra todo tipo de miedos, contra la timidez y la falta de seguridad en uno mismo, y en muchos casos nadie llegaría a adivinar cuánto se sufre con ello.

No quiso dar calabazas a Ena.

Con un movimiento algo ceremonioso, se subió un poco la manga de la chaqueta para consultar el reloj. Eran casi las doce y media, demasiado temprano para volver a casa. Y había querido tomarse un café de todos modos, si bien tenía previsto hacerlo tranquilamente y en soledad. Tenía el presentimiento de que Ena estaba sometida a mucha presión, y pensaba que si empezaba a soltarse y a perder la timidez, cabía suponer que lograra superar cualquier preocupación, en especial las que tenían que ver con su incipiente relación con Stan Gibson. Tal vez sería un buen paso que consiguiera abrirse ante alguien a quien acababa de conocer. Jennifer no estaba segura de si en esos momentos sería la interlocutora ideal. Ella misma tenía también un buen puñado de problemas.

—Bueno —dijo—, creo que...

Ena notó que vacilaba.

—Por favor. Me... me alegraría mucho que aceptara.

Hasta el momento, Jennifer no había negado ayuda a nadie, y entonces reparó en que justo era ese el meollo de la cuestión: Ena le estaba pidiendo ayuda. No es que tuviera un problema cualquiera, sin importancia. Le estaba pidiendo ayuda seriamente.

—De acuerdo —respondió Jennifer, resignada—, vayamos a tomar un café juntas.

Al fin y al cabo había estado reflexionando mucho acerca de dar primeros pasos, y un primer paso en su caso personal podría consistir en volver a relacionarse con otras personas en lugar de evitarlas.

Tal vez podría ayudar de verdad a Ena Witty. Aunque ayudarla significara limitarse a escucharla.

Quizá conseguiría que Ena se acostara esa noche con la sensación de que realmente había gente que podía interesarse por ella.

Jennifer decidió alegrarse por ello.

6

—Sí, es una lástima —dijo Valerie Almond—. Me habría gustado poder hablar con su esposa, señor Brankley.

Estaban uno frente al otro ante la puerta de la granja.

Colin no le había ofrecido entrar, se había limitado a informarla fríamente de que Jennifer no estaba en casa.

Valerie le había preguntado si sabía cuándo volvería, pero él se había encogido de hombros.

—No puedo ayudarla —dijo—, pero le diré a mi esposa que quiere usted hablar con ella.

Valerie reparó en el matiz hostil que teñía la voz de Colin.

Él se dio cuenta, o al menos le pareció, que Valerie buscaba a Jennifer para encarnizarse con ella.

—Hemos descubierto que Amy Mills no estudió solo en la escuela en la que acabó graduándose —dijo—, sino que además pasó dos años en la escuela de Leeds en la que su esposa impartía clases.

Por una fracción de segundo, Colin no pudo ocultar su sorpresa. Al parecer no estaba al corriente. Eso tampoco debe hacerme suponer que Jennifer tampoco lo sepa, pensó la inspectora. Tal vez no se lo explica todo a su marido.

—¿De verdad? —dijo él, justo antes de examinar a Valerie a través de los cristales redondos de sus gafas.

Tenía una mirada inteligente, parecía un hombre por cuya cabeza pasaban más reflexiones de lo que podría dar a entender su discreta apariencia, y más profundas también.

Es muy inteligente, pensó Valerie, sin duda es algo más que el afable burgués que parece ser a primera vista.

—¿Ella no ha hecho nunca ninguna alusión acerca de que pudiera conocer a Amy Mills, aunque solo fuera de manera superficial? ¿O al menos que conociera su nombre?

—No, inspectora. A mí no me había contado más que lo que ya le dijo también a usted.

—Volveré para hablar con ella —dijo, frustrada.

Se preguntó si acaso Colin estaba actuando a la defensiva o si es que empezaba a sospechar que aquello guardaba alguna relación con él.

Pero ¿cuál? ¿Cuál? Si Jennifer Brankley hubiera conocido a Amy Mills, ¿qué motivo habría podido tener para matar a la joven de ese modo tan brutal?

Su teléfono móvil empezó a sonar en cuanto llegó de nuevo al coche.

Al mismo tiempo, vio a Gwen Beckett saliendo de un taxi frente a la puerta de la granja. Parecía helada y trasnochada.

¿De dónde debe de venir?, se preguntó Valerie a sabiendas de que nadie le daría una respuesta para esa pregunta. Y que la llamada tampoco se la daría.

—¿Sí? —Respondió a la llamada mientras abría el coche. Quería alejarse rápidamente de aquel frío tan húmedo.

Era el sargento Reek. Parecía nervioso.

—Inspectora, la situación ha cambiado. Ha llamado la señora Willerton. Ya sabe, la casera de Dave Tanner. Afirma conocer a una vecina que vio cómo el señor Tanner abandonaba la casa de la señora Willerton la noche en la que Fiona Barnes fue asesinada. Es decir, hacia las nueve.

—¿Hacia las nueve? Entonces lo que hizo fue salir de nuevo justo después de haber llegado.

—Eso parece. Por supuesto, no sabemos qué crédito merece la testigo, pero creo que deberíamos hablar con ella.

—Sin duda alguna. ¿Tiene la dirección?

—Sí. Vive casi en frente de la señora Willerton.

Valerie se mordió los labios. Respecto a los horarios de Tanner, no había mandado preguntar a los vecinos. Eso podría considerarse un error.

—Vaya hacia allí, Reek. Yo me reuniré con usted enseguida. Y compruebe si Tanner está en casa. En caso de que así sea, reténgalo.

—De acuerdo, inspectora.

Valerie se sentó frente al volante, pero se sentía frustrada en lugar de entusiasmada. ¡No lo hacía bien! Se liaba, actuaba desordenadamente, desatendía tareas rutinarias. Algo tan simple como preguntar a los vecinos, ¿por qué no se le había pasado por la cabeza hacerlo? Casi prefería que la testigo acabara siendo una lianta a la que no pudiera dársele crédito, para que su negligencia no quedara a la vista de todos. Lo prefería a que su declaración la condujera a la resolución del caso. Porque entonces le harían preguntas que difícilmente podría responder de forma convincente.

Se obligó a calmarse. No era el momento de perder los nervios, sino de acudir allí y hablar con la testigo. Y de interrogar a Tanner.

Maldita sea, Valerie, concéntrate. No vayas a volverte loca. Todo irá bien.

Echó un vistazo a la puerta de la casa. Gwen y Colin estaban hablando. Gwen tenía una palidez casi mortecina. Antes de cerrar la puerta, Valerie oyó cómo Colin preguntaba, atónito:

—¿Que Tanner también conoce la historia? ¿De verdad?

—¡No alces tanto la voz! —susurró Gwen.

Valerie cerró la puerta, encendió el motor, dio la vuelta con el coche emitiendo un sonoro chirrido de neumáticos y abandonó la granja.

La testigo se llamaba Marga Krusinski, tenía casi treinta años, un bebé en brazos y le estaba soltando un verdadero discurso en un inglés deficiente al sargento Reek, quien en vano intentaba detener esa verborrea para ir al grano y obtener la información que necesitaba. Marga Krusinski se había divorciado de su marido y se había mudado a Scarborough, pero al parecer él la había estado asediando. La acechaba por todas partes, la importunaba e incluso había llegado a amenazarla varias veces con llevarse al hijo que habían tenido en común. Entretanto, ella había conseguido una orden de alejamiento provisional que prohibía a su marido acercarse a ella a menos de cien metros de distancia, pero ella ponía en duda que fuera a cumplirla. Era evidente que estaba pidiendo ayuda al sargento Reek y parecía haberse olvidado del verdadero motivo por el que la policía había acudido a verla.

Valerie, que a causa de la niebla había tardado más de lo normal en llegar, se preguntó por un instante si realmente habría algún problema de credibilidad con la testigo. Tal vez Marga Krusinski se inventaba historias descabelladas para llamar más la atención de la policía acerca de los problemas que tenía con su marido.

Aborda el tema sin prejuicios, se ordenó a sí misma.

En una butaca del modesto salón de la señora Krusinski estaba sentada la señora Willerton, con un vaso de aguardiente en la mano y la nariz roja, signo inequívoco de que no era ni mucho menos el primer trago que se había tomado ese día para superar el susto.

—¿Van a detenerlo ahora? —preguntó casi sin aliento nada más ver a Valerie—. ¿Finalmente lo detendrán antes de que siga asesinando a más mujeres inocentes?

—En principio no podemos considerar que el señor Tanner sea un delincuente solo porque aquella noche saliera de casa —dijo Valerie—. Sin embargo es extraño que él nos lo ocultara cuando lo interrogamos. Tendrá que explicar con mucha claridad adónde fue y cuánto tiempo pasó en cada lugar.

La señora Willerton soltó un resoplido.

—¡Ese tipo miente más que habla!

—Todavía no he conseguido sacar nada en claro —dijo el sargento Reek, absolutamente enervado.

Marga Krusinski se detuvo.

—¿Pueden ayudarme?

—Primero necesitamos que nos ayude usted a nosotros —le dijo Valerie—. ¿Le ha dicho usted a la señora Willerton que el señor Tanner salió de su domicilio hacia las nueve de la noche del sábado?

—Sí.

—¿Y desde dónde vio cómo salía?

—Desde esta habitación, aquí —dijo Marga—, por ventana. Ver bien casa de señora Willerton.

Valerie se acercó a la ventana y espió a través de las cortinas.

Reconoció la casa de la señora Willerton; tanto la puerta de la entrada como los pocos escalones que subían hasta la calle quedaban a la vista. Constató también que había una farola muy cerca del jardín delantero, pero aun así decidió hacer la pregunta.

—Debía de estar muy oscuro. ¿Cómo...?

—Farola —dijo Marga—, mucha luz. Vi bien al señor Tanner, lo reconocido bien.

—¿Estaba mirando por la ventana por casualidad?

Marga adoptó una expresión desabrida.

—Ya contado todo —dijo con un movimiento de cabeza en dirección al sargento Reek.

—Ah, sí —confirmó Reek—. Inspectora, ya debe de haberse dado cuenta de que la señora Krusinski tiene problemas con su ex marido. Por lo visto el sábado se dejó caer por aquí a última hora de la tarde y sorprendió a la señora Krusinski cuando esta volvía de pasear con su hijo. La amenazó e intentó intimidarla. Por suerte apareció algún vecino y él se dio a la fuga.

—¿Tenía una orden de alejamiento provisional? —preguntó Valerie, y Reek negó con la cabeza.

—Desde el lunes.

—Comprendo. Y...

—Y la señora Krusinski, como es comprensible, pasó el resto de la noche inquieta. Tenía miedo de que su ex marido pudiera deambular alrededor de su casa. Por eso había estado mirando por la ventana, tanto por esta del salón, que da a la parte delantera, como por la de la cocina, que da a la parte de atrás. Pensaba llamar a la policía si lo veía.

—¿Y así es como reparó en que Tanner salía de casa?

—Sí —dijeron el sargento Reek, Marga y la señora Willerton al unísono.

Valerie se volvió hacia Marga.

—¿Y está usted completamente segura de que se trataba de Dave Tanner?

—Oiga —protestó la señora Willerton—, ¿cuántos hombres cree que pasan por mi casa?

Valerie no podía imaginar ni siquiera a uno.

—Era señor Tanner —insistió Marga—, reconocido perfectamente. ¡Segura!

—¿Y está segura también respecto a la hora a la que salió?

—Bastante segura, pero no al minuto. Estaba muy inquieta no paraba de mirar hora. Última vez a nueve menos cuarto. Y vi al señor Tanner quizá después de cuarto de hora o veinte minutos.

—¿Y qué hizo exactamente el señor Tanner?

—Subió a coche y marchó.

—¿Estaba solo?

—Sí. Solo, solo. Coche tardó un poco en arrancar. Siempre pasa. Coche muy hecho polvo.

—¿No lo vio volver a casa?

Marga negó con la cabeza.

—Estaba despierta hasta tarde. Poco antes de doce fui a dormir, pero no podía dormir. Con cada ruido asustaba.

—¿Hasta entonces, es decir hasta la medianoche, no había vuelto?

—No. Miraba mucho a calle, pero coche no estaba. Hasta día siguiente. Levanté a las nueve. Entonces sí, aparcado ahí fuera.

Valerie se frotó un poco las sienes con los dedos, empezaba a sentir un leve dolor. «Descuido, descuido, descuido», decía el dolor.

Sin embargo, tenía que hacer la pregunta, hurgar en su propia herida de nuevo, algo que el sargento Reek sin duda había percibido, si bien a las dos mujeres probablemente les había pasado por alto.

—¿A qué se debe que decidiera hablar con la señora Willerton acerca de lo que había visto? —preguntó.

—Fui yo quien sacó el tema —intervino la señora Willerton con cierto orgullo—. Ya no duermo en casa y con razón. En cualquier caso, esta mañana he venido a ver a la señora Krusinski y le he preguntado si podría dormir la noche siguiente con ella, así es como hemos empezado a charlar acerca del señor Tanner. Le he contado que no sabía exactamente si en el momento del asesinato de Fiona Barnes, es decir, a última hora de la noche del sábado, él estaba en casa. De repente me ha mirado y ha dicho: «Pero ¡yo sí sé que no estaba en casa!». ¡Y luego me ha contado esa historia! —La señora Willerton tomó un buen trago de aguardiente—. ¡Nunca más volveré a aceptar a un inquilino, nunca más, se lo aseguro! Ya lo he avisado de que voy a desahuciarlo el primero de noviembre, pero ¡si no lo detienen hoy mismo lo pondré de patitas en la calle enseguida, se lo juro! ¡Ni un día más, no voy a dejarlo entrar en mi casa ni un solo día más!

—Supongo que ahora no está en casa, ¿verdad? —dijo Valerie, dirigiéndose a Reek, y este negó con la cabeza.

—Lo he comprobado, no.

—Ya podría habérseles ocurrido a ustedes venir a preguntar por el vecindario —dijo la señora Willerton con aire de reproche—. ¡Que tenga que ser yo quien acabe resolviendo el caso!

Valerie tenía una réplica mordaz en la punta de la lengua, pero prefirió tragársela. No debía ser tan tonta para ponerse a discutir con aquella anciana tan agresiva y que tantas ansias de protagonismo tenía. Y menos aún acerca de algo que podía considerarse

287

un error por su parte. Mejor no inflar el asunto. Pasó por alto el comentario y se dirigió fríamente al sargento Reek.

—Espere un rato más, sargento. Pero mejor fuera, en el coche. Si Tanner se deja caer por aquí, tráigalo a comisaría para interrogarlo.

—De acuerdo, inspectora.

A continuación, se dirigió a la señora Krusinski.

—Le agradezco su declaración, señora Krusinski. Es posible que tenga que redactarlo todo para que conste en acta, pero la llamaré antes. Señora Willerton...

Tras saludar a la casera con frialdad salió a toda prisa de la casa. Una vez fuera, se quedó un momento apoyada en la pared para respirar. Le ardía el rostro y por primera vez ese día la niebla le pareció agradable.

Ha sido un error garrafal, pensó. Se obligó a respirar hondo. Todo irá bien.

7

La niebla acabaría por disiparse ese día. Se notaba. Pero seguía allí, un verdadero muro de algodón que se lo tragaba todo, que conseguía que cualquier sonido pareciera lejano y atenuado. De vez en cuando la atravesaba un débil rayo de luz, por poco tiempo y como si se tratara de un error, aunque en realidad aparecía para anunciar que en algún lugar el cielo era azul y que la niebla no se quedaría en la bahía y en la ciudad para siempre.

Leslie y Dave ya habían salido de la cafetería y recorrían el paseo marítimo, la Marine Drive, un camino ancho y fortificado que rodeaba el castillo que estaba en la parte norte de la bahía.

A mano izquierda se alzaban las afiladas peñas de la montaña, mientras que a mano derecha el camino quedaba delimitado por un muro de piedra de color claro. Los toscos bloques de hormigón formaban el rompeolas.

Detrás quedaba el mar, aunque apenas si se distinguía. La niebla seguía siendo demasiado densa.

En principio solo habían querido dar un pequeño paseo, pero

el aire frío en los pulmones les pareció delicioso, incluso la humedad en las mejillas los sedujo. Siguieron caminando sin pensar por un momento ni en un destino concreto ni en el camino de vuelta.

Dave había preguntado a Leslie cómo había sido su madre, y ella se extrañó al ver que respondía con soltura y sin dudar.

—Siempre estaba alegre. Llevaba ropa de colores, muy larga, y el pelo hasta la cintura, con cintas de colores trenzadas. En realidad era rubia como yo, pero se teñía el pelo de rojo con henna. La henna le teñía también las palmas de las manos. Solo recuerdo las manos de mi madre de ese extraño color anaranjado.

»Creo que siempre estaba alegre porque iba colocada a todas horas. Viajaba de un festival hippy a otro. Recuerdo las hogueras, muchos hombres y muchas mujeres a los que no conocía, todos vestidos igual que mi madre. Y siempre sonaba una guitarra, siempre circulaban los porros. Creo que también tomaban LSD y quién sabe qué más. Mi madre bailaba conmigo. Alrededor del fuego, pero también en casa, en el salón. Le encantaba la música de Simon y Garfunkel. Escuchaba «Bridge over Troubled Water» hasta la saciedad.

En ese punto ella detuvo su discurso y lo miró, casi extrañada de que hubiera llegado a confiarle incluso aquello.

—Todavía sigo sin poder oír esa canción, Dave. No puedo oírla sin pensar en ella y que me vengan ganas de llorar de tristeza. Tengo que apagar la radio al instante o salir de la habitación en la que esté sonando. No puedo aguantarla.

El rostro de Dave brillaba debido a la humedad de la niebla.

—Era tu madre. Te amaba y tú la amabas a ella.

Leslie desvió la mirada de él y la dirigió al infinito gris.

—Recuerdo que solía decirme que yo era el regalo más bonito que había recibido en su vida. El mejor regalo de todos.

—Tu padre...

Ella se encogió de hombros.

—No lo sabía. Quiero decir que mi abuela no lo sabía. A veces mi madre decía que me había «pillado» en un festival, como si hablara de una mariposa estupenda que hubiera llegado volando y se hubiera quedado con ella. Más adelante comprendí que lo único que eso significaba era que había estado follando sin ton ni son cuando no tenía ni dieciocho años y que se quedó embarazada sin saber exactamente de quién. No sé quién es mi padre, Dave. Jamás lo sabré. Durante la infancia y la adolescencia me inventaba los padres más variados que podía imaginar. Hombres geniales que por motivos laborales se pasaban la vida viajando por todo el mundo, y me decía que por eso no llegaba a verlos nunca. Una vez aseguré que mi padre trabajaba en la Casa Blanca, en Washington, pero ninguno de mis compañeros de clase me creyó y a partir de entonces pasé a obviar el tema. No hacían más que preguntarme si mi padre era el presidente de Estados Unidos y luego se partían de risa a mi costa. Dejé de hablar acerca de mi padre. Tampoco es que hubiera nada por explicar.

Él sonrió, pero su mirada se mantuvo seria.

—No debe de ser fácil. Quiero decir, que hay muchos niños que han crecido sin padre por un motivo u otro, pero al menos sabían quién era. Tenía un nombre y un rostro. Un empleo, una carrera, una familia de la que procedía. Pero no saber en absoluto quién es tu padre, no tener ni el más mínimo punto de referencia... Supongo que no debe de ser posible investigarlo, ¿verdad?

—No, ¿cómo iba a hacerlo? Mi madre se enrollaba con todo el mundo, sobre todo con hombres a los que no conocía de nada, y casi siempre iba tan colocada que cinco minutos después de haberlo hecho ni siquiera los habría reconocido. Además, yo era demasiado pequeña para recordar los lugares en los que estuvimos, no hablemos ya de qué personas rondaban por esos sitios. Fue a finales de los sesenta y principios de los setenta.

—Tomaba drogas, dices —preguntó Dave con cautela—. Eso significa... Bueno, no me imagino que pudiera ser solo divertido, que siempre fuera previsora, cariñosa. La gente que toma drogas...

Dave se detuvo, pero Leslie supo al instante a qué se refería.

—Lo más extraño, Dave, es que cuando pienso en ella siempre se me aparecen momentos maravillosos. La recuerdo bailando, riendo, me acuerdo de cómo me abrazaba. De buenas a primeras no hay nada que enturbie esa imagen que tengo de ella. Pero si me pongo a pensar, si hago el esfuerzo consciente de recordar... entonces todo es distinto y nada es tan bonito. Porque en mi mente resurgen otras cosas... Y la veo durmiendo en su cama durante todo el día, mientras yo intento despertarla porque tengo hambre. Y frío. Pero no se levanta. Vuelvo a rememorar el miedo que sentía cuando me despertaba por la noche y me daba cuenta de que ella no estaba, de que me había dejado sola en casa. Yo lo registraba todo, hasta el último rincón, entraba incluso en el sótano... Vivimos durante un tiempo en Londres, en una casa con jardín en estado ruinoso que mi madre consiguió por un alquiler irrisorio. Las vigas crujían continuamente, los cristales de las ventanas tintineaban cuando soplaba el viento. Había corrientes de aire. La única calefacción posible procedía de una estufa de hierro colado, pero era necesario comprar leña. Que ella comprara leña. ¿Cuándo iba a hacerlo? Pasado el tiempo, mi abuela me contó que le extrañaba que hubiera sobrevivido a la primera infancia. Que siempre hacía mucho frío en nuestra casa, que teníamos la nevera vacía y que no había más que hombres con el pelo largo y aspecto extraño acurrucados por los rincones liando cigarrillos. En realidad, Fiona nos visitaba muy poco, porque mi madre y ella no se llevaban nada bien. Mamá se había largado de casa a los dieciséis años, había pasado un año en un centro de menores y luego había vuelto para marcharse de nuevo justo antes de cumplir los dieciocho. Se quedó embarazada y fue tirando con varios empleos eventuales con los que no ganaba casi nada. Tenía que mantener el contacto con su madre porque de vez en cuando necesitaba pegarle un sablazo. Fiona decía que siempre que iba a pedirle dinero lo hacía conmigo en brazos, porque de no haber sido por mí Fiona no habría querido saber nada más de su hija. Cuando cumplí los dieciocho, Fiona me contó que incluso había iniciado un proceso para conseguir mi custodia. Por aquel entonces yo tenía tres años y Fiona estaba convencida de que mi madre no me estaba criando de forma aceptable. Imagínatelo, Dave, le puso un pleito a su propia hija. Lo perdió, pero con los años no hacía más que aludir a esa historia para que me diera cuenta de lo mucho que había luchado por mí y para que yo reconociera lo agradecida que tenía que estarle. Y tal vez sea verdad que tengo que agradecérselo.

Horrorizada, Leslie constató de que se le estaban llenando los ojos de lágrimas, pero luchó por contenerlas.

—Durante los años en los que viví con Fiona, a menudo venían amigos suyos a visitarla, y casi siempre había alguien que me acariciaba el pelo y me decía que podía considerarme muy afortunada de tener una abuela como esa, que era una suerte que se hubiera ocupado de mí de aquel modo. Lo que en realidad querían decir era que había sido una suerte que mi madre hubiera muerto tan joven.

Las lágrimas fluían ya por sus mejillas. Leslie sabía que en cualquier momento perdería la compostura.

—O sea, que yo me sentía agradecida. Y cumplí todos los deseos de Fiona. Fui aplicada y estudié medicina. He tenido éxito en mi profesión. Fiona quería que encontrara a un hombre íntegro, por lo que me casé con Stephen. Teníamos una bonita casa. Nos ganábamos bien la vida. Gozábamos de prestigio. Y yo me sentía de maravilla cuando Fiona me demostraba que estaba contenta conmigo. Yo la compensaba por lo que le había hecho su hija. Aquella hija hippy que había muerto por culpa de las drogas. Por lo menos tenía una nieta presentable. Pero hubo una cosa que no consiguió: quería que viera a mi madre como alguien incapaz de dirigir su propia vida, irresponsable, imprudente, débil. Y no puedo, Dave.

Leslie lo miró y la voz empezó a temblarle debido a los sollozos. Pensó: Mierda, estoy llorando a moco tendido, como una chiquilla.

—Quiero conservar esa imagen que tengo de mi madre, Dave. Quiero recordarla cantando, bailando y riendo. Quiero recordarla diciéndome que yo era el mejor regalo que había recibido en toda su vida. Me amaba. Ella sabía amar. Fiona no supo hacerlo jamás.

Lloraba como si no fuera a dejar de hacerlo nunca, y de repente se preguntó: ¿Cómo es posible que me esté sucediendo esto? ¿Qué ha hecho él para que le cuente todo? ¿Cómo ha conseguido que llore? A Stephen nunca se lo conté de este modo. Con Stephen no lloré así jamás.

Permitió que Dave la abrazara y se aferró a él. Procedente de alguna parte les llegó el graznido atenuado de un ave marina. Estaba junto al mar, envuelta por la niebla, con la cara apoyada en el hombro de un desconocido y llorando. Lloraba por la muerte de su abuela. Lloraba por su madre.

Lloraba porque tenía frío. Porque había tenido frío toda la vida.

8

—Tengo miedo de estar cometiendo un error —dijo Ena—, o de que en algún momento llegue a arrepentirme de mi decisión. Llevo demasiado tiempo sola, ¿sabe? Y cuando apareció Stan... Pero por algún motivo... esto no funciona. Las cosas no van como deberían.

Estaban sentadas en una pequeña cafetería del centro de la ciudad, frente a una mesita redonda con dos tazas de café vacías y dos vasos de agua. La cafetería estaba llena de gente que buscaba protegerse del mal tiempo. Olía a abrigos de lana húmedos, y cada vez que entraba o salía alguien la humedad se apoderaba del local. Ena parecía preocupada e infeliz.

Jennifer se inclinó hacia delante.

—¿Cuál es ese error que tanto miedo le da?

Ena respiró hondo.

—Romper con él. Tengo miedo de que sea un error. Pero también tengo miedo de equivocarme si sigo con él. Me gustaría tomar la decisión correcta.

—¿A qué se dedica?

—Trabajo para un abogado. Aquí en Scarborough.

—¿Y hoy tiene fiesta?

—Me he tomado el día libre. Para poder pensar en ello. Porque... Es que ya no puedo concentrarme. Apenas consigo dormir.

Jennifer hizo una señal a la camarera y pidió dos tazas de café más. La conversación con Ena iba para largo al parecer. Lo intuyó desde el principio.

—¿Cuánto tiempo lleva con Stan?

Ena no tuvo que pensar para responder.

—Desde el veinte de agosto. Fue un miércoles. Después del curso me invitó a tomar una copa de vino y me dijo que... que se había enamorado de mí.

—¿Fue una sorpresa para usted?

—Gwen siempre me estaba diciendo que Stan se había fijado en mí. Habíamos trabado cierta amistad con Gwen. Y desde principios de agosto empezó a trabajar en la escuela esa empresa de construcción. Estaban desplazando los tabiques en casi todos los edificios para ampliar las aulas y las obras se prolongaron. Stan siempre se quedaba cuando el resto de los trabajadores se iban. Y siempre se ocupaba de tareas bastante tontas frente al aula en la que se impartía el curso. Me miraba... Sí, ya me había dado cuenta. Pero era algo nuevo para mí. Que un hombre se fijara en mí, quiero decir.

—Pero usted solo iba los miércoles. Stan no debió de verla durante mucho tiempo antes de revelarle sus sentimientos, ¿no?

—No. Eso es lo que me hizo dudar. Pero Stan cree en el amor a primera vista. Dice que sabe enseguida cuándo ama a una mujer. Que si no lo siente durante el primer segundo, nada. Y que en mi caso... bueno, que sí, que fue en el primer segundo.

—¿Y usted no se lo cree?

—Sí —respondió Ena, algo incómoda—. Sí, le creo.

La camarera les sirvió el café. Jennifer removió el suyo a pesar de no haberle echado leche ni azúcar. Lo tomaba solo, pero necesitaba mantener las manos ocupadas de algún modo.

—Ena, ¿qué la tiene tan preocupada? ¿Por qué parece usted tan... infeliz, tan desanimada? ¿Por qué está valorando la posibilidad de romper con Stan?

Ena dudó un momento.

—Es que me cuesta respirar —dijo al cabo—. Me tiene absolutamente asediada. Lo controla todo. Él decide lo que comemos, lo que bebemos, si saldremos o no, lo que vemos en la tele, la hora de ir a dormir, la hora de levantarse, cómo debo vestirme, cómo debo arreglarme el pelo... Todo, ¿comprende? Es que yo al final no decido nada de nada. Menos cuando él está trabajando. Entonces sí que puedo hacer mis cosas, como ahora, simplemente estar aquí sentada con usted, tomando café. Pero esta noche querrá que le cuente al detalle todo lo que he hecho durante el día. Sabe que hoy no trabajo. Ocultárselo habría sido imposible, porque no hace más que llamarme a la oficina. Me llama tan a menudo que mi jefe empieza a estar molesto, y cuando se lo conté a Stan, se puso furioso. Dijo que debería buscarme otro empleo. Pero aunque lo encuentre, también me llamará allí siempre que le plazca.

Ena guardó silencio un instante antes de proseguir en voz más baja.

—Al mismo tiempo, es muy atento. Por eso tengo este cargo de conciencia. Me pregunto si no serán más que imaginaciones mías. Tal vez lo único que necesito es un poco de tiempo para acostumbrarme a compartir mi vida con alguien más. Quizá sea de lo más normal, y soy yo quien reacciona histéricamente porque soy tan rara que... —Dejó la frase inacabada.

Jennifer sintió cierto recelo.

—¿Eso es lo que él dice? ¿Que es usted una histérica y que es rara? ¿Que en cambio las reacciones que él tiene son normales?

—Él lo ve de ese modo, sí.

Jennifer intentó elegir con sumo cuidado las palabras.

—Ena, apenas la conozco. Y menos aún a su novio. En principio no debería permitirme emitir ningún juicio de la situación y, a decir verdad, en la actualidad estoy envuelta en algo que me tiene superada. Pero por lo que me cuenta... Bueno, a simple vista ya me pareció que Stan era especialmente dominante. Puede que lo haga con buena intención, pero no se preocupa lo suficiente por saber cuál es su opinión, por saber qué tipo de persona es usted en realidad. Tal vez no debería terminar con la relación, pero sí distanciarse un poco. Darse tiempo. Descubrir lo que siente si no se ven durante un par de semanas. Eso también le dará a él la oportunidad de pensar en usted, de cambiar su manera de comportarse. Tal vez ni siquiera sea consciente de estar asfixiándola.

Ena parecía escéptica.

—Stan no estará de acuerdo.

—Pero tendrá que aceptarlo —dijo Jennifer.

Ena asintió, muy ensimismada, perdida en sus cavilaciones. De repente, volvió a mirar a Jennifer y esta pudo ver en sus ojos una determinación que no había percibido hasta entonces.

—Jennifer, ¿podría hacerme un favor?

—Si está en mis manos...

—Hay algo más. Algo que me atormenta mucho más que todo cuanto le he contado. En realidad es de eso de lo que quería hablar con Gwen. Necesito explicárselo a alguien, de lo contrario me volveré loca.

—Ena, yo...

—Es que no tengo a nadie y necesito una opinión objetiva para no seguir sintiéndome tan perdida. No consigo sacarme de encima este desasosiego.

—¿También está relacionado con Stan Gibson? —preguntó Jennifer, inquieta por la contundencia de esas palabras.

—Sí. Pero no tiene nada que ver con nuestra relación.

—Es que no entiendo cómo...

Ena cogió el bolso que había colgado del respaldo de la silla y sacó un manojo de llaves del bolsillo lateral.

—Mire. Es la llave del apartamento de Stan. Puedo entrar y salir cuando quiera y ahora él no está en casa. ¿Sería tan amable de acompañarme?

Jennifer se sintió muy incómoda. No tenía nada que ver con Ena Witty ni con Stan Gibson. No conocía a ninguno de los dos. La idea de entrar en casa de un hombre completamente desconocido y sin su permiso le produjo un profundo malestar.

—¿No podemos hablarlo aquí, en la cafetería?

—No. Debo enseñarle algo.

—Esto es muy embarazoso —dijo Jennifer.

—Por favor, no estaremos mucho rato. Diez minutos. ¿Puede dedicarme ese tiempo?

Era la una y media. El siguiente autobús hacia Staintondale salía a las cuatro y cuarto. Jennifer sabía que tendría que pasar aún un buen rato vagando por la ciudad sin saber qué hacer. Si le hacía a Ena Witty ese favor que con tanta insistencia le estaba pidiendo, al menos emplearía el tiempo en algo útil.

—Tengo un momento, sí —dijo finalmente—, aunque... De acuerdo, iré con usted. Pero le aseguro que no pienso quedarme más de diez minutos en el piso.

El alivio que sintió Ena fue más que evidente.

—Se lo agradezco. Se lo agradezco muchísimo. Stan vive casi a la vuelta de la esquina. Justo en Saint Nicholas Cliff.

—Vayamos, entonces —dijo Jennifer mientras sacaba el monedero del bolso—. ¿Está absolutamente segura de que a mediodía no volverá a casa? La situación podría ser muy embarazosa.

—Hoy está en una obra en Hull. Seguro que no irá. Pero aparte de eso, Stan siempre me dice que su casa es mi casa. Y usted es amiga de Gwen desde hace años. No creo que tenga nada en contra de que entre en lo que él llama nuestra casa.

Pagaron y salieron a la calle. Entretanto, había empezado ya a llover. La niebla se había disipado un poco, pero el sol no había conseguido imponerse.

—Tenemos que bajar por Bar Street —dijo Ena.

¿Por qué la gente siempre acude a mí en busca de ayuda?, se preguntó Jennifer. ¿Y por qué no consigo desembarazarme de mi tendencia a prestar ayuda a pesar de que me haya costado el trabajo, la confianza en mí misma y la independencia?

Se limitó a seguir a Ena por la calle.

9

—¿A tu casa o a la mía? —preguntó Dave.

Habían subido la empinada escalera que llevaba del puerto a la ciudad y estaban en lo más alto, bajo una fuerte lluvia que parecía arreciar con cada minuto.

Leslie dudó un momento.

—No sé cómo estás tú —prosiguió Dave—, pero creo que aquí fuera cada vez se está peor. Y tampoco tengo ganas de meterme en una cafetería atestada de gente, en la que huela a abrigo húmedo y donde uno no pueda ni oír lo que él mismo dice a causa del griterío.

Ella lo miró a los ojos. Tenía unos ojos bonitos, inteligentes, con una vivacidad que siempre había echado en falta en los de Stephen. Un hombre que no tenía la vida bajo control pero que tampoco parecía un eterno perdedor. Ahí radicaba mucha de esa energía con la que era evidente que afrontaba la vida. Dave Tanner era un hombre por el que sentía atracción, se dio cuenta de ello tan súbitamente que casi se asustó.

Y acto seguido el miedo se disolvió y solo quedó aquella especie de conciencia, tan inesperada como extraña, de que Dave era la respuesta a la pregunta que llevaba dos años planteándose sin cesar, la pregunta acerca del después. La vida después de Stephen. ¿Qué le deparaba la vida a una mujer que se encontraba en el umbral de los cuarenta, divorciada, con éxito profesional, pero que en el ámbito privado tan solo tenía miedo a enfrentarse a un futuro lleno de soledad? A llegar cada noche a un piso a oscuras, a desayunar sola cada domingo, a sentarse sola frente al televisor cada sábado por la noche, a consumir cada vez más alcohol como si a la larga fuera algo sano, durante los siguientes treinta, cuarenta años

De repente, pensó: ¡Por supuesto que hay futuro! ¡Por supuesto que tendré alguna otra relación! No ahora que Fiona acaba de morir. No con Dave, que es el prometido de Gwen. Pero habrá más hombres. Y sabré abrirles mi corazón.

Era como si Stephen, al romper su fidelidad, la hubiera metido, además, dentro de una especie de campana de cristal tan diáfana que, si bien le habría permitido apreciar el mundo y la vida, la encerraba de un modo tan hermético que no había podido participar en nada, porque no había nada que se le hubiera podido acercar. Había hecho lo que debía, había superado todas las rutinas de forma enérgica y competente, sin embargo había seguido con aquella frialdad interior, lejos de cualquier persona, completamente sola. Incapaz de reconocer los sentimientos que despertaba en los demás y aún más incapaz de aceptarlos.

Algo estaba cambiando. Se hallaba bajo la lluvia en la costa de Scarborough y era capaz de sentir la atracción que le provocaba un hombre. Reaccionaba a él. Había llorado entre sus brazos.

Tan solo una semana antes, una escena como aquella le habría resultado impensable.

La doctora Leslie Cramer se había echado a los brazos de un hombre al que apenas conocía y se había desahogado llorando de la opresión que ejercían en ella la frialdad y la pérdida que habían marcado su infancia y su adolescencia. Estaba tan irritada consigo misma que a punto estuvo de soltar una carcajada, más de desesperación que de felicidad, pero consiguió contenerla. Reír no habría sido adecuado para ese momento.

—Solo pensaba en tomar una taza de té —dijo Dave—, en charlar un poco, tal vez escuchar música. Nada más.

¿Qué había de malo en eso?

—Mi casa, o mejor dicho la casa de Fiona, no es el mejor lugar —dijo Leslie—. A menos que te apetezca conocer a mi ex marido.

—No mucho, la verdad —admitió Dave.

—Entonces tendrá que ser en tu casa.

Leslie no quería imaginarse lo que Gwen diría acerca de esa cita en la habitación de Dave. No tenía la impresión de estar jugando con fuego. Consideraba que tanto ella como Dave Tanner eran prisioneros de aquella situación, que para ambos resultaba igual de incierta y confusa debido a lo mucho que los había conmocionado aquel crimen que había irrumpido tan súbitamente en sus vidas. Ninguno de los dos sabía a ciencia cierta cómo se sucederían los acontecimientos.

Sin embargo, Gwen no tenía por qué enterarse de aquel encuentro. Al fin y al cabo, decidió Leslie, lo que ocurra en la habitación de Dave depende de mí.

Recorrieron el camino a pie en un silencio armónico. Tanto uno como el otro estaban tan empapados que ya no les importaba seguir mojándose.

Con el mal tiempo, Friargate Road parecía triste y abandonada. La lluvia golpeaba los cristales de las ventanas, gorgoteaba por los canalones y colmaba de agua los diminutos jardines. Oyeron una música estridente que procedía de alguna de las casas. Frente al mercado se encontraron con un par de grupos de adolescentes que bebían cerveza con los iPods puestos y que daban patadas a las latas vacías, muertos de frío. Gritaron unas cuantas obscenidades mientras Dave y Leslie pasaban por su lado y finalmente estallaron en carcajadas de lo borrachos que iban ya a esas horas.

Al llegar a casa de la señora Willerton, un tipo salió de un coche que estaba aparcado al otro lado de la calle. Leslie ni siquiera había reparado en él. El individuo se subió las solapas del abrigo y acudió al encuentro de la pareja con paso ligero. A Leslie le sonaba de algo su cara, pero no acababa de ubicarlo con exactitud. Se detuvo justo delante de ellos y les bloqueó el paso mientras les mostraba la identificación.

—Sargento Reek —se presentó—. Señor Tanner...

—Hola, sargento —dijo Dave en tono amistoso.

Reek se guardó de nuevo la identificación en el bolsillo interior del abrigo.

—Señor Tanner, tengo que pedirle que me acompañe inmediatamente a comisaría. La inspectora Almond quiere hacerle unas cuantas preguntas.

—¿Ahora?

—Sí. Ahora mismo.

—Como ve, sargento, tengo visita, y...

—Ahora mismo —insistió Reek.

Dave se apartó un par de mechones mojados de la frente. No parecía inquieto, pero sí irritado.

—¿Significa eso que se me lleva detenido?

—Señor Tanner, solo se trata de unas cuantas preguntas de las que necesitamos saber la respuesta cuanto antes. Tenemos serias dudas acerca de su declaración respecto a la noche del sábado. Usted es el primer interesado en disipar esas dudas cuanto antes.

—La forma de expresarse y el tono de voz de Reek, a pesar de la cortesía, hicieron comprender a Dave que no tenía más elección que acceder a su petición.

Bajó la mirada.

—¿Puedo entrar y cambiarme de ropa rápidamente para ponerme algo seco? A decir verdad, voy empapado hasta los calzoncillos y no me apetece pillar un resfriado en la comisaría, sargento.

—Lo acompaño —dijo Reek.

Dave se volvió hacia Leslie.

—Lo siento. Como ves, no conseguiré hacer nada al respecto.

—¿Qué pueden tener en tu contra, Dave?

—Ni idea —respondió él encogiéndose de hombros—. Lo más probable es que lo aclaremos enseguida. Pero, Leslie, quiero que sepas que por muchas cosas que pudiera haberme reprochado, yo no maté a tu abuela. Como tampoco maté a Amy Mills. No voy por ahí asesinando a mujeres, te lo juro. Por favor, no dudes de mí.

Leslie asintió. Sin embargo, Dave notó el desconcierto en la mirada de ella y levantó la mano para acariciarle levemente la mejilla en un gesto tan desesperado como afectuoso.

—Por favor —repitió.

—No dudo de ti —dijo Leslie. Se preguntaba por qué deseaba a toda costa poder hacer algo por ayudarlo de algún modo.

—Señor Tanner —lo apremió el sargento Reek, cada vez más impaciente y más calado por la lluvia.

—Voy enseguida —dijo Dave.

Los dos hombres entraron en la casa de la señora Willerton. Leslie se los quedó mirando bajo la lluvia, contempló aquella escena que le parecía tan irreal. Contempló cómo Dave metía la llave en el cerrojo y abría la puerta. Cómo entraba acompañado por el sargento. Cómo la puerta se cerraba tras ellos.

Dave Tanner ni siquiera volvió la vista.

10

—Qué raro —dijo Colin— que Jennifer todavía no haya vuelto.

Estaba ante la puerta del pequeño despacho. Gwen se encontraba sentada ante el escritorio, con el ordenador encendido y movía el ratón muy concentrada.

—¿Por qué? —preguntó tras levantar la mirada.

—Ya son casi las dos y el tiempo es un desastre. ¿Qué debe de estar haciendo tanto rato en la ciudad?

—Estará sentada en una cafetería, esperando a que la lluvia amaine para no llegar con los pies empapados a la parada del autobús —dijo Gwen en una demostración de ese pragmatismo absoluto tan propio de ella y que, no obstante, tan poca gente le habría atribuido—. Además, si ha perdido el autobús de la una, tendrá que esperar hasta el de las cuatro y cuarto. ¡Es lo que tiene vivir en el campo, Colin!

—Sí... —dijo este.

Tras él estaban Cal y Wotan. Wotan gimió.

—Los perros la echan de menos.

—No tardará en llegar —respondió Gwen con aire distraído.

Colin entró entonces en el despacho.

—¿Dónde está tu padre?

—Se ha acostado. No está bien. Creo que le ha afectado mucho la muerte de Fiona.

—Ya —dijo Colin.

Gwen y Colin dejaron la mirada perdida por encima del escritorio.

—Hace un momento me has dicho que... ¿Dices que Dave Tanner conoce toda la historia? —preguntó Colin en voz baja. Chad Beckett podía bajar por la escalera en cualquier momento.

Gwen respiró hondo.

—Sí.

—¿Se la has dado a leer tú?

—Sí.

—¿Y cómo ha reaccionado?

—No ha opinado al respecto.

—Supongo que el mal concepto que ya pudiera tener acerca de Fiona no debe de haber mejorado precisamente después de leerlo.

—Me temo que no —respondió Gwen.

A Colin le llamó la atención lo cansada que parecía. Cansada y abatida. Las veinticuatro horas que ha pasado con su prometido no deben de haber sido muy excitantes que digamos, pensó Colin.

Le pareció verla tan frustrada que de buena gana la habría dejado en paz, pero una pregunta le ardía en el alma.

—¿No crees que toda esa historia de tu padre y Fiona debería saberla la policía? —preguntó con cautela.

Ella lo miró, ni enfadada ni sorprendida, solo triste.

—Pero entonces mi padre se enterará de que he leído los correos que le mandaba Fiona. De que los he impreso y os los he dado a leer a Jennifer y a ti. Y a Dave. Y no me lo perdonará jamás.

—Tal vez no le importe demasiado que alguien conozca la historia aparte de él. Me parece que Chad ha quedado un poco trastocado por la tristeza de haber perdido a Fiona. No creo que le afecte gran cosa aparte de eso para enfadarse.

—Aun así, preferiría que no llegara a saberlo —dijo Gwen—, por eso no quiero que la policía lea esos mensajes.

Su tono de voz sonó más resoluto que de costumbre. Colin sabía lo apegada que estaba a su padre. Una desavenencia con él durante mucho tiempo la afectaría. Además, no quería manchar la reputación de su padre, algo que podría llegar a suceder si la policía permitía que trascendiera públicamente su pasado. Y lo mismo respecto a la difunta Fiona. Su memoria quedaría también desacreditada, y durante muchos años había sido como una madre para Gwen. Le rompería el corazón que esas dos personas que en cierto modo eran su única familia no pudieran defenderse —Fiona, porque estaba muerta, y Chad, porque estaba encerrado en sí mismo— de la dureza y de la falta de piedad de la opinión pública.

—Gwen ... —empezó a decir Colin con prudencia. Sin embargo, ella lo interrumpió con un tono de voz sorprendentemente arisco.

—Hay otra cosa que la policía debería saber antes que eso, Colin. Algo que a mí me parece mucho más significativo que esa vieja historia.

—¿A qué te refieres?

—A Jennifer —respondió ella.

Colin no comprendía nada.

—¿Jennifer?

Gwen se explicó sin mirarle.

—No hago más que pensar en ello. El sábado por la noche, Colin, ya sabes, nos preguntaron a todos qué estábamos haciendo en el momento de los hechos y dónde estábamos.

—Lo sé. ¿Cuál es el problema?

Gwen parecía estar luchando consigo misma. Más tarde, Colin pensaría que Gwen no habría llegado a mencionar lo que le dijo a continuación de no haberse sentido entre la espada y la pared. Se había visto obligada a disuadirlo, para que no siguiera insistiendo en que debía informar a la policía acerca de la historia de Fiona y solo había encontrado una manera de hacerlo: desplazando el centro de atención hacia otra persona. No obstante, por algún motivo Colin no dudó ni un momento de que lo que le contaba era cierto.

—Poco después de que nos enteráramos de la muerte de Fiona Jennifer vino a verme —dijo Gwen—. Afirmó que podía llegar a meterme en problemas porque podía considerarse que tenía motivos para matarla. Al fin y al cabo, Fiona prácticamente había echado a mi prometido de la granja. Me dijo que podía llegar a encontrarme en una situación peliaguda.

—¿En una situación peliaguda... frente a la policía?

—Sí. Y no le faltaba razón. Lo cierto es que aquella noche había solo dos personas que tenían motivos para estar furiosas con Fiona: Dave y yo.

—Sí, pero...

—Por eso Jennifer me ofreció una coartada.

—¿Qué? —preguntó Colin, atónito.

—Me dijo que les contara que había bajado a la cala con ella y los perros. Que ella lo atestiguaría. Y yo estaba... tan confusa y asustada que acepté.

Colin estaba horrorizado.

—¿Eso significa que en realidad tú no...?

—No. No bajé con ella a la cala. Pasamos un rato juntas en mi habitación y estuvo consolándome, pero después... se marchó sola. Yo me quedé aquí. Toda la noche. Aunque, claro, no tengo testigos de que así fuera.

Colin negó con la cabeza.

—Gwen, ¿eres consciente de lo que estás diciendo?

—Solo te lo he contado a ti —añadió Gwen—. No se lo diría a nadie más, pero... me paso el tiempo pensando que... bueno, Jennifer estaba rondando por ahí fuera sola cuando tuvieron lugar los hechos. En su momento ya se me ocurrió que tal vez podría ser al revés, ¿sabes?

—¿Al revés? —preguntó Colin, medio aturdido. Se sentía como si le hubieran dado un golpe en la cabeza.

¿Cómo había podido Jennifer ser tan tonta?

—Que tal vez lo que intentaba en realidad no era procurarme una coartada a mí, sino que era ella quien necesitaba una. No estoy afirmando que... Es decir, que no he creído ni por un momento que pudiera ser ella quien mató a Fiona. ¿Por qué tendría que haberlo hecho? Pero es extraño, ¿no crees, Colin? ¿Por qué mentiría a la policía? ¿Por qué quiso protegerse a toda costa?

Los grandes bloques de viviendas de Saint Nicholas Cliff tenían un aspecto bastante sórdido, incluido el Grand Hotel, cuya fachada parecía haber sufrido, sobre todo durante los últimos años, una exposición excesiva al viento y al salitre. El edificio en el que vivía Stan Gibson se encontraba en una esquina superior del conjunto y parecía abandonado. En la planta baja había una tienda de ropa femenina que, a juzgar por el escaparate, estaba dirigida a mujeres de mediana edad con un nivel de ingresos más bien bajo. Las ventanas de las viviendas que había encima eran pequeñas, y ya desde lejos se apreciaba que debían de cerrar mal y que no dejaban pasar mucha luz hacia el interior.

En definitiva, pensó Jennifer, no es un edificio en el que me gustaría vivir.

Se sintió incómoda mientras seguía a Ena por la sombría escalera, muy empinada y que crujía bajo el peso de las dos mujeres. Las paredes estaban recubiertas de un horrible papel pintado con un estampado floreado y olía a moho.

—Enseguida mejorará la cosa —dijo Ena—, su piso es muy bonito.

Jennifer no conseguía imaginarlo.

En la tercera planta, Ena se detuvo frente a una puerta y la abrió.

—Se lo ha reformado él mismo —explicó—. El casero estuvo de acuerdo. Y en mi opinión no le ha quedado nada mal. —Invitó a Jennifer a entrar.

Efectivamente, Jennifer tuvo que admitir que Stan había conseguido mejorar todo lo mejorable. Supuso que con anterioridad el piso debía de haber constado de varias habitaciones pequeñas y estrechas, pero Stan había eliminado algunos tabiques para conseguir un solo espacio de grandes dimensiones que se sostenía gracias a algunas columnas que había dejado intactas, así como a los estantes de madera que las unían y que convertían el espacio en un lugar muy acogedor. Había una cocina abierta reluciente, de acero inoxidable y granito negro, y un espacioso sofá esquinero alrededor de una falsa chimenea que, no obstante, quedaba muy decorativa. Los muebles escandinavos no parecían caros, pero eran de madera clara y tenían un aspecto agradable. Una puerta lacada de color blanco daba, según Ena, al dormitorio. Más allá, todavía había un baño.

—Recién alicatado, con una ducha estupenda, un lavamanos amplísimo y muchos espejos.

Jennifer pensó que, si bien Stan no acababa de gustarle, al menos le gustaba su hogar. Mejor eso que nada.

Dio unos pasos por la habitación y miró por una de las ventanas. Puesto que el piso quedaba bastante elevado, desde allí podía divisarse el mar. Por debajo del edificio se veía la ancha calle de dos direcciones, con los carriles separados por una mediana ajardinada. Al otro lado de la calle, había un par de bloques de pisos, algunos comercios y el Grand Hotel.

Realmente no era un mal lugar para vivir, pensó Jennifer tras corregir la primera impresión que le había causado aquel edificio.

Se sobresaltó al notar que Ena se le acercaba de repente.

—En la casa que hay justo enfrente —le dijo esta— vive Linda Gardner.

La casa tenía una especie de cornisa larga y estrecha a la que le faltaba un fragmento por uno de los lados.

—¿Quién es Linda Gardner? —preguntó Jennifer.

—Es la mujer para la que trabajaba de niñera Amy Mills. La estudiante que...

—Ah, sí. Ya sé —la interrumpió Jennifer—. Una historia terrible. Horrorosa.

Y muy parecida a la nuestra, pensó.

—Aquella noche de julio salió de esa casa —le contó Ena—, cruzó por el puente y luego se dirigió hacia los Esplanade Gardens. Fue la última vez. El piso de la señora Gardner se encuentra a la misma altura que el de Stan.

Jennifer contempló las ventanas del edificio de enfrente. Le parecieron oscuras madrigueras enmarcadas por cortinas con volantes.

De repente, notó un estremecimiento, pero lo atribuyó al ambiente lluvioso y gris que reinaba fuera. Apartó la mirada de la ventana.

—Quería usted explicarme algo, ¿no? Y mostrarme algo, también.

—Sí —dijo Ena—, antes que nada quería enseñarle esto. El bloque de enfrente. El piso. Y esto de aquí.

De un rincón sacó un trípode con un telescopio negro. Lo colocó frente a la ventana.

—Desde aquí la observaba.

Jennifer no acababa de comprenderlo.

—¿Quién? ¿Quién observaba a quién?

—Stan. Observaba a Amy Mills. Las noches que pasaba en ese piso. Con el telescopio se ve perfectamente el interior, se reconoce todo. Por las noches, al menos, si tienen la luz encendida. Pero siempre era de noche cuando ella estaba allí.

—¿Qué? —preguntó Jennifer, que ya empezaba a comprender lo que Ena le estaba contando. Aun así, esperaba que hubiera algo que no estuviera entendiendo como era debido—. ¿Qué me está contando, Ena?

—No es una idea absurda que yo me haya inventado, Jennifer. Me lo contó él. Hace un par de días. Stan me explicó que espiaba a Amy Mills cuando estaba allí arriba, y de hecho me mostró lo bien que se ve el piso con esto. Pudimos ver a la señora Gardner y a su hija. Mientras le leía un cuento y...

—¿Stan le confesó que espiaba a Amy Mills?

—Sí. Y durante varios meses. Parecía como si... como si estuviera muy satisfecho de ello. «¿Aquella joven que ahora está muerta?, yo la conocía muy bien», me dijo, y luego me salió con este trasto. Yo me quedé de piedra, pero él no se dio cuenta. Se jactó de tener un telescopio buenísimo con el que... con el que incluso podía verle el color de las bragas. Es que también se ve el cuarto de baño, ¿sabe?

Jennifer se llevó la mano a la sien. Notó un leve vahído.

—Esto es... esto es muy inquietante —dijo al cabo.

—Pero la cosa no acaba ahí —dijo Ena. Era evidente lo bien que le estaba sentando el hecho de poder confiar finalmente a alguien todas esas cosas—. Anteayer encontré algo... Y desde entonces no me siento nada bien. Sabía que no sería capaz de quedármelo para mí, necesitaba contárselo a alguien.

Se llevó a Jennifer hasta una pequeña cómoda frente a la que se arrodilló para intentar abrir el cajón inferior.

Jennifer se volvió nerviosa hacia la puerta de la entrada. Los escalofríos se habían vuelto más intensos y ya no tenían nada que ver con el frío que reinaba ese día.

—¿Está completamente segura de que su novio no se dejará caer por aquí de repente?

—No puede pegar un salto y venir desde Hull a mediodía —dijo Ena, aunque no sonaba convencida del todo.

—¡Rápido! —la apremió—. ¡Échele un vistazo!

Por fin consiguió abrir el cajón. Estaba lleno hasta los topes de fotografías de todos los tamaños, imágenes en color pero también en blanco y negro, algunas incluso enmarcadas, otras pegadas a paspartús de papel. Ena cogió un buen puñado y se las pasó a Jennifer, que también estaba en cuclillas junto a ella.

—¡Tome!

Todas las imágenes mostraban a la misma joven. La mayoría de ellas eran fotografías de grano grueso que parecían haber sido tomadas desde mucha distancia. Mostraban a la joven paseando por las rocas, en la playa, caminando por una calle, saliendo de un supermercado, comiendo en un McDonald's, en el interior de una casa, leyendo, viendo la tele, mirando por la ventana.

—¿Quién es? —preguntó Jennifer, a pesar de saberlo ya. La voz le salió ronca al formular la pregunta.

—Amy Mills —respondió Ena—. Lo sé porque después de que la asesinaran vi su foto en el periódico. Es Amy Mills prácticamente en todas las situaciones cotidianas posibles. Ya lo ve. —Hizo un gesto con la mano para señalar el cajón abierto—. Está lleno de fotos de ella.

—La mayoría fueron tomadas con un teleobjetivo —dijo Jennifer—, y no parece que Amy Mills fuera consciente de que la estaban fotografiando.

—Debió de seguirla a todas horas —dijo Ena—. Al menos los fines de semana, cuando él no estaba trabajando, o mientras estaba de vacaciones o por las noches. La fotografiaba sin descanso.

Jennifer tragó saliva, se le había secado por completo la garganta. Volvió a mirar en dirección a la puerta.

—¿Esto también se lo ha mostrado Stan?

Ena negó con la cabeza.

—No. Como ya le he dicho, esto lo encontré. Y a él no se lo he mencionado. ¿Sabe?, lo del telescopio ya no me gustaba nada, pero intenté convencerme de que había sido una coincidencia que justamente hubiera estado observando a Amy. Me dije a mí misma que había sido casualidad que viviera justo en el piso de enfrente y que había sido mala suerte que ella acabara siendo víctima de un asesinato. Pero las imágenes... es que parece talmente como si...

—Como si se hubiera obsesionado con ella —dijo Jennifer—. Por lo que veo, Ena, esto puede considerarse acoso. Incluso a pesar de que la víctima no fuera consciente de ello.

—Pero el acoso no implica necesariamente asesinato —replicó Ena.

La palabra «asesinato» quedó suspendida en el aire como una disonancia en el silencio del piso. Una disonancia tan aguda y tan penetrante como un mal olor. Eso arrancó a Jennifer de la inmovilidad en la que se había sumido. Se levantó con las fotografías en la mano.

—¿Sobre esto es sobre lo quería hablar con Gwen?

Ena también se puso de pie.

—Quería preguntarle qué debería hacer. No conseguía decidirme yo sola.

Jennifer agarró con mano firme las fotografías. Su mirada volvió a dirigirse hacia la puerta.

—Tenemos que marcharnos. Si nos sorprende aquí...

—¿Cree que él...?

—No lo sé. No sé hasta qué punto debe de estar implicado en el asesinato de Amy Mills. Y no sé hasta qué punto podría ser peligroso para nosotras, pero tampoco me interesa lo más mínimo comprobarlo. Vamos. Tenemos que largarnos de aquí.

—Y luego ¿qué?

—Me llevo estas fotos. Las entregaremos a la policía. Y tiene que contarles todo lo que me ha explicado a mí, Ena. La policía debe saberlo.

Ena pareció perder de golpe toda la energía que había estado demostrando a lo largo de la última media hora. De repente bajó los brazos, derrotada.

—Pero entonces ¿qué será de mí? Ya no querrá estar conmigo.

—¿Es que quiere usted estar con alguien que...?

—Que ¿qué?

—¿Que tal vez haya cometido un terrible asesinato?

—¿Y si no fue él?

Jennifer agitó las fotos que tenía en la mano.

—¡Es que todo esto ya no es normal! ¡Lo del telescopio no es normal! Ese hombre sufre un trastorno, en cualquier caso. Y de todos modos usted no es feliz con él, me lo ha estado contando antes. ¡Por favor, Ena, no perdamos ni un minuto! ¡No podemos quedarnos más tiempo aquí!

Finalmente, Ena reaccionó. Se agachó y cerró el cajón.

—Sí. De acuerdo. Solo quiero coger algo antes. Todavía tengo algunas cosas personales y no sé si volveré a... —La voz le temblaba.

—Dese prisa —la apremió Jennifer.

Se acercó de nuevo a la ventana mientras Ena corría de aquí para allá. Lluvia. Lluvia. Lluvia. Y al otro lado de la calle la ventana oscura del piso en el que Amy Mills había pasado aquella noche de miércoles. Una oscura ventana que cuando se iluminaba quedaba expuesta a las miradas.

¿Quién era Stan Gibson? ¿Un *voyeur*? ¿Un acosador?

¿Acaso un asesino?

Lluvia.

De repente se dio cuenta de qué era lo que tanto la inquietaba. Del motivo por el que no paraba de mirar hacia la puerta. Del motivo por el que el corazón le latía tan rápido y con tanta fuerza.

Llovía a mares. Los obreros de la construcción no podían trabajar cuando llovía tanto. Y no parecía como si fuera a amainar pronto.

Se volvió hacia Ena, que en ese momento estaba metiendo un par de fotos enmarcadas que estaban sobre la chimenea en una bolsa de plástico.

—¡Ena! Apuesto a que hoy volverá a casa más pronto. ¿Está lista? ¡Tenemos que salir de aquí!

—Enseguida —dijo Ena.

Jennifer volvió a mirar por la ventana para ver si había alguien por la calle. La voz le vibraba.

—¡Vamos!

12

Stephen no estaba cuando Leslie regresó al apartamento de Fiona. Lo primero que pensó fue que tal vez había salido a dar un paseo o a callejear un poco por la ciudad para entretenerse de algún modo, pero luego echó un vistazo en la habitación de invitados y tras la puerta entreabierta descubrió que faltaba la bolsa de viaje que había estado todo el tiempo encima de una silla frente a la ventana.

Decidió entrar. La cama estaba bien hecha y las puertas del armario estaban abiertas y mostraban el interior completamente vacío. No había duda: la habitación ya no estaba ocupada.

Sobre la mesita de noche, Leslie encontró un trozo de papel con la letra menuda e intrincada de Stephen:

> Querida Leslie:
>
> Tengo la sensación de estar fastidiándote. Siento si te molestó que viniera a verte sin avisar. No quería que por el hecho de tenerte cerca te sintieras aún peor de lo que debes de sentirte por la muerte de Fiona... Te aseguro que no era mi intención. Al contrario, solo quería ayudarte y estar a tu lado por si necesitabas a alguien en quien poder confiar. Porque creo que a pesar de todo sigo siendo eso: alguien en quien puedes confiar.
>
> Mi ofrecimiento —de estar ahí por si me necesitas, por si quieres hablar, de lo que sea— sigue en pie. Pero creo que un poco de distancia nos vendrá bien. Tengo una habitación en el Crown Spa Hotel, ya sabes, un poco más abajo en la misma calle. Me quedaré en él un par de días para no molestarte más. Si me necesitas, solo tienes que pasarte por allí.
>
> Me gustaría poder ayudarte.
>
> STEPHEN

Típico de Stephen: atento, solícito, relegaba sus intereses a un segundo término, pero con ello al mismo tiempo conseguía despertar una especie de sutil sentimiento de culpabilidad. En su presencia, cualquiera acababa sintiéndose peor persona que él. Leslie cayó en la cuenta de repente de que incluso después de haberle sido infiel, las cosas siempre habían seguido ese mismo patrón: cuando ella por fin hubo dado por terminada la relación, se había sentido como una canalla, a pesar de que había sido él quien se había acostado con una chica a la que se había ligado en un bar.

Arrugó la carta y la lanzó a un rincón de la habitación. Aquella lluvia intensa agravaba todavía más la sensación de soledad que ya solía respirarse en el enorme edificio en el que se encontraba el apartamento de su abuela. Por lo general, Leslie lo solucionaba mirando por la ventana y disfrutando de la brillante luz del sol sobre el agua azul de la bahía, o de las increíbles formaciones nubosas del cielo. La South Bay tenía cierto encanto los días que hacía buen tiempo, pero también cuando soplaba el viento o había temporal. Pero la desolación de ese día, plomizo y deslucido por la lluvia, no conseguía transmitirle nada más que eso: desolación.

No se oía a nadie más en todo el edificio. Como de costumbre.

En ninguna parte sonaban portazos, ni el abrir o cerrar de ventanas, ni siquiera alguna que otra cisterna de váter. La mayoría de los apartamentos estaban vacíos, y así seguiría durante todo el otoño y el invierno. En el edificio no se respiraba más que frialdad y vacío.

De repente, durante un momento cuya intensidad a punto estuvo de sobrecogerla, Leslie pudo comprobar la soledad en la que su abuela había vivido y el dolor que le produjo esa constatación fue casi físico. Durante los últimos años, Fiona debió de pasar muchos días como aquel: gris, frío y angustiosamente silencioso. Ella había superado esos días de algún modo y sin quejarse jamás. Pero había sufrido. Leslie fue consciente de ello, aunque no habría sabido decir de dónde procedía esa certeza. Tal vez solo estaba impregnada en esas paredes, con tanta fuerza que habría sido imposible ignorarla.

Entró en la cocina y puso agua al fuego para prepararse un té. Inquieta, se preguntó qué podía tener la policía contra Dave. ¿Dudas acerca de su declaración sobre la noche del sábado pasado? Él no había sido. Él no había matado a Fiona. Habría podido jurarlo, pero esa seguridad se basaba en lo que le decía el instinto y no se podía decir que tuviera mucha experiencia desvelando actividades criminales; mejor dicho, no tenía ninguna. Dave había afirmado que se había marchado a casa y se había acostado. En caso de no ser cierto, ¿qué motivos podía tener para ocultar la verdad?

Puso una bolsita de té de jengibre en una taza, añadió un poco de miel y vertió el agua hirviendo. Mientras reposaba la infusión, miró por la ventana que había sobre el fregadero y que daba a un pequeño parque muy bien cuidado que completaba de forma pintoresca la esquina entre Esplanade y Prince of Wales Terrace. Una anciana pasaba en ese momento por aquella zona ajardinada, a pesar del mal tiempo. ¿También debía de estar sola? ¿Es que no soportaba más estar en casa encerrada y había tenido que salir a toda costa y exponerse a pillar una gripe o incluso una pulmonía? Para cierto tipo de personas, la soledad era la peor enfermedad posible, peor incluso que la muerte. ¿Había sido ese el caso de Fiona?

Leslie se apartó de la ventana. Sus ojos repararon en una pequeña placa metálica que estaba colgada junto al frigorífico. Con la ayuda de unos cuantos imanes, servía para sujetar papelitos. Descubrió una lista de la compra con la letra firme y afilada de Fiona, en la que todavía no se apreciaba temblor alguno. «Azúcar, lechuga y uvas», había anotado.

A su lado había una postal que Leslie reconoció enseguida. Se la había mandado ella misma un año antes, durante unas vacaciones que había pasado en Grecia haciendo senderismo con dos amigas. En ella se veía una soleada playa bordeada de rocas y con un cielo azul casi irreal. Y al lado de la postal... Leslie se acercó para verlo mejor. Un anuncio que invitaba a la fiesta de Navidad celebrada en el balneario de abajo. Nochebuena con un ventrílocuo y su muñeco de colores. Leslie dio la vuelta al papel, cuya parte delantera estaba decorada con un árbol de Navidad. Los Hey Presto Dancers y el mago Naughty Oscar, que presentaría sus trucos más especiales. Diversión para toda la familia, anunciaba el programa, para disfrutar de la noche más excitante y mágica del año.

Era del año anterior.

¿Qué hacía allí colgado todavía? ¿Había asistido a esa fiesta? Leslie sabía que nada de lo que se ofrecía en el programa podría haber seducido o divertido a su abuela. No eran más que bufonadas que tal vez estuvieran bien para los niños que no sabían cómo pasar las horas que quedaban hasta el momento de desenvolver los regalos a la mañana siguiente. Pero ¿para una anciana leída que siempre criticaba incluso los programas de comedia de la televisión?

Fiona se había sentido sola, no había sabido cómo superar la Nochebuena. Esa era la única explicación. La Navidad, ese enorme y problemático escollo del año que la mayoría de la gente soltera no sabía sortear. Un escollo que podía llegar a ser tan oscuro, escarpado e inquietante que su abuela había preferido entregarse a la diversión más tonta posible con tal de no quedarse entre esas cuatro paredes.

¿Por qué no me dijo nada acerca de eso?, pensó Leslie mientras recordaba esa última Navidad. No es que esas fechas representaran un verdadero problema para Leslie. Para escapar a una previsible resaca se había ofrecido voluntaria para el servicio de guardia en el hospital el día de Navidad. La Nochebuena la celebró con dos amigas mucho mayores que ella, una viuda y la otra soltera, en un pub. Al fin y al cabo, no le había costado tanto superar esos días tan difíciles. Con un gran sentimiento de culpa, se preguntaba por qué no había pensado en ningún momento en su abuela. ¿Qué habría sido mejor que pasar una semana en Yorkshire por Navidad y celebrar las fiestas con ella?

Era tan dura de pelar y tan fría, se dijo, que a nadie se le habría ocurrido pensar que algo como la Navidad pudiera atragantársele de ese modo. Fiona no daba la sensación de que hubiera nada que le resultara problemático, inquietante o desesperante. Tal vez había experimentado sentimientos como la tristeza, la pena o el miedo, pero ¿por qué jamás había mostrado ni el más mínimo signo de que así fuera?

Al parecer tampoco había acudido a celebrarlo a la granja de los Beckett. Porque en última instancia podría haber ido a casa de Chad y de Gwen. Pero Chad era tan parco en palabras y tan excéntrico que a buen seguro no había llegado a invitarla, Gwen difícilmente tenía la iniciativa suficiente para proponer ese tipo de cosas, y Fiona era, con toda seguridad, demasiado orgullosa para proponerlo.

¿Quién sabe si no esperó hasta el último momento a ver si acababa presentándose su nieta?, se dijo Leslie.

El teléfono sonó y ella salió de repente de esas cavilaciones tan cargadas de culpabilidad. En el mismo momento en que descolgaba el auricular, pensó: ¡Espero que no sea otra llamada anónima!

—¿Sí? —dijo.

Era Colin. Esa vez a quien buscaba era a Jennifer. Por la voz, a Leslie le pareció que le incomodaba tener que llamarla de nuevo, precisamente a ella, para preguntarle por alguien que había desaparecido.

—Quería ir de compras y tal vez comer fuera. Sé que el último autobús pasaba alrededor de la una y que no hay otro hasta las cuatro y cuarto, pero...

—¿Cuál es el problema? —preguntó Leslie—. Son las dos y media. Seguramente tardará al menos un par de horas en volver.

—El tiempo —dijo Colin—, ese es el problema. No creo que lo esté pasando tan bien por la ciudad con la que está cayendo, por lo que he pensado que podría ir a recogerla si supiera dónde está. Por eso... Pero veo que no está en su casa, ¿no?

—No —confirmó Leslie—, no está aquí. Y por cierto, Colin, ayer estaba usted muy preocupado por Gwen. Me he enterado de que ha pasado la noche con Dave Tanner. Tal como yo imaginaba.

—Sí, ya ha llegado a casa —dijo Colin—, y respecto a ella sin duda alguna me preocupé demasiado. Pero mi esposa tenía intención de visitar a Dave Tanner y eso... bueno, me inquieta un poco.

—¿Qué es lo que le inquieta?

—Ya puede imaginárselo —replicó Colin.

¿Se refería a que seguía sospechando de Dave en relación al asesinato de Fiona?

—Hoy me he encontrado a Dave Tanner por el puerto —respondió Leslie, alzando la voz— y hemos estado paseando juntos por la ciudad hasta hace tres cuartos de hora. Si lo que quería Jennifer era ir a verlo a su casa para hablar con él, no creo que lo haya conseguido.

—Ajá —dijo Colin. Habría sido difícil determinar si esa información había conseguido tranquilizarlo o no.

Leslie suspiró levemente.

—Colin, me parece que tiene algún tipo de problema si las mujeres que tiene alrededor no...

—Yo no tengo ningún problema —le espetó Colin de repente—, pero mi esposa sí los tiene y por eso me preocupo.

—Ya verá como no le ha pasado nada.

—Adiós —se limitó a decir Colin antes de colgar.

Leslie cogió la taza de té y se instaló en el salón. Que Colin hubiera mencionado a Dave Tanner le había hecho recordar de nuevo que posiblemente él también tenía dificultades en ese momento. Tal vez necesitara ayuda. ¿Y si encontraba algo en los apuntes de Fiona? Aun tenía que terminar de leer el documento impreso.

Se sentó en el sofá y se tomó el té a sorbitos. Estaba muy cansada. Decidió acostarse un momento, solo un par de minutos.

Dejó la taza y se echó en el sofá. Se quedó dormida antes de poder pensar en nada más.

13

No era un interrogatorio. Como mínimo, por de pronto Valerie no quería dar esa impresión. Había pedido a Dave Tanner que entrara en su despacho y lo había invitado a tomar asiento frente a ella, a otro lado de la mesa. Reek llevó café para los dos. Si las cosas se ponían feas, Valerie necesitaría otra sala: austera, sin ventanas, amueblada solo con una mesa y un par de sillas. Pero de momento no era necesario llegar tan lejos. Probablemente porque ella no consideraba a Dave Tanner el principal sospechoso, a pesar de que jamás se habría permitido articular una afirmación como esa en voz alta. Todos los sentidos y los instintos de Valerie apuntaban en otra dirección. Sin embargo, no podía pasar por alto las contradicciones de la declaración de Tanner acerca de la noche del sábado. No podía permitirse dar nada por supuesto. No podía dejar que la impaciencia que notaba en sus superiores la incitara a llegar a conclusiones precipitadas.

No se lo podía permitir, no se lo podía permitir, no se lo podía permitir...

Por un momento se preguntó si algún día llegaría a un punto en el que ya no tendría que seguir repitiéndose como una colegiala los códigos de conducta de los agentes de policía. Cuando ya no tuviera que dedicar la mitad de sus energías a controlarse y a organizarse. Y a mantener a raya los nervios.

No es el momento de pensar en ello, se ordenó a sí misma. ¡Concéntrate en Tanner!

Valerie lo observó mientras él tomaba un sorbo de café y fruncía el rostro porque la bebida estaba demasiado caliente. No parecía consciente de su culpabilidad, tal vez solo un poco incómodo. Eso todavía no permitía saber a la inspectora Almond si estaba ocultando algo. La mayoría de las personas preferían dedicar su tiempo a cualquier otra ocupación que a ser interrogados en comisaría.

—Señor Tanner, como el sargento Reek ya debe de haberle explicado, hay un par de... confusiones respecto a su declaración acerca de la noche del sábado, cuando según usted se dirigió directamente a su domicilio y se metió en la cama —empezó a decir Valerie—. Tenemos la declaración de alguien de su vecindario...

Dave Tanner dejó la taza sobre la mesa y miró a la inspectora, concentrado.

—¿Sí?

—Una mujer que vive al otro lado de su calle vio cómo abandonaba usted su domicilio alrededor de las nueve de la noche, subía a su coche y se marchaba.

—La señora Krusinski, ¿no? Se pasa el día y la noche mirando a la calle porque vive inmersa en el pánico, por culpa de su ex marido. ¿Le parece digna de crédito?

—De momento esa no es la cuestión. Solo me gustaría oír lo que tiene que decir usted al respecto.

Valerie pudo ver claramente en su rostro lo que a Dave le pasaba por la cabeza. Comprobó que tenía unos rasgos muy expresivos. Incluso le pareció reconocer el instante en el que Tanner decidió capitular.

—Es cierto —dijo él—. Volví a salir esa misma noche.

—¿Adónde fue?

—A un pub del puerto.

—¿Cuál?

—The Golden Ball.

Valerie conocía ese pub. Lo anotó.

—¿Estaba solo? Quiero decir... ¿había quedado con alguien?

Tanner dudó de forma casi imperceptible.

Valerie se inclinó hacia delante.

—Señor Tanner, es importante que ahora me diga la verdad. Esto no es un juego, estamos investigando un asesinato. Por lo que sucedió el sábado en su fiesta de compromiso, sigue usted siendo uno de los pocos sospechosos que tenemos. El hecho de que haya proporcionado información falsa no le beneficia en absoluto, ya puede imaginárselo. No empeore todavía más las cosas. No siga ocultando o falseando información.

Tanner prosiguió, no sin esfuerzo.

—Me encontré con una mujer.

—¿Cómo se llama?

—¿Es importante?

—Sí. Tendrá que confirmar su declaración.

—Karen Ward.

—¿Karen Ward? —preguntó Valerie, sorprendida.

Había hablado dos veces con la estudiante en relación con la investigación del caso de Amy Mills. Sin resultados, no obstante. Karen Ward había conocido a Amy Mills solo de forma superficial, por lo que su declaración no había sido de gran ayuda para la policía.

Qué pequeño es el mundo, pensó Valerie.

—Estudia aquí, en Scarborough —dijo ella—. Vive en un piso compartido en Filey Road, si no recuerdo mal. En la esquina con Holbeck Road.

Él asintió.

—Sí. Sé que ya ha tenido contacto con ella. Por lo de...

—Amy Mills, sí. Continúe. ¿Se encontró entonces con la señorita Ward?

—La llamé al móvil. Los sábados suele trabajar en el Newcastle Packet. Es un...

—Lo conozco. También está en el puerto. Es un bar con karaoke.

—Sí. Estaba muy cansada, y me dijo que ya había hablado con su jefe y que a este le había parecido bien que se marchara a las nueve. Apenas había clientes en el local. Le propuse pasar a recogerla e ir a tomar algo a alguna parte. Ella estuvo de acuerdo. O sea, que terminamos en el Golden Ball.

—¿Qué hora cree que debía ser? ¿Las nueve y cuarto, nueve y veinte?

—Sí.

—Tendremos que hablar también con la señorita Ward, señor Tanner, así como con el personal del Golden Ball. Debo preguntarle qué tipo de relación lo une a Karen Ward.

Tanner pareció forzar un poco su despreocupación al responder.

—Habíamos estado juntos. Durante un año y medio, más o menos.

—¿Cómo pareja sentimental?

—Sí.

—¿La relación terminó cuando usted conoció a Gwen Beckett?

—Poco después, sí. Aunque nuestra relación se había enfriado ya antes. Al menos por mi parte.

—Ya veo. No obstante, quiso usted verla a toda costa después de lo mal que había ido su fiesta de compromiso, ¿no?

Él hizo una mueca.

—A toda costa, no. Simplemente la velada acabó de una forma muy desagradable y de repente me di cuenta de que no podría pegar ojo. Tuve ganas de salir de nuevo. Karen y yo seguimos siendo buenos amigos, por eso pensé en llamarla, vista la situación.

—¿Son buenos amigos? ¿Después de que la dejara usted por otra mujer hace tres meses?

Tanner no dijo nada.

—¿Sabe la señorita Ward que está usted, por así decirlo, comprometido? —prosiguió Valerie—. ¿Está al corriente de su relación con Gwen Beckett?

—Se enteró por los rumores que circulan, sí.

—Pero ¿no se lo dijo usted en persona?

—Tampoco se lo he desmentido directamente. El caso es que... Dios mío, inspectora, ¿de qué se trata en realidad? ¿De mi vida amorosa?

—De su credibilidad —dijo Valerie.

Tanner gesticuló con impaciencia.

—Mi situación... Mi vida privada es... complicada, ahora mismo. Pero ¡eso no me convierte en un asesino!

—Supongo que durante todo este tiempo no ha dejado que su relación con la señorita Ward se enfriara del todo... ¿no? ¿Para esos momentos de frustración? Porque Gwen Beckett no es la mujer de sus sueños, ¿verdad?

—¿Qué es esto, un juicio moral?

—¿Por qué no nos dijo desde el principio que estaba en el Golden Ball con su ex novia?

—Porque quería ahorrarme los problemas que me habría conllevado con Gwen si llegaba a enterarse.

—¿Es eso cierto? ¿Tan celosa es? ¿Se habría enfadado solo porque estuviera tomando usted algo en un lugar público con una antigua novia?

—En cualquier caso, no quería arriesgarme a comprobarlo.

—¿Y adónde fueron después? —preguntó Valerie.

Dave Tanner la miró con mucha atención.

—¿Después?

—Bueno, en algún momento acabaron saliendo del pub. La testigo estuvo atenta a la calle hasta altas horas de la noche, pero su coche no apareció... ¡Y el Golden Ball también tiene una hora de cierre!

Valerie había decidido jugársela. La última referencia temporal que había aportado Marga Krusinski era medianoche. Hasta entonces podrían haber estado en el pub. Pero le interesaba mantener la incertidumbre de Tanner acerca de lo que la testigo había declarado realmente.

Él se movió un poco en su silla, con evidente incomodidad, antes de forzarse a responder.

—De acuerdo, inspectora, a estas alturas ya casi da igual. Nos fuimos a casa de Karen.

—¿Y se quedaron allí hasta...?

—Más o menos hasta las seis de la mañana. Luego volví a casa. No quería que mi casera se enterara de que no estaba, y a esas horas ella suele dormir profundamente. Una vez en el piso, me duché, me cambié de ropa y más tarde salí a dar un largo paseo. Hacía muy buen tiempo.

—Así pues, pasó la noche con Karen Ward.

—Sí.

—¿Y ella estuvo de acuerdo a pesar de saber que tiene usted intención de casarse con otra mujer?

—Por supuesto que estaba de acuerdo. Si no, no me habría dejado entrar en su casa.

Para Valerie, la situación estaba absolutamente clara. Fiona Barnes había acertado de lleno con sus insinuaciones. El interés que tenía Dave Tanner en Gwen Beckett estaba calculado, su única intención era hacerse con la granja de los Beckett. No solo eso, sino que además seguía viéndose con su ex novia, una joven estudiante. A Valerie le había llamado la atención lo atractiva que era. Sin duda la encontraba más adecuada para un tipo tan cosmopolita como Dave Tanner, mucho más que la discreta e inexperimentada Gwen Beckett. Sin embargo, la ex sabía de la existencia de Gwen y debía de estar pasando un calvario, pero seguía aferrada a la esperanza de reconquistar a Dave Tanner, por eso permitía que él la utilizara a su antojo.

Y a Valerie le quedó clara otra cosa, además: Dave Tanner no había abandonado en absoluto su propósito de casarse con Gwen Beckett. Porque Karen Ward podría haberle proporcionado una coartada que lo habría exculpado de inmediato del asesinato de Fiona Barnes. A pesar de lo difícil de su situación en el caso, hasta entonces había renunciado a valerse de esa coartada ante la policía por miedo a perder a Gwen. Tenía ante él la oportunidad de empezar una vida nueva. Tal vez para él todo dependía de aquello.

Comprobaría la declaración de Tanner, pero estaba casi segura de que había dicho la verdad.

—De acuerdo, señor Tanner —dijo mientras se levantaba—. Puede irse. Por mi parte, de momento no tengo más preguntas. Hablaremos con la señorita Ward y con el barman del Golden Ball. Supongo que los dos confirmarán su declaración.

Dave también se levantó. No dijo nada, pero Valerie supo qué pregunta le rondaba por la cabeza.

—Por lo que a mí respecta, señor Tanner, no tengo motivos para informar a su entorno acerca de esto. Si confirmamos su declaración acerca de la noche de los hechos, quedará definitivamente fuera de la lista de sospechosos. Como comprenderá, tendré que redactar un informe, pero será para uso interno de la policía.

Tanner sonrió. Su sonrisa fue cálida y llena de vida. Valerie pensó que Karen Ward era una tonta por dejarse utilizar de ese modo, pero al mismo tiempo comprendió que le costara tanto renunciar a un hombre como aquel. ¿Cuándo había sido la última vez que un hombre le había sonreído a ella de ese modo? Demasiado tiempo como para poder recordarlo. Rápidamente apartó esos pensamientos de su cabeza.

—Gracias, inspectora —dijo Dave mientras le tendía la mano.

Ella la aceptó.

—No me corresponde en absoluto emitir juicios morales acerca de su situación, señor Tanner. Pero le daré un consejo: decídase por un camino y sígalo de forma consecuente. Cualquier otra opción... terminaría por no funcionar.

Valerie se sorprendió al ver el gesto serio que adoptó él de repente.

—Lo sé. Y una vez más, inspectora: gracias. Por todo.

Tanner salió del despacho.

Ella se quedó mirándolo un poco más de lo necesario y enseguida se reprendió por ello. ¡Basta, Valerie! Ese tipo de hombres convierte en desgraciadas a las mujeres, está más claro que el agua. Concéntrate en el caso.

Reek tenía que ir al Golden Ball de inmediato. Y luego intentaría ponerse en contacto con Karen Ward.

Y si no había sorpresas, Dave Tanner quedaría fuera del caso del asesinato de la vieja Barnes.

El teléfono de Valerie sonó. Era el sargento Reek.

—Inspectora, tengo a Jennifer Brankley por la otra línea. ¿Puedo pasarle la llamada? Dice que es urgente.

¿Que la señora Brankley la llamaba por teléfono? ¿Qué quería?

—Claro que sí —dijo—. ¡Páseme esa llamada!

Tal vez empezaran a moverse las cosas de una vez en esa historia.

14

—Esas fotografías son realmente... sospechosas. Muy sospechosas —dijo el sargento Reek.

Revisaron el contenido del cajón del piso de Stan Gibson con rigor científico, pero no encontraron nada que pudiera acercarlos un poco a la resolución del caso. Sin duda, las fotos mostraban a Amy Mills. Y no había duda de que Stan Gibson —en el supuesto de haber tomado las fotos él mismo— había estado siguiendo a la joven. Debió de haber dedicado todo su tiempo libre a ir tras ella y a fotografiarla siempre que se le había presentado la ocasión. Además le había contado a Ena Witty que la había estado espiando mientras la chica estaba en el piso de Linda Gardner, con la ayuda de un telescopio.

Tras la llamada de Jennifer Brankley, Valerie estaba desconcertada. Todo aquello no podía ser una simple casualidad. El tipo vivía justo enfrente de la casa en la que Amy Mills había pasado la última tarde de su vida. Y le había contado a su novia actual que había observado a Amy Mills en sus quehaceres más íntimos una vez a la semana mientras esta última trabajaba como niñera. Y luego estaba el cajón de la cómoda lleno de fotografías de la víctima.

¡Cualquiera diría que ese Gibson no era más que un chiflado inofensivo!

Y sin embargo, no había sido fácil obtener la orden de registro.

Valerie había acudido a casa de Ena Witty para verla a ella y a Jennifer Brankley. Ena Witty estaba blanca como el yeso y parccía completamente desequilibrada puesto que acababa de descubrir que su nuevo novio tal vez era un criminal peligroso, pero Valerie se vio obligada a admitir que incluso la mujer más enérgica y segura de sí misma habría quedado tan fuera de combate como Witty ante una constatación así. Jennifer Brankley al menos parecía mantener los nervios a raya. Además había tenido la presencia de ánimo necesaria para llevarse consigo un puñado de aquellas fotos antes de salir del apartamento del sospechoso y gracias a eso Valerie tenía en sus manos, literalmente, un buen argumento para mostrar al juez.

—Todo ha ido muy rápido —había dicho Jennifer—. Yo tenía verdadero pavor de que Gibson pudiera entrar de repente por la puerta. Cogí las fotografías, Ena recogió algunas de las cosas que aún tenía en el apartamento y luego salimos pitando de allí.

Valerie había hablado con Ena Witty con sumo tacto.

Si bien lo que más quería en el mundo era obtener la máxima información en el menor tiempo posible, la joven parecía tan impactada que le pareció conveniente tratarla con especial cuidado.

—¿Le contó que había estado observando a Amy Mills a través de un telescopio mientras esta cuidaba a la hija de Linda Gardner?

—Sí. Me lo dijo varias veces. Y también me mostró el telescopio. Lo tiene en el salón. ¡Estaba orgulloso de haber podido verla tan bien!

Y luego estaban las fotos… Valerie sabía que tenía que entrar en aquel apartamento. A ser posible, antes de que Stan Gibson se oliera el peligro y pudiera deshacerse del material que lo incriminaba.

—Pero él no volvió a casa mientras ustedes dos estaban allí, ¿verdad? —preguntó Valerie—. ¿O mientras se marchaban del apartamento llegaron a verlo?

—Nosotras al menos no lo vimos —replicó Jennifer—, y creo que nos habría llamado, si nos hubiera visto. ¿Sabe?, yo tenía mucho miedo a causa de la lluvia. Ena dice que Stan Gibson está en una obra en Hull, pero cuando diluvia como ahora suelen pararse todas las obras. Creí que podía volver en cualquier momento.

—Comprobaremos dónde se encuentra —dijo Valerie—. En algún lugar debe de haberse metido. Señorita Witty, con toda seguridad tendré que volver a hablar con usted durante el día de hoy. ¿Piensa quedarse aquí, en su casa?

—Por supuesto. Yo... no sabía adónde ir. Tengo miedo. Se enfadará tanto, inspectora... Tal vez no tenga nada que ver con el asesinato de Amy Mills. Nunca me perdonará que haya acudido a la policía para...

—No había otra salida, Ena, ya se lo he explicado antes —dijo Jennifer con un tono amable, y Valerie reconoció que era exclusivamente a Jennifer Brankley a quien tenía que agradecerle que alguien hubiera informado a la policía acerca de la conducta más que sospechosa de Stan Gibson. Sola, Ena Witty jamás habría podido dar ese paso. Habría seguido debatiéndose y dudando hasta que Stan Gibson hubiera reparado en la inquietud de su novia y, como mínimo, habría puesto las fotografías a buen recaudo—. Por ahora me quedaré con Ena —dijo Jennifer en voz baja mientras acompañaba a Valerie Almond hasta la puerta—. Creo que no es un buen momento para dejarla sola.

La situación se presta a ello, pensó Valerie; le sienta bien sentirse útil. Ya no está tan tensa. Parece más tranquila y serena.

Al juez no le había entusiasmado en absoluto que la inspectora le solicitara una orden de registro para el apartamento de Gibson. Entretanto ya eran más de las cuatro, y al juez le habría gustado marcharse a casa y no tener que ocuparse en el último momento de un problema especialmente incómodo. Si Gibson no era más que un ciudadano inofensivo que tan solo tenía una manía extraña, los medios de comunicación saldrían con algo como «violación de los derechos fundamentales» en caso de que llegaran a enterarse del asunto.

—¿No tiene nada más que ofrecerme que esa simple sospecha? —le había preguntado el juez, malhumorado.

Ella le había señalado las fotos que había esparcido sobre la mesa.

—¡Esto es más que una simple sospecha! ¡Estas fotografías son hechos! Siguió a Amy Mills durante semanas, meses, y la fotografió a escondidas.

—¡Mientras no haya quejas de la afectada, no es ningún delito del que podamos ocuparnos!

—La afectada no puede quejarse. Está muerta.

—Inspectora...

—Estuvo observando el piso de enfrente con un telescopio. Estaba obsesionado con ella. Está más que claro que se dejó llevar por su obsesión. Es posible que en sus fantasías la considerara la mujer de sus sueños y que, al ver que no compartía su entusiasmo, la matara a golpes. Eso explicaría el enorme odio y la rabia desenfrenada del crimen. Es justo lo que se espera de un hombre rechazado que previamente... —Señaló las fotografías—. ¡Que previamente se hubiera volcado en un mundo de fantasías estrafalarias!

—¡Eso no son más que sospechas por su parte!

—Pero quizá pueda probarlas si consigo entrar en su apartamento...

—¿Por qué no interroga primero a Gibson?

—En este momento no está localizable. El sargento Reek se ha puesto en contacto con la empresa de construcciones para la que trabaja Gibson. Hoy ha acudido a una obra en Hull, pero debido a la lluvia han tenido que parar de trabajar a mediodía. Sin embargo, nadie sabe adónde ha ido a continuación. El capataz dice que unos cuantos trabajadores han propuesto tomar algo juntos, es posible que haya ido con ellos.

—Eso no está prohibido.

—No. Pero cuando vuelva a casa intentará ponerse en contacto con su novia enseguida. Y descubrirá que algo no va bien porque la joven está completamente fuera de sí. ¡Quiero registrar su apartamento antes de que Gibson tenga la oportunidad de destruir lo que puede representar una pista para mí!

El juez soltó un gruñido. La ley contemplaba la autorización de registros domiciliarios siempre y cuando hubiera cierta probabilidad de confiscar material que constituyera una prueba en relación con un hecho delictivo. En esos casos cabía la posibilidad de registrar una vivienda sin informar previamente a su ocupante, en el supuesto de que pudiera probarse que la previa notificación pudiera conllevar la destrucción del susodicho material.

Valerie se jugó el último triunfo que le quedaba. No era un argumento contundente, pero sí una pequeña pieza más en el rompecabezas.

—El sargento Reek ha descubierto algo más, señoría. La empresa en la que Gibson está en nómina también es la responsable de las obras de los Esplanade Gardens. Gibson trabajaba en ese proyecto. De allí salieron las dos vallas que alguien movió para impedir que Amy Mills pudiera tomar el camino más corto de vuelta a casa y viera necesario, por lo tanto, pasar por la parte más solitaria y oscura del parque.

—Cualquiera que pasara por allí podría haber movido las vallas. Cualquier estúpido jovenzuelo, cualquier vagabundo. No es necesario que fuera alguien que estuviera trabajando en la obra para tener acceso a ellas.

—No. Pero es más probable que fuera alguien que trabajara allí quien, tras tenerlas todo el día delante, acabara inspirándose y utilizándolas para redirigir a su antojo los pasos de Amy Mills. Señoría, si tomamos cada uno de los puntos por separado, las posibilidades son remotas, muy remotas, lo acepto. Pero todos unidos nos hacen sospechar muy seriamente de Stan Gibson. Creo que una orden de registro está más que justificada en este caso.

Al final había conseguido el maldito papel. Tal vez solo porque el juez había querido largarse a casa de una vez y había comprendido que la inspectora Almond no daría su brazo a torcer, que lo retendría en su despacho hasta conseguir la orden de registro. Valerie podía llegar a ser muy tenaz, sobre todo en esos momentos en los que se encontraba entre la espada y la pared y, al fin, veía un indicio que tal vez le permitiría avanzar algo en la investigación. O que incluso podía representar el éxito.

Aunque más tarde, ya en el domicilio de Gibson, no le pareció que así fuera. Habían encontrado el trípode con el telescopio que le habían descrito y unas quinientas fotografías. Pero nada más.

No basta para acusar a alguien de asesinato, pensó Valerie.

Fuera empezaba a oscurecer. El día llegaba a su fin.

La lluvia amainó.

Cuatro agentes habían puesto el apartamento de Gibson patas arriba, sin obtener resultados concluyentes, además. A Valerie le entraron ganas de llorar de frustración. Ese día ya había tenido que borrar a Dave Tanner de la lista de sospechosos. Y en ese momento, al parecer, ya podía despedirse del siguiente aspirante al título, antes incluso de que hubiera llegado a ostentarlo.

—Todo esto no alcanza ni mucho menos para acusarlo de asesinato —dijo con desánimo.

Reek no podía sino darle la razón.

—Ni siquiera para una orden de arresto, si quiere saber mi opinión —dijo él.

Valerie negó con la cabeza.

—¡Orden de arresto! ¡Si le presento al juez una solicitud para una orden de arresto, me echará de su despacho por la ventana! No hay duda de que se enfadará por lo de la orden de registro.

—Debemos interrogar a Gibson. No es que tengamos muy buena baza, pero tampoco nos faltan las cartas. Estuvo siguiendo a una mujer, llegando a violar la esfera privada de esta. Y precisamente a una mujer a la que con posterioridad asesinaron de un modo brutal en un parque por la noche. ¡Todavía tiene que darnos explicaciones acerca de un par de cosas!

Valerie estaba furiosa.

—Por ejemplo, me gustaría saber dónde se encontraba la noche del pasado sábado. Cuando mataron a golpes a Fiona Barnes.

Valerie oyó una carcajada a su espalda y se volvió enseguida. Reek también miró hacia la puerta. El tipo que acababa de aparecer por ella, de apariencia juvenil, vestido con vaqueros y zapatillas deportivas, solo podía ser el inquilino del piso: Stan Gibson.

—Eso puedo decírselo ahora mismo —dijo, con una sonrisa amistosa. La reacción podía considerarse insólita visto el desorden que reinaba en su apartamento y la cantidad de policías que rondaban por él—. Estuve en Londres. Desde el sábado por la mañana hasta el domingo a mediodía. Estuve en casa de mis padres para presentarles a mi novia, Ena Witty. Tanto mis padres como la señorita Witty pueden confirmarlo.

Valerie necesitó unos segundos para recuperarse de la sorpresa y del sobresalto y para salir del asombro que le produjo la absurdidad del momento. A continuación avanzó tres pasos en dirección a aquel desconocido.

—Stan Gibson, supongo —dijo en un tono cortante—. ¿Puede identificarse?

El tipo revolvió con un dedo uno de los bolsillos de los vaqueros. Encontró la cartera, sacó su carnet de identidad y se lo plantó frente a las narices a Valerie.

—¿Satisfecha? —Sonrió aún más—. Y... mmm... Señorita, ¿podría usted identificarse también?

La inspectora sacó su placa identificativa y se la mostró junto con la orden de registro.

—Inspectora Valerie Almond. Y esta es la orden judicial de registro necesaria para entrar en su domicilio.

—Comprendo. El conserje me ha dicho que ha tenido que abrir la puerta de mi apartamento a unos agentes de policía. Estaría bien que me explicara...

—Con mucho gusto. Pero para ello tengo que pedirle que nos acompañe a comisaría. Tenemos una larga conversación por delante. Acerca de la señorita Amy Mills. Sobre su asesinato.

—¿Estoy detenido, inspectora?

—Solo se trata de una simple conversación —replicó Valerie con una cortesía meramente aparente. Por dentro pensaba todo lo contrario: ¡Ya me gustaría, cabrón! ¡No sabes cuánto me gustaría encerrarte enseguida y ver como desaparece esa asquerosa sonrisa irónica!

No cabía duda de que ese tipo no era normal. Si uno llega a casa y se la encuentra patas arriba y llena de policías, no se limita a sonreír de esa forma tan penetrante. En cualquier caso, alguien inocente no reaccionaría de aquel modo. Stan Gibson tenía las manos sucias, de eso estaba convencida Valerie, y si seguía sonriendo de oreja a oreja era solo porque se sentía completamente seguro. La situación le divertía. Le apetecía jugar con la policía.

Ten cuidado, pensó Valerie.

—Tiene derecho a consultar a un abogado. —Valerie lo informó de sus derechos de mala gana.

Sin embargo, tras un momento sobreactuado en el que Gibson fingió reflexionar, negó con la cabeza.

—No. ¿Por qué? No necesito ningún abogado. Venga, inspectora. ¡Vayamos a comisaría!

Stan Gibson la miró como si acabara de invitarla a tomar una cerveza. Con alegría. Con camaradería.

Que no te haga perder los nervios, se dijo Valerie mientras bajaban juntos la escalera acompañados por el sargento Reek. Eso es justo lo que quiere, y no voy a darle ese gusto. Que se vaya preparando porque pronto se le borrará esa sonrisa de la cara.

Valerie siempre decía que tenía un olfato especial para detectar a los psicópatas.

En ese momento habría apostado cualquier cosa a que tenía uno delante. Un psicópata de la peor calaña.

Uno especialmente inteligente.

El otro niño.doc

11

Tardé mucho, muchísimo, en volver a ver la granja de los Beckett. El resto de la guerra e incluso un año más. El motivo fue mi madre. En cuanto salió del hospital se convirtió en otra persona, nunca volvió a ser la misma. Yo la recordaba como una mujer enérgica y resoluta, en ocasiones un poco severa, pero también alegre y segura de sí misma. Una mujer que cogía la vida por los cuernos, como solía decirse. Pero después de haber perdido ese niño, el hijo que tanto había deseado Harold, desaparecieron su optimismo y su arrojo habituales. No solo tenía mal aspecto, encanecido y enjuto, es que además parecía abatida, deprimida y profundamente infeliz. A menudo se echaba a llorar sin causa aparente. Podía llegar a pasar muchas horas sentada sin hacer otra cosa que mirar por la ventana. Todo la atormentaba sobremanera: la guerra, la ciudad bombardeada, la gente mal vestida, el racionamiento de alimentos... Por eso resultaba tan estremecedor, porque tiempo atrás había sido una persona que jamás se amedrentaba ante las adversidades.

—Todo podría ir peor —solía decir antes.

Después, sus palabras eran muy distintas:

—¡La vida nunca había sido tan mala como ahora!

Sin embargo, el futuro era cada vez más esperanzador. Los alemanes estaban en las últimas e iban a perder la guerra, de eso estaban convencidos incluso los más pesimistas. Excepto mi madre. Si algo se preguntaba la gente era por qué se empeñaban en seguir con la guerra.

El destino de los nazis se decidió finalmente el 6 de junio de 1944, el llamado día D, el día en que las tropas aliadas iniciaron la operación

Overlord y las fuerzas armadas de varios países desembarcaron en las extensas playas de Normandía.

Francia pronto quedaría liberada, todo el mundo lo decía, y entonces una cosa llevaría a la otra. Desde el este, Rusia desplegó su poderoso ejército hacia la frontera alemana. Cuando escuchabas la BBC, te preguntabas cómo era posible que Hitler no ordenara la capitulación inmediata.

En lugar de eso, no obstante, el Führer se dedicó a agotar todos los efectivos de sus fuerzas armadas, claramente decidido a no darse por vencido mientras uno solo de sus soldados siguiera con la cabeza sobre los hombros.

—Es un loco —solía decir Harold—. ¡Es un chiflado!

Harold en realidad no tenía ni idea de política, pero yo coincidía de principio a fin con la opinión que él tenía de Hitler. Aunque tampoco es que hiciera falta una inteligencia especial para darse cuenta de que el Führer estaba como una cabra.

Así pues, mientras esperábamos que la guerra terminara de una vez y empezábamos a hacer planes llenos de esperanzas para cuando eso sucediera, mi madre se mostraba incapaz de dejarse llevar por el más mínimo pensamiento positivo.

—Sí, quizá la guerra esté terminando —admitió finalmente—, pero ¿quién sabe lo que nos espera después? Tal vez las cosas pasen a ser peores aún. ¡Quizá ocurran cosas todavía peores y acabemos pensando que las bombas de mil novecientos cuarenta no fueron tan terribles en comparación!

Ante esa profunda depresión, yo me vi obligada a abandonar mis intenciones de volver a Yorkshire, o como mínimo tuve que posponerlas indefinidamente. Incluso cuando los nazis reanudaron los bombardeos sobre Londres como un último acto de rebelión ante la operación Overlord, esa vez con los temidos cohetes V2, no consideré ni por un momento la posibilidad de huir de nuevo. Tenía muy claro que mi madre me necesitaba, a mí, a la única hija que le quedaba. No podía dejarla en la estacada, la tenía muy aferrada a mí y se ponía nerviosa enseguida si tardaba media hora más de lo normal en volver de la escuela o si me entretenía más de la cuenta cuando salía a hacer la compra. Yo acepté el estado en el que se encontraba a pesar de todo. ¿Qué otra cosa podía hacer?

De todos modos, en Staintondale tampoco habría podido estar con Chad porque este estaba en el frente. Dejamos de mantener el contacto por carta porque yo no tenía ninguna dirección a la que escribirle y él... bueno, a él tampoco es que le gustara mucho escribirme. Más adelante me enteré de que llegó a participar en el desembarco de Normandía y agradecí no haber sabido de él durante ese tiempo. Me habría vuelto loca de miedo al oír en las noticias el gran número de soldados que pagaron con sus vidas el alto precio de la invasión. Posteriormente, una vez todo hubo acabado y sabiendo que había salido ileso, claro está, me sentí muy orgullosa de que hubiera participado en aquel acontecimiento tan decisivo.

Ya no me provocaba tanto sufrimiento el hecho de tener que vivir en Londres, supongo que debido a que el estado mental de mamá supuso una responsabilidad que daba sentido a esa circunstancia. Ya no me parecía absurdo tener que quedarme allí y soportar lo que fuera.

Por lo demás, Harold también cambió. No cambió de manera radical, por supuesto, pero la debilidad de mamá lo hizo reaccionar. Ya no se emborrachaba nada más llegar a casa como antes, sino que pasó a ayudarme con las tareas domésticas al volver del trabajo. Después sí, después se emborrachaba, pero en algo habíamos avanzado. Pasé a verlo con otros ojos, porque el drama del aborto y mi huida a Yorkshire me habían mostrado que Harold amaba de verdad a mi madre y que, a su manera, quería hacerla feliz a toda costa. Se ocupó de que yo no le causara más dolor todavía. Por eso cumplí estrictamente nuestro acuerdo acerca de no revelarle jamás a mamá que yo había huido a Staintondale en febrero de 1943. Murió en el año 1971 y nunca llegó a enterarse.

En mayo de 1945 finalizó la guerra y la gente salió a la calle para celebrarlo. Winston Churchill apareció con la familia real en el balcón de Buckingham Palace, y miles de personas los aclamaron y cantaron «God Save the King» y «Rule, Britannia». Yo también estuve allí y lloré de emoción cuando todos cogidos de la mano entonamos el cántico más popular, patriótico y sentimental de esos tiempos de guerra: «There'll be blue birds over the white cliffs of Dover ... tomorrow, when the world is free...».

Muchas familias tuvieron que lamentar la muerte de seres queridos y seguía habiendo calles enteras en ruinas, pero la gente miraba hacia delante, se dedicaba a apartar los cascotes, trabajaba en las obras de reconstrucción, todos eran felices de saber que los maridos, los hijos y los amigos finalmente estaban fuera de peligro, que ya no tenían que seguir temiendo por los ataques aéreos ni por la posibilidad de que los nazis acabaran ocupando nuestra isla.

La pesadilla había terminado.

En 1946 acabé la escuela y no tenía ni idea de lo que haría a continuación. El estado de euforia y de felicidad que se apoderó de mí justo después de que la guerra llegara a su fin ya se había desvanecido casi por completo y comprendí que había llegado el momento de decidir qué haría con mi vida. Aun así, no sabía qué camino tomar. ¿Qué era lo único que había ocupado mis pensamientos en los últimos años? Solo había soñado con volver a Yorkshire; aparte de eso me había limitado a intentar superar el día a día. Por lo demás, siempre había visualizado mi futuro envuelto de una luz radiante, pero eso había sido antes. No había pensado en la posibilidad de cambiar de planes.

—Podrías hacer algo relacionado con niños —sugirió mi madre cuando a finales de julio celebramos mi decimoséptimo cumpleaños con café y una tarta con claras a punto de nieve en lugar de nata. Yo no había hecho más que quejarme porque no sabía a qué me dedicaría—. Enfermera de pediatría, por ejemplo. ¡Creo que es una profesión maravillosa!

Desde que hubo perdido el bebé de Harold, se pasaba el día pensando en niños. Sin recibir dinero a cambio, se encargaba de cuidar niños del vecindario, se los llevaba de paseo, les leía historias o los ayudaba con los deberes de la escuela. A Harold y a mí nos sacaba de quicio, pero no decíamos nada porque considerábamos evidente que todo aquello representaba una especie de terapia para ella. Yo, en cambio, no sentía ningún tipo de simpatía por nadie que tuviera menos de catorce años, por lo que le mostré mi rechazo enseguida.

—No, mamá, de verdad que no. ¡No soporto a los niños, ya lo sabes!

—Creo que sería mejor que aprendieras contabilidad —dijo Harold—. En las oficinas siempre están buscando personal, y podrías ir ascendiendo poco a poco.

Eso me sonó aburridísimo.

—No. No lo sé... Dios, ¡creo que jamás llegará a ocurrírseme nada!

Me quedé mirando con gesto sombrío la pared que tenía delante. Contable. Enfermera de pediatría. Casi prefería que me enterraran en vida en ese mismo instante.

Y entonces fue cuando mi madre salió con una propuesta que me sorprendió muchísimo.

—Quizá lo que necesitas es simplemente alejarte un poco de Londres. De nosotros. Tal como eres, no te veo encerrada en una jaula, sin ver el mundo que hay más allá de las rejas.

Miré a mi madre con estupefacción. Había descrito de forma muy precisa lo que me rondaba la cabeza.

—Te gustó mucho Yorkshire cuando tuviste que ir a causa de la guerra —prosiguió—. Tal vez deberías pasar un par de semanas allí. Pasear junto al mar, respirar aire puro. En ocasiones es suficiente con cambiar de entorno para descubrir nuevos caminos.

Harold y yo nos miramos, sorprendidos.

—¿Cómo se llamaba... la mujer que te acogió entonces? Emma Beckett, ¿no? Es posible que esté dispuesta a ofrecerte alojamiento de nuevo. A cambio pagaríamos tus gastos, naturalmente, pero eso ya lo arreglaríamos de un modo u otro.

Puesto que mi madre no había llegado a enterarse de mi escapada, tampoco le habíamos contado que Emma había muerto. Y sin duda era mejor que siguiera sin saber nada al respecto. Me pareció dudoso que hubiera accedido a que viviera sola con Arvid, Nobody y Chad, en caso de que este hubiera sobrevivido a la guerra.

—Mamá, ¿lo dices en serio? —pregunté.

—Claro. ¿Por qué no? —respondió ella, sorprendida.

Dirigí otra mirada a Harold y me dio a entender que no se iría de la lengua respecto a la muerte de Emma.

El corazón empezó a latirme intensamente. El día había sido oscuro y sin perspectivas de mejora alguna. Pero en ese momento se abrió ante mí una claridad resplandeciente.

Volvería a reencontrarme con todo cuanto amaba. Chad, la granja, el mar, nuestra cala, los extensos campos de Yorkshire, repletos de colinas.

Y además, con el beneplácito de mamá.

12

En agosto de 1946 llegué a Scarborough y, apenas hube puesto los pies en el andén, supe que me encontraba de nuevo en mi hogar y que nunca más volvería a marcharme de allí. Sin embargo, tuve que engañar un poco a mi madre. Quiso ponerse en contacto con Emma, pero le dije que había seguido escribiéndome con ellos y que en cada carta insistían en invitarme a su granja. Puesto que en su momento a mi madre no le había pasado inadvertido el afecto que Emma había sentido por mí, creyó lo que le decía. Nosotros no teníamos teléfono, como tampoco lo tenían los Beckett en la granja, y el correo en aquellos tiempos de posguerra era muy lento y, a menudo, de dudosa eficacia. Era de esperar que tardáramos mucho en recibir una respuesta si mi madre escribía personalmente a los Beckett, y eso en caso de que la carta llegara a Staintondale. Acabó por permitir que me marchara sin avisar; yo apenas podía creerlo, hasta que al fin me vi sentada en el tren. Hasta el último momento había temido que mi madre pudiera cambiar de opinión.

Pero también estaba un poco nerviosa. Habían pasado más de tres años. ¿A quién o con qué me encontraría? ¿Chad seguiría con vida? Y en caso de que así fuera, ¿habría vuelto a la granja? ¿Qué habría sido de Arvid? Tal vez se habría convertido en un viudo amargado y solitario que no se alegraría en absoluto de verme. Quizá había acabado cayendo en el alcohol y se encontraba en un estado más lamentable que el de Harold en sus peores tiempos. Solamente Nobody debía de estar igual que antes. Supuse que tendría alrededor de catorce años, pero sabía que incluso con cuarenta seguiría comportándose como un chiquillo, lo que lo convertía en el más previsible de todos.

Tuve que esperar el autobús durante mucho rato y ya era tarde cuando llegué a Staintondale. Afortunadamente, en agosto todavía no oscurecía pronto, pero ya se ponía el sol cuando dejé la carretera principal para dirigirme a la granja campo a través. El día había sido frío y soleado. Llevaba cuanto tenía en una mochila a la espalda, aunque tampoco era gran cosa. Me sentí libre y feliz. Los caballos, las ovejas y las vacas pacían a mi alrededor y por encima de mi cabeza graznaban las gaviotas.

Cuando divisé la granja a lo lejos, me eché a correr. No solo era la alegría lo que me impulsaba, sino también la inquietud y los nervios. Quería saber de una vez en qué estado se encontraban las cosas.

Aquel anochecer de verano era el marco perfecto para regresar, todo lo contrario de como había sido aquel otro día lluvioso de invierno. De todos modos, quedé horrorizada al ver hasta qué punto había decaído el aspecto de la granja. La puerta estaba inclinada sobre uno de los goznes, era evidente que ya no cerraba bien; un estado que, por cierto, ha seguido inalterado hasta hoy. Siempre me ha sorprendido que a lo largo de medio siglo nadie haya reunido la energía y la resolución necesarias para resolver ese problema.

Había utensilios viejos de todo tipo tirados por el patio y, entre medio, había también gallinas picoteando el suelo. En otros tiempos solían tener su propio cercado, como debe ser. Las vallas de los pastos para las ovejas necesitaban reparaciones urgentes, así como los muros, a los que les faltaban tantas piedras que los animales podían encaramarse a ellos y pasar por encima sin problemas. La casa tenía un aspecto sombrío, casi parecía deshabitada. Las malas hierbas crecían hasta la puerta. El banco en el que a Emma tanto le gustaba sentarse para disfrutar del sol de la tarde ya no estaba, probablemente había acabado convertido en leña para el fuego. Las ventanas estaban cubiertas de suciedad. Era poco probable que a través de ellas pudiera apreciarse con nitidez el espléndido paisaje que rodeaba la casa.

Pero el aire olía como siempre y el mar también seguía estando allí, igual que la cala y aquella luz tan especial que reinaba en aquel lugar al atardecer.

Al pensar en la bahía empezó a crecer en mi interior una decisión firme. Por fin sabía qué camino quería seguir.

Dejé la mochila junto a la puerta de la casa, con las ortigas, y ya liberada del peso tomé directamente la senda hacia la cala.

Enseguida vi a Chad, después de sumergirme en la oscuridad del barranco y de llegar a la playa a media luz. El sol acababa de esconderse tras las rocas y el mar había adoptado un azul oscuro impenetrable. La cala, en otros momentos tan extensa, no era más que una franja estrecha, pero la marea ya no estaba en su punto álgido y el agua empezaba a retirarse.

Chad estaba sentado sobre una roca con la cabeza apoyada sobre las manos. Me acerqué a él muy despacio.

—Buenas noches, Chad —dije finalmente.

Chad se sobresaltó, alzó la mirada hacia mí y se levantó de golpe. Estaba perplejo.

—¡Fiona! ¿De dónde vienes?

—De Londres.

—Pero... Quiero decir... ¿Así de simple?

La pregunta no sonó cariñosa, tal como a mí me habría gustado, pero tampoco mostró hostilidad. Simplemente estaba sorprendido.

—Veo que has sobrevivido a la guerra —dije, a pesar de que no fue un comentario especialmente ingenioso—. ¡No puede decirse que tus frecuentes cartas me hayan dado pistas respecto a esa buena noticia!

Chad se pasó la mano por el pelo, un gesto que me recordó al joven de quince años que yo había conocido. A pesar de lo rápido que cambiaba la luz del crepúsculo, pude apreciar que quedaba poco del adolescente de antaño. Entonces tenía ya veintiún años y era un hombre muy distinto. En ese momento no habría sabido describir con palabras en qué consistía aquel cambio con exactitud, más allá del hecho evidente de que era cuatro años mayor que la última vez que nos habíamos visto, pero el cambio que eso suponía ya era de esperar. Creo que lo que más me sorprendió fue que hubiera envejecido tanto, mucho más de lo que le habría correspondido por la edad. Y no era una cuestión de arrugas, sino de la expresión de su rostro, de lo que transmitía. No parecía que tuviera veintiún años. Podría haber pasado por un hombre de treinta o de cuarenta años.

Fue unas semanas más tarde cuando me di cuenta de que había sido la guerra la que lo había envejecido a cámara rápida. Aquellos muchachos que aún eran medio niños en el momento de acudir al frente, que fueron alentados por un afán patriótico y medio engañados por una percepción generalmente ingenua de lo que les esperaba, en el plazo de unos pocos meses habían vivido experiencias más duras que las que habían experimentado otros hombres a lo largo de toda una vida. Habían visto caer a sus camaradas, habían vivido con el acecho constante de la muerte, habían matado para evitar que los mataran a ellos. Habían aguantado horas y horas en trincheras heladas y húmedas, con los nervios de punta, bajo un fuego de artillería constante, oyendo los gritos desgarradores de los heridos. La vida a menudo despreocupada, o como mínimo segura, que habían vivido hasta entonces había desaparecido sin dejar rastro. Los Aliados se habían alzado con la victoria sobre la Alemania de Hitler, y los hombres como Chad se quedaban con eso, ya que daba sentido a todo lo que habían tenido que soportar. Sin embargo, ello no cambiaba en absoluto las imágenes con las que tendrían que vivir el resto de sus días. No cambiaba para nada la dureza despiadada con la que, de la noche a la mañana, habían tenido que enfrentarse durante una parte de sus vidas, algo que seguramente ninguno de ellos habría imaginado de antemano.

A ese respecto, Chad nunca me contó detalles acerca de sus vivencias en la guerra. Ni entonces, ni en el tiempo que vendría después. Una vez, cuando hubieron pasado varios años, entre dos archivadores que tenía en un estante de su despacho en la granja de los Beckett, descubrí un revólver. Cuando le pregunté, respondió:

—Es el arma que llevé durante la guerra.

—¿Y por qué la sigues guardando?

—Mira... Por si alguna vez entra algún ladrón.

La tomé entre mis manos.

—Pesa mucho —constaté.

—¡Déjala donde estaba! —me ordenó—. ¡No quiero volver a pensar en eso!

Yo lo comprendí enseguida y no volví a mencionarle jamás aquella arma, aunque sí me atreví a hacerle preguntas acerca de aquel episodio tan traumático de su vida.

Entonces, respondió:

—Lo siento, tuve que alistarme. Todo era tan... —Hizo un gesto con la mano para expresar lo desbordado que estaba—. Es que era demasiado.

—¿Cómo le va a tu padre?

—No está bien. No hace casi nada en la granja. Se queda sentado en casa, mirando fijamente las paredes. No ha conseguido olvidar la muerte de mi madre.

No me sorprendió en absoluto. Cuando todavía era una chiquilla de once años ya había intuido que Emma era la verdadera alma de la granja de los Beckett, que era ella y no su marido quien tiraba del carro. Sin ella, Arvid no era nada. Eso se ajustaba a la imagen que siempre había tenido de él.

—Yo hago lo que puedo —dijo Chad—, pero es difícil llevar adelante una granja absolutamente arruinada. En estos tiempos...

Me examinó con detenimiento.

—¡Te has convertido en toda una mujer! —Chad cambió de tema de repente y yo noté que me subían los colores.

—Ya he terminado la escuela —dije—, y no sé muy bien qué voy a hacer a partir de ahora. Mi madre me ha dicho que necesito distanciarme de la rutina de Londres. Por eso he venido. Me gustaría quedarme aquí durante un tiempo... si me dejáis.

—Claro. Nos hace falta mano de obra —exclamó con una sonrisa. No lo dijo en serio. Yo le respondí con otra sonrisa.

De repente, en cuestión de un instante, volvió a ser aquel Chad que yo había conocido, el joven que tan afectuosamente había correspondido a mis primeros sentimientos exaltados. Abrió los brazos y yo busqué cobijo en aquella seguridad que parecía ofrecerme, como tantas otras noches en aquella playa, a pesar de que más tarde se revelaría el engaño que suponía. Ya se estaba convirtiendo, bien debido a la guerra o bien al ejemplo que le había dado su introvertido padre, en el hombre parco en palabras y encerrado en sí mismo que al final demostraría ser incapaz de exteriorizar lo que sentía.

En esos momentos yo no era consciente de que ese cambio hubiera empezado ya; era joven para comprenderlo y además estaba muy enamorada, era demasiado feliz para pensar en lo que pudiera venir después. La amargura y la seriedad de los últimos años se disolvieron hasta desaparecer por completo. Londres, la guerra, mi madre depresiva, Harold, de repente todo aquello quedaba muy lejos y ya no me parecía importante. Finalmente había llegado al lugar al que pertenecía. Y estaba con el hombre al que amaba.

Así de románticos fueron mis pensamientos entonces, en aquella playa cada vez más oscura. No tardó en caer la noche y el murmullo del oleaje cambió su sonido por el de bajamar, puesto que la marea seguía con su retroceso bajo el cielo estrellado. Las noches de agosto tienen una magia especial. Tal vez incluso cayó alguna que otra estrella fugaz sobre el mar, quién sabe, quizá fui yo quien más tarde lo imaginó de ese modo... Después de hacer el amor por primera vez en aquella cala pedregosa de Staintondale.

Suena cursi, lo admito. Una cálida noche de verano, las estrellas, el murmullo del mar... Dos jóvenes, un primer amor, un sentimiento verdaderamente sobrecogedor tras varios años de privación. Suena demasiado perfecto, pero debo decir que así es como yo lo viví, sin duda iluminada por la propensión a idealizar las cosas que tienen los jóvenes. Ahora creo que el suelo cubierto de guijarros debía de ser de lo más incómodo, que apestaba a algas marinas, que alguna que otra nube aislada cruzó el cielo y cubrió las estrellas, que no cayó ni una sola estrella fugaz y que al cabo de un rato hacía bastante frío y empezamos a helarnos. Pero en aquel instante no reparé en nada de eso. Fue como un sueño que nada sería capaz de perturbar o de empañar. Tener a Chad cerca de mí, fundirme con él, me pareció que era el momento más maravilloso de mi vida. Y creí, ingenua de mí, que a pesar de todo a partir de entonces sería imposible separarnos.

Chad tenía cigarrillos, por lo que después nos quedamos un rato allí sentados, fumando acurrucados sobre una roca. No le dije que eso también era una novedad para mí, no quería que me viera como a una cría. Con la máxima tranquilidad posible, di con naturalidad unas caladas al cigarrillo y, por suerte, no me dio por toser ni por atragantarme. Chad me tenía rodeada con un brazo y durante un buen rato no dijo nada.

—Tengo frío —dijo al final—. ¿Volvemos a la granja?

Entonces fue cuando caí en la cuenta de que yo también estaba helada. Asentí levemente y él debió de notarlo, porque se puso de pie, me tomó de la mano y me ayudó a levantarme. En silencio, cogidos de la mano, volvimos a tientas por el camino del barranco. Una vez arriba, me faltaba el aliento. En ese momento las estrellas y la luna volvieron a regalarnos un poco de luz.

Chad entró mi mochila en la casa. El interior estaba muy sucio, me di cuenta a simple vista. Además apestaba como si hubiera alimentos perecederos en la cocina que llevaran demasiado tiempo allí almacenados. Quedaba claro que la decadencia externa de la granja hacía tiempo que afectaba también al interior. Ya no era el modesto pero agradable nido que había sido bajo el cuidado de Emma. Dentro reinaban el frío, la humedad y la mugre. Incluso yo, que siempre había visto la granja de los Beckett como un paraíso terrenal con independencia de su estado, tuve que admitir que era imposible sentirse bien allí dentro. Tomé la determinación de empezar al día siguiente a arreglarlo todo para que volviera a ser un lugar agradable y acogedor.

Chad encendió la luz de la cocina. Los platos sucios se apilaban en el fregadero, mientras que en la mesa habían quedado los restos de una cena a medio terminar.

—Parece que mi padre ya se ha ido a dormir —dijo Chad—. ¡Lástima que no haya tenido fuerzas ni para recoger su comida! —Repugnado, se quedó mirando el salchichón mordisqueado, la hogaza de pan con un pedazo mal arrancado con las manos en lugar de cortarlo a rebanadas y una taza medio llena de café en cuya superficie flotaban unos anillos grasientos—. ¡Cada día está peor!

—Ya lo recojo yo —dije enseguida, pero Chad me agarró por un brazo.

—¡No! ¡No recogeré lo que va dejando tirado y tú tampoco! No está enfermo, solo se está abandonando y esto no puede seguir así.

—Pero esto se echará a perder. Y además huele mal. ¡Al menos deja que meta el salchichón en la nevera!

En la granja había una nevera anticuada que había que llenar periódicamente con bloques de hielo, pero resultó que hacía ya mucho tiempo que nadie se encargaba de rellenarla, por lo que en el interior había la misma temperatura que en el resto de la habitación. Había un par de cosas indefinidas dentro que desprendían un olor repugnante y que deberían haber ido a parar a la basura hacía tiempo.

Chad parecía un poco turbado.

—La granja ocupa todo mi tiempo y mis fuerzas. Papá debería ocuparse de la casa, pero... —Dejó la frase inacabada. Era más que evidente que su padre no se ocupaba de ello en absoluto.

Al final, puse el salchichón y el pan en la despensa, puesto que al no tener ventanas estaba más oscura y ligeramente más fresca que la casa.

—Mañana debemos comprar hielo sin falta —le dije. Por mi tono de voz, parecía que ya me hubiera convertido en la ama de la casa.

Chad me dio la razón.

—Lo haré. Te lo prometo.

Estábamos uno delante del otro, mirándonos. Y entonces pensé: Dímelo ahora, dime que me amas. ¡Dime que puedo quedarme para siempre! Por favor. No permitas que esta noche tan especial desaparezca sin más.

Sin embargo, él no dejaba de lanzar miradas sombrías hacia la mesa. Estaba furioso con su padre, eso estaba claro, y tal vez ya ni siquiera pensaba en lo que acababa de ocurrir allí abajo, en la cala.

De repente me di cuenta de lo que me había desconcertado en todo momento.

Faltaba algo. Algo que sin duda habría notado nuestra llegada y que ya debería haber aparecido.

—¿Y dónde está Nobody? —pregunté.

Chad bajó la mirada. Se hizo un silencio inquietante en la cocina. Pude oír un ruido en alguna parte, probablemente en la despensa. Un ratón, supuse.

Casi angustiada, repetí la pregunta:

—¡Chad! ¿Dónde está Nobody?

13

—Sí, bueno... —dijo Chad—. Es que ya no podía ser.

Nos sentamos a la mesa de la cocina, justo bajo la lámpara, cuya luz confería a Chad un aspecto cansado y encanecido, y probablemente a mí también. Chad abrió una botella de cerveza y me ofreció un trago, pero yo lo rechacé. Me había tomado muy en serio el propósito de evitar cualquier contacto con el alcohol.

El atardecer había dado paso ya a la noche. El olor a podredumbre en la cocina y la humedad de la casa consiguieron que me sobreviniera la sensación de que estaba a punto de descubrir algo terrible. Tuve un escalofrío. De repente me sentí mal.

—¿Qué significa que ya no podía ser? —insistí.

Chad fijó la mirada en su vaso de cerveza.

—Ya no era el chico que tú recuerdas. De repente creció mucho y pasó a ser demasiado grande para su edad. No sabemos exactamente su edad, pero supongo que debe de tener catorce o quince años. Le falta poco para convertirse en un hombre.

Pensé en aquel chiquillo larguirucho, rubio e infantil. Solo habían pasado tres años y medio desde que lo había visto por última vez, pero era evidente que podía haber cambiado mucho en ese tiempo. Aunque me costaba imaginarlo.

—Sí... ¿y?

Chad levantó la mirada hacia mí.

—Fiona, mentalmente no ha crecido. Tenía la inteligencia de un bebé, y estaba claro que eso ya no cambiaría. Mi madre siempre decía que algún día acabaría por despertar, pero es absurdo. Nobody es un retrasado mental, sin lugar a dudas.

—Pero eso no es nuevo —dije yo.

—Porque lo conociste como a un niño. Entonces estaba limitado, era inofensivo. Pero eso cambió. Fue... —Chad se detuvo de golpe.

—¿Qué? —pregunté. Cada vez estaba más angustiada.

—... fue en marzo de este mismo año —dijo Chad—, cuando una joven se dejó caer por la granja. No la conocíamos, buscaba empleo y los otros granjeros la mandaron aquí. Trabajo teníamos de sobra, pero no podíamos pagarle. En cualquier caso, tuvimos que decirle que no, pero cuando se disponía a marcharse... Nobody salió de la casa. Como ya te he dicho, la mujer era muy joven. Ni siquiera debía de haber cumplido veinte años. Y tenía el pelo largo y rubio, muy bonito.

Intuí lo que iba a contarme.

—¿Y Nobody...?

—Salió corriendo hacia ella y con una sonrisa en el rostro la agarró por el pelo. Además empezó a emitir esos sonidos incomprensibles con los que siempre intentaba comunicarse. La joven parecía muy asustada e intentó apartarse, pero él volvió a cogerla por el pelo. Y luego por los pechos. Baboseándola. Estaba... Era la primera vez que lo veía de ese modo, estaba excitadísimo. Al final, la joven se echó a gritar. Conseguí separar a Nobody de ella y mantenerlo sujeto mientras la muchacha salía corriendo tan rápido como podía. Le pegué una bronca descomunal, pero él no hacía más que sonreír, y apenas lo hube soltado empezó a frotarse frenéticamente la entrepierna con las dos manos. Era repugnante. Él era repugnante.

Tragué saliva.

—Eso... eso suena bastante terrible.

Chad se inclinó hacia delante.

—Y además iba a peor. Tenía la sexualidad de un hombre, pero la inteligencia y la mentalidad de un chiquillo. Quiero decir, que era incapaz de controlar sus instintos. Ni siquiera sabía lo que le ocurría. Era un peligro para cualquier mujer que pudiera cruzarse en su camino. Y papá y yo no podíamos pasarnos el día vigilándolo.

En ese momento creí saber lo que Chad iba a contarme y me relajé un poco. Al fin y al cabo habíamos hablado ya muchas veces acerca de esa posibilidad.

—Lo habéis entregado a un hogar para niños —dije—. Sin lugar a dudas era lo más sensato que podíais hacer.

Chad fijó la mirada de nuevo en el vaso de cerveza.

—Un hogar... Sí, pensamos en meterlo en un hogar para niños. Pero había un problema...

—¿Por qué? —pregunté.

Chad levantó la mirada de nuevo hacia mí y me di cuenta de que empezaba a ponerse furioso, en parte por mi insistencia y en parte porque lo obligaba a contarme toda la historia en lugar de dejarlo en paz y simplemente olvidar a Nobody y su destino.

—¡Dios mío, Fiona, no seas ingenua! No puedes llevarte a un adolescente como Nobody a un hogar para niños y limitarte a decir hola, vive con nosotros desde hace casi seis años pero ya no podemos más, ahora os lo quedáis vosotros. Quiero decir, que enseguida se nos habrían echado encima las autoridades. Es que desde el principio de toda esta historia las cosas no se han hecho bien. A Nobody no deberían haberlo evacuado contigo. Mi madre no debería haber accedido a acogerlo en la granja. Y él no debería haber crecido aquí como si se tratara, por así decirlo, de un secreto de familia.

Me acordé de aquella oscura noche de noviembre de 1940, de la pequeña oficina de correos de Staintondale, al otro lado de los prados. De lo asustados que estábamos todos, acurrucados en el suelo.

—Sin embargo, fueron las acompañantes del transporte las que estuvieron de acuerdo con que Emma lo acogiera —alegué yo—. En ese momento tampoco sabían adónde llevarlo. Tenían que esperar a que las altas instancias les dijeran el lugar y luego ponerse en contacto con nosotros. Si no lo hicieron, no es culpa nuestra.

—Pero mi madre sí debería haberse puesto en contacto con ellos en cuanto se dio cuenta de que se habían olvidado o de que hacían la vista gorda. Ella no tenía ningún derecho sobre Nobody. No era su hijo, ni siquiera estaba bajo su tutela. No era más que el otro niño, que es como mi padre lo llamaba. Tú sí estabas oficialmente con nosotros pero él no, bajo esas circunstancias no debería haber dejado que pasaran los años.

—Ella quería protegerlo. Lo hizo con buena intención.

—Pero después de su muerte, mi padre debería haber hecho algo al respecto. No sé con exactitud qué fue lo que se lo impidió. La desidia con la que se lo toma todo desde entonces, o alguna especie de lealtad hacia mi madre. Lo que fuera. Luego terminó la guerra, yo volví y tampoco hizo nada. Y por algún motivo... a mí tampoco se me ocurrió hacerlo. Supongo que en cierto modo nos habíamos acostumbrado a tenerlo aquí y lo cierto es que no molestaba. Hasta que... sucedió aquello. Entonces vi con claridad que era como una bomba de relojería, que tendríamos serias dificultades en lo sucesivo. Esa joven podría habernos denunciado. Tuvimos mucha suerte de que no lo hiciera.

Me incliné hacia delante.

—¿Dónde está Nobody? —pregunté de nuevo poniendo énfasis en cada palabra. Poco a poco, empecé a temer que lo hubieran ahogado en la bañera o que lo hubieran lanzado al mar.

—Surgió una oportunidad —dijo Chad—. Mi padre quería vender su viejo arado e hizo correr la voz por la comarca. Un granjero de Ravenscar vino a vernos por ese motivo. Entonces fue cuando vio a Nobody, que como de costumbre merodeaba cerca de nosotros.

—¿Y?

—Preguntó quién era. Mi padre le contó el problema por encima. Un niño que vino a parar a la granja después de que lo evacuaran durante la guerra. Que era huérfano y no tenía parientes. Que no sabíamos qué hacer con él... El granjero, Gordon McBright se llama, dijo que necesitaba urgentemente mano de obra. Nosotros se lo advertimos, por supuesto. Le dijimos que no se le podía encargar ninguna tarea porque era incapaz de comprender nada, que daba más trabajo del que hacía. Papá incluso le advirtió acerca de su enorme apetito, que no se correspondía en absoluto con su capacidad para trabajar. Pero ese tal McBright seguía diciendo que Nobody podía servirle, de manera que papá y yo acabamos por aceptar.

La pregunta era inevitable:

—Nobody... no se fue por voluntad propia, ¿verdad?

Chad se puso de pie súbitamente. Aquella parte de la historia parecía sacarlo de quicio más que todo el resto. Me dio la espalda mientras respondía.

—No. No se fue por voluntad propia.

Seguro que intentó resistirse. Que gritó, que forcejeó. La granja de los Beckett era su hogar, probablemente el único lugar en el que se sentía seguro y tal vez incluso protegido. Chad y Arvid lo habían dejado en manos de un completo desconocido para que se lo llevara. Yo conocía bien a Nobody y sus intensos arrebatos emocionales. Chad ni siquiera era capaz de mirarme a los ojos.

Tuvo que ser una escena horrible.

—Pero... —empecé a decir después de tragar saliva.

Chad se volvió hacia mí, esta vez con la cara desfigurada por la rabia.

—¡Maldita sea, no me eches un sermón ahora! —me espetó, a pesar de que yo no había sido capaz de articular más que un temeroso «pero»—. ¡Fuiste tú quien nos metió en este lío! ¡Fuiste tú quien lo trajo! ¡Y luego pasaste varios años lejos de aquí, no tienes ni idea de lo que he llegado a verle hacer a esa criatura tan enorme como anormal! Y a ti nadie te ha pedido cuentas por ello. Entonces eras una niña, pero ahora ya has cumplido diecisiete años. ¡Te ha salido bien! ¡Qué sabrás tú de los disgustos que nos ha traído a mi padre y a mí! Nobody debería haber ido a una escuela especial para niños como él. A un hogar, un asilo. Debería haber sido atendido por especialistas. Y en lugar de eso, ha crecido aquí como si se tratara de una especie de animal salvaje. ¡Nos habrían atormentado y habríamos acabado frente a un tribunal!

De repente, bajó la voz de nuevo.

—Mira a tu alrededor, Fiona —dijo con amargura—. Aquí luchamos por sobrevivir. Mi padre no ha hecho prácticamente nada desde la muerte de mi madre, y yo estaba en el frente. Todo está abandonado y estropeado, y la culpa no es más que nuestra. No quiero tener que vender estas tierras. Trabajo como un esclavo de la mañana a la noche. Lo último que necesito es tener que preocuparme por más problemas. No quiero pasar por una inspección administrativa que acabe obligándome a buscarme un abogado al que ni siquiera podría pagar. Solo por meter a Nobody en un hogar y revelar su existencia. ¿Qué alternativa tenía? ¿Qué se quedara aquí? ¿Hasta que terminara violando a alguna mujer? ¿Hasta que terminara matando a golpes a alguien solo para conseguir quitarle algo? ¿Qué podría contarle a la policía? Fiona, es muy fácil criticar las cosas desde fuera, pero ¿qué habrías hecho tú en mi lugar?

Me puse de pie y me acerqué a él. Quería demostrarle que lo comprendía, que no estaba contra él. ¡Todavía lo amaba!

—Lo siento —dije—, no quería que tuvieras la impresión de que te estaba acusando. ¡Cómo podría hacerlo! Estoy segura de que no te resultó nada fácil tomar esa decisión.

Chad negó con la cabeza.

—No. No lo fue.

Nos quedamos de pie, uno delante del otro. Chad estaba temblando.

Quería preguntarle algo, sin embargo temía que mi pregunta pudiera provocarle otro arrebato de ira, puesto que el primero lo había provocado un simple «pero». Aun así, me atreví.

—Pero... ¿por qué se metió en esto ese tal Gordon McBright? También él podría llegar a tener problemas si Nobody cometiera un disparate.

Chad se encogió de hombros.

—Ya se lo advertimos. Con todo, dijo que para él eso no suponía ningún quebradero de cabeza.

—No puede tenerlo siempre encerrado. O atado.

Chad volvió a encogerse de hombros, pero se mordía los labios al mismo tiempo. De repente tuve la impresión de que en aquello consistían precisamente los temores que más lo atormentaban y sobre los que no quería hablar: en la posibilidad de que fuera eso lo que Gordon McBright pensaba hacer con Nobody, encerrarlo o atarlo cuando no lo necesitara para trabajar. Que pudiera tratarlo como a un esclavo.

—¿Cómo... es ese Gordon McBright? —pregunté con los nervios de punta.

—En el fondo no lo conozco de nada —replicó Chad mientras miraba a través de la ventana la oscuridad de la noche.

—Pero lo has visto.

Estaba clarísimo que Chad no estaba dispuesto a responder a esa pregunta.

—Da igual.

—¿Dónde vive?

—En los alrededores de Ravenscar. Por las afueras. En una granja solitaria.

Ravenscar no caía muy lejos de Staintondale, solo había que seguir la costa en dirección a Whitby.

—Podría ir a visitarlo —sugerí—. A Nobody, quiero decir. Así conocería a McBright.

—¡No lo hagas! Nobody se volvería loco si te viera. Y McBright...

—¿Sí?

—Azuzaría a los perros contra ti o te dispararía con la escopeta. Reaccionaría muy violentamente si alguien se acercara a su granja. No se entiende con el resto de la gente. Dudo que te dejara aproximarte a menos de doscientos metros de su propiedad.

—¿Cómo lo sabes?

—Pregunté acerca de él a un par de personas de Ravenscar —murmuró Chad, disgustado.

¿Cómo habían podido, tanto él como Arvid, dejar a Nobody en manos de un individuo como aquel?

No me atreví a preguntarlo en voz alta porque temía que Chad montara en cólera de nuevo. Para él era como si lo estuviera poniendo entre la espada y la pared, se sentía obligado a justificarse y al intentarlo se veía claramente atormentado por los remordimientos de conciencia al pensar en lo que habría sido de Nobody. Yo compartía ese sentimiento; sí, me resultaba imposible ocultar el horror que me producía aquello. Nunca había sentido un afecto especial por Nobody, no había sido más que una carga para mí, pero había formado parte de mi vida en la granja de los Beckett y con la madurez de los diecisiete años que tenía entonces comprendía mejor la responsabilidad que también yo tenía sobre aquel chico desamparado.

Me propuse ir a verlo como fuera a su nuevo hogar. A pesar del miedo que habían despertado en mí las advertencias de Chad, me convencí de que no era posible que Gordon McBright disparara a los inofensivos excursionistas que llegaban hasta su granja, que de haberlo hecho ya estaría en la cárcel.

—Estoy cansado —dijo Chad— y mañana tengo que levantarme muy temprano. Creo que me voy a dormir.

Esperaba que me pidiera que lo acompañara hasta su habitación. Creí que pasaríamos la noche abrazados, pero no dijo nada más y se limitó a abandonar la cocina. Poco después oí sus pasos mientras subía por la escalera.

Bebí un poco de agua, apagué la luz y fui también al piso de arriba. En mi antigua habitación no había cambiado nada, a juzgar por la gruesa capa de polvo que cubría todos los muebles. La ropa de cama era la misma que había utilizado durante mi última estancia en 1943, era evidente que desde entonces nadie la había cambiado ni lavado porque olía a moho. Abrí enseguida la ventana para dejar entrar el aire fresco de la noche, me llevé las manos a la cara y noté que estaba ardiendo.

Todo aquello había sido demasiado. Primero las horas de ensueño en la playa y luego el súbito cambio de humor de Chad en cuanto habíamos empezado a hablar de Nobody. Desde entonces se había abierto una dolorosa brecha entre nosotros, tan dolorosa como la decadencia en la que había caído la granja de los Beckett, donde reinaban la suciedad y el abandono.

Y me di cuenta de algo más: Chad me había decepcionado, y eso fue lo que más me dolió. Yo siempre se lo había perdonado todo: el desprecio con el que me había tratado al principio, el hecho de que no me hubiera informado acerca de la muerte de su madre y de su incorporación al frente, que apenas hubiera respondido a alguna de mis cartas, que me hubiera dejado en la incertidumbre sobre si había sobrevivido a la guerra o no. Todas esas cosas no me ofendieron. Ya le conocía, sabía que a Chad no le gustaba comunicarse y que nunca le gustaría. Pero yo podía vivir con ello. Sin embargo, la manera como se había desembarazado de Nobody me horrorizó, a pesar de que esa misma noche no fui capaz de reconocer la magnitud de ese horror. Se había confundido con lo que sentíamos el uno por el otro, aunque siguió actuando lentamente. Chad había expuesto sus motivos y yo los había comprendido. Pude hacerme cargo de ello. De todos modos no me parecieron suficientes para haberse portado de aquel modo con Nobody.

Me consolé pensando que tal vez todo me parecía peor de lo que en realidad era. Pero también cabía la posibilidad de que al final todo resultara siendo peor aún de lo que había imaginado.

Esa noche no pude dormir. No hacía más que darle vueltas. Estaba triste.

14

Al día siguiente me puse en camino hacia Ravenscar muy pronto. Retrasé voluntariamente la hora de levantarme mientras oía que Chad merodeaba por la cocina muy temprano. No quería que me preguntara qué tenía previsto hacer ese día porque me habría visto obligada a mentirle. De manera que me quedé en la cama un rato más, a pesar de lo desvelada y lo nerviosa que estaba, y no me levanté hasta que dejé de oír ruido en la casa.

En efecto, Chad ya se había marchado. Además se había llevado el jeep que siempre aparcaba en el patio, lo que me hizo pensar que debía de haberse alejado un buen trecho de la granja y que no regresaría pronto. A Arvid no lo vi por ninguna parte. A buen seguro todavía dormía.

No me entretuve desayunando, lo que hice fue bajar sin perder un segundo al cobertizo en el que Emma solía guardar su bicicleta, que seguía apoyada en la pared como siempre. Incluso tenía la cesta en la que la madre de Chad llevaba la compra, sujeta tras el sillín.

Los ojos se me humedecieron. De repente eché mucho de menos a Emma.

Los neumáticos estaban medio deshinchados, pero tenía la esperanza de que me permitirían ir y volver de Ravenscar. No encontré ninguna bomba de aire por ninguna parte y tampoco quería perder el tiempo buscando una. Al final temía que Chad pudiera aparecer en cualquier momento.

El día estaba nublado, por la noche se había levantado viento del norte y el aire era frío y seco. Perfecto para una excursión en bicicleta. Los caminos vecinales resultaron un poco arduos para mí, pero en cuanto llegué a la estrecha carretera empecé a avanzar más ágilmente. Mi madre me había metido chocolate en la mochila y yo ni siquiera lo había tocado. Me lo llevé en la cesta para dárselo a Nobody. Se alegraría de verme y yo le prometería que iría a visitarlo a menudo y que siempre le llevaría algo bueno. Eso lo alegraría si lo encontraba deprimido, aunque quizá me toparía con un joven de lo más contento.

Con la luz del día recuperé la esperanza. Si bien por la noche no había podido imaginar el destino de Nobody más que de un modo sombrío, por la mañana la situación dejó de parecerme tan crítica. Al final igual resultaba que a Nobody le iba aún mejor con Gordon McBright que con Arvid, quien al parecer lo tenía cada vez más desatendido, y con Chad, que no disponía ni de un solo segundo del día para dedicarle. En la granja de McBright al menos estaría ocupado, y aunque Gordon fuera un tipo tosco como la mayoría de los granjeros del norte, eso no significaba que lo tratara de forma inhumana o cruel necesariamente.

Ravenscar consta solo de un bonito y reducido grupo de casas en lo alto de un cerro que ha crecido poco desde aquellos tiempos y que goza de unas vistas espectaculares sobre la siguiente cala y sobre una gran extensión de tierras de pastos y de colinas. De vez en cuando se veía alguna granja en medio de aquellas extensiones verdes. Yo no tenía ni idea de cuál era la de McBright, pero estaba decidida a encontrarla a fuerza de preguntar.

Alguien sabría decirme cómo llegar.

—¿McBright? —repitió la mujer que atendía el mostrador de una pequeña verdulería al borde de la calle y que vendía lechugas y judías verdes de su propio huerto—. ¿Qué quiere de ese hombre?

—Me gustaría visitar a alguien —respondí, fiel a la verdad.

La señora me miró como si yo hubiera perdido el juicio.

—¿Dice que quiere visitar a Gordon McBright? Dios mío, no se lo aconsejo para nada. Ese tipo está... —Se dio golpecitos con un dedo en la frente.

Esa respuesta no me pareció en absoluto alentadora, pero de todos modos conseguí que me describiera el camino para llegar a la granja. Me perdí de nuevo y me vi obligada a preguntar otra vez en otra granja. También allí obtuve una respuesta parecida; el hombre me escudriñó mientras negaba con la cabeza.

—Ya son ganas —dijo el granjero mientras me miraba, asombrado.

—Solo quiero visitar a un viejo amigo —murmuré antes de darme la vuelta y subir de nuevo a la bici.

Por dentro tenía la esperanza de que alguien mencionaría a Nobody. Al fin y al cabo, hacía casi medio año que vivía con McBright, por lo que alguien debía de haberse enterado de su existencia. Habría sentido un gran alivio si al anunciar que quería «visitar a un viejo amigo», alguien hubiera replicado: «¡Ah, sin duda debe ser ese joven tan simpático que vive en la granja de Gordon! Es un poco memo, el chaval, pero no le va mal. Ayuda mucho en la granja. ¡Para Gordon ya es casi como un hijo!».

¡Qué ingenua había sido al esperar una respuesta como esa! ¡Cuánto me había engañado a mí misma para sobrellevarlo mejor! Nobody no era «un poco memo». Era completamente memo, a tal punto que no podías encargarle ningún tipo de trabajo, ni siquiera los que solo requerían fuerza física. En esencia porque para ello era necesario que comprendiera algo, que al menos entendiera lo que tenía que hacer, lo que se le pedía. Y yo ya sabía que no habría otra manera de ponerlo a trabajar que mediante la violencia física, el único modo de vencer la resistencia que oponía su cerebro enajenado. Pero, como es natural, eso no quería ni imaginármelo.

Y encima... «¿Qué fuera como un hijo para Gordon?» A juzgar por las reacciones de los habitantes de Ravenscar, ese tal Gordon McBright era el diablo en persona. Nadie mantenía contacto con él, nadie parecía comprender que yo quisiera ir a verle.

¿Y se suponía que Nobody podría haberle ablandado el corazón?

Me entraron ganas de echarme atrás. Tenía miedo de Gordon McBright, pero también de las condiciones en las que encontraría a Nobody. ¿Qué sucedería si salía de allí convencida de que tenía que acudir a la policía? Yo amaba a Chad, quería casarme con él. Si me decidía por salvar a Nobody, nuestro amor no superaría esa decisión. Chad jamás me perdonaría que lo metiera en problemas relacionados con aquel asunto. Lo había visto muy agotado, atribulado. Luchaba por mantener la propiedad de sus padres y era evidente que se sentía con el agua hasta el cuello.

«Lo último que necesito son más problemas», me había dicho la noche anterior en la mugrienta cocina de la granja, y me había parecido verlo realmente desesperado.

¿Era necesario procurar a Chad esos problemas que tanto temía?

No obstante, seguí adelante, pedaleando con todas mis fuerzas sobre aquella bicicleta vieja, cada vez con menos aire en los neumáticos, por lo que se me hacía más y más difícil avanzar. Intentaba utilizar el esfuerzo físico para mitigar los tortuosos pensamientos que me venían a la cabeza. Por primera vez en mi vida me enfrentaba a una cuestión de conciencia seria de verdad. De repente deseé no haber vuelto a Yorkshire.

Vi la granja desde lejos. Estaba algo apartada de Ravenscar y bastante alejada del mar, más bien hacia el interior. Los edificios se encontraban sobre un pequeño cerro, por encima de unas arboledas. Por los alrededores no se veía ninguna construcción más. En ese lugar reinaban la soledad y el aislamiento.

El día no era soleado. Solo de vez en cuando asomaba un fragmento de cielo azul entre las nubes. Pero a pesar de todo, era un claro día de agosto, un precioso día. El viento mecía la hierba alta y barría los muros de piedra. Olía a mar y a verano. Ese lugar tan inhóspito habría podido parecerme bonito, tenía algo de salvaje y de genuinamente romántico, pero la impresión que me llevé no fue esa. La finca parecía tenebrosa y sombría, aunque no habría sabido decir por qué. Incluso desde lejos; parecía abandonada y, a pesar de que no estaba tan descuidada como la granja de los Beckett, la atmósfera que allí se respiraba era fría e irradiaba cierto horror que me produjo escalofríos. ¿O es que llegué condicionada por todo lo que la gente me había dicho acerca del lugar?

Titubeando, decidí acercarme un poco. El camino que llevaba hasta la granja era pedregoso y estaba invadido por los cardos, y cada vez me costaba más mantener el equilibrio. Finalmente, mientras subía a la colina, tuve que bajarme de la bicicleta y empujarla. Me detuve varias veces. Tenía calor, notaba que tenía el cuerpo cubierto de sudor.

Llegué sin contratiempos hasta la puerta que daba acceso a la granja. Los establos y los cobertizos estaban dispuestos en un semicírculo respecto a la casa, de manera que formaban una especie de muralla que rodeaba la granja como si de una fortaleza se tratara. Los cardos y las ortigas crecían entre las herramientas oxidadas que estaban esparcidas por todas partes. Había un coche aparcado justo delante de la puerta de la casa. Era evidente que era lo único que se movía de vez en cuando allí, porque no estaba rodeado de malas hierbas.

Todo eso pude verlo porque me puse de puntillas para poder espiar por encima de la puerta de madera. Había dejado caer la bicicleta sobre la hierba. Oía cómo el corazón me latía velozmente y con fuerza. Aparte de eso, no oí nada.

No puedo decir que hubiera ocurrido nada.

Nada dramático o terrible, al menos. No vino a mi encuentro ningún perro mostrándome los dientes, como tampoco apareció Gordon McBright escopeta en mano. Nadie me insultó ni intento ahuyentarme. Mientras miraba por encima de la puerta, no sucedió nada de nada.

Y sin embargo, por algún motivo difícil de describir, ese nada de nada fue peor que ver a un McBright furioso. De haber aparecido en persona, habría podido enfrentarme a él, podría haberme hecho una idea de cómo era para, llegado el caso, plantarle cara. Pero de ese modo no era más que un fantasma.

Y lo que aún era más inquietante: presentí que estaba allí. Podía notar que había gente en aquella granja tan desolada y dejada de la mano de Dios. Y tenía un indicio para pensar de ese modo: las roderas del coche, que cruzaban el patio y trazaban un recorrido marcado por la hierba aplastada, que todavía no había tenido tiempo de enderezarse de nuevo. Supuse que ese coche llevaba como máximo una hora aparcado allí. ¿Y adónde podría haberse ido alguien sin coche desde aquel lugar?

Sin embargo, aun sin aquella evidencia lo habría sabido: no estaba sola. Notaba las miradas tras los cristales de las ventanas. Sentía que el silencio que allí reinaba no era el silencio del abandono. Sino el del horror, el del terror. El silencio del mal. Incluso la naturaleza parecía contener el aliento.

Años atrás, había leído en un libro una expresión: «Un lugar dejado de la mano de Dios».

En ese momento comprendí lo que el autor había querido decir.

Y rodeada de ese funesto y terrible silencio, oí los gritos de Nobody. No los percibí con los oídos, puesto que todo estaba en silencio. Pero llegaron hasta mí por el resto de mis sentidos, lo juro. Oí cómo gritaba pidiendo ayuda. Oí que me llamaba a mí. Oí su desesperación y su miedo a morir. Eran los gritos de un niño abandonado, atormentado, gritos llenos de dolor.

Recogí la bicicleta, salté sobre el sillín y huí tan rápido como pude, colina abajo. Estuve a punto de caerme un par de veces, puesto que ya prácticamente rodaba sobre las llantas. Quería alejarme de aquel lugar, de los gritos que parecían seguirme. En ese momento me di cuenta de que Nobody había ido a parar a un infierno. Fuera lo que fuese lo que debía de estar sufriendo en aquella granja, tenía que ser un tormento casi mortal. Estaba desamparado; si Gordon McBright llegaba a matarlo, nadie se daría cuenta. Podía enterrar el cadáver en un campo y nadie lo encontraría jamás. De un modo terrible, el nombre con el que Chad y yo lo habíamos bautizado con tanta frivolidad y tanto desprecio cobraba más sentido que nunca: Nobody. Ese chico no existía. Una concatenación de circunstancias adversas durante los confusos años que duró la guerra había borrado su rastro administrativo. Se había convertido en nadie. Estaba absolutamente desprotegido, y debido a su retraso mental tampoco era capaz de protegerse a sí mismo. Lo que pudiera pasarle dependería de con quién estuviera.

Éramos tres personas las que sabíamos de su existencia y de su destino: Chad, Arvid y yo. Los tres teníamos la obligación de hacer algo para ayudarlo.

Pero no lo hicimos. Teníamos nuestros motivos para no hacerlo, sobre todo el miedo. Ahora reconozco que eso no era excusa. Lo que hicimos, o mejor dicho lo que no hicimos, es imperdonable.

Yo he pagado por ello. Sobre todo con una imagen que sigue atormentándome a pesar de los años y las décadas que han pasado desde entonces, de día y de noche: aquella última imagen que me quedó de Brian Somerville. La de un niño tiritando entre la nieve de febrero en la puerta de la granja de los Beckett, mirándome con ganas de llorar porque me alejaba de él, pero que entre lágrimas intentaba sonreír porque creía que volvería a buscarlo.

Que intentaba sonreír porque confiaba en mí.

Jueves, 16 de octubre

1

No tenía ganas de seguir leyendo. Se levantó y miró por la ventana. La noche era oscura, nubosa, sin luna, sin estrellas. En el puerto brillaban un par de luces. El mar parecía una enorme masa negra en movimiento.

Entró en la cocina y en el reloj que había allí colgado vio que ya era más de medianoche. Abrió una botella de whisky, se la llevó a la boca y bebió un par de generosos tragos. Se secó los labios con la manga del jersey y se echó a llorar de repente.

¿Qué había sido de Brian Somerville, del otro niño?

Un montón de imágenes pasaban desordenadamente por su cabeza: su abuela a los diecisiete años; Chad Beckett de joven, con la cabeza llena de preocupaciones; la granja abandonada, a punto de derrumbarse. La guerra que acababa de terminar.

Intenta comprenderla, le dijo una voz interior. Intenta no condenarla. Intenta perdonarla.

Lloró con ganas antes de volver a beber directamente de la botella. Veía frente a ella a aquel chico que se había convertido en una víctima desde el primer día de vida y que había seguido siéndolo porque... porque Fiona se había negado a protegerlo. Porque ante la disyuntiva había optado por proteger a Chad Beckett, el hombre al que amaba.

O al que como mínimo creía amar.

Como si Fiona Barnes hubiera amado a alguien en toda su vida.

Se sentía mareada. Tras muchas horas sin comer nada, se estaba hartando de beber alcohol de alta graduación.

¿Por qué siempre había tenido frío durante la niñez? ¿Por qué tuvo que ser una drogadicta su madre?

Tenía que descubrir qué había sido de Brian Somerville. Le quedaban todavía un par de páginas por leer. No podían contener el resto de la vida de Fiona. Probablemente contaban cuál había sido el destino de Brian.

—Ahora no puedo —murmuró.

Bebió whisky como si fuera agua. Esa sería la siguiente pregunta: ¿Por qué me he convertido en alcohólica?

No era alcohólica, desde luego; pero sí bebía demasiado y demasiado a menudo. Siempre que tenía problemas.

Sabía que debía dejarlo urgentemente. Estaba en medio de la cocina con la botella abierta en la mano, mirando aquellos objetos tan familiares que había a su alrededor: la cafetera, el estante con las mismas tazas que cuando era pequeña. El cenicero con flores pintadas sobre la mesa que ella misma había moldeado para Fiona en algún momento durante la infancia. Al menos su abuela lo había conservado y utilizado. Tratándose de alguien como Fiona, eso ya era mucho.

Dejó la botella sobre el aparador pero al instante la cogió para darle un par de tragos más. Se estaba emborrachando por momentos. Se estaba poniendo ciega de alcohol para olvidar, y luego, si era capaz de hacerlo, se arrastraría hasta la cama y dormiría hasta el día siguiente. Cuando se levantara tendría ganas de vomitar, pero el dolor de cabeza le ahogaría los pensamientos, lo sabía por experiencia. Una resaca de las de verdad servía para olvidar buena parte del mundo que la rodeaba. La boca áspera y seca, las náuseas, las punzadas en las sienes, todo eso la atormentaría tanto que el resto quedaría en segundo plano. No veía la hora de que llegara esa resaca, de encontrarse mal, de quedarse en la cama y tener motivos para quejarse, de poder esconder la cabeza bajo las mantas, de volver a ser una niña y que alguien la consolara.

Solo que lo del consuelo tendría que esperar. No tenía madre, ni abuela. Y en el caso de Fiona, tampoco es que la ternura hubiera sido su fuerte. Stephen se había marchado. A buen seguro estaba durmiendo tranquilamente en su cama del Crown Spa Hotel, en la misma calle, un par de puertas más abajo.

Estaba sola.

Vamos, Cramer, no te dejes llevar por la autocompasión, pensó mientras las lágrimas rodaban por sus mejillas.

Y justo en ese momento, oyó el timbre.

Fue después de abrir la puerta de la calle y ya esperando con la del apartamento también abierta a esa visita nocturna cuando cayó en la cuenta de que podía resultar peligroso no mostrarse precavido con alguien que se presentaba a las doce y media de la noche, pero tal vez a causa del alcohol o de la sensación de soledad salió al rellano para oír los pasos que subían por la escalera. La luz se encendió automáticamente, una luz clara, casi blanca, que dejó a Leslie parpadeando. Seguía con la botella en la mano. Debía de habérsele corrido el maquillaje y sin duda tenía el pelo revuelto. Le daba igual.

Dave Tanner apareció frente a ella con una maleta enorme en la mano. Se detuvo al verla.

—Gracias a Dios —exclamó—. ¿Todavía estabas despierta?

Leslie lo miró desde arriba. Iba vestida con unos vaqueros, un jersey y unas zapatillas de deporte.

—Todavía estaba despierta —confirmó.

Dave pareció aliviado.

—Temía que no quisieras abrirme —dijo con una sonrisa—. Deberías haber preguntado quién era por el interfono. ¡Son las doce y media de la noche!

Ella se encogió de hombros.

—¿Puedo entrar?

Leslie se hizo a un lado, Dave entró en el apartamento y dejó la maleta en el suelo respirando pesadamente.

—Dios, cuánto pesa —dijo él—. Ahí dentro llevo casi todo lo que poseo. He tenido que venir a pie porque mi coche al fin ha pasado a mejor vida. Oye, Leslie, ¿te importaría que me quedara a dormir aquí esta noche? La cascra me ha echado.

A pesar de la nebulosa que el alcohol había formado en su cerebro, Leslie intentó seguir las palabras de Dave y descifrar el sentido que encerraban.

—¿Que te ha echado? —preguntó arrastrando las palabras—. ¿Puede hacerlo sin más?

—Ni idea. Pero estaba histérica. No hacía más que pedir a gritos que viniera la policía; ha causado un buen alboroto... No tenía sentido que me quedara más tiempo. He intentado llamar a una amiga, pero tiene el móvil desconectado. De vez en cuando trabaja en un bar del puerto y he estado esperándola allí desde las diez hasta poco antes de medianoche, pero no ha aparecido. Luego he subido hasta aquí con la esperanza de que estuvieras en casa y me concedieras asilo. En serio, Leslie, no puedo dar ni un paso más. —Dejó de hablar y se la quedó mirando—. ¿Va todo bien?

Leslie no pudo evitar que las lágrimas volvieran a correr por sus mejillas.

—Sí. Es decir, no. Es por Fiona. Es que... —Se secó las lágrimas de los ojos—. Supongo que me durará hasta que lo haya asimilado del todo.

Con cuidado, Dave le quitó la botella de la mano y la dejó encima de una silla que estaba en el pasillo.

—Llevas una buena cogorza, Leslie. Será mejor que pares. De lo contrario, mañana desearás estar muerta.

—Quizá sería lo mejor.

—No —dijo Dave, mientras negaba con la cabeza.

—¡Sí! —replicó ella, tozuda como una niña pequeña.

Dave la agarró por los hombros y la condujo hasta la cocina. Una vez allí, la obligó con mimo a sentarse en una silla.

—Ahora te prepararé un té bien calentito. Con miel. ¿Tienes miel por aquí?

Leslie estaba demasiado hecha polvo para resistirse a la ayuda que Dave le estaba brindando. Se le ocurrió que quizá tampoco quería resistirse.

—Sí. En alguna parte hay miel. No me preguntes dónde.

—Bueno. Ya me encargo yo de encontrarla.

Ella observó con la mirada perdida cómo él se movía por la cocina, cómo ponía agua a hervir, cogía dos tazas del estante y abría un par de armarios hasta encontrar el lugar donde había guardadas distintas variedades de té. El tarro de miel lo halló encima de un estante, sobre los fogones. Leslie contempló cómo aquel fluido dorado y viscoso caía lentamente dentro de la taza. El agua empezó a hervir, Dave la vertió sobre el té, dejó las dos tazas sobre la mesa y se sentó delante de Leslie.

—¿Qué ocurre?

Ella negó con la cabeza y, con cuidado, tomó un primer sorbo. El whisky le había sentado mal. Había bebido demasiado y demasiado rápido. Y con el estómago vacío. Se puso de pie de un brinco, salió corriendo hacia el baño y en el último momento alcanzó el inodoro.

Entre toses y arcadas, vomitó todo el alcohol que había tomado. Aparte de eso, solo bilis.

Dave, que la había seguido, le apartó el pelo de la frente para sostenérsela con una mano mientras le ponía la otra sobre la nuca empapada en sudor.

—Así está bien —dijo él—, mejor que salga todo.

Leslie se enderezó, fue a tientas hasta la pila, dejó que el agua fría fluyera sobre sus manos y se enjuagó la boca.

—Lo siento —murmuró al cabo. Contempló su propio rostro en el espejo, estaba blanca como la nieve, con el pelo desgreñado y el maquillaje de los ojos corrido. Los labios le temblaban.

—¿Cuánto hace que no comes nada? —le preguntó Dave.

Leslie intentó recordarlo. Recordarlo todo, ese día que quedaba ya tan lejos.

—Desde que desayunamos juntos —respondió—. En el puerto. Ayer.

—Un solo mordisco que diste a un bollo, si mal no recuerdo. ¡Estupendo! —Dave negó con la cabeza—. ¿Qué ocurre, Leslie? ¿Por qué te sientas en tu casa de noche a tragar whisky sin ton ni son? ¿Dónde está tu ex marido?

—Stephen se ha mudado a un hotel. Me ha dejado una nota.

Él la miró atentamente.

—¿Y tanto te ha afectado eso?

—¡Qué tontería! —Leslie era consciente de que sus reacciones eran demasiado airadas.

¿Se había puesto de ese modo porque Stephen se había marchado? ¿Se había revuelto de alguna manera el dolor que la corroía por dentro desde que él la había engañado, desde que le había abierto un abismo bajo los pies?

—No quería que viniera. ¿Por qué tendría que haberme afectado que se haya marchado de nuevo?

Notó que estaba menos mareada. Lentamente, regresó a tientas hasta la cocina, se dejó caer sobre la silla y recurrió otra vez a la taza de té. Olía a vainilla y a miel, un aroma tranquilizador y familiar.

—¿Por qué te han puesto de patitas en la calle? —le preguntó a Dave, quien entretanto la había seguido hasta la cocina.

Él volvió a sentarse frente a Leslie antes de responder.

—Cree que he cometido dos asesinatos. Se ha tomado el hecho de que la policía estuviera esperando ayer a mediodía a que volviera a casa como una confirmación de lo que ya sospechaba. No quería tenerme ni un minuto más bajo su techo. Le he dicho que no me habrían dejado en libertad en caso de tener algo contra mí, pero ni siquiera eso ha sido suficiente para convencerla. Al fin y al cabo, casi hasta la comprendo un poco.

—¿Y qué quería de ti la policía?

Dave hizo un gesto negativo con la mano.

—Aclarar unas incongruencias acerca de dónde pasé la noche del sábado. Pero ya he disipado sus dudas. De lo contrario, no estaría aquí sentado.

Ella estaba convencida. Por supuesto que todo estaba aclarado. La policía no deja libres a los asesinos como si nada... al menos cuando han tenido la posibilidad de arrestarlos.

Dave se inclinó hacia delante y repitió la pregunta:

—¿Qué te ocurre, Leslie? ¿Qué ha pasado? Pareces terriblemente agotada. ¿Qué es lo que te atormenta tanto?

Dave tenía una expresión de inquietud en el rostro que a Leslie le inspiró confianza. Era un amigo que se preocupaba por ella. Por un momento, Leslie pensó en contárselo todo: sobre la guerra, sobre Brian Somerville, sobre Fiona y Chad y sobre la fatalidad que cometieron, pero al final decidió que sería mejor no decírselo. Se sentía obligada a proteger a Fiona, y eso pudo más que sus ganas de confiárselo a alguien.

Por eso se limitó a decir:

—Creo que doy demasiadas vueltas a todo. A mi vida. No sé qué dirección tomar de ahora en adelante. Han pasado tantas cosas...

—¿Te quedarás con este apartamento? Probablemente ahora te pertenezca.

—No creo que me lo quede. Jamás me he sentido bien aquí. Este edificio es muy frío, demasiado grande, siempre medio vacío... Creo que lo venderé. Lo que haré con el dinero... ni idea. Tal vez me compre un pequeño piso en Londres para tener por fin un lugar para mí sola. Quizá... acabe descubriendo lo que es tener un hogar. Un puerto en el que poder echar el ancla.

—¿No lo tenías hasta ahora?

—¿Dónde querías que lo tuviera? Tengo casi cuarenta años. Estoy divorciada. El último pariente que me quedaba acaba de morir. Gozo de éxito en mi profesión, pero eso no te aporta mucha calidez que digamos.

—Un pequeño piso de propiedad en Londres —repitió él—. Eso suena muy... solitario. Es decir, sin marido, ni niños, ni un perro grandote... ¡qué sé yo! Sin algo que te dé calidez.

Ella rió, pero se dio cuenta de que su risa sonó forzada y desesperada.

—No, no suena cálido. Pero ¿crees que simplemente chasqueando los dedos puedo hacer que aparezca el hombre de mi vida, que se case conmigo, que me dé tres hijos sanos y bien educados, para poder ir todos juntos de excursión al campo el fin de semana con un perro grandote? Esos tipos no se encuentran así como así por la calle. Al menos yo no me he topado jamás con uno. De hecho... estoy en la misma maldita situación que Gwen. Sola y desesperada.

—Pero tú no eres Gwen. Tú tienes éxito, eres activa y sabes lo que quieres. A diferencia de Gwen, tú sabes exactamente cómo funcionan las cosas en esta vida. Solo tienes un punto en común con ella: vivís demasiado apegadas al pasado. Y no os dais cuenta de hasta qué punto eso os bloquea.

—No creo que yo...

Dave la interrumpió.

—Fíjate en Gwen. Se atrinchera en su granja y se aferra a unos tiempos que ya no existen. Unos tiempos en los que las mujeres no aprendían ningún oficio. En el que se quedaban con sus padres hasta que se hacían mayores y encanecían. A menos que apareciera un hombre y se las llevara a casa. Luego tenían que idolatrarlo y someterse a su voluntad. ¿Por qué crees que no le han ido bien las cosas? Pues porque hoy en día los hombres ya no quieren a ese tipo de mujeres. Porque los hombres buscan ahora a una compañera. A una mujer independiente. Una mujer capaz de seguir su propio camino.

—Sin embargo, a ti te ha conquistado.

Dave se quedó en silencio un momento.

—Ya sabes cómo hemos llegado a esta situación —dijo finalmente.

—No funcionará, Dave.

—Lo sé —dijo él en voz baja.

Leslie se inclinó hacia Dave.

—Yo no estoy apegada al pasado, Dave.

—En todo caso, Leslie, lo haces de un modo completamente distinto al de Gwen. Tú te dejas dominar por tu pasado. Te pasas el tiempo cavilando acerca de quién debió de ser tu padre. Hasta hoy has mantenido una lucha interior con tu madre para justificar lo que sientes por ella. Y con tu abuela, debatiéndote siempre entre el sentimiento de gratitud y la rabia que crece en tu interior cada vez con más intensidad cuando piensas en cómo fue tu adolescencia junto a ella. Has mandado a tu marido al diablo después de que te engañara, pero sigues pensando en él a todas horas, analizándolo, analizándote a ti misma, preguntándote cómo pudo pasar. No eres libre, Leslie. Libre para empezar una nueva vida.

Las lágrimas brotaban de nuevo en sus ojos y luchó obstinadamente por contenerlas.

—¿Y cómo se supone que debo hacerlo? ¡No puedo fingir que mi pasado no ha existido!

—Pero sí puedes aceptarlo como es. No vas a cambiarlo. Por consiguiente, acéptalo. Acéptate a ti misma y a lo que sientes. Jamás sabrás quién fue tu padre. Tendrás que vivir con eso, con el hecho de que tu madre fuera en unas ocasiones un ángel y en otras una absoluta irresponsable. Puedes sentir a la par gratitud por todo lo que hizo tu abuela por ti y odiar que fuera tan dura y que se hubiera preocupado tan poco por el alma de esa criatura de la que tuvo que ocuparse de repente. Y al diablo, ¡olvídate de Stephen de una vez! Te engañó. ¿Cómo puedes necesitar a un hombre que te ha engañado? ¿Crees que una cana al aire puntual habría terminado con vuestra historia si todo lo demás hubiera encajado? Una buena relación sobrevive a ese tipo de historias. Pero hay relaciones en las que un desliz de una noche es la gota que colma el vaso. Supongo que ese fue vuestro caso.

Ella se esforzó en sonreír, aun con los ojos llenos de lágrimas.

—¿Justamente tú te las das de experto en relaciones? ¿Vas por la vida dando consejos?

Dave no perdió el gesto serio.

—Soy un fracasado en todos los aspectos, lo mires por donde lo mires. Tanto en lo que a relaciones se refiere como a la vida en general. Pero que alguien no sea capaz de tirar adelante no significa que no pueda tener una visión clara de lo que les sucede a los demás. Una cosa no quita a la otra.

En pequeños y lentos sorbos, Leslie se tomó el té. El calor que le proporcionaba le sentó de maravilla, le calmo el estómago. Pensó que había estado bien que Dave se hubiera dejado caer por allí en plena noche. Tal como la había encontrado, probablemente había evitado que continuara bebiendo hasta perder la conciencia. Se sentía afortunada de no tener que estar sola. Había llegado en el momento justo, pensó ya con más claridad, con más serenidad. Alzó la cabeza y se encontró con la mirada de Dave.

Le pareció comprender lo que transmitía su mirada. No se apartó cuando él se puso de pie, rodeó la mesa y le agarró las dos manos para levantarla a ella también, lentamente. Se entregó a un abrazo que la llenó de consuelo y de ternura. Porque aquello era justo lo que necesitaba en ese momento: quería apoyarse en alguien, quería sentirse protegida. Solo por esa noche, quería notar el latido de otro corazón junto al suyo, quería olvidar a Fiona y lo que había descubierto acerca de ella.

Dave la besó en la frente. Leslie levantó la cabeza y los labios de ambos se encontraron. Ella lo besó con una mezcla de desesperación y de rabia, mientras que él, a su vez, la correspondió con ternura y afecto. Lo que estaba haciendo era inaceptable, además de una equivocación, tal vez incluso fatal. Dave estaba prometido con otra mujer, era sospechoso de un asesinato. Pero hacía demasiado tiempo que Leslie no se permitía ningún error. Y le gustaba, era completamente distinto a Stephen. Era un hombre que su abuela jamás habría aceptado para ella. Por un lado le parecía impenetrable y desconocido, caprichoso tal vez, y distinto por demás a todos los hombres que había conocido hasta entonces. Pero al mismo tiempo, por contradictorio que pudiera parecerle, veía en él a un ser claro y transparente. Un estudiante con talento, un idealista, con ansias de mejorar el mundo, un revolucionario que estaba desperdiciando la vida, que era capaz de meter cuanto poseía en una maleta. De repente se dijo que era el hombre más opuesto posible a Stephen: este había terminado los estudios e incluso la especialidad, ganaba un buen sueldo y tenía un puesto fijo, gozaba de prestigio y era, aparentemente, el compañero perfecto, pero había descargado la frustración acumulada a lo largo de los años en un ridículo idilio extramatrimonial. En ese momento, Leslie comprendió por qué las cosas no habrían funcionado jamás con Stephen de todos modos: no estaba a su altura. Era demasiado convencional, demasiado previsible, incluso en lo más impensable: cuando la había engañado, cuando la había traicionado. Tampoco en eso era ambicioso, había salido una noche a ligar y había sentido la necesidad de confesarlo, ya fuera porque a pesar de todo no se sentía a gusto con su gran proeza. O tal vez porque ella no lo hubiera pillado.

Stephen había sido una parte se su vida, un fragmento. Nada más que eso.

Las manos de Dave se deslizaron bajo el jersey de Leslie y ella cerró los ojos cuando notó los dedos de él sobre sus pechos.

—No deberíamos hacerlo —murmuró Leslie mientras se preguntaba si lo decía sinceramente o si solo quería tranquilizar su conciencia ofreciendo una mínima resistencia durante unos instantes.

—¿Por qué no? —preguntó Dave en voz baja.

Habría sido tan fácil en ese momento y sentía tanto deseo,

echaba tanto de menos la calidez, la protección, la seguridad... Le apetecía refugiarse en la unión física con un hombre para olvidar todo lo que la oprimía y la atormentaba.

Le apetecía notar un sustento. Se trataba de algo más que puro sexo.

Se trataba de encontrar un origen. De eso se trataba desde hacía años. Tal vez siempre había sido eso, durante toda su vida.

No quedaba claro si llegaría a encontrar ese origen, si lo encontraría con un hombre que sin duda despertaba en ella una fuerte atracción sexual, en el suelo de la cocina, o donde fueran a hacerlo: en un momento de máxima debilidad física, hambrienta, indispuesta por las náuseas y en un estado de inestabilidad mental porque todas aquellas inquietantes verdades que había descubierto acerca de Fiona.

La sensación de que el cuerpo se le disolvía en el placer la hizo cambiar de idea. La razón tomaba las riendas.

Intentó apartarse un poco, pero su espalda se encontró con la pared.

—No puedo hacerlo —dijo.

—¿Por qué no? —repitió Dave.

Su lengua le recorría los labios. Le gustaba cómo besaba, le gustaba la sensación que provocaban las manos de él sobre su cuerpo. Sin embargo, tenía miedo. Miedo de que el vacío que llegaría después fuera todavía mayor.

Apartó la cara hacia un lado.

—Es que no quiero hacerlo, Dave —dijo con un matiz cortante que se apoderó súbitamente de su voz.

Él se apartó con las manos en alto.

—Perdona.

—No pasa nada. Estoy bien.

Dave parecía desconcertado.

—Leslie, realmente he pensado que tú...

—Que yo ¿qué?

—Nosotros, pues —se corrigió—. Que hace un minuto deseábamos lo mismo.

—Sí. Hace un minuto. Pero ahora... ahora ya no.

Él la miró, pensativo.

—¿Dónde está el problema, Leslie? O mejor dicho: ¿quién es el problema? ¿Gwen?

—Sí. Gwen. Pero también el hecho de que yo... me siento aún demasiado vulnerable. No me apetece acostarme con un hombre al que apenas conozco estando tan vulnerable.

Él la miró fijamente y Leslie vio en sus ojos que la comprendía.

—En algún momento —dijo él—, tendrás que salir de esa concha en la que te encierras. Temes tanto que te hagan daño que apenas te atreves a vivir. Es... En cierto modo es como una espiral descendente, Leslie. Tienes que volver a salir antes de que te quedes sin fuerzas para subir de nuevo.

—No te preocupes. Lo tengo todo bajo control.

Dave no replicó nada y Leslie se molestó por ello. Consideró que él no tenía derecho a analizarla a ella y a su vida de ese modo, menos todavía teniendo en cuenta la posición en la que él mismo se encontraba: la policía sospechaba de él, la casera lo había puesto de patitas en la calle, su cuenta bancaria debía de estar bajo mínimos y tenía un compromiso matrimonial que no iba a ninguna parte... ¿Precisamente él quería contarle cómo funciona la vida?

—Cuando los hombres no podéis hacer nada —dijo en tono agresivo—, no hacéis más que soltar cosas que quizá sería mejor no decir. Quizá deberíais buscar de vez en cuando otras maneras de compensar la frustración sexual.

Él sonrió, pero no con desprecio, sino más bien con resignación.

—Créeme, puedo pasar sin hacer nada, si quieres llamarlo así. Lo que acabo de decir no era ninguna forma de compensación. Solo quería explicarte cómo veo tu situación. Pero tienes razón, tal vez me haya excedido.

—En cualquier caso, yo lo he sentido así —replicó Leslie.

—Lo siento.

De repente, los dos parecían casi cohibidos por la presencia del otro.

Ya estaba todo dicho. No había pasado nada.

Leslie se sentía cansada y sola.

—Me voy a dormir —dijo—. Puedes quedarte en la habitación de invitados. Stephen ya no la necesita.

—Gracias. Naturalmente, mañana mismo me buscaré otro alojamiento.

—Tómate tu tiempo.

Leslie lo siguió con la mirada mientras salía de la cocina.

Pensó que tendría que haberse sentido aliviada de haber hecho lo que debía. En lugar de eso, sin embargo, se sentía agobiada e insegura. Se sentó, sacó un paquete de cigarrillos y encendió uno.

Al final, había vuelto a equivocarse con su reacción. Había reforzado aún más lo que la bloqueaba, la muralla que la rodeaba. Se había aislado todavía más. ¿Por qué no se había limitado a hacer lo que le apetecía sin pensar en qué pasaría después? ¿Es que ya no era capaz de disfrutar de la vida?

Perdida en sus cavilaciones, contempló cómo el humo se quedaba flotando en la cocina y acababa desapareciendo.

Esa noche le costaría pegar ojo.

2

Aunque Valerie se había acostado muy tarde, se había levantado muy pronto, y estaba saliendo del baño cuando le sonó el móvil. Envuelta en una toalla, fue corriendo hacia el dormitorio, donde el teléfono se estaba cargando.

—¿Sí? —respondió.

Era el sargento Reek, que por lo visto ya estaba de servicio antes de las siete de la mañana.

—¿Llamo demasiado temprano? —preguntó él con preocupación.

—Ya estaba desayunando —mintió Valerie—. ¿Qué ocurre?

—Por desgracia nada que pueda alegrarle especialmente, inspectora. Ayer a última hora conseguí contactar con los padres de Stan Gibson en Londres. Han confirmado que su hijo estuvo con ellos el fin de semana pasado en Londres, junto con la señorita Witty, porque quería presentársela a su familia. Supongo que ella también lo confirmará; Gibson no es tan tonto para mentirnos con algo tan fácil de comprobar.

—Gibson no tiene ni un pelo de tonto, Reek; eso es lo que

nos causa más problemas. ¿Le ha parecido que podemos fiarnos del testimonio de sus padres?

—Sí. Están conmocionados, pero no por ello mentirían. Están demasiado confusos para ello. No son capaces de imaginar que su hijo haya podido cometer un asesinato. Lo describen como una persona amable, servicial y responsable. Sin embargo, ha tenido muchas relaciones que han terminado de manera repentina. Naturalmente, su madre lo atribuye a que las mujeres no son capaces de apreciar las cualidades de su hijo. En mi opinión, las mujeres no aguantan mucho tiempo a su lado. A buen seguro la señorita Witty podría darnos más pistas acerca de los motivos. Pero...

—Pero eso no aporta nada a la cuestión realmente importante. —Fue Valerie quien terminó la frase—. Es decir, al asesinato de Amy Mills.

—Es evidente que no puede imputársele de ningún modo el asesinato de Fiona Barnes —resumió Reek.

—Eso parece —replicó Valerie con resignación.

—Ahora saldré en dirección a Filey Road para probar suerte de nuevo con Karen Ward —dijo Reek. Sonó como si quisiera decir: La cabeza bien alta, ¡tenemos otros frentes abiertos!—. Ayer no apareció por su piso, pero tal vez llegara en algún momento de la pasada noche.

—¿Estuvo ya en el Newcastle Packet?

—Sí. Pero ayer no acudió al trabajo. Sus compañeros de piso tampoco tenían ni idea de dónde estaba. Y algo que podría ser interesante: afirmaron que Dave Tanner acudió dos veces al piso de la señorita Ward para ver si la encontraba. Además, se dejó caer también por el Newcastle Packet preguntando por ella, según me dijeron. Al parecer Tanner tenía muchas ganas de verla.

—Eso no tiene nada de extraño. Sigue manteniendo una relación íntima con ella.

—En cualquier caso, yo no excluiría a Tanner antes de que la señorita Ward haya confirmado su declaración. Ayer por la noche también pasé por el Golden Ball. Se acordaban de haberlos visto juntos. Sin embargo, se quedaron poco rato allí. Salieron del pub hacia las diez de la noche. En ese sentido puede que esa declaración no sea del todo concluyente.

Valerie se sintió agradecida de tener en Reek a un colaborador tan competente. Hacía muchas horas extras, y jamás lo había oído quejarse por ello.

—Hace realmente bien su trabajo, Reek —dijo Valerie como reconocimiento, e incluso a través del teléfono le pareció percibir la satisfacción que su comentario provocó en Reek .

—Enseguida aclaro el tema de la señorita Ward —se limitó a decir el sargento antes de dar por finalizada la conversación.

Mientras se vestía, Valerie reparó en lo pesados y fatigados que eran sus movimientos. Tuvo la impresión de ser todo lo contrario que Reek, siempre despierto y vibrante, preparado para la acción. ¿Era solo cosa de la decepción? ¿Había algo más aparte del hecho de que no hubiera podido resolver dos casos de golpe?

¿Es que había resuelto algún caso?

Fue a la cocina y encendió la cafetera. Un café era lo único que le apetecía. Ni siquiera tenía ganas de desayunar, ese acto casi sagrado para ella.

El día anterior se había pasado cerca de dos horas hablando con Stan Gibson sin conseguir que este perdiera el buen humor ni por un instante. Había respondido sonriente a todas sus preguntas, con cortesía y paciencia, sin la más mínima muestra de enfado o de irritación.

Sí, por supuesto que había oído hablar del asesinato de Amy Mills, también había leído acerca de ello en el periódico. De hecho, en todo Scarborough no se había hablado de otra cosa en todo el verano. Terrible, una historia espantosa. ¡Que alguien fuera capaz de hacer algo así...! Naturalmente que le había afectado. Amy significaba mucho para él, a pesar de que no hubiera conseguido nunca reunir el valor suficiente para dirigirle la palabra. ¿Que a Valerie no le parecía que fuera un hombre tímido con las mujeres? ¡Que no se equivocara al respecto! Él nunca había llegado a tener ningún tipo de contacto personal con Amy.

Sí, el telescopio. ¡Las fotos! Por supuesto que sabía que lo que había estado haciendo no era normal. Pero tampoco es que estuviera prohibido, ¿no? Le parecía muy guapa. ¿Que cuándo la había visto por primera vez? Que lo dejara pensar, que debió de haber sido en enero. Con la única intención de pasar el rato se había dedicado a espiar un poco los apartamentos de los alrededores, y la había descubierto en casa de Linda Gardner mientras se ocupaba de la hija de esta. El pelo ondulado de la chica le había parecido una especie de aureola. Entonces empezó a interesarse por ella, sí, pero ¿quién podía reprochárselo?

¿Obsesionado? Él no lo veía de ese modo. De acuerdo, la había seguido en secreto a menudo, durante el escaso tiempo libre del que disponía. Amy solía salir a dar largos paseos en soledad. Le había parecido una chica solitaria. Pocas veces la había visto tomando un café o charlando con sus compañeras de clase, muy pocas veces. Por lo general estaba sola.

¿Si se le había acercado? ¿Si había sufrido un rechazo por parte de ella? ¿Si se había enfurecido por ello? No, no, en eso estaba totalmente equivocada, inspectora Almond. Nunca llegó a dirigirle la palabra, ya se lo había dicho. Y por tanto tampoco pudo ser víctima de un rechazo por parte de ella. Por lo demás, era capaz de lidiar con esas situaciones. No le pasaba por la cabeza matar a golpes a las mujeres que le daban calabazas. Y por cierto, tenía que decirle al respecto que hasta entonces jamás le habían dado calabazas. ¡Jamás! No tenía dificultades con las mujeres. Sobre todo, no tenía dificultades para conquistarlas. O sea, que, para ser franco, no sabía qué se sentía ante un rechazo.

Y así había sido todo el tiempo. Sin dejar de sonreír. Pero todos los sentidos, la intuición, la experiencia, las tripas, hasta el más mínimo estímulo indicaban a Valerie que el autor había sido él. Que la muerte de Amy Mills pesaba sobre la conciencia del tipo que tenía delante y que no hacía más que sonreír irónicamente.

Mientras esperaba a que saliera el café, Valerie se preguntó qué había conseguido en realidad.

Nada, para ser sincera.

Nada, a excepción de los indicios que los habían puesto sobre la pista de Gibson; a excepción de su intuición, que le decía que el asesino era él; a excepción de una vaga esperanza, la de poder avanzar a partir de lo de Gibson.

El café estaba preparado. Se lo tomó a pequeños sorbos mientras miraba por la ventana. Aún estaba demasiado oscuro para poder afirmarlo, pero le pareció que ya no llovía. La niebla tampoco había vuelto a aparecer.

Gibson podía presentarse ante todo el mundo como un joven amable, simpático y sonriente que a primera vista habría colmado los sueños de cualquier suegra. A Valerie, sin embargo, no había podido engañarla ni por un momento. En la sonrisa de Gibson, en esos ojos de demente, había visto al instante que era un enfermo patológico. Sabía que tenía un problema enorme y, a pesar de no saber exactamente cuál era y de no conocer sus antecedentes, tenía claro que las mujeres, su relación con las mujeres en concreto constituía el catalizador que podía convertir su problema en una escena horrorosa, cargada de odio, de ansias de revancha, de una ira asesina y una brutalidad desenfrenadas. El cadáver de Amy Mills había dado fe de ello.

En su opinión, ese problema era el rechazo. Durante su declaración, Gibson había insistido mucho en el hecho de que ninguna mujer lo había rechazado jamás. Había hecho mucho hincapié en ello, y cada una de las veces Valerie se había fijado en la expresión de los ojos de él. Sospechaba que ese era el motivo por el que Amy Mills había sido asesinada con una violencia tan extraordinaria. Gibson se había obsesionado literalmente con ella, lo demostraban el gran número de fotografías que le había hecho, pero ella, cabía suponer, no había querido saber nada de él. En cierto momento, ya fuera unos días antes del asesinato o, como máximo, durante aquella noche en el parque, ella había expresado a Gibson su rechazo. Valerie estaba convencida de que Gibson no soportaba sentirse rechazado por las mujeres.

Sabía lo que diría el sargento Reek al respecto:

—Hechos, inspectora, ¡hechos! No se deje llevar por la ira solo porque se vea obligada a encontrar al autor enseguida, porque quiera resolver el caso a toda costa. ¡Cíñase a los hechos!

¿O acaso no era eso lo que habría dicho el sargento Reek? ¿Era su propia opinión la que la hacía pensar de ese modo?

La noche anterior se había despertado varias veces y se había dedicado a pensar cómo habían podido encontrar todas esas evidencias con tanta facilidad. Durante meses, no habían conseguido ni la más mínima pista, ni el menor indicio, nada. Y de repente aparece una tal Ena Witty, muerta de miedo, les cuenta un par de hechos extraños relacionados con su novio y pasan a tener un sospechoso: alguien con unas fotos que dan fe de una obsesión enfermiza por la chica asesinada y con un telescopio que apuntaba al apartamento del que salió la víctima justo antes de morir.

En el silencio y la oscuridad de la noche Valerie había tenido la impresión de que le habían servido al sospechoso en una bandeja de plata. Como si el autor del crimen hubiera aparecido como un as sacado de la manga, como si las cosas no pudieran ser tan sencillas: sin comerlo ni beberlo, se había cruzado en su camino el presunto asesino de Amy Mills. En la vida, y más concretamente en su trabajo, las soluciones no solían presentarse de ese modo.

Sin embargo, a primera hora de la mañana, Valerie se dio cuenta de cuál era la respuesta a todas las preguntas que se había estado planteando con escepticismo: el autor del crimen había aparecido de manera tan repentina por decisión propia. Justo entonces, en ese preciso momento. Stan Gibson había entrado en escena porque así lo había querido. El registro policial de su apartamento, el interrogatorio, las preguntas que sin duda había previsto que le harían, esa sonrisa perenne con la que demostraba saber hasta qué punto le estaba destrozando los nervios a la inspectora que se encargaba de investigar el caso. Había querido que sucediera todo, por eso había contado lo del telescopio a Ena. Por eso había dejado las fotos en un lugar en el que pudiera encontrarlas con facilidad si se ponía a curiosear un poco. Tenía muy claro que Ena se alarmaría en el momento en que las descubriera y no tardaría demasiado en acudir a la policía o en contárselo a alguna amiga, como fue el caso.

Stan Gibson había planeado su entrada en escena, y todo había salido tal como lo había previsto.

Valerie se dio cuenta además de otra cosa: Gibson se había ocupado de que no pudieran demostrar nada. No se había mostrado sorprendido por la marcha de las investigaciones; así pues, lo había planificado todo al detalle. No habría dejado que los indicios que apuntaban hacia él llegaran a la policía por medio de

Ena si estos hubieran supuesto un peligro para él. Era astuto y racional. Valerie podría poner el mundo entero patas arriba y no encontraría pruebas con las que meter a Gibson entre rejas.

No había ni una.

De haberlas habido, Gibson no se habría expuesto de ese modo. Habría renunciado al numerito de la sonrisa irónica en comisaría.

Valerie se sirvió una segunda taza de café y se la bebió rápidamente, como si ese líquido le ayudara a tragarse la amargura y la frustración que habían crecido en su interior.

Y a pesar de todo albergaba una esperanza. Solo era un atisbo de una esperanza macabra, casi cínica, cuyo origen se hallaba en el placer que pudo percibir durante la conversación con Gibson el día anterior. El tipo había disfrutado sobremanera con la situación, era lo máximo para él, lo llenaba de una euforia a la que ya no podría renunciar. Estaba enganchado. Eso es lo que Valerie había logrado el día anterior, engancharlo, y con ello había conseguido una pequeña ventaja de la que él todavía no era consciente. Además se había dado cuenta de dos cosas de una importancia inestimable: una, que el tipo era realmente un enfermo; y la otra, que querría repetir. Las dos cosas. El crimen, sí, pero también ese juego del gato y el ratón con la policía.

Estaba tan segura de ello que habría sido capaz de jurarlo.

Vertió el resto del café por el desagüe. No lo necesitaba, lo que debía hacer era afrontar el día que tenía por delante. Todavía tenía que verificar lo que Dave Tanner le había dicho, y tenía esperanzas de que Reek conseguiría contactar con Karen Ward cuanto antes. Hablaría de nuevo con Ena Witty, esperaba que entretanto se hubiera tranquilizado y que tal vez hubiera recordado algún detalle importante de la breve relación que había mantenido con Stan Gibson. No algo que pudiera servir para inculparlo, en ese sentido Valerie no se hacía ilusiones. Pero tenía que hacer su trabajo, por rutinario que pudiera parecerle, tenía que hacerlo tal como lo había aprendido. Y por encima de todo se trataba de aproximarse a Gibson. Descubrir cuanto pudiera descubrirse acerca de él.

Un perro de presa te está pisando los talones, Gibson, pensó

Valerie furiosa. ¡Llegará el momento en que se te congelará esa sonrisa en el rostro y te darás cuenta de que estás bien hundido en la mierda!

Cogió el bolso y la llave del coche, se colgó el abrigo en el brazo y salió de casa.

El otro niño.doc

15

Querido Chad:

El último capítulo de nuestra historia te lo escribo en forma de carta. Porque lo más esencial ya lo he contado y solo me queda explicarte por qué he tenido la necesidad de escribir nuestra historia.

Sé que eres pragmático y parco en palabras, que solo crees importante decir lo que es imprescindible y útil sin más interpretaciones. Y sé lo que piensas después de haber leído lo que he escrito sobre nosotros: «¡Palabrería! Nuestra historia, sí, ¿y qué? ¡Como si no la conociera lo suficiente!».

¿Por qué he escrito todo esto?

Nuestra historia siempre me ha entristecido mucho, Chad. Por más de un motivo. Sobre todo, claro está, por Brian Somerville. Probablemente yo estuve más apegada a él que tú, a pesar de que hubiera vivido durante años en tu casa, parte de los cuales yo no estuve allí, y a pesar de que tú hayas pasado mucho más tiempo con él.

Pero fue a mí a quien encomendaron a ese pequeño huérfano. Era a mí a quien buscaba a todas horas cuando estaba en Scarborough. Yo era la única persona a la que llamaba por su nombre. Jamás se dirigía directamente a nadie aparte de a mí, ¿te habías dado cuenta de eso? Ni siquiera a Emma, que lo había querido más que nadie en el mundo. De hecho fue la única que lo amó. Pero él me había elegido a mí, desde el primer momento, en mitad de una mañana de noviembre en un Londres bombardeado, frente a los escombros aún humeantes de lo que había sido la casa de sus padres. Y a pesar de que nunca llegué a corresponderle el afecto y la confianza que me demostraba, se mantuvo fiel a mí. A veces pienso que nunca más en la vida encontraré una lealtad tan férrea como la que me demostró Brian Somerville.

El segundo motivo por el que no puedo dejar de atormentarme acerca de nosotros de un modo casi melancólico es la manera en la que transcurrieron nuestras vidas, es decir, que no siguieron el mismo camino que yo había soñado. Sigo convencida de que estábamos destinados a pasar la vida juntos. Yo no fui feliz con el hombre con el que después me casé, del mismo modo que tú tampoco lo fuiste con la mujer por la que al final te decidiste a una edad bastante avanzada. Estoy convencida de que nuestras respectivas relaciones no marcharon bien simplemente porque no se correspondían con nuestro destino. Por eso no hemos recibido más que desengaños con nuestras hijas: en tu caso, con Gwen, que se ha convertido en una solterona que vive ajena al mundo, que ha tardado hasta ahora en verse correspondida y solo por un encantador farsante que apuesto que lo único que pretende con ese matrimonio es quedarse con tus propiedades. Y mi hija... Bueno, ya sabes cómo le fue.

Comunas hippies, hachís y LSD, no tuvo ni oficio ni beneficio y se acostaba con todo lo que encontraba. Y lo que me pareció peor fue el modo tan irresponsable de criar a su hija. No me extrañó que acabara muriendo por una sobredosis de drogas y de alcohol; de hecho, incluso esperaba que ocurriera. Aunque por supuesto me habría gustado que hubiera llevado otro tipo de vida.

Brian Somerville y el hecho de que nosotros no hayamos podido compartir la vida son dos circunstancias que sin duda alguna están relacionadas. Sin que pudiéramos darnos cuenta en el momento en que ocurrió, nuestra historia se decidió ese día de agosto del año 1946, cuando cogí la bicicleta de tu madre y me acerqué, sin aire en los neumáticos, a la inquietante soledad de la granja de Gordon McBright, ese día descubrí que allí ocurría algo terrible y supe que era necesario que interviniéramos. Ese mismo día por la noche, supongo que lo recuerdas, te hablé de ello. Abajo, en nuestra cala.

Pero no con aquel romanticismo de la noche anterior, que tan llena de luz y de felicidad había estado cuando nos reencontramos, mientras nos amábamos y veíamos el futuro que teníamos ante nosotros como un camino claro y resplandeciente. Esa segunda vez acabamos peleándonos. Yo te conté la excursión que había emprendido y tú te tomaste a mal que hubiera ido. Me gritaste mucho y te comportaste de un modo tan agresivo que me hiciste llorar. En esos momentos no comprendí qué te había irritado tanto. Hoy en día tengo claro que fue el miedo. El miedo a que pudiera hacer algo que acabara causándote esos problemas que tanto temías. Reaccionaste con aire burlón y despectivo cuando quise explicarte hasta qué punto me había parecido palpable el mal, el horror, el crimen en aquel lugar. Me atreví incluso a contarte que había oído los gritos de Brian dentro de mi cabeza.

Tú no quisiste aceptarlo. En tus ojos vi algo muy próximo al odio; me veías como a una enemiga. Como una amenaza.

Me hiciste saber que no volverías a dirigirme la palabra si seguía mencionando la historia de Somerville, que de hacerlo las puertas de la granja de los Beckett quedarían cerradas para mí. En resumen, que habría terminado todo, para siempre. Sería el fin de nuestro amor y de nuestra amistad. A partir de entonces no querrías saber nada más de mí.

No pretendo cargarte con la culpa de la suerte que corrió Brian Somerville en base a lo que recuerdo de esa noche. Incluso teniendo en cuenta que no tenía más que diecisiete años, que estaba enamorada, desesperada, que carecía de experiencia y que me sobrepasaba por completo la situación para ignorar las consecuencias que amenazaban la conducta ejemplar que me dictaba la conciencia. Sería más adelante, durante todos los años que viví en el campo, cuando realmente tuve la posibilidad de comportarme con valentía. De empezar a indagar, de hacer algo. No me quedé en los diecisiete años, no podía seguir escudándome tras mi juventud y mi consecuente desorientación.

En algún momento mi conciencia debería haber sido más fuerte que... sí, más fuerte que ¿qué? He pensado mucho en ello, Chad, en qué fue lo que siguió bloqueándome. ¿Me preocupaba perder tu amistad? Creo que por muy importante que fueras para mí, por muy importante que sigas siendo, debería haber llegado un momento en que ese temor no bastara para acallar la voz que tan a menudo me exigía que hiciera algo por Brian. No creo que pueda justificar mi silencio solo por el hecho de que estuviera enamorada. Ni siquiera por el hecho de que es posible que te haya amado toda mi vida.

No, la explicación es mucho más banal y se rige más bien por una ley más natural: cuanto más tiempo pasaba, más difícil me parecía y más terribles prometían ser las consecuencias. Siempre llega un punto en el que gritamos «¡no!» y podemos negar lo que viene a continuación. Una vez superado ese punto, a medida que pasa el tiempo, la situación se complica cada vez más y sentimos la necesidad imperiosa de explicarnos porque no lo hemos hecho antes... Y en algún momento dejamos de sopesar la posibilidad de atrevernos. Hemos llegado tan lejos que resulta imposible volver atrás. Al menos de forma honrosa. Entonces es cuando apretamos los dientes y seguimos adelante, silbando y tarareando, atribulados con otras cosas, preocupándonos tan solo de no oír la voz de nuestra conciencia. Así es como yo he vivido.

Y puede que tú también, no lo sé. A veces casi temía que a pesar de todo la tragedia de Somerville no te hubiera atormentado la conciencia ni la mitad que a mí. Eso nunca llegué a aclararlo. En todos estos años, las pocas veces que he intentado hablar contigo acerca de Brian y de nuestro papel en ese drama han sido en vano. ¡Nunca has querido hablar de ello! Y punto. Final.

Ese mismo verano, pocos días después de mi llegada a Yorkshire, decidí volver a Londres. Todo había cambiado. No soportaba verte tan distante, tan frío. El hecho de que me hubieras evitado constantemente me dio a entender que no deseabas tener contacto alguno conmigo. Se acabaron los atardeceres en la cala. Las conversaciones. Y también el cariño. Brian Somerville y la amenaza que representaba para ti se interpusieron entre nosotros. Ya no podías acercarte a mí. Creo que debiste de sentir un gran alivio cuando por fin cogí la mochila y abandoné la granja.

No tengo ni idea de lo que dije a mi madre, que se sorprendió al verme de vuelta, ni a Harold, que se quedó estupefacto. Cualquier cosa. Supongo que cada uno se imaginó algo distinto. Nunca había hablado de lo que sentía por ti, pero no tengo ninguna duda de que al menos mamá había sospechado algo en ese sentido, por lo que en esos momentos supuso que la relación había fracasado. Que había decidido marcharme de Scarborough de golpe y porrazo a causa de un mal de amores, de un desengaño. Muy desencaminada no iba, aunque en realidad desconocía lo complicado que había sido todo cuanto había desembocado en esa situación.

A finales de septiembre acudí a la oficina de empadronamiento de Londres para informarme acerca de la familia Somerville. Les indiqué la dirección en la que habían vivido y les dije que se trataba de unos conocidos, que quería saber qué había sido de ellos. Ese tipo de consultas eran de lo más habituales en aquel tiempo, apenas un año y medio después del fin de la guerra. Hombres que no habían vuelto del frente, familias que habían sido evacuadas de las grandes ciudades a causa de los bombardeos y que posteriormente habían desaparecido. Todavía había niños que seguían buscando a sus padres y padres que buscaban a sus niños; mujeres que buscaban a sus maridos o prometidos, hombres que buscaban a sus mujeres. La Cruz Roja colgaba largas listas con consultas de búsquedas, y de vez en cuando se reencontraban personas que ya habían abandonado toda esperanza de conseguirlo.

Todavía se notaba el rastro que había dejado la guerra.

Respecto a los Somerville, tal como esperaba, me dijeron que la familia entera había muerto en el mes de noviembre de 1940 durante un ataque aéreo.

—¿Todos? —pregunté a la joven que me atendía al otro lado de la ventanilla y que había estado buscando los expedientes para mí.

La mujer adoptó un gesto compasivo.

—Lamentablemente sí, todos. El señor y la señora Somerville y sus seis hijos. La casa se derrumbó y no pudieron salir del refugio antiaéreo.

—¿Los encontraron entre los escombros? —seguí insistiendo.

—Sí. Siento mucho no poder decirle algo más agradable.

—Gracias —murmuré.

Por aquel entonces, medio Londres había quedado calcinado, en todas partes se encontraban heridos y muertos entre los escombros. No era extraño que, siendo el de los Sommerville un bloque de viviendas cuyos habitantes estaban refugiados en el sótano, no pudiera determinarse con exactitud si realmente los seis hijos estaban con sus padres en el momento del ataque. Aún recuerdo bien las palabras de la pobre señora Taylor esa mañana de noviembre:

—Los han enterrado... bueno, lo que quedaba de ellos.

Tal vez habían encontrado aquí una pierna, allí un brazo... En esa época en la que los aviones bombardeaban la ciudad noche sí, noche también, ¿quién habría tenido el tiempo y la ocasión de emprender amplias indagaciones forenses?

En ese momento, pues, supe que oficialmente Brian Somerville había muerto casi seis años atrás. Nobody se había convertido en Nobody. Ya no existía. En el cuaderno de una enfermera de la Cruz Roja se había escrito años atrás una anotación acerca de él, pero era evidente que se había traspapelado entre las instancias de la organización. Por eso no se había presentado nadie preguntando por Brian. Y nadie llegaría a hacerlo jamás. Había sucedido algo que hoy en día, en este mundo controlado por los ordenadores y perfectamente interconectado, sería impensable: una persona se había extraviado de todo sistema. Existía pero no de manera oficial. No llegaría a la edad escolar, ni tendría que pagar impuestos jamás. No tendría seguro de enfermedad, ni constaría en los censos electorales, como tampoco disfrutaría de la más mínima protección que las sociedades civilizadas ofrecen a los ciudadanos.

Volví a casa y te escribí una carta en la que te contaba lo que había descubierto. No sé si todavía la recuerdas, pero en cualquier caso fue una de las pocas veces en las que me contestaste, incluso con bastante rapidez. Supongo que te sentiste muy aliviado al enterarte de la «defunción» oficial de Brian, porque gracias a eso podías estar seguro de que las autoridades jamás llegarían a preguntar por él. Siempre y cuando yo mantuviera la boca cerrada, no tenías nada que temer.

Me agradecías que te hubiera escrito y me pedías que no me preocupara. Me decías que, al fin y al cabo, no sabía si las cosas le iban tan mal a Brian como yo había creído en ese «primer momento de exaltación» (¡recuerdo la expresión perfectamente!). Y que imaginara la alternativa: un psiquiátrico, para no entrar siquiera a considerar otras opciones. Alegabas que no habría sido un lugar agradable para un chico como Nobody, que a los pacientes solían encadenarlos a la cama y los dejaban ahí vegetando, desamparados, con sus propias heces, y que los rociaban con agua fría para lavarlos... Que no eran poco frecuentes los casos de maltratos y de fallecimientos inexplicados.

Ni Charles Dickens habría sabido describirme una imagen tan sórdida. Pero todavía en la actualidad, cuando miro atrás debo darte la razón: con toda probabilidad no ibas desencaminado al pintarme esas imágenes. Los hospitales para enfermos mentales en los años cuarenta del siglo pasado no eran comparables a los que tenemos hoy en día, e incluso en nuestro tiempo de vez en cuando algún periodista descubre un escándalo relacionado con centros para ancianos o para enfermos.

Y aun así... Tengo casi ochenta años, Chad, estoy cada vez más cerca de la muerte, no puede tardar mucho en llegar. No quiero seguir mintiendo ni engañándome a mí misma y a los demás.

Lo que hicimos no estuvo bien. Y desde el escándalo que Semira Newton desencadenó a principios de los años setenta, no puedes seguir convenciéndote de que el camino que elegimos fue tan solo un pequeño desvío respecto al que era correcto.

Fue un camino marcado por la crueldad, la irresponsabilidad, la inconsciencia. Lleno de egoísmo y de cobardía. Sí, tal vez sea esa la palabra que nos describe mejor, porque fuimos cobardes.

No fuimos más que unos cobardes.

16

¿Y luego qué? Yo hice justo lo que con anterioridad había rechazado: fui a la escuela de comercio, aprendí mecanografía y taquigrafía, y más adelante trabajé en varias oficinas en Londres. Por cierto que, durante ese tiempo, acabo de recordar que mi madre me preguntó una vez por Brian de forma completamente inesperada, a la hora de desayunar, un domingo por la mañana.

—¿Qué fue del otro niño? —quiso saber. Yo me atraganté del susto con el té que estaba tomando—. Ya sabes, el pequeño... ¿Cómo se llamaba esa gente? Somerville, si mal no recuerdo. El chico que te llevaste contigo...

—Hace tiempo que ingresó en un psiquiátrico, mamá, hace varios años —respondí mientras me secaba con la servilleta el té que me había derramado sobre el jersey—. Ya sabes que estaba un poco... —dije mientras me daba unos golpecitos en la frente con la punta de un dedo.

—Ah, sí —se limitó a decir mamá.

Nunca más volvió a mencionar a Brian. Para ella, el tema había quedado resuelto, no había sido más que una simple pregunta que le había pasado por la cabeza. Tampoco es que le interesara la respuesta.

En el mes de agosto de 1949 me casé con el primer novio que tuve después de ti, Oliver Barnes, un simpático estudiante de historia que se encontraba en el último semestre mientras yo trabajaba temporalmente en la biblioteca de la universidad, que fue donde lo conocí. Creo que incluso llegué a enamorarme un poco de él, pero no fue un amor verdadero, de eso estoy segura. Tal vez a los veinte años todavía no se ha madurado lo suficiente para saber distinguirlo. Me casé con él porque lo encontré simpático y porque me adoraba. Él todavía vivía con sus padres en una casa muy espaciosa, pero tenia su propio espacio en el sótano y nos mudamos allí. De esa forma conseguí huir por fin de la estrechez del piso de mi madre y de Harold. En cualquier caso, la mejora social fue para mí impresionante, y eso le impuso mucho respeto a mi madre. A ella le gustaba Oliver, y hasta el fin de sus días vivió convencida que había encontrado en él al amor de mi vida. Y yo dejé que lo creyera, ¿Qué habría conseguido dándole un disgusto?

Yo acababa de cumplir veintiuno cuando nació mi hija, Alicia. Y tenía ya veintiocho cuando a mi marido, que trabajaba como asistente de un profesor de historia, le ofrecieron un puesto justamente en la Universidad de Hull.

¿Fue una casualidad o fue cosa del destino? Fuera como fuese, aquello me devolvía de nuevo a Yorkshire.

No quiero aburrirte con la descripción de los años siguientes.

Era evidente que nuestras vidas se habían convertido en un verdadero fiasco: ante aquella encrucijada decisiva cada uno tomó un camino distinto, y no hay nada que hacer al respecto. A mí me pareció trágico, y todavía me lo parece hoy en día. No sé si tú lo percibes del mismo modo, jamás quieres hablar conmigo de ese tipo de cosas. Con el paso de los años te volviste cada vez más solitario, cada vez más retraído. He sido yo la que ha mantenido el contacto, la que siempre a ido a verte, la que intenta continuamente sacarte de la burbuja. Incluso cuando, a la edad de cuarenta y cinco años, al final decidiste casarte con una mujer veinte años más joven que tú que poco a poco sucumbió a tu incapacidad para entablar cualquier tipo de diálogo. No me sorprendió que, a pesar de ser mucho más joven que tú, muriera mucho antes. Siempre me recordó a una flor sin agua. Fue marchitándose despacito hasta ajarse por completo.

Gwen también ha tenido que sufrir tu manera de ser, pero ella es tu hija, te conoce desde el primer día, desde que vino al mundo, y no ha conocido a otro padre que ese que prácticamente no habla jamás, que vive retraído respecto a su familia, que está pero a la vez no está. Ella pudo desarrollar los mecanismos que le han permitido sobrevivir a ese desierto. Tu mujer, en cambio, a pesar de su juventud, ya era demasiado vieja para ello. Acabó muriendo víctima de la pena y de la frustración. El tumor que le creció en el pecho solo fue una expresión física de su infelicidad.

¿Por qué soy tan dura contigo y te cuento todo esto? Porque en este sentido yo también he sido muy dura conmigo misma. ¿Hasta qué punto tengo yo la culpa de que te interesaras tan poco por tu propia familia, de que ejercieras formalmente como el marido y el padre que eras pero nunca llegaras a comportarte como tal en realidad?

Ya he dicho antes que nosotros vivíamos en Scarborough, a pesar de que para Oliver habría sido más oportuno vivir en Hull, pero como siempre él quiso cumplir mis deseos. Por aquel entonces todavía no vivíamos en Prince-of-Wales Terrace, sino que teníamos una casa realmente espectacular más arriba, en Sea Cliff Road, una calle que parecía perderse en el mar, con árboles, casas enormes y jardines preciosos. Podríamos haber sido una familia feliz, intacta, y yo podría haberme dejado absorber por la vida que llevábamos allí. Sin embargo, en lugar de eso no hacía más que volver una y otra vez a la granja de los Beckett. Durante mucho tiempo ni siquiera fui consciente del tiempo que llegaba a pasar allí, hasta que protagonizamos una escena muy desagradable con mi hija Alicia. Ella tenía veinte o veintiún años, ya era madre de la pequeña Leslie pero seguía viviendo sin rumbo fijo, de un modo desestructurado, y yo le reproché que no fuera capaz de ganarse la vida.

—¡Siempre lo has tenido todo! —le grité—. No te ha faltado nada de lo que han carecido muchos jóvenes que, sin embargo, han sabido imponerse. ¿A qué has tenido que renunciar tú?

En esa época ya tenía la piel de un insano color amarillento debido a los continuos problemas de hígado y de vesícula que le provocaban el consumo de drogas y una alimentación inaceptable. Recuerdo que ese color enfermizo de su piel se volvió más intenso mientras me replicaba, enfurecida:

—¿Que a qué he tenido que renunciar? ¡A mi madre! ¡A mi madre, he tenido que renunciar continuamente!

Me quedé perpleja.

—¿A mí?

—Por desgracia, eres la única madre que tengo.

—Pero yo...

—Nunca estabas —me interrumpió—. Siempre estabas en esa granja, corriendo tras ese Chad Beckett, mientras yo lo único que encontraba día tras día cuando volvía de la escuela era comida preparada y una nota en la que me decías que estabas en la granja de los Beckett y que volverías más tarde. Ojalá hubiera guardado todas esas notas. ¡Podría llenar un contenedor entero con ellas!

En ese momento me di cuenta de que tenía razón. Jamás llegué a renunciar del todo a ti, Chad. Del mismo modo, me daba igual que estuvieras convirtiéndote en alguien parco en palabras y poco social; para mí seguías siendo el joven guapo e impetuoso que eras durante los años de la guerra, el que se sentaba conmigo al atardecer en la cala de Staintondale y quería luchar en el frente para salvar al mundo. Aquel joven a quien yo había idolatrado, del que lo esperaba todo, con el que compartía en mis fantasías un universo de ensueño. Todo eso sin darme cuenta de que tan solo era real en mis fantasías, pero no en las tuyas. Respecto a ti, debes de pensar que a pesar de las décadas que han pasado sigo siendo una romántica, pero yo en cambio no creo que pueda atribuírseme una vena romántica. Me he engañado mucho a mí misma. Me convencí de que necesitabas que alguien, ¡yo!, te respaldara. Tu padre murió y tú pasaste mucho tiempo completamente solo en la granja. Te mataste a trabajar a modo de penitencia y te abrumaban las preocupaciones. Yo te preparaba la comida y me llevaba tu ropa para lavártela. Hablaba contigo acerca de los problemas relacionados con las cosechas y del descenso del precio de los cereales. Estaba más al corriente de la rutina de la granja que del trabajo de mi marido en la universidad, que no me interesaba lo más mínimo. Pero por encima de todo perdí el contacto con lo que le pasaba por la cabeza a mi hija, perdí de vista su alma y su vida. Sabía cuánto costaba un kilo de lana de oveja, pero en cambio desconocía cuándo se representaba la obra de teatro escolar en la que mi hija tenía un papel destacado y aparecería cantando un solo.

Y cuando al fin te casaste y te convertiste en padre, estaba tan acostumbrada a esa vida solitaria contigo que fui incapaz de separarme de ti. No podía distanciarme solo porque ya hubiera otra mujer. Incluso se me metió en la cabeza la idea de ayudarla también a ella. Era joven, no tenía experiencia y tanto trabajo la superaba. Siempre estuve dispuesta para ayudarla, siempre allí «por si me necesitaba». Lo único es que, en realidad, nunca se dio el caso. La familia no tenía problemas irresolubles. Lo más probable era que el único problema fuera yo misma.

Tu esposa, Chad, debió de aborrecerme. Pero tenía un carácter servil y tímido, se limitaba a callar y a sufrir.

Lo más absurdo de todo es que en realidad no manteníamos ningún idilio. Físicamente, jamás engañamos a nuestras parejas. A veces pienso que tal vez eso habría simplificado las cosas, o al menos las habría dejado más claras. Quizá Oliver me habría pedido el divorcio, si lo hubiera descubierto. Puede que tu esposa hubiera encontrado las fuerzas necesarias para marcharse, si nos hubiera sorprendido juntos en la cama. Pero nadie sabía con certeza qué echarnos en cara. Sobre todo porque yo desempeñé el papel de buena samaritana.

La cuestión es que en ocasiones me preocupa si las cosas habrían podido ser distintas sin Brian Somerville. Si habríamos acabado casándonos, teniendo un par de hijos y siendo felices. ¿O es que son todo imaginaciones mías, una vez más? ¿De verdad nuestra relación habría resistido a un Brian Somerville si hubiéramos estado destinados a estar juntos? Resulta agobiante y fascinante por igual imaginar que la vida de dos personas y las de sus respectivas parejas e hijos pueda decidirla una casualidad como esa: si esa mañana de noviembre de 1940 mi madre y yo hubiéramos salido hacia la estación un poco antes o un poco después, es probable que no nos hubiéramos encontrado con la señorita Taylor y con Brian. Y algunas cosas habrían transcurrido de otro modo. Tal vez todo hubiera sido distinto.

Respecto al escándalo de 1970, el drama de Semira Newton y la presión de la policía y de los medios de comunicación, creo que lo superamos mejor de lo que podríamos haber esperado. De un modo sorprendente, nadie me hizo ningún reproche porque en la época en la que sucedieron todos aquellos hechos decisivos yo no era más que una niña, y se asumió que no podría haber sospechado el terrible destino que le esperaba a Brian. Los medios de comunicación apenas repararon en mí; solo en alguna ocasión me mencionaron de pasada, y ni siquiera lo hicieron por mi nombre completo. Y en tu caso, sin que tuvieras que hacer nada al respecto, surgió la oportunidad de atribuir los acontecimientos a tus padres para librarte. Todo el mundo creyó que había sido Arvid quien había entregado a Brian a Gordon McBright y tú optaste por no contradecirlos. En todo caso, decidiste no ponerte en primera línea, para escapar al punto de mira e imputar así a tu padre: lo que hiciste fue negarte por sistema a hablar del asunto con nadie. Aunque no fue tan solo por ese tema por el que te comportaste de aquel modo. En esa época, de todos modos ya habías dejado prácticamente de comunicarte con tu entorno.

El caso acabó siendo un escándalo que levantó mucho revuelo. «El niño olvidado», rezaban los titulares de los periódicos, o «El niño sin nombre». Como cabía esperar la prensa se cebó con el tema, pero por fortuna nosotros aún éramos jóvenes cuando había sucedido todo, y pudimos aferrarnos a esa juventud para quedar libres de culpa y salvarnos de una buena. Para la opinión publica, la responsabilidad del suceso recayó sobre Arvid Beckett, el hombre que jamás había querido tener a Brian en su granja y que no había mostrado compasión alguna por él. Lo hicisteis los dos, tanto él como tú, pero Arvid ya era un anciano enfermo y tenía la mente bastante confusa, por lo que no creo que llegara a comprender la trascendencia de esa decisión.

¿De qué habría servido revelar públicamente ese hecho y meternos en dificultades nosotros y, de paso, a nuestras familias?

Te conozco a la perfección, Chad, tal vez mejor que a cualquier otra persona del mundo que haya conocido a lo largo de mi vida, y me parece que si has leído todo esto, aunque solo lo hayas ojeado superficialmente, en este punto debes de tener la frente fruncida y debes de estar pensando: Sí, ¿y qué? No sé por qué tiene que volver a poner sobre el tapete todas estas viejas historias...

No estoy segura de poder convencerte con mi explicación, pero lo intentaré.

Lo he escrito todo porque quería enfrentarme a la verdad, y la única manera que sé de hacerlo con toda claridad y sin tapujos es por escrito. Los pensamientos quedan interrumpidos súbitamente, son volátiles, se pierden antes de llegar a ser formulados en su totalidad. Al escribirlos, se eliminan esos pretextos. Escribir obliga a mantener una concentración y a formular de forma precisa lo indecible. No es posible dejar frases a medias. Hay que terminarlas por mucho que debas retorcerte y exprimirte el cerebro, aunque los dedos prefieran no llegar siquiera a tocar el teclado. Lo que quieres es huir, pero sigues escribiendo.

Eso es lo que me ocurre a mí.

¿Y por qué te lo he mandado todo?

Pues porque eres parte de mi historia, Chad, y de mi verdad. Porque nuestros destinos están entretejidos, entre sí y también con el destino de Brian Somerville. En esta vida que hemos vivido, ninguno de los tres puede entenderse sin los otros dos. De un modo bello pero también triste y en cualquier caso especial, me siento unida a vosotros. Por eso creí que lo más justo era compartir nuestra historia contigo.

Tal vez sea también cierto anhelo de justicia lo que motiva que te mande estos escritos. No me resultó fácil enfrentarme a la verdad, Chad. Quizá por eso creo que lo correcto sería que tú hicieras lo mismo. No puedo obligarte a leerlo todo, por supuesto. Cabe la posibilidad de que te hayas limitado a pulsar la tecla de borrar en cuanto te has dado cuenta de qué va la historia.

Tal vez decides protegerte y no pasar por todo esto. También lo comprendería.

Pero quería compartir mi vida contigo. De un modo u otro, aunque sea de este.

FIONA

Jueves, 16 de octubre

3

Leslie se preguntó por qué se sentía tan mal. No podía ser por culpa del whisky. ¿O sí? No le quedaba nada más por vomitar después de lo que había echado durante la noche. Tal vez era porque había dormido demasiado poco, dos horas, como mucho. Y había leído demasiadas cosas que la habían abrumado. La situación no se le antojaba más clara; bien al contrario, parecía perderse todavía más en una nebulosa.

¿Qué había sido de Brian Somerville? ¿Y quién era esa tal Semira Newton?

Salió del dormitorio y reparó en que poco a poco empezaba a amanecer; entre los oscuros nubarrones y el mar se divisaba una luminosa franja roja. Estaba saliendo el sol, pero Leslie dudaba si llegaría a verlo en todo el día. Todo apuntaba a que volvería a ser otro gris día de otoño.

Entró en el salón y le sorprendió encontrar a Dave, ya vestido, que acababa de descolgar el teléfono. Él se sobresaltó al verla y lo colgó de inmediato. Al parecer no había querido que lo sorprendieran llamando.

—Ya te has levantado —constató él.

—Tú también —replicó Leslie.

—No he dormido nada bien —dijo Dave—, no hacía más que darle vueltas...

No llegó a decir qué era lo que tanto lo había atribulado, pero a Leslie no le pareció nada difícil adivinarlo.

—No tienes ni idea de lo que hacer con tu vida —dijo ella.

Él sonrió sin ganas.

—Dicho así parece un eufemismo. Más bien me siento como si estuviera en un callejón sin salida y no sé si debo intentar seguir adelante o retroceder. Me he perdido, me he perdido por completo.

Leslie señaló el teléfono.

—¿Ibas a llamar a Gwen?

—No. Quería llamar a una amiga pero... tampoco es tan importante.

—Ah.

Dave la miró con aire pensativo.

—Pareces cansada, Leslie. Creo que tú tampoco debes de haber dormido muy bien.

—Demasiado poco, en cualquier caso.

Leslie no quería contarle nada acerca de lo que su abuela había escrito ni sobre las horas que había pasado leyendo.

Intentó dejar de pensar en Brian Somerville y en Semira Newton, fuera quien fuese, y concentrarse solamente en Dave.

—¿Por qué dudaba la policía de tu declaración con respecto al sábado? —preguntó.

La borrachera y el malestar de la noche anterior no le habían permitido ahondar en aquella cuestión, pero más tarde, ya tendida en la cama, esa pregunta le había rondado la cabeza una y otra vez. Dave había hablado de unas «incongruencias» y a continuación se había apresurado a cambiar de tema.

Por el lenguaje gestual de él, Leslie vio con claridad que este estaba considerando rápidamente hasta qué punto debía contárselo, hasta que al fin decidió compartir con ella, con tanta resignación como alivio, lo que había tenido que explicar a la inspectora Almond.

—Una vecina me vio salir de nuevo el sábado por la noche —dijo Dave—. Después de que yo hubiera dicho que me había quedado en casa el resto de la noche. Y decidió contárselo a la policía.

—¿Y es cierto? ¿Volviste a salir de casa?

—Sí.

Leslie lo miró, sorprendida.

—Pero ¿por qué? Y ¿adónde?

Dave percibió recelo y miedo en la mirada de ella, por lo que alzó las manos para tranquilizarla.

—No he matado a tu abuela, Leslie, de verdad, créeme de una vez. Pero sí volví a salir, es solo que no me apetecía contarlo.

Leslie supuso lo que estaba a punto de confesarle.

—¿Estuviste con otra mujer?

Dave había estado todo el rato de pie en medio de la habitación, pero en ese momento lo único que pudo hacer fue dejarse caer pesadamente sobre uno de los sillones y extender las dos piernas mientras se preparaba para una capitulación en toda regla.

—Sí.

—¿Toda la noche?

—Sí.

—Dave...

—Lo sé. Soy un monstruo; lo que he hecho es inaceptable, he mentido a Gwen y la he engañado... ¡Lo sé!

—¿Quién es esa mujer?

—Karen. Una estudiante. Estuvimos saliendo juntos bastante tiempo. Rompí con ella por Gwen.

—Por lo que parece, no rompiste con ella del todo.

—Sí, de hecho sí. Pero he vuelto a caer en la tentación una y otra vez. Ella no quería perderme y siempre me lo ponía muy fácil... Pero claro, las cosas no deberían haber ido por ese camino.

Leslie se le acercó un poco.

—Dave, tienes un idilio con tu ex novia. Y anoche querías acostarte conmigo. Y...

—Lo siento —la interrumpió él—. Siento mucho si te he...

—No me has hecho daño, Dave. —Esa vez fue ella quien lo interrumpió a él—. De momento es posible que seas capaz de hacer feliz a cualquier mujer de Scarborough que te guste medianamente y no tenga ningún inconveniente al respecto. No me tomo como algo personal el hecho de haber sido una más.

Él la miró con calidez, o eso le pareció a ella.

—No habrías sido una más, Leslie. Tú no eres una más.

—Soy una parte de tu caótica y confusa situación vital, Dave.

Igual que esa Karen. Igual que Gwen. Estás inmerso en una crisis y actúas por impulsos, sin orden ni concierto, con la angustiosa esperanza de que se te abra algún camino. Te has dado cuenta de que tu manera de tomarte la vida no va a ninguna parte, o que al parecer fue un error no haber tenido jamás una idea clara al respecto. Uno percibe esas cosas cuando se acerca a los cuarenta. Y luego suele reaccionar presa del pánico.

Dave esbozó una tenue sonrisa.

—¿Igual que tú?

—Yo no soy sospechosa de haber cometido un asesinato. Ni estoy engañando a nadie. Los ataques de pánico los supero sola.

—Acompañados de una buena cantidad de whisky.

—Las consecuencias del whisky también las sufro yo sola.

Dave se levantó, estaba más tenso que antes.

—¿Qué pretendes, Leslie? Todo esto no solo me lo dices porque no tengas nada mejor que hacer. ¿Adónde quieres llegar?

Ella respiró profundamente.

—Conozco a Gwen desde hace una eternidad. Mi abuela y su padre fueron amigos durante toda la vida. He pasado mucho tiempo en la granja de los Beckett. Eso no significa que seamos grandes amigas; somos demasiado distintas para eso. Pero en cierto modo me siento responsable de lo que pueda sucederle. Es casi como parte de la familia para mí. No puedo quedarme de brazos cruzados mientras veo cómo...

—¿Como se condena a sí misma casándose con un calavera como yo?

—Ya la estás engañando y ni siquiera os habéis casado. La idea de llegar a intimar con Gwen te produce pánico. No puedes proponerte iniciar nada con ella. Mi abuela tenía razón: lo único que te interesa es la granja. Las tierras. Y nada más.

Dave se encogió de hombros.

—Eso ya lo he admitido hace rato.

—No puedo dejar que Gwen cometa ese error.

—¿Quieres contárselo todo? ¿Acerca de Karen? ¿Acerca de... nosotros?

—Me gustaría que fueras tú quien se lo contara.

—Leslie, yo...

—Por favor, Dave. Ve a verla. Soluciónalo. Cuéntale la verdad. Sobre la noche del sábado y sobre tus intenciones.

—Se le caerá el mundo encima si lo hago.

—Si se da cuenta del fiasco una vez casada, más dura y dolorosa será la caída. ¿O acaso crees que podrás ocultarle para siempre tus idilios, tus escapadas, la infelicidad que te provocaría ese matrimonio?

—Probablemente no —admitió Dave.

—Acaba con esto tan rápido como puedas.

Él no dijo nada. Leslie supuso que estaba sopesando las diversas posibilidades. Estaba acostumbrado a trampear por la vida sin salir malparado, a escapar de situaciones incómodas. No estaba familiarizado con esa manera de hacer las cosas, directa pero plagada de consecuencias incómodas. Y nunca antes había visto sus planes contrariados por un asesinato. La violenta muerte de Fiona no solo había echado por tierra la idea que Dave tenía en mente, también lo había catapultado a él hasta un área en la que no había lugar para sus acostumbradas fullerías, escapadas y trucos. Una cosa era jugar con las mujeres que se le acercaban y luego desprenderse de ellas con elegancia. Pero tener que justificarse ante una brigada de homicidios era algo muy distinto. Eso le quedaba bastante grande, pensó Leslie.

—Supongo que no tengo elección —dijo Dave al cabo—. Si no se lo cuento yo a Gwen lo harás tú, ¿verdad?

—Antes de ver cómo os casáis, sí.

—Entonces será mejor que se lo diga enseguida —concluyó él.

Leslie supuso que no había consentido solo porque lo hubiera puesto entre la espada y la pared. De haber sido solo porque ella se lo había exigido, habría intentado negociarlo. Habría empleado a fondo su encanto, habría recurrido a sus dotes de convicción. Habría luchado. Pero Leslie vio lo cansado que estaba de luchar, que se había dado cuenta de lo absurdo que era aquel camino por el que había optado, que estaba preparado para retirarse de la lucha porque de todos modos la tenía perdida.

—Puedo llevarte a Staintondale —le ofreció Leslie.

—Te lo agradecería. Si te parece, dejaré la maleta aquí de momento y más tarde...

—Anoche ya te dije que no debes tener prisa por buscarte un nuevo alojamiento. De verdad, este piso es enorme. No será ningún inconveniente que te quedes un par de días aquí. Te daré un juego de llaves para que puedas entrar y salir a tu antojo.

Dave pareció muy aliviado.

—Gracias, Leslie. ¿Te parece bien si nos tomamos antes un café y un par de tostadas? No creo que pueda enfrentarme a Gwen con el estómago vacío.

—Claro. A mí también me sentará bien un café.

Desayunaron en la cocina. A pesar del mal trago que tendría que pasar muy pronto, Dave no parecía haber perdido el apetito lo más mínimo, puesto que además de las tostadas se preparó unos huevos fritos que aderezó con abundante ketchup. Leslie, que no tomó nada aparte de dos tazas de café solo, lo miraba estremecida. Ella encadenó tres cigarrillos que, sorprendentemente, mitigaron un poco su malestar mientras se preparaba para defenderse del comentario inevitable de Dave.

—Comes poco —dijo él al momento—. Y fumas y bebes demasiado.

Estaba acostumbrada a oír ese tipo de cosas.

—Siempre lo he hecho, me sienta bien.

Él la miró pensativo, titubeante.

—¿Qué te inquieta tanto a estas horas de la mañana? —preguntó—. No me creo en absoluto que tenga nada que ver con Gwen y conmigo.

Leslie cambió de opinión de repente y preguntó con decisión:

—¿Sabes quién es Semira Newton?

—No. ¿Quién es?

—No lo sé. Por eso te lo pregunto.

—Semira Newton... —Dave reflexionó unos instantes—. ¿De dónde has sacado ese nombre?

—Bueno de un... episodio de la vida de mi abuela —respondió Leslie sin querer concretar mucho—. No puedo explicarte nada más al respecto, por ahora. ¿Te dice algo el nombre de Brian Somerville?

—No.

Leslie apagó el cigarrillo y se puso de pie.

—Vamos. Cuanto más pronto hables con Gwen, mejor.

Dave también se levantó.

—Vayamos a pasear por la playa antes —propuso.

—No pasará nada porque tardemos un par de horas más —concedió Leslie.

Dave sonrió, aliviado.

4

El sargento Reek tenía la impresión de que en los últimos tiempos su trabajo consistía sobre todo en esperar dentro del coche a personas que tardaban una eternidad en aparecer. Esas tareas le resultaban extraordinariamente aburridas, si bien se entregaba a ellas porque sabía que alguien tenía que hacerlas. Además, le consolaba pensar que su futuro profesional le deparaba algo muy distinto. Tarde o temprano llegaría una nueva promoción, y también él tendría algún subordinado en el que poder delegar ese tipo de tareas rutinarias. El elogio de su jefa a primera hora de la mañana había reavivado sus esperanzas de que el siguiente escalón que subiría en su carrera no podía estar muy lejos.

«Hace realmente bien su trabajo, Reek», le había dicho.

O sea, que tenía motivos para pensar de ese modo.

En Filey Road reinaba el mismo tráfico ruidoso de siempre, estudiantes de todas las edades marchaban agrupados en rebaños por las aceras. Algunos de ellos ya llevaban gorro y bufanda; el aire era frío a primera hora de la mañana. Al menos ya no llovía, aunque el otoño se estaba imponiendo claramente. La primera semana de octubre habían tenido un tiempo más propio de finales de verano, pero desde entonces todo había cambiado y uno incluso empezaba a pensar ya en la Navidad.

¡Navidad! ¡El 16 de octubre! Reek negó con la cabeza. En la zona peatonal ya estaban colgadas las guirnaldas con estrellas de rigor. Tal vez no sería mala idea empezar a preocuparse por los regalos. Así no tendría que hacerlo en diciembre a última hora. Reek siempre acababa recorriendo las tiendas a toda prisa la tarde del 24 de diciembre, y cada año se juraba a sí mismo que no

volvería a ocurrirle, pero pasaban doce meses y volvía a sucederle lo mismo.

De repente, se sobresaltó. Perdido en sus cavilaciones, por el
rabillo del ojo había percibido un movimiento en el patio ado-
quinado que había justo delante del enorme edificio de ladrillos
en el que vivía Karen Ward. Había sucedido mientras planeaba
las compras navideñas en lugar de permanecer alerta. Salió rápidamente del coche. La joven rubia que se había acercado a la
puerta podía ser cualquiera de las inquilinas, pero el sargento
Reek intuyó que debía de ser Karen Ward. Llevaba una bolsa de
viaje en la mano, como si volviera de haber pasado la noche fuera. Eso encajaba con el hecho de que la noche anterior no la hubiera encontrado en casa ni a última hora. Reek cruzó la calle con
bastante atrevimiento a pesar del intenso tráfico y abrió la puerta del patio.

—¿Señorita Ward? —la llamó.

La mujer se dio la vuelta. Parecía bastante trasnochada, Reek
se dio cuenta de ello de inmediato.

—¿Sí? —preguntó ella.

Él se le acercó sosteniendo la placa que lo identificaba como
agente.

—Policía, soy el sargento Reek. Tengo que hacerle un par de
preguntas. ¿Podría dedicarme unos diez minutos, si es tan amable?

Karen consultó el reloj.

—Solo quería cambiarme enseguida para ir directamente a la
uni...

—De verdad, serán solo diez minutos —insistió Reek.

—Todo lo que sé sobre Amy Mills ya se lo dije a la inspectora Almond.

—Esta vez se trata de otra cosa —dijo Reek.

—De acuerdo —accedió ella—. ¿Quiere subir?

En el piso, que era enorme y muy luminoso, reinaba el caos. No
había nadie dentro. En la cocina había un montón de platos sucios apilados en el fregadero. En la mesa cubierta de migas de tostadas había vasos vacíos, una botella de ketchup y un tarro de

mayonesa. Junto a la puerta habían dejado tiradas un par de botas embarradas. Estaba clarísimo que ninguno de los estudiantes que vivían allí sentía la más mínima necesidad de ordenar, limpiar ni lavar.

Probablemente, pensó Reek, todos esperan que sean los demás quienes lo hagan y acaban por acostumbrarse a vivir inmersos en este caos.

Meticuloso y fanático del orden, el sargento Reek no pudo evitar estremecerse por dentro.

—Perdone por el desorden —dijo Karen—. Tenemos planificado un calendario de limpieza, pero al final nunca lo cumplimos. Siéntese. ¿Le apetece una taza de té?

—No, gracias —respondió Reek mientras apartaba unos restos de comida sospechosos de la silla de madera y sacaba el bloc de notas y el bolígrafo—. Señorita Ward, como le decía antes, no le robaré mucho tiempo. Solo se trata de verificar una declaración.

Ella se sentó frente al sargento y este vio que Karen tenía los ojos levemente enrojecidos. Se había pasado la noche llorando.

—Adelante —dijo ella.

—¿Conoce al señor Dave Tanner?

Karen se sobresaltó.

—Sí.

—El señor Tanner afirma que estuvo con usted toda la noche del sábado pasado. Y que más o menos entre las nueve y veinte y las diez estuvieron en el Golden Ball, el local del puerto, antes de venir aquí, a su domicilio, donde se quedaron hasta las seis de la mañana. ¿Puede confirmarlo?

Las manos de ella se cerraron alrededor de un vaso vacío que tenía delante. Luego volvió a abrirlas y volvió a cerrarlas.

—Comprendo —dijo Karen al cabo—, por eso ayer no hacía más que llamarme al móvil. Tenía al menos doce llamadas suyas.

—Pero ¿usted no estaba disponible?

—Vi que era Dave y decidí no responder.

Reek no dijo nada, se limitó a mirarla y a esperar.

—Ayer pasé la noche en casa de una amiga —explicó Karen—. Vive un poco más abajo, en esta misma calle. No... no estoy muy bien últimamente. No nos entendemos con mis compañeras de piso, por lo que... de momento duermo en otra parte.

—Comprendo —dijo Reek, aunque solo tenía una sospecha y no sabía si estaba en lo cierto—. ¿Esos... problemas tienen algo que ver con el señor Tanner?

Karen parecía a punto de romper a llorar en cualquier momento. Reek esperaba que fuera capaz de controlarse.

—Sí. Supongo que debe de haberles contado que fuimos pareja hace un tiempo. En julio, de la noche a la mañana, decidió cortar conmigo. Según él, porque ya no había química entre nosotros. Sin embargo, entretanto me he enterado de que hay otra mujer.

—La señorita Gwendolyn Beckett.

—¿Así se llama? Yo solo he oído que es mayor que yo y que no es nada del otro mundo —dijo Karen.

Reek la miró discretamente. A pesar de que era evidente el mal rato que estaba pasando y de que parecía rendida, seguía siendo una chica muy atractiva. Justo el tipo de mujer que uno imaginaría en compañía de Dave Tanner en lugar de la pobre Gwen.

—¿Por qué es tan importante lo que hubiera estado haciendo Dave el sábado pasado? —preguntó Karen, que empezaba a comprender cuál era la razón de que la interrogaran acerca de circunstancias que, de tan concretas, eran desconocidas.

A Reek le incomodó de manera especial tener que ser el portador de malas noticias.

—Bueno... el pasado sábado a la hora de cenar se hizo una pequeña... celebración en la granja en la que vive la señorita Beckett y el señor Tanner estaba presente. —Reek no tuvo el valor de pronunciar las palabras compromiso matrimonial—. Hubo una disputa entre él y otra de las invitadas, la señora Fiona Barnes. Por ese motivo, la celebración terminó abruptamente.

Karen frunció la frente.

—¿Fiona Barnes? ¿No es la mujer a la que encontraron asesinada en Staintondale? Lo he leído en el periódico.

—Exacto —dijo Reek.

Por la expresión que vio en el rostro de ella, Reek se dio cuenta de que Karen empezaba a atar cabos.

—¡Oh! —exclamó la joven—. Y puesto que Dave se había peleado con ella...

—Estamos investigando a todos los invitados —se apresuró a aclarar Reek.

Karen se recostó sobre la silla. Tenía un rostro muy expresivo, se le notaba que estaba inmersa en un debate interior.

—Por favor, señorita Ward. Solo necesito una respuesta muy simple a una pregunta muy simple. ¿El señor Tanner estuvo con usted hasta las seis de la mañana? Por favor, díganos la verdad.

—¡La verdad! —exclamó Karen. Se puso de pie de repente mientras con los puños se frotaba las mejillas, en las que brillaban ya un par de lágrimas—. La verdad es que habría hecho cualquier cosa por él. ¡Cualquier cosa! Lo amaba tanto... No tiene dinero, no tiene futuro, ni siquiera tiene un empleo en condiciones, malvive en esa horrible habitación realquilada, ¡pero a mí me daba todo igual! ¡Absolutamente igual! Lo único que quería era estar con él. Hablar con él, reír con él, pasear con él. Acostarme con él. Quería pasar mi vida entera con él. A veces tengo la sensación de que me moriré si no vuelve conmigo. ¡Estoy hecha polvo!

Reek también se puso de pie, bastante conmovido por la reacción de Karen.

—Señorita Ward, creo que...

—¿Sabe?, no ha hecho más que aprovecharse de mis sentimientos. Hasta hoy no lo había comprendido, pero con esa... esa Gwendolyn por fuerza debe de haber algo que no sea tan fabuloso. Porque al fin y al cabo desde que está con ella ha recurrido a mí a menudo. Para hablar, para salir, para tontear. Y para el sexo. Y yo he sido tan imbécil que siempre me he lanzado a sus brazos a la primera de cambio. Para luego quedarme sola de nuevo, esperándolo aquí sentada sin saber nada de él durante días. ¿Sabe?, incluso había empezado a pensar en suicidarme.

Reek era consciente de que sus palabras no servirían de nada en ese momento, pero a pesar de todo las pronunció, porque eran ciertas.

—Aún es muy joven. Encontrará a otro. Seguro.

Karen respondió lo que era de esperar:

—No quiero a otro.

—Pero —replicó Reek con cautela— parece que a él tampoco, ¿no? Porque me ha dicho que no respondió a las llamadas del señor Tanner.

Karen bajó los brazos. Todavía tenía los puños apretados, tensos.

—No quiero desesperarme por esto —dijo. De repente, su voz sonó agotada—. Quiero perderlo de vista. Quiero olvidarlo.

—El sábado pasó a buscarla por el Newcastle Packet y fue con él al Golden Ball. —Reek impuso la objetividad y volvió al tema que lo ocupaba—. Eso lo hemos verificado. Así pues, ¿el sábado todavía se hablaban?

—De hecho, no. Yo estaba decidida a romper cualquier contacto con él para no perder la salud y la autoestima. O tal vez debería decirlo al revés: la autoestima y la salud. Sí, sobre todo me afectaba en la autoestima... Todavía me afecta, de hecho.

Karen miró por la ventana. Reek pensó que realmente la chica estaba demasiado pálida.

—Pero ¿fueron juntos al Golden Ball?

—Al final me convenció. Aunque yo sabía que no era verdad. Una vez allí me di cuenta enseguida de lo que sucedía. Volvía a sentirse frustrado, infeliz. No quiso explicarme qué era lo que tanto lo atribulaba... pero es evidente que tenía algo que ver con la disputa que acababa de mantener. En cualquier caso, de nuevo no fui más que una distracción para él. Buscaba mi compañía para divertirse y pasar un par de horas agradables. Y a la mañana siguiente se habría levantado, habría desaparecido y no se habría acordado de mí durante unos días. Así es como habían ido las cosas desde el mes de julio. Y no quiero volver a prestarme a ello.

Reek contuvo el aliento.

—¿Significa eso que...?

No terminó la frase, pero Karen lo comprendió de inmediato.

—Sí. Significa que me tomé una copa de vino con él, que estuvimos hablando sobre cualquier tontería y resistí a sus intentos de acercarse a mí antes de dejarle claro que estaba cansada y que quería marcharme a casa. Sola.

—Entonces ¿el señor Tanner no pasó la noche en su casa?

—No. Yo no quise. Incluso me negué a que me acompañara

a casa. Conozco muy bien su encanto. No sabía si conseguiría mantenerme firme en mi decisión si él me acompañaba.

—¿Es consciente de lo que eso significa? Según usted, el señor Tanner mintió de nuevo en su última declaración a la policía respecto a lo que hizo el sábado por la noche. Y significa además que, según usted, el señor Tanner ya no tiene coartada para el momento del asesinato de la señora Barnes.

La joven se mantuvo impasible.

—Es posible. En cualquier caso, yo le he contado lo que ocurrió.

—Es posible que tenga que volver a declarar bajo juramento.

Karen sonrió levemente.

—Mi declaración no es un acto de venganza contra un hombre que me ha dejado, sargento Reek. Es la verdad tan solo. No tendría ningún problema para repetirla bajo juramento.

Reek se metió el bloc de notas y el bolígrafo de nuevo en el bolsillo interior de la chaqueta.

—Le agradezco que haya accedido a hablar conmigo, señorita Ward. Nos ha ayudado usted mucho.

Ella lo miró con tristeza. Reek pensó en lo desgraciada que debía de sentirse: un montón de llamadas de Tanner en el móvil, que tal vez pensó que tenían como objetivo acabar con ese capítulo de su vida, que podrían haber representado una chispa de esperanza para ella. La esperanza de un nuevo inicio, de un cambio radical en la conducta de aquel hombre al que tanto amaba. Y al final tan solo había constatado que lo único que Tanner había intentado era utilizarla de nuevo, esa vez para cubrirse las espaldas ante la policía. Tras ser interrogado por Valerie Almond, era evidente que Tanner había llamado por teléfono insistentemente a su ex novia para convencerla de que cambiara su declaración, para que así coincidiera con la de él.

Mala suerte, pensó Reek con cierto regocijo. Amigo, has tenido la mala suerte de que ella se haya decidido de una vez a distanciarse de ti. ¡Estás en un buen aprieto!

—Adiós, señorita Ward —dijo él. Y tras un leve titubeo, añadió—: Permítame que le dé un consejo: no lo eche de menos. No lo merece.

5

—Tengo que llamar a mi jefe —dijo Ena Witty—, necesito tomarme el día libre; sería incapaz de concentrarme en mi trabajo.

Valerie asintió con cierto aire de compasión. Estaba en el pequeño y agradable salón del apartamento de Ena Witty y acababa de rechazar la taza de café que esta le había ofrecido. Ya había tomado suficiente: solo, caliente y cargado en exceso. Tenía la sensación de que el corazón le latía demasiado rápido e incluso demasiado fuerte, pero tal vez no era más que la gran cantidad de adrenalina que se acumulaba en su cuerpo. Estaba tan inquieta que le habría gustado poder echarse a volar batiendo los brazos como un pájaro.

Se había sorprendido al comprobar que había sido Jennifer Brankley quien le había abierto la puerta. Una Jennifer algo demacrada, con el pelo revuelto y el rostro trasnochado.

—¿Ya está aquí? O quizá debería preguntar: ¿todavía está aquí? —le había dicho Valerie. Era extraño, pero no conseguía disimular la antipatía que sentía por la señora Brankley.

—Todavía —respondió Jennifer—. Anoche Ena estaba muy mal, estaba desesperada ante la idea de tener que quedarse a dormir aquí sola. Por eso llamé a mi marido, se lo conté todo y le dije que me quedaba con ella. Sin embargo, Gwen Beckett vendrá a recogerme en cualquier momento. Solo tenía que salir a comprar un par de cosas y luego me llevará de vuelta a la granja.

—¿El señor Gibson se presentó aquí ayer por la noche en algún momento?

—No.

Ena estaba en el salón, sentada a la mesa, muy pálida, frente a una tostada con mermelada que, sin embargo, no parecía tener intención alguna de tocar.

—¿Fue él? —preguntó enseguida, nada más ver a Valerie—. ¿Lo hizo él? ¿Fue él quien asesinó a Amy Mills?

Lo único que pudo hacer Valerie fue eludir la pregunta.

—No lo sabemos. Él lo ha negado y no tenemos pruebas concluyentes que lo demuestren.

Pareció como si Ena no supiera si alegrarse o echarse a llorar.

—¿Eso significa que es posible que sea inocente?

—Por el momento, todo está en el aire —respondió Valerie. Negó con la cabeza cuando Jennifer intentó tenderle una taza, pero se sentó en la mesa frente a Ena.

—Si ha decidido tomarse el día libre, podría acompañarme a comisaría a mediodía. Todavía tengo que hacerle más preguntas.

Ena asintió, obediente.

—Dígame —preguntó Valerie—, ¿dónde estaba el sábado pasado por la noche? ¿Se acuerda?

—Sí, claro. Estuvimos en Londres. Stan y yo. Salimos el sábado por la mañana hacia allí y volvimos a Scarborough el domingo al atardecer. Stan quiso presentarme a sus padres. ¿Por qué?

—Es por lo de Fiona Barnes, ¿verdad? —intervino Jennifer.

Valerie asintió. Aquella comprobación había sido una mera formalidad. Al igual que el sargento Reek, Valerie tampoco creía que Gibson hubiera mentido al respecto. Así pues, quedaba definitivamente descartado como posible asesino de Fiona Barnes.

—Estaría bien que pudiera proporcionarme un par de detalles más sobre el señor Gibson, señorita Witty —dijo Valerie—. Cualquier detalle podría ser importante. Cómo se comportaba, cosas que tal vez decía por decir. Algo que le hubiera llamado la atención... incluso aunque le parezcan pequeñeces. Todo. No se avergüence de contarme cuanto se le ocurra, por banal que pueda parecerle. Ese tipo de cosas a menudo revelan mucha información sobre las personas.

—Tampoco hace tanto que lo conozco —dijo Ena en voz baja.

—Lo suficiente para plantearse dejarlo —se entrometió Jennifer.

Valerie miró fijamente a Ena.

—¿Es eso cierto? ¿Quería dejarlo?

—Lo... lo estaba pensando, sí. No estaba muy segura, pero...

—¿Su decisión la motivó la... pasión que Stan demostró tener por Amy Mills? ¿O había otros motivos?

—No me gustaba que fuera tan dominante —dijo Ena—. Todo tenía que hacerse como él quería. Sin excepción. Se mostraba encantador y atento, siempre y cuando no le llevaras la contraria porque si lo hacías se ponía furioso. Le cambiaba la voz, la expresión del rostro; cambiaba por completo.

—Cuando eso sucedía, ¿llegó a atemorizarla?

Ena titubeó.

—Directamente no —respondió—. Pero pensaba que acabaría teniendo miedo. Tenía la impresión de que iba a peor: la primera vez que le llevé la contraria, no sé por qué tontería, reaccionó de forma bastante contenida. La siguiente ocasión fue algo más airado. La siguiente, todavía más. Ya sabe... A veces me preguntaba hasta dónde sería capaz de llegar.

—¿Reñían muy a menudo por ese motivo?

Ena hizo una mueca de disgusto. Parecía deprimida.

—No soy una persona que suela llevar la contraria, inspectora. Por desgracia. Por eso me apunté al curso en el que conocí a Gwen Beckett. Nunca he sabido enseñar los dientes cuando algo no me gusta. Creo que debió de ser por eso por lo que Stan se fijó en mí. Y no, no nos peleábamos a menudo. Precisamente por eso me asustaba la manera como se enfadaba las pocas ocasiones en las que tuvimos algún roce.

—¿Alguna vez le ha parecido que Stan estaba a punto de perder el control? ¿Que pudiera llegar a comportarse de manera violenta si alguien, una mujer, se oponía a lo que él quería o tenía previsto hacer?

—Sí, no me habría sorprendido —dijo Ena.

Valerie asintió. La imagen que ya tenía de Stan Gibson no hacía más que completarse. Las piezas encajaban sin fisuras. Aunque la argumentación de Ena no contribuía a avanzar ni un solo paso.

Valerie se puso de pie.

—Gracias, señorita Witty. Era un punto importante. Por favor, venga a verme a comisaría a las dos. Y anote todo lo que se le ocurra hasta entonces.

Jennifer la acompañó hasta la puerta.

—¿Cree que fue él? —preguntó.

A Valerie le habría gustado afirmarlo con rotundidad, pero ante la falta de pruebas no le fue posible hacerlo.

—Lo que yo crea, desgraciadamente, no cuenta para nada

—dijo—. Lo decisivo es lo que pueda probar. Y en ese sentido queda aún mucho trabajo por hacer.

—Adiós, inspectora —dijo Jennifer.

Valerie la saludó con la cabeza. Al llegar a la calle vio a Gwen Beckett, que en aquel momento salía de un coche aparcado al otro lado de la calle. Llevaba puesto un grueso anorak y se había recogido en un moño la trenza rubia. Gwen no había visto a la inspectora. Tras un segundo de titubeo, Valerie cruzó la calle y se le acercó.

—Buenos días, señorita Beckett. Ha venido a buscar a la señora Brankley, ¿verdad?

Gwen se sobresaltó.

—Oh... No la he oído acercarse. Buenos días. —Como siempre que se dirigía a alguien por sorpresa, lo hizo sonrojada.

Pobre, pensó Valerie para sí.

—Ha llegado temprano.

—Sí. Como bien decía usted misma, venía a recoger a Jennifer. Menuda locura, ¿no? Me costaba creerlo mientras Colin me lo contaba.

—Acabo de estar arriba. Creo que la señorita Witty está bastante tranquila; ya puede quedarse sola.

—Qué bien —dijo Gwen. Parecía algo indecisa.

Cerró la puerta del vehículo y se guardó la llave en el bolso.

—Me he atrevido a venir en coche hasta aquí —le dijo entonces, casi como si se estuviera disculpando—. No me gusta conducir, ¿sabe? Pero quería recoger a Jennifer de todos modos. Y hay pocos autobuses para venir desde la granja hasta aquí... Además, quería comprar un par de cosas. Colin me ha prestado su coche. Es más fácil de aparcar que el de mi padre.

—Colin... ¿El señor Brankley está en la granja?

—Jennifer quería que se quedara con los perros. Siempre se preocupa mucho por ellos.

—No tardará en verlos de nuevo. Oiga... —Valerie decidió aprovechar la ocasión—. Ya que la tengo aquí... ¿Conoce usted a Stan Gibson?

—Ligeramente, sí.

—¿Hasta qué punto lo conoce?

Gwen pensó un momento.

—No muy bien. Trabaja en la empresa de construcción que se encargaba de las obras de reforma de la escuela y siempre se las arreglaba para estar frente al aula en la que se impartía el curso. Era evidente que le había echado el ojo a Ena Witty. Enseguida empezaron a salir juntos. A veces los acompañaba un trecho a pie después de clase. Yo iba a la parada del autobús, y Stan y Ena, hacia el centro. Esas fueron, de hecho, las únicas ocasiones que tuve de conocerlo un poco, si es que se puede considerar que eso es conocerlo.

—¿Qué impresión tiene de él?

—Era... bueno, era evidente que estaba interesado en Ena. Se mostraba encantador y atento. Una vez le llevó una rosa cuando pasó a recogerla. Pero también era...

—¿Sí? —preguntó Valerie al ver que Gwen se detenía.

—Era muy decidido —dijo Gwen—. Era amable y simpático, pero a la vez no dejaba dudas acerca de cómo debía ser todo; es decir, como él quería. Siempre llegaba con planes para la tarde o para el fin de semana, y nunca se preocupaba de que Ena pudiera desear hacer otra cosa distinta. A veces te daba la impresión de que podía reaccionar de forma bastante brusca si le llevabas la contraria.

—¿Qué le hacía pensar eso?

—No lo sé... Simplemente me daba esa impresión.

—¿Alguna vez llegó a ver cómo Ena Witty le llevaba la contraria en público?

—No. Pero tampoco es que ella me pareciera muy feliz. En una o dos ocasiones me di cuenta también de que a él no le gustaba que Ena asistiera al curso. Decía que no eran más que bobadas, que para qué quería ella ganar confianza en sí misma. En alguna ocasión hizo comentarios despectivos, como que de cursos como esos saldríamos convertidas en absurdas feministas... o algo parecido. Y se burlaba de un modo casi ofensivo de los juegos de roles que Ena le había contado.

—¿Juegos de roles? —preguntó Valerie, algo confusa.

Gwen se acongojó un poco. El tema parecía avergonzarla un tanto.

—Bueno, sí... Practicábamos situaciones críticas, con esos juegos de rol.

—¿Y qué se entendía por «situaciones críticas» en el curso?

—Situaciones en las que... Me refiero a esas cosas que resultan embarazosas para gente como nosotras. Presentarse sola a una fiesta, ir sola a un restaurante, dirigir la palabra a un desconocido, dejarse aconsejar por una vendedora y luego marcharse de la tienda sin comprar nada de todos modos. Ese tipo de cosas. Sin duda usted debe de encontrarlo ridículo, pero...

Valerie negó con la cabeza enseguida.

—En absoluto. Todo lo contrario. No se creería la de veces que he comprado cosas que no quería solo porque no sabía cómo sacarme de encima a una vendedora. Quien más quien menos tiene problemas de ese tipo.

—¿De verdad? —preguntó Gwen, sinceramente sorprendida.

La imagen que Gwen tenía de la omnipotente inspectora acaba de quedar hecha añicos, pensó Valerie.

—De verdad —se limitó a responder—. Por lo que me cuenta, señorita Beckett, parece que Stan Gibson bromeaba al respecto, ¿no? Menospreciaba el curso, o por lo menos su utilidad. No le interesaba que su novia aprendiera a ser una persona independiente y segura de sí misma, ¿me equivoco?

—No le interesaba lo más mínimo. Siempre pensé que lo que Stan Gibson quería era una mujer sumisa. No me parece un hombre que acepte con facilidad un no por respuesta.

—Una formulación interesante —dijo Valerie—. ¿De qué cree usted que sería capaz si una mujer se atreviera a llevarle la contraria? ¿Si se opusiera a sus atenciones con una negativa?

—No lo sé —dijo Gwen—, pero a mí me habría dado miedo tener que rechazarlo.

—Comprendo —dijo Valerie mientras tendía una mano a Gwen—. Gracias, señorita Beckett. Me ha ayudado mucho —añadió antes de volverse para marcharse.

Gwen la detuvo.

—Inspectora, es... Stan Gibson... ¿Fue él quien mató a Fiona?

Era la pregunta que se hacían todos los que se habían visto afectados por la historia.

—Todavía no sabemos si el autor del crimen de Amy Mills tiene algo que ver —dijo Valerie—. Y respecto al señor Gibson, la investigación acaba de empezar.

Valerie se despidió y se dirigió hacia su coche. Apenas lo hubo arrancado, le sonó el móvil. Era Reek, la voz del sargento sonaba excitada y contenta.

—Inspectora. Agárrese, que tengo algo para usted. Acabo de hablar con Karen Ward. Dave Tanner puede ir preparándose. La señorita Ward ha confirmado que estuvieron en el Golden Ball, algo que de todos modos ya habíamos confirmado. Pero ahora viene lo bueno: después se marchó sola a casa. Y pasó la noche sola. Lo que significa que Tanner no tiene testigos acerca de su paradero alrededor de las diez. Y que ha vuelto a mentirnos.

Valerie se quedó sin aliento.

—¿Podemos confiar en ella? ¿En su testimonio?

—Sí.

—¡Esta sí que es buena! —exclamó Valerie.

—Ayer Tanner la bombardeó a llamadas —prosiguió Reek—, seguro que para protegerse. Lamentablemente para Tanner, la chica acababa de decidir que no quería saber nada más de él. O sea, que no respondió a ninguna de las llamadas.

—Estoy frente al domicilio de Ena Witty —dijo Valerie—, en cinco minutos puedo estar en casa de Tanner.

—Nos vemos allí enseguida —dijo Reek antes de colgar.

6

A primera vista, la granja de los Beckett parecía desierta. El viejo coche de Chad estaba aparcado junto a un cobertizo, pero no se veía ni un alma. Cuando Leslie salió de su coche se dio cuenta de que el viento que había estado soplando por la mañana, del mar hacia tierra adentro, había amainado. El día se había sumido en una extraña inmovilidad. Nada se movía. Las nubes presentaban un aspecto plomizo en el cielo.

Dave también salió del coche. Parecía tenso. Habían dado un largo paseo, se habían sentado en las rocas y habían fumado unos cigarrillos, habían hablado e incluso habían llegado a reírse, en ocasiones. Ya era mediodía cuando habían salido hacia Staintondale. Incluso Dave tenía ganas de terminar de una vez con aquello.

—Quiero olvidarme de la historia —le había dicho—. Quiero aclarar las cosas para siempre.

De repente daba la impresión de que no pudiera esperar para librarse de Gwen, de aquel enredo y de sus propias mentiras.

—Parece como si no hubiera nadie en casa —dijo Leslie—. Y, de hecho, el coche de los Brankley no está.

Se acercaron a la casa y llamaron a la puerta. Al ver que no había movimiento, Leslie accionó el picaporte con determinación. La puerta no estaba cerrada con llave.

—¿Hola? —gritó.

Una sombra surgió de la cocina, la sombra de un hombre alto y encorvado que se movía con dificultad: Chad Beckett.

—¿Leslie? —preguntó.

—Sí, soy yo. Y Dave. ¿Gwen está en casa?

—Hoy ha salido temprano para recoger a Jennifer. También quería ir de compras. Puede que se queden a comer juntas en la ciudad. Ni idea. —La mirada de Chad se desvió hacia el que tenía que ser su yerno, que estaba detrás de Leslie—. Buenos días, Tanner. La policía ha estado aquí preguntando por usted.

—¿Cuándo? —preguntó Dave, desconcertado.

—Hace un par de horas más o menos. Pero no sé qué querían.

—Pasaré por la comisaría —dijo Dave—, pero primero me gustaría hablar con Gwen.

—Entonces deberá tener un poco de paciencia.

—¿Por qué ha tenido que ir a recoger a Jennifer? ¿Y adónde? —preguntó Leslie.

Chad frunció la frente.

—Ayer a mediodía, Jennifer acudió a la policía. Si no lo he entendido mal, acompañó a una conocida de Gwen porque el novio de esta por lo que sé tiene algo que ver con la muerte de una estudiante, esa chica a la que asesinaron en julio en Scarborough. La amiga descubrió las intrigas de su novio y se lo contó a Jennifer.

—¿Qué? —Dave y Leslie lo miraron, atónitos.

Estaba claro que a Chad aquella historia no le interesaba especialmente y que todo indicaba que no había prestado mucha atención a los detalles.

—Preguntádselo a Jennifer cuando venga, ella os lo contará mejor. Yo solo sé lo que me ha contado Colin después de haber hablado con ella por teléfono. Jennifer ha pasado la noche en casa de esa conocida de Gwen porque la chica tenía un ataque de nervios y no podía quedarse sola. En cualquier caso, Gwen ha ido a buscarla esta mañana.

—No es posible —dijo Leslie, desconcertada.

—¿Significa eso que ya saben quién mató a Amy Mills? —preguntó Dave.

Chad parecía tan impasible como siempre.

—Puede ser.

—Bueno, al menos me he librado de esa sospecha —dijo Dave.

—¿Y dónde está Colin? —preguntó Leslie.

Albergaba la esperanza de que él pudiera explicarle lo que más le interesaba. Se preguntaba lo mismo que se habían preguntado todos los que se habían enterado de aquella noticia: si la policía había atrapado al asesino de Amy Mills, ¿significaba eso que también habían atrapado al asesino de Fiona Barnes?

—Colin ha salido con los perros —explicó Chad.

De momento, pues, no sería posible conocer más detalles.

Leslie se frotó las sienes con las manos, un gesto con el que intentaba concentrarse. Acababa de enterarse de algo absolutamente disparatado, pero no podía hablar de inmediato con Jennifer ni con la policía, por lo que el centenar de preguntas que se agolpaban en su cabeza tendrían que esperar; debería centrarse en el motivo por el que había acudido a la granja.

—Chad, me gustaría hablar contigo —dijo ella.

—Ven a la cocina —respondió Chad—. Estaba preparándome algo para comer.

—Esperaré fuera —dijo Dave—. De todos modos, necesito un poco de aire fresco.

Leslie siguió a Chad hasta la cocina. Sobre la mesa había una sartén con huevos revueltos, blancuzcos y poco hechos. Les había añadido unos cuantos trozos de embutido que habían quedado por encima del revoltijo, que a buen seguro ya se había enfriado.

—Siento molestarte a la hora de comer —dijo Leslie.

Chad negó con un gesto y se sentó en el banco, cogió uno de los platos que habían dejado allí apilados desde el desayuno, apartó las migajas de pan que tenía encima y vertió en él aquellos huevos tan poco apetitosos.

—No es que sea muy divertido comer solo. ¿Quieres algo?

—No, gracias —respondió Leslie mientras se estremecía por dentro.

Chad la miró un instante.

—Estás demasiado delgada.

—Siempre lo he estado.

Él emitió un sonido indefinible. Leslie tomó asiento frente a Chad, abrió el bolso y, sin vacilar ni un momento, sacó los papeles que Colin le había dado en mano pocos días antes.

—¿Sabes lo que es esto?

Él alzó la vista mientras masticaba.

—No.

—Son archivos informáticos impresos. Estaban adjuntos a los correos electrónicos que mi abuela te había mandado. Durante el último medio año.

Chad se quedó de piedra durante unos segundos al darse cuenta de lo que Leslie tenía en las manos. Dejó caer el tenedor sobre el plato.

—¿De dónde lo has sacado? —preguntó con brusquedad.

—Eso no importa.

—¿Has estado hurgando en el ordenador de tu abuela?

Leslie pensó que lo más inofensivo sería que de momento Chad creyera que eso era lo que había hecho, por lo que se limitó a no contradecirlo.

—Ahí hay muchas cosas que yo ya sabía. Y unas cuantas acerca de las que no tenía ni idea. Jamás, jamás había oído hablar de la existencia de ese tal Brian Somerville.

La voz de Leslie vibró de un modo especial al pronunciar el nombre. Sonó extrañamente clara, muy dura e inflexible.

—Brian Somerville —repitió Chad.

Apartó el plato del que había estado comiendo. A pesar de lo impasible que se mostraba siempre ante todo, aquello parecía inquietarle lo suficiente para quitarle el apetito.

—Sí. Brian Somerville.

—¿Qué quieres saber?

—¿Qué ha sido de él?

—Lo ignoro. Ni siquiera sé si sigue vivo.

—¿Y no te interesa lo más mínimo?

—Es agua pasada.

—Sucedió hace sesenta años, si damos crédito a lo que hay aquí escrito.

—Sí. Hace unos sesenta años.

Los dos se miraron fijamente por encima de la mesa. En silencio. Al final fue Chad quien se decidió a hablar.

—Si lo has leído todo, debes de saber que por aquel entonces no tuvimos alternativa. No fui yo quien trajo aquí a Brian. No podía hacerme responsable de él. Me encargué de que alguien le diera alojamiento. Un techo bajo el que dormir. Aquí no podía quedarse.

—Tendrías que haber recurrido a las autoridades.

—Ya sabes por qué no lo hice. Es muy fácil venir ahora y...

Chad se detuvo, se puso de pie y se acercó a la ventana, a través de la que contempló aquel día tan espeso.

—En retrospectiva todo parece muy distinto —dijo al cabo de unos momentos.

—Lo que no entiendo es que no sientas ningún interés por saber qué ha sido de él.

—Eso significa que no has comprendido nada.

—¿Quién es Semira Newton?

Cuando Chad se dio la vuelta, Leslie vio que le palpitaba una vena en la frente. Estaba realmente emocionado.

—¿Semira Newton? Fue la que... lo descubrió.

—¿A Brian?

—Sí.

—¿En mil novecientos setenta?

—No lo sé con exactitud. Hace mucho tiempo. Puede ser... Sí, debió de ser en mil novecientos setenta.

—¿Y dices que lo descubrió a él? ¿Qué significa eso?

Chad se volvió de nuevo hacia la ventana.

—Pues eso, que lo descubrió. Se organizó un tinglado increíble. Policía, periodistas... Qué sé yo.

—¿Lo descubrió en casa de Gordon McBright?

—Sí.

Leslie se puso de pie. Estaba tiritando a pesar de que en la cocina no hacía frío en absoluto.

—¿Qué fue exactamente lo que descubrió, Chad?

—Ella lo encontró. Encontró a Brian. Lo vio y... bueno, él no estaba... en las mejores condiciones posibles. Dios mío, Leslie, maldita sea, ¿qué es lo que quieres saber en realidad?

—Todo. Todo lo que sucedió. Todo lo que las cartas de Fiona no terminan de contar. Eso quiero saber.

—Pues pregúntaselo a Semira Newton.

—¿Dónde puedo encontrarla?

—Creo que vive en Robin Hood's Bay.

Robin Hood's Bay. El pueblecito de pescadores que quedaba a medio camino entre Scarborough y Whitby. Leslie lo conocía. Era lo bastante pequeño para localizar sin problema a cualquiera que viviera allí si preguntaba en alguna de las casas.

—Así pues, ¿tú no quieres hablar conmigo acerca de eso? —insistió una vez más Leslie.

—No —dijo Chad—, no quiero —dijo con rotundidad antes de darle la espalda.

—Entonces ¿no tienes miedo de nada? —preguntó Leslie.

—¿De qué quieres que tenga miedo?

—Sucedió algo terrible, Chad, y el hecho de que te niegues a hablar de ello no significa que puedas borrar los acontecimientos. Fiona y tú estabais muy implicados en ese asunto. ¿No te has parado a pensar ni por un momento que el asesinato de Fiona podría tener alguna relación con ello? ¿No entiendes que, de ser así, también tú podrías estar en peligro?

En ese momento, Chad se dio la vuelta con una genuina expresión de asombro en el rostro.

—¿El asesinato de Fiona? Pero si ya han pillado al tipo que lo hizo y no tiene nada que ver con la historia de Somerville.

—¿Te refieres al presunto asesino de Amy Mills?

—Ese mismo. Colin ha dicho que es una especie de psicópata. Que espiaba a las mujeres y después las mataba. Un loco. No tengo ni idea de cuál debe de ser el problema que tiene exactamente, pero no hay duda de que no guarda relación alguna con mi pasado y el de Fiona.

—Puede ser. Pero ¿quién te dice que el asesino de Amy Mills y el de Fiona sean una sola persona?

—Eso es lo que la policía creía desde el principio, ¿no?

—¿Sabes si siguen pensando lo mismo? En cualquier caso, yo no me obstinaría demasiado en dar crédito a esa teoría —dijo Leslie mientras volvía a guardarse los papeles en el bolso—. Sé prudente, Chad. De momento estás completamente solo aquí fuera.

—¿Adónde vas?

—A Robin Hood's Bay —dijo Leslie mientras buscaba la llave del coche—. A ver a Semira Newton. Voy a descubrir lo que sucedió, Chad. ¡No te quepa duda!

7

—Es como darse de cabezazos contra una pared —dijo Valerie.

Se apoyó en la puerta y miró al sargento Reek con tristeza. Acababa de acompañar afuera a Stan Gibson para dejar, a regañadientes, que se marchara sin cargos después de dos horas más de conversación con él.

—No comete ni un solo error.

—¿Está segura de que fue él quien mató a Amy Mills? —preguntó Reek.

—Estoy convencida, Reek. Me sonríe de ese modo porque sabe que lo sé y que no puedo hacer nada al respecto. Disfruta jugando conmigo. Se muestra paciente, cortés, servicial. Y no hace más que reírse por lo bajo.

—¿Y la conversación con la señorita Witty tampoco ha aportado nada positivo?

Valerie se había pasado una hora hablando con Ena Witty, pero no había sacado nada nuevo de ello.

—No. Tan solo nos ha vuelto a confirmar que estaba en Londres en el momento del asesinato de Fiona Barnes. Y aparte de eso ha descrito, una vez más, cómo eran sus días con Stan Gibson. Tenía miedo de él, Reek, o por lo menos estaba muy cerca de sentir miedo. Gibson es un tarado, y ella se estaba dando cuenta de ello cada vez con más claridad. Yo también lo percibo. Ese tipo es muy peligroso, pero se camufla a la perfección. Tras esa sonrisa cortés se esconde un psicópata muy perturbado. Me jugaría cualquier cosa a que lo es.

—Un tarado, un psicópata... Por mucho que se jugara todo lo que tiene, el fiscal lo rechazaría todo en un santiamén.

—Lo sé. Tengo las manos vacías, en ese sentido.

—Este caso le está... —empezó a decir Reek con cautela. Aun así prefirió corregirse de inmediato—. Nos está afectando demasiado los nervios, inspectora. Un asesinato horrible y ni una sola pista durante meses. No deberíamos obsesionarnos con nadie solo porque...

Valerie soltó una carcajada sin entusiasmo.

—¡Vamos, Reek! ¡Diga lo que piensa! ¿Que me estoy aferrando a Gibson porque finalmente puedo presentar a un posible autor del crimen? No. Eso no sería lógico. Gibson se ha cubierto muy bien las espaldas. Sería idiota por mi parte medir mis fuerzas con él sin estar convencida de que es el autor del crimen, porque no podría probar que es culpable. Ahora no. Por este crimen, no.

Reek se pasó la mano por los ojos. Empezaba a notársele el exceso de horas extras.

—Así pues, ¿qué debemos hacer?

—Voy a remover hasta el último milímetro del terreno que pisa —dijo Valerie—. En sentido figurado. Interrogaré a todos sus conocidos, da igual lo alejados que estén. A su jefe, a sus compañeros de trabajo, a sus vecinos, y a todos sus conocidos, parientes y amigos. Cribaré toda la tierra con la esperanza de que en algún momento aparezca una diminuta pepita de oro.

—¿A pesar de que ya está convencida de que no podrá probar que Stan es culpable?

—Es muy astuto. Es listo, pero también es humano. Tarde o

temprano cometerá algún error. Y yo lo seguiré de cerca y sin descanso para caerle encima justo en el momento en que eso suceda.

—¿Qué tipo de error podría ser? —preguntó Reek.

Valerie se acercó a la ventana y miró hacia fuera. No sabía si Gibson había acudido a comisaría en coche o a pie. En cualquier caso, no lo veía en el aparcamiento. Tal vez ya se había marchado pitando a casa, con toda seguridad satisfecho de su actuación.

—Volverá a hacerlo, Reek. Por dos motivos: porque querrá tener a otra mujer. A Ena Witty, no. Se cuidará de ponerle las manos encima porque sabe que la tenemos vigilada. No, a ella no, a otra. Y en algún momento esta no querrá lo mismo que él. Entonces Gibson tendrá un problema. Son ese tipo de situaciones las que lo superan.

—¿Y el otro motivo?

—Está lo suficientemente enfermo para no haberse quedado satisfecho con este éxito que consiste en haber superado a una agente de policía al borde de la úlcera de estómago porque no consigue probar que es culpable. Todo eso no es más que un triunfo para él. De momento se siente embriagado por el éxito, Reek. Necesitará volver a sentir esa embriaguez.

—Es un juego peligroso, inspectora.

Valerie se dio la vuelta. Reek casi se asustó al ver la rabia que expresaban los ojos de Valerie Almond.

—Sí, es un juego de mierda, Reek, en eso tiene razón. Pero no hay otro camino. Esperar. Y luego lanzarnos sobre él de golpe. Es mi única esperanza.

—De todas formas, eso no aclara el asesinato de Amy Mills. En todo caso, no lo aclara oficialmente, ni para los parientes de la chica. Tal vez su padre y su madre no lleguen a ver cómo condenan al tipo que mató a su hija.

—Es posible. Y créame, Reek, eso me tiene al menos tan fastidiada como a usted. Pero es lo que hay. Como siempre. No podemos atraparlos a todos. No podemos atrapar a todos los que hacen cosas como lo que él ha hecho. No siempre podemos cumplir con el deseo de los parientes de las víctimas de que se haga justicia. Es horrible, pero es así. En el caso de Gibson, se trata de sacar de la circulación a un individuo altamente peligroso para evitar más desgracias. —Valerie se sintió muy cansada de repente y presintió que, además, se le notaba mucho—. Es un caso cerrado de forma no oficial, lo que no puede decirse que sea satisfactorio.

Y desde luego no ayudará a mi carrera, añadió mentalmente, aunque enseguida se avergonzó de haberlo pensado.

—A veces las cosas son así —dijo Reek. Se dio cuenta de lo deprimida que estaba su superior—. Inspectora, de todos modos, en lo que respecta a Fiona Barnes, por muy convencidos que estemos de que fue Stan Gibson, eso no nos llevaría a ninguna parte. Quiero decir, que como mínimo debemos pensar si acabamos de mandar a casa a alguien que ha cometido un asesinato o a alguien que ha cometido dos.

—En cualquier caso, no fue el autor del asesinato de Barnes —dijo Valerie—, porque si Gibson carga con más de un asesinato o con alguna que otra violación en la conciencia, probablemente no lleguemos a saberlo jamás. Y respecto al caso Barnes, seguimos andando a tientas, como al principio, y eso no me parece nada tranquilizador. ¿Sobre Tanner no tenemos ninguna pista, todavía?

Por la mañana habían llegado prácticamente al mismo tiempo a la casa de Friargate Road y la casera les dijo que había echado a Dave Tanner a la calle el día anterior.

—¡No quería tener ni un segundo más a un asesino en mi casa! —había gritado la casera una y otra vez, casi al borde de la histeria—. Lo he echado con todos sus bártulos. No me apetecía ser la siguiente, ¿comprenden?

—Estamos casi seguros de que Tanner no tiene nada que ver con el asesinato de Amy Mills —le había explicado Valerie—. Y respecto al caso de Fiona Barnes, no tenemos ninguna prueba que demuestre que fue él.

—Pero sabemos que la noche del sábado se marchó disimuladamente de aquí, ¿no? —dijo la señora Willerton, presumiendo de conocer esa información privilegiada—. ¡Y eso después de haber declarado algo distinto!

Sí, y por desgracia sus mentiras no habían acabado ahí, había pensado Valerie, aunque sin compartirlo en voz alta con la señora Willerton, que estaba furiosa.

—¿Tiene alguna idea de adónde puede haber ido? —le había preguntado—. Quiero decir, que en un lugar u otro tendrá que cobijarse, ¿no?

—Lo ignoro. A casa de su prometida, supongo, si es que ella aún quiere casarse con él. Yo no me sentiría segura con un tipo como ese. Cuando pienso el peligro que corría mientras lo tenía viviendo aquí...

En la granja de los Beckett, que había sido el siguiente lugar en el que Valerie había ido a buscarlo, tampoco lo había encontrado. Y después de lo que le había dicho a Reek el día anterior, era poco probable que Karen Ward lo hubiera acogido en su piso.

—Seguimos sin tener pistas —dijo Reek—. Tengo a un agente apostado frente a la Friarage School. Tanner tiene que dar una clase de español esta tarde, a las seis. Pero algo me dice que no se presentará. ¿Quizá deberíamos dejar de buscarlo?

—No se ha dado a la fuga. Es su casera la que lo echó de casa, por lo que se ha visto obligado a buscar otro alojamiento y no tiene ni idea de que lo estamos buscando —dijo Valerie.

—Pero nos ha mentido en su declaración respecto a lo que hizo la noche del crimen —reflexionó Reek en voz alta—, y no una, sino dos veces.

Valerie consultó el reloj.

—Son las cinco y cuarto. Esperaremos una hora más. Si hasta entonces no ha aparecido, lo buscaremos en serio.

Los dos se miraron fijamente.

—En tal caso empezaremos a investigar a Dave Tanner —dijo Valerie.

8

Tal como había esperado, Leslie no tuvo ningún problema para encontrar en Robin Hood's Bay la casa en la que vivía Semira Newton. Había preguntado por ella en un puesto de souvenirs y la vendedora había asentido de inmediato.

—Claro que conozco a Semira. Tiene una pequeña alfarería al final de la calle. No tiene pérdida.

Leslie siguió por aquella empinada calle, cuesta abajo.

Robin Hood's Bay estaba pegada a un acantilado y se extendía casi hasta la bahía que tenía debajo. El pueblecito, a pesar de ser muy turístico y repleto de tiendecitas y de comercios, seguía conservando su encanto original. Casas pequeñas, bajas, calles empedradas, un arroyo que cruzaba el sendero que llevaba hasta el mar. Jardines minúsculos en los que se abrían las últimas flores del año. Terracitas en las que se agolpaban mesas y sillas pintadas que atestiguaban acogedoras noches de verano bajo cielos despejados. Y por encima de todo, el olor a sal y a algas procedente del agua.

Leslie había encontrado enseguida la alfarería, solo un poco más arriba del lugar en el que la calle se ensanchaba para desembocar en la playa. La casa era tan pequeña e inclinada como la mayoría de las que formaban aquel pueblo, con las paredes encaladas y una puerta de madera oscura y brillante. Había dos escaparates junto a la puerta en los que había expuestos los artículos que Semira Newton ofrecía: vasos, tazas, platos y recipientes de grueso barro vitrificado, en algunos casos algo irregulares, pero genuinos y peculiares a la vez. No había ni una sola pieza pintada de colores, si bien, según la temperatura de cocción y el barniz utilizado, el tono marrón variaba entre un ocre claro y un marrón oscuro muy saturado que resumían la variación cromática de las piezas. A Leslie, a quien no le entusiasmaban los platos decorados con florecitas, le gustó la sencillez que ofrecía el escaparate.

Lamentablemente, Semira Newton no estaba en casa o, al menos, no estaba en la tienda. Una nota pegada a la puerta anunciaba: «¡Volveré hacia las cuatro!».

Leslie consultó el reloj. Faltaba poco para las dos.

De todos modos, llamó un par de veces y miró por la ventana con la esperanza de ver algo de movimiento en el interior, pero las cortinas blancas se lo impidieron. Era evidente que Semira no estaba en casa.

Leslie bajó hasta la playa. En esa época del año apenas había turistas. Un grupo de unos veinte niños de ocho o nueve años estaban sentados sobre las rocas planas de la parte superior de la bahía, armados con blocs de dibujo. La maestra leía un libro mientras los niños, enfundados en gruesos anoraks, dibujaban muy concentrados, sacando la lengua entre los labios. El mar, la arena... Leslie echó una ojeada a un par de dibujos al pasar.

Qué bonito, pensó, trasladar aquí la clase de dibujo.

Dos mujeres mayores recorrían la orilla recogiendo piedras y conchas. Un hombre estaba apoyado en el muro en el que se apoyaban las casas más periféricas del pueblo, que quedaban casi sobre la bahía, y miraba pensativo a lo lejos. Otro hombre lanzaba pelotas de tenis a su perro y el animal corría a toda velocidad, dando largos brincos, ladrando con entusiasmo por la playa. Leslie pasó un rato contemplándolos antes de sentarse sobre una roca y ceñirse un poco más la chaqueta. De hecho no es que hiciera mucho frío, pero no podía parar de tiritar. Sabía por qué: tenía miedo de la conversación que estaba a punto de mantener con Semira Newton.

Tal vez lo mejor sería simplemente volver a Scarborough, pensó, y dejar en paz las viejas historias.

Pero tal vez fuera tarde para ello. Ya sabía demasiado. Descubriría lo que había quedado por explicar. Ella podía decidir dejar en paz el pasado, pero ¿el pasado haría lo mismo con ella? ¿La dejaría en paz?

Poco a poco, la playa se fue vaciando porque empezaba a subir la marea. El tipo del perro desapareció, los alumnos de dibujo recogieron los blocs y los lápices. Las dos mujeres ya estaban de vuelta. Cuando Leslie regresó a la alfarería a las cuatro en punto, solo quedaba el hombre apoyado en el muro, contemplando fijamente el mar, algún punto en el horizonte que solo él y nadie más era capaz de ver.

A pesar de que en la nota decía que estaría de vuelta a las cuatro, Semira Newton aún no había aparecido a las cuatro y cuarto, ni tampoco a las cuatro y media. Leslie no hacía más que pasear arriba y abajo frente a la casa, se fumó un par de cigarrillos, cada vez tenía más frío y se sentía más deprimida, a tal punto que casi valoró la situación como una señal del destino: no tenía que suceder. No serviría de nada, no traería nada bueno. Tal vez no era más que una oportunidad de evitar encontrarse con Semira y al final terminaría deseando haberla aprovechado.

A las cinco menos diez finalmente decidió marcharse de Robin Hood's Bay, pero justo en ese momento divisó una figura que bajaba por la calle y el instinto le dijo que se trataba de la mujer a la que llevaba un buen rato esperando. Era una mujer menuda que se movía con gran dificultad con la ayuda de un andador por aquella calle, cuya acusada pendiente dificultaba aún más su desplazamiento. Avanzaba muy despacio, parecía como si cada paso le costara gran esfuerzo y mucha concentración. Llevaba unos pantalones de color beis y un anorak marrón; iba vestida con los mismos colores que decoraban las piezas de alfarería que fabricaba y vendía. El oscuro color de su piel, el pelo y los ojos negros la identificaban claramente como india o paquistaní.

A Leslie el corazón le latía con fuerza. Dio un par de pasos para acercarse a la anciana.

—¿Señora Newton? —preguntó.

La mujer, que durante todo el rato había tenido los ojos fijos en la calle, alzó la mirada.

—¿Sí?

—Soy la doctora Cramer. Leslie Cramer. La estaba esperando.

—He tardado más de la cuenta —dijo Semira. No parecía dispuesta a disculparse por ello, pero de todos modos le dio una explicación—. Cada jueves me hacen masajes. Una amiga mía, que también vive en el pueblo. Es importante, porque ya tengo la carcasa —dijo refiriéndose a su cuerpo— muy torcida y encorvada. Hoy nos hemos quedado charlando un rato más mientras tomábamos un té. —Ya delante de la tienda, sacó trabajosamente las llaves del bolsillo del anorak y abrió la puerta—. En esta época del año rara vez viene alguien a comprar algo. En verano esto está mucho más animado, pero ahora... No creí que hubiera nadie esperando. —Muy despacio, entró en la tienda y encendió la luz—. ¿Quiere comprar algo, doctora Cramer?

La tienda era muy modesta. Los estantes de madera con objetos de alfarería expuestos recubrían las paredes. En medio de la sala había una mesa con una caja de hojalata encima que debía de hacer las veces de caja registradora. Una puerta conducía a otra sala, y Leslie supuso que allí es donde tenía el taller.

Semira rodeó la mesa con dificultad y se sentó con un gemido sobre una silla sin apartarse mucho del andador.

—Disculpe que me siente nada más llegar. Pero es que me canso enseguida, caminando. Aunque debería hacerlo más a menudo. Mi médico siempre se enfada conmigo, pero claro ¡a él no le duelen los huesos! —Se quedó mirando a Leslie con atención—. Entonces ¿qué? ¿Quiere usted comprar algo?

—De hecho he venido por otro motivo —dijo Leslie—. Me gustaría... hablar un momento con usted, señora Newton.

Semira Newton señaló un taburete que estaba en un rincón.

—Acérquese y siéntese. Perdone que no pueda ofrecerle nada más cómodo.

Leslie se sentó en el taburete al otro lado de la mesa, de manera que quedó frente a Semira.

—No hay problema —aseguró.

—¿Y bien? —preguntó Semira una vez más.

Sus ojos se concentraron en los de Leslie, y esta constató que tenía una mirada inteligente, despierta. Semira Newton tal vez se movía como una anciana de ochenta años, pero su mente seguía en plena forma.

Finalmente, Leslie se armó de valor.

—Soy la nieta de Fiona Barnes —dijo—, cuyo nombre de soltera era Fiona Swales. —Esperó a ver si eso provocaba alguna reacción en su mujer, pero no fue así. Semira se quedó impasible—. Conocía usted a mi abuela, ¿no? —preguntó Leslie.

—Coincidimos alguna vez, sí. Pero de eso hace una eternidad.

—Bueno, la... el pasado sábado por la noche la... asesinaron —dijo Leslie. Le costó dar esa información con sus propios labios, le sonaba completamente ajena.

—Lo he leído en el periódico —replicó Semira—. ¿Se sabe ya quién lo hizo? ¿Y por qué?

—No. La policía sigue sin saber nada al respecto. Por lo menos, eso parece. No ha trascendido si siguen alguna pista concluyente.

—El otro día leí algo acerca de la cantidad de crímenes que

quedan por resolver —dijo Semira en un tono de voz que parecía más bien el de una conversación trivial.

Leslie se dio cuenta de las reservas de aquella mujer. No sería fácil hablar con ella.

—Sí. Por desgracia, así es. —Leslie le dio la razón antes de mirarla muy seria—. Supongo que se imagina por qué he venido a verla, ¿no?

—Dígamelo.

—Nunca he sabido todo lo que pasó en la vida de mi abuela. Me he enterado de algunos detalles por casualidad después de su muerte. Hay nombres que no había oído en mi vida. Como el de Brian Somerville, por ejemplo.

Semira se quedó helada. No movió ni un solo músculo de la cara.

Leslie le planteó una pregunta directa.

—Sabe de quién le hablo, ¿no?

—Sí. Y usted también. ¿Qué quiere de mí?

—A partir de una carta que mi abuela envió a Chad Beckett pocas semanas antes de morir me enteré de que en los años setenta tuvo lugar un escándalo relacionado con Brian Somerville. Según la carta se produjo un gran revuelo en la prensa. Mencionaba investigaciones policiales... y la mencionaba a usted. Por lo que he entendido, usted fue la que desencadenó el asunto.

Semira esbozó una sonrisa. No parecía tensa en absoluto, sino más bien cansada. Un poco resignada. Como alguien a quien, varias décadas después, lo que se había convertido en el tema de su vida seguía provocándole quebraderos de cabeza, a pesar de no quedarle ya apenas fuerzas para dedicarlas a esa cuestión.

—Sí —dijo lentamente—. Yo lo desencadené. Fui yo quien advirtió a la policía y a la prensa. En cualquier caso, después de escapar a la muerte, en cuanto pude volver a actuar.

—Y recurrió a la policía y a la prensa porque... ¿encontró a Brian Somerville?

—Ocurrió en un día de diciembre —empezó a contar Semira. Su voz seguía siendo monótona y su rostro impasible—. El diecinueve de diciembre, para ser más exactos. En mil novecientos setenta. Un domingo. Un domingo muy frío, había nevado. Mi marido y yo por aquel entonces vivíamos en Ravenscar. Él trabajaba como cocinero en una residencia de la tercera edad en Scarborough, pero vivir allí habría resultado demasiado caro para nosotros, por lo que vivíamos en Ravenscar. Yo no tenía trabajo. Anteriormente había trabajado como asistente social en Londres, pero fuimos a parar al norte porque tras pasar mucho tiempo en el paro a mi marido le habían ofrecido un empleo. Yo esperaba encontrar trabajo en algún momento, también, pero en una región rural como esta y en esa época... al ser paquistaní no lo tuve fácil. La gente todavía tenía muchas reservas y recibí muchas negativas. A pesar de ello, tampoco es que fuera infeliz. John, mi marido, y yo nos queríamos mucho. Esperábamos un bebé.

En aquel momento se detuvo, parecía estar siguiendo el rastro de aquellos tiempos pretéritos.

—Bueno, en cualquier caso, a principios de diciembre vinieron a verme los hijos de unos compañeros de trabajo de John. Habían estado deambulando por los alrededores y se habían acercado a la granja de Gordon McBright, algo que por aquel entonces todos los padres prohibían rotundamente a los niños. Casi nadie había visto a McBright, pero corrían un montón de rumores acerca de él. Se le consideraba un tipo imprevisible, brutal y peligroso. Había quien veía en él simplemente a la personificación del mal.

—Gordon McBright...

Semira Newton tenía la mirada perdida más allá de Leslie, en la ventana que le permitía contemplar aquella tarde de octubre.

—Exacto —dijo—. El mal en persona. Inconcebible, más despiadado y astuto de lo que podíamos imaginar la mayoría de nosotros. Al menos yo, que por aquel entonces tenía veintiocho años, y bien sabe Dios que durante el tiempo que había trabajado en Londres como asistente social solo me había enfrentado al lado bueno del mundo y no conocía aún el mal verdadero.

Leslie se dio cuenta de que divagaba y no se centraba en el tema. Se resistía a volver a aquel día de diciembre de hacía casi cuarenta años.

—¿Sabe lo que leí hace unos meses? Leí acerca de cómo algunas personas se desembarazan de sus perros en España. Los cuelgan de los árboles. Pero no para que mueran enseguida, los cuelgan de tal manera que con las garras de las patas traseras llegan a tocar el suelo. Eso retrasa su muerte. Los perros luchan durante varias horas antes de morir.

Leslie tragó saliva.

—¿Y sabe usted cómo lo llaman a eso? —preguntó Semira—. Los españoles, quiero decir.

—No —dijo Leslie. Ese «no» había sonado tan ronco que apenas resultó inteligible. Se aclaró la garganta—. No —repitió.

—Lo llaman «tocar el piano» —dijo Semira—. Porque los perros, en un esfuerzo desesperado por salvarse, se mantienen sobre las puntas de las patas traseras y andan de un lado para otro con pasos cortos y rápidos para evitar la lenta estrangulación. Un movimiento parecido al de los dedos de un pianista sobre las teclas.

Leslie no dijo nada, pero por dentro estaba horrorizada y escandalizada.

—Sí —prosiguió Semira—, eso me dejó conmovida. No solo por el hecho de que lo hagan de ese modo, sino también por el nombre que le han dado a esa práctica tan cruel. Tal vez el mal en todo su esplendor se revela con más claridad cuando no solo consiste en la mera brutalidad, sino cuando esa brutalidad va acompañada de cinismo. Porque eso demuestra que el raciocinio interviene en el hecho. ¿Y acaso no es insoportable la idea de que personas que «razonan» hagan ese tipo de cosas?

—Sí —dijo Leslie en voz baja—. Así es.

—Pero no ha venido usted por ese motivo —dijo Semira—, no ha venido para hablar conmigo del mal que hay en el mundo. El motivo por el que está aquí tiene que ver con mi historia, la que tan ocupada me ha tenido a lo largo de tantos años. Tiene que ver con Gordon McBright. Y con Brian Somerville.

—¿Y con mi abuela? —preguntó Leslie.

Semira se echó a reír.

—Ah, ¿lo que quiere saber es si fui yo quien mató a su abuela el fin de semana pasado? ¿Quiere saber si tenía algún motivo para hacerlo? Pues sí, doctora Cramer, tenía uno. Pero siento decepcionarla. Si hubiera querido matar a Fiona Barnes, no lo habría hecho hace un par de días. ¿Al final de una bonita vida, para ahorrarle los achaques y la soledad propios de la vejez? ¿Por qué tendría que haber sido tan amable con ella? Y además, solo tiene que mirarme. He oído que a su abuela la mataron a golpes y que luego la arrojaron a una especie de barranco que se abría entre los prados. En plena noche. ¿Me ve usted físicamente capaz de hacer algo así? ¿Con esta piltrafa de cuerpo al que vivo encadenada?

Leslie negó con la cabeza.

—Es difícil de imaginar.

—Es imposible. Tendría dificultades incluso para suicidarme. Ya no digamos matar a otra persona... No, por desgracia, no es algo que yo pueda hacer.

—Tampoco pretendía acusarla de...

—No, claro que no, querida. Lo sé. Lo único que quiere es hacerse una idea acerca de ciertas cosas, ya la he entendido. ¿Sabe?, siempre he odiado a su abuela. Y a Chad Beckett también. Esa parejita tan pulcra, siempre con las manos tan limpias, siempre tan cuidadosos a la hora de salvar el propio pellejo. Al fin y al cabo, si mi vida ha sido tan dura es por culpa del egoísmo, la cobardía y el narcisismo de esas dos personas. Se lo puedo contar, si quiere, doctora Cramer. Puedo contarle cómo Gordon McBright me apalizó brutalmente hace cuarenta años y me produjo lesiones irreversibles. Puedo contarle todo lo que me hizo, y estoy segura de que no se aproximará en absoluto a lo que haya podido vivir usted, Leslie. No creo que sea fácil vivir cuando has tenido como abuela a Fiona Barnes, pero la dimensión de mi sufrimiento es otra, puede estar usted segura de ello.

—Me gustaría que me lo contara —dijo Leslie.

9

—Pero ¿por qué lo hiciste? —preguntó Colin.

Estaba de espaldas a la pequeña ventana de la buhardilla que desde hacía años ocupaban cuando pasaban las vacaciones en la granja de los Beckett. Y a pesar de no ser un tipo especialmente ancho de hombros, cubría casi toda la superficie del cristal e impedía que entrara la luz del día.

Jennifer estaba sentada en la cama, con Wotan y Cal a sus pies. Los dos perros apoyaban el hocico en la rodilla de Jennifer, suplicándole caricias con la mirada, mientras ella les rascaba la cabeza, perdida en sus cavilaciones.

—No lo sé —dijo ella como toda respuesta a la pregunta de su marido.

—Es que, Jennifer, de verdad... —dijo él mientras negaba con la cabeza—. Es una declaración falsa lo que le contaste a la policía. ¡En un caso de asesinato! Eso puede llegar a tener serias consecuencias. ¿Y te limitas a decir que no sabes por qué lo hiciste?

Ella se mantuvo impasible.

—Tal vez actué de forma demasiado impulsiva. Tuve la impresión de que sería mejor... tener una coartada. Esa inspectora es como un perro de presa. Resolverá el caso a cualquier precio, incluso si la persona que al final presente como autor de los hechos no es la persona correcta. Lo hice como medida de precaución.

—¿Y por eso le aseguraste que pasaste toda la noche con Gwen a pesar de no ser cierto?

—¿Tan malo es eso?

Colin se llevó la mano a la frente. No reconocía a Jennifer, tan ingenua y al mismo tiempo tan obstinada.

—Es una declaración falsa. Se te va a caer el pelo como se enteren.

—¿Y por qué tendrían que enterarse?

—Bueno, al fin y al cabo Gwen me lo ha contado a mí. Es evidente que no para de preguntarse por qué creíste necesario mentir al respecto. Lo siguiente será que se lo cuente a Dave. Luego, tal vez a su padre. Leslie Cramer es otra clara candidata a saberlo. Y en algún momento, puedes apostar la cabeza a que esto llegará a oídos de la policía. Jennifer, ¿cómo pensaste que podías confiar en Gwen? Es una chiquilla, necesita que la aconsejen continuamente. ¡Hace años que la conoces!

—¿Y qué? Pongamos que llega a oídos de la policía. Colin, tengo la conciencia muy tranquila. La inspectora Almond puede pensar lo que quiera, pero no conseguirá demostrar nada. Porque no he hecho nada. Yo no maté a Fiona Barnes.

—No estás siendo lógica. Primero me dices que lo hiciste como medida de precaución, para que ese perro de presa que es la inspectora Almond no pueda endosarte nada. Y ahora que ya le has mentido respecto al asunto en un detalle extremadamente importante, cuando deberías haberte ceñido a la verdad, actúas como si todo te diera igual y como si no pudiera afectarte en lo más mínimo. ¿A qué se debe ese cambio de opinión?

Jennifer no paraba de acariciar a los perros, que empezaban ya a babosear de felicidad.

—Es que se mostró muy desconfiada conmigo. Por aquella historia. Es irrelevante lo que esto pueda añadir al tema; el caso es que ella ya había puesto la vista sobre mí.

—Y por si no desconfiara ya lo suficiente, vas tú y echas más leña al fuego.

—Tal vez terminemos enterándonos de que lo hizo ese Gibson. Entonces el tema quedaría zanjado.

Colin se apartó de la ventana, acercó una silla que estaba en un rincón y se sentó frente a su esposa.

—Jennifer, pero si antes me has dicho que en el momento del crimen él ni siquiera estaba por la región. Si incluso ha dado fe de ello la mujer que lo ha denunciado, y eso que no tenía motivos para encubrirlo. O sea, que, nos guste o no, tanto tú como yo seguimos siendo sospechosos.

—También lo seríamos si no hubiera acordado nada con Gwen.

—Sí, pero no correrías el riesgo que corres ahora a que te descubran. Porque la inspectora Almond no puede utilizar aquella historia, la de la alumna, para acusarte de asesinato; no puede sacar nada de aquello. Pero de una declaración falsa, sí.

—Gwen está igual de implicada que yo.

—Sí, pero no fue idea de Gwen, sino tuya. Todos quedamos conmocionados con el asesinato de Fiona, y supongo que no te costaría mucho convencer a la ingenua de Gwen de que lo mejor que podía hacer era aceptar tu propuesta. Sin embargo, poco a poco ha estado reflexionando acerca del tema, y me ha dado la impresión de que cada vez la incomoda más esa mentira. Y a medida que se intensifiquen y se prolonguen las investigaciones, peor se sentirá al respecto, Jennifer. Incluso si no se decide a revelarlo a los cuatro vientos, puede que llegue un momento en que acabe cediendo ante las preguntas de la policía. Por desgracia, estoy seguro de ello.

—No puedo hacer nada para cambiarlo —replicó Jennifer.

Colin percibió con angustia lo resignada que sonó la voz de su esposa, como si no diera la importancia que merecía a todo aquel asunto.

—Ve a ver a la inspectora Almond —le propuso Colin—, ve y cuéntale lo ocurrido. Explícale lo mismo que me has explicado a mí, que temiste que te colgaran enseguida la etiqueta de principal sospechosa porque en ese momento estabas fuera con los perros. Que quisiste cubrirte las espaldas y que por eso actuaste irreflexivamente, impulsada por el pánico.

—Y entonces se preguntará por lo que motivó ese acto irreflexivo. Ese pánico. ¡Colin, eso sería casi una confesión!

—Pero será aún peor si llega a enterarse por Gwen. O por cualquier otra persona. Mucho peor.

Los dos se miraron a los ojos. Los perros notaron la tensión que había en la habitación, alzaron las orejas y miraron con atención a sus dueños.

—Creo que deberíamos volver a casa —dijo Leslie en voz baja.

—Tranquila, tenemos que marcharnos el sábado de todos modos. A partir del lunes debo volver al trabajo.

—Ya, pero quiero que nos marchemos hoy mismo.

—¿Ahora? ¿Hoy mismo?

—Sí.

—En mi opinión, es mejor que no nos marchemos hoy.

—La policía tiene nuestros nombres. Y nuestra dirección. Vivimos a una hora y media en coche de aquí. No creo que sea ningún problema.

A Colin le ardían los párpados. Supuso que su aspecto debía de ser por lo menos tan cansado como el de su esposa, y se preguntaba de dónde procedía ese agotamiento paralizador que se había apoderado de ellos y los afligía de aquel modo tan vago.

—Creo que deberías acudir a la policía —insistió él.

—También puedo llamarlos por teléfono desde nuestra casa.

—¿Lo harás?

—¡Por supuesto!

Colin tuvo la impresión de que en ese momento Jennifer habría sido capaz de prometerle cualquier cosa con tal de conseguir que él accediera a abandonar la granja de los Beckett. Extendió los brazos y tomó las manos de su esposa entre las suyas.

—¿Qué te ha pasado, Jennifer? ¿A qué vienen esas ganas de partir precipitadamente? ¿Es por... lo de ayer? Fue algo estresante, no me extraña que estés algo alterada. Tal vez deberíamos hablar de nuevo. Sobre lo que te ha pasado, sobre ese tipo, sobre tu miedo. Además, has tenido que mantenerte fuerte todo el tiempo para servir de apoyo a esa mujer, y puede que seas tú ahora la que necesita algo de apoyo.

—No es solo la historia de Stan Gibson lo que me agobia —dijo Jennifer—. Es... todo. La granja, Gwen, Dave Tanner, la policía. Todo es muy lúgubre en esta granja, ¿te has dado cuenta? No hay vida. A Chad Beckett le falta vida, la vida de Gwen no es una vida de verdad, Tanner es un parásito sin carisma. ¿Te los imaginas a los tres aquí juntos? ¿Chad, Gwen y Tanner? Y ni siquiera está Fiona para entrometerse de vez en cuando con su lengua viperina.

Colin no daba crédito a lo que estaba oyendo.

—¿Que todo es lúgubre en esta granja? ¿Que no hay vida? Eras tú quien siempre insistía en venir aquí, fuiste tú quien tomó cariño a todo esto. Al paisaje, al mar, a la casa, a Gwen. Yo tenía la sensación de que... de que la granja de los Beckett era algo único para ti. Y ahora... ¿vas y me dices esto?

—Sí, te lo digo —respondió Jennifer antes de ponerse de pie. Irradiaba una extraña mezcla de tristeza y de una incipiente determinación—. La gente cambia, Colin. Todos cambiamos. Yo he experimentado un cambio en estos últimos días.

—¿En qué sentido? —dijo él mientras se ponía también de pie.

—Es difícil describirlo. Yo tampoco sé con exactitud cuándo empezó. Tal vez en el momento en que Almond volvió a sacar esa vieja historia y me la plantó frente a las narices. Cuando volví a sentirme entre la espada y la pared por culpa de ese tema. Pero fue ayer cuando lo comprendí, mientras constataba el miedo que Ena Witty sentía por culpa de Stan Gibson. Cuando vi cómo titubeaba, cómo vacilaba. ¿Tenía que separarse? ¿Tenía que seguir con él? ¿Tenía algo que ver el novio de Ena con Amy Mills? ¿O no eran más que fantasías que se había creado ella misma a partir de un comportamiento extraño en el día a día? No hacía más que ir de un lado a otro, y lo único que irradiaba era inseguridad, debilidades, indecisión, desaliento. Pasé toda la tarde de ayer con ella. La noche. Dormí en su casa. He estado esta mañana allí. Y ha llegado un momento en que lo único que deseaba era largarme. Huir. ¡No podía soportarla más!

—¿A esa pobre mujer? ¿A ella, no podías aguantarla?

—¡Me puso furiosa! Terriblemente furiosa. Por su actitud sumisa, sus miedos, sus lamentaciones, todo lo que me contó acerca de unas cuantas semanas de convivencia con Gibson. ¿Cómo pudo someterse tanto a él? ¿Cómo pudo permitirse esa posición de extrema debilidad y a la vez dejar que él hiciera lo contrario y se sintiera tan fuerte? Ha sido repugnante tener que oír todas esas cosas. Creí que reventaría por culpa de la agresividad acumulada. ¡Todavía estoy que reviento!

—Comprendo —dijo Colin para calmarla, a pesar de que en realidad no entendía lo que su esposa intentaba decirle.

Jennifer lo miró con una expresión casi despectiva.

—No creo que seas capaz de comprenderme, Colin. Yo misma he necesitado cierto tiempo para darme cuenta. Porque, en realidad, no era Ena quien me ponía furiosa, sino yo misma.

—¿Tú misma?

—Viendo a esa odiosa Ena Witty delante de mí me puse a pensar en Amy Mills, en lo que se sabe de ella gracias a los periódicos. Debió de ser el mismo tipo de mujer. Una víctima. A Stan Gibson le gustan las mujeres así, sumisas. Las que lo tratan como si fuera el amo y señor. Y lo peor de todo es que las encontraba. Porque existen, y no es que haya pocas.

—Por lo visto sí, desgraciadamente. Pero tú...

En ese punto, Jennifer apartó la mirada. La mantuvo fija en algún punto invisible de la pared que tenía delante.

—Yo también soy así. Y podría haberme convertido en lo mismo: en una víctima. La víctima de un hombre como ese.

Colin estaba perplejo.

—¡No es verdad, tú no eres así! Tú tienes tus problemas, pero jamás te he considerado una persona intimidada y sumisa.

—Mi caso es algo distinto al de Ena Witty o al de Amy Mills, pero me corroen por dentro las inseguridades, Colin, lo sabes, y si no sale a la luz más a menudo es porque vivo prácticamente retirada de lo que podría considerarse una vida normal. Tú y los perros habéis sido mi única compañía durante mucho tiempo. Tengo dificultades a la hora de relacionarme con otras personas. Ni siquiera puedo conducir porque ya no confío en mí misma. Hay incontables miedos que impiden que mi vida siga adelante. Es solo que tal vez se me da mejor ocultarlo que a otra gente.

—Pero ¿crees que un Stan Gibson se daría cuenta de ello?

—De eso estoy convencida. Precisamente para ese tipo de cosas ese hombre tiene unas antenas perfectas. Si no te tuviera a ti, yo sería una persona aislada, acosada por todo tipo de temores. Y puede que también dispuesta a hacer concesiones con tal de que alguien se ocupara de mí.

A Colin no se le ocurría ninguna manera de refutar la teoría de su esposa.

—Vamos, Jennifer —dijo, algo desamparado—. Tú me tienes a mí. Y siempre me tendrás.

Sin embargo no se trataba de eso, no era eso lo que ella había intentado decirle. Y él lo sabía.

—¿Por qué crees que la inspectora Almond me puso en el punto de mira enseguida? —prosiguió Jennifer, sin prestar atención al comentario de Colin—. Yo también me convertí en víctima. Aquí, en un santiamén y sin que hubiera un verdadero motivo para ello.

—Bueno, ahora lo que tienes que pensar es que...

Jennifer no lo dejó terminar.

—Estoy furiosa, Colin, tan furiosa que creo que con cada día que pase aquí no haré sino enfurecerme más y más. Estoy tan furiosa como cuando me echaron del trabajo. Por el hecho de que esa policía quisiera utilizar mi pasado en mi contra. Porque llevo todos estos años escondiéndome. Porque he dejado de vivir. Por cómo me he sentido: herida, sometida, atacada. Porque en el fondo ese era el motivo por el que siempre quería venir a la granja de los Beckett: la gente aquí no vive; todos se limitan a existir como almas en pena, tanto Gwen como su padre. Por eso me sentía tan bien aquí. Porque encajaba; tenía tan poca vida como ellos, parecía fosilizada. Pero ya no quiero sentirme más de ese modo. No deseo pasar más tiempo en esta casa aislada junto al mar, en la que todos se esfuerzan por vivir del modo más ajeno al mundo posible. Me gustaría volver a formar parte de ese mundo en lugar de seguir siendo su víctima.

Mientras pensaba cuál había sido el punto de partida de aquella conversación, a Colin le había pasado por la cabeza comentar algo: ¿acaso no había ejercido de víctima, una vez más, cuando había tramado ese chanchullo con Gwen?

No obstante, no llegó a decirlo, no habría sido adecuado. Jennifer había cometido un error, pero lo había cometido inmersa en una dinámica que en ese momento parecía dispuesta a romper. La más mínima crítica o un argumento desconsiderado solo habrían podido molestarla. Jennifer tenía cosas más importantes de las que preocuparse, no necesitaba seguir pensando en quién habría matado a Fiona Barnes, por qué motivo y hacia quién apuntaría la policía sus focos al respecto. Incluso habiendo podido ser ella: en sus pensamientos no parecía haber espacio para eso. De manera que Colin sonrió, más como signo de rendición que por satisfacción. Pensó que tenía que sonreír de todos modos, para que Jennifer pudiera estar segura de que podía contar con él.

—Bien —dijo Colin—, entonces hagamos las maletas y marchémonos de aquí. Nos despediremos para siempre de este lugar, ¿de acuerdo? Creo que no volveremos a verlo.

—Seguro que no —dijo Jennifer.

10

—Bueno, pues resulta —dijo Semira— que los hijos de un compañero de trabajo de mi marido vinieron a verme un par de veces. Habían estado en la granja de McBright y habían visto algo extraño e inquietante allí... un niño acurrucado en un establo abandonado. Según aquellos críos, llevaba un collar de hierro alrededor del cuello y estaba encadenado. Apenas podía moverse; estaba helado y temblaba.

—¿Y no acudió enseguida a la policía? —preguntó Leslie. Sentía un frío atroz de los pies a la cabeza, por lo que se dejó puesta la chaqueta.

—Pensé hacerlo —replicó Semira—, pero John me aconsejó lo contrario. De hecho, sabíamos que aquellos niños solían disfrutar especialmente con las historias de miedo exageradas. John dijo que haría un ridículo tremendo si acudía a las autoridades alertada por ellos. Me aconsejó que no me tomara en serio todo aquello. ¡Un niño encadenado! ¡Esas cosas no sucedían!

—Pero a usted la historia no dejó de inquietarla —supuso Leslie.

—Así es. A diferencia de John, que siempre había trabajado como cocinero, yo no estaba tan segura de que esas cosas no sucedieran. Sobre todo porque sabía por experiencia lo que algunas personas son capaces de hacer a otras personas. Como ya le he dicho, yo había sido trabajadora social en Londres. Había visto muchos casos de violencia doméstica extrema. Tenía seis años menos que John, pero él era mucho más ingenuo que yo.

—O sea, que fue a echar un vistazo a la granja.

—Después de dudar mucho acerca de lo que debía hacer, pensé que lo mejor sería comprobarlo yo misma antes de acudir a la policía y a la oficina social de la juventud, en caso de que realmente fuera cierto lo que los niños me habían contado. Tenía mucho miedo. Como le he dicho, Gordon McBright tenía muy mala reputación en Ravenscar. A pesar del poco tiempo que llevábamos viviendo allí, ya había oído muchas cosas acerca de él: que era un hombre lleno de odio, un bruto, un ser asocial, así es como me lo pintaron. Se decía que su propio padre lo había maltratado durante muchos años, aunque no sé hasta qué punto ese rumor era cierto. En cualquier caso, servía para justificar la rabia indescriptible con la que ese hombre vivía, el desprecio y la malignidad con la que trataba a la gente. Tenía una esposa, de la que se afirmaba que tenía el cuerpo hecho una piltrafa. En todos aquellos años solo se la había visto dos o tres veces por el pueblo. Se comentaba también que a ella ya no le quedaban dientes, que estaba en los huesos y que vivía sumida en un pánico constante a causa de su marido. Pero no había buscado nunca la ayuda de nadie, ni siquiera de la policía, como tampoco se había entrometido jamás nadie. Todo el mundo temía demasiado a Mc-Bright para hacerlo.

—Era... Me parece una verdadera locura que usted decidiera ir sola —dijo Leslie.

—Pues sí —asintió Semira—, más adelante yo también me di cuenta de ello. Pero en ese momento y a pesar del miedo que sentía, infravaloré el peligro que podía llegar a suponer para mí ese McBright. Y tiene que pensar que, debido a mi trabajo, estaba acostumbrada a visitar a personas violentas y a lidiar con ellas. No creería la cantidad de padres de familia agresivos y brutales con los que había tenido que tratar. Pero en esas ocasiones, en Londres, lo había hecho como parte de los servicios sociales y, por lo tanto, estaba protegida por el sistema. Mis colaboradores sabían en todo momento a qué lugares acudía. O me acompañaba alguien, a veces incluso la policía, si la situación era espinosa. Pero en el caso que nos ocupa no fue así. —Semira hizo una breve pausa antes de seguir hablando con aire reflexivo—. El mayor error fue no decírselo a nadie. No contar absolutamente a nadie lo que me proponía hacer. Eso sí fue una locura, Leslie: acudir a ese lugar apartado del mundo donde vivía un criminal como Gordon McBright sin haber dejado siquiera una nota en casa, en la mesa de la cocina, contando lo que me proponía hacer.

—¿Y descubrió a un chico?

Semira negó con la cabeza.

—No. A un chico, no. Descubrí a un hombre. En lo que había sido un establo, junto a la parte de la granja que servía de vivienda. Estaba tendido, acurrucado en el suelo en posición fetal, como un embrión, lo que le hacía parecer mucho más pequeño de lo que en realidad era. Apenas entraba la luz en aquel cobertizo. Los niños creyeron que se trataba de un chico, pero ese había sido el único punto en el que se habían equivocado. Tenían razón respecto a todo lo demás. El collar de hierro, la cadena asida a una viga mediante un candado, la paja sucia sobre la que estaba tendido. Hacía un frío atroz y él iba casi desnudo. No podía creer lo que veían mis ojos. Aún hoy, cuarenta años más tarde, me cuesta creer lo que vi allí. A pesar de que todo aquello cambiara por completo mi vida, sigue pareciéndome extrañamente irreal. —Los ojos de Semira se fijaron primero en Leslie y luego parecieron atravesarla para tratar de ver más allá—. Acababa de encontrar a Brian Somerville.

Guardó silencio durante casi quince minutos, con la mirada extraviada en la pared que tenía delante. El tictac de las agujas del reloj parecía sonar el doble de fuerte que antes. Fuera empezaba a oscurecer.

Leslie no se atrevió a decir ni una sola palabra para romper aquel silencio.

—Se estaba muriendo —dijo Semira finalmente, de un modo tan brusco que Leslie no pudo evitar sobresaltarse—. Se había quedado en los huesos. Tenía el cuerpo cubierto de grandes heridas purulentas que daban fe de los malos tratos a los que había sido sometido día tras día. Más adelante, a través de la señora McBright nos enteramos de que lo trataba como a un esclavo, que lo obligaba a realizar las tareas más duras, incluso cuando no era más que un chico joven. Puesto que debido a sus limitaciones mentales no comprendía nada de lo que le decían, Gordon McBright lo golpeaba una y otra vez sin piedad hasta que, de un modo u otro, conseguía que hiciera lo que él quería. La señora McBright dijo haber temido a menudo que su marido pudiera llegar a matarlo a golpes. Y eso durante veinticuatro años. Fueron veinticuatro años los que Brian tuvo que soportar ese infierno. Apenas le daban comida y cada noche, o cuando no trabajaba, lo tenían encadenado en aquel establo. La señora McBright le llevó una manta una vez, pero después de que su marido la descubriera no se atrevió a intentar algo parecido. Por lo que se desprende del interrogatorio al que se la sometió con posterioridad, en cierto modo la presencia de Brian en la granja había significado un alivio para ella, a pesar de que dijo que a menudo había tenido que taparse los oídos, desesperada, para ignorar los gritos de dolor del chico. Su marido lo odiaba tanto que lo agredía cada vez con más frecuencia, a tal punto que incluso dejó de tomar a la señora McBright como víctima de sus ataques. Tal vez eso fuera lo que provocó que ella no hiciera nada para ayudar a aquel chaval indefenso. Porque eso es lo que era cuando llegó a la granja: nada más que un chaval. Pero quizá tampoco lo habría ayudado de todos modos. Al fin y al cabo, ni siquiera se ocupaba de sí misma. Era una persona completamente afligida. De hecho, había perdido las ganas de vivir desde hacía mucho tiempo.

Semira negaba con la cabeza mientras hablaba. A Leslie le pareció que conocía ese fenómeno mejor que la mayoría de las personas: eran mujeres que simplemente no se defendían. O que esperaban demasiado antes de intentarlo.

—En cualquier caso —prosiguió—, ese invierno de mil novecientos setenta Brian estaba en las últimas. No tenía ni cuarenta años y aparentaba al menos sesenta. No sé qué había llegado a hacerle McBright, pero no parecía posible sobrevivir a ello. Lo que encontré en el suelo de esa cuadra seguía respirando, pero a pesar de no saber nada de medicina comprendí que ni siquiera con la ayuda de un médico sería capaz de sobrevivir. Y una vez más, cometí un error. En lugar de salir corriendo de allí como si me persiguiera el mismísimo diablo, coger el coche y no parar hasta la comisaría más próxima, me puse en cuclillas junto a él y le di la vuelta. Busqué con la vista un grifo porque me pareció que se estaba muriendo de sed. Quería ayudarlo. Enseguida. Allí mismo. Y me quedé demasiado tiempo dentro de aquel establo. Demasiado tiempo.

—¿La sorprendió McBright?

—En el establo, no —dijo Semira—. Conseguí encaramarme a una ventana para salir. El establo era parte del muro exterior que rodeaba la granja y la ventana daba a un terreno que quedaba en la parte de atrás. Hacía tiempo que la ventana no tenía cristal. Debía rodear aquel trozo de terreno como fuera para alcanzar el lugar en el que había dejado el coche aparcado, a los pies de la colina. Y entonces fue cuando apareció de repente. Frente a la puerta de la granja. Había mirado por una ventana y había visto mi coche allí aparcado. Yo lo había dejado un poco alejado en una arboleda, pero justo en ese momento me di cuenta de que era visible desde las habitaciones superiores de la casa. Los árboles estaban pelados y no lo ocultaban. En cualquier caso, de repente tuve delante de mí a McBright. Si no hubiera pasado tanto tiempo junto a Brian, en ese momento ya habría estado arrancando el coche.

Semira contempló el plato que tenía delante y repasó con los dedos un par de muescas.

—Supe enseguida que corría peligro. Me las tendría que ver con aquel sádico que no se arredraba ante nada. En cuanto McBright comprendió que yo había descubierto su secreto, supo que no podía dejarme marchar sin más. Recuerdo perfectamente lo fuerte que me latía el corazón y lo seca que tenía la garganta. Y que mis piernas amenazaban con doblarse. Intenté que me viera como a alguien inofensivo. Fingí que me había perdido y que me había acercado a la granja con la esperanza de encontrar a alguien que pudiera ayudarme. Él me escuchó, pero estaba al acecho. No se sentía seguro. No pudo verme salir del establo, pero supuso que yo había merodeado por allí. Me atravesaba literalmente con los ojos. Dios mío, en toda mi vida no he vuelto a ver una mirada tan fría —dijo Semira mientras meneaba la cabeza—. Casi llegué a pensar que salvaría el pellejo. McBright hizo un par de comentarios despectivos acerca de los paquistaníes y me dijo que me largara. Entonces me di la vuelta y empecé a recorrer el camino de regreso al coche. No demasiado rápido, para que McBright no recelara. Pero luego... se lo pensó mejor. Me llamó de nuevo y me miró fijamente. Y... algo en mí le hizo comprender que yo lo sabía. Que había visto a Brian.

—E intentó escapar —dijo Leslie con una voz que ni siquiera ella misma supo reconocerse.

—Eché a correr para salvar la vida y él me siguió. McBright ya no era un joven, pero era fuerte y decidido y se me acercaba cada vez más. Supe que no conseguiría abrir el coche y meterme en él, que no tendría tiempo para tanto. Había un bosquecillo que quedaba al lado de la granja. Me dirigí hacia allí sin pensarlo dos veces, lo hice por puro instinto, intentaba buscar un escondite al ver que no era posible escapar. Pero los árboles estaban muy dispersos y no tenían follaje, por lo que no conseguí perder de vista a mi perseguidor.

Leslie contuvo el aliento. Había visto el cuerpo maltratado de Semira, los fatigosos movimientos con los que se le había acercado. No necesitaba oírlo para saber que McBright acabó atrapándola y descargando toda su ira sobre ella.

—No quiero entrar en detalles acerca de lo que sucedió entonces —dijo Semira—. Me atrapó y estaba furioso. Creo que se sentía con pleno derecho a hacer lo que quisiera conmigo simplemente porque había entrado en su propiedad. Le habría dado igual si me hubiera sorprendido en el establo o rebuscando en su monedero en el salón de su casa. Era una persona totalmente enajenada, un psicópata peligroso que, por cierto, no murió en prisión, sino bajo custodia de seguridad. Por suerte, no se topó con nadie dispuesto a dejarlo vivir de nuevo con otras personas.

—¿Cómo consiguió... salvar la vida?

—Para mí también es una incógnita —respondió Semira mientras reía con amargura—. No creo que McBright pensara que yo fuera a sobrevivir. Pero incluso en eso puede apreciarse lo trastornado que estaba. Es decir, lo más lógico habría sido que se hubiera asegurado de que estaba muerta y, en caso necesario, que hubiera continuado golpeándome hasta que no le quedara duda de ello. Que después hubiera enterrado mi cadáver y hubiera eliminado las pruebas, que hubiera hundido mi coche en un lago, qué sé yo. Pero él no hizo nada de eso. No se sentía culpable en absoluto, no tenía la sensación de que nadie pudiera exigirle cuentas por lo que había hecho, por eso tampoco pensó que fuera necesario tomar precauciones para que no lo atraparan. Había hecho lo que consideraba que era lo correcto. Me dejó tirada en un bosque perdido y se marchó sin preocuparse lo más mínimo por lo que pudiera ocurrirme.

—Y su marido se dio cuenta de que había desaparecido, ¿por la noche?

—Desgraciadamente no fue aquella noche. Tuvo que trabajar ese sábado, pero habíamos acordado ir al cine en cuanto volviera a casa. Llegó más tarde de lo previsto y, al no encontrarme, pensó que había ido sola. O que había salido a tomar algo con una amiga. Lo había hecho alguna vez, cuando él no tenía tiempo, por lo que no le dio más importancia, se acostó y se quedó dormido. El domingo por la mañana, al despertarse, descubrió que todavía no había vuelto a casa y pensó que tal vez me había sucedido algo.

—¿Y usted estuvo todo ese tiempo en aquel bosque?

Semira asintió.

—Medio muerta. Perdía el conocimiento de vez en cuando. Tenía varias fracturas en ambas mandíbulas así como en la nariz, que se me hinchó tanto que me costaba respirar. McBright me había destrozado la pelvis golpeándome con una rama. El dolor era increíble pero, como ya le he dicho, por fortuna perdía el conocimiento de vez en cuando. Cuando intento recordarlo, solo veo una nebulosa. Recuerdo un frío helado, la humedad y la oscuridad. De repente todo se volvió muy claro, vi las copas peladas de los árboles y las nubes de invierno. Oí cómo chillaban los pájaros. Recuerdo el sabor de la sangre en la boca. También que no podía moverme en absoluto. De vez en cuando creía ver gente que conocía de mis tiempos en Londres y animales que se movían a mi alrededor. Debía de tener mucha fiebre. Estaba convencida de que iba a morir, pero eso no me provocó el pánico, más bien me extrañó. Me pasaba el rato pensando en lo distinta que había imaginado la muerte, pero tampoco era capaz de hacerme una idea de cómo había creído que sería. Solo distinta. Simplemente distinta.

Leslie trago saliva.

—¿Cuándo la encontraron?

—El lunes, al atardecer. Cuarenta y ocho horas después de que Gordon McBright hubiera arremetido contra mí como un loco y me hubiera roto casi todos los huesos del cuerpo. John, mi marido, acudió a la policía el domingo por la tarde, pero no se tomaron el asunto muy en serio. Pensaron que habíamos tenido una disputa conyugal o que yo habría vuelto a casa con mi clan. John tuvo que describirme, y para hacerlo hubo de decir que era paquistaní. No puedo demostrarlo, pero estoy bastante segura de que eso explica la apatía que demostró la policía. Por aquel entonces las parejas mixtas despertaban recelos, se creía que ese tipo de cosas no podían funcionar. Supusieron que me habría escapado y a buen seguro pensaron que John era un idiota por haberse embarcado en una relación conmigo. En cualquier caso, al principio no hicieron nada. John estuvo llamando por teléfono a todos los lugares de los alrededores, preguntando a cualquier conocido si me había visto o si sabía algo de mí. Puesto que mi coche no estaba aparcado frente a la casa, no tenía ninguna duda de que había ido a alguna parte. Pero ¿adónde? John se devanó los sesos. No nos habíamos peleado. Debería haber sido un fin de semana como cualquier otro. La policía no tenía noticias de que se hubiera producido ningún accidente, pero aun así John llamó a todos los hospitales del norte de Inglaterra para preguntar si habían ingresado a una joven paquistaní. Hasta el lunes a mediodía no pensó en la historia de Gordon McBright. Llamó enseguida a la policía para informar de ello y le mandaron a un agente muy escéptico que, según John, demostró sin tapujos su indignación por el hecho de tener que acudir a una granja solitaria con el frío que hacía y el aguanieve que estaba cayendo. John lo acompañó. Por supuesto, vieron mi coche de inmediato y por fin empezó el movimiento. McBright dio con la puerta en las narices a la policía, pero poco después descubrieron a Brian moribundo en el establo y pidieron refuerzos. Bueno, y ya está. Peinaron los alrededores y acabaron dando conmigo. A esas alturas yo ya había perdido la conciencia definitivamente. No me di cuenta de nada. No volví a despertarme hasta un día después, en el hospital.

Semira Newton se quedó callada. Pasó un buen rato hasta que Leslie fue capaz de hablar de nuevo. Estaba aturdida y conmocionada y de repente deseó no haber ido a verla. O no haber leído jamás las cartas de su abuela a Chad Beckett.

—Supongo —dijo al cabo— que la ayuda llegó demasiado tarde para Brian, ¿no? Murió, ¿no es así? Debe de estar muerto, porque mi abuela y Chad Beckett...

—Probablemente es lo que ellos habrían deseado —dijo Semira—. Pero no, no está muerto. Los médicos lo salvaron, y sin duda contribuyó a ello el hecho de tener una constitución física muy recia. Sobrevivió al sádico de Gordon McBright.

—Y ahora...

—Ahora es un anciano —dijo Semira—. Lo visito de vez en cuando, pero me cuesta mucho porque apenas puedo moverme. Vive en una residencia en Whitby. ¿No lo sabía?

Leslie negó con la cabeza.

—Bueno —dijo Semira—, Fiona Barnes lo sabía. Debía de pensar que había muerto hace tiempo, porque hasta hace unos años me encargaba de enviarle una carta por Navidad para recordarle la existencia de Brian y, más adelante, cuando dejé de mandárselas, se informó alguna vez al respecto. Le escribí muchas veces para contarle que él seguía esperándola. Que seguía preguntando por ella. Apenas sabía hablar, pero Brian cada día preguntaba a las enfermeras cuándo volvería Fiona. Ella misma me contó que en el mes de febrero de mil novecientos cuarenta y tres le había prometido volver a buscarlo. Hoy en día, más de sesenta años después, Brian no ha perdido la esperanza de que Fiona cumpla la promesa que le hizo. Pero no fue a visitarlo ni una sola vez. Es por eso, Leslie, por lo que he odiado a su abuela, por eso más que por cualquier otra cosa. Sobre todo por eso.

11

Al otro lado de la ventana empezaba a oscurecer. Ese día que había sido tan gris y tan plomizo finalmente daba paso a una noche tranquila. A pesar de ello, Gwen no sabía si encender la luz. No le apetecía iluminar ni su propio rostro ni el de Dave, al que tenía sentado frente a ella, y se preguntaba cuál era la causa de esa timidez. Tal vez temía que la claridad de la luz le permitiera ver también la certeza, algo que le resultaba insoportable.

La certeza de que Dave estaba a punto de dejarla.

Llevaban casi una hora sentados en el salón de la granja de los Beckett y apenas habían hablado en todo ese tiempo. En el piso de arriba se oía cómo Jennifer y Colin no hacían más que ir de un lado para otro, y en algún momento Gwen se había preguntado qué debían de estar haciendo. Se oían también las garras de los perros sobre el suelo de madera. Los animales parecían inquietos en lugar de permanecer echados, durmiendo en un rincón como de costumbre. Pero Gwen había llegado a la conclusión de que no le importaba lo que Jennifer y Colin pudieran estar haciendo, lo que tuvieran previsto hacer o lo que estuvieran maquinando.

Su propio futuro estaba a punto de derrumbarse; todo lo demás le daba completamente igual.

Aunque en realidad lo había visto venir. Se preguntaba si hacía tiempo de ello, si había sido consciente desde el primer momento de que su relación con Dave transcurría sobre el filo de una navaja, demasiado fino para mantener el equilibrio durante mucho tiempo. Habían sido muchos los indicios y las señales que le habían llegado. Se acordaba del día en que había pasado a verlo y le había pedido que se acostara con ella. ¿Hacía dos días de aquello? ¿Tres? Él se había retorcido al oírla. Se había apartado de ella. La había enredado en una conversación. Y después se había marchado con una visible sensación de alivio hacia la escuela tras haber estado consultando el reloj una y mil veces, como si no hubiera podido esperar a que su clase empezara a fin de tener un motivo para escapar de su habitación y de su futura esposa durante un par de horas. Dave había regresado tarde. Se había pasado la noche entera leyendo, a primera hora de la mañana había salido a pasear y se había negado cuando ella se había ofrecido a acompañarlo.

—Necesito estar solo —le había dicho.

Gwen se había quedado en la habitación de Dave y había esperado un rato, frustrada y humillada. Al final se había marchado, había pasado unas horas errando sin rumbo por el centro y luego había tomado un taxi para volver a la granja. Sin haberse acostado con él. Y se había dado cuenta de que nunca lo harían, de que jamás llegaría a haber sexo entre ellos.

Porque Dave no la deseaba, no sentía el menor deseo por ella. Probablemente habría preferido acostarse con su casera antes de hacerlo con su prometida. No era solo el hecho de que no la amara, no. Es que además la encontraba repugnante. No había nada que lo atrajera de ella. Nada. Solo aquellas tierras junto al mar que algún día serían de su propiedad.

Dave, por su parte, ya se había hecho a la idea de que tenía que despedirse de aquellos terrenos. Gwen lo comprendió mientras llevaba a Jennifer de la ciudad a la granja a primera hora de la tarde. Habían pasado mucho tiempo en casa de Ena Witty, porque esta se echó a llorar de nuevo súbitamente y ninguna de las dos quiso dejarla sola sin haber dado unas cuantas vueltas más al tema de Stan Gibson. Cuando por fin pudo librarse de ella, Jennifer no quiso volver a casa enseguida, por lo que aún pasaron un buen rato callejeando para luego sentarse a comer en el restaurante italiano de Huntriss Row. Después de comer pasearon por el puerto, se tomaron un té y Jennifer incluso se permitió el lujo de beber un par de aguardientes. A Gwen le pareció que Jennifer estaba completamente cambiada. No dejó el tema de Stan Gibson en ningún momento. Estuvo todo el tiempo hablando de él y de Ena Witty, acerca de Amy Mills y de ella misma. No hacía más que dar vueltas a la cuestión de por qué Gibson había visto en Amy Mills a su víctima ideal y por qué algunas personas parecían predestinadas a convertirse en víctimas, mientras que otras ni siquiera se acercaban de lejos a esa categoría. A Gwen no es que no le interesara el tema, pero tenía otras preocupaciones en la cabeza: ¿qué sería de ella? ¿Qué futuro le esperaba?

Dave se había sentado en el salón con Colin. Los perros se habían tendido entre los dos, sobre la alfombra, roncando. Alguien había encendido el fuego de la chimenea. A Gwen le había parecido que había sido un bonito regreso a casa, al menos había sido aparentemente bonito, porque la situación no había durado mucho y por lo tanto dejó de verla idílica. Los perros, que se habían puesto a brincar moviendo la cola y jadeando; los dos hombres, que salieron al encuentro de las dos mujeres; el calor del fuego. La calidez del momento. Todo tan bien dispuesto y no era más que una estampa de lo que podría haber sido. Un marido afectuoso, niños saludando a su madre con gritos de alegría. En lugar de eso, todo permanecería igual que antes. Las pocas veces que fuera a Scarborough, serían para volver a una casa fría, en la que nadie la estaría esperando aparte de su anciano padre, que tan poco sabía acerca de su hija, de cómo vivía y de qué le preocupaba. No encontraría a nadie más.

Colin y Jennifer se habían retirado a su habitación y Chad, como de costumbre, no se había dejado ver siquiera. Y después de pasar un rato callados, Dave le susurró:

—Tengo que decirte algo, Gwen...

No fue necesario agregar mucho más después de eso, porque Gwen respondió:

—Lo sé.

—Sí —afirmó Dave—. Entonces no es preciso que diga gran cosa.

—No —dijo Gwen a su vez.

Después de eso se quedaron en silencio de nuevo, pero un silencio en el que se movieron y pasaron muchas cosas. Un silencio con el que terminaría la relación entre dos personas, una relación que, así lo veía Gwen, probablemente no había llegado a ser lo que debería haber sido, y aun así la relación había sido poco común. Por el egoísmo de él, por las esperanzas de ella. Tal vez incluso podría haber funcionado de algún modo si los dos se hubieran esforzado un poco más en intentarlo.

Tal vez... pero parecía que ya nunca llegaría a saber cómo habría sido ese «tal vez».

Ninguno de los dos se había dado cuenta de que el fuego se había apagado, pero empezó a hacer un frío muy incómodo en la sala que ahuyentó las cavilaciones que quedarían pendientes para más tarde, para que cada cual las resolviera por su cuenta.

—Son casi las cinco y media —dijo Dave—. Pronto habrá oscurecido. Y todavía me queda un buen trecho hasta la parada del autobús...

—Puedes quedarte a pasar la noche aquí, si quieres.

—Creo que será mejor que vuelva a Scarborough —dijo Dave mientras se levantaba—. De todos modos no sé a qué hora pasa el último autobús. Ni siquiera sé si aún tiene que pasar alguno.

—Sí, ¿y entonces volverías a pie?

—Ni idea —dijo él.

Gwen se dio cuenta de que Dave quería marcharse a toda costa.

Le da igual lo que pase, pensó ella mientras se levantaba. Incluso si tiene que hacer autoestop. Lo más importante para él es librarse de mí. ¡Esto no puede terminar así! No puede levantarse y marcharse sin más. No puede ser que no vuelva a verlo.

—Por... por favor, no te marches todavía. No puedo quedarme sola ahora.

El malestar de Dave era evidente, pero también lo era su sentimiento de culpa.

—No estás sola. Están Jennifer y Colin. Y tu padre...

—¡Mi padre! —Gwen hizo un gesto de desdén con la mano. ¡Dios, como si no conociera a su padre!—. Y con Jennifer no quiero hablar sobre todo esto. Más tarde sí, pero ahora no.

—De acuerdo —dijo Dave—, de acuerdo.

Él miró por la ventana. De repente le vino a la memoria que tenía una clase de español, aunque era ya demasiado tarde, de todos modos. Además, dudaba seriamente que en un día como aquel fuera a encontrar la energía necesaria para impartir una clase.

—Puedo llevarte yo más tarde —dijo Gwen—. Pero, por favor, quédate un poco más.

La idea de que él pudiera acceder a esa petición solo por lástima era horrible, pero en esos momentos Gwen no tenía las fuerzas necesarias para conservar el orgullo y rechazar la compasión de Dave.

La alternativa era una dolorosa soledad; le daba igual lo mucho que tuviera que rebajarse: la compasión le parecía un mal menor.

12

—Sí —dijo Semira—, como es natural, todo eso provocó un enorme escándalo y la prensa se lanzó sobre el tema febrilmente. Había encontrado a un hombre de casi cuarenta años, un disminuido psíquico encerrado en un establo. Un hombre que había estado a punto de morir a causa de los maltratos que había sufrido y a los que a duras penas había conseguido sobrevivir. Un hombre del que nadie sabía nada, ni siquiera quién era. La policía supuso en primera instancia que debía de tratarse de un hijo de los McBright cuya existencia habían decidido ocultar, cabía pensar que debido a su discapacidad. Gordon McBright no se manifestó al respecto y la señora McBright necesitó varias semanas de apoyo psicológico antes de poder someterse a un interrogatorio. Entonces explicó que no tenía hijos. Poco después de la guerra, su marido había vuelto a casa con un chico de unos catorce años, alegando que ya había encontrado mano de obra para la granja. Al chico lo llamaban Nobody, y había sido bajo ese nombre como su marido se lo había presentado.

Leslie pensaba en las cartas de su abuela, en las que ese nombre peyorativo aparecía una y otra vez. Con la crueldad típica de los niños, Chad había bautizado al pequeño Brian. Pero era difícilmente imaginable que un Chad Beckett ya adulto siguiera utilizando ese nombre para referirse a Brian en el momento en que lo había entregado a su torturador. «Este es nuestro Nobody. Puede quedárselo.»

Así debía de haber sido.

—Sin embargo, poco a poco fueron aclarándose las circunstancias —prosiguió Semira—, y pudieron seguir la pista de Nobody hasta llegar a la granja de los Beckett. Todavía hoy no sé cómo se las arregló Chad Beckett, pero la responsabilidad de toda esa tragedia acabó recayendo para la opinión pública sobre su padre, ya próximo a la muerte. No consigo imaginar que Beckett hubiera hablado mucho con la policía o con los medios de comunicación, no es que fuera un tipo precisamente elocuente. Con todo, lo que se desprendía de lo poco que dijo es lo siguiente: Arvid y Emma Beckett habían decidido acoger a aquel huérfano sin informar de ello a las autoridades, con lo que habían impedido cualquier posibilidad de que el niño progresara. Naturalmente, hay que tener en cuenta que, de todos modos, en los años cuarenta tampoco habría tenido muchas posibilidades al respecto. Según la información divulgada, Chad habría quedado bastante traumatizado por la guerra y se habría visto superado por un Brian cada vez mayor y más difícil, y no se lo habría pensado mucho cuando su padre había trasladado al chico a una granja en la que no había niños. Hoy en día ya no tiene importancia, pero por aquel entonces, en mil novecientos setenta, los hombres que como Chad Beckett habían participado en el desembarco de Normandía eran muy respetados. Había pasado mucho tiempo, pero la gente seguía agradeciendo a esos hombres que hubieran luchado con tanto valor contra Hitler. De un modo tan natural como irracional, el hecho de que siendo casi un niño ya hubiera querido alistarse voluntariamente parecía como si lo liberara de la responsabilidad de posibles negligencias o errores que pudiera llegar a cometer. La prensa no se atrevió a atacar a Chad y se centró más bien en su padre, hasta que las aguas volvieron a su cauce.

—¿Y mi abuela? —preguntó Leslie—. Ella también salió indemne del asunto, ¿no?

—Por supuesto, acabaron descubriendo que había sido ella quien había traído de Londres a Brian Somerville. Pero ¡con solo once años! Ni siquiera había cumplido los dieciséis cuando la guerra terminó y ya llevaba un tiempo en Londres. ¡Quién se habría atrevido a atacarla por ello!

—Entonces ¿por qué motivo lo veía usted de otro modo? —preguntó Leslie—. ¡Porque usted responsabiliza a Chad Beckett y a Fiona Barnes de todo lo ocurrido!

Semira recorrió con la mano el sobre de la mesa en un gesto de clara inquietud. Leslie vio lo nerviosa que era en realidad aquella mujer, aunque había tardado un poco en darse cuenta. Atormentada durante décadas por los dolores y los problemas constantes sufridos, era evidente que había desarrollado un férreo dominio de sí misma que, sin embargo, el cansancio conseguía desmoronar. Semira Newton estaba agotada, era evidente. Llevaba demasiado tiempo sentada en aquella silla de madera y había sido demasiado exhaustiva en la reconstrucción del trauma que había marcado su vida. Los dedos le temblaban ligeramente.

—Mire, mi vida ha quedado marcada por esa historia —dijo para responder a la pregunta de Leslie—. Después de aquello no volví a ser la misma. Cuando Gordon McBright estuvo a punto de matarme a golpes en aquel bosque, aparte de todo lo demás, sufrí un shock. En cualquier caso eso es lo que me dijeron los psicólogos. Pasé varios años en una clínica para tratarme por mis constantes depresiones. Por cierto que allí es donde aprendí alfarería. El trabajo creativo como terapia. No creo que me haya ayudado a avanzar mucho psicológicamente, pero gano con él algo de dinero que, unido a la pensión que cobro, me permite ir tirando. Después del incidente no pude trabajar de nuevo, y mi marido y yo nos divorciamos en mil novecientos setenta y siete. Cobro una especie de pensión de invalidez en tanto que víctima de un intento de crimen. No es gran cosa, pero tampoco es que yo necesite mucho dinero. Bueno, y ya le decía que de vez en cuando me saco unas perrillas extras vendiendo algún que otro plato o una taza, lo que nunca viene mal.

—¿Y su divorcio...?

—¿Quiere decir si tuvo algo que ver con la historia de Somerville? Pues sí, así es. ¿Sabe?, John se había casado con una mujer alegre, enérgica y consciente de su propia valía que tenía los pies en el suelo. De repente se encontró junto a un ser roto, una mujer que no podía dejar de hablar sobre lo que había vivido el diecinueve de diciembre de mil novecientos setenta, que no paraba de preguntarse acerca del origen del mal en el mundo y de cómo este debía afrontarse. Que se preocupaba por Brian Somerville y no estaba dispuesta a que los responsables de lo que le había sucedido salieran indemnes, a dejar que siguieran con sus vidas como si nada hubiera ocurrido. Además estaban las numerosas operaciones a las que tuve que someterme, los continuos dolores que me aquejaban y la confusión que reinaba en mi cabeza a causa de los medicamentos. Yo ya no era la misma Semira de la que él se había enamorado. Hoy en día ya no me tomo a mal que otra mujer acabara conquistando su corazón. Lo que hizo John fue huir de mí. Nunca más volvimos a tener contacto.

Era comprensible, pensó Leslie. Y aun así, era cruel.

—En cualquier caso, como le decía, ese drama marcó mi vida y, a diferencia de los médicos y los psicólogos que me trataron, tengo la impresión de que el desencadenante de mi trauma no fue el ataque que sufrí, sino la visión de Brian encadenado en aquel establo. La historia de ese niño que más tarde se convertiría en un hombre desamparado nunca me abandonaría del todo. No pude asimilarlo. No podía pasar página. Por eso me dediqué a perseguir a las dos personas que participaron en ello: Fiona Barnes y Chad Beckett. Sin descanso. Buscaba explicaciones. Quería comprenderlo, deseaba quitarme aquello de encima y para ello necesitaba comprender por qué había sucedido. Y mire, con eso, con esas conversaciones, fue cómo quedé convencida de que había dos personas implicadas que no eran en absoluto inocentes, que habían sido perfectamente conscientes de lo que hacían. Que eran responsables de lo que le había ocurrido a Brian Somerville. Y de manera indirecta también eran responsables de que mi vida hubiera quedado hecha añicos.

—¿Chad Beckett accedió a hablar con usted?

—Muy raramente. Y poco. Un pez sería más locuaz que él. Pero Fiona accedió a reunirse conmigo en alguna ocasión y me contó algunas cosas. Creo que buscaba alguna manera de terminar con todo ese tema. Pero en algún momento empecé a importunarla demasiado, porque llegó un punto en el que no quiso saber nada más de mí. Desde mil novecientos setenta y nueve me colgaba el teléfono sin mediar palabra cada vez que la llamaba. No volvimos a vernos desde entonces. Pero yo ya sabía lo suficiente. Y a diferencia de los medios, a diferencia de la policía, condené a Barnes y a Beckett desde el fondo de mi corazón. Así ha sido hasta hoy. Lo que hicieron es imperdonable.

Los pensamientos se agolpaban en la cabeza de Leslie.

Aquella mujer tenía un motivo para matar a su abuela. Entre todas las personas a las que Valerie Almond podía considerar sospechosas, Dave Tanner el primero de todos, Semira tenía el móvil más claro, más lógico y más convincente: la venganza. Por las dos vidas que habían quedado arruinadas. La de Brian Somerville y la de la propia Semira Newton.

Leslie observó a aquella mujer menuda de piel oscura, con el pelo lacio y negro a pesar de las canas y de grandes ojos castaños que revelaban lo bella que debió de haber sido en otros tiempos. No parecía alguien que estuviera luchando contra su destino, que estuviera consumiéndose por dentro por culpa del odio y la insatisfacción. Pero ¿ese tipo de cosas eran siempre visibles en la gente? ¿Acaso no se sorprendería todo el mundo de lo inofensivos que parecían los criminales peligrosos e incluso los psicópatas asesinos?

Leslie no conseguía quitarse de la cabeza una pregunta. Se inclinó hacia delante antes de hablar.

—Semira, permítame que se lo pregunte, pero para dejar las cosas claras... ¿Volvió a llamar a mi abuela? A pesar de que ella rechazara cualquier contacto con usted. ¿La llamaba y se limitaba a... quedarse callada?

—¿Quiere decir si fui yo quien la acosaba con llamadas anónimas? —preguntó Semira—. Pues sí, era yo. Pero desde hace una o dos semanas. Y hasta el martes pasado, hasta que leí en el periódico que había muerto. A veces tenía la sensación de estar a punto de reventar de rabia, y descubrí esa válvula de escape. Cuando volvía de visitar a Brian Somerville o cuando me encontraba mal, cuando el cuerpo me fastidiaba o me atenazaba la melancolía de nuevo, pensaba: ¿por qué tiene que irle tan bien a ella? ¿Por qué ella sigue con su vida como si nada, sin pensar más en el daño que causó? Sí, lo admito, eso me producía una gran satisfacción, me gustaba oír su voz preguntando una y otra vez quién la estaba llamando. Cada vez que lo preguntaba, lo hacía más nerviosa y en un tono más agudo, y yo me sentía un poquito mejor mientras pensaba: ahora eres tú la que se inquieta, la que no deja de darle vueltas, y tal vez esa vieja historia que tanto te habría gustado olvidar sigue atormentándote. En esos momentos, los días no me parecían tan lúgubres.

—Comprendo —dijo Leslie, y lo comprendía de veras.

La vida de Semira Newton estaba llena de sufrimiento y de fatigas, era una vida pobre y solitaria. Robin Hood's Bay era un lugar encantador, pero también era muy poco concurrido en otoño y en invierno, y Leslie sabía que en noviembre y en diciembre la niebla plomiza podía instalarse en la costa durante varios días y se tragaba todos los sonidos, las voces, la luz y los colores. Semira se quedaba entonces sola en aquella vieja casita, trabajando en las piezas de alfarería que no conseguiría vender hasta la llegada del buen tiempo... O subía al autobús que la llevaba hasta Whitby, para visitar a un anciano aquejado de una deficiencia mental que seguía esperando, en vano, que acudiera a verlo la persona que así se lo había prometido más de sesenta años atrás. ¿Cuál debía de ser su estado de ánimo cuando volvía de esas visitas y se encerraba de nuevo en aquel sombrío interior?

Leslie se estremeció con solo imaginarlo.

Se puso de pie, entumecida después de haber pasado tanto rato sentada en aquel incómodo taburete.

—Debo irme —dijo mientras tendía la mano a Semira—. Le agradezco que me haya dedicado tanto tiempo, Semira. Y que haya sido tan franca conmigo.

—Vamos, no es que tenga una vida muy animada, ¿sabe? —replicó Semira en tono amistoso. Cuando estrechó la mano a Leslie, esta se dio cuenta de que la tenía helada—. Me gusta que vengan a verme. Y poder hablar.

—Yo... no puedo deshacer lo que hizo mi abuela —dijo Leslie—, pero... lo siento mucho. Se lo digo de todo corazón, siento todo lo que ha pasado.

—No tiene por qué sentirlo. —Semira también se puso de pie, no sin dificultad—. ¡No puede hacer nada al respecto! Lo único que me pregunto es qué está ocurriendo ahora para que esa vieja historia despierte de repente tanto interés.

Leslie, que ya se disponía a marcharse, se detuvo de repente.

—¿Qué ha querido decir con eso? ¿Tanto interés?

—Bueno, sí. Es raro. Durante años nadie ha querido saber nada sobre el tema y ahora, en cuestión de dos días, aparecen dos personas que quieren saberlo todo al respecto.

Leslie contuvo el aliento, muy sorprendida.

—¿Quién era la otra persona?

—Un hombre... ¿Cómo se llamaba? Vino ayer por la tarde. Tanner, creo. O algo parecido.

—¡Dave Tanner!

—Exacto. Dave. Así se llamaba. Dave Tanner. Periodista. Sabía bastante sobre el asunto, me dijo que había estado rebuscando en los viejos archivos. Pero esperaba que yo le contara más detalles. Estuvimos hablando mucho rato. Es natural que me interese que los medios de comunicación vuelvan a retomar el caso.

—¿Y para qué periódico trabaja?

Semira pensó un momento.

—Pues no lo sé —reconoció—. Bueno, me lo dijo, pero supongo que no lo oí bien. ¿Es importante?

—Tampoco debió de enseñarle ninguna acreditación que demostrara que era periodista, ¿verdad? —supuso Leslie.

—No.

—Dave Tanner no es periodista —le explicó Leslie—. No sea tan confiada, Semira. Las personas a menudo no son lo que parecen. No deje entrar a cualquiera. Y no cuente todo lo que sabe.

Semira miró perpleja a Leslie.

—Entonces ¿quién es ese Dave Tanner?

Leslie negó con un gesto.

—En realidad, da igual. Lo más importante sería saber por qué acudió a verla. E intentaré enterarme.

—Pero... usted me ha dicho la verdad, ¿no? ¿Usted es realmente la nieta de Fiona Barnes?

—Por desgracia así es —respondió Leslie antes de salir para emprender el camino de vuelta por aquella calle tan empinada como oscura.

Oía el murmullo del mar, fuerte y muy próximo. La marea había alcanzado su punto máximo.

13

Se sentó en el coche e intentó ordenar las ideas que se agolpaban en su cabeza. ¿A qué estaba jugando Dave Tanner? Ella le había preguntado esa misma mañana si sabía quién era Semira Newton y él lo había negado de manera tajante. Había fingido la más absoluta ingenuidad.

«No. ¿Quién es?», le había dicho.

Doce horas antes, Dave había estado en Robin Hood's Bay haciendo preguntas a Semira. Y al parecer estaba al corriente de todos los detalles. Lo que sin duda significaba que también había leído las cartas que Fiona había escrito a Chad. ¿Las habría conseguido furtivamente? ¿Se las había dado Gwen?

¡Gwen! Leslie golpeó el volante con la mano abierta. Era típico de ella. Tras haber hurgado en el correo electrónico de su padre, había encontrado una historia explosiva que no estaba dirigida a nadie más que a su destinatario original. Lo había impreso todo y se lo había mostrado a la práctica totalidad de sus conocidos.

Era inmadura, muy infantil.

No seas injusta, Leslie, se dijo a sí misma a modo de amonestación. Después de haber leído todo aquello, Gwen no podía quedarse como si nada y debió de sentir la necesidad de hablarlo con alguien.

¿Con Dave?

Al fin y al cabo era el hombre con el que pensaba casarse. Al menos eso era lo que esperaba hacer en su momento. ¿Se le podía echar en cara que le hubiera mostrado algo que la había revuelto por dentro? ¿Algo que la había conmovido? ¿Hasta qué punto debía de haber quedado afectada la imagen que tenía de su propio padre?

Además, había mostrado las páginas impresas a Jennifer, luego las vio Colin y este las compartió con ella, con Leslie. Los engranajes de divulgación se habían puesto en marcha a buen ritmo.

Circulaba completamente sola por la carretera rural que unía Scarborough y Whitby. A ambos lados no había más que oscuridad y quietud. El haz de luz que proyectaban los faros de su coche iluminaba los bordes de la carretera y en algún momento hizo brillar los ojos de algún animal, Leslie supuso que debía de ser un zorro. Reparó en lo rápido que estaba conduciendo y decidió bajar el ritmo. Nadie merecía morir por culpa de lo alterada que estaba.

Al ver una amplia pista forestal que se abría a mano izquierda, decidió desviarse por allí y detener el coche. Tenía que pensar un momento, necesitaba un poco de calma.

Se recostó en el asiento y respiró hondo.

Dave había leído los escritos de Fiona, o tal vez Gwen se lo había contado todo. Él había querido hacerse una imagen más clara de lo sucedido y había ido a visitar a Semira Newton. Tal como ella misma había hecho. Había mentido respecto a su identidad, pero era comprensible: no sabía si Semira accedería a hablar con él si no se atribuía un papel significativo. Y presentarse como periodista no había sido una mala idea, sobre todo teniendo en cuenta que se enfrentaba a una mujer que, era de imaginar, sufría lo indecible al ver que una tragedia como la de Brian Somerville había pasado desapercibida.

¿Y por qué me mintió?, se dijo Leslie.

Porque soy la nieta de Fiona. Porque no podía sospechar hasta qué punto yo también estoy al corriente de todo. Porque no quería ser él quien me revelara los detalles más estremecedores del carácter de mi abuela.

Leslie cerró los ojos. Tras los párpados, vio el rostro de Semira Newton. Esos rasgos ligeramente hinchados que revelaban que llevaba demasiado tiempo tomando demasiados medicamentos. Calmantes para el dolor, sin duda. Su cuerpo debía de ser un montón de escombros cuando la encontraron. Con toda seguridad había días en los que le dolía hasta el último de los huesos del cuerpo, hasta el último de los músculos; días en los que hasta el menor movimiento se convertía en una tortura. Pensó en Gordon McBright, el hombre que había dejado a su víctima medio muerta en el bosque como si no fuera más que basura. Ese hombre que había muerto mientras estaba aún en prisión preventiva.

Fiona y Chad habían entregado a Brian Somerville a un individuo al que ni siquiera el más benévolo de los jueces habría permitido vivir de nuevo en compañía de nadie. Leslie volvió a abrir los ojos porque las imágenes eran ya demasiado funestas y desagradables.

Había dos personas con un motivo claro para matar a golpes a Fiona Barnes y lanzarla al fondo de un barranco. Brian Somerville. Y Semira Newton. Uno tenía entre setenta y ochenta años, una severa deficiencia mental y vivía en una residencia de Whitby. La otra rondaba los sesenta y cinco, apenas podía moverse y si lo hacía era con la ayuda de un andador.

—Ninguno de los dos puede haberlo hecho —dijo Leslie en voz alta en medio de la oscuridad—. Pero podrían haber pagado a alguien para que lo hiciera, al menos Semira Newton.

¿Dave Tanner?

Pero Dave Tanner había ido a ver a Semira el día anterior por primera vez. Varios días después de que asesinaran a Fiona.

Y aparte de eso: ¿Dave Tanner sería capaz de matar por dinero? ¿El Dave Tanner que ella conocía?

Más bien el que no conocía, a decir verdad. Le gustaba, pero no lo conocía. Por un momento Leslie pensó, extrañada, que eso curiosamente no excluía que aquel interés fuera recíproco.

Una cosa tenía clara: lo que no podía ser era que supiera todo lo que había sucedido y no lo compartiera. La historia debía llegar a la inspectora Almond tan rápido como fuera posible.

De lo contrario me sentiré culpable, pensó Leslie, y volvió a pasarle por la cabeza un pensamiento que ya la había sobresaltado anteriormente: que Chad Beckett podía estar en peligro.

Encendió la luz interior del coche y rebuscó en su bolso. En un bolsillo lateral encontró la tarjeta de la inspectora Almond.

Se la había dado la primera vez que había hablado con ella. Le había dicho que si se le ocurría cualquier cosa que pudiera tener algo que ver con el asesinato de su abuela, por muy banal que pudiera parecerle...

—Pues lo que tengo para usted no tiene nada de banal —murmuró.

Marcó el número en el móvil. En el monte no había muy buena cobertura, pero sí la suficiente. La inspectora Almond respondió tras el cuarto tono. Parecía como si le faltara un poco el aliento.

—¿Sí?

—¿Inspectora? Soy Leslie Cramer.

—¡Doctora Cramer! Yo también estaba pensando en llamarla.

De fondo se oían bocinas de coches, ruido de motores y voces. Al parecer, Valerie Almond acababa de salir a la calle.

—Debo verla a toda costa, inspectora —dijo Leslie—. Se trata del asesinato de mi abuela.

—¿Dónde está ahora mismo?

—Volviendo de Robin Hood's Bay, estoy a punto de llegar a Staintondale. Dentro de veinte minutos podría estar en Scarborough.

—Yo iba a la pizzería de Huntriss Row —dijo Valerie—. Hoy todavía no he comido nada. ¿Puede acercarse hasta aquí?

—Sí, claro. Sé dónde está.

—Por cierto —dijo Valerie—, ¿sabe que tenemos a un sospechoso en el caso Mills? ¿Se lo ha explicado la señora Brankley?

Leslie pensó en lo que Chad le había contado vagamente a mediodía.

—Chad Beckett me lo dijo, sí.

—La investigación es especialmente complicada, pero lo que sí podemos excluir es que el sospechoso fuera el asesino de Fiona Barnes, por lo que sabemos. Tiene una coartada para el momento del crimen.

Leslie no se extrañó lo más mínimo al conocer aquello.

—Inspectora, no la oigo muy bien —dijo—. Enseguida estoy con usted y luego...

—Solo una cosa más, muy rápida —la interrumpió Valerie—. ¿Tiene idea de dónde podría estar alojado Dave Tanner?

Leslie podría haber respondido: «Sí, este mediodía estaba en la granja de los Beckett, pero si no lo encuentra usted allí, supongo que debe de estar en casa de mi abuela». En lugar de eso, tuvo la cautela de responder con otra pregunta:

—¿Por qué?

Tal vez había sido una especie de gesto de lealtad lo que la había frenado, aunque también podría haber sido el miedo que le daba que la policía supiera que Dave Tanner vivía en su casa, aunque fuera temporalmente, por si eso podía causar a la inspectora una impresión que pudiera comprometer a Leslie.

—Lo estamos buscando —explicó Valerie—. Su declaración acerca de dónde y cómo pasó la noche del sábado al domingo ha demostrado ser falsa. Tenemos que hablar con él cuanto antes.

Leslie no fue capaz de replicar nada por un momento. Se le había secado la boca por completo y tuvo que tragar saliva.

—¿Me ha oído? —preguntó Valerie.

—Sí, sí. La he oído. Pero no demasiado bien... Enseguida estoy con usted, inspectora. —Dicho esto, Leslie colgó y volvió a meter el móvil en el bolso.

El corazón le latía más rápido.

Conocía la historia que Dave había contado a Valerie Almond. Era la misma que le había contado a ella por la mañana:

que había pasado la noche con su ex novia. Cualquiera habría comprendido que ocultara aquella historia en primera instancia, puesto que al hacerlo habría puesto en peligro su relación con Gwen. En cuanto la situación se había vuelto demasiado delicada para él se había sacado ese as de la manga. ¿Y ahora? ¿Su ex novia ya no participaba en el juego? Algo debía de haber sucedido para que Valerie ya no creyera a Dave Tanner. Para que incluso lo estuviera buscando con tanta urgencia.

Había vuelto a mentir. Había mentido cuando ella le había preguntado por Semira. Había mentido respecto a su paradero en el momento de los hechos. Igual que había mentido al principio cuando había afirmado que había pasado la noche tranquilamente en su cama.

Mentía cada vez que abría la boca.

Y ella lo había llevado a la granja de los Beckett. Lo había dejado allí solo, junto a Chad Beckett, el hombre sobre el que acababa de pensar hacía un momento que corría un gran peligro. Chad, con lo viejo que era y lo que le costaba moverse. Su estado físico no podía siquiera compararse con el de Dave Tanner.

Leslie arrancó el coche e hizo derrapar las ruedas sobre el camino forestal dando gas a fondo. Luego las ruedas chirriaron cuando el coche se incorporó a la carretera. De inmediato hizo subir de vueltas el motor; condujo rápido, más rápido de lo permitido. Cuando llegó a la estrecha carretera secundaria que llevaba a Staintondale decidió no continuar por la vía principal. Tomó el desvío. Tenía que cerciorarse.

La inspectora Almond tendría que esperar un poco.

14

Lo primero que le llamó la atención fue que el coche de los Brankley no estaba aparcado en el patio como a mediodía. ¿Podía ser que Gwen y Jennifer aún no hubieran vuelto de la ciudad? Eran poco más de las siete. ¿Dónde demonios habían estado todo el día?

Leslie detuvo el coche y salió de él.

Todo estaba en silencio y se preguntó por qué la desconcertaba esa calma, hasta que se dio cuenta de lo mucho que se había acostumbrado durante los últimos días a los ladridos de los perros. Los dogos de Jennifer. Se ponían a ladrar en cuanto alguien llegaba a la granja. A mediodía tampoco los había oído, pero luego Chad le había dicho que Colin había salido con ellos. ¿Se los había vuelto a llevar de paseo?

¿A pesar de la oscuridad?

En la casa no se veía ninguna luz encendida, aunque eso no significaba nada, porque tampoco podía ver las ventanas de la parte trasera de la casa desde el patio. Llamó a la puerta por formalidad, como siempre, y luego entró en la casa sin más.

Encendió la luz.

Por algún motivo, tuvo la sensación de que la casa estaba vacía, como si no hubiera ni un alma dentro.

Los perros, pensó Leslie; en realidad son los perros, los que faltan. Si esperas que dos dogos enormes y vivarachos vengan a recibirte y a lamerte la cara, es normal tener la sensación de estar entrando en un mausoleo al ver que eso no ocurre.

Se preguntaba por qué le había venido a la cabeza la idea del mausoleo, pero enseguida decidió dejar de pensar en ello. Era mejor no dejarse llevar por ningún tipo de fantasías aterradoras.

—¿Dave? —intentó gritar. Sin embargo, su voz sonó demasiado baja. Se aclaró la garganta—. ¿Dave? —repitió, esta vez más alto—. ¿Chad?

Nada ni nadie se movía. Leslie recorrió el pasillo, se asomó a la cocina y encendió también la luz de esa estancia. Vacía. Desordenada. Tan mugrienta y caótica como siempre. No obstante, parecía como si nadie se hubiera preparado la cena.

El salón contiguo también estaba vacío. Por el olor a leña quemada, Leslie supo que el fuego había estado encendido en la chimenea durante el día. Vio que aún brillaban un par de rescoldos entre las cenizas. A continuación descubrió dos tazas de café vacías y por algún motivo eso la tranquilizó. Dos tazas de café y fuego en la chimenea, lo asoció a una atmosfera de normalidad y tuvo la impresión de haberse perdido las últimas horas.

Volvió a salir del salón y reparó en el resplandor que se filtraba por las rendijas de la puerta del despacho. Respiró hondo. Había alguien en casa.

Llamó y entró sin esperar respuesta. De repente sintió un gran alivio al ver a Chad sentado, con la vista clavada en la pantalla del ordenador. Hacía un frío gélido en aquella pequeña habitación, pero el anciano parecía no darse cuenta de ello, a juzgar por su fina camisa de algodón y por sus pies descalzos, enfundados en unas simples pantuflas de fieltro, sin calcetines. Estaba tan concentrado en su ordenador que se sobresaltó cuando Leslie se dirigió a él.

—¿Chad?

Pareció como si volviera de repente de otro mundo. Se quedó mirando fijamente a Leslie como si no comprendiera nada y aún tardó un par de segundos en hablar:

—Ah, eres tú, Leslie.

—Perdona si te he asustado. He llamado a la puerta, pero...

—Estaba muy concentrado —explicó Chad.

Ella no logró ver qué era lo que Chad estaba haciendo, pero lo supuso.

—¿Las cartas de Fiona?

—He vuelto a leerlas —dijo Chad—. Antes de borrarlas. No sería bueno que... llegaran a manos de otras personas.

Leslie se abstuvo de contarle que todo su entorno más cercano conocía ya al detalle el contenido de aquellas cartas.

—Vengo de ver a Semira Newton —dijo, y observó cuál era la reacción de Chad al oír pronunciar ese nombre. Fue como si de repente se le cayera una máscara.

—¿Ah, sí?

—Es una mujer muy enferma y sufrida.

—Sí —dijo Chad.

—¿Sabías que Brian Somerville sigue vivo?

—Lo suponía.

—¿No crees que podrías...? Quiero decir, que yo podría llevarte...

—No.

Leslie lo miró. Chad no apartó la mirada, pero se mantuvo impenetrable.

—¿Estás solo? —preguntó Leslie después de pasar un momento simplemente mirándose el uno al otro—. ¿Dónde están Jennifer y Colin? ¿Dónde está Dave? ¿Y Gwen?

—Jennifer y Colin se han marchado a casa. De repente. Por la tarde.

—Y eso ¿por qué?

—Estas vacaciones no debían de ser de su agrado. Es comprensible.

—¿La inspectora Almond está al corriente de ello?

—Ni idea.

—¿Y Dave?

—Les apetecía salir a pasear. A él y a Gwen.

—¡Ya está bastante oscuro fuera!

Chad miró por la ventana. Al parecer no se había dado cuenta todavía de que había empezado a caer la noche.

—Es verdad —dijo, sorprendido—. ¿Qué hora es?

—Las siete y cuarto.

—¿Ya? —Chad se pasó la mano por la cara. Tenía los ojos enrojecidos por el cansancio y la lectura intensa—. Entonces hace bastante rato que se han ido. Creo que eran las cinco y media cuando salieron.

—De eso hace casi dos horas. ¿Todo iba bien entre los dos?

Leslie se preguntó si lo habría hecho: si Dave le habría dicho a Gwen que la dejaría. ¿O habría esperado para decírselo mientras paseaban? ¿O tal vez habría decidido apartarse de nuevo de lo planeado?

—No lo sé —dijo Chad—. Supongo... Bueno, ¿por qué no tendría que ir bien?

Ella lo miró fijamente y pensó: Gwen podría morir frente a tus ojos y ni siquiera te darías cuenta. No comprendes hasta qué punto corre peligro, porque no sabes apreciar ni a tu propia hija, no le dedicas ni un solo momento. Nunca te ha interesado conocer más a fondo al hombre con el que ella quería pasar el resto de la vida. Ese hombre que, según se mire, puede acabar siendo tan peligroso para ella. No te das cuenta. ¡Nunca te das cuenta de nada! No percibes el amor que te ha profesado toda su vida, ese amor tan desesperado de una hija por un padre que, tras la prematura muerte de la madre, pasó a ser su único pariente con vida. Ese amor que nunca has merecido.

—Chad, hoy mismo, a mediodía, has dicho que la policía ha estado aquí y ha preguntado por Dave Tanner. Entretanto, me he enterado de que lo están buscando. No tiene coartada para el momento del asesinato de mi abuela. Mintió a la policía en su declaración.

Chad se limitó a mirarla. Ese letargo en el que vivía sumido sacaba a Leslie de sus casillas.

—¡Chad! ¡La policía lo está buscando! ¡Incluso han venido aquí, a buscarlo! ¿Dejas que tu hija salga a pasear con él como si nada y dos horas más tarde todavía no te preguntas si todo debe de ir bien entre ellos?

—¿Qué tiene de sospechoso Tanner? —preguntó Chad.

Leslie ya no pudo seguir conteniéndose.

—Sus mentiras. Por eso, algo que la policía ya sabe, y por otra cosa que solo sé yo. Dave Tanner conoce toda la historia acerca de ti y de Fiona. Lo de Brian Somerville y Semira Newton. Todo eso que tienes en el ordenador él lo sabe.

Al menos había conseguido vencer la indiferencia del anciano, que de repente pareció desconcertado.

—¿Cómo se ha enterado? ¿Se lo diste a leer tú? ¿O fue Fiona?

—Eso no tiene importancia. En cualquier caso, él fue a ver a Semira Newton antes que yo, incluso. Parece que la historia le interesa.

Leslie supuso que a Chad le rondaban la cabeza más o menos las mismas cosas que a ella, pero se dio cuenta también de que, al mismo tiempo, el anciano consideraba que todo aquello eran desvaríos.

—¿Por qué motivo podrían interesarle a Tanner esas viejas historias? —preguntó.

—Es astuto —dijo Leslie— y necesita dinero. Con urgencia. Me temo que le da igual la forma de conseguirlo.

—¿Crees que fue él quien mató a tu abuela y que Semira Newton le pagó por ello? —preguntó Chad.

—Fue a verla ayer. Por lo tanto, esa teoría no coincide con la secuencia de los hechos, pero es posible que haya una explicación. No sé qué pensar, Chad. Solo tengo clara una cosa: el tipo que al parecer mató a Amy Mills no fue el asesino de Fiona. Valerie Almond dice que tiene una coartada. A diferencia de Dave, que se la inventó.

—Entonces llama a la policía —dijo Chad—, y diles que vengan a buscar a Dave y a Gwen. Ya se nos ocurrirá qué hacemos.

Leslie consideró un momento el consejo de Chad antes de negar con la cabeza.

—Saldré a echar un vistazo yo misma. Si no he vuelto dentro de media hora, llama a la inspectora Almond, ¿de acuerdo? Toma. —Sacó la tarjeta del bolso y se la puso en la mano a Chad—. Es el número de teléfono de Valerie Almond. Y ten cuidado. Será mejor que cierres la puerta con llave.

—¿Por qué tendría que...?

Leslie perdió la paciencia y le gritó.

—¡Porque corres un gran peligro si esto acaba siendo una cuestión de venganza, por eso! Estás tan metido en esto como Fiona, al menos. ¡A ver si te queda claro de una vez!

Chad hizo una mueca de disgusto; estaba enervado, aunque Leslie tuvo la impresión de que parecía más tranquilo de lo que estaba en realidad. A él tampoco le gustaba aquella situación, si bien no debía de ser el miedo lo que más le preocupaba. Detestaba que lo arrancaran de su letargo, que lo sacaran de ese mundo propio en el que vivía ensimismado. No había pasado ni una semana desde el asesinato de Fiona, pero en los pocos días que habían transcurrido desde entonces había tenido que hablar con más personas que durante los últimos diez años. No dejaban de pasar cosas nuevas, siempre había alguien que quería algo de él. Debía de sentirse asediado, acosado. Era un anciano al que no le apetecía lo más mínimo cambiar su forma de vivir, a pesar de que hubieran matado a golpes a una amiga de toda la vida y la hubieran lanzado al fondo de un barranco por la noche, a pesar del peligro que corría él mismo y de que su hija se hubiera sumergido en la oscuridad acompañada de un hombre impenetrable. Leslie se dio cuenta de que Chad había recibido su petición de esperar media hora antes de avisar a la policía como una exigencia exagerada. Ese hombre vivía su rutina y desde hacía décadas había decidido no volver a

mirar a derecha o a izquierda. Su padre debió de haber sido parecido, tal vez no hubiera nada que Chad pudiera hacer para cambiar
esa manera de ser casi autista. Lo llevaba dentro.

Lo sorprendente habría sido que se hubiera preocupado por
Brian Somerville, pensó Leslie. Es incapaz de hacer algo así. Es
absolutamente incapaz de ponerse en el lugar de otras personas
y en otras situaciones para comprometerse con algo o con alguien.

—¿No tendrás una linterna para dejarme? —preguntó Leslie.

Chad se puso de pie, arrastró los pies por el pasillo y cogió
una linterna de un estante en el que había bufandas, guantes y
gorros criando polvo.

—Toma. Debería funcionar.

Por suerte, así era. Las pilas aún tenían carga.

—Perfecto —dijo Leslie—. Echaré una ojeada por el patio y
por los alrededores. Recuerda lo que te he dicho: ¡cierra la puerta con llave!

Chad refunfuñó, pero una vez fuera de la casa, Leslie oyó que
obedecía la orden que le había dado.

Algo no encajaba y, mientras cruzaba el patio en dirección a
lo que habían sido los establos con la linterna en la mano, Leslie
se preguntó por qué no había avisado a Valerie Almond de inmediato. La inspectora debía de estar esperándola sentada en una
pizzería y pronto empezaría a preguntarse dónde estaba Leslie.
¿No habría sido mejor avisarla enseguida? Del mismo modo que
habría sido mejor responder sin titubeos a la pregunta que ella
le había hecho acerca de Dave Tanner. ¿Por qué tampoco lo había hecho?

Sabía cuál era la respuesta, como también sabía que nadie la
habría encontrado convincente, ni siquiera ella misma: porque
Dave Tanner le gustaba. Porque lo consideraba un amigo, al menos desde la pasada noche. A pesar de que le hubiera mentido;
dos veces, de hecho. No quería denunciarlo. Quería hablar con
él. Preguntarle por qué era incapaz de decir la verdad de una vez
respecto a aquella historia tan peligrosa. Quería pedirle que acudiera por su propio pie a la policía.

Leslie no tenía ninguna duda de que accedería a hacerlo si

realmente era el asesino de Fiona. Aunque tal vez Gwen corría un peligro aún mayor y ella estuviera desperdiciando allí un tiempo muy valioso.

En realidad no era más que media hora. Ya había llegado hasta los establos. Iluminó el interior.

Aparte de los cachivaches amontonados medio oxidados, los establos estaban vacíos; allí no había nadie y no parecía que hubiera habido nadie. No había huellas en el suelo cubierto de polvo y de suciedad acumulados durante años.

Leslie se apartó para toser y entonces alzó la mirada hacia la casa. Volvía a estar a oscuras. Puede que Chad se hubiera encerrado de nuevo en el despacho. Debía de estar borrando las cartas de Fiona del ordenador, creyendo poder borrar así también todas sus culpas. Un clic con el ratón y asunto resuelto.

Después de considerarlo durante unos segundos, Leslie decidió seguir buscando por los alrededores de la granja.

Tomó el camino que conducía a la playa.

15

Las nubes ocultaban hasta el último resquicio de luz de la luna, pero la linterna que Chad le había dado emitía una luz potente y clara. Leslie podía seguir el camino sin problemas. Sabía que a Gwen le encantaba la playa y que siempre que salía a pasear lo hacía por allí. Cabía esperar que Dave y ella todavía estuvieran acurrucados en alguna roca, hablando. Aunque había refrescado mucho. Tal vez iban bien abrigados. O quizá estaban tan absortos en la conversación que ni siquiera habían notado el frío y la humedad.

Leslie se detuvo un momento, sacó el teléfono móvil y pulsó una tecla para iluminar la pantalla. No había cobertura, tal como sospechaba. Daba igual. Faltaban solo diez minutos para que hubiera pasado ya media hora desde que había salido, y Chad llamaría a Valerie. La policía se encargaría de ese asunto. Leslie había dado a Dave otra oportunidad durante treinta minutos. Lo que sucediera pasado ese tiempo sería una irresponsabilidad.

No encontró a nadie mientras recorría a toda prisa los prados, tan solo una bandada de urogallos que surgió espantada de unos matorrales, pero aparte de eso era como si se hubiera quedado sola en el mundo. Lo más probable era que se hubiera equivocado por completo. ¿Qué le hacía pensar que Gwen y Dave todavía estaban por los alrededores? El coche de Chad seguía aparcado en su lugar habitual, pero también podía ser que hubieran cogido el autobús. Tal vez habían ido a Scarborough, se habían metido en un pub y estaban aferrados a sendas pintas de Guinness para superar aquella situación tan opresiva. Pero ¿haría Dave algo así, cuando en realidad lo que intentaba era deshacer un compromiso? ¿Se llevaría a la desdichada novia a la ciudad cuando eso implicaba tener que acompañarla a casa después? De repente a Leslie se le ocurrió otra posibilidad: ¿y si Dave estaba desde hacía rato en su casa, en la de Fiona, y Gwen vagaba sola entre la oscuridad, desesperada, agotada, deprimida y profundamente herida? Soltó una maldición en voz baja porque hasta entonces no se le había ocurrido llamar a su casa para descartar esa posibilidad. Sacó el móvil una vez más, aunque sin muchas esperanzas. En efecto, todo seguía igual: sin cobertura.

Cruzó el puente colgante de madera y le pareció que oscilaba más de lo habitual, aunque sabía que no era más que una ilusión óptica a causa del oscuro vacío que había bajo sus pies, a causa de esa noche que parecía perderse en el fondo del barranco. A pesar de la linterna, lo que estaba haciendo no dejaba de ser peligroso. El terreno era irregular e imprevisible, mientras que el barranco era profundo y, en buena parte, rocoso. Además, hacía demasiado tiempo que no pasaba por allí. Aunque tenía un recuerdo aproximado de la geografía del lugar, ya no se desplazaba por esos parajes con la facilidad de una sonámbula con la que solía hacerlo cuando era pequeña. Por aquel entonces, su abuela y ella iban cada tarde a la granja de los Beckett y Leslie bajaba por el barranco con Gwen para ir a jugar a la playa mientras Fiona... Sí, Fiona, ¿qué? ¿Qué debían de hacer Fiona, Chad y la esposa de Chad durante todas esas horas que pasaban juntos? En aquella época no se lo había preguntado jamás, se había limitado a aceptar como normal el hecho de que su abuela pasara más tiempo con otra familia que en su propia casa. Más adelante, aquel asunto tampoco le había interesado. Y en ese momento probablemente no llegaría a obtener jamás una respuesta. La esposa de Chad había fallecido muchos años atrás. Fiona también había muerto. Y Chad no era una persona muy dada a responder preguntas.

Leslie había llegado al final del puente colgante. A partir de allí empezaba el descenso por el barranco. Recordó que de niña lo bajaba con la agilidad de un rebeco. En ese momento, sin embargo, parecía más bien una anciana avanzando con precaución y dificultad. ¿Siempre había sido tan escarpado ese barranco? ¿Esas rocas escalonadas habían sido siempre igual de altas? A duras penas podía pasar de una a otra con un solo paso, más bien se veía obligada a dejarse caer con cuidado. Decidió que sería mejor sentarse y deslizarse hacia abajo sobre el trasero, pero para eso necesitaba apoyarse con las dos manos, algo difícil habida cuenta de que en una de ellas llevaba la linterna. En un momento dado se le cayó de la mano, aunque por suerte fue a caer sobre una de las rocas cercanas, más abajo. Temblando de miedo, Leslie consiguió recuperarla. Se quedó sentada mientras pensaba un instante. Lo que estaba haciendo era una locura, y por si fuera poco no tenía ni la más remota idea de si tenía algún sentido. Si acababa perdiendo la linterna no tendría muchas posibilidades de encontrar el camino de vuelta, al menos no sin arriesgarse a torcerse un pie o incluso a romperse un hueso.

Leslie decidió que lo mejor sería volver atrás.

Tal vez la policía ya hubiera llegado a la granja, y si no era así, no tardaría mucho en hacerlo. Que continuaran ellos con la búsqueda, que estaban más preparados.

Empezó a subir de nuevo y comprobó que resultaba tan difícil como había esperado, puesto que solo disponía de una mano libre. Cuando llegó al puente, respiraba con dificultad y estaba empapada en sudor. Consultó el reloj y se dio cuenta de que había transcurrido ya una hora desde que había salido de la granja. Había pasado mucho rato trepando por aquellas rocas.

Pasó más rápido que antes por el puente, como si se hubiera acostumbrado ya al balanceo y a la impenetrable oscuridad de aquel abismo. Pero en realidad era el miedo lo que la espoleaba.

Se había vuelto más intenso porque las imágenes que su fantasía estaba elaborando se habían vuelto a su vez más terroríficas y apremiantes. Pensándolo bien, solo había dos posibilidades, a cuál más horrible. Podía ser que Dave Tanner hubiera perpetrado el crimen que había acabado con la vida de Fiona y ahora hubiera desaparecido con Gwen, lo que sin duda no podía ser bueno para esta. Pero también podía ser que Dave no hubiera hecho nada malo y se hubiera limitado a volver a Scarborough después de romper su compromiso. Pero ¿entonces por qué mentía una y otra vez? En el segundo caso, eso significaría que Gwen estaría vagando de noche, sola y desesperada, con funestas intenciones. Leslie prefirió no entrar a valorar si Gwen era del tipo de personas que contemplan la posibilidad de terminar con su vida, pero sabía que el mal de amores, los sentimientos heridos y los desengaños suelen ser los motivos más frecuentes para el suicidio. ¿Y quién sabía en realidad qué le pasaba a Gwen por la cabeza? ¿Quién podía saberlo?

Consiguió avanzar con más agilidad en cuanto llegó de nuevo a los prados. Si antes los había recorrido apresuradamente, esa vez lo hizo corriendo. Oía el sonido sordo de sus propios pasos y los jadeos de su respiración. Su condición física dejaba mucho que desear, era consciente de ello, y aunque en ese momento no tenía ninguna importancia, se propuso hacer ejercicio con regularidad en lo sucesivo. Se extrañó de estar pensando en algo como eso, pero tal vez no era tan raro aferrarse a algo banal mientras el miedo y el pánico amenazaban con superarla. Pensó si aún encontraría sus viejos pantalones de jogging en algún lugar del armario y cayó en la cuenta de que lo único que buscaba era algo de alivio: el resto de las cosas en las que tendría que estar pensando podían ser demasiado horrendas.

Se detuvo al ver la granja desde lo alto de la colina en la que se encontraba. Todo estaba oscuro, absolutamente oscuro. A duras penas divisaba el tejado de la casa junto a los de los establos y los cobertizos. Nada parecía moverse por allí. ¿Dónde estaba la policía? ¿Los coches, los focos, las linternas? No había ningún haz de luz moviéndose de un lado a otro, ninguna voz atronando a través de un megáfono...

Dios, Leslie, se dijo, ¿de verdad creías que llegaría el séptimo de caballería solo porque Chad hubiera llamado a Valerie Almond para decirle que su hija y el prometido de esta habían salido de casa dos horas antes?

Pero al fin y al cabo había una orden de búsqueda sobre Dave.

Al menos debería haber llegado un agente a la granja. Tal vez Valerie en persona, que de todos modos esperaba a Leslie. ¿Estaría comiéndose una pizza con toda la calma del mundo antes de subir a su coche y salir pitando hacia Staintondale?

Leslie bajó corriendo la colina y atravesó el portón de la granja a toda prisa. Reconoció su propio coche como una sombra oscura aparcada tras el jeep de Chad. Aparte de eso, no vio nada, no había más coches. La policía no había llegado, ni Valerie Almond ni ningún otro agente.

Tal vez Chad había tardado en llamar. O no había llegado a hacerlo, quizá había olvidado al momento lo que Leslie le había dicho que hiciera en cuanto esta había salido. Eso parecía lo más probable.

Llegó a la puerta de la casa y la abrió. ¿Por qué no estaba cerrada con llave? Pero ¡si había oído que Chad había echado el cerrojo!

—¿Chad?

No obtuvo respuesta. El pasillo estaba oscuro y vacío.

Leslie había dejado la luz encendida, estaba segura de ello, pero podía ser que Chad la hubiera apagado en su afán ahorrador.

Volvió a encenderla y recorrió el pasillo. La puerta del despacho de Chad estaba entreabierta, la empujó con cuidado y miró dentro. Vacío. La lámpara del escritorio estaba encendida y el ordenador conectado, lo supo en cuanto oyó el leve murmullo característico.

—¿Chad? —preguntó de nuevo.

Entró en la cocina y encendió la luz del techo. Quería encender todas las luces, se sentiría más segura si la casa no estaba completamente a oscuras.

¿Por qué Chad no contestaba?

Algo iba mal. Chad no se habría ido a la cama sin apagar la luz del escritorio y el ordenador. Él, que era capaz de desesperar a cualquiera con su afán ahorrador. Tenía que estar en algún lugar cercano y no tenía ningún motivo para esconderse de Leslie.

—¿Chad? —lo llamó por el nombre una vez más, y se dio cuenta de que su voz sonaba temerosa.

Entró en el salón, encendió también la luz y allí fue donde vio a Chad, tendido en el suelo en medio de la estancia. Estaba boca abajo, con la cabeza vuelta hacia un lado, de manera que Leslie pudo ver con claridad lo pálido que estaba. Tenía los ojos cerrados y se rodeaba el cuerpo con los brazos.

Se quedó allí mirándolo un momento, temiendo hacer cualquier cosa, antes de recuperar el movimiento y acercarse a él un par de pasos. Se arrodilló y, en un acto reflejo, le tomó el pulso. Lo tenía muy débil, pero al menos aún tenía pulso. Con sumo cuidado, le dio la vuelta.

—¡Chad! ¿Qué ha ocurrido?

Los párpados del anciano temblaron levemente. Leslie notó algo cálido y pegajoso, y levantó la mano derecha. Se había manchado de sangre. Entonces vio que en el suelo también había sangre, que había formado un pequeño charco en las baldosas y se filtraba por las junturas. La fina camisa azul que Chad llevaba puesta estaba empapada de sangre, pero tal como Leslie pudo comprobar, la hemorragia se había detenido, por lo que no vio la necesidad de practicarle primeros auxilios de urgencia. Una cuchillada o un disparo, supuso, no había ninguna explicación inofensiva, lo que significaba que lo habían atacado mientras ella estaba fuera.

Quien lo hubiera hecho debía de estar aún cerca.

Intentó mantener la calma y no salir de la casa a toda prisa para meterse en el coche. Tenía que llamar a una ambulancia y a la policía, y no podía dejar solo a Chad. Su estado era crítico; había perdido mucha sangre, y Leslie no tenía ni idea de los posibles daños internos que pudiera haber sufrido.

Le acarició con ternura las mejillas.

—¡Chad! Soy yo, Leslie. ¡Chad! ¿Qué ha ocurrido?

Los párpados del anciano volvieron a temblar, aunque esa vez consiguió abrir los ojos. Tenía la mirada perdida y errante, bajo los efectos de un shock.

—Leslie —susurró.

Tenía la cabeza sobre el regazo de ella.

—Todo irá bien, Chad. Buscaré ayuda. Iremos al hospital y...

La mirada del anciano se aclaró un poco.

—Dave —susurró con grandes dificultades para hablar—. Dave... Él...

—Sí, Chad...

—Él... aún...

Su mirada se enturbió de nuevo. Quería seguir hablando, pero su lengua se negaba a cumplir. Lo único que pudo emitir fue un balbuceo ininteligible.

Sin embargo, Leslie comprendió lo que había querido decirle: que Dave Tanner estaba allí. Que todavía rondaba por la granja después de haber herido de gravedad a Chad, que probablemente la estaba buscando a ella, a Leslie. Tenía el coche aparcado en un lugar bien visible en medio del patio. Sabía que estaba allí. Y sabía también lo peligrosa que podía resultar su presencia para él.

¿Había registrado la casa buscándola? ¿Estaba fuera en ese momento, recorriendo como una sombra silenciosa los cobertizos y los establos, tal vez iluminando con una linterna los rincones más ocultos, sospechando que ella estaría intentando escapar de él? ¿O quizá seguía en la casa? ¿Tal vez en uno de los dormitorios?

Leslie sabía que en la planta superior de esa casa uno no podía moverse sin que crujieran las tablas del suelo. Era poco menos que imposible moverse por las habitaciones en silencio. Aguzó el oído, pero percibió nada aparte del zumbido provocado por la sangre que le bombeaba en las sienes.

No podía cometer errores. No podía correr riesgos.

Con mucho cuidado, volvió a apoyar la cabeza de Chad en el suelo, se puso de pie y se dirigió rápidamente hacia la puerta. La cerró, echó la llave y apoyó la espalda en ella, jadeando. Un pequeño margen de seguridad, un poco de tiempo ganado, tal vez. No dudaba que Dave sería capaz de derribar aquella puerta decrépita, pero tardaría varios minutos en conseguirlo, y unos minutos, en esa situación, podían resultar vitales.

Decidió apagar la luz. Si Dave rondaba por allí fuera, no quería ponerle en bandeja la posibilidad de que le disparara en caso de que tuviera un arma de fuego.

Volvió a comprobar el teléfono móvil. Sin cobertura. Staintondale y en especial la granja de los Beckett eran para volverse loco en lo que a comunicaciones se trataba. Lo intentó desde otro rincón de la habitación, pero igualmente sin éxito. Ni siquiera cerca de las ventanas. Sabía que tenía alguna oportunidad de que funcionara si salía al patio y se acercaba a la carretera, pero eso habría significado correr el riesgo de toparse con Dave por el camino. Aún estaba por allí, ya había intentado matar a Chad y no se quedaría mirando cómo ella llamaba a la policía por teléfono. De todos modos, Leslie marcó el número de Valerie, pero como era de esperar seguía sin cobertura. Llamar al teléfono de emergencias; ni siquiera ese funcionaba. Estuvo a punto de lanzar aquel aparato inútil, llevada por la rabia, pero consiguió controlarse en el último momento. Podía llegar a necesitarlo.

Sus ojos se acostumbraron hasta cierto punto a la oscuridad y le permitieron divisar ya como una sombra a Chad tendido en el suelo, inmóvil, posiblemente sin conocimiento. Las cosas no pintaban bien para él si no recibía auxilio enseguida. Pese a ser médico, en esa situación apenas podía ayudarlo. Le pareció que podía ser peligroso incluso tenderlo en el sofá para que estuviera más cómodo, puesto que no sabía qué tipo de heridas había sufrido. Y además no tenía nada, ni vendas ni nada. Solo un teléfono sin cobertura mientras un loco rondaba por allí fuera, dispuesto a no dejarla ir en busca de ayuda. ¿Por qué lo hacía? ¿Por qué Chad? También debía de haber matado a Fiona. ¿Por qué? ¿Estaba cumpliendo un encargo de Semira Newton? ¿Buscaba esta la manera de vengarse a pesar de haber dado a Leslie su palabra de que jamás le habría ahorrado a Fiona las molestias y las fatigas de la vejez? ¿O Dave había matado a Fiona por iniciativa propia y, después de exasperarse el día anterior hablando con Semira, había decidido que Chad también merecía ser castigado? ¿O tal vez no era cierto lo que le había dicho Semira, que Dave había ido a verla? Quizá también era mentira que se había presentado ante ella como periodista. ¿Quién le decía que Dave y aquella anciana de Robin

Hood's Bay no formaban una pareja mucho más astuta e insidiosa de lo que Leslie era capaz de imaginar? Pero en ese caso ¿por qué tendría que haberle contado Semira que él también había acudido a verla? Habría sido más lógico procurar que nadie llegara a enterarse de ello.

¿Y si no era Semira la que estaba detrás de todo aquello? ¿Y si Dave actuaba por iniciativa propia? Leslie contempló a Chad, que seguía inmóvil. El hombre que se interponía entre el deseo de Dave de quedarse con la granja de los Beckett y la consecución del mismo. ¿Era ese el desencadenante del drama? Dave estaba dispuesto a casarse con una mujer por la que no sentía nada en absoluto solo para tener de una vez alguna perspectiva en su vida. Pero solo podría disponer de las tierras si conseguía la bendición de su suegro. ¿No había querido esperar a que llegara ese momento? ¿Había matado a Fiona para que no le aguara los planes con su lengua viperina y había intentado acabar con Chad para allanar el camino cuanto antes? Pero ¿qué diablos pintaba Gwen en toda la historia? Era poco probable que Dave hubiera tratado de asesinar a Chad delante de su hija, que tanto lo quería. Por otro lado, a quien no podía hacerle nada era a Gwen, puesto que necesitaba casarse con ella si quería aspirar a quedarse con su herencia.

¿Dónde estaba Gwen?

Leslie decidió que no era el momento de pensar en eso. No estaba en condiciones de resolver aquel rompecabezas.

Tenía que llamar por teléfono. Ese era el siguiente paso y no otro, era imprescindible que lo consiguiera.

El teléfono estaba en el despacho. La cuestión era si podía arriesgarse a salir del salón, donde se sentía más o menos segura por el momento. ¿Lograría recorrer rápidamente el pasillo y parapetarse en el despacho para hacer esa llamada? Si se topaba con Dave en el intento, estaba perdida. No quería engañarse: Dave no podía dejarla con vida, representaba un gran peligro para él. Estaba obligado a eliminarla y no cabía ninguna duda de que estaría dispuesto a hacerlo sin titubear. Leslie no alcanzaba a comprenderlo, pero tenía la seguridad de que Dave estaba entregado a un juego arriesgado en el que podía perderlo o ganarlo todo, que sin duda llevaba mucho tiempo planeándolo y había ponderado hasta la última de las consecuencias. Y ahora que jugaba con ventaja, no estaría dispuesto a abandonar. Era un tipo peligroso, cruel y amoral. Sus continuas mentiras no eran más que la punta del iceberg. La única alternativa para Leslie era quedarse en aquella habitación con la esperanza de que apareciera alguien para ayudarla, pero no tenía ni idea de cuándo sucedería eso o incluso si podía albergar alguna esperanza de que ocurriera. ¿Qué haría Valerie Almond al ver que, a pesar de lo acordado, Leslie no aparecía por la pizzería, cuando debería haber llegado desde hacía rato? Probablemente intentaría llamarla por teléfono, pero eso no funcionaría. Tal vez se alarmaría y acudiría a Prince-of-Wales-Terrace, aunque sería en vano. ¿Se preocuparía entonces? ¿Y se le ocurriría ir hasta la granja de los Beckett?

Los Brankley se habían marchado, y Leslie no sabía qué había sido de Gwen. Todo eso reducía a la mínima expresión sus esperanzas de recibir ayuda, del mismo modo que también eran mínimas las posibilidades de que Chad sobreviviera. No hacía falta ser médico para darse cuenta de que al anciano le quedaba poco tiempo. No sobreviviría a aquella noche si no ingresaba cuanto antes en un hospital.

Leslie fue hacia la puerta e hizo girar la llave sin hacer ruido. La abrió muy despacio, conteniendo el aliento. Casi esperaba encontrarse frente a frente con Dave, pero el pasillo estaba iluminado y vacío. No oyó ni un solo ruido en toda la casa.

O está fuera o está agazapado en alguna parte esperando a que cometa algún error, pensó Leslie.

Tenía el corazón acelerado y oía en las sienes la pulsación de la sangre. Nunca antes había experimentado esa sensación de miedo tan genuina. Sabía lo que era pasar miedo antes de un examen, el miedo a la soledad, el miedo previo a una conversación desagradable, a la consulta del dentista, al momento de su divorcio. Miles de miedos, pero el que estaba sintiendo en esos momentos era el miedo a morir, algo nuevo para ella. Era la primera vez que sentía ese miedo y que experimentaba sus síntomas físicos extremos: sudaba, no paraba de sudar por todos los poros del cuerpo; le zumbaban los oídos; la boca se le había secado de repente; era incapaz de tragar. Sin embargo, se armó de coraje y anduvo a hurtadillas por el pasillo. En esa parte de la casa, como en el salón, el suelo era de baldosas de piedra, lo que le permitió moverse sin hacer ruido.

Eran solo unos pocos metros, tres o cuatro, tal vez. A Leslie esa distancia se le hizo interminable y el minuto que tardó en recorrerla le pareció una eternidad. A cada segundo esperaba que una mano se posara en su hombro, que una voz se dirigiera a ella. Pero no sucedió nada. Nada interrumpió el silencio que reinaba en la casa.

Llegó al despacho y entró en él. Todo seguía igual: la lámpara de mesa encendida y el leve zumbido del ordenador.

Rápida como un rayo, Leslie cerró la puerta y se quedó de piedra al comprobar que no había ninguna llave metida en el cerrojo.

Reunió todo su coraje y volvió a abrir la puerta para ver si estaba metida en la parte de fuera, pero tampoco la encontró allí. Estaba convencida de que podría cerrar el despacho con llave, pero daba igual, no tenía más remedio que llamar por teléfono desde allí, aunque no pudiera cerrar la puerta, tan rápido como fuera posible, rezando para que nadie la sorprendiera en el intento. Descolgó el auricular.

—Yo en tu lugar no lo haría —dijo una voz tras ella—. Más bien volvería a colgar enseguida y me daría la vuelta poco a poco.

Leslie se echó a temblar. Debido al miedo y al espanto, pero debido a la sorpresa también.

Se dio la vuelta con los ojos como platos, desconcertada. La que estaba en la puerta era Gwen.

Sujetaba un revólver con el que apuntaba a su amiga. Y en sus manos no había la más mínima inquietud, sino calma y seguridad.

La expresión de su rostro era la de una demente.

16

Qué bien se está otra vez en casa, pensó Jennifer. La vivienda olía a cerrado tras dos semanas de ausencia, pero Jennifer había abierto todas las ventanas para que el aire fresco de otoño ventilara las habitaciones. Colin se estaba peleando con una montaña de correo que la vecina se había esmerado en recoger del buzón y que había dejado apilada sobre la mesa del comedor. Cal y Wotan ya habían comido y estaban tendidos plácidamente sobre la manta que tenían en su rincón preferido del salón. La tele estaba puesta con el volumen bajo, de fondo.

¿Qué haré mañana?, se preguntó Jennifer. Estaba frente a la puerta abierta de la cocina mirando hacia fuera, hacia el jardín que estaba a oscuras, desde el que le llegaba el olor al follaje otoñal, a humedad y a hierba marchita. Le gustaba el otoño, le encantaban aquellas tardes crepusculares, que anocheciera tan pronto, un presagio de que se acercaba la Navidad. Los frecuentes paseos con Cal y Wotan por los campos brumosos, para regresar luego a un hogar confortable, al crepitar de la chimenea y a las velas de las ventanas. La calidez interior que se derivaba de esa atmósfera siempre la había hecho sentir bien. Sin embargo, tenía que haber algo más en su vida. La comunicación con otras personas. El estrés, los disgustos, pero también los momentos felices que surgían en compañía de los otros. Compartir la vida, era eso lo que necesitaba. Lo que tenía que hacer a partir de entonces.

Es decir, conseguir un empleo. Eso era lo primero. Ese sería el punto de partida para todo lo demás. Buscaría en los periódicos. Tal vez incluso pondría un anuncio. Al fin y al cabo, seguía siendo profesora, había estudiado filología inglesa y románica. Podía ofrecerse para dar clases de repaso. Era posible, además, que en Leeds también hubiera una institución como la Friarage School de Scarborough, en la que se impartieran cursos de idiomas para adultos. Le gustaría dar clases de francés dos o tres veces por semana, quizá incluso podría entablar nuevas amistades.

Pensar en la Friarage School hizo que se acordase de Dave Tanner. Seguía dándole vueltas a algo desde el trayecto de vuelta desde Staintondale hasta Leeds, pero había estado tan atribulada consigo misma y con sus planes de futuro que no se había preocupado más por aquella cuestión.

Sin embargo, en ese momento le sobrevino una imagen de esa misma tarde: cuando Gwen y ella volvieron de la ciudad, encontraron a Dave Tanner sentado con Colin en el salón de la granja de los Beckett. Intercambiaron unas palabras intrascendentes, y a continuación Jennifer fue arriba enseguida porque quería estar a solas con Colin y contarle lo que había estado pensando y planeando. No se interesó entonces por nada más.

Jennifer cerró la puerta de la cocina y entró en el comedor, donde Colin estaba examinando con la frente arrugada unos papeles oficiales.

—Son las cuotas de nuestro plan de pensiones —empezó a decir él, pero ella lo interrumpió.

—Colin, ¿qué quería Tanner? ¿Por qué ha venido a la granja? Parecíais muy absortos ahí sentados, frente a la chimenea...

—Al final el tío ha entrado en razón —dijo Colin sin apartar la mirada de la carta que tenía en las manos—. Quiero decir que la idea de casarse con Gwen... Bueno, no le gusta a nadie. La cosa pintaba muy mal...

Jennifer notó que se le erizaba el vello de los brazos, aunque todavía no alcanzaba a comprender por qué.

—¿Y? —preguntó.

—Quería decírselo —respondió Colin—. Y como es natural, se sentía incómodo, el pobre. Pero bueno, creo que le vino bien poder hablar un rato mientras esperaba a que llegara.

—¿Qué? —preguntó Jennifer—. ¿Qué quería decirle? ¿Y a quién? ¿A Gwen?

—Pues claro, a Gwen. ¿A quién sino? —replicó Colin, que entretanto había alzado ya la mirada—. Quería contarle que no le veía sentido a planear un futuro en común y que lo mejor sería seguir caminos distintos a partir de ahora. O algo así. Creo que era lo más sensato. Él no veía en Gwen al amor de su vida, y ella estaba construyendo castillos en el aire que al final se habían derrumbado.

El hormigueo que Jennifer sentía en los brazos se volvió más intenso.

—Díos mío —dijo en voz baja.

—Mejor un final amargo que una amargura sin fin —dijo Colin—. Será duro para Gwen, pero ¿no crees que ya lo presentía desde hacía algún tiempo? Tampoco es que sea insensible. No creo que este desenlace sea una sorpresa para ella.

—Pero el momento decisivo siempre es... Jennifer dejó la frase inacabada. La sensación de angustia que se apoderó de ella amenazaba con superarla en cualquier momento.

Tranquila, se dijo a sí misma, tal vez solo sean fantasmas lo que ves.

—Creo que voy a llamar a Gwen un momento —dijo ella.

Colin la contradijo.

—Pues yo creo que debería superarlo sola. No podrás protegerla siempre.

—En una situación como esta, todo el mundo necesita a alguien —replicó Jennifer.

Cogió el teléfono inalámbrico de la base de carga que estaba en la mesa del comedor y marcó el número de la granja de los Beckett. Esperó hecha un manojo de nervios, pero nadie descolgó el auricular al otro lado de la línea.

Volvió a llamar, pero otra vez sin éxito.

—Qué raro. Debería haber alguien en la casa. Como mínimo, Chad. Pero Gwen también, de hecho.

—Ya conoces a Chad, es un solitario extravagante. Seguro que simplemente no le apetece coger el teléfono. Y Gwen debe de estar llorando a moco tendido.

—Pero podría coger el teléfono de todos modos.

—Tranquila, lo superará aunque tú no estés allí. Tiene que hacerlo. Al fin y al cabo no puedes estar siempre ayudándola.

—Tengo un mal presentimiento.

—Tampoco es que Gwen se tome la vida tan a pecho. Es una frágil plantita, pero por sus venas corre la sangre de los campesinos del lugar. Es fuerte, lo superará.

—Ojalá pudiera estar allí —dijo Jennifer, muy intranquila.

—¿Para qué?

—Para asegurarme de que todo va bien.

—¿Qué tendría que ir mal?

La mirada de Jennifer se perdió por detrás de Colin, en una ventana abierta.

—Si Dave le ha dicho que quería cortar...

—La vida continuará para Gwen de todos modos —dijo Colin con impaciencia—. Jennifer, todos hemos pasado por situaciones como esta a lo largo de la vida. Pensamos que se acaba el mundo y luego comprobamos que no, que sigue girando tan estable y firme como siempre. Gwen también se dará cuenta de ello.

Jennifer siguió hablando sin mirar a su marido.

—Es que no es Gwen quien me preocupa —dijo lentamente.

Colin frunció la frente.

—¿Entonces?

Jennifer se volvió hacia Colin y este vio que estaba pálida como un cadáver.

—Quien me preocupa es Dave Tanner —dijo ella.

17

El teléfono sonó en varias ocasiones, pero cuando Leslie tuvo el acto reflejo de mover la mano al oírlo por primera vez, Gwen se lo impidió.

—¡No! ¡Deja el auricular donde está! ¡No hay nadie en casa!

Estaban una frente a la otra en la pequeña habitación, Leslie junto al escritorio y Gwen, en la puerta. La lámpara del techo estaba encendida y el ordenador seguía emitiendo su zumbido constante. Habría sido una situación de lo más corriente, dos mujeres en un despacho al final de un día cualquiera, de no haber sido porque una de las mujeres tenía un revólver en la mano y apuntaba con él a la otra mujer.

Esto es una pesadilla, pensó Leslie, una pesadilla absurda.

Intentaba entender qué había sucedido, pero le pasaba como cuando alguien pierde el hilo de una conversación y de repente se encuentra frente a un giro inesperado que no consigue comprender. Era como si Gwen, esa Gwen que sujetaba un revólver, hubiera caído del cielo de golpe, se hubiera plantado en la escena y alguien tuviera que gritar «¡corten!», un director invisible al que el argumento se le había escapado de las manos y tuviera que hacerse con el control de la situación otra vez. Pero nadie gritaba «¡corten!», nadie intervenía. Leslie intentó desesperadamente encontrar una explicación para lo que había ocurrido.

—Gwen, ¿qué te pasa? —le preguntó tras los primeros segundos de reacción.

Gwen recibió la pregunta con una sonrisa.

—¿Qué quieres que me pase? Que he tomado las riendas de mi vida. Estoy haciendo lo que todos me aconsejabais que hiciera.

—¿Lo que nosotros te hemos aconsejado?

—¿Qué estabas haciendo por aquí? —quiso saber Gwen—. ¿Has venido a buscar a Dave? Te gusta, ¿verdad? Es guapo. ¿Pensabas que podrías arrastrarlo hasta tu cama ahora que ya no me quiere a mí? ¿Para que llene ese espacio que lleva tanto tiempo vacío?

Leslie seguía sin comprender nada. Oír cómo mencionaba a Dave le recordó las palabras que Chad había balbuceado con gran esfuerzo.

—Gwen, tu padre me ha advertido acerca de Dave. Es peligroso. Lo ha herido de gravedad. Ha... —No continuó hablando porque en ese momento empezó a comprenderlo todo—. ¿Has sido tú quien ha disparado a tu padre? —preguntó.

Gwen respondió de nuevo con una sonrisa, una de esas sonrisas enajenadas que nada tenían que ver con la alegría.

—¡Eres lista, Leslie! ¡Siempre lo has sido! ¡Leslie, la más lista de la clase! Has acertado de lleno. He disparado a mi padre, sí. Y si te ha hablado de Dave, lo más probable es que quisiera advertirte que podría necesitar tu ayuda. Está tendido en la playa, con una bala en el cuerpo. Las cosas se pondrán difíciles para él cuando mañana por la mañana vuelva a subir la marea. Pero ese ya no es mi problema.

Antes de que Leslie pudiera encajar esas palabras, el teléfono volvió a sonar, pero a aquellas alturas ya había perdido toda esperanza de que Gwen pudiera hacer un buen uso del arma de fuego que sujetaba, por lo que decidió adaptarse a la orden de su antigua amiga y no acercó las manos al teléfono. Cuando el aparato volvió a quedar en silencio al cabo de un momento, sus dedos no volvieron a crisparse.

—Bueno, ahora la cuestión es ¿qué hago contigo? —reflexionó Gwen en voz alta—. Has sido muy tonta viniendo hasta aquí,

Leslie. Por cierto, eso aún no me ha quedado claro: has venido por Dave, ¿no es así?

—Sí, pero no por lo que tú sospechas. Pensaba que había sido Dave. Que Dave había matado a mi abuela. Y temía por la vida de Chad. Creía que el motivo del crimen podría haber sido lo de Brian Somerville. Y lo de Semira Newton. Y eso habría supuesto un peligro para Chad.

Leslie se fijó en el efecto que tenía sobre Gwen la mención de esos dos nombres, pero aquella sonrisa congelada no cambió en absoluto.

—Conmovedor —dijo Gwen—. ¡Cuánto te preocupas por el bueno de Chad! ¿Fue él quien te dio los mensajes de Fiona a Chad? ¿O fue Jennifer?

—Fue Colin. Fue él quien me los dio.

—Me las ingenié para extender bien la historia —dijo Gwen con vanidad—. Ya me imaginaba que si se lo contaba a Jennifer acabaría enterándose todo su entorno. Hasta la policía se enterará. Y entonces quedará claro quién mató a Fiona.

—¿Te refieres a Semira Newton? —preguntó Leslie—. Ni siquiera puede moverse sin la ayuda de un andador. ¿O te refieres a Brian Somerville, que según he oído vive en una residencia y tiene la mentalidad de un preescolar a pesar de que debe de haber cumplido ya ochenta años? ¿De verdad quieres imputarles dos asesinatos a esas dos personas? ¿Y crees que alguien te creerá?

—Para eso están los sicarios. ¿Sabes lo que son?

—Sí. Pero solo Semira podría tener las facultades intelectuales necesarias para ello, eso sin tener en cuenta que apenas le llega el dinero para vivir, con lo que hay que preguntarse cómo podría haber pagado a un asesino anónimo, porque no encaja para nada en el perfil. Imposible. Valerie Almond se dará cuenta de eso enseguida.

—Ah, Valerie Almond —dijo Gwen en tono despectivo—. Mira que es ingenua. No tiene ni idea de psicología. Se equivocó completamente conmigo.

Es evidente que todos estábamos igual de equivocados, pensó Leslie. Un estremecimiento le recorría todo el cuerpo.

—¿Y cómo encaja Dave en todo eso? —preguntó Leslie en voz

alta—. Tanto si muere desangrado como si muere ahogado, acabarán por encontrarlo. ¿Y yo? En caso de que tengas previsto matarme a mí también, ¿cómo encajaré yo en la teoría de que todo lo sucedido ha sido el último acto de venganza de una anciana?

Gwen pareció confusa durante unos segundos, pero recuperó la compostura al instante.

—Vosotros también os habréis cruzado en el camino del asesino.

—¿Dave, que está abajo, en la playa? ¿Y yo aquí? Gwen, te... te estás dejando llevar por un ataque de locura homicida. No saldrás bien parada de todo esto, créeme.

—Tú sí que no saldrás bien parada de esto —replicó Gwen—. Ya deberías haberte dado cuenta, amiga mía.

—No estoy de acuerdo —dijo Leslie, aunque no daba crédito a sus propias palabras—. Siempre hemos sido amigas, Gwen. Nos conocemos desde que éramos niñas. No puedes matarme a tiros como si nada.

—A mi padre lo conocía desde hacía más tiempo todavía —replicó Gwen—, igual que a Fiona. Eso no significa nada para mí. Absolutamente nada.

Leslie tragó saliva.

—¿Por qué, Gwen? No lo entiendo. ¿Por qué?

—Claro que no lo comprendes. ¿Cómo podrías comprenderlo? Tu vida siempre ha sido magnífica. ¡No tienes ni idea de cómo se siente alguien a quien la vida no le ha ido tan bien como a ti!

—¿Que mi vida ha sido magnífica? —exclamó Leslie, perpleja—. ¿Cómo puedes decir eso? Me he divorciado, estoy sola y frustrada. Paso los fines de semana en urgencias o sentada frente a la tele, bebiendo demasiado. Nadie me presta el menor caso. No hago más que llamar a mis compañeras de trabajo o a mis amigas de la universidad para quedar con ellas, pero todas están demasiado ocupadas con sus familias y no tienen tiempo para mí. Así de magnífica es mi vida, Gwen. Es así y no como tú debes de imaginarla.

—Pero podrías cambiarla en cualquier momento.

—¿Cómo quieres que la cambie?

—Los hombres hacen cola para estar contigo. Con Stephen no ha funcionado, pero puedes casarte con otro. Eso en tu caso no es un problema.

—Pues no sé dónde está esa cola de hombres, por desgracia.

—¡Porque no quieres verla! —Gwen agitó con impaciencia el revólver—. A Dave, por ejemplo, lo tenías embelesado. ¡No me digas que no te habías dado cuenta!

Leslie tuvo que pensar en la noche anterior, en lo que había ocurrido en la cocina de la casa de su abuela. No dijo nada, pero Gwen debió de darse cuenta del cambio en la expresión del rostro de su antigua amiga, porque se echo a reír. La carcajada tuvo un tono triunfal.

—Vamos, por favor. Lo sabes perfectamente. Y él no es el único. Además, tu Stephen sería capaz de dar la vida por estar contigo de nuevo. Un simple chasquido de dedos te bastaría para recuperarlo. Tienes muchas opciones. Stephen echó un polvo inesperado con una chica que conoció en un bar, y tú te quedaste conmocionada. Pero solo es cuestión de tiempo hasta que reacciones y empiece un nuevo amanecer para ti. —Contempló un momento el arma que tenía en la mano—. Es decir, podría haber sido así. Como es natural, ahora todo será distinto.

—Necesitas ayuda, Gwen.

Gwen se echó a reír de nuevo, aunque esa vez la risa no tuvo el mismo matiz triunfal. Se percibía más bien un atisbo de histeria en su carcajada.

—Esto es fantástico, Leslie. ¡Fantástico de verdad! ¿Que yo necesito ayuda? Te encuentras en la recta final de tu vida, una vida egocéntrica y centrada exclusivamente en tus intereses, y solo se te ocurre que la buena de Gwen necesita ayuda. Sí, tienes razón, maldita sea. Necesito ayuda. Hace años que la necesito. Pero eso no le ha interesado a nadie lo más mínimo.

—Pero cada vez que nos veíamos...

—Algo que no ocurría muy a menudo, ¿verdad? ¿Dos veces al año? La doctora Cramer estaba siempre demasiado ocupada para venir desde Londres a visitar a su abuela. Y sí, es verdad, cada vez que venías cumplías con tu visita de rigor a la granja de los Beckett. «¡Paso un momento para tomar un café contigo, Gwen!» ¡Un momento! Siempre con prisas, para que no se me ocurriera pedirte más ayuda que la que me brindabas, que jamás fue mucha. La granja te ha parecido siempre aburrida. ¡Yo siempre te he parecido aburrida! Claro, no tenía gran cosa que contarte, ¿verdad? ¿Qué querías que te contara? ¿Lo mucho que luchaba para no desmoronarme? ¿Lo mucho que me esforzaba para arreglármelas con el poco dinero que me daba mi padre? ¿Mis intentos para atraer a veraneantes, a pesar de no conseguir más que a Jennifer y a Colin, a los que ya no podía ni ver? Y sin embargo tenía que engancharlos para que al menos ellos no se me escaparan. Menudos temas, ¿verdad?

—Podrías haberte limitado a decir la verdad. Que las cosas no te iban bien. Que necesitabas ayuda.

—¿No te diste cuenta por ti misma? ¿En serio creías que podía ser feliz con el tipo de vida que llevaba? ¿Aquí, aislada del resto del mundo? ¿Junto a mi padre, un anciano que apenas hablaba? ¿Con la pesada de tu abuela, además, que se pasaba el día aquí y siempre me daba a entender claramente lo anticuada e insignificante que soy, que lo único que le interesaba era la compañía de mi padre, el gran amor de su vida? ¿De verdad creías que las cosas me iban bien? ¿Sin amigos, sin ningún tipo de contacto? ¿Sin que ningún hombre se hubiera interesado jamás por mí? ¿Sin la más mínima esperanza de llevar una vida normal? ¿De casarme, de tener hijos, de tener mi propio hogar? ¿Crees que no quería conseguir todas esas cosas? ¿Que no tenía sueños? ¿De verdad lo pensabas, Leslie?

Leslie cerró los ojos durante unos segundos.

—No —dijo en voz baja. Abrió los ojos de nuevo y miró a Gwen fijamente—. No. Sabía cuáles eran tus sueños. Sabía qué era lo que anhelabas. Pero...

—Pero ¿qué?

—Pero por otra parte, siempre te veía sonriente y serena. Ponías a tu padre por las nubes y describías a Fiona como a una segunda madre. De algún modo... parecía como si esa vida, todo lo que te rodeaba, te pareciera bien. Justo... justo al contrario que mucha otra gente. Tal vez...

—¿Sí?

—Tal vez debería haberme fijado más —dijo Leslie.

Las dos se quedaron en silencio un rato.

Dios mío, pensó Leslie; déjame llegarle al corazón.

—Lo siento —dijo por fin, pero Gwen se limitó a encogerse de hombros.

—Yo en tu lugar también diría algo así —dijo.

Volvió a reinar el silencio. Leslie notó que el corazón, que le había estado latiendo a toda velocidad, se le calmaba un poco a pesar de que seguía sintiendo la misma tensión y el mismo miedo. Era capaz de pensar con más claridad, y le pareció que para Gwen aquella situación suponía un verdadero problema. Era evidente que había disparado tanto a Dave como a su propio padre, por lo que había demostrado no tener muchos escrúpulos a la hora de decidir sobre el destino de los dos hombres: un destino que, con toda probabilidad, tendría un desenlace mortal.

Hacía más de media hora que estaba en la puerta del despacho apuntando a la que había sido su amiga con un revólver, pero no se decidía a apretar el gatillo. Por Leslie no parecía sentir el mismo odio indecible que había demostrado por Chad, Dave e incluso Fiona; pero además parecía no haberla tenido en cuenta en sus planes para esa noche. Leslie se había dejado caer por la granja inesperadamente. No debería haber aparecido en ese momento. Gwen podía actuar de forma marcial, pero en el fondo estaba indecisa respecto a lo que debía hacer. Leslie vio en ello una oportunidad, aunque tampoco quería engañarse: el hecho de que Gwen no estuviera segura de cómo proceder en esa situación podía terminar superándola, lo que sin duda podía derivar en un acto impulsivo.

Habla con ella, eso fue lo único que se le ocurrió.

—¿De dónde has sacado el revólver? —preguntó.

—Es el revólver de mi padre. Se lo dieron en el ejército, lo utilizó durante la guerra. De eso hace mucho tiempo, pero si lo que quieres saber es si todavía funciona, solo tienes que mirar a Chad. Y a Dave, allí abajo, en la playa.

Leslie recordó un pasaje de la historia que había leído de su abuela: en algún momento había encontrado el arma de guerra de Chad en la estantería del despacho y había intentado utilizarla como excusa para hablar acerca de lo que él había vivido en el frente, aunque no lo había conseguido. Con toda probabilidad el arma había estado en el mismo lugar desde entonces. ¿Por qué tendría que haberla guardado Chad en un lugar más seguro?

—¿Has... hecho prácticas de tiro? —preguntó.

—Pensaba que tal vez algún día podría llegar a necesitarla —dijo Gwen como si nada—. Y, para ser sincera, no iba muy desencaminada. Me ha venido de perlas.

—Gwen ...

—De hecho, a Fiona también pensaba pegarle un tiro. Pero después de ver que todo el mundo hablaba del asesinato de esa estudiante, pensé que podría sembrar algo más de confusión si mataba a Fiona de un modo parecido a como lo hicieron con aquella pobre chica. He sido astuta, ¿no crees? Por dentro me partía de risa cuando veía cómo esa inspectora inepta se rompía la cabeza intentando descubrir la relación entre Fiona y aquella universitaria.

—Has cambiado mucho, Gwen —dijo Leslie.

De inmediato pensó en lo grotesca que había sonado esa frase, incluso para ella misma. Como si Gwen se hubiera cambiado el peinado, hubiera perdido peso o algo parecido. En lugar de eso, se había convertido en una asesina en serie. Gwen, con sus faldas de lana floreadas, su pasión por las novelas románticas y cursilonas, tan tímidamente arraigada a la vida solitaria que llevaba en esa granja aislada... Se había entrenado a disparar con el viejo revólver de su padre, había conseguido munición y había urdido un plan. Había encontrado los correos electrónicos que Fiona había mandado a Chad y en ellos había visto la oportunidad de elaborar un motivo para que alguien los asesinara a los dos. Era evidente que había hecho circular aquellos escritos a propósito, que no había sido el gesto de ingenuidad que todos habían supuesto.

—¿Y le dijiste a Dave que fuera a ver a Semira? —preguntó Leslie—. ¿Para desviar las sospechas hacia él?

—¿Fue a ver a Semira Newton? Ya me imaginaba que lo haría. No, no fui yo quien le dijo que acudiera, pero noté que se le despertaba una curiosidad cada vez mayor y pensé: ¡Apuesto a que visitará a Semira Newton! Cuando fui a verlo hace dos días, le di otra copia impresa de los archivos de texto, que estuvo leyendo durante la noche, contento de tener una excusa para no acostarse conmigo. Me vi obligada a modificar mis planes. Dave debería haberse enterado de la historia de Somerville antes de que Fiona muriera. Pero después de la disputa de la fiesta de compromiso que tuvo lugar ante tanta gente, la oportunidad era demasiado propicia para no aprovecharla. Desde lo alto de la escalera oí como tu abuela pedía a Colin que le encargara un taxi. Me di cuenta de que era una oportunidad única. La seguí y... Bueno, fue bastante fácil. Me llevé el revólver y me serví de él para obligarla a alejarse un buen trecho por el camino. Cuando estuvimos lo suficientemente apartadas de la carretera, cogí una piedra y le golpeé la cabeza. Una vez. Y otra. Y otra. Hasta que dejó de moverse. La piedra la tiré al mar un día después, desde uno de los acantilados.

Leslie luchó contra la sensación de vahído que la había invadido de repente. ¿Qué clase de persona tenía delante? ¿Cómo había podido equivocarse con ella tan rotundamente y durante tantos años?

—Entonces ¿Jennifer mintió cuando declaró que la acompañaste a pasear a los perros?

—La buena de Jennifer. Temía que pudieran considerarme sospechosa, por eso quiso tomar precauciones al respecto. Esa manía que tiene de ayudar a todo el mundo es patológica, no puede evitarlo. En cualquier caso, me vino de perlas. Más adelante le conté a Colin que Jennifer me había obligado a secundar esa invención. Tendrías que haberle visto la cara, no podía dejar de pensar en el extraño comportamiento que había demostrado su mujer.

—Has... has sido muy astuta —dijo Leslie—, has tenido en cuenta todos los detalles.

—Sí, ¿verdad? De paso le dije a Colin que Dave también conocía esa vieja historia. Estaba segura de que más adelante, cuando acabaran deteniéndolo como principal sospechoso del crimen, nadie creería que se había enterado de ello después de la muerte de Fiona y no antes. Colin se quedó de piedra, debió de pensar que soy incapaz de mantener un secreto, pero por dentro me moría de risa. Al fin y al cabo, ha demostrado no ser mucho mejor que yo, porque fue él quien te lo contó todo a ti.

—Dave me negó que conociera a Semira Newton cuando se lo pregunté. Pero tú ya le habías hablado de ella.

—Claro. Dave seguía figurando entre los sospechosos y sabía que eso habría podido constituir un motivo para el crimen. Podría haber sido la persona más idónea para ejecutar una venganza encargada por Semira Newton. Por eso hizo ver que no tenía ni idea. No es que fuera muy listo por su parte, debería haberse dado cuenta de que acabaría sabiéndose tarde o temprano.

—¿Cuándo... cuándo se te ocurrió la idea de... matar a Fiona y a Chad? —preguntó Leslie.

Gwen reflexionó durante unos segundos, pero a Leslie le dio la impresión de que ya sabía la respuesta, que lo único que buscaba era la manera de formularla para que no sonara tan banal.

—Desde siempre —respondió al fin.

—¿Desde siempre? ¿Desde niña? ¿Desde la adolescencia? ¿Siempre?

—Siempre. Sí, creo que desde siempre —dijo Gwen, y parecía sincera al confesarlo—. Siempre he soñado con ello. Siempre me lo había imaginado. Con los años, el deseo se hizo cada vez más intenso y ahora al fin he podido cumplirlo.

Gwen sonrió, satisfecha.

Leslie estaba horrorizada. Se dio cuenta de algo: Gwen era una bomba de relojería. Lo era desde hacía años, y nadie había reparado en ello.

18

Jennifer marcó por tercera vez el número de la casa de Fiona Barnes en Scarborough, pero de nuevo saltó el contestador automático.

—¡No está en casa! —dijo, desesperada.

Colin iba sentado frente al volante, conduciendo a la máxima velocidad permitida por la misma carretera que habían recorrido unas horas antes en sentido contrario.

—¿Y estás segura de que no tienes el número de móvil de Leslie Cramer? —preguntó.

—Sí, estoy segura de que no lo tengo. Por desgracia.

Jennifer sabía que en el fondo Colin la tomaba por loca, que no comprendía en absoluto lo que estaba ocurriendo.

—¿Por qué te preocupas tanto por Dave? —le había preguntado, desconcertado.

—Temo que Gwen se vuelva loca —había respondido Jennifer— si él acaba rompiendo la relación. Ella no querrá aceptarlo.

A Colin no le había parecido tan problemático.

—Dios santo, Dave Tanner es alto y fuerte. ¿Qué te da tanto miedo? ¿Que Gwen le saque los ojos? ¡Seguro que él sabrá cómo defenderse!

—Tengo un mal presentimiento. Es una bobada, Colin, pero el hecho de que nadie coja el teléfono en la granja... me parece demasiado extraño. Ojalá... ¡Ay! ¡Ojalá pudiera comprobar que todo va bien!

Colin, a pesar de estar convencido de que su mujer se encontraba al borde de la histeria, le había propuesto que llamara a Leslie.

—Tal vez tenga la amabilidad de pasarse por la granja para ocuparse de Gwen. O de Dave Tanner, si es que de verdad necesita que lo protejan.

Sin embargo, era evidente que Leslie no estaba en casa.

—Me voy a Staintondale —había anunciado Jennifer al fin mientras cogía la llave del coche de la mesa de la cocina—. Si no, no me quedaré tranquila. ¡Si quieres tómame por loca, Colin, pero tengo que ir!

—¡Está casi a una hora y media de aquí! Acabamos de llegar. ¡Creo que es una locura, Jennifer, en serio!

Ella ya se había puesto la chaqueta y estaba a punto de cruzar la puerta. Después de negarse durante años a ponerse frente al volante de un coche, en ese momento parecía decidida a conducir sola. Colin la había seguido soltando tacos y antes de llegar al garaje le había quitado la llave de la mano.

—De acuerdo. Pero déjame conducir a mí. Tú llevas años sin hacerlo. ¿Se puede saber qué demonios te pasa, Jennifer?

Ella no había respondido. Pero a la luz de la farola exterior de la casa, Colin se había dado cuenta de que su esposa lo estaba pasando francamente mal. Estaba preocupadísima, y no fue la primera vez que Colin se preguntaba en los últimos días cuántos secretos debía de ocultarle su mujer.

—Si tanto te preocupa Tanner —dijo él—, tal vez deberías llamar a policía. ¡Y no tendríamos que ser nosotros los que salimos a la caza de noche cuando podríamos estar durmiendo!

—¡Nadie te ha dicho que vengas conmigo!

—En esta situación no podía dejar que fueras sola. Jennifer, ¿qué es lo que te da tanto miedo?

Ella no lo miró, en lugar de eso apoyó el lado de la cara contra el cristal.

—No lo sé con exactitud, Colin, de verdad. Lo único que sé es que Gwen podría ser capaz de cometer un acto irreflexivo si Dave corta con ella.

—¿A qué te refieres en concreto cuando dices «un acto irreflexivo»?

Jennifer no respondió.

Colin repitió la pregunta con impaciencia:

—¡Jennifer! ¿A qué te refieres con lo del acto irreflexivo?

Parecía como si ella estuviera luchando consigo misma.

—Está sometida a una presión horrible —dijo por fin—. La corroe el odio y la desesperación. No sé si será capaz de encajar esa derrota.

—¿Odio? ¿Gwen?

En ese momento Jennifer sí se volvió hacia Colin. Él la miró un instante y luego devolvió su atención a la oscuridad de la carretera. Jennifer tenía los ojos muy abiertos, llenos de terror.

—No puedo llamar a la policía —dijo— porque la dirigiría hacia Gwen. Y es posible que Gwen no supiera manejarse en esa situación. Pero sé que odia su vida desde hace años y que se ve como alguien en quien se concentra toda la mala suerte del mundo. Y está furiosa por ello. No me lo ha dicho pero lo intuyo. Simplemente lo sé, Colin.

—¿Te das cuenta de lo que estás diciendo?

—Sí. Pero justo por eso no debió de ser ella quien mató a Fiona.

—Aunque tampoco te atreves a descartar esa posibilidad, ¿no?

De nuevo, Jennifer guardó silencio.

Colin levantó una mano del volante y se frotó la frente. Tenía la piel fría y húmeda.

—La coartada —dijo él—, esa maldita coartada falsa. No es que quisieras protegerte, lo que querías era protegerla a ella. Tenías a una sospechosa, y en lugar de decírselo a la policía, te preocupaste de que Gwen dejara de estar en el punto de mira. Fue una locura, Jennifer. Fue una verdadera locura.

—No se merece seguir sufriendo.

—¡Puede que haya matado a una persona!

—Pero ¡no lo sabemos!

—Eso quien tiene que descubrirlo es la policía. Y tu deber consiste en contarles todo lo que sabes. Nos hemos metido en un buen lío. ¿Te das cuenta?

Ella respondió con otra pregunta:

—¿Puedes conducir más rápido?

—Tienes que llamar a la policía ahora mismo, Jennifer.

—No.

Colin soltó un taco en el mismo momento en que pisaba a fondo el acelerador.

En aquellas circunstancias le daba igual superar el límite de velocidad.

19

—Tu padre morirá si no recibe ayuda enseguida —dijo Leslie.

No podría soportarlo mucho más. No sabía cuánto tiempo había transcurrido. Tenía la impresión de que Gwen no sabía cómo salir de esa situación en la que ella misma se había metido. Pero los minutos iban pasando, y las posibilidades de que Chad sobreviviera a ese drama desaparecían con ellos. Y lo mismo respecto a Dave Tanner. Ella no podía hacer nada por él, tenía que seguir frente a aquella demente con la esperanza de que no entraría en pánico y acabaría apretando el gatillo.

Gwen hizo un movimiento brusco con los hombros.

—Así es como debe ser. De eso se trataba. De que muriera Fiona, de que muriera Chad. Él bloqueó mi vida y ella le ayudó a hacerlo. Por lo demás, tanto uno como la otra son los culpables de que mi madre muriera tan pronto. Fiona se negó a apartarse de mi padre y este fue incapaz de ponerla en su lugar. Mi madre enfermó por culpa de eso. ¿O crees que le encantaba tener a tu abuela en la granja un día tras otro? Incluso guisaba para mi padre. Lo cuidaba cuando estaba enfermo, compartía sus preocupaciones; a veces actuaban como si mi madre no estuviera. Ni yo tampoco. No nos hacían ni caso. Eso fue lo que le provocó el cáncer a mi madre. Y yo... —Gwen dejó la frase inacabada.

—Quedaste traumatizada —dijo Leslie, que procuraba elegir con sumo cuidado las palabras, de forma muy precisa—. Y puedo entenderlo. Siento de todo corazón no haber prestado la debida atención a tu situación. Tuviste una infancia y una juventud muy duras, Gwen. Pero ¿por qué no te has marchado? Quiero decir, después, ¿por qué no te fuiste al cumplir dieciocho años? ¿Por qué te quedaste aquí?

—Sí que quería marcharme. ¿Qué crees? ¡Si supieras todo lo que he intentado! Seguro que pensabas que leo todas esas novelas romanticotas y que soñaba con otro mundo, pero en lugar de eso...

—¿Sí?

—Creo que debo de haber respondido a más de cien anuncios de relaciones. No sé a cuántos hombres habré conocido. Desde hace unos años, por internet. Conozco todos los portales de contactos matrimoniales, conozco todos los sistemas. Me pasaba muchas horas al día frente al ordenador. Y un buen número de noches atendiendo a citas con hombres.

—Pero no surgió la persona adecuada —supuso Leslie. Jamás lo habría sospechado, pero cada vez la sorprendía menos lo que estaba descubriendo.

Gwen soltó una carcajada que sonó bastante estridente.

—¡Nuestra Leslie es inimitable! ¡Siempre se te ha dado bien encontrar las palabras correctas para describir la mierda! «No surgió la persona adecuada...» ¡Es una manera suave de decirlo! ¡Gracias por demostrar tanto tacto! No, no surgió la persona adecuada, el hombre que yo habría querido. Pero la triste realidad es que nunca llegué a tener una segunda cita con ninguno de ellos. Me veían, soportaban el tormento de aguantarme durante una noche, con suerte pagaban la cena y luego se esfumaban, aliviados de haber dejado atrás ese mal trago. Y no volvían a aparecer más, ni siquiera respondían a mis correos electrónicos, por no hablar de acceder a una segunda cita.

—Lo siento mucho.

—Sí, es triste, ¿verdad? ¡Pobre Gwen, hay que compadecerla! Pero los hombres se esforzaban en mantener una conversación tensa en el mejor de los casos. ¿Sabes qué otra cosa me sucedía a menudo? Imagínatelo, estás sentada en un restaurante, nerviosa. Esperas a un hombre que tal vez sea el adecuado. Te has acicalado, sabes que no eres guapa y que no tienes mucha maña para arreglarte, pero te has esforzado. Estás tan nerviosa que incluso tiemblas. Y luego se abre la puerta y el tipo que entra no está nada mal. Y tampoco es antipático. Sabes que es él, sabes que es el hombre con el que te estuviste comunicando por internet desde hace unas semanas. Poco a poco aprendes a distinguirlos, ¿sabes? No es necesario establecer señales pactadas, una rosa roja o un determinado periódico bajo el brazo ni nada parecido. Simplemente se nota. Y él también lo nota. Su mirada vaga por la sala y se detiene en ti. Te reconoce, igual que tú lo has reconocido a él. Y entonces ves que se asusta. Ves que no eres en absoluto lo que él esperaba encontrar. Que de un segundo a otro quedará horrorizado por la idea de tener que pasar la noche contigo y, encima, tener que gastar dinero en ello. Y de repente te das cuenta de otra cosa: de que ni siquiera tendrá la decencia de aguantar la velada y escapar a la situación con alguna excusa más tarde.

Leslie sabía lo que iba a decirle.

—Y entonces finge que se ha equivocado de puerta y se marcha.

—Qué bonito, ¿verdad? —dijo Gwen—. Y al camarero ya le has dicho que estabas esperando a alguien, por lo que te tocará explicarle en algún momento que tu acompañante al final no aparecerá. Pagas el vaso de agua al que has estado aferrada todo ese tiempo, te levantas y te vas. Percibes un par de miradas compasivas por parte del personal. Han comprendido la situación y sienten lástima por ti. Vuelves a casa, rechazada, humillada, y el odio que ya sentías no hace más que crecer, se vuelve más intenso que cualquier otra cosa, pasa a ser más fuerte incluso que el dolor. Llega un momento en que tienes la sensación de que lo único que posees es ese odio y piensas que acabarás explotando si no pasa algo que cambie las cosas.

Leslie lo comprendió. Comprendió lo que Gwen había estado acumulando, percibió que, tras aquella apariencia plácida y sonriente, durante años había fraguado un odio cada vez mayor que había acabado por convertirse en una especie de huracán incontrolable, e intentó averiguar cuál era la lógica que Gwen veía y reivindicaba para sí.

Probablemente sacar las dudas a relucir ante una enferma mental armada con un revólver no fuera lo más sensato del mundo, pero lo hizo de todos modos porque el instinto le aconsejaba que hiciera una única cosa: continuar con la conversación a cualquier precio.

—Hay dos cosas, Gwen —dijo Leslie—, que no acaban de convencerme. Por una parte, ¿por qué culpas de todo a Fiona y a Chad? Y por otra, ¿por qué no se te ocurrió jamás que pudiera haber otra salida a tu situación aparte de la posibilidad de encontrar al hombre perfecto? ¿Por qué no una formación? ¿Un empleo? ¿Ganar tu propio dinero, ser independiente? Ese podría haber sido el camino. Solo ese.

Gwen la miró, sorprendida.

—No lo habría conseguido jamás —dijo, y se mostró perpleja ante la idea de que Leslie pudiera sopesar siquiera algo como aquello.

Leslie, por su parte, cayó en la cuenta de que no sería una tarea fácil ni rápida hacer ver a Gwen que era una persona inteligente y capaz, que habría podido aprender un oficio como casi cualquier otra persona y elegir así su propio camino. Lo más probable es que fueran necesarios varios meses de terapia para convencerla de algo así. Necesitaría un buen psicólogo, pero no solo para ello, habría que luchar contra varias décadas de la vida de Gwen, empezando por su infancia, y eso sin tener la certeza de que pudiera resultar de ayuda.

—Vamos, Gwen —dijo Leslie en voz baja.

No insistió en que Gwen respondiera a su otra pregunta, cualquier explicación sobraba ante la evidencia de lo que estaba presenciando. El odio que Gwen sentía por Fiona y por Chad, la acusación de que las consecuencias derivadas de ese odio solo podían acabar en un asesinato. El motivo surgía de la falta de confianza que tenía aprisionada a Gwen, de su angustia vital, de su incapacidad para responsabilizarse de sí misma y de su futuro. Su vida era puro dolor. Era inseguridad, un eterno sentimiento de inferioridad. La experiencia no asumida de un rechazo continuo. Era lo suficientemente inteligente para comprender que las bases se habían sentado ya durante su infancia: el padre, que tanta indiferencia había mostrado por ella; Fiona, que siempre se había entrometido en el matrimonio de sus padres; la muerte de su madre, que Gwen había atribuido, no sin cierta razón, a la relación indisoluble y torturada entre Chad y Fiona. Las acusaciones de Gwen no eran delirios de una demente; a Leslie le parecieron lógicas y justas, aunque las consecuencias, la reacción que Gwen había tenido, era enfermiza. Para alguien como ella, no obstante, una persona que se había sentido toda la vida entre la espada y la pared, representaban la única salida, lamentable e inevitable por igual.

Gwen no lo había soportado más y había empezado a defenderse.

—Ya te he dicho que he pasado muchas horas frente al ordenador —dijo—. Fue así como di con los correos que tu abuela le había enviado a mi padre. Apenas podía creer lo que leía, pero a la vez todo encajaba a la perfección con lo que le había pasado al pobre Brian Somerville. Encajaba con el autismo de mi padre y con el egoísmo casi patológico de Fiona. Si no eras capaz de defenderte, esos dos pasaban por encima de ti sin reparos. Así eran. Así fueron siempre.

—Y tú pensaste que podrías utilizar a Brian y a Semira para tus planes —dijo Leslie con amargura.

Le pareció especialmente trágico que esas dos personas, que como tantas otras habían tenido que sufrir mucho durante la vida, acabaran convertidas en meras herramientas en manos de una asesina demente.

—No podía dejar pasar una oportunidad como esa —dijo Gwen.

—¿Habías previsto desde el principio cargarle el muerto a Dave? —preguntó Leslie.

En cualquier caso, le daba la impresión de que Dave había puesto mucho de su parte para aparecer como sospechoso. Ante el pánico provocado por la posibilidad de que pudieran culparlo, se había enredado cada vez más con sus propias mentiras. En primer lugar, cuando no había declarado que en la noche del crimen había vuelto a salir de casa y, una vez se hubo descubierto la falsedad de esa declaración, solo había conseguido empeorar la situación inventándose que había pasado la noche con su ex novia. Sobre todo porque había facilitado las cosas a Gwen para que empezaran a considerarlo el principal sospechoso.

Gwen negó con la cabeza.

—No. Se me ocurrió en cuanto empecé a notar que... que en realidad yo no le interesaba. No soy tonta, ¿sabes? Apuesto a que todos os preguntabais cómo podía ser tan ingenua para creer que un tipo como Dave pudiera haberse fijado en alguien como yo. Es probable que él mismo haya instado a alguien para que me abriera los ojos al respecto. ¡Pobre de mí, soy tan cándida! Os preocupabais y pensabais en el momento en que acabaría despertando de ese sueño... En ese sentido, Leslie, no he sido ni mucho menos tan estúpida como creíais. Desde el primer momento tuve claro que Dave no era el típico hombre que le echaría el ojo a una mujer como yo, por eso me fijaba mucho en cómo se comportaba. No fue necesaria la intervención de tu abuela para que me diera cuenta de que lo más probable era que su interés estuviera en mi patrimonio. Esa suposición cada vez era más y más clara. Y me dolió, porque... ¿Sabes?, a pesar de mi escepticismo, a pesar de todas mis reservas, acabé enamorándome de él. El tiempo que he pasado con él ha sido maravilloso. Sus atenciones, las molestias que se tomaba conmigo... incluso sabiendo que no eran sinceras. Viví todo eso como algo especial. Jamás había experimentado nada parecido. Fue bonito. Disfruté mucho algunos de esos instantes. Ha sido como estar viviendo un sueño.

Su voz sonó triste. En ese momento salió a relucir la Gwen de siempre, melancólica y pacífica.

Y Leslie pensó: No hemos sabido ver que está loca. Pero ¿por qué no hemos reparado al menos en lo triste que estaba?

—¿Por qué has disparado a Dave? —preguntó Leslie—. Ahora no podrás endosarle los asesinatos de Fiona y de Chad tal como habías planeado.

—No podía hacer otra cosa —dijo Gwen—. Después de haber estado sentada en el salón con él, de que se despidiera de mí, de notar cómo lo perdía, de darme cuenta de que él seguía allí viendo pasar el tiempo solo por una cuestión de decencia, como una mera formalidad, cuando en realidad no me soportaba ya, cuando lo único que quería era largarse... Me ha causado dolor, un dolor espantoso. No podía dejar que se marchara sin más. No habría podido soportarlo.

—¿Y lo has convencido para que te acompañara hasta la playa?

—Le he dicho que necesitaba salir. Le he pedido que me acompañara, sí. Él no quería, pero creo que le daba lástima dejarme de ese modo. Por eso ha aceptado. Supongo que lo único que quería era que esto terminara de una manera correcta y para que así fuera no podía dejarme aquí y largarse sin más justo después de haberme roto el corazón. Resignado, me ha acompañado hasta la cala. Yo llevaba el arma. Aún no sabía lo que haría con ella, pero sí sabía que no estaba dispuesta a dejar que Dave se fuera.

—¿Estás segura de que sigue con vida? —preguntó Leslie.

—Ni idea. Seguía vivo cuando me he marchado. Puede que se haya desangrado o que la marea se lo lleve... Yo que sé. Al fin y al cabo, ¿qué importa? Ahora mismo ya todo da igual, ¿no?

Lo dijo con una voz que rezumaba resignación. Leslie decidió insistir.

—No, todo no da igual, Gwen —dijo enseguida—. Tu padre sigue vivo. Dave tal vez también. Llamemos a una ambulancia, por favor. Todavía puedes salvarlos a los dos. Entonces... serían dos asesinatos que no...

Gwen la interrumpió, enfadada.

—No, claro, solo sería el de Fiona y dos intentos de asesinato más. ¿Crees que de ese modo saldría mejor parada? ¿Crees que eso convertiría la cárcel en un lugar más agradable? Tonterías, Leslie. ¡Lo sabes muy bien!

Leslie se dio cuenta de lo extrañamente contradictoria que Gwen se estaba mostrando en esos momentos. Por un lado, era capaz de valorar de forma minuciosa su situación, sabía que acabaría en la cárcel y estaba decidida a evitarlo. Pero al mismo tiempo, parecía no comprender el lío en que estaba metida. ¿De verdad pensaba que conseguiría salir indemne de todo aquello? ¿Después de matar a tiros a su padre, a Dave, a Leslie? ¿Y luego pensaba seguir con su vida, como si nada hubiera ocurrido, sin despertar las sospechas de la policía?

Había tenido dos maneras de proceder muy distintas: había demostrado ser muy fría haciendo circular por su entorno la historia de Brian Somerville para poder así justificar los asesinatos de Chad y de Fiona, puesto que sabía que tarde o temprano el asunto de Brian llegaría a oídos de la policía. Y había sido un buen intento lo de aprovechar la precaria situación de Dave para alimentar las sospechas que ya recaían sobre él. Pero de repente se había saboteado a sí misma disparando a Dave, sobrepasada por las emociones, incapaz de aceptar que este la dejara.

Había demostrado ser más sutil y mucho más astuta de lo que nadie podría haber supuesto, pero al mismo tiempo no era tan fría e impasible como le habría gustado ser. Era imprevisible para los demás, pero también para sí misma.

Leslie se dio cuenta de que eso la convertía en una enemiga terrible, extremadamente peligrosa. Era imposible saber lo que haría en los minutos siguientes.

—He dejado a Dave allí tendido y he vuelto a la granja —dijo Gwen, de nuevo impasible, como si estuviera contando una actividad cotidiana cualquiera—. Luego te he visto merodeando con una linterna. Has bajado en dirección a la cala, pero he pensado que daba igual si encontrabas a Dave, porque volverías a subir de todos modos. Aquí no hay cobertura de móvil en ningún lugar, lo que por lo visto también tiene su lado bueno. Mi padre había cerrado la puerta con llave, supongo que se lo habías mandado tú, pero como es natural la ha abierto enseguida al oír mi voz. Y bueno, una vez neutralizado él, solo me quedaba esperar a que llegaras tú. Me he sentado en la escalera después de quitar la llave del cerrojo del despacho, por si acaso. Ya me imaginaba que intentarías llamar por teléfono desde aquí.

—Muy astuta, Gwen —dijo Leslie—. Veo que lo tenías todo previsto, hasta el último detalle.

—Sí, la pequeña Gwen, con lo tontita que parecía, ¿verdad? Siempre me habéis subestimado. Desde hace más de treinta años. ¡Deberíais haberos fijado más en mí!

Leslie se preguntó qué podía replicar a eso. ¿Podía admitir su parte de culpa, existente al fin y al cabo, a pesar de que la manera de proceder de Gwen nunca le parecería justa? De todos modos, tenía la impresión de que no serviría de nada. Gwen no estaba en su sano juicio. Para ella ya no se trataba de obtener satisfacción, de encontrar algo de comprensión. Se había metido en un callejón sin salida y estaba intentando maniobrar, pero se había quedado atravesada y, tal como veía las cosas, solo había una salida posible, una salida que, con solo pensar en ella, a Leslie le sobrevino un escalofrío.

Gwen parecía que acababa de pensar exactamente lo mismo.

—¿Qué voy a hacer contigo ahora, Leslie? —dijo con aire pensativo—. No podemos pasarnos la noche aquí hablando. Además, nunca tuvimos gran cosa que decirnos, igual que ahora.

—Tenía una cita con la inspectora Almond —dijo Leslie—. Me está esperando desde hace horas. Le extrañará que no aparezca y saldrá a buscarme.

Gwen sonrió. Fue una sonrisa atroz, casi maliciosa.

—Entonces ya va siendo hora de que decida qué haré contigo —replicó.

20

Valerie Almond no conseguía quitarse de encima un mal presentimiento que la había ido invadiendo más y más a medida que transcurría la noche. Había estado esperando mucho rato en la pizzería y había intentado llamar al móvil de Leslie varias veces, pero siempre saltaba el contestador. Al final se había marchado a casa, pero allí tampoco había conseguido serenarse. Había telefoneado varias veces a casa de Fiona Barnes, pero tampoco allí había respondido nadie. Hacia las nueve y media no pudo soportarlo más. Subió al coche y se dirigió hacia Prince-of-Wales-Terrace. Sabía que era muy improbable que Leslie todavía siguiera allí, porque no había ningún motivo para que no respondiera al teléfono, pero de todos modos quería cerciorarse.

Tal vez lo hago solo por hacer algo, pensó mientras maniobraba su coche para aparcarlo. Estoy desorientada y por eso reacciono sin un propósito concreto. Porque es mejor eso que quedarme sin hacer nada.

Salió del coche. Le acongojaba la idea de no haber sabido nada más sobre Leslie. Le había dicho que quería compartir con ella algo importante en relación con el asesinato de su abuela, y Valerie la había notado un poco excitada, tensa. Había dicho que tardaría veinte minutos en llegar a la pizzería. Conocía bien Scarborough, se había criado allí. Valerie podía excluir la posibilidad de que Leslie se hubiera perdido con el coche. Pero incluso si así hubiera sido, ¿por qué no la llamaba?

Algo no encajaba, pensó Valerie.

Respecto a Dave Tanner, seguían sin tener pistas sobre él. Y ahora parecía como si Leslie también hubiera desaparecido.

Frente a la puerta de entrada del enorme complejo de apartamentos había un hombre. Valerie se preguntó qué debía de estar haciendo allí a esas horas. En cualquier caso, no le pareció en absoluto alguien a quien pudiera colgarle la etiqueta de malo. Más bien parecía un tipo perplejo.

Pasó a su lado y pulsó el timbre que estaba junto a la placa con el nombre de Fiona Barnes.

—Ahí no le abrirá nadie —dijo el hombre que estaba detrás de ella.

Valerie se volvió hacia él.

—¿No? Entonces ¿usted también iba a casa de la difunta señora Barnes?

—He llamado tres veces, pero... —El hombre se encogió de hombros. Acto seguido, se presentó—. Soy el doctor Stephen

Cramer. Estaba llamando a mi mujer... a mi ex mujer. Leslie Cramer. Pero parece que no está en casa. Tampoco hay ninguna luz encendida arriba.

—Inspectora Valerie Almond —dijo Valerie mientras le mostraba la placa identificativa. Stephen le echó una simple ojeada—. A mí también me gustaría ver a la señora Cramer.

Él parecía preocupado.

—He estado mirando por los alrededores —dijo—. Pero no he visto su coche aparcado por aquí.

—¿No tiene las llaves del apartamento?

—No. Estoy alojado en el Crown Spa Hotel, un poco más abajo en esta misma calle. Hace un par de días que no veo a Leslie.

—¿Le parece extraño?

Stephen dudó un poco antes de responder.

—Bueno... ella sabe dónde puede encontrarme. Pero tal vez no tenga motivos para verme. Pero vaya, ¿dónde debe de estar? A estas horas...

Valerie tuvo la impresión de que el ex marido de Leslie todavía no había acabado de digerir el divorcio. Debía de llevar dos días ganduleando en su hotel con la esperanza de que Leslie se dejara caer por allí, y al parecer esta no había tenido ningún motivo para hacerlo. En un momento dado aquel tipo no lo habría soportado más, así que había salido a espiarla y el hecho de que no estuviera en casa había sido el golpe de gracia.

Pobre tío, pensó Valerie.

De repente él pareció darse cuenta de que no era algo habitual encontrarse de noche, frente a la puerta de la casa de su ex mujer, con una inspectora de policía que quería aclarar un asunto que por lo visto no podía esperar hasta el día siguiente.

—¿Ha ocurrido algo? —preguntó, alarmado.

—¿Sabe dónde se aloja Dave Tanner? —preguntó a su vez Valerie.

Stephen frunció la frente.

—¿Dave Tanner? El prometido de Gwen Beckett, ¿verdad? Pues no, ni idea. ¿Por qué?

—Me gustaría hablar con él —respondió Valerie, evasiva.

—¿Y cree que puede estar ahí?

—De hecho, no. Estoy preocupada por Leslie Cramer. Me ha llamado hacia las siete y me ha dicho que quería verme para contarme algo importante relacionado con el asesinato de su abuela. Habíamos quedado en encontrarnos en una pizzería, pero no se ha presentado. Tampoco me ha llamado ni está localizable. Al final ha empezado a darme mala espina, por eso he venido.

—Realmente, es muy extraño —dijo Stephen—. ¿Desde dónde la ha llamado?

—Estaba en el coche. En algún lugar cerca de Staintondale. Me ha dicho que acababa de salir de Robin Hood's Bay. ¿Tiene alguna idea de lo que había ido a hacer allí?

—No. Como ya le he dicho... por desgracia no he tenido contacto con ella en los últimos días.

—Algo debe de haberle ocurrido entretanto —murmuró Valerie.

—¿Y si ha ido a la granja de los Beckett? Tal vez haya aprovechado que estaba cerca.

—¿Por qué tendría que haber ido? De todos modos, debería llamar a la granja. ¿No tendrá el número por casualidad?

Stephen lo tenía guardado en el móvil. Sin embargo, en casa de los Beckett tampoco respondió nadie.

—Esto ya es más que extraño —dijo Stephen—. ¡Que yo sepa, el viejo Chad Beckett casi nunca sale de casa! ¿Cómo es posible que no esté? Me pregunto si... —Stephen titubeó un momento.

—¿Sí? —dijo Valerie.

—¿Leslie todavía no le ha contado nada acerca de los mensajes? ¿Los que Fiona Barnes había escrito a Chad Beckett?

—No. ¿Qué mensajes?

—Correos electrónicos —dijo Stephen, algo incómodo—. Gwen los había encontrado y se los había dado a leer a ese matrimonio que se hospeda en la granja. Y a través de ellos acabaron llegando a manos de Leslie. No sé exactamente lo que se decía en ellos, pero era algo acerca de un asunto en el que estuvieron implicados Chad y Fiona en algún momento, hace años... Sé que tuvo lugar una historia oscura en sus vidas, algo que nadie más conocía hasta que salieron a relucir esos mensajes. Leslie estaba inquieta por ello.

Valerie se quedó sin aliento.

—¡No es posible! ¡No puede ser verdad! ¿Por qué no me ha dicho nada acerca de eso?

Stephen pareció angustiarse aún más.

—Le dije a Leslie que le hiciera llegar esos papeles. Estaba convencido de que, fuera lo que fuese lo que había descubierto en ellos, no podía mantener el secreto. Pero ella... tenía dudas. Fiona... su abuela salía bastante mal parada en el asunto. Leslie sintió escrúpulos de que la gente pudiera acceder a lo que había leído allí.

—La abuela de Leslie murió asesinada, por el amor de Dios. ¡Debería haberme hecho llegar todo, absolutamente todo lo que pudiera tener algún tipo de relación con Fiona! —exclamó Valerie—. ¡No puedo creerlo! Es posible que...

—¿Sí? —preguntó Stephen.

—Es posible que Chad Beckett también esté en peligro. Al fin y al cabo parece que estaban implicados los dos en el mismo enredo, si no lo he entendido mal. —Sacó la llave del coche del bolso—. Voy ahora mismo a la granja de los Beckett.

—Por favor —dijo Stephen—, ¿puedo ir con usted? —Al ver que dudaba, añadió—: Si me dice que no, iré de todos modos en mi coche, inspectora. No se librará de mí con facilidad.

—De acuerdo —dijo Valerie mientras corría ya hacia su coche—. Suba.

Stephen la siguió y vio que la inspectora, mientras subía al coche, llamaba por teléfono para pedir refuerzos.

21

Enseguida vieron el coche de Leslie, mientras Valerie aparcaba el suyo en medio del patio. Junto a él había otro vehículo; a la inspectora le pareció que era el coche de los Brankley. Dentro de la casa había luz. La puerta estaba abierta. Apenas Valerie hubo detenido el coche, Stephen salió de él, dispuesto a echarse a correr hacia la casa, pero la agente se lo impidió.

—No. De momento debe quedarse aquí. Quién sabe lo que está sucediendo ahí dentro. Me acercaré a la casa.

Él obedeció, pero en cuanto vio que Valerie había llegado a la puerta de la casa, fue tras ella.

Valerie entró por el pasillo bien iluminado.

—¿Señor Beckett? ¿Señorita Beckett? Soy la inspectora Almond. ¿Dónde están?

De repente, oyó una voz de hombre.

—¡En el salón! ¡Rápido!

Valerie recorrió el pasillo y se detuvo frente a la puerta del salón, desde donde pudo ver el cuerpo inmóvil de Chad Beckett tendido en el suelo. Junto a él estaba arrodillado Colin Brankley, que le apartaba una y otra vez los mechones grises de la frente mientras llamaba al anciano por su nombre.

—¡Chad! ¡Despierte, Chad! ¿Qué ha pasado?

—Señor Brankley —dijo Valerie.

Él se dio la vuelta.

— Lo hemos encontrado así, inspectora. Estaba aquí tendido. Creo que le han disparado.

—¿Dónde han estado durante las últimas horas? —preguntó Valerie mientras se arrodillaba también junto a Chad, que estaba completamente pálido e inmóvil, lo que no presagiaba nada bueno.

—Fuimos a Leeds. Jennifer quiso que nos marcháramos a casa esta misma tarde. Pero...

Antes de que pudiera continuar, apareció Stephen y apartó a Colin hacia un lado.

—Déjeme ver, soy médico —dijo mientras le buscaba el pulso.

—No tenían autorización para marcharse sin más —respondió Valerie con todo cortante.

Stephen levantó la cabeza.

—Está muerto —dijo—. Desangrado. Por una herida de bala, al parecer.

—Dios mío —dijo Colin, conmocionado.

—Que nadie toque nada más —ordenó Valerie.

Stephen se puso de pie. Valerie notó que estaba desesperado.

—¿Dónde está Leslie? —preguntó súbitamente a Colin.

—Aquí no está. Solo hemos encontrado a Chad, no hay nadie más en la casa —replicó Colin. A continuación, fue él quien frunció la frente—. ¿Quién es usted?

—Stephen Cramer. El ex marido de Leslie. El coche de Leslie está ahí afuera. Tiene que estar por alguna parte.

—¿Dónde está su esposa, señor Brankley? —preguntó Valerie.

Colin miró a su alrededor, desconcertado.

—Hace un momento estaba aquí. Tal vez esté mirando por la casa otra vez.

—Quédense aquí —ordenó Valerie a los dos hombres. Sacó su arma y le quitó el seguro—. Voy arriba.

—No hay nadie en la casa —dijo Colin—. Hemos mirado en todas las habitaciones.

—Prefiero comprobarlo yo misma —respondió Valerie.

Una vez hubo salido de la habitación, Colin y Stephen se miraron fijamente por encima del cadáver de Chad.

—¿Qué está pasando aquí? —preguntó Stephen en voz baja.

—Hace unos días asesinaron a Fiona. Y ahora a Chad. Dios santo, ¿quién es el demente que está haciendo todo esto?

—No lo sé —dijo Colin.

—Es por toda esa historia, ¿no? La de Fiona y de Chad. Debieron de estar envueltos en un asunto muy turbio, y es evidente que alguien estaba tan enfadado con ellos que ha acabado con los dos.

—¿Conoce usted la historia? —preguntó Colin.

Stephen negó con la cabeza.

—Lo único que sé es que tiene algo que ver con cierto lío en el que ambos estuvieron implicados. Eso es todo lo que Leslie me contó.

Colin no replicó nada.

Valerie volvió al salón.

—No hay nadie.

—Pero ¡Jennifer tiene que estar por alguna parte! —dijo Colin, asustado.

Hizo ademán de salir hacia el pasillo. Valerie se lo impidió.

—Señor Brankley, ¿quién había en la granja cuando usted y su mujer han decidido marcharse?

—Chad —dijo Colin—. Y Gwen. Y Dave Tanner.

Valerie expulsó el aire bruscamente entre los dientes.

—¿Tanner?

—Había estado esperando a Gwen. Quería decirle que su relación había terminado. Me ha parecido sensato. Pero también ha sido el motivo por el que Jennifer ha querido volver poco después de que llegáramos a Leeds. Le entró una especie de pánico cuando le conté lo de Tanner. Lo primero que pensé es que le preocupaba Gwen, que no fuera capaz de superar la separación. Pero luego me dijo que quien le preocupaba era Dave Tanner, y yo no he comprendido por qué.

—¿Le ha explicado por qué le preocupaba?

—No. Se lo he preguntado, pero me ha dicho que me lo contaría más tarde. Creo que pocas veces la había visto tan nerviosa. Luego hemos llegado aquí, hemos encontrado a Chad muerto... Bueno, al principio hemos pensado que solo estaba gravemente herido, pero al verlo aquí tendido y dado que el coche de Leslie Cramer estaba fuera... Hemos mirado en todas las habitaciones, y no había nadie más. Entonces han llegado ustedes... —Miró a su alrededor, desamparado—. ¿Dónde está Jennifer?

—¿Dónde está Leslie? —preguntó Stephen.

—Tal vez Jennifer esté fuera echando un vistazo por los cobertizos —dijo Valerie.

Se esforzaba por mostrarse tranquila, pero la situación le parecía digna de una pesadilla. Un asesino cuya identidad no estaba clara rondaba por allí, había un hombre muerto tendido en el suelo, otro hombre y tres mujeres más habían desaparecido y encima era de noche. Tanto en sentido literal como en sentido figurado, no tenía la situación ni mucho menos controlada. Rezaba por que llegaran de una vez los refuerzos, y solo esperaba conseguir que aquellos dos hombres tan alterados y preocupados mantuvieran la calma, pues intuía que lo único que querían era salir a buscar a sus respectivas mujeres. A Valerie le horrorizaba la posibilidad de que ellos dos también acabaran desapareciendo en la oscuridad.

—Hace un momento Jennifer aún estaba aquí —repitió Colin una vez más.

—Quédense con Chad —insistió Valerie, que ya les había dado esa orden unos minutos antes. Procuró que su voz sonara clara y firme, para poder mantener a raya a los dos hombres como mínimo un rato—. Voy a dar una ojeada fuera.

—¿Cuándo llegarán los refuerzos —preguntó Stephen.

—En cualquier momento —aseguró Valerie.

Sabía que lo más sensato sería esperar, más que nada para seguir el reglamento. Era muy arriesgado rondar por allí fuera sola. Pero estaba convencida de que Colin y Stephen no mantendrían la calma si se quedaban todos a esperar junto al cadáver de Chad. Los dos hombres acabarían perdiendo los nervios en cualquier momento y saldrían a buscar a las mujeres por sus propios medios.

—Vuelvo enseguida —dijo Valerie.

22

Jennifer se movía con rapidez a pesar de que era de noche. Estaba tan acostumbrada a pasear con Cal y con Wotan a última hora de la noche o a primera hora de la mañana, antes incluso del amanecer, que sus ojos reaccionaban bastante bien en la oscuridad. Sin embargo, le costaba reconocer el camino. El cielo cubierto de nubes, que no dejaba entrever la luna ni las estrellas, no le facilitaba las cosas. Allí fuera, a campo abierto, podía avanzar con pasos firmes; lo más crítico llegaría al otro lado del puente colgante. El descenso al barranco en esas circunstancias, sin siquiera una linterna, era una verdadera locura, pero decidió no pensar en ello todavía. Cuando llegara ya decidiría cuál sería la mejor manera de proceder.

El corazón le latía a toda prisa, los pulmones le dolían. Estaba en forma, pero no tanto para mantener aquel ritmo durante los trechos de subida. Curiosamente, no dudó ni un momento de la dirección que había tomado. Conocía bien a Gwen; seguro que ella había bajado a la cala.

Gwendolyn Beckett.

Se sentía culpable, notaba el peso de la culpa como si fuera una rueda de molino que le lastraba el alma, y se habría echado a llorar si hubiera podido permitirse ese lujo. Si al final resultaba ser Gwen la que estaba dejando aquel rastro de sangre, la que había matado a golpes a Fiona y había disparado a Chad, la que tenía algo que ver con el hecho de que Dave Tanner no estuviera en la granja y que también Leslie, cuyo coche estaba aparcado en el patio, hubiera desaparecido, si Gwen era la responsable de todo aquello, entonces Jennifer también tenía la culpa. Parte de culpa, más bien.

¿Por qué no había dicho nada?

No es que hubiera tenido una sospecha concreta durante todo el tiempo. De haber sido así, habría acudido a la policía, tal vez llena de dudas, pero convencida de todos modos. Pero en muchos momentos durante los últimos días le había parecido fuera de lugar sospechar de Gwen. ¿Había sido ella la que había matado a golpes a una anciana a la que conocía de toda la vida y con la que en cierto modo se había criado? ¿A una anciana que, junto con su padre, lo había sido todo para ella?

Y luego estaban los archivos impresos que Gwen le había dado al principio de aquellas vacaciones de otoño.

—Léete esto, Jennifer, por favor. Ahí hay cosas... No sé qué pensar de ello... ¡No sé qué hacer!

Tras el asesinato de Fiona, Jennifer casi se había sentido aliviada de poder aferrarse a la idea de que era allí donde había que buscar la solución al enigma. En el otro chico, el que llegó a la granja durante los años de la guerra, que convertía en culpables a Fiona y a Chad. No eran culpables de haber cometido nada con premeditación, pero sí de cierta negligencia que impedía liberarlos de toda culpa.

Gwen también le había hablado de Semira Newton.

—He estado buscando por internet —le había dicho—. Semira Newton fue quien encontró a Brian Somerville. En una granja perdida, medio muerto. El dueño de la granja la sorprendió, era un loco y le pegó una paliza que la dejó lisiada para toda la vida.

Y más adelante:

—Semira aún está viva, es una anciana que vive en Robin Hood's Bay. La he encontrado en el listín telefónico, tiene que ser ella. ¡No creo que haya muchas personas que se llamen Semira Newton por aquí!

El caso parecía claro. Como es natural, Jennifer le recomendó que acudiera a la policía, pero Gwen casi se había echado a llorar al oírlo.

—Eso lo revolverá todo. Han pasado casi cuarenta años, nadie sigue pensando en esa historia. ¿Es necesario ponerle tanta presión a Fiona a estas alturas? Y mi padre... es mayor, la pierna le duele siempre... ¿Crees que tengo derecho a hacerle algo así?

Colin también había creído que lo mejor era acudir a Valerie Almond, pero había descartado aquella posibilidad a petición expresa de Jennifer. Perplejo, Colin había recurrido a Leslie. Se habían ido pasando la responsabilidad de uno a otro, y nadie había optado por la única decisión correcta: informar de inmediato a la policía, porque los sentimientos de Gwen respecto a su padre y a Fiona quizá fueran decisivos en una situación como esa.

Y durante todo ese tiempo Jennifer había pensado: Vamos, hombre, no habrá sido Gwen. Ella no tiene nada que ver con el asunto. ¡Me habría dado cuenta!

Pero en ningún momento desaparecieron del todo las dudas que la indujeron a proteger a Gwen frente a la policía justo después de saberse que se había producido el asesinato.

Es mejor que se sienta segura de nuevo enseguida, había pensado Jennifer; al fin y al cabo Gwen tenía motivos para haberla matado, después de lo que Fiona había dicho durante la cena de compromiso, y no estaba de más tomar precauciones.

Jennifer se detuvo unos momentos encorvada hacia delante y con los brazos en jarra para recuperar el aliento.

Se obligó a respirar profundamente para no quedar agotada de un momento a otro.

Volvió la mirada atrás, hacia la granja, pero no consiguió ver más que la oscuridad de la noche. Al parecer, Colin no la había seguido. Jennifer había aprovechado el momento en que su marido, absolutamente horrorizado, se había arrodillado junto a Chad. Con el pretexto de ir a buscar vendas, Jennifer había salido de la casa como una exhalación. Él jamás le habría dejado ir sola, habría querido acompañarla o le habría pedido explicaciones, pero... ¿Qué podía decirle? ¿Que el temor instintivo de que Gwen pudiera ser una asesina se había introducido en ella como un diminuto aguijón venenoso? ¿Que ese aguijón poco a poco se había hecho más grande y doloroso hasta que, en los minutos que habían transcurrido desde que habían llegado de nuevo a la granja, se había extendido por todo su cuerpo y casi le impedía respirar? ¿Que temía por la vida de Dave Tanner y de Leslie Cramer y que no pensaba esperar a que llegara la policía, a la que Colin sin duda alguna habría querido informar de inmediato? También se ocuparía de pedir una ambulancia para Chad. En la granja, de momento, no la necesitaban.

Siguió corriendo con las últimas fuerzas que le quedaban.

Sabía que era la única que conocía lo que se escondía tras la fachada de Gwen, podría decirse que desde la primera vez que Colin y ella habían pasado las vacaciones en la granja de los Beckett. Jennifer no solo había visto a aquella mujer amable, simpática y algo ingenua cuya vida parecía estar exenta de altibajos, también había visto que no tenía ninguna perspectiva de futuro y que, sin embargo, parecía satisfecha con lo que la rodeaba: aquel paisaje maravilloso de extensos prados y de libertad, el mar con sus colores siempre variados, ese cielo que parecía más lejano y alto que en ninguna otra parte, los agrestes acantilados y, en algún lugar entre las rocas, aquella pequeña cala por la que le encantaba pasear. Su padre, al que tanto amaba y cuidaba. Aquella casa tan desastrosa como acogedora. Era una vida al margen del mundo, lo que la gente busca de vez en cuando, cuando se ve superada por el estrés de la rutina cotidiana, las preocupaciones, las prisas y los problemas. Gwen estaba instalada en ese entorno para siempre. Cualquiera la habría envidiado, a primera vista.

Pero Jennifer veía más cosas. Era algo que le pasaba a menudo y que formaba parte de esa marcada capacidad empática que la caracterizaba que no sabía si considerar como una bendición o como una maldición. Ni siquiera ella misma sabía si debía alegrarse o lamentarse por ello. Veía la rabia que Gwen llevaba dentro, la tristeza, la ira indecible, el dolor, la desesperación. Veía aquella vida que se estaba marchitando sin haber llegado a florecer jamás, veía el dolor que ese hecho producía y también las incontables lágrimas que no habían llegado a derramarse y habían quedado estancadas en Gwen ante la increíble indiferencia que la rodeaba. Ese padre al que tanto amaba y que no se daba cuenta de nada simplemente porque no le interesaba. Y Fiona que, incapaz de apartar las manos de aquella pequeña familia, ocultaba tras su actitud solícita una verdadera obsesión por aferrarse a Chad Beckett, algo que Gwen ya había descubierto desde hacía tiempo. Tampoco Fiona se interesaba lo más mínimo por Gwen. Jennifer incluso creía posible que los ataques de Fiona a Dave Tanner durante la celebración del compromiso no hubieran surgido ante la posibilidad de que Gwen pudiera ser infeliz con aquel hombre, sino que la máxima preocupación de la anciana hubiera sido Chad, que habría visto como un hombre más joven y decidido tomaba de repente las riendas de su granja. Pero daba igual lo que hubiera dicho; Jennifer nunca había impedido a Fiona que decidiera el destino de Gwen.

Y sin embargo algunas veces había pensado: ¿Qué ocurrirá si se abre una brecha? Todo lo que durante años ha ido acumulando Gwen, toda la rabia, todo el odio... ¿Qué ocurrirá cuando la presión sea demasiado grande?

Siempre había temido que eso ocurriera. Aun así, un asesinato era algo tan impensable, algo tan lejano a cualquier acto concebible, que Jennifer había reprimido ese temor con todo su empeño. Y la necesidad de proteger a los demás había aumentado después de conocer a la inspectora Almond. Sabía que esa mujer se lanzaría sobre el más mínimo bocado que alguien pudiera lanzarle, como un perro hambriento. También en ese caso había visto más allá que Colin y los demás: Almond podía mostrarse enérgica, competente y segura de sí misma. Tras esa máscara se ocultaban los miedos y las inseguridades de una mujer devastada. Una agente de policía nerviosa con cierta proyección profesional que ni siquiera confiaba en sí misma. Que se había obsesionado en subir un escalón más en su carrera, a pesar de que por dentro temía fracasar con el caso del asesinato de Fiona Barnes. Jennifer había notado sus vibraciones. Aquella mujer estaba al borde de un ataque de nervios.

Si Gwen se ponía a tiro, la inspectora se lanzaría sobre ella y ya no la soltaría. Daba igual si Gwen estaba o no implicada de algún modo.

Jennifer se había dicho a sí misma que no podía hacerle eso a su amiga, pero en esos momentos se daba cuenta de que su silencio tal vez podría acabar en tragedia.

Había ascendido por fin hasta el punto más alto de la extensa colina, no tardaría en llegar al puente colgante y al barranco. Tenía por delante la parte más complicada del camino. Debía dejar de pensar en ello para avanzar lo más rápidamente posible. Y no podía perder de vista su propia seguridad. No serviría de ayuda si se rompía un pie.

Eso la hizo pensar: Un pie roto... Como si no supieras de sobra que te pueden ocurrir cosas mucho peores.

Siempre había sentido compasión por Gwen, siempre había querido protegerla. Pero era lo bastante realista como para saber que Gwen nunca había correspondido a esa simpatía. Para Gwen no era más que una huésped como cualquier otra que pasaba las vacaciones en la granja. Y una persona que de vez en cuando rompía la monotonía de su vida. Pero Jennifer jamás había notado que Gwen la tratara con calidez, como a una amiga. Jamás había notado cariño en ella. La sonrisa amable que exhibía nunca había sido sincera.

Jennifer siguió avanzando por aquel terreno trillado cuesta abajo, poco antes de llegar a las escarpadas rocas del barranco. Luego vendría el puente colgante y, a continuación, los desiguales escalones tallados en las rocas, cuya altura y separación variaban de un modo caprichoso. Tendría que pasar por allí casi a ciegas.

Todavía no había llegado al final del camino cuando percibió el reflejo de una luz entre la oscuridad que tenía delante. No conseguía identificar el origen, pero tuvo la impresión de que procedía del otro lado del barranco o del último tramo del puente colgante. La luz no se movía.

Jennifer se detuvo. Se esforzó por divisar algo entre la oscuridad. No consiguió reconocer nada, estaba demasiado lejos. Tenía que acercarse más a ese objeto que supuso que sería una linterna. Pero ¿por qué no se movía? ¿Habían llegado las personas que había ahí delante a su destino? No lograba distinguir si se trataba de Gwen, de Leslie, de Dave o acaso de los tres juntos.

¿O se habían dado cuenta de que alguien los seguía y estaban esperando?

Pero en ese caso habrían apagado la luz, pensó Jennifer.

Conteniendo el aliento, se acercó con precaución un poco más.

Cuando hubo llegado al puente colgante, pudo reconocer la escena y lo que vio al fin confirmó sus peores sospechas: habían dejado la linterna en una de las rocas al otro lado del barranco, desde donde arrojaba una luz espectral, casi deslumbrante. Leslie Cramer estaba casi al final del puente colgante, con la espalda apoyada en las cuerdas trenzadas que lo sostenían. Frente a ella estaba Gwen. Llevaba un arma en la mano, con la que apuntaba a Leslie. Las dos mujeres se miraban inmóviles, sin decirse nada.

—¡Salta de una vez! —dijo Gwen de repente.

—No —replicó Leslie—. No pienso saltar. Estás loca, Gwen. No pienso obedecer a lo que me ordena una loca.

—Entonces tendré que dispararte —dijo Gwen—, y luego tirarte yo misma. Yo en tu lugar me lo pensaría, Leslie. Si saltas, tal vez tengas alguna posibilidad.

—Si salto desde aquí, no tengo ninguna posibilidad —replicó Leslie.

Gwen levantó el brazo. El silencio absoluto de la noche permitió a Jennifer oír con claridad el leve clic que salió del arma.

—Por favor —susurró Leslie.

Jennifer dio un paso adelante.

—Gwen —la llamó.

Gwen se dio la vuelta. Miró en dirección al lugar desde el que había oído su nombre, pero no pareció reconocer quién la llamaba.

—¿Quién hay ahí? —preguntó con voz crispada.

Jennifer subió al puente. Sabía que el balanceo delataría su presencia, pero también que Gwen no podría matarla de un disparo tan fácilmente, puesto que la oscuridad la protegía.

—Soy yo —dijo—. Jennifer.

—¡Quédate donde estás! —le advirtió Gwen.

Jennifer se detuvo. Se hallaba lo bastante cerca como para vislumbrar la mirada aterrorizada de Leslie, iluminada por la luz de la linterna. Sin embargo la cara de Gwen seguía oculta entre la oscuridad.

—Gwen, sé sensata —le pidió Jennifer—. Colin está en la granja. Ha llamado a la policía. Esto no tardará en llenarse de agentes. No tienes ninguna posibilidad, deja a Leslie. No te ha hecho nada.

—Me ha dejado colgada igual que todos los demás —dijo Gwen.

—Pero no solucionas nada disparando a todas las personas con las que has tenido problemas. Por favor, Gwen. Tira el arma y ven conmigo.

Gwen soltó una carcajada. Fue una carcajada desagradable, pero también triste.

—Solo podías ser tú, Jennifer. Mira, te aconsejo que te marches, ¡de lo contrario tú también acabarás ahí abajo! No te metas donde no te llaman. Vuelve con tu Colin, tus chuchos y tu vida, tan llena de satisfacciones. ¡Deja en paz a la gente más desgraciada que tú!

—Nunca he llevado una vida llena de satisfacciones, ni mucho menos, y tú deberías saberlo, me conoces desde hace años. Y Leslie tampoco, por mucho que tú creas que sí. Los demás también tenemos problemas, Gwen, aunque tú no seas capaz de imaginarlo.

—¡Que te quedes quieta! —gritó Gwen.

A Jennifer le pareció ver que el arma que Gwen sujetaba temblaba ligeramente. Estaba nerviosa e insegura. Sin duda había tenido la esperanza de que Leslie obedecería y de que se lanzaría al vacío en cuanto la amenazara con el revólver. Al parecer no había sido capaz de matar a tiros a la que había sido su amiga. Y entonces había aparecido alguien más que seguía oculto entre las sombras y que por ello suponía una amenaza invisible. Gwen parecía encontrarse entre la espada y la pared, lo que podía complicar la situación en cualquier momento.

—Gwen, no importa lo que sientas ahora mismo, Leslie y yo siempre hemos sido tus amigas —dijo Jennifer—, y seguiremos siéndolo. Por favor. Tira el arma y lo arreglaremos hablando.

—No quiero hablar contigo —gritó Gwen—. Lo que quiero es que me dejéis en paz. Quiero ver cómo desaparecéis todos de una vez.

Leslie se movió un poco. Gwen se dio la vuelta enseguida y la apuntó otra vez con el arma.

—¡Te voy a matar!

Jennifer se atrevió a acercarse aún un poco más.

—Gwen, no lo hagas.

De repente, Gwen se volvió de nuevo. El arma apuntaba directamente al pecho de Jennifer.

—Te veo —dijo con un tono triunfal en la voz—. Puedo verte, Jennifer, y te lo advierto: si das un solo paso más, te dispararé. No te quepa la menor duda.

—Gwen —suplicó Jennifer.

Dio otro paso más hacia delante y, al segundo siguiente, se oyó el disparo.

Todo sucedió al mismo tiempo: Leslie soltó un chillido agudo. Jennifer se agarró con fuerza a la barandilla porque el puente empezó a balancearse amenazadoramente. Esperaba sentir el dolor que creía que la atravesaría como un cuchillo. Esperaba desplomarse, que las piernas le cedieran. Esperaba que la sangre empezara a fluir en cualquier momento.

Y entonces vio que quien caía era Gwen. Poco a poco, casi como si lo hiciera a cámara lenta. Se desplomó sobre el puente de madera con la misma suavidad con la que una bailarina cambia de posición. El arma cayó de lado justo frente a la barandilla, y se la habría tragado el vacío si el puente hubiera oscilado con más intensidad.

Leslie se arrodilló junto a Gwen y le tocó el brazo para encontrarle el pulso. Jennifer también lo vio, mientras se sorprendía de seguir de pie, de no estar sintiendo ningún dolor.

Entonces fue cuando oyó una voz detrás de ella.

—¡Policía! ¡No se muevan!

Se dio la vuelta y descubrió que una sombra surgía de la oscuridad y subía también al puente. Jennifer reconoció a Valerie Almond. Llevaba la pistola en la mano, y entonces fue cuando comprendió que había sido la inspectora la que había disparado. A Gwen.

Se dio cuenta de que había salido ilesa, de que ya no tenía que seguir esperando a sentir dolor.

Sábado, 18 de octubre

El día era gris y ventoso, más frío que los anteriores. El cielo estaba cubierto de nubarrones gruesos y cargados. El viento que azotaba los pantanales era gélido. Un par de ovejas corrían juntas por las colinas. No había rastro del dorado octubre que había reinado a principios de la semana anterior, pero tampoco se había instalado todavía la atmósfera neblinosa y lluviosa de noviembre. Ese día parecía especialmente anodino. Era un día gris, un día vacío.

Tal vez solo lo es para mí, pensó Leslie; quizá lo único que veo es mi propio vacío ahí fuera.

Iba en su coche por la carretera que llevaba a Whitby y por dentro sentía una fría soledad.

Había llamado a Semira Newton y le había preguntado por la residencia en la que vivía Brian Somerville y, tras un par de minutos de vacilación, Semira le había dado aquella información.

—No le haga daño —le había pedido.

Leslie tan solo esperaba no molestar al anciano con su visita.

Puedo volver atrás en cualquier momento, pensó mientras divisaba las primeras casas de Whitby al borde de la carretera. En el lado izquierdo se extendía un enorme cementerio. La calle bajaba en una pendiente pronunciada hasta el centro. A la derecha, sobre una colina que quedaba por encima de ella, Leslie pudo ver la famosa abadía.

Apenas recordaba lo que había hecho el día anterior.

Lo había pasado en casa de Fiona, donde había estado fumando y mirando por la ventana. En algún momento salió para dar un paseo y estuvo caminando por la playa durante una o dos horas, ida y vuelta hasta la bahía norte. Compró un billete para el funicular y subió desde el balneario hasta Prince-of-Wales-Terrace sentada en los bancos de madera junto a cuatro personas más. Leslie recordaba la sensación de encontrarse dentro de ese habitáculo reducido con otras personas con las que no tenía nada en común. Habían sucedido demasiadas cosas horribles.

Chad había muerto. Sabía que seguía vivo cuando ella había salido de la casa con Gwen, porque le había oído emitir un leve gemido. Cuando llegaron Valerie Almond y Stephen, este solo pudo confirmar la muerte del anciano. Se había desangrado. Podría haberse salvado si hubiera recibido la ayuda necesaria a tiempo.

La inspectora Almond disparó a Gwen Beckett en una pierna. En ese momento estaba en el hospital, pero pronto le darían el alta. Le esperaba un juicio por doble asesinato consumado y un asesinato en grado de tentativa, así como por privación de la libertad y coacción. Aún estaban a la espera de los resultados del examen psiquiátrico. Leslie creía posible que no acabara en la cárcel, sino recluida en un centro para enfermos mentales. Tal vez para siempre.

Se había pasado el día anterior recordando las imágenes de la escena del puente que le habían quedado grabadas en la mente. La luz deslumbrante de la linterna. Gwen, que se había desplomado de repente. Jennifer Brankley, visible solo como una mera sombra, algo alejada, en apariencia inmóvil después del disparo. Y Valerie Almond, que había surgido de la oscuridad como un ángel de la guarda.

—Solo la he herido, no se preocupen. Solo tiene una herida leve —había dicho, refiriéndose a Gwen.

Y Leslie recordó haber saltado de inmediato, gritando.

—¡Tenemos que bajar a la cala! ¡Rápido! Dave Tanner está allí. ¡Le ha disparado! ¡Rápido! ¡Rápido!

Lo había repetido varias veces, hasta que Valerie le había puesto una mano en el hombro y le había hablado con voz clara, mirándola a los ojos, para que entendiera que no admitiría réplicas.

—Nosotros nos ocuparemos de él, ¿de acuerdo? Usted no

tiene por qué bajar ahí abajo. Enseguida llegarán más agentes. No se preocupe.

Tenía un recuerdo oscuro del rato que pasó sentada en la granja de los Beckett, entre un ir y venir de policías y de personal sanitario. Alguien le había echado una manta sobre los hombros y le había puesto en la mano una taza de té caliente muy azucarado. Se sorprendió al ver que Stephen también estaba allí y de que fuera él quien le dio la noticia de que habían rescatado a Tanner herido, pero con vida.

—Se salvará. Pero ha tenido suerte. Estaba inconsciente, la marea habría dado buena cuenta de él por la mañana.

Stephen la llevó de nuevo a casa de Fiona muy tarde por la noche y se quedó con ella. Ella no se negó, estaba demasiado cansada para rechazar ningún tipo de ayuda de nadie. Él le preguntó si podía leer las cartas de Fiona y Leslie asintió. Al fin y al cabo, a esas alturas acabaría enterándose todo el mundo, ¿por qué no iba a leerlas él? Más tarde le habló de Semira y de Brian, y le dijo que este seguía viviendo cerca de Scarborough y que Fiona, al parecer, no se había dignado visitarlo jamás.

Por la tarde Leslie había tenido una larga conversación con Valerie Almond. La inspectora había acudido a verla directamente desde el hospital en el que había estado hablando con Dave Tanner.

—Ha tenido mucha suerte. Podría haber muerto desangrado o ahogado. Se ha salvado por los pelos.

Dave estaba libre de cualquier sospecha, pero de todos modos Leslie quiso saber algo.

—¿Dónde estuvo el sábado por la noche, pues, si no estuvo con su ex novia? —preguntó a la inspectora.

—Los dos estuvieron juntos en un pub —le explicó Valerie—. Hasta ahí su declaración había sido cierta. Pero luego ella volvió sola a casa y Tanner estuvo circulando en su coche por los alrededores. Aparcó en alguna parte, y pasó el tiempo fumando y reflexionando acerca de su incierto futuro. Volvió a su habitación después de la medianoche. Temía que nadie llegara a creer esa versión, y pensó que sin duda la señorita Ward accedería a cambiarla si él se lo pedía. Pero se había equivocado de lleno en ese sentido.

—No debió mentir tanto. Lo único que consiguió fue empeorar las cosas.

Valerie Almond entrecerró los ojos.

—En ese sentido, nadie debió mentit. Porque ocultar información importante también se considera mentir, al menos cuando se ocultan datos en el transcurso de la investigación de un asesinato.

Leslie sabía a qué se refería.

—Pero el destino de Brian Somerville no fue en absoluto un motivo para lo que hizo Gwen, inspectora —dijo—. Ese pequeño que luego se convirtió en un hombre desamparado no la conmovió lo más mínimo. Simplemente vio en esa historia una oportunidad de dar rienda suelta al odio que había estado acumulando y de dejar una pista falsa.

—Sin embargo, yo debería haberlo sabido —le dijo la inspectora Almond—. Su silencio podría tener consecuencias jurídicas para usted, doctora Cramer. Y lo mismo digo respecto a los Brankley. Tal vez incluso respecto a Dave Tanner.

Leslie se limitó entonces a encogerse de hombros.

Una vez más, intentó no pensar en las palabras teñidas de amenaza de la inspectora Almond y recordar, en cambio, las indicaciones que le había dado Semira Newton y que Leslie había intentado grabar en su memoria.

Cruzar el río y torcer a la izquierda pasada la iglesia católica de Saint Hilda. Luego a la derecha, al llegar a la estación y seguir el rótulo que guiaba hasta el hospital.

Accedió al interior del recinto y vio que correspondía a la descripción que Semira le había dado. Leslie respiró, aliviada. Al menos no se había perdido.

«Justo delante de la residencia hay un aparcamiento muy grande —le había dicho Semira—. Hay que sacar un ticket, pero así estará a dos pasos del lugar.»

Vio el aparcamiento en cuestión y entró en él. Estaba bastante lleno, pero aún quedaban algunas plazas libres. Detuvo el coche y salió.

¿Desde cuándo se había vuelto tan frío el viento? Tenía que haber sido en algún momento durante la noche. Tiritando, Leslie se ajustó todavía más el abrigo y miró a su alrededor.

Pensó que ese entorno tal vez resultara más agradable en un día no tan gris y nuboso. Las vistas sobre las instalaciones portuarias le parecieron deprimentes: las enormes grúas negras, los grandes almacenes, los barcos sobre el agua plomiza. Y por encima de todo aquello, las omnipresentes gaviotas con sus estridentes chillidos.

Desvió la mirada. Esa era la última estación para Brian Somerville: la visión diaria de ese puerto. ¿Debía de gustarle? ¿Debía de mirar los barcos? ¿Debían de fascinarle las grúas? Tal vez, pensó, es capaz de ver el movimiento, la vida que hay en todo eso.

Tenía esa esperanza. A ella, sin embargo, la desolación de ese día gris casi le quitaba el aliento. Frente al puerto se alzaba la montaña con la abadía, aunque el impresionante edificio no podía verse desde allí. Debajo había una hilera de casas a lo largo de una carretera, el Museo del Capitán Cook, una peluquería, un salón de té, un restaurante italiano y un pub.

El edificio de ladrillo rojo que había al lado tenía que ser la residencia.

Leslie tragó saliva. Fue hacia el parquímetro, sacó el ticket y lo puso cuidadosamente tras el parabrisas de su coche. Se movía despacio, mucho más despacio que de costumbre. Y sabía por qué: para postergar en lo posible el momento de entrar en la residencia.

Se encontraría con un anciano que, a juzgar por lo que había escrito Fiona y lo que le había dicho Semira, tenía la mentalidad de un niño. Leslie no era capaz de imaginarse cómo sería Brian. ¿Jugaba con cubos apilables? ¿Se limitaba a permanecer sentado con la mirada perdida? ¿O había días, días bonitos, soleados, días especiales, en los que una enfermera lo agarraba por un brazo y se lo llevaba a pasear, y quizá incluso lo invitaba a tomar un té y un trozo de pastel en la cafetería que había al lado?

Cogió aire y cruzó la calle.

Cuando apenas una hora más tarde Leslie volvió a salir por la puerta, vio a Stephen apoyado en el coche de ella, con las manos hundidas en los bolsillos de la chaqueta y los hombros encogidos para soportar mejor el frío. Estaba mirando el puerto. No había cambiado nada en todo ese tiempo, ni el viento frío ni la desesperación casi hostil de aquel día.

Stephen se volvió en cuanto oyó los pasos de Leslie. Esta se dio cuenta de que se estaba congelando.

—¿Qué estás haciendo aquí? —preguntó en lugar de saludarlo.

Él hizo un gesto indeterminado con la mano.

—Pensé que... tal vez no te apetecería estar sola.

—¿Y cómo sabías que estaba aquí?

—Te marchaste de repente. Simplemente lo he adivinado. Me habías dicho que Brian Somerville vivía en una residencia de Whitby, por lo que no me ha costado demasiado encontrarte... Solo hay dos residencias como esta por aquí. He tenido suerte al primer intento. He visto tu coche en el aparcamiento y... bueno, he decidido esperarte.

Leslie esbozó una sonrisa.

—Gracias —dijo en voz baja.

Stephen la miró con atención.

—¿Estás bien?

—Sí, sí, estoy bien.

Leslie dejó que su mirada se perdiera por detrás de él, la fijó en lo más alto de una oscura grúa de construcción que destacaba frente al cielo nuboso. Encima de la grúa se había posado una gaviota que escrutaba el agua que quedaba muy por debajo de ella. En algún lugar, a lo lejos, sonó la sirena de un barco.

—Sigue esperando —dijo Leslie. Su voz sonó extraña y sabía que era a causa de lo que le estaba costando mantener la serenidad—. Sigue esperando, Stephen, y está convencido de que vendrá. La espera desde el mes de febrero de mil novecientos cuarenta y tres, lleno de ilusión y de esperanza. Ese anciano me ha preguntado por ella, y yo... no he conseguido decirle... —No pudo seguir hablando.

—No has podido decirle que ha muerto —dijo Stephen para concluir la frase—. No has podido decirle que no vendrá jamás.

—No. Simplemente no he podido. Esa esperanza es lo único que tiene, no la perdió durante esa vida tan llena de horror y de crueldad que ha tenido. Esa esperanza lo acompañará hasta su muerte y tal vez... tal vez sea eso lo más misericordioso que podemos hacer por él: no quitársela.

—Gracias a Dios —dijo Stephen—. Menos mal que ha sido esa tu decisión.

—¿Nos movemos un poco? —preguntó Leslie—. Hace mucho frío.

Dejaron atrás el aparcamiento y recorrieron la calle, se sumergieron en los pequeños callejones adoquinados que formaban una especie de telaraña en el barrio del puerto. Tiendas de souvenirs, pubs, todo tipo de comercios con objetos relacionados con los barcos. Stephen había cogido la mano a Leslie y ella no lo había rechazado.

—Gwen ha utilizado la historia de Brian —dijo Leslie—, y no consigo comprender cómo pudo ser tan fría. Es como si, estando ya en el último tramo de su vida, hubieran vuelto a aprovecharse de él. Una mujer llena de odio y de ansias de venganza que se sentía discriminada y fracasada. ¿Cómo ha podido hacerlo?

—¿Cómo pudo hacer todo lo que hizo? —exclamó Stephen—. Matar a Fiona y a Chad, y luego intentarlo con Dave Tanner. Y también contigo. Había perdido totalmente el control de sus actos. ¡Nuestra Gwen! Aquella mujer amable y simpática, de rostro afable. Es tan difícil de comprender...

—No hemos llegado a conocerla en realidad, Stephen. Hemos visto su fachada, pero para ser francos ninguno de nosotros se interesó mucho por mirar lo que había detrás. Solo Jennifer Brankley, tal vez. Sin embargo, creo que ni siquiera ella misma se daba cuenta de la magnitud del peligro que se estaba gestando.

—Eso solo habría podido verlo alguien con la formación adecuada —dijo Stephen—. A nosotros nos superó por completo.

—No obstante, me pregunto cómo he sido tan ciega —dijo Leslie—. Lo vi tan claro anteayer por la noche, en el despacho de su padre, mientras me hablaba con aquella voz tan extrañamente monótona, mientras me miraba con aquellos ojos tan inexpresivos. Una persona sin la más mínima empatía, sin el menor sentimiento por los demás. ¡No es posible que mostrara todo eso solo durante esa noche!

—Es que no debió de ser así. Pero supo disimular a la perfección. Gwen era dulce, amable y bonachona, pero también era una persona llena de odio, capaz de atentar contra la vida de los demás. Era las dos cosas a la vez. Es difícil comprenderlo, pero así es. Y lo comprendamos o no, debemos aceptarlo.

El paseo los llevó hasta el puerto, desde donde pudieron contemplar el mar abierto. Por debajo de ellos el agua ondeaba ligeramente sobre una estrecha franja de arena. Leslie se soltó de la mano de Stephen y se apoyó en el muro del muelle. A lo lejos el mar se fundía con el cielo, una visión que encontró tranquilizadora, aunque no habría sabido explicar por qué. Tal vez era solo que la vista resultaba más agradable, más que la de las grúas y los almacenes de acero.

—Creo que el drama de Brian Somerville ha sido como un veneno para la familia Beckett —dijo Leslie—, y también para la mía. Un acto olvidado con tanta desconsideración, una culpa tan poco asumida no desaparece del todo solo porque alguien la haya ocultado bajo la alfombra. Ya demostró su efecto evitando una verdadera unión entre Chad y Fiona, lo que a su vez provocó otras parejas infelices. Y así sucesivamente, su efecto pasó a los hijos y a los nietos, que hemos vivido inmersos en ese drama en el que al principio solo había dos personas atrapadas y que, por lo tanto, no eran libres. Fiona siempre controló la vida de Chad y todos nosotros lo hemos sufrido. La esposa de Chad, aquejada de cáncer a tan pronta edad; mi madre, que acabó enganchada a las drogas; yo, que tuve que criarme con mis abuelos. Y Gwen... tal vez Gwen fue la que más lo sufrió. Con ese padre tan cerrado y la impertinente de Fiona. Tuvo que soportar durante décadas en la granja a la mujer que, primero de forma intuitiva y más adelante de forma consciente, había sido la responsable de la muerte de su madre. Es normal que alguien acabe enfermo de la cabeza con algo así.

—Sí —dijo Stephen—, es posible. Pero... tampoco podemos cambiarlo. Tenemos que centrarnos en lo que sucederá a partir de ahora.

—¿Qué será de la granja?

—Sin duda, la venderán. Chad ha muerto y Gwen pasará un buen tiempo entre rejas, puede que ni siquiera vuelva a salir.

Leslie lo miró fijamente.

—Tal vez... si nadie se hubiera entrometido —dijo Leslie— Gwen y Dave habrían acabado casándose. Dave habría convertido la granja en una verdadera joya y Gwen quizá se habría reconciliado con la vida. Si...

—Leslie. —Stephen la interrumpió con dulzura—. Está enferma. Hace tiempo que lo está. Su vida derivaba en tragedia desde hacía años. De un modo u otro habría pasado algo malo. Nada ni nadie habría podido evitarlo. Estoy convencido de eso.

Ella sabía que Stephen tenía razón. Pero el hecho de reconocerlo deshizo la tensión que la había acompañado hasta Whitby. De repente, se sintió muy cansada. Le escocían los ojos y no era solo porque no hubiera dormido la noche anterior. Estaba cansada por todo lo que había sucedido durante la última semana. Y durante el último año. Aquel año en el que todo había cambiado.

Stephen intuyó hacia dónde derivaban los pensamientos de Leslie.

—¿Y nosotros? —preguntó de repente en voz baja—. ¿Qué será de nosotros?

Ella había estado temiendo esa pregunta desde el momento en que lo había visto apoyado en el coche. Y sin embargo, había sentido cierto alivio al encontrarlo allí. Stephen la conocía bien. Había supuesto que iría a visitar a Brian Somerville. Y había sabido que saldría de allí hecha polvo. Así era Stephen y así esperaba Leslie que siguiera siendo: un amigo que sabía lo que la emocionaba. Un amigo que la abrazaría y le ofrecería el hombro para que llorara a gusto. Un amigo que hablaría con ella cuando lo necesitara y que guardaría silencio cuando esa fuera la única manera de entenderse.

Pero nada más que eso. Nada más que un amigo.

Lo miró fijamente, y él pudo ver en los ojos de Leslie lo que estaba pensando. Esta se dio cuenta de ello al ver el rostro afligido de Stephen.

—Sí —dijo él—. Lo suponía. No, lo sabía. Es que aún tenía... alguna esperanza.

—Lo siento —dijo Leslie.

Durante un rato ninguno de los dos supo qué decir, hasta que al fin fue Stephen quien rompió el silencio.

—Vayamos a tomar una taza de té caliente —dijo—. Si nos quedamos más rato por aquí, acabaremos resfriados.

—Justo al lado de la residencia hay una cafetería —dijo Leslie.

De repente, sin embargo, se sintió casi superada por la mera idea de volver a la residencia en la que Brian Somerville esperaba su final ante la visión obligada del puerto. A la residencia desde donde seguía esperando a una mujer que sesenta y cinco años atrás le había prometido que regresaría y se ocuparía de él. La rabia y la desesperación se mezclaron en Leslie en cuanto cayó en la cuenta de que jamás podría escapar a todo lo que había ocurrido, de que a partir de ese momento formaba parte de su vida.

—No sé qué pensar de todo esto, Stephen —dijo.

Al instante supo que al pronunciar aquellas palabras ya le estaba quitando importancia. No tenía ni la más remota idea de cómo asimilaría lo que le había pasado en los últimos días.

—Era mi abuela, pero ahora la veo como un diablo. Tal vez consiga comprender algo, pero hay un detalle que no llegaré a entender jamás: ¿por qué Fiona no fue a visitarlo ni una sola vez en todos esos años? Semira Newton se lo había pedido en muchas ocasiones. ¿Por qué no lo hizo? ¿Por qué no fue capaz de tener ese pequeño gesto de humanidad?

Stephen dudó un momento. Sabía que solo había una respuesta para esa pregunta. No complacería a Leslie ni absolvería a Fiona, por lo que le pareció que sería la única respuesta correcta.

—Porque a nadie le gusta contemplar su propia culpa —dijo.

Poco a poco, volvieron hasta el aparcamiento. Se detuvieron delante de la cafetería, pero no había nadie aparte de una mujer de aspecto aburrido que estaba secando unas tazas tras el mostrador.

—¿Qué voy a hacer ahora? —preguntó Leslie.

Stephen comprendió que se estaba refiriendo a Fiona, y tardó en atreverse a contestar lo que pensaba.

—Perdonarla —dijo—. A la larga es lo único que se puede hacer. Siempre. Perdónala. Inténtalo, hazlo por ti misma.

—Sí —dijo Leslie—, puedo intentarlo.

Leslie dejó que su mirada vagara por el puerto.

Notó el viento y cómo este le secaba una lágrima que, ardiente, había rodado por una de sus mejillas.

Ni siquiera se había dado cuenta de que estaba llorando.